Ronan Gouedard

La Colère des Dieux

Le Déchu

Livre I - **Renaissance**

Osméosis

Illustration de couverture :
Diana Da Costa

Carte :
Diana Da Costa
d'après la carte originale de Ronan Gouedard

ISBN : 978-2-492012-00-6
Dépôt légal : avril 2021

59, rue Pierre Semard – 76300 Sotteville-lès-Rouen

À celles et ceux qui n'ont jamais cessé,
Comme à celles et ceux qui ont abandonné,
N'oubliez jamais de rêver.

DINSELIUN
Îles Noires
Jungle de Limba
OLAR
Ruines de Sholan
SOLAST
ELUNA
Forêts du Nord
LUMA
Vaud
SERFALL
Bless
Corridor du Démo
Hadan
Ladb
EL
DREZN
Lef
FLADRR
Arimar
Archipel des Dieux
Île de Sezer
Île de Juma

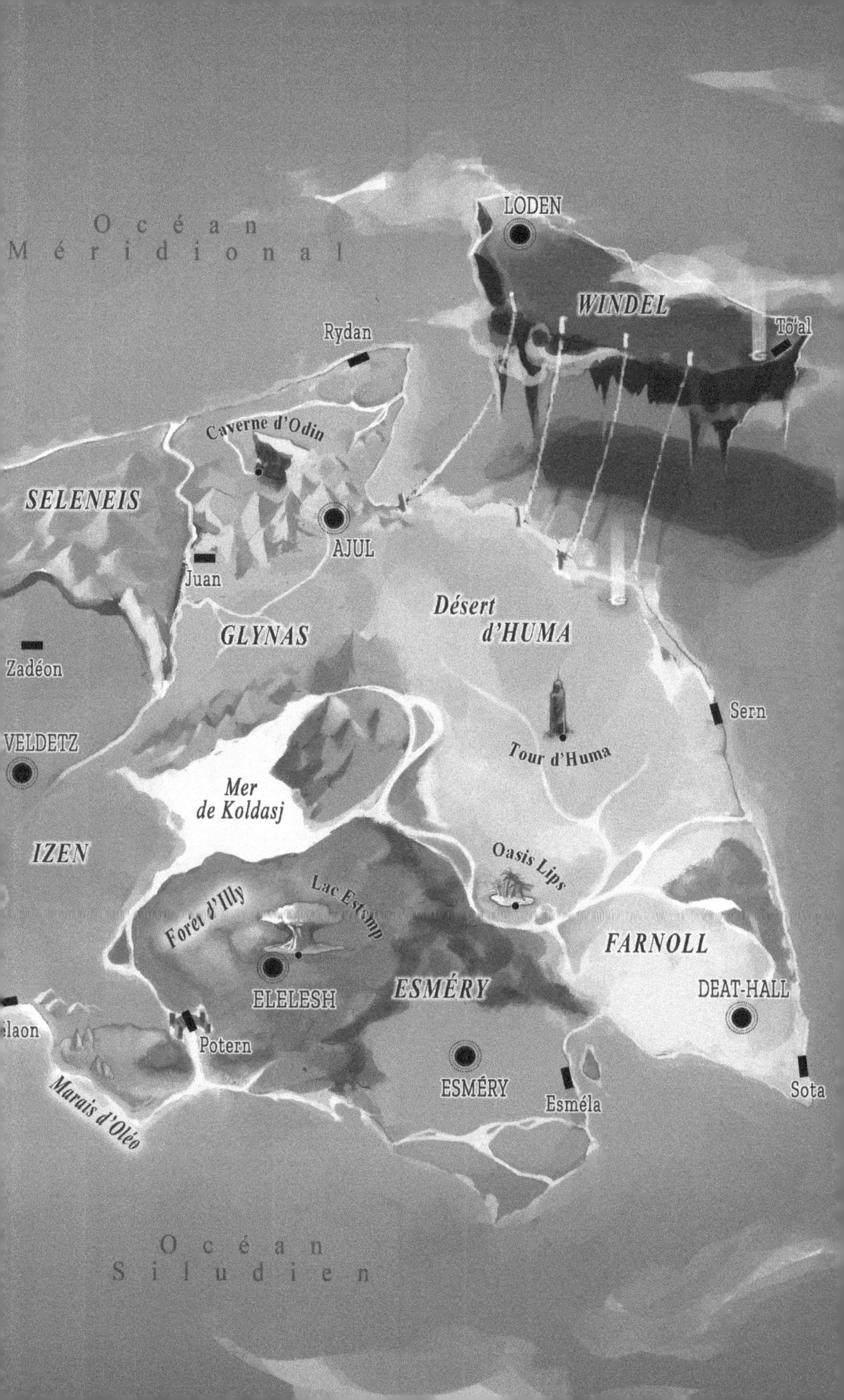

Océan
Méridional
LODEN
WINDEL
To'al
Rydan
Caverne d'Odin
SELENEIS
AJUL
Juan
Désert
d'HUMA
GLYNAS
Zadéon
Sern
VELDETZ
Tour d'Huma
Mer
de Koldasj
IZEN
Oasis Lips
Lac Estomp
Forêt d'Illy
FARNOLL
ELELESH
ESMÉRY
DEAT-HALL
Potern
Marais d'Oléo
ESMÉRY
Esméla
Sota
Océan
Siludien

Prologue

Là où tout commence

Au palais, depuis la fenêtre de sa chambre, Halfiel contemplait l'Arbre de Vie, immense et majestueux dans les prémices du jour. Il méditait sur le châtiment encouru si son projet venait à être découvert. Pour cause, la création de mondes avait été interdite par Melgan, son père et Seigneur des Dieux, afin d'empêcher les erreurs du passé de se reproduire. Pour que jamais plus cette pratique n'apporte le déclin du royaume. Il en était conscient. Pourtant, il ne renoncerait pas, question d'honneur et de nécessité.

Quelqu'un frappa à la porte. Tiré de ses pensées, il ne dit rien, ne se détourna pas de son objectif. Les charnières grincèrent. Une femme aux yeux de la couleur du ciel d'été et aux longs cheveux noirs entra. Elle portait une robe bleu et blanc surmontée d'une courte cape brodée de dorures. Son visage aux traits finement dessinés était doux et chaleureux.

— Encore à rêvasser ?

— Où est père ? s'enquit Halfiel.

— Parti en urgence, il y a peu. Un monde égaré a été aperçu sur la côte ouest.

Halfiel ne fit aucun commentaire. Il était ravi de l'apprendre, cela faciliterait son entreprise.

— Tu sembles préoccupé, remarqua-t-elle.

Le jeune homme ne tressaillit pas. Il avait l'habitude qu'elle lise en lui comme dans un livre ouvert et cela ne le dérangeait pas ; après tout, elle était sa mère.

— Tout va bien.

Elle l'observa, certaine qu'il mentait. Cela faisait des jours qu'il lorgnait Yggdrasill et deviner ce qu'il avait en tête ne lui était pas difficile. Malgré la crainte de le voir commettre l'irréparable, elle n'insista pas.

Elle avait choisi de ne pas intervenir, car, selon elle, l'erreur constituait le meilleur des apprentissages. Et puis, elle était sûre que Melgan serait clément envers son propre enfant.

— Fais attention, pria-t-elle avant de partir.

— Mère…

Elle se retourna ; il faisait face. Comme son père, l'iris de ses yeux était aussi rouge que les feux de Muspellheim. Cela contrastait avec ses cheveux noirs dont les plus longues mèches léchaient le haut de ses mâchoires.

— Ce n'est rien, dit-il après quelques secondes.

Il reporta son attention sur l'Arbre de Vie. La déesse accepta les humeurs de son fils, comme toujours, puis quitta la chambre.

Halfiel soupçonna qu'elle l'eût percé à jour. Mais, si tel était le cas, pourquoi ne l'arrêtait-elle pas… ?

Sans importance.

Dès que le son des pas de la déesse se tut, il quitta en douce le palais et chemina en direction d'Yggdrasill. Les rues d'Asgard étaient presque vides en raison de l'heure précoce, aussi put-il l'atteindre sans attirer l'attention. Au coin d'un bâtiment, il scruta les alentours de la grande plateforme qui, accolée au tronc de l'arbre divin, permettait d'en gagner la frondaison. Personne. Il se dépêcha d'aller prendre place sur l'un des disques élévateurs, qui s'envola aussitôt.

Par sa seule volonté, il arrêta l'ascenseur à hauteur d'une branche au-dessus de laquelle pendait un Fruit de la Création. D'un bond, il la rallia, et le disque repartit. Il s'assura qu'on ne le suivait pas, puis posa le regard sur ce paysage que seuls son père et les divinités de jadis avaient eu le loisir de contempler. Six cents mètres sous ses pieds, la Cité des Dieux ceignait Yggdrasill. D'ici, elle ressemblait à un anneau blanc paré de mille joyaux, avec ses bâtiments serrés faits de marbre, ses nombreuses rues comme de fines ciselures et ses places fréquentes sur lesquelles s'épanouissaient bien des variétés de fleurs. Deux kilomètres plus bas s'étendait une forêt, bordée au nord par l'océan. Au sud, une falaise, telle une main jaillie du sol pour atteindre les dieux, culminait presque aussi haut que la cité blanche ; les reliait un escalier de lumière, unissant ainsi le ciel et la terre.

Face à pareil spectacle, Halfiel s'émerveilla. Il n'avait cependant pas de temps à perdre ; il se ressaisit et avança d'un pas résolu vers le Fruit de la Création. L'examina brièvement. Jeta un dernier regard autour de lui et aux mondes suspendus à d'autres branches qui, vus de loin, apparaissaient comme des étoiles de nacre. Enfin, il leva les mains et ferma les yeux.

Une profonde inspiration, il visualisa mentalement son œuvre.

Quand l'image fut assez claire et précise dans son esprit, une étrange chaleur l'enveloppa. Un flux d'énergie s'échappa de ses paumes pour se répandre autour et au cœur du fruit. Docile, le fruit se soumit et modifia peu à peu son apparence. Lorsqu'il adopta la forme reconnaissable d'un monde, il devint virulent et absorba avec frénésie la vigueur de celui qui le domptait. Halfiel tint bon jusqu'à ce que sa création soit achevée. Éreinté, il mit un genou à terre et considéra son ouvrage de ses yeux mi-clos. Fier de son exploit, il s'abandonna à la fatigue et, dans un dernier soupir, il le nomma « Lanvaril ».

Il reprit connaissance au milieu d'une nuit, incapable de dire combien de temps s'était écoulé. Et il ne s'en soucia pas, l'entité rayonnante aux couleurs chatoyantes qu'il venait de façonner accaparait déjà son attention. Quelle merveille…

Point le loisir de s'extasier ! Il chassa ses émotions au souvenir de sa nouvelle responsabilité et de l'ampleur de la tâche qui lui incombait. Sa détermination gonflée par l'exploit accompli, il œuvra corps et âme au bon développement de son monde, de ses formes de vie, de la plus élémentaire des créatures à la plus sophistiquée. Tel un père à l'égard de sa progéniture, il veilla à ce que Lanvaril prospère et atteigne sa maturité. Il ne cesserait d'agir ainsi qu'à l'instant où sa création serait en mesure de vivre par elle-même, à l'instant où sa constante présence ne serait plus une nécessité absolue.

Jours et nuits défilèrent ainsi, puis il découvrit un curieux phénomène sur Lanvaril. Curieux devint fâcheux. Problématique. Catastrophique ! Une occurrence qui n'aurait jamais dû se produire et dont l'issue pourrait bien être désastreuse, il en avait la certitude. Il réfléchit au moyen d'y remédier, fouilla ses connaissances sur la création des mondes. Longtemps. En vain, car l'histoire de cet art délicat ne mentionnait aucune similitude.

Un sourd craquement le fit sursauter. Derrière lui, Melgan affichait une mine grave, le poing enfoncé dans l'écorce d'Yggdrasill tandis que ses majestueuses ailes parées de plumes noires disparaissaient dans son dos. Son regard trahissait sa fureur.

— Qu'as-tu fait, pauvre imbécile !

Halfiel voulut se justifier mais se rappela que parler de sa terrible découverte était crucial. Le silence lui fut cependant ordonné d'un revers de main. Il insista ; aucun son ne sortit de sa bouche.

— Je t'ai enseigné tout ce que je sais, gronda Melgan. Tout ! Je t'ai maintes fois conté la faute que mon père et les siens ont commise, croyant qu'ils pouvaient créer des mondes en toute impunité pour ensuite faire preuve de laxisme. Je t'ai parlé des horreurs de la guerre qui en a découlé et du chaos que cela a engendré ! Alors, pourquoi as-tu agi de la sorte ? N'as-tu pas compris la gravité de leurs actes ? Sais-tu seulement à quel point je peine à réparer leurs erreurs ?!

Le jeune dieu écarta les mains pour s'excuser, pointa Lanvaril du doigt pour signaler l'urgence… Futilités. Melgan était aveuglé par un fort sentiment de trahison et il s'approchait de son fils avec la résolution de le châtier pour avoir transgressé une loi fondamentale.

D'un geste de la main, il le mit à genoux et l'immobilisa. Il le fusilla d'un regard où colère et chagrin se mêlaient.

— J'ai placé en toi mes espoirs. M'entends-tu ? Ma fierté ! Je voulais que tu me secondes dans mon règne, que tu sois à mes côtés pour diriger le royaume ! Je comptais te le demander à mon retour, mais toi… Toi !

Le regret envahit Halfiel alors qu'il réalisait comme la sentence allait être lourde, plus qu'il ne l'avait imaginée durant toutes ses contemplations méditatives de l'Arbre de Vie.

— Je suis navré, poursuivit Melgan, je ne peux laisser passer cela. Ton idiotie et ta désobéissance me brisent pour ce qu'elles m'obligent à faire. Je n'ai guère le choix, tu le sais…

Il s'accorda un instant pour rassembler son courage.

Halfiel paniquait. Il refusait de subir le courroux de son père, davantage par crainte du phénomène qu'il avait découvert sur Lanvaril que du châtiment lui-même. La seule idée que ce qui était né de sa maladresse tombe dans l'oubli et dévaste le Royaume Divin le terrorisait. Mais que pouvait-il bien y faire ?

Le souverain posa une main sur le visage de son fils.

— En tant que Seigneur de Midgard, je te condamne à l'exil.

Il pinça les lèvres, marqua une courte pause et ajouta d'une voix morose :

— Au revoir, fils.

Une lumière aveuglante jaillit de sa paume. Le corps d'Halfiel sembla s'évaporer et fut aspiré par Lanvaril, abandonnant tout bien matériel sur l'immense branche.

Le calme revenu, Melgan prit encore un moment pour se ressaisir. Il lui fallait accepter d'avoir exercé son devoir de souverain sur son propre enfant ; l'épreuve la plus pénible qu'il n'eut jamais endurée. Puis il retourna au palais, abattu, dans l'ombre du désastre à venir. Un désastre dont tous ignoraient maintenant l'existence.

Tous… ou presque. Dès lors que Melgan eut quitté les abords du grand arbre, le bois grinça en une triste complainte. Suivirent un murmure, puis l'accalmie. Le feuillage d'Yggdrasill bruit d'excitation. Son écorce gémit de nouveau. Par ses failles s'échappa un sirocco silencieux, si habile et parfaitement calculé qu'il évita les moindres obstacles sur sa course. Il souffla en direction du palais et, seule défaillance à sa discrétion, l'on crut entendre dans son sillage comme un rire.

Première partie

Destins croisés

Rien : telle est la définition du néant. Tout commence par là puis tend vers une chose, sans intérêt au premier abord, mais qui donnera naissance à bien des entités comme les dieux.

Malgré mon jeune âge, je détiens un savoir et une sagesse que nombre d'érudits pourraient m'envier. Il y a pourtant des ombres sur lesquelles je ne parviens pas à porter la lumière, autant sur mon passé que sur ce qui m'entoure. La plus persistante est celle qui me fait me demander si les dieux sont bien réels et à quel point ils peuvent influencer, voire manipuler, notre existence.

Que l'on soit humain ou démon, que l'on soit dragon, loup, elfe, séraphin ou bien nain, nous sommes tous faits de chair et de sang. Nous sommes aussi doués de sensibilité, nous saignons lorsque nous nous blessons, nous pleurons lorsque nous souffrons. Des futilités aux yeux de la majorité qui sont la preuve que nous logeons tous à la même enseigne, que nous sommes tous plus semblables que nous voulons bien l'admettre. Pourtant, nous nous haïssons et nous entretuons pour de vils motifs tels que la différence de cultures, d'idéaux, de choix ou d'apparence.

Je reste naïf, un enfant dont l'espoir n'a pas encore été bafoué par la cruelle réalité. Aussi refusé-je d'admettre que la haine et le désir de tuer fassent partie de chacun de nous. Mais, au fond de mon être, je sais cette vérité. Ou, du moins, je crois le savoir, car le doute ne s'efface pas et ne s'effacera peut-être jamais. Et je me demande : le libre arbitre est-il la seule raison de nos maux ou est-il possible que les dieux, ou d'autres entités supérieures dont j'ignore le nom, nous dictent notre conduite et nous poussent à commettre tant d'atrocités ?

Un jour, alors que je m'interrogeais à voix haute, un vieil homme qui passait près de moi me répondit : « La raison est la prison de notre conscience, la folie en est le salut ». Depuis lors, je médite sur ces paroles. Je ne sais s'il s'agit de la réponse que je cherche ou d'une philosophie parmi tant d'autres. Je refuse cependant d'abandonner ma raison, même si cela me destine à ma perte. Si ma folie venait à entraîner la disparition de mes amis, cela me ferait bien plus de mal que de mourir esclave d'une hypothétique entité physique ou morale, enchaîné et étranglé par les liens invisibles que sont ses désirs mesquins.

Il y a toutefois une vérité dont je suis sûr, une qu'aucun ne pourra jamais réfuter : nos créateurs sont nos bourreaux.

Zerkan Valren

Chapitre 1

Sauvetage

De sombres nuages paressaient dans le ciel. Soulignés d'un halo orangé, ils rappelaient la triste réalité qui s'était abattue sur le royaume de Farnoll. Et depuis le sommet d'une petite colline, où comme partout la terre était brûlée par le récent raid, Falène scrutait l'horizon de ses yeux d'émeraude, ses longs cheveux noirs soufflés par une brise régulière. Son regard perçant, qu'elle devait à la part elfique de ses origines, lui permit d'apercevoir au loin un corps en partie enseveli sous les cendres, près des décombres toujours fumants d'un gîte aux abords d'un bosquet de troncs noircis. Du peu qu'elle en voyait, celui-là n'était pas calciné ou démembré, contrairement à des dizaines de milliers d'autres découverts les jours précédents. Pas de bain de sang non plus.

Elle accourut d'un pas leste, silencieuse comme la Mort, faisant chanter sa fine et élégante armure bleu azur d'une mélodie que nul ne pouvait entendre.

Elle tira l'inconnu de son sinistre cocon. C'était un homme jeune et athlétique, nu et avec des cheveux presque aussi longs que lui. Son visage, Falène l'aurait qualifié de divin s'il n'avait pas eu cette barbe d'une semaine pour l'entacher. Une semaine ou plus, difficile à estimer en raison de sa faible pilosité corporelle, détail qui pouvait indiquer que son poil poussait lentement. Et peu importait, l'essentiel était qu'il vivait encore à en juger par sa poitrine qui se soulevait et retombait à un rythme lent et régulier.

Jeff atteignit le haut de la colline. Interpellé par la trouvaille de sa compagne, il dévala la pente avec une assurance non feinte ; s'il était solidement bâti par des années d'entraînement et muni d'une lourde armure argentée, il n'en était pas moins agile et rapide. Il ne lui fallut pas longtemps pour rejoindre la demi-elfe.

Elle lui adressa un bref regard.

— Un autre survivant, répondit-elle à la question muette.

— Cela ne m'étonne pas de toi, la taquina-t-il.

Falène sut qu'il faisait référence à la nudité de l'inconnu. Elle avait l'habitude qu'il joue de cet humour, pourtant elle laissa échapper un soupir.

— Tu ne changeras jamais…

Le sourire de Jeff s'effaça soudain, son attitude devint grave. Il planta sa hallebarde dans le sol.

— Un des rares que Drezn aura épargné, dit-il.

— Contre leur gré.

— Contre leur gré…

Avec une facilité déconcertante, Jeff souleva le jeune homme et le balança sur son épaule, puis il récupéra son arme et repartit en direction du campement. Falène alla fouiller les restes du gîte et en ressortit quelques minutes plus tard, les mains vides. Silencieuse, elle rejoignit son ami.

— Les recherches n'aboutiront pas davantage, insista Falène. Chaque ville et chaque village de la région ont été inspectés, plaines, montagnes et forêts comprises. Toutes les autres unités sont retournées à la capitale avec les survivants depuis des jours. Nous ne trouverons rien de plus que cet homme et tu le sais ! Je t'en prie, Jeff, ton entêtement nous contraint déjà à rentrer à cheval…

Appuyé sur une table en bois, unique meuble de la tente avec la couche, Jeff gardait les yeux rivés sur la carte du continent de Dinseliun. En particulier sur toutes ces pastilles rouges qui recouvraient la région de Farnoll, indicateurs des zones où les fouilles avaient été menées. Il était le général de l'armée du royaume d'Esméry et le chef de cette unité, la décision de déserter les lieux en définitive lui incombait.

Il poussa la réflexion encore un moment. Sa compagne avait raison, il dilapidait leur temps… Il passa la main dans ses cheveux rouge sang.

— Informe les autres que nous partons.

Falène acquiesça d'un léger signe de tête, soulagée de le voir se résigner. Sur le point de quitter la tente, elle fit halte et le considéra alors qu'il replongeait dans la rumination des récentes opérations de sauvetage. Elle compatissait. Accepter d'abandonner des survivants qui auraient échappé à leur vigilance et ainsi les condamner à un sort funeste ? C'était une lourde responsabilité.

Très vite, le camp fut replié et le matériel sanglé. Le rescapé qui demeurait inconscient fut installé dans le chariot destiné au transport du matériel de camp, allongé sur les tentures et attaché pour ne pas risquer de le voir tomber.

Les chevaux sellés alors que le soleil atteignait son zénith, les deux compagnons et les cinq soldats de l'unité prirent la direction de l'Esméry. Ils empruntèrent la route commerciale par endroits défigurée par les bombardements, parfois bordée d'habitations en ruine. Et quand la vaste forêt qui officiait de frontière entre les deux royaumes apparut, en fin de journée, ils s'y engouffrèrent sans se retourner.

Vint la halte du soir. East, un des soldats, attacha et nourrit les chevaux tandis que Jeff et Falène montaient les tentes. Glan s'attela à la préparation du feu de camp et des ustensiles de cuisine. Massin, Deego et Marcus partirent chasser et revinrent avec deux sangliers à cornes. Il fallut dès lors patienter plusieurs heures, voir l'obscurité de la nuit engloutir les environs et laisser le fumet des viandes aromatisées d'épices esmériennes et sernoises enivrer les cavaliers affamés pour qu'enfin ils se repaissent.

Au cours du repas, East remarqua que Falène tardait à arriver, si absorbée qu'elle était par la rédaction du rapport de mission.

— Dame Zidgel, joignez-vous à nous ! Profitez donc de ces ripailles méritées avant qu'elles ne refroidissent.

Assise contre un arbre et éclairée d'une lampe, elle le considéra longuement. Il pensa l'avoir offensée et commença à regretter son offre quand il la vit abandonner son matériel et venir près du feu.

— Avec plaisir, dit-elle. Il y a longtemps que je ne me suis pas gavée au point de m'en faire éclater la panse.

Elle s'assit, se tailla une part dans le flanc d'un sanglier et mordit la chair tendre et juteuse à pleines dents. Tant de férocité qui ne portait en rien atteinte à sa grâce… Un spectacle épatant pour ces messieurs, d'autant que ce comportement inattendu contrastait avec la froideur et la droiture habituelles de cette femme.

— Eh beh… Je n'imaginais pas ça de vous, lâcha Massin. Vous cachez bien votre personnalité, Madame.

Falène avala sa bouchée et lui adressa un regard sévère, de quoi rappeler à l'homme qu'elle était sa supérieure hiérarchique, la vice-générale de l'armée d'Esméry. Ce fut à son tour de déglutir, imaginant le sermon que cette remarque pourtant anodine allait lui valoir. Il blêmit lorsqu'elle se leva et s'approcha de lui, puis il recula à en chavirer du tronc sur lequel il était assis.

Les éclats de rire naquirent, et chacun relâcha un peu de la tension accumulée au cours de la pénible mission en Farnoll.

Sa faim assouvie, Falène s'excusa auprès de ses camarades pour aller rendre visite au rescapé, ce qu'elle avait régulièrement fait ces derniers jours. Plus que de raison, elle se sentait responsable de lui ; après tout, c'était elle qui l'avait découvert. Sans surprise, car elle savait que cela se produirait tôt ou tard au vu des énergumènes qui composaient l'unité, les regards de Deego et de Glan se firent lourds de sens.

— Vous mettez un point d'honneur à veiller sur cet étranger, Dame Zidgel, fit remarquer le premier, une pointe de gaieté dans la voix. Vous entichieriez-vous de lui ?

— Hah ! Je parie qu'il est sacrément bâti, avec une queue aussi longue et large que le doigt d'un ogre des montagnes ! renchérit le second dont le manque de finesse lui valait mauvaise réputation auprès de la gent féminine.

Les autres rirent bruyamment, Jeff le premier, d'autant que le sourire garni de dents jaunies et l'épaisse barbe de Glan ajoutaient à son air pittoresque, et par conséquent à l'hilarité du groupe. Aux remontrances, Falène préféra cette fois le mépris, et elle s'éclipsa.

Dans la tente, l'inconnu extirpé des cendres demeurait inconscient, sa respiration lente et paisible. La demi-elfe l'examina, ne remarqua aucune différence avec les jours précédents. Elle s'assit alors près de lui et profita de cette brève solitude pour souffler un peu.

Bientôt, elle somnola. Elle chancela puis se frotta les yeux, prit une grande inspiration et expira doucement. Elle se massa la nuque, bascula la tête en arrière et fit de son mieux pour se détendre. Très vite cependant, comme cela arrivait souvent, le souvenir de l'époque où elle servait Kalar, le roi de Drezn, refit surface. Elle revoyait ce maudit homme décapiter son bien-aimé avant de l'accuser, elle, de trahison. Elle qui avait toujours fait preuve d'une indéfectible loyauté malgré les atrocités perpétrées par ce roi.

Puis elle avait fui.

Un de ces souvenirs qu'elle aurait aimé oublier, un de ceux qu'elle ne pouvait oublier. Ses traits s'assombrirent. Les larmes ne coulèrent pas ; pourtant, cela lui aurait fait un bien fou. Même après six longues années et tant de travail sur elle-même, elle était incapable d'extérioriser sa souffrance. Si seulement elle y parvenait, elle pourrait enfin commencer son deuil…

Une main toucha la sienne. Elle fit un sacré bond, trébucha, se reprit et dégaina son arme, prête à occire par les mots ou l'épée le responsable de sa maladresse. Sa fureur s'estompa à la vue de l'inconnu enfin conscient, assis sur sa couche. L'air désorienté, l'homme se frottait le visage et fit la moue quand il palpa sa barbe.

Falène rengaina sa lame.

— Nous sommes à proximité de la frontière entre la Farnoll et l'Esméry, révéla-t-elle pour devancer la question. Je commençais à croire que jamais tu ne te réveillerais.

Il mit un temps avant de lui accorder toute son attention, puis il demanda :

— À qui ai-je l'honneur ?

— Falène Zidgel, vice-générale de l'armée d'Esméry.

— Une femme dans l'armée ? Voilà une chose peu courante.

— Tu dis vrai. Ne me sous-estime pas pour autant, tu le regretterais.

— Loin de moi cette idée, dit-il en inclinant la tête.

Il examina les alentours. Falène ne le quitta pas des yeux et croisa les bras avant de lui retourner sa première question. Il la considéra, incrédule.

— Oh ! Mille excuses. Je me nomme Seïk Lenohan, mercenaire au service du plus offrant.

— Que faisais-tu en Farnoll ?

— L'interrogatoire commence ?

— Oublie les sarcasmes et contente-toi de répondre, intima-t-elle.

— Je l'ignore.

— Pourquoi étais-tu nu et inconscient lorsque nous t'avons trouvé ? Pourquoi ne te réveilles-tu que maintenant ?

Il haussa les épaules et eut l'air contrarié.

— Sûrement à cause de Kalar.

Elle le fixa d'un regard méfiant et porta la main à la garde de son épée. Le mercenaire se raidit. Enfin, elle relâcha sa posture.

— Tu ne l'apprécies pas, jugea-t-elle.

— Qui le pourrait ?

— Pour quelle raison ?

— Si je dois subir toutes ces questions, offrez-moi au moins de quoi me rassasier. Je meurs de faim et j'ai la gorge sèche.

— Réponds.

— Charmant, soupira-t-il. Si vous tenez tant à le savoir, il n'a pas respecté sa part du contrat. Il m'a drogué et j'imagine qu'il m'a ensuite abandonné et laissé pour mort. (Il s'allongea avec une sérénité soudaine.) Je suis né sous une bonne étoile, cela me permet de me sortir de situations auxquelles d'autres ne survivraient pas. Et j'ai une dette envers vous, de toute évidence.

— Quelle était la nature de votre contrat ?

— Est-il vraiment nécessaire de tout vous dire ?

— Tu peux te taire si cela te chante. Ce n'est pas comme si une centaine de milliers d'innocents avait péri sous les feux de Drezn et que tes informations pouvaient nous aider à comprendre les intentions de Kalar. Dans l'idéal, à déjouer ses desseins et le contraindre à répondre de ses crimes.

— Tentez-vous d'invoquer ma culpabilité ? accusa-t-il.

— Peut-être bien. Nous pensons qu'il n'a pas agi par simple plaisir.

— Cela n'aurait pourtant rien d'étonnant. N'avez-vous jamais eu vent de sa réputation d'aliéné ?

— Vas-tu répondre à la question que je t'ai posée ou préfères-tu tourner autour du pot jusqu'à ce que je te rosse ?

— Vous n'y allez pas par quatre chemins, désespéra Seïk. Soit... Je devais récupérer une babiole pour lui en échange de dix mille séreins. Une bague ornée d'un joyau noir. J'ignore ce qu'il compte en faire, anticipa-t-il la question suivante. Je retiens seulement que mon équipement a disparu, et certains objets de valeur avec.

— Un équipement se remplace.

— Pas toujours...

Faisant fi de l'évidente amertume du mercenaire, plus intriguée par l'information concernant la bague, Falène réfléchit à l'intérêt que Kalar lui portait. Seïk en profita pour détailler son interlocutrice. Elle était jeune et svelte, la peau claire, un visage à son goût magnifique ; une froide beauté soutenue par un charme naturel. Il se ressaisit toutefois avant qu'elle ne remarque qu'il la dévisageait, certain que cela lui coûterait cher ; elle semblait jouir d'un tempérament impitoyable.

— Suis-je votre prisonnier ? demanda-t-il.

— Cela dépendra de toi. Je vais prévenir le général, reste ici.

Elle tourna les talons et quitta la tente.

Après quelques secondes de réflexion, Seïk se leva. Il remarqua qu'une courte culotte habillait ses hanches et son intimité. C'était une considération de la part de ses hôtes qu'il apprécia et qui le rassura, car s'ils avaient eu le bon sens de le vêtir un tant soit peu, ses sauveurs ne pouvaient pas avoir mauvais fond. Il se reconnut de fait plus chanceux qu'il ne l'avait admis.

La recommandation qui lui avait été faite déjà oubliée, il sortit. Une légère brise l'accueillit et agita ses longs cheveux bruns comme cape au vent. Il frissonna.

— Le loup quitte sa tanière, fit remarquer Jeff. Si tu restes aussi peu habillé, tu vas attraper froid, ajouta-t-il à son intention.

Seïk lui adressa un regard confus, les rires des soldats éclatèrent une fois de plus. Il se gratta la tête, penaud, toutefois plus abusé par sa négligence que par les sarcasmes, car, il fallait bien le reconnaître, la nuit était fraîche, même dans la tente. Et il retourna à l'intérieur.

Jeff le rejoignit un peu plus tard avec des habits propres qu'il lui lança.

— Cadeau de bienvenue.

— Merci, s'inclina Seïk avant de changer de sous-vêtement.

— Si ces fringues ne sont pas à ton goût, il te faudra attendre notre retour à la capitale pour trouver ton bonheur.

— Je ne suis pas du genre à faire le difficile, encore moins à offenser ceux qui m'offrent la charité. En revanche, à en juger par vos dires, vous ne comptez pas me laisser partir.

— À toi de voir. Je t'offre en effet la possibilité de te joindre à nous jusqu'à la capitale, mais ce n'est pas une obligation. Si tu acceptes, sache que nous t'aurons à l'œil.

— Aimable à vous. Comme je l'ai précisé à votre compagne, sans votre aide, je serais sûrement mort à l'heure qu'il est. J'ai une dette. Ainsi donc, si mes services peuvent vous être utiles…

— Tes principes t'honorent.

Le mercenaire finissait de passer la chemise lorsque Falène entra, une outre d'eau à la main. Elle s'immobilisa et prit le temps de noter que, malgré ces vêtements dénués d'élégance, cet homme avait belle allure.

— Le voir couvert te semble inapproprié ? l'asticota Jeff.

La demi-elfe lui jeta un regard noir, lassée par ces sous-entendus grotesques ; si le général s'en amusa d'abord, il comprit vite que la plaisanterie avait assez duré, même venant de lui. Elle donna l'outre à Seïk et fila jusqu'à un sac entreposé au fond de la tente. Elle le fouilla, en sortit un objet et le confia au mercenaire lorsqu'il eut fini de boire. C'était un anneau épais, muni d'attaches et couvert de gravures.

— Tes cheveux pourraient être un handicap si tu devais te battre, se justifia-t-elle. Je ne tiens pas à ce que tu nous gênes.

— En admettant que je me joigne à vous,

— Ne te fatigue pas, j'ai entendu la conversation.

Il haussa les épaules d'un air innocent.

— Dans ce cas, que vous fait-il croire que je me battrai ?

— Tu n'auras pas d'autre choix si tu espères vivre. L'ennemi ne fera aucune distinction.

— Sans armes ?

Dans une pâle imitation, elle souleva ses épaules avec indifférence.

— Tu as tes poings, non ?

Il ne sut quoi répondre et se contenta d'un hochement de tête, autant par désarroi que pour la remercier du présent.

En bonne et due forme, Jeff se présenta au rescapé avant de poursuivre :

— Tu as parlé d'une bague. Où l'as-tu trouvée ?

— Trouvée ? releva Seïk, amusé par ce mot inadéquat. Dans la cave de l'hôtel des ventes de Sveldetz, dans la ville haute. Et « volée » serait un terme plus exact. Elle faisait partie de la liste des enchères invendues, laissée à l'abandon parmi d'autres objets considérés comme sans intérêt. Pour le coup, je serais même étonné que quelqu'un remarque sa disparition.

— La dérober n'a pas dû être facile, évalua Jeff. L'on dit que la sécurité de la ville haute est élevée.

— C'est aussi ce que je croyais, mais il y avait peu de gardes, du moins ce jour-là. Même un voleur aux modestes compétences aurait pu faire son office.

— Kalar n'est pas quelqu'un de matérialiste, les interrompit Falène. Bien au contraire. Que cette bague lui soit nécessaire à la réalisation d'un projet ne me surprendrait pas. Cela pourrait d'ailleurs être en lien avec la destruction de la Farnoll.

— Il est vrai que ces deux évènements coïncident étrangement, admit Jeff.

Et tandis qu'il s'interrogeait sur la possible relation entre les faits, Falène fut de nouveau hantée par son passé. Seïk remarqua la tristesse qui occupa brièvement ses yeux. Il détestait voir une femme souffrir… Il pensa lui offrir quelques mots de réconfort, mais il eut le pressentiment qu'il valait mieux se taire.

— En bref, nous ne disposons pas d'assez d'éléments pour débattre plus longuement du sujet, affirma le général. Il reste du gibier sur le feu, va donc manger un morceau, offrit-il au mercenaire. Demain, nous partons à l'aube. La route est encore longue et plus tôt Lia aura notre rapport, plus vite nous pourrons établir nos prochaines interventions. Il est certain que nous ne pouvons pas laisser Kalar agir à sa guise, plus maintenant qu'il s'en est pris à l'un de nos alliés.

Chapitre 2

Massacre

Les arbres filtraient les rayons du soleil matinal, plongeant la forêt dans la pénombre et une agréable fraîcheur. Sous la frondaison, écureuils et autres rongeurs couraient en quête de nourriture ou de partenaires. Les insectes virevoltaient et tentaient de se dérober à leurs prédateurs. Quant aux oiseaux qui ne chassaient pas leur premier festin, ils chantaient leurs habituelles sérénades, rythmées par le léger bruissement des feuilles.

Débarrassé de cette barbe gênante et à son goût peu séduisante, Seïk rejoignit l'unité d'Esméry et aida à préparer le départ. Il leur fallut à peine trente minutes pour mettre pied à l'étrier, puis ils progressèrent pendant des heures avant d'atteindre une large tranchée, creusée par un ancien fleuve et traversée par un pont en pierre. Elle délimitait distinctement la flore ; de l'autre côté, les arbres étaient en majorité plus grands, mais aussi plus espacés.

— Il se peut que nous fassions de mauvaises rencontres, informa Falène à son nouveau compagnon qui siégeait dans le chariot situé plus en arrière. Au moindre problème, suis les ordres.

— Je n'y manquerai pas.

Assis à la place du cocher et bride en mains, Massin se pencha vers son passager.

— Ne t'inquiète pas, elle dit ça seulement pour t'effrayer. Grâce à elle et au général Malaski, les routes d'Esméry sont les plus sûres qui soient.

Le soldat conclut par un clin d'œil exagéré qui amusa Marcus et East, à cheval derrière eux. Seïk répondit par un bref sourire, puis il considéra les deux généraux en tête de file. Il lui sembla qu'ils méritaient le respect de leurs hommes à plus d'un titre. De toute évidence, il n'avait rien à craindre en demeurant aux côtés de ces gens, et le fait qu'aucune arme ne lui eut été confiée prit tout à coup un autre sens que celui d'une méfiance à son égard.

Tandis que le soleil s'acoquinait avec l'horizon, ils quittèrent la forêt pour le haut d'une grande colline. Devant eux s'étendait un paysage vallonné, parsemé de bosquets et de champs et occupé par un village. Derrière, les lointains grognements et hurlements des bêtes sauvages les encourageaient à s'en aller. Ce raffut paraissait normal au mercenaire, une agitation cependant troublante selon la demi-elfe et le général. Ces deux-là savaient la faune locale d'ordinaire calme et cela leur donnait la désagréable impression qu'un malheur se tramait. Un sentiment que la tranquillité du village situé à un kilomètre en contrebas corroborait, car il s'agissait d'un endroit où les voyageurs s'arrêtaient toujours avant de faire route vers la Farnoll ou l'Esméry. Par conséquent un lieu animé et accueillant, à plus forte raison la nuit tombée.

Mais ce soir, les lumières demeuraient éteintes. Un silence inhabituel régnait.

Tous descendirent la colline avec prudence. Dès lors que l'odeur du sang embauma l'air, ils se hâtèrent. Ils aperçurent d'abord deux silhouettes à terre aux portes du village. Assez proches, ils découvrirent qu'il s'agissait de miliciens décapités. D'autres gens gisaient plus loin dans la rue, dans l'ombre des bâtiments, et les portes des maisons étaient enfoncées.

Les Esmériens mirent pied à terre et attachèrent les chevaux. Jeff ordonna l'inspection des premières bâtisses et, tandis que Falène et les cinq soldats de l'unité allaient fouiller, il s'intéressa de plus près aux miliciens. Ceux-là avaient eu le cou tranché net. Il se rendit auprès d'une des victimes de la rue, découvrit une profonde et longue entaille dans son dos. Le coup ressemblait à celui d'une lame, et de belle taille.

— Ce n'est pas l'œuvre d'une bête, murmura-t-il.

— Ce qui a surgi possède une force colossale, fit remarquer Seïk, accroupi près de trois individus écharpés, des aventuriers à en croire leur attirail. L'arme de celui-ci est brisée et ses protections sont fendues. Même chose pour les deux autres.

— Ils étaient plusieurs, souligna Jeff. Un seul individu n'aurait pu massacrer tout un village sans laisser personne s'échapper. Du moins, pas sans utiliser la magie ou une technologie avancée. Or, les villageois semblent avoir été pris de court, et de toute part.

— Ils ne sont venus que pour tuer, déclara Falène qui ressortait d'une des maisons. Le mobilier n'a pas été saccagé outre mesure et rien n'a été volé, à première vue.

— Bon sang ! Qu'est-ce qui a bien pu se passer ?

Les soldats de l'unité revinrent tour à tour et firent un rapport similaire à celui de Falène. East expliqua que, dans la maison qu'il venait de visiter, les habitants avaient aussi été démembrés et qu'il y avait un enfant coupé en deux, à l'instar du placard dans lequel il s'était réfugié. Glan parla d'un couple nu taillé en quatre pièces dans son lit, à l'évidence interrompu en pleins ébats. Massin fit état d'une vieille dame dont la tête et le buste avaient été pourfendus à la verticale, comme le dossier de la chaise à bascule sur laquelle elle demeurait. Quant aux deux derniers, leurs récits furent pires encore.

Regroupés en formation serrée, les compagnons explorèrent le village à la recherche de survivants. Ils doutaient fort de trouver quiconque en vie ; chaque nouveau cadavre, qu'il fût enfant ou adulte, faisait davantage perdre espoir. Les murs blanchis à la chaux étaient tachés de rouge. Le sang des malheureux, mêlé à la terre, formait d'immondes flaques de mélasse dans lesquelles baignaient les corps, et ça puait la viande froide au point de flanquer la nausée aux soldats. Même Seïk, pourtant accoutumé à la mort par son métier plus que mouvementé, afficha son dégoût.

Non loin de la grand-place, ils entendirent des cris s'élever. Ils se pressèrent pour assister à une scène fort pathétique dans laquelle les innombrables victimes qui jonchaient le sol officiaient de décor. Au centre était une trentaine de barbares, des hommes plus grands que nature, solides, peu vêtus et parés de tatouages. Regroupés autour d'un échafaud, ils encourageaient leur camarade qui, sur l'estrade, se serrait tout contre une jeune femme nue, suspendue par les poignets entre deux poutres. Le bourreau lui empoignait une hanche d'une main et les seins de l'autre, lui donnait de puissants coups de reins. La jeune femme pourtant gémissait à peine.

— Éloignez-vous d'elle ! rugit Jeff, indigné et furibond, sa hallebarde prête à occire.

Les barbares firent face aux intrus. Le violeur cessa son plaisir malsain et descendit de l'échafaud. Sa carrure se révéla plus imposante à mesure qu'il approchait solitaire. Ses tatouages, plus nombreux que ceux de ses semblables, laissaient deviner sa stature au sein du groupe, à l'instar de son crâne rasé et coiffé d'une épaisse et longue natte unique en son genre. Alors qu'il proférait dans sa langue natale quantité d'insultes et venait d'un pas leste, il s'arrêta à trois mètres des gêneurs, se dressa de toute sa hauteur et bomba le torse afin de les intimider. Mais il en fallait davantage pour impressionner les soldats esmériens, en particulier leur général qui, en dépit de ses trente-quatre ans, était un vétéran de guerre aux nombreux hauts faits.

— Que font des barbares si loin de leurs terres ? réclama Jeff.

— N'est-ce pas évident ? jubila le géant de sa grosse voix, dans un emploi de la langue commune plus que correct. Nous prenons ce que bon nous semble.

Le chef des barbares saisit l'imposante épée qui pendait dans son dos et sonna la charge. Il laissa la fureur de guerre l'envahir tandis que les siens chargeaient de plus loin et l'imitaient ; les soldats esmériens passèrent aussitôt en formation défensive.

— Ce porc est pour moi, réclama Falène dont l'indignation face au traitement subi par la jeune femme sur l'échafaud surpassait celle de ses compagnons.

Et les cordes des arcs derrière elle se détendirent. Les flèches tirées par Deego et Massin frôlèrent le meneur et tuèrent deux de ses guerriers. Le chef barbare se rua sur le général mais Falène s'interposa. Elle esquiva l'immense épée, lui entailla la jambe et le dépassa avec une aisance qui blessa sa fierté de mâle dominant. Elle partit affronter d'autres barbares pendant que Jeff, East, Glan et Marcus campaient leur position. Et comme attendu, le chef ennemi la prit en chasse ; il voyait rouge, jamais une stupide et faible femme ne l'avait ainsi humilié !

Quatre autres barbares périrent sous les tirs des archers esmériens avant le début de la grande mêlée, trois sous les coups de la demi-elfe. Puis Deego et Massin entraînèrent Seïk à l'écart et décochèrent de nouvelles flèches. De son côté, le mercenaire put apprécier le spectacle d'un air pantois, car les Esmériens valaient bien leur réputation. Les voir à l'œuvre était plus impressionnant encore que d'en écouter les nombreux récits. Si le peuple barbare n'était pas en reste en termes de renommée pour sa force majestueuse, il fit pâle figure face à la maîtrise des Esmériens.

Mis en pièces par les hallebardes de Jeff, East et Glan et les épées de Falène et Marcus, transpercés par les flèches de Deego et Massin, ces guerriers tribaux ne résistèrent pas plus d'une minute. Seul leur chef demeura en vie, toujours plus furieux de courir après cette femme qui ne cessait de se jouer de lui tout en ôtant la vie des siens.

— Occupez-vous de la fille ! ordonna Falène. Je n'en ai que pour une seconde.

— Comme si j'allais crever ! hurla l'adversaire en se ruant sur elle.

Il abattit son arme des deux mains. Quelle que fût sa force, comme au premier face à face, sa manœuvre parut être d'une lenteur effarante pour Falène ; elle l'esquiva et le frappa d'un coup d'épaule dans l'estomac. Elle tapait plus fort qu'il ne l'aurait cru. La douleur qui vint en conséquence, bien que supportable pour le géant musclé qu'il était, lui fit manquer d'attention pendant un instant. Sans scrupules, Falène lui enfonça sa lame entre les yeux, si vite qu'il ne vit pas la mort l'emporter. Il s'écroula dès que l'épée eut quitté son crâne, sous le regard toujours plus impressionné du mercenaire.

Jeff revint en portant la jeune femme meurtrie. Elle avait le visage tuméfié, le corps couvert de plaies et d'ecchymoses, tâché de sang, et une respiration faible. Ses lèvres remuèrent brièvement puis elle perdit connaissance, épuisée d'avoir lutté plus que de raison contre la douleur et l'humiliation. Pendant que Falène et les soldats de l'unité allaient inspecter le reste du village, elle fut conduite à l'entrée pour y recevoir les premiers soins. Jeff savait toutefois que son état exigeait l'intervention d'un médecin. Or, le plus proche endroit où en trouver un était Esméla, à quelques jours de voyage vers le sud.

Lorsqu'il fut certifié que personne d'autre en ces lieux n'avait survécu à l'attaque des barbares, le général ordonna à Massin de partir pour la capitale avec les chevaux de trait et le chariot. Le reste du groupe s'élança dans une rude chevauchée, une qui ne permettrait un vrai repos qu'une fois arrivé à destination.

Elle avait un doux visage, un sourire radieux et chaleureux. De magnifiques cheveux de feu ondulaient et tombaient en cascade sur ses épaules, et ses gestes gracieux l'hypnotisaient comme au premier jour. Toutefois, ce n'était rien en comparaison de son rire mélodieux.

Pour elle, il donnerait sa vie à bien des égards. Elle faisait partie de ces personnes qui jamais ne l'avaient jugé et l'acceptaient pour celui qu'il était vraiment. Car son apparence atypique lui valait la malveillance d'un grand nombre de ses pairs. Ou peut-être son ascendance était-elle à l'origine de leur aversion ? Ou bien les deux, il l'ignorait. En tout cas, cette haine l'avait jadis fait souffrir. Par chance, ceux qui l'avaient recueilli dans sa prime jeunesse lui avaient prodigué tant d'amour, inculqué tant de sagesse qu'il avait surmonté la méchanceté de tous ces ignares.

Aujourd'hui, il était solide comme un roc, quoique parfois colérique. Aujourd'hui, il avait à ses côtés sa bien-aimée, cette merveilleuse femme à la chevelure de braise. Elle s'appelait Sheena et, elle aussi, elle l'aimait. Et comme chaque jour où le temps était clément, ils flânaient au sommet de la colline sur laquelle était bâtie la maison de son enfance, devenue foyer de leur vie d'adultes.

Mais, d'un autre côté, il marchait d'un pas résolu à l'encontre de ces deux tourtereaux assis dans l'herbe. Il brûlait de rage et de malice, comme toujours, et il jubilait intérieurement pour ce qu'il s'apprêtait à faire. Toute son attention était rivée sur cet homme aux yeux hors du commun, au regard si particulier ; ceux qui le croisaient s'en trouvaient bien souvent démunis. Il s'approcha de lui, empoignant son épée à s'en blanchir les phalanges.

Il y eut un éclair de foudre et de feu, pâle reflet de leurs iris. La tête souriante de Sheena s'envola puis roula sur le sol.

Assis à flâner ou debout à manier le fer, il se crispa. Il eut la sensation de tomber dans le vide avant de plonger dans une mer de lave. Son âme se déchira, éclata en une myriade d'émotions bouillantes et aveuglantes. Ses pupilles se dilatèrent, ses yeux s'écarquillèrent à n'en plus finir… Il l'attaqua, et les ténèbres l'envahirent.

Kalar ouvrit les yeux et se dressa dans un sursaut. Le souffle court, il posa le regard sur ce qui l'entourait ; il se trouvait dans sa chambre. Il était en sueur. Il essuya son visage, remarqua par la même occasion qu'il pleurait. Il alla devant le miroir, vit que le chagrin déformait ses traits. La terreur se lisait dans ses yeux jaunes.

Il se massa le visage. Aussitôt, la peine fut remplacée par un rictus pervers, la peur par une joie malsaine.

Il se leva et tira les rideaux. Depuis sa fenêtre, située au deuxième étage du château, il posa le regard sur les environs. Au loin, le soleil chevauchait à moitié l'horizon. L'ombre qui pesait sur Fladrr se dissipait peu à peu et révélait le blanc et le gris de ses habitations, cernées par l'océan et les terres sablonneuses. Comme il s'en doutait, comme chaque fois qu'il faisait ce cauchemar, il s'était encore réveillé de bonne heure… Il n'en fut pas dérangé, il avait beaucoup à faire et ses nombreuses tâches accaparaient déjà son esprit. Alors, il fit sa toilette et alla prendre le petit-déjeuner. Les trois heures suivantes, il les passa sur son trône à écouter les doléances du peuple, pour les rares fous qui osaient encore venir réclamer sa clémence. Être roi avait aussi ses mauvais côtés, mais il acceptait de se prêter au jeu ; un sacrifice moindre pour légitimer sa souveraineté.

Enfin débarrassé de sa corvée matinale, il déjeuna, puis il s'enferma dans la petite pièce qu'il réservait à ses méditations quotidiennes. Ou plutôt était-ce l'heure de voyager dans l'Arcandia. Au sein de cette dimension parallèle existait, sous forme de flux interconnectés, l'Arcane, l'énergie que les mages manipulaient pour donner corps à la magie. Erraient aussi en ce lieu des âmes sans repos issues de tout temps et de tous horizons. Ce n'était toutefois ni pour l'un ni pour l'autre que Kalar s'y plongeait en cet instant. Il s'intéressait plutôt à l'Écho, la signature énergétique que renvoyait chaque être vivant, petit ou grand. Pour des raisons propres, certains objets et certaines matières premières en possédaient un également.

Comme une âme errante au cœur de l'Arcandia, Kalar étudia une fois encore l'Écho atypique des deux bagues et du joyau sphérique aux mille facettes posés devant son enveloppe charnelle. Le premier anneau, la *Bague d'Opale*, était orné d'une pierre noire ; le second, la *Bague des Flots*, d'une pierre bleue ; quant au caillou gros comme un poing, violet au millier de reflets grenat, il s'agissait de l'*Œil Pourpre*. Chaque bijou avait une signature différente et pourtant similaire. Quand il s'en fut imprégné, le roi vogua à la recherche de tout ce qui rayonnait d'une manière semblable. Comme chaque fois cependant, la tâche se révéla éreintante, longue et fastidieuse, car tout Écho lui apparaissait à l'excès. Les lumières l'aveuglaient, les senteurs l'étouffaient, les sons l'assourdissaient, les goûts l'écœuraient… et il en allait de même pour chaque façon qu'avaient ces signatures de se manifester. Tel était le prix de la puissance, d'une trop grande sensibilité à l'Arcandia. Mais Kalar n'avait nul autre choix que de l'endurer, son ambition en dépendait.

Il rentra bredouille de son excursion. Bredouille et épuisé. Il quitta la salle de méditation pour aller se restaurer. Un regard par une des fenêtres du château lui révéla qu'il faisait déjà nuit.

La panse pleine, il gagna une autre salle, gardée par deux soldats. Il les congédia d'un signe de main puis fit face à l'un des meubles qui remplissaient les murs. Tous étaient occupés par des boîtes en bois sur lesquelles étaient gravés un ou plusieurs symboles. Celle qu'il prit arborait un dragon, plus précisément l'emblème du clan Fáfnir. Il l'ouvrit et en sortit un orbe noir qu'il leva à hauteur d'yeux avant de prononcer un mot en langue Arcane. L'orbe se mit à léviter.

Apparut l'image d'un homme au crâne nu et au visage à moitié couvert d'écailles, vêtu d'une cape rouge sombre sur laquelle était brodé le dragon du clan Fáfnir.

— Bonsoir, Sire, dit le serviteur.

— Quelles sont les nouvelles ?

L'homme au visage écailleux sembla contraint.

— Les barbares de Juma ont décimé le village, hier, en fin de journée, révéla-t-il. Un groupe venu de l'extérieur est arrivé en début de soirée et les a éliminés avant d'emporter la fille. Ces gens chevauchent à présent en direction d'Esméla, avec empressement. En outre, l'Écho de la fille est faible, Sire, aussi pensé-je que les barbares l'ont grièvement blessée.

— Intéressant…

— Sire, malgré tout le respect que je vous dois, cela risque de lui coûter la vie. Si vous m'aviez envoyé la chercher plutôt que de la surveiller, elle…

— La ferme ! Suis les ordres et ne discute pas ! À moins que tu ne veuilles voir ton misérable clan disparaître de ce monde ?

Les yeux de l'homme à la peau d'écailles s'écarquillèrent puis s'étrécirent à mesure qu'une grimace déformait son visage et qu'il serrait les dents.

Il se contint avec peine et courba l'échine.

— Veuillez me pardonner, Sire.

— Qu'en est-il du reste ?

— Tout est en ordre. Le capitaine est mort et ses hommes ont prêté serment de vous servir. De gré ou de force.

— Bien. Bien, répéta Kalar en plongeant dans quelque réflexion.

Les secondes passèrent dans le silence, puis le serviteur demanda :

— Autre chose, Sire ?

— Oui. Puisque tu y tiens tant, si la fille vient effectivement à Esméla, capture-la dès qu'elle sera rétablie. Emporte mes nouvelles troupes avec toi et mets-les à contribution. Qu'ils fassent leurs preuves, je ne veux pas d'incapables dans mes rangs.

— Et si elle succombe à ses blessures ?

— Cela n'arrivera pas. Recontacte-moi lorsque tu en auras terminé. Et ne me déçois pas !

Un autre mot d'Arcane et la connexion fut rompue.

Dans la grotte où il avait établi ses quartiers, sur une île montagneuse proche d'Esméla, l'homme à la peau d'écailles s'empara de son orbe et le jeta contre un mur ; l'objet vola en éclats.

— Fils de chien ! hurla-t-il. Pour qui me prends-tu ? Connard ! Pourriture ! Va crever la bouche ouverte, pauvre merde ! On ne crache pas impunément sur moi et sur mon peuple !

La respiration forte et rapide, les traits étirés en une moue furieuse, il contracta tous ses muscles et étouffa un cri de frustration.

Il se maîtrisa.

— Cela n'a pas de sens. Il agit sans aucune logique, c'est à se demander s'il n'est pas stupide… Il payera cet affront. Il payera, je le jure !

Il prit une profonde inspiration comme s'il s'apprêtait à rugir. Puis il expira longuement et alla ramasser les éclats de l'orbe. Il employa la magie pour le remettre à neuf.

— Mais d'abord, la fille.

Chapitre 3

Entre la vie et la mort

L'unité esmérienne voyagea toute la nuit à allure soutenue, minimisant autant que possible les interruptions. Peu importaient la faim, la fatigue et les douleurs dues à l'interminable chevauchée, les cavaliers les ignoraient ; ils étaient à cela entraînés, à l'instar de leurs montures. Seïk eut le plus de difficultés à supporter l'effort, mais il résista lui aussi, encouragé par l'urgence de la situation.

Les tensions se relâchèrent peu après le lever du soleil et laissèrent place à l'émerveillement lorsque chacun remarqua que le visage de la jeune femme était à moitié désenflé, ses autres meurtrissures en partie effacées. Un drôle de phénomène qui fit croire à des premiers soins plus efficaces qu'escomptés, mais pas seulement. Le rythme put ainsi ralentir, les haltes s'effectuer de manière régulière. Ce regain d'espoir fut toutefois balayé le soir du jour suivant alors que la jeune femme développait une forte fièvre, soudaine et exceptionnelle. Les cavaliers et leurs destriers repartirent de plus belle sans jamais quitter la grand-route qui serpentait entre les collines, les lacs et les bosquets, traversait d'autres villages, filait sur les plaines ou aux abords des rivières et des champs. Sinon pour le strict nécessaire, ils ne s'arrêtèrent plus avant d'atteindre Esméla, le lendemain en début d'après-midi.

Sur le haut d'une falaise qui longeait l'océan, les coursiers passèrent du grand trot au pas rapide à l'instant où la ville portuaire se révéla au loin. Bien que fourbus, ils tenaient bon. Conscient de leur calvaire, Seïk flatta l'encolure de sa baie-brune et lui adressa des mots de soutien ; la jument trouva la force de répondre par un hennissement approbateur. Puis le mercenaire se laissa impressionner par la taille et l'élégance de la ville, lui qui venait ici pour la première fois.

Bâtie sur le versant d'une vaste colline en bord de mer, cernée par d'épais remparts, Esméla transcendait le paysage naturel comme un diamant piqué de minuscules rubis et d'émeraudes sur une main gantée de bleu et de vert. Elle apparaissait accueillante et chaleureuse avec ses maisons solidaires aux murs blancs, aux charpentes apparentes et aux toits de tuiles d'ocre rouge, sans parler des haies buissonneuses, des arbres et des jardins fleuris qui la clairsemaient. Elle irradiait et il y avait là un bon air iodé qui ravissait jusqu'aux cœurs les plus durs.

— Une ville magnifique, concéda le mercenaire. Telle que les livres la dépeignent.

— Ce n'est rien en comparaison de la capitale, vanta Falène.

— Rien en comparaison de vos charmes, renchérit-il avec un sourire séducteur.

Elle lui jeta un regard en coin, sévère ; elle pressentait ses intentions, les beaux parleurs partageaient tous les mêmes. Cet homme semblait néanmoins raisonnable, aussi pensa-t-elle que sa mise en garde silencieuse suffirait à le recadrer, à lui faire comprendre qu'avec elle, il valait mieux ne pas s'engager dans cette voie. Encore moins jouer de cet humour atypique dont jouissaient trois de ses camarades, s'il s'agissait plutôt de cela. Et puis, sans crier gare… elle sentit ses joues chauffer. Elle se raidit un instant et regarda droit devant elle, troublée par cet émoi improbable. Une vive émotion qu'elle qualifia bien vite d'égarement dû à la fatigue avant de retrouver son habituelle impassibilité.

Deego épiait la conversation et imaginait un sarcasme quand il vit la réaction de sa supérieure. Il crut d'abord halluciner, puis, à la différence de Falène, il considéra le mercenaire avec admiration. Réussir à percer la carapace de cette femme et à l'émouvoir de la sorte, de surcroît si tôt après leur rencontre ? Ce type était remarquable. Extraordinaire ! Le soldat s'abstint malgré tout de lui exprimer son respect, de crainte d'éveiller la susceptibilité de la vice-générale ; si elle se montrait d'ordinaire clémente et tolérante en dépit de son tempérament glacial, il y avait des sujets sur lesquels il était préférable de ne pas la tenter.

Aux portes nord de la ville portuaire, ceux qui allaient et venaient s'étaient rangés sur ordre de la garde. Les sentinelles d'Esméla, qui avaient reconnu de loin les deux généraux et leur unité, avaient aussi remarqué leur empressement inhabituel. Cela permit aux cavaliers de franchir le poste de sécurité et d'atteindre l'écurie sans s'arrêter pour de quelconques modalités de passage.

Pendant que les palefreniers se dépêchaient de prendre en charge les bêtes harassées, Jeff confia sa hallebarde à Falène et porta la jeune femme blessée. À en juger par sa respiration devenue presque inaudible, son teint blafard et ses longs cernes, il se demanda si elle allait s'en tirer, si l'homme dont il venait quérir les compétences était en mesure de la sauver. Que les tuméfactions qui ornaient son visage eussent depuis disparu n'y changeait rien, car la fièvre persistait.

— Vous avez quartier libre jusqu'à ce soir, déclara-t-il à ses hommes. Nous nous retrouverons à l'auberge *L'Espadon Pourpre*. Louez des chambres et déposez nos effets personnels. Seïk, tu viens avec nous.

Les quatre soldats acquiescèrent et entreprirent d'aider le personnel d'écurie à desseller les chevaux avant de saisir les affaires et de s'en aller. Les trois autres se dirigèrent d'un pas pressé dans une rue perpendiculaire à l'axe principal ; plus petite et aussi pavée, elle cheminait vers les hauteurs de la ville.

En toute discrétion, le mercenaire jaugea les deux généraux. Il avait espéré profiter de l'escale pour visiter Esméla, mais, de toute évidence, il n'en aurait pas le loisir.

— Avez-vous si peu confiance en moi pour me refuser d'aller où bon me semble ? s'offusqua-t-il un peu. Vous me laissiez pourtant le choix de vous suivre ou de partir lorsque nous nous sommes rencontrés.

— Ne t'ai-je pas dit que nous te garderions à l'œil si tu nous accompagnais ? répliqua Jeff. Souviens-toi que tu travaillais pour Kalar. Je ne peux te laisser filer sans être sûr que le royaume n'a rien à craindre. N'y vois rien de personnel.

— Je comprends votre méfiance et la sais justifiée, mais je dois avouer qu'elle contraste avec votre bienveillance. Vous m'offrez vêtements, nourriture et protection. Vous ne me demandez rien en retour et aucun lien n'enserre mes mains. J'aurais pu voler vos armes et vous trancher la gorge durant votre sommeil à de multiples reprises.

— Tu aurais pu, répéta Falène.

Seïk lui adressa un regard intrigué. Très vite, il comprit que, s'il n'était pas attaché, ce n'était ni une méprise ni de la naïveté de la part de ses hôtes. Ils l'avaient seulement jugé à sa juste valeur comme lui l'avait fait avec eux. Un élan de confiance qu'il apprécia, même si le général prétendait le contraire pour sauver les apparences.

Pour sûr, sa dette envers eux était grande.

Ils arrivèrent devant une maison à colombages dont la face dirigée vers la mer était constituée d'une saillie semi-hexagonale soutenue par des poutres épaisses. Sur la porte, une plaque de bois indiquait : « *Docteur Pan Malaski* ». Falène s'empressa de frapper.

Des bruits de pas résonnèrent de l'autre côté. Un vieil homme aux cheveux grisonnants, vêtu d'une blouse blanche et muni d'épaisses lunettes, ouvrit. Il eut l'air confus en voyant ceux qui le demandaient. Puis l'engouement le gagna.

— Nom d'une pipe ! N'est-ce pas mon brave petit Jeff ?

— Bonjour, mon oncle, répondit le général avec une mine grave. Je suis navré de nous imposer et d'en oublier les formalités, mais cette fille est mourante. Il faut agir au plus vite.

Le vieil homme baissa les yeux sur la jeune femme. Il leur fit signe d'entrer, les compagnons obéirent.

— Tu n'as pas changé, dit Pan à son neveu. Toujours à aider les autres.

Il reluqua la demi-elfe dont l'armure bleu azur épousait les courbes gracieuses à la perfection.

— D'année en année, tu ne cesses de t'embellir, ma chère. Tu es même plus rayonnante qu'à l'accoutumée. Ton mariage avec ce bougre d'idiot se profilerait-il ?

— Pan ! s'exclama-t-elle sur un ton plaintif.

Seïk étouffa un rire. Agacée, Falène se tourna vers lui d'un geste vif ; le voir entrer dans le jeu de ce vieillard excentrique lui déplaisait. Elle pensa le rabaisser, mais ce sourire enjôleur qu'il affichait à nouveau réfréna ses ardeurs. Et, une fois encore, les rougeurs s'invitèrent sur ses joues.

Encore… ? Elle fut décontenancée. Elle s'interrogea sur la raison de son agitation, tenta de se ressaisir, mais sa gêne continua de grandir au point de lui embrouiller l'esprit. Dès lors incapable de chasser son effervescence comme elle l'avait fait plus tôt, elle n'en fut que plus embarrassée.

Pour le vieux médecin, c'était une scène épique et impromptue qui se jouait sous ses yeux. Il jaugea le mercenaire, la demi-elfe, se dérida et enfonça le clou :

— Je crois que vous avez beaucoup à vous dire, tous les deux. Jeff, monte la fille dans mon cabinet, veux-tu ? le pressa-t-il avec tout son sérieux pour ne pas avoir à subir de piquantes répliques.

D'un mouvement prompt, il suivit son neveu. Il tendit néanmoins l'oreille, certain que Falène allait fulminer à son encontre, mais elle n'en fit rien. Cela le déçut quelque peu.

À l'étage, Jeff allongea la jeune femme sur la table d'auscultation, ôta la cape qui la couvrait et révéla les aléas de son état, ainsi que la rapide guérison de ses nombreuses blessures. Attentif aux déclarations, Pan examina sa nouvelle patiente ; elle avait à ce point guéri que, nonobstant des égratignures, elle paraissait seulement malade. Enfin, il réclama la solitude et alla réunir son matériel.

Sur le point de quitter le cabinet, Jeff remarqua le portrait peint posé sur le bureau, près de l'entrée. L'image montrait deux hommes et une femme d'une trentaine d'années, ainsi que deux enfants. Le plus jeune avait les cheveux blonds, l'autre les avait rouges comme le sang. Jeff serra les dents et eut un goût acide dans la bouche. De ces personnes, seuls lui, son oncle et son cousin vivaient encore. Son père et sa tante étaient tous deux décédés durant sa jeunesse. Quant à sa mère, absente de la peinture ? Il ne l'avait jamais connue. Si tout cela l'avait endurci au cours des années, s'il avait appris à rire de la vie et à surmonter les épreuves, se rappeler de telles réalités était toujours difficile.

Il coucha le portrait et quitta la pièce.

Au rez-de-chaussée, le hall donnait sur le séjour situé dans la partie semi-hexagonale de l'habitation. Il y avait un canapé, un fauteuil, une table basse, une large bibliothèque et d'autres meubles en chêne massif. Et un grand tapis de valeur au sol. Babioles et trophées de chasse décoraient les murs et une luxueuse magi-lampe pendait au plafond. Une perpétuelle et légère odeur de tabac embaumait les lieux. Ce lieu était identique à celui de son enfance, remarqua Jeff. Il y avait là quelque chose de réconfortant, une nostalgie apaisante au point qu'il en oublia la peinture de cette famille démembrée. Et il retrouva sa bonne humeur.

Interpellé par la voix de Falène, il lui prêta attention. Assise dans le canapé, débarrassée de ces curieuses émotions qui l'avaient un peu plus tôt secouée, elle palabrait sans retenue avec Seïk. C'était surprenant, car ils donnaient l'impression de se connaître depuis longtemps et se montrer si bavarde n'était pas dans ses habitudes… Mais, atypique ou non, ce comportement opportun ravissait Jeff ; il savait qu'elle en avait grand besoin. Alors, il traversa le hall en toute discrétion pour sortir de la maisonnée, sans prendre la peine de récupérer sa hallebarde.

Jeff revint au coucher du soleil. Seïk et Falène, animés par leurs incessantes discussions, s'interrompirent à son entrée. Et comme s'il y avait eu préméditation, le vieux Pan descendit les escaliers peu après. Il essuyait ses mains humides dans un linge et la fatigue se lisait sur son visage.

— Comment va-t-elle ? s'inquiéta le général.

— Un peu plus et cela n'aurait plus été de mon ressort, je dois bien l'avouer. Je n'en sais pas plus que vous sur ce qui a accéléré sa guérison, mais cela a bien failli me faire passer à côté de l'origine de la fièvre. Un parasite s'était niché sous son sein droit, probablement dans une plaie qui s'est refermée, ce qui a causé une infection sous-cutanée. Heureusement que cette saleté de bestiole a grossi assez pour que cela forme une bosse anormale sous la peau…

» Elle a également trois côtes cassées et la rate perforée. J'ai réparé les dégâts, les baumes et les médicaments feront le reste. Maintenant, tout ne dépend plus que d'elle. Si elle en a la volonté, elle ira mieux sous peu.

Jeff fut soulagé malgré l'incertitude, et il pria pour sa survie ; cela ferait au moins une vie que ces barbares n'auraient pas volée.

— Nous séjournerons à *L'Espadon Pourpre*, informa-t-il. Le retour à la capitale attendra. (Il se tourna vers Seïk.) Tu pourras visiter la ville demain. Je te conseille de commencer par le marché qui se tient sur la grand-place et le quartier marchand qui l'entoure, tu y trouveras sans aucun doute couturiers et armuriers à ta convenance. Falène t'accompagnera. D'ici là, allons à l'auberge, les gars doivent nous y attendre.

— Vous m'en voyez ravi, répondit le mercenaire. Permettez-moi cependant de me présenter à votre oncle. Je suis Seïk Lenohan. Je vous sais gré d'avoir sauvé cette demoiselle en détresse.

Il courba l'échine en gage de sincérité.

— Allons, jeune homme, les amis de mon neveu sont mes amis, ne soyez donc pas si formel. Et puis, je n'ai fait que mon travail. Pan Malaski, ajouta-t-il d'une main tendue que serra Seïk. Heureux de faire votre connaissance. Quant à vous deux, s'adressa-t-il à Jeff et Falène, laissez votre matériel ici. Vous n'allez tout de même pas vous trimballer en ville avec toute cette ferraille sur le dos, si ?

— Tu as raison, mon oncle. Pardonne-nous de t'en demander tant.

Le vieux médecin esquissa une expression bienveillance.

Délesté de son équipement, Jeff s'étira. Accoutumé à l'encombrement qu'il représentait, il n'en fut pas moins enchanté de s'en séparer, plus encore à l'idée de ne plus le porter pendant plusieurs jours. Malgré son incroyable vigueur et sa redoutable musculature, il devait admettre que la dernière cavalcade et tout ce temps passé en Farnoll à n'ôter son armure que pour dormir avaient fini par l'épuiser. Le corps bien moins harassé, Falène ne rechigna pas non plus à se défaire de sa cuirasse, mais conserva son épée. « Juste au cas où », prétexta-t-elle.

Fin prêts, les compagnons s'en allèrent.

Dehors, le soleil était hors de vue et le ciel s'assombrissait rapidement. La lune parait déjà la ville de ses froides et mystérieuses lueurs, contrastées par les chaudes lumières des torches et des magi-lampes. Les étoiles, qui se reflétaient sur la surface de l'océan, offraient aux vagabonds nocturnes un spectacle grandiose que la mélodie des insectes, du bruissement des feuilles et des vagues soutenait. Tout cela rendait Jeff mélancolique et pensif tandis qu'il ouvrait la marche et se perdait dans la contemplation du paysage. Côte à côte, Falène et Seïk le suivaient à vingt mètres de distance. Leurs cheveux filaient au gré du vent et de ses douces caresses.

Une brise un peu plus forte que les autres dégagea les côtés du visage de la demi-elfe. Du coin de l'œil, Seïk remarqua que son oreille était légèrement effilée et pointue, plus longue que celles des humains, moins que celles des elfes.

— Je vois que je ne suis pas le seul à avoir des secrets, murmura-t-il.

— Il faut croire, répondit-elle.

— Vous avez l'ouïe fine, la complimenta-t-il pour excuser son impolitesse. Je… Navré, je ne voulais pas vous offenser.

— Le fait que je suis une demi-elfe te dérange-t-il ?

Il la regarda avec surprise, elle ne broncha pas. Face à son mutisme, il dut se répéter la question plusieurs fois pour comprendre : elle était une sang-mêlé, une enfant issue de l'union d'une mère et d'un père de race différente ; la grande majorité des gens la considérait donc comme un paria. Confus, il détourna les yeux et les arrêta sur Jeff. Il l'observa un moment avant de relever la couleur de ses cheveux, rouge sang. Il se rappela que cette caractéristique était la preuve flagrante qu'un de ses parents était arrasien, ces humains à moitié couverts d'une peau écailleuse. Lui aussi était un sang-mêlé et, pourtant, il n'y avait jusqu'alors prêté aucune attention.

Sa remarque envers Falène lui parut d'autant plus déplacée.

— Je regrette de vous avoir blessée, dit-il. Peu m'importe d'où vous venez, vous n'en êtes pas moins une femme magnifique. Pour être honnête, votre compagnie de ces derniers jours m'offre un plaisir que je ne puis dissimuler. Un plaisir que je n'avais encore jamais connu.

Elle ne douta pas de sa sincérité, mais elle ne sut quoi répondre. Il la flattait encore, de surcroît avec une franchise déconcertante. Si les prétendants et leurs belles paroles ne manquaient pas et jamais ne la troublaient, lui savait y faire. À l'égal de l'homme qu'elle aimait jadis, le seul à avoir un jour accompli cette prouesse.

Elle considéra le mercenaire. En plus d'un physique pour plaire, elle devait reconnaître qu'il possédait une personnalité séduisante, entre autres raisons par la tolérance et le respect qu'il démontrait et accordait sans distinction. Tout comme Lendal…

— Ma mère me contait souvent des histoires au sujet des sang-mêlé, déclara Seïk. Je me souviens en particulier de la légende de Sunhal. La connaissez-vous ?

Falène secoua la tête. Il enchaîna :

— À cause de ses origines humaines et elfiques, Sunhal fut traité de parjure tout au long de son existence, mais il n'en tint jamais rigueur à quiconque. Il voulait prouver à chacun que la grandeur d'un individu ne dépend ni ne doit dépendre de ses gènes.

» Il étudia de longues années l'art de la magie et parcourut le monde. Son savoir, tout comme sa puissance, ne cessa de croître pour atteindre des sommets inégalés. Ses hauts faits furent nombreux. Il obtint même la plus grande distinction dont un mage puisse rêver, celle d'archimage suprême. À d'innombrables reprises, il sauva Lanvaril de désastres et en protégea les peuples ; il agissait toujours selon son sens de la justice, sans se soucier des qu'en-dira-t-on. Malgré cela, le roi de Sholan fut le seul à le reconnaître comme un héros.

» Le jour de sa mort, le roi de Sholan eut pour ultime volonté que Sunhal lui succède sur le trône. La cérémonie du couronnement se fit aussitôt, selon ses ordres, puis il rendit son dernier soupir. Lui aussi espérait que le monde ouvre les yeux et cesse de juger les sang-mêlé à tort, car si certains d'entre eux avaient par le passé commis des atrocités innommables, d'autres avaient accompli de grandes choses. Et, selon lui, Sunhal était le seul en mesure d'éveiller les consciences. Ses convictions étaient inébranlables, tout comme l'amour qu'il portait à Lanvaril et à ses habitants. Plus encore, il avait ce don rare d'allier sagesse et puissance. Mais rien de cela ne suffit, le bon resta occulté par la peur.

» Chaque jour qui suivit son ascension, Sunhal reçut insultes et menaces. Il ne cessa pourtant jamais d'aider son prochain. Il était humble et confiant, il n'avait plus rien à prouver et il le savait. Puis, un jour qu'il traversait la foule de la grande cité, il fut poignardé. Il aurait pu l'éviter, mais, exténué par la haine injustifiée de ses sujets, il voulait que son vécu devienne une leçon pour les générations futures, que tous les sang-mêlé présents et à naître aient une vie meilleure que la sienne. Sur le point de mourir, il regarda son assassin et lui parla haut et fort : « Toi qui portes en ton cœur haine et désarroi, je ne te hais point. Je te confie notre monde, te voilà désormais roi. Je prierai depuis les cieux pour que tu t'en montres digne, pour que ton peuple te donne l'amour qu'il n'a jamais su me donner. Va, ne le déçois pas ». Alors qu'il rendait son dernier souffle, armé d'un sourire paisible et sincère, l'émotion gagna la foule. Ceux qui lui survécurent furent contraints de reconnaître sa grandeur d'âme jusqu'à regretter de l'avoir jugé sur ses simples origines. Afin d'honorer sa mémoire, nombre de récits furent écrits à son sujet, de contes déclamés, de ballades chantées. Une statue d'or sculptée à son effigie fut érigée au centre de Sholan. Ainsi, jamais personne n'oublierait qui était Sunhal le Sang-Mêlé et ce qu'il avait de son vivant accompli.

— C'est une belle histoire, admit Falène. Mais rien de plus que des fabulations destinées à abrutir les enfants.

— Ne soyez pas si dure. Je pense que les histoires de ce genre ont leur part de réalité et servent avant tout de leçons, comme le désirait Sunhal.

Rapide comme l'éclair, Falène se planta devant lui. À la lueur qui brillait dans ses yeux, Seïk pensa l'avoir pour de bon contrariée.

— Pour commencer, cesse de me vouvoyer. Nous nous connaissons, désormais, d'autant que tu risques de rester avec nous encore quelque temps. En ce qui concerne les légendes, je ne crois que ce qui est. Les sang-mêlé ont été et seront toujours considérés comme des parias. Bien que de nombreuses gens aient aujourd'hui appris la tolérance, cette haine ne disparaîtra jamais. Elle reviendra en force, un jour ou l'autre, et ni toi ni moi n'y changerons quoi que ce soit. C'est la seule vérité, qu'importe le peuple auquel tu appartiens, qu'importe l'époque dans laquelle tu vis.

Incrédule, il la dévisagea. Et il se mit à rire.

— Qu'y a-t-il de si drôle ? se défendit-elle, embarrassée.

— C'est juste que je croyais vous avoir insultée.

— Ce n'est pas le cas. Et tutoie-moi.

— Mille excuses. Je te remercie donc de m'accorder ce privilège. C'est un honneur. Vraiment.

Elle voulut répliquer mais aucun mot ne vint, aussi tourna-t-elle les talons pour rejoindre Jeff d'un pas leste.

Il sembla au mercenaire qu'elle n'était pas convaincue par ses propres paroles. Le respect que leur témoignaient les soldats de l'unité, à elle et au général, était trop évident pour que quiconque puisse le nier ; il en allait certainement de même pour tout le royaume. Mais, à bien y réfléchir, était-ce là la seule cause de sa fuite ?

À l'auberge, les lumières jaillissaient de l'établissement. Le son de la musique, des voix, des rires et des chopes entrechoquées attestait de l'agitation.

Jeff frappa des mains au point de surprendre ses compagnons.

— Nous y voilà ! annonça-t-il avec entrain, sa contagieuse bonne humeur retrouvée.

Il jeta un dernier regard sur l'océan et entra dans l'auberge.

East et Glan étaient accoudés à une table. Ils riaient de bon cœur et buvaient jusqu'à satiété, laissant l'ivresse de la fête les submerger. Marcus et Deego dansaient avec des serveuses ; elles se prêtaient au jeu non sans plaisir. Heureux de voir que ses hommes n'avaient rien perdu de leur gaieté, Jeff s'approcha du bar et y déposa une bourse.

— Ce soir, c'est moi qui régale ! s'écria-t-il avec la complicité de la tenancière.

— Hourra ! Longue vie au général Malaski ! firent en chœur East et Glan avant de descendre d'une traite leur chope d'hydromel.

Le reste de l'assemblée acclama Jeff, tel un héros. Tel celui qui avait su gagner le respect de tous. Preuve pour Seïk qu'il ne s'était pas trompé : ni cet homme ni Falène n'étaient vus comme de la vermine. Du moins, pas en Esméry.

Seïk quitta l'auberge et vint s'asseoir sur le haut des marches qui la bordaient, à gauche de l'entrée. Courbatu, il étendit les jambes et s'étira. Il scruta les étoiles un moment, puis se pencha vers l'avant et se massa la nuque, rendue douloureuse par l'interminable chevauchée.

Il ferma les yeux et laissa son esprit vagabonder au son des festivités. Le souvenir de Falène et des discussions passionnées partagées ce jour avec elle eut tôt fait de l'émoustiller. Au cours de cette dernière décennie passée sur les routes à voguer d'un contrat à l'autre, à courir d'aventure en aventure, il en avait rencontré des femmes, ça oui. Mais…

— Je ne suis pas la seule à avoir des secrets, fusa une moquerie dans son dos.

Reconnaissant la voix de la demi-elfe, il bascula la tête en arrière et la vit approcher. Ses lèvres s'étirèrent discrètement.

— Est-il loyal de prendre les gens par surprise ? accusa-t-il sur un ton plus proche de la complicité que du reproche.

— Non, mais cela permet de rester en vie.

Il reprit sa position initiale, pencha la tête d'un côté puis de l'autre pour faire craquer ses vertèbres cervicales et élonger ses trapèzes. Cela ne dura qu'une moitié de seconde, mais Falène aperçut, sur sa nuque, une étrange cicatrice qui représentait une croix entourée d'un cercle. Un genre de fardeau que l'on porte après avoir été marqué au fer rouge.

Elle s'assit près de lui.

— Étais-tu esclave ? demanda-t-elle après un temps.

— Pas que je sache. Pourquoi ?

— La marque sur ta nuque…

Avec un brin d'amertume, il s'allongea, mains derrière la tête pour garantir son confort, et continua d'admirer les étoiles. Falène observa patiemment l'horizon.

— J'ignore d'où elle vient, confessa-t-il. Je peux seulement dire qu'elle est récente. Peut-être est-ce un cadeau d'adieux de Kalar ? Qui sait… Mais je ne vais pas m'en plaindre, ce n'est rien à côté des préjudices que beaucoup ont subis par sa faute.

Falène acquiesça en silence, cela ressemblait bien au roi de Drezn.

Une minute passa puis la demi-elfe se leva, présenta ses excuses de si vite lui fausser compagnie et s'enfuit. Ce fut bref, mais Seïk releva une nouvelle fois la tristesse dans son regard. Il ne lui fut pas difficile de deviner que Kalar n'y était pas étranger. Il aurait souhaité la soutenir, mais il la laissa filer ; elle avait sûrement besoin d'être seule. Il resta assis encore un moment puis rentra dans l'auberge, avec la ferme intention de profiter de l'ambiance festive de ce lieu jusqu'au bout de la nuit.

Chapitre 4

Coup de théâtre

Falène toqua à la porte de la chambre de Seïk et entra sans attendre d'y être invitée ; elle n'en avait pas besoin, le jour était levé et l'heure du rendez-vous avait sonné. Elle le trouva fin prêt à affronter la cohue de la ville, et quel ne fut pas l'émerveillement du mercenaire lorsqu'il découvrit sa plaisante compagne ! Elle portait un ensemble blanc embelli de fines bordures bleu azur. Son haut de corps, qui épousait sa silhouette svelte, se poursuivait le long des jambes en un pan taillé en diagonale. Une courte culotte enserrait ses hanches tandis qu'une paire de cuissardes complétait l'élégante tenue. L'accoutrement idéal pour la talentueuse bretteuse qu'elle était. Excepté, peut-être, cette fioriture qui pendait à l'arrière et qui pouvait porter préjudice lors d'un combat. Du moins, à quiconque n'avait pas de gènes elfiques.

L'estomac plein, ils se rendirent sur la grand-place où chaque jour s'animait un marché digne de ce nom. Sur ce vaste espace et dans les rues adjacentes, les artistes itinérants se mêlaient aux commerçants. Au centre de l'endroit hautement fréquenté se dressait la fierté d'Esméla, une grande fontaine surmontée d'une impressionnante statue. Cette dernière mettait en scène Odin sur son fidèle destrier à huit pattes, Sleipnir. La divinité brandissait sa lance *Gungnir*. L'eau scintillante évacuée en cascade sous les sabots de la monture donnait l'impression que la structure pouvait prendre vie à tout instant. Personne, qu'il fût citoyen de la ville portuaire, voyageur en escale ou touriste, ne se lassait de la contempler. Et Seïk ne fit pas exception ; à trois cents mètres de la sculpture, il pouvait en mesurer la splendeur.

— J'ai des affaires à régler, dit Falène. (Elle lui confia une bourse.) Je suis sûre que tu en feras bon usage. Je te retrouverai sur les quais du port dans deux heures.

Sans lui laisser le temps de la remercier, elle s'éloigna et disparut dans la foule ; il fut un peu déçu, il aurait aimé profiter du marché en sa compagnie. Par chance, aujourd'hui, le temps était ensoleillé, de quoi le mettre de belle humeur. Il se résigna et partit en quête de bonnes trouvailles, car, comme l'avait dit Jeff, il en ferait sans aucun doute. Et cela ne tarda pas.

Après une courte errance, il s'arrêta devant un long présentoir jonché d'armes. L'armurier, robuste et de grande taille, négociait la vente d'une épée de médiocre qualité avec un nain. Le client déclinait chacune des offres et s'énervait un peu plus à chaque fois que l'homme insistait.

Égayé par cette scène absurde et pourtant commune dans un tel lieu, Seïk s'intéressa aux marchandises. Il fouilla une bonne minute et dénicha, sous un tas de vieilleries, un couple de dagues engainées. Il les saisit et les sortit de leurs fourreaux de cuir, banals et usés. Les lames étincelaient et les gardes arboraient la forme d'un œil, ouvert pour l'une et fermé pour l'autre. Aguiché par leur esthétique, il les soupesa, les fit jongler entre ses doigts, passa avec prudence son pouce sur leur tranchant délicat et les rengaina. La satisfaction illumina son visage, la qualité était au rendez-vous ! Ces lames étaient de facture si bonne qu'il les soupçonna d'avoir été façonnées par un maître forgeron elfe ou nain. Il fut même étonné que de telles armes se soient retrouvées dans un foutoir pareil. S'il avait été commerçant, il aurait exposé ces merveilles en évidence et tout honneur leur aurait été fait.

— Eh ! beugla à son intention l'armurier qui venait de perdre son client nain. J'espère que tu comptes me payer ! Je ne fais pas la charité, moi, j'ai une femme et deux gosses à nourrir.

— Je ne suis pas un voleur, rétorqua Seïk. (Il faillit rire en relevant l'ironie.) Combien valent ces dagues ?

Le marchand fut gêné par son accusation et regretta son agressivité pour ce qu'elle aurait pu lui coûter. Il grommela, lâcha un juron pour garder la face et retrouva toute son assurance.

— Ces deux bouts de ferraille ? Bah ! Je te les laisse pour cent séreins chacune.

Seïk retint un violent sarcasme. Ce commerçant était-il aveugle ? Au premier coup d'œil, quiconque aurait estimé la paire de dagues à au moins cent fois ce prix ! Ou alors, se désintéressait-il de sa propre marchandise ? Dans tous les cas, il y avait là une occasion à saisir.

— Cent séreins ? s'offusqua-t-il. C'est un scandale ! Elles n'en valent pas plus de soixante, et encore !

— Quoi ?! Et tu crois que je vais vivre avec si peu d'argent, moi ?

Seïk le regarda droit dans les yeux, la confiance de l'homme s'ébranla un peu. L'air renfrogné, il reposa les armes d'un geste lent, fit volte-face et s'en alla. Après cinq mètres, la voix de l'armurier retentit :

— A... Attends ! C'est bon, ça va. Je te les vends pour quatre-vingts séreins chacune. Mais c'est mon dernier prix !

Seïk rit sous cape et revint d'un pas nonchalant, affichant un intérêt bien moindre qu'auparavant. Il jaugea les dagues, le marchand, les dagues puis le marchand. Ce dernier déglutit, commença à suer.

— J'accepte, dit-il après une longue hésitation.

L'ombre d'un soulagement survola le visage de l'armurier alors que les pièces passaient de main en main. Seïk s'empressa d'emporter son trésor loin de là, redoutant la possibilité qu'il décèle la supercherie. La culpabilité d'avoir escroqué un honnête homme le gagna bientôt, mais ses remords s'évanouirent dès que les lames reposèrent contre ses hanches. Et puis, le marché, c'était la loi de la jungle : dévorer ou être dévoré. Si ce commerçant vivait de ses ventes, lui survivait grâce à ses talents de voleur, de combattant et d'acteur. D'ailleurs, se battre à mains nues n'était clairement pas son style et la seule vue d'une arme dissuadait mieux que les poings.

Son périple se poursuivit au cœur d'une foule grandissante. Il fit halte auprès d'un autre armurier, acheta des fourreaux neufs pour ses nouvelles dagues et se débarrassa des anciens. Il continua sa route, bifurqua à gauche entre deux tentes où l'on vendait des vêtements, puis encore à gauche après vingt mètres. Un peu plus loin, les étalages faisaient place nette et formaient un large cercle autour d'une scène en bois joliment décorée. Du beau monde assistait déjà à une représentation, première de la journée.

Les échos de quelques répliques parvinrent aux oreilles de Seïk, malgré la cohue. Gagné par la curiosité, il s'approcha et découvrit que la troupe de comédiens interprétait l'histoire du tristement célèbre Sunhal le Sang-Mêlé. Drôle de coïncidence alors que, la veille, il contait cette légende à la demi-elfe. Cela l'incita à profiter du spectacle où les costumes hauts en couleur se prêtaient parfaitement aux scènes et aux répliques burlesques, ajoutées pour en faire une pièce à tendance humoristique. Une véritable réussite qui mérita l'ovation à laquelle le mercenaire se joignit très volontiers.

L'attroupement de spectateurs se dissipa et Seïk reprit l'exploration du marché, impatient de découvrir quelles autres merveilles l'attendaient. Alors qu'il s'éloignait de la scène, un des acteurs le rattrapa et le retint par l'épaule. C'était un elfe à la peau d'un blanc ivoire, vêtu d'un pantalon moulant et d'une veste à queue-de-pie aux couleurs chatoyantes. Sa coiffe ample et ses lunettes en forme d'étoile lui donnaient une apparence folklorique.

— Olah, mon ami ! dit le comédien en effectuant une courbette théâtrale. Je me nomme Gonzo, membre d'une modeste troupe itinérante. Tandis que je patientais dans les coulisses, tout à l'heure, j'ai entendu et vu la façon dont vous avez berné ce vendeur d'armes, celui a qui vous avez acheté… (Il inspecta les hanches de son interlocuteur.) Vos dagues. Je sais reconnaître la comédie lorsque je la vois, et… quel talent !

S'il ne révéla qu'un brin d'embarras, Seïk ne s'en méfia pas moins ; ce personnage l'abordait un peu trop facilement à son goût. Peut-être était-ce un individu mal luné prêt à causer des ennuis à quiconque pour n'importe quel motif ? Ou était-il lui aussi intéressé par ses nouvelles lames ?

Nonobstant la suspicion, il préféra la politesse et la courtoisie, imita l'artiste en se penchant de manière désinvolte.

— Seïk Lenohan, mercenaire et voleur au service de la pauvreté… et pauvre lui-même.

Gonzo rit, amusé par sa répartie. Seïk fut moins enjoué alors qu'il remarquait l'épée à la ceinture de l'elfe et l'usure au niveau de la garde. Elle ne ressemblait pas à un banal accessoire de scène.

— Vous voyez juste, c'est une vraie, répondit Gonzo à la question muette. Car je suis également bretteur. Cette arme contribue autant à mon costume qu'à ma survie et celle de mes proches, une précaution qui n'est jamais malvenue dans le dur métier que mes amis et moi exerçons, comprenez-vous ?

De nouveau pris au dépourvu, Seïk fut impressionné. Qu'un comédien, épéiste par nécessité, se montre capable de voir où portait son regard avec une telle rapidité, ce n'était pas banal. Même venant d'un elfe.

— Peut-être aimeriez-vous enfin connaître la raison de cette conversation ? ajouta-t-il.

— Cela m'apparaît… judicieux.

— Bien sûr, je vous prie de pardonner mon audace. En vérité exalté en vous comptant parmi notre public, je voulais vous proposer de rejoindre notre troupe, mais… après mûre réflexion et ce bref échange, je serais étonné que vous acceptiez mon offre.

— En effet.

— Fort dommage. J'aurais pris plaisir à vous connaître davantage, noble voleur. Mes excuses de ne pouvoir rester palabrer plus longtemps avec vous, nous donnons une nouvelle représentation dans une heure et il s'avère que d'autres affaires m'attendent.

Gonzo salua son interlocuteur d'un mouvement ample et retourna auprès de ses camarades aussi vite qu'il était venu.

Perplexe, Seïk médita sur ce qui venait d'avoir lieu. Puis il s'en alla à son tour, dès qu'il eut accepté l'éventualité d'une simple lubie d'un elfe quelque peu dérangé.

Il déambula dans les allées d'une marche nonchalante et cette fois non feinte, profitant de l'air frais et iodé d'un matin au bord de l'océan ; au loin vers le port, l'on entendait les mouettes et les goélands piailler après les marins au retour de leur pêche, menaçant de voler les pauvres travailleurs qui déchargeaient leurs cargaisons. Lorsque ces volatiles ne tournaient pas autour des poissonneries en tentant de chiper ici ou là un poisson laissé sans surveillance.

C'était donc une belle et paisible journée ensoleillée comme Esméla en connaissait souvent, à n'en point douter. Le mercenaire avait la certitude, en posant les mains sur ses deux nouvelles compagnes, que rien ne saurait contrarier son présent bonheur. Même une blanche chiure de ces démons volants pour coiffer ses épaules ou le sommet de son crâne n'y changerait rien. Ou presque. Il se sentait la volonté d'affronter n'importe quel préjudice ! Et pourtant... Son opinion, il la révisa à la vue d'un médaillon bien particulier posé sur le présentoir d'un bijoutier parmi tant d'autres. Il s'empressa de l'examiner. Le relief représentait deux corbeaux face à face, chacun agrippant une dague entre ses serres. Au dos de l'objet, un court texte au sujet des dieux y était gravé.

Bon sang ! Il avait vu juste, il s'agissait bien du médaillon dont Kalar l'avait dépossédé lors de leur dernière entrevue !

— Où l'avez-vous eu ? réclama-t-il au commerçant.

L'homme opulent aux habits de soie le toisa.

— Mon bon monsieur, ici, les articles vont et viennent. J'ai acheté ce médaillon à un voyageur qui prétendait n'en avoir cure et souhaitait s'en débarrasser, si vous tenez tant à le savoir. À en juger par votre expression, j'en déduis qu'il vous intéresse ? (Il fit mine de réfléchir.) Il vous en coûtera... disons... huit mille séreins ?

— Huit m... Vous plaisantez ?! Il m'appartient ! Pourquoi devrais-je même le payer ?

— Je n'ai que faire de vos dires, gronda le bijoutier. Cet objet est sur ma table et ce qui est sur ma table est à moi. Si vous le voulez, payez, sinon, partez ! Préférez-vous peut-être que j'appelle la garde ? Si vous êtes là pour me causer des ennuis...

Seïk déprécia la menace. D'autant plus agacé par le concours de circonstances, il le considéra avec une intention malsaine. Il reposa le médaillon aux corbeaux, s'éloigna et chercha d'un œil discret les soldats les plus proches. Ceux-là n'étaient pas à moins de vingt mètres, aussi pourrait-il se faufiler dans la foule comme le vent et disparaître sans mal. Il jugea le meilleur itinéraire pour fuir puis revint près de l'étalage. Innocent, il reprit l'objet et fit semblant de l'examiner, comme s'il hésitait. Il inspira, se prépara et… Gonzo posa une main sur son épaule, attrapa le médaillon et le jeta sur le présentoir.

Avant qu'il le réalise, l'elfe l'avait conduit à l'orée de la grand-place.

— Cherchez-vous à ce point le confort d'une cellule ? le raisonna Gonzo tandis que Seïk forçait le retour de son calme. Cet homme est un escroc, je vous l'accorde, mais, escroc ou non, il est mandaté par le Centre de Gestion Commerciale de Sveldetz pour s'affairer dans cette ville. Tenter quoi que ce soit contre lui aurait de fâcheuses répercussions sur le royaume. Très fâcheuses.

— Vous semblez en savoir long sur le sujet, se défia Seïk. N'étiez-vous pas d'ailleurs censé avoir vos propres affaires en cours ?

— L'instinct, mon ami. C'est ce qui m'a poussé à vous observer encore un peu, prétendit-il en ignorant la première question. Et par la barbe d'Odin, que j'ai bien fait ! Maintenant que le problème est réglé, je dois me hâter. Ce fut un plaisir de vous venir en aide, cher mercenaire.

Il salua comme s'il terminait sa représentation. Aussi agile et rapide qu'un félin, il s'éloigna. Seïk soupira, excédé par le mystère qui planait autour de ce comédien. Contraint par l'absence de réponses, il se força à oublier ses interrogations et marcha vers le port. Il avait au moins acquis une certitude après toute cette histoire : il devait récupérer son médaillon avant de quitter Esméla. Mais pas à n'importe quel prix.

Le vieux médecin était allongé dans son fauteuil, jambes croisées sur un repose-pied. Le jour était jeune et, comme à son habitude à cette heure, il lisait le journal en fumant sa pipe fourrée de ce merveilleux tabac originaire des côtes de la lointaine région de Liev. S'en dégageait comme une odeur de bois de pin et d'épices.

Quelqu'un frappa à la porte. Il leva les yeux, plia le journal et alla ouvrir. Jeff attendait.

— Entre.

Il tira une dernière bouffée, posa sa pipe sur le meuble à côté de l'entrée et se dirigea vers l'étage.

Dans la chambre, la jeune femme était allongée sur le lit, endormie. Pan retira le drap qui la couvrait et défit les bandages au niveau de l'abdomen et de la poitrine. Bien qu'il l'eût déjà constaté la veille, Jeff fut fasciné par l'absence d'ecchymoses qui pourtant la marquaient en grand nombre au départ du village. Sa surprise fut plus forte lorsqu'il découvrit les incisions, au ventre et sous le sein droit, pratiquées par son oncle. La cicatrisation avançait bien. Trop bien. À ce rythme, la guérison serait totale dans deux jours, trois tout au plus.

— Cette fille est un cadeau des dieux ! s'engoua le vieux médecin. De toute ma vie, jamais je n'ai vu cela.

— N'est-ce pas l'efficacité de tes baumes qui est en cause ?

— Bien sûr que leur efficacité est à prendre en compte, mais pas à ce point. Une patiente ordinaire n'aurait atteint ce stade qu'après une semaine de repos, au bas mot.

— Et pour les dégâts internes ?

— À en juger par ce que je vois, sa rate aura retrouvé toute sa vigueur sous peu, elle aussi. Quelques jours de plus pour les côtes si elle reste là sans bouger.

La confirmation obtenue que cette jeune femme guérissait plus vite que la moyenne, et de loin, Jeff fut songeur. Puis il reporta son attention sur elle alors que le vieil homme finissait de resserrer les bandages.

— S'est-elle réveillée ?

— Pas encore, dit Pan. Je suis navré. Je pense qu'elle ne tardera pas.

Jeff opina de la tête. S'il était ravi qu'elle se soit aussi vite rétablie, il se demandait combien de temps encore il devrait attendre pour l'interroger sur son identité et sur l'attaque des barbares. Et, de ce fait, pour effectuer son rapport auprès de Lia, car la présence de tels guerriers si loin de leurs terres était, d'après lui, un mauvais présage en plus d'être anormal.

— Je repasserai tout à l'heure, promit-il. Falène m'attend. Et tu la connais, elle déteste attendre.

— Le travail, devina Pan. Si, au passage, tu peux prendre la liste qui est dans la cuisine et faire un saut au marché, tu me rendrais service. J'ai besoin d'ingrédients pour mes baumes.

Jeff signifia son accord ; il ne pouvait de toute manière rien refuser à son oncle.

Pan le raccompagna à la porte. Dès qu'il fut seul, il saisit sa pipe et reprit son exercice matinal, lové au creux de son fauteuil.

À la demande du mercenaire, Falène le conduisit chez un couturier de bonne renommée. Il désirait au plus vite rendre à ses hôtes les vêtements qu'il leur avait empruntés, sous prétexte d'avoir déjà trop abusé de leur générosité. S'il disait vrai, il cachait en revanche le fait qu'il dépréciait son allure ; cet accoutrement lui donnait, selon lui, un air de paysan. Il préférait avoir une apparence à la fois discrète et peu ordinaire. Une belle ironie que cette histoire, car il oubliait que l'argent qui allait payer ses frais vestimentaires n'était pas le sien. Quand bien même il rembourserait…

Quoi qu'il en fût, il adopta un style plus aventureux, semblable à celui qu'il avait avant que Kalar ne le dépouille de ses affaires. Les protections en moins. Une chemise bordeaux sous un fin gilet de cuir à lacets et un pantalon beige rentré dans des bottes à revers, voilà bien qui lui seyait.

Plus tard, alors qu'ils marchaient à l'ombre des habitations dans une ruelle où les balcons fleuris des maisons attiraient les abeilles, Falène remarqua la préoccupation de son compagnon. Elle n'eut pas besoin de le cuisiner, le seul poids de son regard suffit à l'inciter à la confession. Il expliqua avoir retrouvé un de ses biens sur la table d'un bijoutier, sans pouvoir le récupérer. Un médaillon que sa mère lui avait confié une dizaine d'années plus tôt, peu avant d'être emportée par la maladie. Dans son dernier souffle et sans donner plus d'explications, elle lui avait fait promettre de le garder en lieu sûr.

Falène entendit qu'il y attachait de l'importance. Elle le lisait dans ses yeux pleins de détermination, de colère et de frustration. Elle voulut l'aider, mais comment ? Voler ? Faire jouer ses relations ? Ou bien invoquer son titre de vice-générale de l'armée d'Esméry ? Non, tout cela était contraire à l'éthique imposée par la reine, un code moral qu'elle respectait, aussi pragmatique fût-elle. Quant à acheter le médaillon, huit mille séreins était une somme importante que ni elle ni Jeff ne possédaient.

Seïk poussa la réflexion. Il lui fallait trouver une solution, et vite, car il ne resterait pas éternellement dans cette ville. C'est alors qu'il se souvint de Gonzo, cet elfe qui gagnait sa vie en tant que comédien… Il se répéta cette information, encore et encore, avant de frapper sa main du poing. C'était évident ! Si lui et sa compagne n'étaient pas des acteurs nés, cela les empêchait-il de se donner en spectacle ? Outre le théâtre, les démonstrations d'armes étaient elles aussi prisées. De plus, cela les occuperait et ferait office d'entraînement en attendant le réveil de la jeune rescapée amenée à Pan Malaski. En somme, un parfait moyen de récolter des fonds.

L'idée rebuta Falène. Dans un premier temps, du moins, car elle n'aimait pas s'exhiber de la sorte. Les arguments pertinents du mercenaire eurent cependant raison de ses réticences. Ainsi se rendirent-ils à la mairie pour obtenir l'autorisation de se produire, puis ils cherchèrent un endroit où se mettre à l'œuvre. Ils trouvèrent l'emplacement idéal à l'orée de la grand-place. Le lieu s'était un peu vidé de ses marchands ambulants en raison de l'heure avancée et, si les artistes étaient plus nombreux qu'en matinée, il y avait suffisamment d'espaces libres à investir.

Après un rapide échauffement, ils entamèrent des séries de passes d'armes. Les premières furent maladroites, mais leur savoir-faire transforma vite la joute en chorégraphie remarquable. L'harmonieuse danse de lames ne passa pas inaperçue et attira de plus en plus de monde au fil des heures. Ils stoppèrent après que le soleil se fut engouffré derrière l'horizon, comptèrent leurs gains et se ravirent de voir à quel point la caissette à dons s'était remplie ; pour cause, certains allaient jusqu'à y déposer plusieurs dizaines de séreins d'un coup. Un exercice épuisant, certes, néanmoins satisfaisant. Et ils reprirent le jour suivant, puis le suivant, enhardis par la générosité toujours plus surprenante de leurs observateurs. Au troisième jour cependant, un évènement de grande importance organisé par la ville contraignit tout le monde à évacuer les lieux à la mi-journée.

De retour à *L'Espadon Pourpre*, Seïk et Falène retrouvèrent Jeff et le reste de l'unité, et ils profitèrent des lieux jusqu'à la nuit tombée. Un brin éméchés par l'hydromel, ils partirent pour la grand-place lorsque l'agitation dans les rues devint conséquente. Comme chaque année à cette date, des festivités étaient organisées pour commémorer l'ancien roi d'Esméry et son épouse, tous deux assassinés, et le valeureux général Seth Malaski, le défunt père de Jeff tombé au combat. À leur arrivée, la musique déjà guidait les pas, incitait les plus introvertis à se remuer, arrachait aux bienheureux des rires joyeux.

Seïk entraîna Falène dans la danse, une invitation qu'elle accepta volontiers. Ou bien fut-ce elle qui impulsa le mouvement ? Difficile à dire ; cela se fit d'une manière si naturelle qu'ils donnèrent l'impression de se côtoyer depuis toujours. Leurs camarades en furent pantois, plus encore à la vue du sourire radieux que la demi-elfe arborait et qu'ils ne lui avaient jamais connu.

Vint le spectacle, une pièce de théâtre. Ce fut la troupe de Gonzo qui monta sur scène pour interpréter, non sans l'humour qui la caractérisait, une vieille légende bien connue. L'histoire prenait place sur le continent de Dinseliun, durant l'Ère de la Création, avant que Sholan, l'ancienne Capitale du monde, soit détruite. Chaque année, au cours du quatrième mois, avait lieu la Saison des Ténèbres. En cette période, l'arche située dans le Corridor du Démon s'animait d'un portail magique et reliait ce monde au plan démoniaque. Les démons s'en échappaient pour se repaître de la chair des nombreuses races intelligentes de Lanvaril. Sept champions choisis par le souverain suprême étaient investis par les dieux pour servir de rempart contre les forces du Mal. Il y avait toujours de sanglantes batailles et rares étaient les élus à survivre.

Un jour, au cours de la Saison des Ténèbres, il y eut une immense explosion magique à Sholan. Si terrible qu'elle ravagea le nord de Dinseliun. L'arche s'en trouva scellée, le continent fut ceint d'un brouillard étrange. Les deux autres terres majeures furent elles aussi touchées : la Risolt se scinda en deux, Vergam en trois. Et si ces changements étaient les plus remarquables, ils ne constituaient qu'une infime partie des conséquences du drame.

S'acheva ainsi l'Ère de la Création qui devint l'Ère du Crépuscule. La Saison des Ténèbres laissa place à un mois supplémentaire de printemps tout ce qu'il y avait de plus banal. Les démons qui, surpris par la fermeture du portail, se retrouvèrent piégés à la surface furent chassés et éliminés par les peuples de Lanvaril.

À la fin de la pièce, Seïk considéra sa compagne avec discrétion et fut amusé par son impassibilité, car il se rappelait son opinion sur les légendes. Lui était cependant admiratif, il aimait ce genre d'histoires dont la vérité était peut-être perdue à tout jamais. Des mystères qu'il souhaitait pourtant élucider depuis son enfance.

Puis le feu d'artifice illumina le ciel de mille couleurs au rythme de musiques calmes ou effrénées. Pour la première fois de leur vie, le mercenaire et la demi-elfe en voyaient un. Envoûtée par la magie du moment, Falène laissa sa main glisser dans celle de son partenaire. Lorsqu'elle s'en aperçut, elle la retira d'un geste brusque ; curieusement, elle n'osa plus le regarder de la soirée. De fait, Seïk réalisa qu'il ne la laissait pas de marbre. De fait, il sut que ce n'était plus qu'une question de temps avant qu'elle s'offre à lui.

Malgré l'heure tardive, Seïk ne dormait pas. Il se tenait assis à la fenêtre de sa chambre et observait les étoiles tout en pensant à son médaillon. Les passes d'armes s'étaient révélées si lucratives qu'il ne lui manquait déjà plus qu'un millier de séreins, pour peu que Falène y adjoigne sa bourse comme elle l'avait promis. Quelques-unes de plus et, demain en fin de journée, le bijou pendrait de nouveau à son cou. Qu'il avait hâte !

La cloche du port retentit. Cela ressemblait à un signal d'alarme. Seïk observa les quais, sur lesquels il avait une bonne vue. Il n'aperçut rien d'autre qu'un épais brouillard étendu sur l'océan. Un étrange brouillard qui n'englobait qu'une zone bien définie. Ce phénomène paraissait surnaturel, inquiétant, plus encore parce qu'il ne l'avait pas remarqué plus tôt. Puis des lueurs de feu apparurent en son sein.

Certain qu'un désastre se préparait, Seïk décida de se rendre sur les quais. Dès qu'il eut bouclé sa ceinture et enfilé ses bottes, il partit.

Chapitre 5

À feu et à sang

Seïk sortit de sa chambre, sitôt imité par la demi-elfe. Ils échangèrent un bref regard par lequel Falène devina son intention de prendre les devants. Elle protesta, il l'ignora et tourna les talons. Au bout du couloir, il bifurqua et dévala l'escalier, passa en trombe devant une tenancière à moitié réveillée par le vacarme et quitta l'auberge.

Pressés par l'appel incessant de la cloche du port et la cacophonie grandissante d'aboiements de chiens énervés et des ordres de la garnison qui fusaient dans toute la ville, des soldats défilaient devant *L'Espadon Pourpre*. L'un d'eux remarqua le mercenaire et lui ordonna de rentrer, sous prétexte de sécurité. Seïk fit semblant d'obéir, attendit que le bataillon s'éclipse puis emprunta les huit marches sur sa droite. Son opiniâtreté ne passa pas inaperçue, le commandant d'une seconde unité l'interpella. Agacé et certain qu'on ne le laisserait plus aller à sa guise, il prit la poudre d'escampette. Il entendit dans son dos les armures cliqueter en réponse, grimaça, jeta un coup d'œil par-dessus son épaule et faillit éclater de rire en voyant que seuls quatre hommes le pourchassaient.

D'un pivot rapide, il courut à reculons.

— Essayez donc de m'attraper, mes braves ! Si vous y parvenez, je paye ma tournée !

Un signe de la main pour achever la provocation et il repartit de plus belle.

Une centaine de mètres plus loin, Seïk emprunta une ruelle par laquelle il était passé deux jours auparavant ; il y avait vu des caisses empilées contre un mur et il espérait qu'elles s'y trouvaient encore. Tel fut le cas. Tandis qu'il appréciait sa chance insolente, il les gravit avec agilité, sauta et agrippa une épaisse gouttière. Son corps balança d'un côté, un peu moins de l'autre, puis il prit appui sur le mur et grimpa sur le toit. Ses poursuivants déboulèrent dans la ruelle à temps pour le voir disparaître ; découragés et poussés par l'urgence, ils abandonnèrent et filèrent au port.

Grâce au dénivelé sur lequel était bâtie la ville, ainsi qu'à l'architecture serrée et à la faible inclinaison de la majorité des toits, Seïk atteignit la destination bien avant les quatre soldats. Toutefois, par crainte d'une nouvelle confrontation avec d'autres, il demeura sur les tuiles et s'allongea afin de rester à l'abri des regards.

Des gardes par dizaines, et il y en aurait bientôt des centaines, se tenaient déjà prêts à défendre la ville. Plusieurs s'affairaient à l'évacuation des citoyens résidents de la zone. Dans le camp adverse, l'épais brouillard touchait les premiers bateaux de pêche, stationnés à proximité des quais, et continuait sa progression. Les lueurs orangées qui rayonnaient en son cœur n'auguraient rien de bon et se faisaient plus nombreuses qu'au début. Elles évoquaient des esprits brûlants de colère, fut-ce la pensée de plusieurs soldats dont la volonté commençait à vaciller.

Alors que la cloche sonnait sans interruption, le capitaine de la garde du port tendit l'oreille, persuadé d'avoir entendu du bruit en provenance de l'océan. Cela ressemblait au son du bois qui grince. Puis la brume aborda les quais sur ses premiers mètres. Elle était si bien délimitée que cela ressemblait à un mur de fumée. Le fracas de bateaux que l'on pousse de force et que l'on brise se répercuta ; quelque chose tentait d'accoster, quelque chose d'énorme.

— Tenez position, bande de mouches à merde ! cria le capitaine de garde. J'égorgerai sans vergogne le premier qui se tire !

— Curieuse façon de motiver ses troupes, convint Seïk dans un murmure.

À peine eut-il fini sa phrase que de sourdes explosions surprirent l'assemblée. Des boulets de canon trois fois plus gros que la normale traversèrent le brouillard. L'un d'eux passa juste au-dessus du mercenaire qui, par réflexe, se plaqua davantage au toit. Le projectile fit voler en éclats de proches habitations. Des volutes de poussière s'élevèrent. Les débris retombèrent dans un large périmètre et occasionnèrent les premières victimes.

Seïk se releva entre les cris de terreur et les pleurs. Il toussa, agita les mains pour balayer le nuage aveuglant et étouffant. Dès que la visibilité fut acceptable, il constata les dégâts et eut un frisson. Une nouvelle série de détonations ; Seïk fit face et vit un boulet voler vers lui. Il se jeta sur la maison voisine, son perchoir éclata une seconde plus tard. Il roula sur les tuiles et manqua de choir du toit. Suspendu à la gouttière, sain et sauf au mépris de ses oreilles bourdonnantes, il lâcha prise et se réceptionna sur les pavés de la rue.

Une flèche enflammée rebondit sur le sol, près de lui. Il leva les yeux au ciel, constata que beaucoup d'autres s'abattaient sur Esméla et s'abrita. Dès que la salve fut passée, il jeta de brefs regards à droite et à gauche. Les habitations prenaient feu, d'un feu qui se propageait à vue d'œil, si vite que c'en était incroyable et surnaturel.

Seïk entendit le fracas du bois contre la pierre au bord des quais, sitôt accompagné de cris de guerre auxquels les soldats d'Esméla répondirent. Il s'empressa d'aller découvrir que la brume s'était envolée pour révéler deux gigantesques galions. De leurs rampes baissées, les colosses vomissaient leurs armées de pirates qui déferlaient tel un raz-de-marée. Il s'engagea dans la mêlée sans trop réfléchir, feinta deux pirates qui chargeaient côte à côte et leur trancha la gorge, saisit celui de droite et l'envoya sur un autre ennemi qui tentait de le dépasser ; pris par surprise, ce dernier fut bousculé et tomba. Seïk para l'épée d'un quatrième pirate et le repoussa d'un coup de pied à l'abdomen. Il esquiva la lame d'un cinquième qui le visait à la poitrine et le surina. Un sixième et un septième l'attaquèrent ; guère plus chanceux, ils reçurent de profondes entailles, au visage pour l'un et à la clavicule pour l'autre, avant d'être achevés d'un coup de dague dans le dos. Le pirate qui avait été repoussé d'un coup de pied à l'abdomen revint à la charge, fendit l'air de son sabre et termina sa course le ventre transpercé, agenouillé et plié de douleur.

Trois adversaires de plus furent supprimés chacun leur tour, d'un coup pour dévier l'arme et d'un autre pour les abattre. Quant à celui qui se ressaisissait enfin après que le cadavre de son camarade l'eut percuté, il s'enfuit, effrayé… mais fut arrêté d'une dague entre les omoplates.

Son arme récupérée, Seïk évalua la situation. La garde peinait à contenir l'invasion. Des pirates qui passaient entre les mailles du filet, une partie s'engageait dans les rues et massacrait les innocents qu'elle croisait sans arrêter sa course effrénée. L'autre enfonçait les portes des maisons avoisinantes que le feu ne brûlait pas encore pour piller, violer ou tuer. Une débandade qui forçait les soldats d'Esméla à organiser et détacher de petits groupes afin de les poursuivre.

Certain que sa rapidité et son habileté le rendraient plus utile dans le rôle du chasseur que dans celui du rempart, Seïk s'aventura dans une rue où sévissaient plusieurs pirates.

Dans un silence glacial alors que régnait le chaos au cœur d'Esméla, l'Ombre chemina jusque dans les hauteurs de la ville. Rapide et presque invisible grâce à un enchantement, elle atteignit une maison à colombages sur la porte de laquelle était écrit : « *Docteur Pan Malaski* ». Ce nom, elle le haïssait plus que tout, cela depuis des décennies. Pourtant elle devait entrer, car sa proie se trouvait ici.

La poignée de la porte s'abaissa, le battant s'ouvrit. Puisque sa magie ne la protégeait qu'en partie des regards, par sécurité, l'Ombre gagna l'obscurité d'une proche ruelle. Elle épia, vit un homme dont l'armure d'argent étincelait à la lumière des torches, des magi-lampes et de la lune. La hallebarde que ce soldat tenait, plus petite que la taille réglementaire, avait l'air particulièrement dangereuse entre ses mains. L'Ombre le sentait. L'Ombre le certifia à la vue de ses cheveux rouges comme le sang. Un sang-mêlé ! De surcroît, un dont un parent était arrasien !

L'Ombre sentit la colère et le dégoût l'étreindre. À ses yeux, ceux-là étaient les pires métis qui soient, car les gènes si parfaits des arrasiens s'en trouvaient souillés par ceux d'une race inférieure. Leur existence était donc impardonnable pour tout arrasiens digne de ce nom. Et si, par-dessus le marché, cette perfide engeance était la progéniture d'un membre du clan Fáfnir ? Peut-être même de cette femme ?!

Le guerrier à l'armure d'argent salua le vieil homme et partit vers le port. L'hôte de la maison jeta quelques coups d'œil dans la rue, referma la porte et donna un tour de clef. Conscient de l'importance de sa mission, l'Ombre cessa de ruminer et se désintéressa du sang-mêlé pour se concentrer sur la maison.

— Pan Malaski, tu ne perds rien pour attendre, maugréa-t-elle de sa voix d'homme.

Elle quitta la ruelle. Sans craindre la lumière, elle dissipa son enchantement, se révélant telle qu'elle était vraiment : un individu en cape, capuche rabattue. Un dragon, symbole du clan Fáfnir, était brodé sur le vêtement. L'inconnu lança un dernier regard au sang-mêlé qui s'éloignait puis se planta devant la porte du vieux médecin, porta un doigt à la serrure et la déverrouilla d'un simple geste. Poussé par une force invisible, le battant s'ouvrit en silence…

Il entra.

Une grande magi-lampe éclaira tout à coup la pièce et l'éblouit. Lorsqu'il retrouva la vue, Pan se tenait de l'autre côté du hall, arc bandé et flèche encochée.

— J'ignore ce qui cause tout ce raffut, mais ne crois pas que tu puisses profiter de la situation pour venir me voler, menaça le propriétaire des lieux.

— Te voler ? fit l'intrus sur un ton sardonique. Allons, Pan, ces trente-quatre années passées t'auraient-elles fait perdre la mémoire ?

Il retira sa capuche, dévoila son visage et son crâne dépourvu de cheveux, tous deux à moitié couverts d'écailles. Il montrait un rictus malsain.

— Ishal ! le reconnut le vieil homme qui se crispait.

— Moi non plus, je ne suis pas ravi de te revoir.

— Tu devrais être mort !

— En es-tu bien sûr ?

— J'ai vu Seth te trancher la gorge ! Je t'ai vu t'effondrer et te noyer dans ton propre sang !

— La magie a cela de bon qu'elle dépasse la compréhension du commun des mortels.

Le tourment se lisait sur le visage du médecin, une expression qui apparaissait douce et réconfortante aux yeux d'Ishal. Il affichait d'ailleurs une mine réjouie, mais il l'effaça bien vite.

— Je ne suis pas venu pour toi et je suis pressé. Où caches-tu la fille ?

— J'ignore de qui tu parles.

— Où est-elle ? aboya-t-il.

Pan lâcha la corde de son arc, la flèche siffla. D'un rapide geste de la main, Ishal créa une onde de choc qui repoussa le projectile et fit valser le vieil homme par la fenêtre située derrière lui.

Débarrassé du gêneur, le mage balaya la pièce du regard. Elle était vide. Il alla à l'étage et ouvrit la première porte à gauche. Rien d'autre qu'une chambre bien rangée. À la seconde, à droite, il ne trouva qu'une table d'auscultation, un bureau, des meubles et des étagères remplies de produits destinés à la médecine. Soudain anxieux à l'idée de ce que lui coûterait un échec, il considéra la dernière porte et hésita. Il savait pourtant que la fille était ici ! Il la sentait, elle était toute proche.

Il essuya une sueur froide et entra. Elle dormait là, dans le lit.

— Te voilà, petite peste ! Envoyer de stupides barbares pour te capturer, quelle bêtise… Kalar a de la chance que tu sois encore en vie.

Il se hâta de retirer le drap qui la couvrait. Le haut du corps de la fille était habillé d'une chemise, ses jambes d'un pantalon.

— De la chance que Pan soit encore en vie, se corrigea-t-il plein de dégoût.

Il se baissa pour la prendre dans ses bras. Il était sur le point de la saisir quand elle ouvrit les yeux ; cela le surprit et le coupa dans son élan, assez longtemps pour que l'instinct pousse la jeune femme à rouler sur le côté. Elle tomba du lit et se releva, sur le qui-vive, le dévisagea avec méfiance.

— Tu as de bons réflexes, fit le mage, mais cela ne te sauvera pas.

— Quoi ? répondit-elle en fronçant les sourcils.

Pressentant le danger qu'elle encourait, elle empoigna à deux mains la lampe de chevet posée sur la commode.

— Pitoyable, soupira Ishal.

Une nouvelle onde de choc envoya la jeune femme heurter le mur. Elle lâcha son arme improvisée et tomba à genoux, hébétée. Ishal prononça un mot d'Arcane et l'ensorcela ; lorsqu'elle reprit ses esprits, elle fut incapable de bouger. L'épouvante s'invita dans son regard.

— Ne sois pas si effrayée, dit-il. Il te veut vivante.

Il la ramassa et la plaça sur son épaule, puis quitta la maison.

Dans la rue, Pan l'attendait de pied ferme, prêt à décocher une autre flèche.

— Laisse-la ! Cette affaire ne concerne que toi et moi.

— Je te l'ai dit, je ne suis pas venu pour toi. Écarte-toi de mon chemin.

— C'est ta dernière chance, Ishal : repose-la ou je m'assurerai cette fois que tu ne te relèves pas !

— Crois-tu en être capable ? rétorqua-t-il, exaspéré.

— Plutôt deux fois qu'une.

— Non seulement tu es un traître, mais aussi un bâtard arrogant ! cracha le mage dont l'expression s'assombrissait.

— Un traître ? s'insurgea Pan. C'est toi qui as essayé de nous éliminer, cette nuit-là ! Nous n'avons fait que nous défendre !

— Peu importe, Seth et toi êtes de l'histoire ancienne. Rentre chez toi, ma patience a des limites.

— De l'histoire ancienne, hein ? Tout comme Isabella, je suppose. Ta sœur avait donc si peu de valeur à tes yeux ?

— Ferme-la ! J'ai fait ce que j'ai fait parce que ton stupide frère l'a souillée de sa semence ! Si vous aviez tenu parole, elle serait encore en vie !

Le mage posa sans délicatesse sa prisonnière, dégaina un coutelas et marcha vers le vieil homme en ajoutant :

— J'en ai assez ! J'aurais dû vous tuer il y a des années !

Pan tira sa flèche, lâcha son arc et approcha ses mains l'une de l'autre. Le temps que son adversaire esquive le projectile, il récita un sort et fit jaillir la lumière de ses paumes. Plus rapide, Ishal se téléporta derrière lui ; employer pareille magie l'épuisa mais n'arrêta pas son bras pour autant. Avant que Pan réalise sa défaite, sa gorge s'ouvrait en grand, et il s'écroula, mains sur la gorge pour tenter d'endiguer le flot de sang.

— J'ignore où tu as appris ce tour, mais le temps a eu raison de toi, railla le mage.

À l'agonie, le vieux médecin essaya de parler. Le seul son qui résulta de sa tentative fut un gargouillis étranglé.

Une maison craqua et s'effondra sur la gauche, Seïk s'écarta de peu. Des cris en provenance du carrefour au bout de la rue attirèrent son attention. Il aperçut une femme et son enfant, menacés par un pirate, pris au piège entre une autre maison en feu et un chariot. Il courut pour s'interposer, mais près d'une centaine de mètres le séparait d'eux. Il sut qu'il n'y parviendrait pas à temps, alors il cria ; on l'ignora. Il lança de toutes ses forces une de ses dagues, l'arme fila droit et retomba à quelques mètres de l'ennemi, sans même le distraire.

Et le sabre du pirate de mutiler sauvagement la femme et l'enfant.

Seïk hurla sa rage et sa frustration. Le pirate se retourna enfin. Euphorisé par son méfait, il brandit son sabre et attendit sa prochaine victime de pied ferme. Lancé dans un assaut furieux, Seïk ne prit pas la peine de ramasser sa première dague, sauta au dernier instant pour esquiver une attaque horizontale basse et bouscula son adversaire, se servant de son élan et de tout son poids pour rendre la chute aussi brutale que possible. Le pirate fut à moitié assommé, puis le tranchant d'une lame froide déjà maculée de sang glissa dans sa gorge.

Satisfait d'avoir exercé sa justice, Seïk ramassa son arme manquante. Il jetait un dernier regard sur les cadavres des deux malheureuses victimes et de leur agresseur quand il entendit la voix de Deego. Vers l'ouest, il vit le soldat et Falène courir vers lui. Il les rejoignit. Il allait exprimer son soulagement de les retrouver sains et saufs lorsque la demi-elfe le gifla, d'une gifle qui fit écho malgré les cris et les sons des bâtiments qui craquent et des escarmouches pas si lointaines. Cela fit presque sursauter Deego.

— Je t'avais dit d'attendre !

Seïk se massa la joue sans broncher, conscient de l'avoir méritée. Il lui sembla alors déceler de l'inquiétude à travers la colère de la demi-elfe, mais ne s'attarda pas là-dessus.

— Où sont les autres ? demanda-t-il.

— Le général se rend chez son oncle, répondit Deego. Les autres se dirigeaient vers le port lorsque nous nous sommes séparés.

— Nous ferions bien de nous disperser pour couvrir autant de terrain que possible, proposa Seïk. Des pirates ont infiltré la ville par centaines.

— Non, restons groupés, contesta Falène en le dépassant. Nous serons plus efficaces ainsi.

— Rester groupés est un luxe que nous ne pouvons pas nous permettre ! À l'heure où nous parlons, des familles entières sont massacrées par l'ennemi ou par le feu. Il faut agir, et vite.

— Je commande, tu obéis ! rugit-elle.

Ils se défièrent. Falène enragea qu'il lui tienne tête, plus encore parce qu'elle savait qu'il parlait vrai. Et, d'ordinaire, la grande pragmatique qu'elle était lui aurait donné raison. Cette fois cependant, elle ne changerait pas d'avis ; elle se le refusait.

Le dilemme ne se posa pas plus longtemps, interrompu par une forte explosion en provenance de la grand-place, non loin de là. Falène, Seïk et Deego s'y rendirent au pas de course et y découvrirent tout un groupe de pirates, serrés en une formation défensive pour le moins improbable. Ils faisaient route vers l'est, certainement vers le port.

— Que fait-on ? On fonce dans le tas ? suggéra Deego.

— À trois contre plusieurs dizaines ? opposa Falène.

— Ce n'est pas grand-chose pour vous, la flatta-t-il. Considérez-le comme un échauffement.

— Je me soucie surtout de votre survie.

— À vue d'œil, ils sont une cinquantaine. Et cinquante, ce n'est que la moitié de cent, fit remarquer Seïk avec une pointe d'humour et un regard complice au soldat.

Falène retint un sourire.

— Je préfère attendre afin de savoir ce qu'ils manigancent, dit-elle. Un tel attroupement n'aurait pas lieu d'être s'ils étaient seulement venus nous massacrer.

— Dans ce cas, suivons-les, proposa Seïk.

Falène acquiesça, c'était bien son idée.

Alors qu'ils attendaient que le cortège de pirates traverse la place et s'engage dans la rue principale pour commencer la filature, d'en face surgirent East, Glan et Marcus, accompagnés d'une quinzaine de soldats. Leur charge héroïque s'étoffa d'un cri à l'unisson. La scène avait un côté théâtral, et même épique au point que Deego en frissonna d'excitation et s'imagina les rejoindre. Mais une grande boule de feu traversa les rangs ennemis et embrasa les défenseurs d'Esméla. Des hurlements terrifiants retentirent. Les victimes s'agitèrent dans tous les sens pendant quelques secondes avant de s'effondrer, calcinées de la tête aux pieds, dégageant d'âcres odeurs de cochon trop cuit.

Deego se figea. Comme ses deux compagnons, il lui fallut un moment pour accepter la mort si brusque de leurs camarades. Un juron monta dans sa gorge nouée et y demeura. Sa main, bourreau aux ordres d'une âme en peine qui réclamait vengeance, tira une flèche de son carquois et l'encocha. Il leva son arc.

Falène l'arrêta d'un bras tendu.

Il la considéra avec confusion. Sur le point de protester, il remarqua ses mâchoires crispées, ses muscles tendus. Sensible aux sentiments si souvent cachés de sa supérieure, il prit conscience que, si elle ne s'était pas interposée, il aurait attiré l'ennemi sur eux et leur sort n'aurait pas été différent de celui de leurs amis. Car Falène se retenait de rendre justice au profit de leur survie immédiate, sans quoi son épée taillerait déjà les chairs, il le savait.

— Il y a un mage parmi eux, parla le mercenaire pour relever l'évidence. Cela va nous compliquer la tâche.

— Tenons-nous-en au plan, insista Falène. L'occasion de leur faire payer viendra…

Elle prit les devants, Seïk et Deego lui emboîtèrent le pas.

Atteindre le port sans se faire repérer ne leur fut pas bien difficile, les pirates et le mage allaient si vite qu'ils ne se souciaient pas une seconde de la possibilité d'être filés ; ils se contentaient d'ouvrir la voie lorsqu'un obstacle l'exigeait. Et la bataille qui continuait de sévir sur les quais était à l'avantage des fugitifs ; les soldats étaient bien trop occupés par la panique établie et les envahisseurs encore nombreux pour se soucier d'un groupe d'individus qui ne cherchait qu'à regagner le confort des galions géants.

Refusant de les laisser s'échapper, Seïk passa à l'offensive. Des pirates le remarquèrent et vinrent le bloquer. Il causa la première perte et tenta de traverser le barrage qui se formait, mais il fut contraint de reculer pour éviter trois sabres. Deego abattit deux pirates, l'un d'une flèche en plein poumon, l'autre d'une en pleine tête. Falène se joignit à la mêlée pour faire quatre victimes ; la grâce et la rapidité inouïe dont elle jouissait étaient bien supérieures à ce que l'ennemi pouvait supporter. Mais, qu'importe, le but de ce dernier n'était pas tant de vaincre que de ralentir ses poursuivants et permettre la fuite du cortège.

Seïk poignarda l'adversaire le plus proche, sur sa gauche, et chassa celui de droite d'un coup d'épaule. Il se baissa pour esquiver le tranchant d'un sabre à hauteur de buste, faucha les jambes de son agresseur et se jeta en avant pour franchir le mur. Un autre essaya de le coincer mais il fut aussitôt éliminé par Deego ; Seïk rattrapa ainsi le cortège. Alors que deux pirates s'en détachaient et venaient l'affronter, le reste du groupe s'écarta pour faire place nette au mage qui balaya l'air de sa main. Le mercenaire et ses deux assaillants furent projetés par une force invisible.

Avant de retomber, Seïk aperçut sur l'épaule du sorcier rouge la raison de cette formation défensive, et certainement la raison de l'invasion, pensa-t-il après coup.

— La fille ! cria-t-il à Falène et Deego après avoir heurté le sol. Ils l'ont prise !

Tandis que le cortège se refermait, ils la virent à leur tour. Cela ne changea rien au problème, les pirates affluaient pour leur barrer la route. Pire, les galions en crachaient deux centaines de plus. Ce fut un coup dur pour les Esmériens qui, déjà effarés par leur nombre improbable, se demandaient comment il pouvait en venir d'autres.

Sur pied, Seïk rencontra un nouveau mur d'hommes. Il tenta de forcer le passage, mais sa chance ne se renouvela pas ; il se résigna à éliminer ses adversaires un à un jusqu'à ce que la voie se libère.

Falène achevait sa dix-septième victime quand un cri sec retentit derrière elle. Elle bondit sur le côté afin d'éviter l'assaut, mais nul ennemi ne vint. Un éclat de rage s'étouffa plutôt dans son gosier à la vue de Deego, à genoux, le crâne fendu par un sabre et le visage déformé par une étrange expression. Ce fut la perte de trop : son courroux se ressentit dans ses coups que la finesse abandonna à la brutalité. Si ses antagonistes n'avaient eu que peu d'espoir de la vaincre, ils n'en eurent désormais plus aucun. Tel un ouragan, elle arracha la vie des huit derniers en un clin d'œil et alla soutenir le mercenaire.

— Rattrape le mage ! rugit-elle.

Elle sauta sur un pirate, le tua et en enchaîna un autre, puis un autre. Profitant de la diversion, Seïk courut par le côté, vers le bord des quais. Plusieurs pirates l'attaquèrent, leur groupe se scinda en deux et une brèche s'ouvrit. Il les prit à contre-pied, les bouscula, en fit tomber trois et fila vers l'objectif. Il repéra le mage à bord du galion le plus proche, celui dont les rampes terminaient d'être relevées et dont les voiles se gonflaient d'un vent trop brusque pour être naturel. Il força l'allure. S'il n'avait pas su secourir cette mère et son enfant, plus tôt, il devait au moins sauver la fille ! Il poussa ses muscles à leur limite, ignora la douleur qui embrasait ses jambes et sauta dès qu'il s'estima à bonne distance. Il lui sembla courir dans les airs, l'espace d'une seconde, avant de percuter l'une des ancres du navire et de l'agripper, de justesse. La violence du choc le paralysa, mais il tint bon.

Sa détermination en fut ravivée, la chance ne l'avait finalement pas quitté.

Chapitre 6

L'éveil

De poursuite en poursuite pour éliminer chaque pirate qu'il croisait, Jeff finit par revenir dans la rue où habitait Pan Malaski. Ce ne fut qu'après avoir achevé un énième ennemi qu'il remarqua, au loin, que la maison était éclairée. Il avait pourtant insisté auprès de son oncle pour que les lumières restent éteintes et qu'il attende son retour l'arme à la main. Gagné par l'appréhension, il s'y rendit et découvrit un corps allongé face contre terre.

Il accéléra la cadence, son cœur aussi.

Il hoqueta quand il s'aperçut qu'il s'agissait d'un vieil homme habillé d'une blouse blanche, se figea à la vue du sang qui ruisselait entre les pavés. Il dut user de volonté pour bouger et s'agenouiller près du mort. Ses mains tremblaient. Il hésita à le retourner, refusa de s'ôter l'espoir d'une malencontreuse ressemblance. Car son oncle ne pouvait pas avoir rencontré ce destin funeste. C'était impossible !

Hélas, la vérité se montrait toujours cruelle, il ne le savait que trop bien. Il se pencha au-dessus du corps du vieux Pan, les poings serrés et joints, la tête par-dessus. Il grinça des dents, ferma les yeux du plus fort qu'il put afin de contenir ses larmes, comme l'exigeait sa promesse de ne plus jamais pleurer faite à la mort de son père. Mais c'était dur.

Le son des lointains combats et les cris horrifiés lui rappelèrent son devoir, le ramenèrent à la raison. De quelques respirations longues et profondes, il recouvra son sang-froid. Il alla inspecter la maison du vieil homme. La fille avait disparu, sans surprise. C'était un sérieux problème, mais elle n'était pas une priorité ; la sécurité d'Esméla passait avant le reste.

Il gagna le port en toute hâte, traversant l'air vicié par la fumée des maisons enflammées, ignorant les cadavres, les blessés agonisants, les survivants en pleurs et toute autre agitation.

Un immense galion voguait au loin. Un deuxième bâtiment se trouvait à quai, en feu, et la multitude de corps qui jonchaient le sol comptait pour majorité ceux de l'ennemi. Des envahisseurs encore en vie, certains fuyaient à la nage et les archers esmériens s'empressaient de les abattre. D'autres continuaient de lutter et périraient bientôt. Après cela, seuls demeureraient à Esméla les forbans infiltrés par dizaines. Par centaines, peut-être ? Jeff ne s'en soucia guère, la garde les éliminerait avant la fin de la nuit. Car, sous les ordres du major général qui officiait dans cette ville, les capitaines et leurs unités faisaient un travail remarquable : chasse des fuyards et des infiltrés, organisation et mobilisation de la population pour éteindre les feux et aider les blessés… Une démonstration d'efficacité et de solidarité dont chaque Esmérien pouvait s'enorgueillir.

Jeff rejoignit Falène qu'il vit en train d'achever un pirate blessé. Elle vira le sang de sa lame d'un mouvement sec.

— Que fait le reste de l'unité ? s'enquit-il le visage dur, la voix sombre.

Elle l'ignora. Il insista mais n'eut pas plus de succès. Elle rengaina son épée d'un geste lent et mécanique, porta le regard sur son ami puis sur l'océan.

— Seïk est sur le navire ennemi, dit-elle. Avec la fille, le mage qui commandait l'assaut et une compagnie de pirates.

Il attendit plus d'informations, mais rien ne vint. Déchiffrer ce silence ne fut pas bien difficile : East, Glan, Deego et Marcus étaient morts, il n'y avait pas d'autre explication. Il contint un nouvel élan de peine au souvenir sans cesse entretenu de ses responsabilités.

— J'ai fait préparer une frégate et vingt soldats, informa Falène. Seïk a besoin de notre aide.

Elle se tourna vers lui. Dans ses yeux se lisait la détresse, bien qu'elle fît de son mieux pour la cacher. Et même sans cela, Jeff devinait son angoisse. Plus encore, il la savait, car il avait été témoin du lien que sa compagne et le mercenaire avaient développé ces jours passés. Galvanisé par cet appel au secours, il posa une main rassurante sur l'épaule de la demi-elfe et alla trouver le capitaine de la garde du port. L'ordre donné d'envoyer sans tarder un émissaire à la capitale afin de prévenir la reine de la situation, les deux compagnons et leur bataillon poursuivirent le navire pirate.

Le vaisseau de guerre se rapprochait de l'île sur laquelle Ishal avait conquis ses nouvelles troupes. Une fois là-bas, le mage s'échapperait avec sa prisonnière à bord d'une petite embarcation, à destination du plus proche endroit d'où il pourrait ouvrir un portail de téléportation. Les derniers pirates serviraient d'appât contre d'éventuels poursuivants. Peu importaient les remontrances de Kalar s'il revenait sans eux et leurs imposants navires ainsi que l'exigeait sa mission initiale ; il avait respecté ses nouvelles attentes en capturant la fille, un présent qui valait infiniment plus que ces faibles marins d'eau douce.

Tel était son plan, mais…

Parvenu à se hisser sur le pont principal, caché près d'un groupement de caisses, Seïk guettait le moment propice à l'infiltration. Dès que la voie fut dégagée, il se faufila jusqu'à la porte la plus proche du gaillard avant, l'ouvrit et la referma derrière lui sans un bruit. Il s'immobilisa, exerça un tel contrôle sur sa respiration qu'il fit silence et examina la pièce remplie de barils dans laquelle il se tenait. Il trouva l'escalier escompté, le descendit à pas de loup et atteignit le premier pont d'artillerie ; le clair de lune passant par les sabords et les écoutilles révélait que quatre pirates s'y affairaient. Il emprunta l'escalier suivant, juste en dessous, et ne s'étonna pas de voir que la seconde batterie était à peine mieux gardée.

À la troisième volée de marches succéda un étroit et court corridor. Au bout, un couloir perpendiculaire et une lanterne suspendue au mur. Seïk jeta un œil furtif des deux côtés. À gauche n'était qu'un cul-de-sac ; à droite, le chemin se poursuivait jusqu'à un angle. Il s'y arrêta, apprécia la longue et large coursive bordée de portes qui continuait dans une obscurité à peine dissipée par de rares lumières. L'une d'elles se situait à une quarantaine de mètres, contre le mur du fond, et prenait la forme d'une lampe à huile posée sur une caisse. À côté était assis un forban svelte aux bras puissants ; le bougre somnolait.

Seïk prit le temps d'une réflexion. S'il se contentait de charger, il serait repéré assez tôt et le garde sonnerait l'alerte avant d'être abattu. S'il s'approchait à pas feutrés pour l'assassiner, en revanche, il aurait une chance, mais il suffisait que le plancher grince plus que de raison pour le réveiller et mettre à mal la tentative. Quant à lancer une de ses dagues ? Encore fallait-il être sûr de ne pas le manquer à cette distance…

Il examina davantage son environnement. Très vite, l'étroitesse du couloir, sa hauteur et la pénombre lui imposèrent son plan d'action.

Il y eut un léger rebond métallique. Surpris, le forban se leva en sursaut et dégaina son sabre. Il plissa les yeux, attrapa sa lampe et la tendit devant lui, inspecta le couloir du regard.

— Eh ! appela-t-il à voix basse. C'est qui l'con qui m'fait une blague ? C'est toi, Joto ? Si c'est l'heure d'la relève, suffit d'le dire, gros débile !

Silence.

Nerveux, néanmoins déterminé à faire la lumière sur cette affaire, il s'approcha avec méfiance.

— J'sais ! C'est c'blanc-bec de Docc. Rêve pas, l'mousse, j'te rendrai pas ton argent ; t'as joué, j'ai gagné, un point c'est tout. T'as saisi ?

Il découvrit une dague sur le sol, leva la tête juste à temps pour apercevoir l'éclat d'une lame. Puis il sentit la chaleur d'un liquide se déverser de son cou, et l'étreinte du froid éternel.

Sa victime reposée en douceur, Seïk remit au fourreau une de ses fidèles compagnes et garda l'autre en main. Il souffla la flamme de la lanterne murale et s'appropria la lampe à huile avant de reprendre sa progression.

À côté du poste de vigie, un escalier s'enfonçait davantage dans les entrailles du galion et débouchait sur un nouveau couloir. Seïk redouta de trouver ici un autre garde et de devoir réitérer sa supercherie, mais il n'y avait personne. Pas même une lumière, sinon ces lueurs vacillantes qui s'échappaient par l'entrebâillement d'une porte. De faibles gémissements provenaient de cette pièce.

Le mercenaire étouffa la flamme de sa lampe, scruta l'intérieur de la chambre et découvrit la jeune femme bâillonnée et attachée dans un coin, gesticulant pour défaire ses liens. Elle était bel et bien là, conformément aux dires de ces deux écumeurs trop bavards qu'il avait épiés sur le pont principal… Venir jusqu'ici s'était toutefois révélé trop facile, cela sentait le traquenard à plein nez. À moins que l'ennemi fût stupide ou confiant au point de laisser sa prisonnière sans surveillance, sinon celle d'un unique guetteur peu dégourdi à l'étage du dessus ?

Difficile à croire. Pourtant, il entra, pressé par le temps, car la survie de la fille, et par extension la sienne puisqu'il ne partirait pas sans elle, en dépendait.

Quand la jeune femme le vit, elle s'affola.

— Reste calme, je suis là pour t'aider, la rassura-t-il avant d'ôter son bâillon.

— T'es qui, bordel ? chuchota-t-elle.

Dans l'idée de détendre l'atmosphère, il se présenta et ponctua d'une petite révérence. Cela n'eut pas l'effet escompté. Il se résigna au fait que le moment ne s'y prêtait pas puis coupa les liens, rangea sa dague et l'aida à se lever.

— Ils ne tarderont pas à se rendre compte de ma présence. Dépêchons-nous de partir.

— On est en plein milieu de l'océan !

— Et ? Nous ne sommes pas si loin des côtes.

— Et… je sais pas nager, dit-elle, honteuse.
— S'il n'y a que ça, je te porterai.
Elle fut sceptique. Quand bien même il pouvait être fort, un tel exploit lui paraissait improbable.
— Soit tu restes moisir ici, soit tu m'accompagnes, la brusqua-t-il. Pour ma part, je ne tiens pas à combattre celui qui t'a capturée. Je suis habile, mais pas assez pour affronter un mage.
La jeune femme se souvint de l'homme en cape rouge penché au-dessus d'elle, lors de son réveil. Elle n'avait pas plus envie que lui de revoir cet homme hideux. Cela la décida à fuir.
À peine eut-elle tourné le regard vers la sortie qu'elle poussa un cri. Seïk en devina la cause, mais il fut projeté contre les tonneaux avant de pouvoir faire face et en éclata deux à l'impact ; leur contenu – du rhum brun – imprégna ses vêtements et embauma la pièce. Il se releva, ignora la forte odeur d'alcool et dégaina ses dagues. Il dévisagea l'adversaire, examina sa peau à moitié couverte d'écailles.
— Soirée carnaval ? dit-il avec sarcasme.
D'une nouvelle onde de choc, Ishal l'envoya éclater d'autres tonneaux. Le parfum du rhum s'intensifia et devint vite insupportable au point de causer des nausées à la jeune femme.
— Susceptible, souligna Seïk tandis qu'il se dégageait des débris.
— Tu es plus solide que tu en as l'air, grinça le mage. Mais cela ne te sauvera pas.
Une troisième vague d'énergie, plus faible que les précédentes, repoussa le mercenaire contre les barils dès qu'il fut debout. Ishal se jeta sur lui et, d'un geste vif, sortit son coutelas et le lui planta dans le ventre. Sonné, Seïk ne vit rien venir. Il ne perçut son erreur qu'à l'instant où l'ennemi recula en tenant sa lame rougie devant lui. Il baissa les yeux, le sang coulait de sa blessure. La douleur l'étreignit bien vite, lui donna envie de vomir et lui fit perdre l'équilibre, des effets amplifiés par l'inhalation des vapeurs d'alcool. Il fusilla l'arrasien du regard et le maudit alors qu'il essayait de se redresser, cela lui valut une quatrième attaque magique. Il percuta les tonneaux une fois de plus et lâcha ses dagues. Hébété, le corps engourdi, il glissa en position assise.
— Non ! cria la jeune femme qui luttait contre un état d'ébriété grandissant et essayait de retenir le bras du mage. Arrête !
Ishal n'avait que faire de ses protestations. Il la rejeta facilement et avança vers le gêneur.
— Tu n'aurais jamais dû venir ici, dit-il. Je n'avais rien contre toi.
Seïk tenta de dompter son esprit pour rester lucide, de forcer son corps à obéir. Il sombra un peu plus. Il fut impuissant lorsque le coutelas

pénétra sa chair, puis son cœur. Cette nouvelle douleur fut d'ailleurs à peine perceptible ; il était déjà presque mort.

Traversant les flots à belle allure, la frégate esmérienne rattrapait progressivement le galion pirate qui voguait vers l'île montagneuse et s'apprêtait à l'accoster.

Falène observait l'horizon depuis la proue. Comme Jeff, elle priait pour que Seïk et la fille soient en vie. Elle pressentait cependant que la tournure des évènements n'allait pas être bonne et elle ne put empêcher une moue de colère et de frustration de lui tordre les lèvres. Quoi qu'il arrive, elle se le jurait, ce maudit mage en payerait mille fois le prix.

Lorsqu'il prit conscience des ténèbres qui l'entouraient, il fut incapable de dire depuis quand il était là. Il ne ressentait ni souffrance, ni plaisir, ni chaleur, ni froid. Ni faim ni fatigue. Rien. Il se souvenait bien des sensations mais n'en avait aucune, sinon celle, peut-être, de rêver. Durant son adolescence, alors qu'il dormait, il lui arrivait de se rendre compte qu'il rêvait. Il se rappelait cette impression et, cette fois, elle y ressemblait trait pour trait ! À la différence qu'il n'y avait que l'obscurité. Il chercha donc à diriger le rêve, à le plier à ses moindres désirs comme jadis. Mais des désirs, il n'en avait pas. Ou, du moins, aucun de ceux auxquels il pensait ne l'émoustillait. Cela l'aurait d'ordinaire frustré, il le savait. Mais pas ici. Il insista alors pour se réveiller, car son retour à la réalité survenait chaque fois après sa tentative de dominer le royaume des songes.

Toujours rien. Cela aurait dû l'agacer, bien sûr. Mais non, pas ici, car, ici, il ne ressentait rien.

Que cela l'agaçait ! Mais juste en souvenir.

— Seïk, ton heure n'est pas encore venue, fit écho la douce voix d'une femme.

L'image d'un sursaut se joua dans son esprit, comme pour lui dicter la réaction à avoir lorsque l'on est surpris. Lui n'était pas surpris, bien entendu, juste curieux.

— À qui ai-je l'honneur ? demanda-t-il en pivotant.

Et il se rendit compte qu'il éprouvait enfin quelque chose de probant, de vrai, de dur : la curiosité. Il y avait du progrès. Suivit la remémoration d'un coutelas planté dans sa poitrine. Pas de douleur, mais bel et bien le sentiment de l'avoir vécu. Il joua le film une fois, deux fois, trois fois…

— Je suis mort, déclara-t-il au bout du compte.

— Cela dépend de toi, fit la voix. Accroche-toi à la vie et tu vivras.

— Vraiment ?

— Je l'affirme.

— Sans rire. Cela me semble pourtant compromis.

— Tu dois vivre ! s'enflamma la voix. Ne sois pas aussi buté que *lui*, je t'en conjure. Sa vie est liée à la tienne, *il* dépend de toi. Si tu meurs…

— Plaît-il ? À qui suis-je lié ?

— Vas-tu l'abandonner ?

— Qui donc ?

— La fille. Si tu ne t'éveilles pas maintenant, elle va mourir.

— « *Lui* » pour une fille ? releva-t-il.

— Ne joue pas l'idiot, le temps presse ! Elle a besoin de toi.

— Quand bien même le voudrais-je, je suis mort. À moins que je ne me relève à l'image des morts-vivants ?

— Tu es un pitre. Je me demande ce que cette demi-elfe te trouve.

— Falène ? Ah, oui… Dire que je venais de rencontrer la femme idéale… La vie est cruelle, ne trouvez-vous pas ?

— Si je le pouvais, je te giflerais.

— Non merci. J'ai eu ma dose pour aujourd'hui.

— Il suffit ! tonna la voix. Si tu n'agis pas maintenant, nous sommes perdus.

Seïk eut le souvenir d'un soupir d'ennui. Il n'avait aucune consistance physique, pas de corps pour le faire, il le savait. Pourtant il soupira.

— Est-ce donc ce que l'on vit avant de disparaître à tout jamais ? Le dernier souffle de la conscience avant le décès ? Moi qui espérais finir entouré de jolies femmes… Voilà qui aurait été digne d'un dernier jour de condamné. Mais non, au lieu de cela, j'ai droit à un entretien avec une voix qui tient des propos incohérents. D'ailleurs, peut-être n'est-ce qu'un tête-à-tête avec moi-même ? (Il expira encore.) Si seulement Falène était… Eh ! Êtes-vous partie ? Sérieusement ?

— Je suis là, répondit la voix. J'attends que tu sois disposé à m'écouter.

— Ne le suis-je pas déjà ?

— Non.

— Soit ! Parlez, je vous écoute. Je n'ai rien de mieux à faire, de toute façon.

— Le lien que tu partages avec *lui* te renforce. Une si petite égratignure ne peut pas avoir raison de toi pour peu…

— Une égratignure ?! s'étouffa Seïk. Vous appelez un coup de poignard à l'abdomen et un autre en plein cœur une « égratignure » ? (Il eut un rire sardonique.) Même en connaissance de cause, je continue de discuter avec une hallucination… Enfin, perdu pour perdu : ô esprit, es-tu là ?

— Cela ne m'amuse guère.

— Bien dommage. Remarquez, je continue de vous offrir une oreille attentive. Et même les deux. Donc, si vous commenciez par me dire de qui vous parlez ? Avec qui partagé-je un lien ? Pas la fille, j'imagine, à moins qu'il s'agisse en réalité d'un homme.

Des ténèbres jaillit une faible lueur. Elle grandit pour devenir une lumière éclatante dans laquelle se découpa une vague silhouette, fluctuante mais suffisante pour renvoyer l'image d'un homme. Un homme qui semblait avoir… des ailes ? Difficile à dire. Deux points rouges se profilèrent en guise d'yeux et, alors que la silhouette approchait et commençait à se préciser, elle s'évanouit. Puis la lumière fit place aux ténèbres dans lesquelles se mouvaient Falène, Jeff et la jeune rescapée.

Seïk eut un pincement au cœur nourri par le regret. Jamais plus il ne reverrait la demi-elfe. Pire encore, sa propre perte la ferait sans nul doute souffrir.

— Tout compte fait, je suis las, dit-il. Laissez-moi disparaître en paix.

— Je me tue à te dire que tu n'es pas mort, gronda la voix. Par mes aïeux, quel entêté !

De nouvelles lumières apparurent. Elles s'amplifièrent, aveuglèrent cette fois Seïk au point de lui causer une violente douleur. Son être tout entier brûla. Il hurla avant de sentir un changement s'opérer en lui, un changement qu'aucune âme mortelle n'était censée connaître.

— Combien de temps encore vais-je devoir subir cette torture ? lâcha-t-il entre deux cris. Foutez-moi la paix !

— Enfin ! souffla la voix. Nous y voilà. Je crois qu'il est temps de nous dire adieux. Lorsque tu auras sauvé la fille, souviens-toi de partir à la recherche de mon fils. Il n'est pas prêt à affronter ce monde seul, il a besoin de ton aide. Tu le reconnaîtras sans mal, il porte la même marque que toi.

Seïk ne put donner la réplique, la douleur s'intensifiait bien trop vite. Il comprenait à peine les dires de la voix. Au bout du compte, la souffrance s'estompa et la lumière se dissipa.

Tout lui apparaissait flou et sombre. Une forte odeur d'alcool lui piqua bientôt les narines. Il sentit ses mains baigner dans un liquide, puis sa vue se précisa ; il reconnut la cabine du galion où était retenue captive la jeune femme. Enfin, il aperçut le mage qui passait de nouveaux liens à sa prisonnière. Il pensa à un autre mauvais tour de son esprit alors que son instinct lui martelait le contraire.

De vives douleurs lui déchirèrent le ventre et la poitrine. Il considéra grimaçant sa chemise trouée et ensanglantée, le temps pour le feu causé par les coups de coutelas de s'amenuiser. Intrigué par cet apaisement soudain, il souleva sa chemise et vit sa chair finir de se ressouder. Il en fut ébahi. Il toucha sa peau saine ; force lui fut de reconnaître qu'il ne rêvait pas et qu'une seconde chance lui était offerte. Que la voix disait vrai.

Cette fois, il n'échouerait pas. Sa main gauche s'empara de la dague tombée au plus près, et il se releva.

— Quel est donc ce maléfice ? grogna Ishal quand il le remarqua du coin de l'œil. Par la peste, tu me fatigues ! (Il dégaina son coutelas.) Quand vas-tu te décider à crever ?!

Il lança l'offensive pour s'arrêter deux pas plus loin, subjugué par la mutation du mercenaire dont les yeux étaient remplacés par des flammes noires nimbées de lumière. La seconde d'après, Ishal reçut une profonde entaille au visage. Il jura et recula. Haineux, il regarda droit devant lui ; l'adversaire n'y était plus. Il pivota et se retrouva nez à nez avec lui, la pointe d'une lame sous le menton. Il se téléporta aussitôt sur le pont supérieur, évitant de justesse un coup mortel, puis sur l'île toute proche.

Les yeux de Seïk retrouvèrent leur apparence d'origine. À bout de forces, il s'évanouit et tomba lourdement sur le sol baigné de rhum. La jeune femme, dont les liens refaits à la hâte étaient mal serrés, se libéra et s'approcha de lui. Toutefois épuisée par l'inhalation prolongée d'alcool, elle ne tarda pas à sombrer, elle aussi.

Chapitre 7

Sentiments partagés

Le sol était isolé des murs par un gouffre dans lequel brasillait un mystérieux liquide orangé. Des braseros aux flammes pourpres disposés sur les bords de la plateforme complétaient l'éclairage de la salle. Au fond se dressait un grand trône de pierre et de fer sur lequel siégeait le roi de Drezn. Son teint pâle et ses longs cheveux d'albâtre couronnés d'or et de pierres précieuses créaient un contraste avec les habits de jais qu'il revêtait ; une apparence qui invoquait la méfiance, tout comme son regard suintant de haine et de rancune dont le jaune des iris était associé à la perfidie. À l'image du serpent.

Ce n'était cependant pas de noires émotions qui occupaient ses yeux en cet instant. Coude sur le bras du trône, tête posée sur son poing fermé, il contemplait le vide. Pas une pensée ne perturbait son apathie. D'un geste machinal, il jouait avec son épée qui balançait entre ses doigts et une position verticale. Sertie d'une topaze au centre de sa garde en X, où chaque branche représentait une aile d'oiseau, cette arme majestueuse se constituait de deux lames finement entrelacées autour d'une troisième. Baptisée *Ragnarök*, elle était sa fidèle amie, la seule à qui il vouait une réelle confiance.

Pourtant, même elle perdait son respect lorsqu'il se laissait aller à une telle langueur.

Un soldat entra dans la salle du trône et franchit le petit pont qui surplombait le gouffre. Il avança d'un pas assuré, s'agenouilla devant le roi et leva un coussin de velours. Dessus reposait un orbe au centre duquel apparaissait un visage à moitié couvert d'écailles, défiguré par une vilaine cicatrice. Certainement une entaille que l'individu avait tenté de soigner lui-même par la magie, et puisque la chair ne s'était pas bien reformée, cela démontrait comme il était loin de maîtriser l'art de la guérison.

— Ishal, Ishal, Ishal, répéta calmement Kalar. La fille est avec toi ?

— Pardonnez-moi, Sire, tout ne s'est pas déroulé comme prévu. Il semblerait que nous ayons sous-estimé…

— Je me moque de ce que tu penses ! explosa le roi en bondissant du trône. Ramène-moi cette garce à n'importe quel prix, même s'il doit t'en coûter la vie ! Ne t'avise pas de revenir sans elle ou je t'arrache le cœur pour le donner en pâture à ton misérable clan !

Ishal contint sa colère. C'était un piquant rappel au fait que Kalar tenait le clan Fáfnir à sa merci.

— Je vous le jure sur l'honneur, se résigna-t-il. Je ne vous décevrai plus.

Le mage salua, l'image dans l'orbe s'évanouit. Le roi se rassit et reprit son manège, de nouveau morne.

Au-dessus d'Esméla, le soleil brillait dans un ciel matinal dépourvu de nuages. Près de trois jours s'étaient écoulés depuis l'attaque. Les cadavres des pirates avaient en fin de compte tous été brûlés, les Esmériens tombés au combat et les voyageurs infortunés s'étaient vu offrir une sépulture et la majorité des décombres avaient été déblayés. Malgré la souffrance et l'amertume, malgré le deuil, les citoyens étaient gonflés à bloc pour reconstruire la ville et la rendre plus magnifique que jamais. Tout cela grâce aux beaux discours et aux promesses du major général Caron, l'officier supérieur responsable de la sécurité d'Esméla, et du général en chef Jeff Malaski. Et, par chance, si la grand-place avait subi de sérieux dégâts, la fontaine et la statue d'Odin et Sleipnir demeuraient intactes, comme si les dieux en personne les avaient protégées. Cela aussi aidait à garder le moral.

Une atmosphère douce et agréable baignait les chambres de *L'Espadon Pourpre*, côté est. Seïk, inconscient depuis le sauvetage, reposait sur le lit le plus douillet de l'établissement, spécialement préparé par la tenancière. La jeune femme qu'il avait secourue dormait sur une chaise à son chevet, épuisée de l'avoir veillé tout ce temps.

Il ouvrit les paupières. Sa bouche était pâteuse à cause de la déshydratation et sa vision trouble. Ses oreilles bourdonnaient. Il mit un peu de temps à retrouver le bon usage de ses sens. Quand ce fut le cas, il s'assit et regarda autour de lui. Il vit la fille rescapée, elle était vêtue d'habits modestes et d'une veste courte. Elle avait un joli visage rond encadré de longs cheveux bruns et était de petite taille ; à vue d'œil, elle ne dépassait pas le mètre et demi. Elle devait avoir une vingtaine d'années, tout au plus, et sa silhouette témoignait d'une habitude à l'exercice physique.

Seïk se fit la réflexion qu'elle était mignonne, ainsi assoupie. Mais, rêvait-il ? Il lui toucha le bras pour s'en assurer. Et elle sursauta.

— Ravi de te revoir, dit-il.

— Ça va faire trois jours que tu dors ! répliqua-t-elle en se frottant les yeux. Je commençais à m'inquiéter !

— Si longtemps ?

Confus, il se gratta la tête, puis il se remémora les évènements du galion. Il examina son torse nu, ne vit aucune plaie. Sa guérison miraculeuse était bien réelle, apparemment autant que cette voix de femme survenue alors que les ténèbres l'enveloppaient. Il avait d'ailleurs tiré la même conclusion à son retour de l'au-delà, quand il avait assisté à l'impossible.

— J'ai cru qu'il t'avait tué, avoua la fille, ce qui le coupa de ses réflexions. J'étais sûre de l'avoir vu te poignarder…

— L'ivresse cause bien des hallucinations, justifia-t-il pour ne pas avoir à expliquer sa curieuse expérience.

— Comment t'as fait, alors ?

— Disons que je suis né sous une bonne étoile… J'en oublie mes bonnes manières, je me nomme Seïk…

— Lenohan, ouais. Tu me l'as dit quand on était sur le bateau. Moi, c'est Diana. Diana Sigurd.

— Heureux de te connaître enfin. Sais-tu où sont Falène et Jeff ?

— Ils ont dit qu'ils avaient des choses à faire. Ils vont pas tarder à revenir, je crois.

— Je vois.

Il porta le regard sur l'armoire collée au mur d'en face, se perdit dans ses pensées, lorgna Diana puis s'allongea, le tout sous l'attention perplexe de la jeune femme. Les yeux rivés au plafond, il imagina la réaction qu'avait eue Falène lorsqu'elle et les secours avaient retrouvé leurs corps inertes. Si l'idée qu'elle en eût souffert le peinait, cela lui plaisait de croire qu'elle se préoccupât vraiment pour lui.

— Et toi, comment te sens-tu ? demanda-t-il au bout d'un moment.

— Ça va, grâce à toi. Tu le sais bien. (Elle fronça les sourcils.) Tu perds la tête ?

— Je comprends que tu préfères éviter le sujet, mais si tu ressens le besoin d'en parler, sache que nous t'écouterons. Tu as beaucoup souffert en l'espace de quelques jours ; avoir envie de pleurer et d'exprimer ta colère est tout à fait normal. Ne te retiens pas.

Ces mots sincères et chaleureux provoquèrent en Diana un sentiment de paix. Elle aurait même été émue si repenser à ce qu'elle avait subi n'avait pas fait ressurgir la rage et la frustration. La moue qui se dessina sur son visage fut d'ailleurs à ce point explicite que le mercenaire regretta ses paroles. Puis elle chassa ces néfastes émotions d'un long soupir.

— C'est bon, dit-elle. Mon père m'a appris à être forte. C'est sûr, perdre ceux que j'ai côtoyés toutes ces années, avoir été violée et être enlevée par un taré, ça me laisse pas indifférente, mais… Tu sais, j'ai jamais été proche des villageois et mes parents sont morts il y a plus de deux ans. Ça m'a obligée à apprendre à accepter ce qui m'arrive, à me débrouiller seule. Pleurer sur les misères de la vie me mènera nulle part. Je préfère avancer et garder la tête haute, même si c'est dur, parce que j'ai la chance d'être encore là, contrairement à d'autres.

Seïk observa un silence. Elle faisait preuve d'une telle force d'esprit et d'une telle sagesse pour son jeune âge que cela l'impressionnait. Il sourit avec sincérité, bien qu'il se demandât si elle parlait en toute honnêteté. Qu'elle s'évertue à masquer les apparences n'était pas impossible, et il se pouvait aussi que le traumatisme ne la tourmente que plus tard. Si cela arrivait, elle aurait besoin de quelqu'un pour la protéger et la guider.

Sans crier gare, Diana bondit et le plaqua sur le lit, sans se soucier de se retrouver à califourchon sur lui. Yeux dans les yeux, elle lui rendit son sourire, donnant l'impression que tout ce qu'elle venait de vivre n'était déjà plus qu'un lointain et mauvais souvenir, aussi insignifiant qu'un cauchemar d'enfant. Elle l'enlaça et le serra fort.

— Merci de m'avoir sauvée, fit-elle.

— Sois sans crainte, tout ira bien.

— Évidemment !

Sa réponse l'amusa. Ainsi qu'il s'y attendait, elle ne comprenait pas toute l'étendue de son propos. Mais cela importait peu, elle était désormais en sécurité.

Jeff et Falène entrèrent. Pris sur le vif comme deux criminels en plein méfait, Seïk et Diana se séparèrent et jetèrent un regard penaud à leurs camarades. Cela poussa le général dans un fou rire comme il en avait rarement eu. Falène, en revanche, sentit son cœur battre à tout rompre et faillit lâcher le plateau-repas qu'elle avait fait préparer à l'intention du mercenaire, dans le cas où il se réveillerait affamé. Rougissante, Diana descendit du lit et alla ouvrir la fenêtre pour prendre l'air.

Une brise fraîche et agréable s'engouffra dans la chambre. Pour sûr, la journée s'annonçait merveilleuse.

La demi-elfe déposa le plateau sur la table de chevet et fusilla Seïk du regard, après quoi elle sortit.

— Allons bon…, dit-il un peu désabusé, ce qui fit redoubler Jeff d'hilarité et rougir Diana davantage.

Il se dépêcha d'enfiler ses vêtements et partit sur ses traces, mais elle s'en était si vite allée qu'il ne la trouva ni dans l'auberge ni à l'extérieur. Et il la chercha pendant près de vingt minutes avant de l'apercevoir sur les quais. Assise sur une caisse, elle contemplait l'océan et la lointaine île montagneuse.

Il la rejoignit sans trop se presser, prenant le temps de réfléchir à ce qu'il allait bien pouvoir dire, à la manière de dissiper le malentendu pourtant évident.

— Falène…

— Laisse-moi, lança-t-elle sur un ton sec.

— Tu te fourvoies.

Elle descendit de son perchoir et fit face. Son visage, plus expressif que jamais, était peint de fureur.

— Tu me tutoies, maintenant ?

Il ne répondit rien mais soutint son regard, convaincu qu'il n'avait rien à se reprocher. Elle lui tourna le dos et croisa les bras.

— Peu importe, ajouta-t-elle. Ce que tu fais avec cette fille ne me regarde pas.

— Tu te méprends et tu refuses de l'admettre ! Je t'en prie, ne laisse pas la fierté t'aveugler.

Elle fit volte-face et le gifla ; cette critique était la goutte de trop.

— Ne joue pas avec mes sentiments, Seïk ! Je refuse de te perdre ! Imagines-tu seulement ce que j'ai ressenti lorsque nous vous avons retrouvés gisants sur ce galion ? Je te pensais… Je…

Elle crispa les mâchoires, serra les poings.

Seïk se mordilla la lèvre inférieure, se détourna d'elle et eut un sourire en coin. En fin de compte, il ne l'avait pas inventée cette inquiétude perçue par-delà sa colère, l'autre nuit, lors de l'attaque…

— Pardon, dit-il après un temps. J'ignorais que tu en souffrirais tant. Je veillerai à ce que cela ne se reproduise jamais, je te le jure. Et si, par mégarde, j'échouais, je ne saurais me le pardonner, car voir tes larmes couler me tue.

— Cesse de jouer les beaux parleurs, tu t'épuises en vain. Mes larmes ne coulent jamais.

Pourtant, ses larmes coulaient. Il les essuya, l'amena à le regarder et lui caressa le visage. Dans l'euphorie du moment, il entrouvrit la bouche, prêt à exprimer ce qu'il éprouvait, mais un nœud dans la gorge retint ses mots.

Il hésitait. Mettre son cœur à nu dans de pareilles circonstances, alors qu'elle-même s'ouvrait à lui, s'avérait plus difficile qu'il l'aurait cru. Les magnifiques yeux émeraude de la demi-elfe lui firent cependant dépasser ses craintes et il s'approcha, lentement.

Assez près pour l'embrasser, elle se défila.

— C'est une mauvaise idée, contesta-t-elle.

Il ne répondit rien, se contenta d'attendre. Elle fit de nouveau face puis, finalement, elle s'abandonna au désir. Leurs lèvres se rencontrèrent, tout doucement. Et ils s'embrassèrent.

En cet instant, les démons du passé de la belle ne parurent plus si terribles. Pour la première fois en six ans, elle se sentit la force et le droit d'oublier. La force et le droit d'avancer.

Chapitre 8

Esméry

Un dernier regard sur la tombe de son oncle et Jeff revint à *L'Espadon Pourpre*. Ses compagnons attendaient son retour, bagages aux pieds. La joie illumina son visage à la vue de la giberne de Diana, bourrée de matériel de dessin, du carquois de flèches qui pendait dans son dos et de l'arc posé contre la table. Quand elle avait réclamé un peu d'argent pour acheter des fournitures, deux jours plus tôt, il n'avait pas imaginé qu'elle reviendrait avec un tel attirail. Mais, comme elle s'en était si bien défendue, elle était une artiste et une chasseuse ; elle nourrissait son esprit de l'un, son corps de l'autre. Et en tant qu'experte en traque de gibier, elle comptait bien se rendre utile le temps du voyage vers la capitale.

Face à tant de témérité et d'arguments si pertinents, Jeff n'eut pas le cœur à refuser.

— Encore désolé de te contraindre à nous accompagner, dit-il à Diana quand il fut à côté d'elle. Comprends bien qu'avec l'attaque des pirates et ce que tu nous as rapporté sur le mage, je ne peux prendre le risque de te laisser ici et de voir la ville brûler une seconde fois.

— Ouais, je sais, répondit-elle. C'est pas grave. J'avais pas envie de rester seule, de toute façon.

— Nous ne t'aurions pas laissée livrée à toi-même, dans tous les cas, fit Seïk.

— En effet, enchérit Jeff. Nous t'aurions placée sous la tutelle d'une personne de confiance.

— C'est pas pour vous manquer de respect, mais je préfère rester avec vous pour le moment, objecta-t-elle. Je me sens mieux comme ça.

Les compagnons compatirent, ils la comprenaient. En particulier le mercenaire.

— Nous rediscuterons de ton cas en présence de Lia, lorsque nous serons à Esméry, ajouta le général.

— Faut-il s'attendre à ce que Kalar ait commandité son enlèvement et l'attaque des pirates ? interrogea Seïk.

— Cela ne me surprendrait pas. La véritable question est : pourquoi voudrait-il la capturer ?

— Pourquoi voulait-il une bague sans grande valeur ? rappela Falène.

Et le silence vint, le temps d'une réflexion. Comme lors de la précédente discussion sur le sujet, l'énigme demeura entière. Elle se complexifia même, en admettant que Kalar fût à l'origine des faits.

— Partons, conclut Jeff. Et espérons que Lia puisse nous en apprendre davantage sur cette histoire.

Ce fut sans un mot de plus qu'ils s'en allèrent. Seïk partit néanmoins avec un profond regret, car, contrairement à ce qu'il s'était promis, il n'avait pas pu récupérer son médaillon. Pour cause, depuis l'attaque des pirates et au vu du piteux état de la grand-place, le marché s'était drastiquement réduit en taille et le bijoutier qui le vendait n'était plus reparu.

Ah ! Si seulement il avait su…

Depuis leur départ la veille, afin d'oublier son échec quant au médaillon aux corbeaux, Seïk avait beaucoup observé Diana et les œuvres qu'elle dessinait. Ses coups de fusain sur le papier cartonné étaient d'une grande précision, ses mouvements habiles. Elle était une artiste talentueuse, cela se voyait. Et ses compétences en équitation n'étaient pas non plus à prouver, car pas une seule fois sa monture et les aléas de la route n'avaient perturbé les courbes de ses esquisses.

— Tu es douée, la complimenta le mercenaire.

— Merci, répondit-elle avec équanimité.

— As-tu pensé à exposer ton travail ? Tu deviendrais vite célèbre.

— M'en fous. (Elle releva la tête, coquette.) J'aime dessiner, c'est tout. Ça m'aide à évacuer.

— Là est bien le problème des enfants d'aujourd'hui, lança Jeff. Ils n'ont aucune ambition.

Diana le fusilla du regard, la fierté piquée par le mot « enfant » qu'elle attribuait plus à son mètre cinquante qu'à ses dix-neuf ans. Très sensible quant à sa taille, elle avait la fâcheuse habitude de déformer les propos des gens et de croire qu'ils visaient sa petitesse, ce qui la mettait toujours en rogne. Cette fois, pourtant, elle refusait de s'emporter et d'incendier l'auteur du sarcasme ; elle lui devait la vie. Elle éperonna alors sa jument baie et tourna la tête d'un air effronté quand elle passa à son côté.

Jeff s'esclaffa. Son rire contagieux n'eut pas de mal à ravir ses compagnons, égayant même un brin la jeune artiste. La susceptibilité de cette fille allait être un atout considérable pour la bonne humeur du groupe, il en était convaincu.

Falène dirigea son cheval bai pour se positionner près du mercenaire. De longues minutes s'écoulèrent sans qu'elle ose s'exprimer ; elle craignait une réponse trop pénible à entendre, ou que la question qui lui brûlait les lèvres depuis un moment fasse fuir cet homme.

— Pourquoi nous accompagnes-tu ? demanda-t-elle enfin, d'une voix plus dure qu'elle le voulait.

Il la dévisagea, intrigué.

— Je… Je veux dire, tu pourrais aller où bon te semble, bégaya-t-elle pour se rattraper.

Elle détourna le regard, certaine qu'il avait compris de travers. De toute manière, la question était stupide ; elle connaissait parfaitement la réponse. Puis elle se crut folle. Voulait-elle à ce point souffrir ? Car il fallait aimer souffrir pour ainsi tenter de saborder son propre bonheur. Ou peut-être estimait-elle, au bout du compte, ne pas le mériter ?

— Cherches-tu à te débarrasser de moi ? la chahuta-t-il.

Son débat intérieur prit fin et elle désespéra, abusée par tant de maladresse. Elle n'attendait de lui qu'un mot ou deux pour tuer ses doutes inopportuns et lui se jouait d'elle. Il avait pourtant promis de ne pas le faire…

— Je ne sais pas, poursuivit-il avec plus de sérieux. Peut-être par reconnaissance. J'ai une dette envers vous. Vous ne m'avez pas non plus laissé le choix, dit-il en référence aux propos tenus par Jeff lorsqu'ils se dirigeaient vers la maison de Pan Malaski, des jours auparavant.

— Je pense que tu as payé ta dette en aidant Esméla et cette fille, répondit-elle sur un ton acerbe. Tu peux retourner à ton ancienne vie si tel est ton souhait.

— En effet, je le peux.

Elle le regarda encore, non plus furieuse mais atterrée. Son cœur semblait sur le point de déchirer sa poitrine. Elle ne voulait pas qu'il parte et ignorait comment réagir si cela devait se produire. N'était-il pas tombé amoureux d'elle ? Alors, pourquoi tenait-il un discours aussi détaché ? Et pourquoi faisait-il durer ce silence ? Avait-elle passé trop de temps à ne montrer que sa froideur pour qu'il ne voie pas son angoisse ?

— Lors de notre premier jour à Esméla, quand tu m'as demandé de te tutoyer, tu avais la certitude que je resterais à vos côtés, parla-t-il. Pourquoi penser différemment aujourd'hui ?

Elle laissa filer les secondes, se trouva bien idiote.

— Je ne sais pas, avoua-t-elle.

— Me crois-tu sincèrement capable de partir ? Tu sais mes sentiments à ton égard et je sais les tiens au mien. Comment pourrais-je t'abandonner ? Je commettrais l'erreur de ma vie si je m'éloignais d'une femme aussi magnifique que toi après avoir réussi à la conquérir, exploit que beaucoup d'hommes m'envieront et ce pour quoi beaucoup me haïront. Qui plus est, c'est peut-être cruel de ma part de dire cela, mais même si ces derniers jours ont été rudes, il y avait longtemps que je ne m'étais pas senti à ce point vivant. Non pas que la vie de mercenaire me déplaise, loin de là. Je pense plutôt que je me lasse de la solitude.

Le visage de Falène s'adoucit et le tourbillon d'émotions qui la secouait se tut ; il venait de trouver les mots justes. Elle se sentit le cœur et l'esprit libres. Mais force lui fut de reconnaître sa grande bêtise. Sans conteste, à compter de cet instant, elle ne laisserait plus rien ni personne s'immiscer entre elle et son bonheur. À compter de ce jour, elle s'emploierait seulement à être heureuse.

Cette question enfin réglée, elle commença à réaliser qu'elle n'était pas la seule raison qui le poussait à rester. Pas même sa fameuse dette à leur égard. Car elle voyait combien il s'intéressait à Diana. Non pas comme il le faisait avec elle, elle le savait bien. C'était autre chose. Aussi le considéra-t-elle plus longuement, jusqu'à percevoir sa sollicitude.

— Tu as peur pour elle, devina-t-elle.

Il dévisagea la demi-elfe et sourit.

— Oui, tu as raison. Cette fille paraît être à toute épreuve, mais je crains que cela ne soit qu'une façade. Elle est encore jeune, inexpérimentée. Si elle se mentait ? Qu'arrivera-t-il lorsque, le choc passé, ses démons surgiront pour la hanter ? La folie la guette…

— J'en doute. J'ai discuté avec elle durant ta convalescence. Son mental est fort, réellement fort. Peut-être bien plus que le nôtre. En un sens, elle me rappelle Jeff.

En disant cela, elle ne put s'empêcher de regarder son ami avec compassion. Le genre d'attentions que Seïk ne lui avait encore jamais connu. Cela lui plut, car, une fois de plus, elle démontrait que sa froideur si fréquente n'était qu'un masque, une carapace que l'on porte pour se protéger parce que la vie nous en a fait baver.

— Tu l'es aussi, affirma-t-il. Plus que tu le crois.

— Pardon ?

— Forte. J'ai vu cette affliction qui traverse parfois tes yeux. J'ignore ce que tu as vécu, mais cela t'a rendue solide.

— Traversait, le corrigea-t-elle. Je vais bien, à présent. Parce que tu es là.

— Voilà que vient ton tour de me flatter, dit-il, amusé.

— À l'époque où je travaillais pour Kalar, j'aimais un homme, parla-t-elle sans ambages. Il s'appelait Lendal. Parce qu'il lui a tenu tête, Kalar l'a décapité. J'étais présente. Ou devrais-je dire que Kalar l'a assassiné parce que j'étais là. Je crois qu'il l'a fait dans la seule intention de m'atteindre. Malgré mon jeune âge, j'étais officière, réputée pour ma loyauté et mes compétences hors du commun. J'ai souvent prouvé ma valeur, au combat comme en stratégie, sur le plan militaire comme dans la gestion du royaume. Kalar m'écoutait, il reconnaissait la pertinence de mes conseils. C'était son côté pragmatique et cela déplaisait aux officiers supérieurs et aux généraux, car eux ne jouissaient pas d'une oreille aussi attentive de sa part. Mais, au fond, qu'importent mes efforts ou l'intérêt que Kalar m'accordait, il me haïssait. Tous me haïssaient, parce que je suis une sang-mêlé. Lui, en particulier, se jouait de moi depuis le début. Je ne l'ai compris que trop tard.

Elle le regarda droit dans les yeux. Elle avait beau se montrer impassible, Seïk percevait son émoi. Tout à coup, il se rappela son avis sur les sang-mêlé, celui dont elle lui avait fait part le premier soir à Esméla. Elle avait accusé l'incapacité du monde à dépasser sa haine des métis, décrié le fait que, tôt ou tard, cette colère ferait de nouveau des ravages. Il se rendit alors compte comme les stigmates de la belle étaient grands.

— Le rejet des sang-mêlé est profondément ancré en Drezn, souligna Seïk. Cela m'attriste de l'apprendre.

Falène acquiesça, puis elle poursuivit :

— Après cela, Kalar m'a accusé du meurtre de Lendal ; j'étais soi-disant responsable de sa rébellion. Il a ordonné mon exécution. Tout devait être couru d'avance, car les soldats m'ont laissée m'échapper et m'ont giboyée sans grande conviction.

— N'avaient-ils pas simplement de l'empathie à ton égard au point de te permettre de fuir ? Après tout, vous vous connaissiez.

— Je ne sais pas. Kalar me connaissait, cela ne l'a pas empêché d'agir comme il l'a fait. Le racisme et le coup monté m'apparaissent plus probants.

— Peut-être n'était-ce pas de la haine qu'il te vouait. Peut-être t'aimait-il, lui aussi, et ta relation avec Lendal l'aurait rendu fou.

— Je n'y crois pas.

— Il faut admettre que Kalar est un homme sadique et incohérent. La preuve en est, il m'a laissé vivre en me dépouillant de mes biens plutôt que de m'abattre, cela même alors que je remplissais à merveille ma part du marché. Sinon, pourquoi l'aurait-il fait ? Qui plus est en m'abandonnant dans un royaume qu'il venait de dévaster ?

— Sadique et incohérent, oui, il peut l'être, reconnut Falène. Mais pas seulement. Dans ton cas, il est probable que la vérité soit ailleurs. Je pense que si tu as survécu aussi longtemps, c'est parce qu'il t'a ensorcelé. Kalar est un mage puissant, il a dû placer ton corps et ton esprit dans une forme de stase afin de permettre que l'on te trouve vivant. Car il savait que l'Esméry viendrait chercher des survivants.

— Il est vrai qu'il ne s'est pas privé de me faire la démonstration de ses pouvoirs lors de notre dernière entrevue. Un mage doublé d'un psychopathe ? Belle combinaison.

— Je dirais même que Kalar est profondément perturbé. Je l'ai vu agir avec sagesse autant que je l'ai vu prendre des décisions sous le joug de la colère. Ou d'une tristesse apparente. Et parfois, là où le choix s'imposait aux yeux de tous, il faisait tout le contraire, quitte à perdre la face. Lorsque cela arrivait, il ne démordait pas de sa bêtise et personne ne pouvait le contredire sans en mourir.

— En parlant de cela, dit Seïk, voilà qui relance nos réflexions quant à son intérêt pour la bague et la raison du raid sur la Farnoll. Et de l'attaque des pirates ? Peut-être n'y a-t-il finalement aucun lien entre ces évènements.

— Je te rappelle que cela n'a toujours été que suppositions.

— Exact…

— Cela ne résout pas le mystère, réfuta-t-elle. Comme je l'ai dit l'autre jour, Kalar ne porterait aucun intérêt pour une babiole si elle ne servait pas ses desseins. Sadisme ou désir de conquête quant à la Farnoll ? Possible. Sadisme vis-à-vis de Diana alors qu'elle ne le connaît pas ? Peu probable, à moins qu'il y ait un passif entre eux que nous ignorons. Pour la bague, c'est encore autre chose, je le sens. Et je crains le pire, tout comme Jeff.

Seïk n'ajouta rien. Il partageait ce sentiment et il comprenait bien leur décision d'en apprendre plus sur Kalar, tout en prenant les mesures nécessaires pour l'empêcher d'agir à sa guise afin que d'autres ne pâtissent pas de ses machinations ou de sa vésanie.

— Quoi qu'il en soit, après avoir fui Drezn, j'ai cédé à la folie, dit Falène pour en revenir au premier sujet. Sans Jeff pour me remettre dans le droit chemin, je ne serais pas ici aujourd'hui.

— Cela me fait d'autant plus craindre que Diana en passe par là.

— Je te l'ai dit, cela n'arrivera pas. Elle est sur pied depuis plusieurs jours. Je lui ai parlé, je l'ai longuement observée. Crois-moi, si elle avait dû perdre l'esprit, elle l'aurait déjà fait.

— J'espère que tu as raison…

Elle le dévisagea alors qu'il s'intéressait de nouveau à la jeune artiste. Elle était touchée de voir comme il se souciait de son entourage. Malgré son travail peu réjouissant qui impliquait de tuer, voler et tricher, Seïk était dans le fond un homme honnête, droit, sensible et bienveillant. L'horreur de dix années passées à jouer le mercenaire n'avait pas entaché son âme. Au contraire, ses expériences les plus sombres avaient consolidé tout ce qu'il y avait de bon en lui. Il pouvait bien reconnaître la force de caractère des autres, lui aussi ressemblait beaucoup à Jeff. Elle l'enviait. Elle l'aimait ! Bon sang, que Lendal lui pardonne un jour de l'oublier, car elle aimait tant ce mercenaire ! Et elle sourit avant de lui prendre la main. Il se tourna vers elle, et elle d'ajouter avec une assurance sans failles :

— J'ai raison.

Après une chaîne de collines, les quatre cavaliers atteignirent le bord d'une haute falaise. Ils tirèrent sur la bride de leurs montures pour s'arrêter près du précipice afin d'apprécier un court instant la vue exceptionnelle.

Bâtie au cœur de l'immense plaine en contrebas, la capitale se dessinait au travers d'une légère brume matinale encore présente à l'approche de midi. Elle se dressait dans toute sa splendeur, entourée de ses quatre portes de ville comparables à des châteaux forts, de ses hauts et épais remparts et de ses formidables tourelles de défenses munies de longs et fins canons. Au centre de la cité, dépassant du brouillard, trônait fièrement la demeure royale. L'on pouvait aussi apercevoir, à l'extrémité du quartier nord-ouest, une zone dégagée, aménagée pour les aéronefs. Juste à côté, une saillie rocheuse haute d'une centaine de mètres s'élevait, au sommet de laquelle était érigée une tour de guet ; s'en jetait également une cascade qui plongeait dans un lac colossal et de ce dernier partait tout un réseau de canaux dont la ville profitait de bien des manières.

Deux faubourgs jouxtaient les murs extérieurs, l'un à la porte est et l'autre à la porte nord. Entre les deux, et à perte de vue, la civilisation continuait de s'étendre au travers de terres maraîchères, de hameaux et de fermes avec leurs champs, leurs moulins à grain et leurs bétails. À l'opposé, de l'autre côté d'Esméry, c'était une forêt de plusieurs hectares qui dominait le paysage.

— Un véritable paradis, murmura Seïk pour lui-même.

Les compagnons longèrent l'à-pic près d'une heure avant de trouver une large bâtisse solitaire. À l'intérieur, le général discuta brièvement avec les gardes, puis ils montèrent sur la plateforme d'un grand ascenseur, unique lien sur des kilomètres à la ronde entre le sommet de la falaise et la plaine. Les cinq bras de fer qui soutenaient le plateau s'actionnèrent d'abord dans un bruit détestable, puis descendirent le long des rails dans un paisible ronronnement mécanique.

La terre ferme de nouveau sous leurs sabots, les chevaux repartirent au trot. Bientôt, ils cheminèrent à travers le faubourg en direction de la porte de ville est, sous les regards de braves gens qui reconnaissaient le général et son second et les saluaient joyeusement.

Dès que les vigies aperçurent Jeff et Falène, il fut réclamé aux voyageurs et citoyens qui allaient et venaient de libérer la voie. Les soldats formèrent ensuite les rangs sous les directives du capitaine de la porte ; leur vitesse de réaction et leur discipline firent une forte impression, autant auprès du peuple que de Seïk et Diana. Et le respect que l'on témoigna aux deux chefs de l'armée, quand ceux-là s'engagèrent sur l'allée d'honneur, fut encore plus incroyable. Ce n'était pas un respect forcé par la hiérarchie mais un sentiment sincère, construit sur des années de travail et de confiance. Aux yeux du mercenaire, il n'y avait pas de plus grande vérité, en cet instant, que l'amour porté par ces gens aux deux figures emblématiques qu'étaient le général Malaski et la vice-générale Zidgel.

Les compagnons franchirent le pont surmontant le canal d'eau qui encerclait la capitale. Ils passèrent sous l'immense porte de ville avant d'atteindre la première rue. Enfin, Seïk put admirer toute la beauté qui se cachait derrière ; il dut bien admettre que Falène n'avait pas menti. Esméry ressemblait à Esméla, quoiqu'elle fût bien plus fortifiée et mieux armée. Aux maisons aux charpentes apparentes et aux murs blancs s'ajoutaient d'autres formes et couleurs. Tout cela dans une configuration d'habitations tantôt serrées, tantôt séparées et bordées par de splendides jardins. Il y avait aussi des commerces, des restaurants et, ici ou là, un bâtiment de grande taille qui dépassait ses voisins avec aisance et dont la fonction intriguait le mercenaire. De surcroît, les rues étaient encore plus animées que celles de la ville côtière. Et, à l'instar du faubourg que les compagnons venaient de traverser, en ces lieux résidaient ou transitaient de nombreuses personnes de races et d'ethnies différentes, bien que la population fût pour majorité humaine. Ils cohabitaient comme nulle part ailleurs. Seïk en fut ému ; ce n'était pas sans raison que l'on surnommait le royaume d'Esméry la « Terre de Liberté ».

Lorsqu'ils atteignirent la première place, des enfants les assaillirent. Jeff et Falène étaient pour eux des héros et les garnements avaient hâte d'entendre leurs récits. À contrecœur, Jeff dut reporter le divertissement, pressé par les récents évènements qui l'obligeaient à trouver la reine dans les plus brefs délais. Les adultes étaient quant à eux gênés par l'insouciance de leurs enfants et s'en excusaient.

Après la garnison de lutins vint celle des prétendants aux faveurs de la dame. C'était chaque fois la même mascarade au point que Falène ne leur prêta nulle attention. Elle garda la tête haute et une attitude glaciale, semblant être au-dessus de tout. Inaccessible. Cela ne dissuada que peu ces hommes acharnés, mais aucun n'osa aller plus loin que l'offre d'un présent ou une déclaration enflammée ; un jour, l'un d'eux avait essayé de la toucher et sa tête avait failli voler. Mais si Falène se moquait bien de tous ces tentateurs, Seïk fut un peu mal à l'aise devant leur passion dévorante. Il retrouva néanmoins sa confiance grâce au regard complice de sa compagne qui imaginait bien son tracas.

La déception des prétendants résonna en une multitude de lamentations lorsque la cavalière tant convoitée s'engouffra dans une nouvelle rue, sans même daigner leur adresser le moindre mot de refus, et que des soldats vinrent contenir la masse. Cela ne manqua pas de dérider Jeff et d'inviter chez Diana un rire moqueur et sadique.

Allant de rues en places et de places en rues, Jeff et Falène durent à bien d'autres reprises répondre de leur popularité. Fort heureusement, les citoyens d'Esméry et les voyageurs avaient la décence de ne pas leur barrer la route. Ainsi atteignirent-ils les portes du château où ils confièrent leurs chevaux aux écuyers, avant de se lancer vers un nouvel accueil de clameurs et de joies, cette fois constitué des employés de la demeure ; ceux-là les avaient attendus avec impatience lorsque leur était parvenue la nouvelle de leur retour.

— Et avec ça, tu voudrais que je sois célèbre ? lança discrètement Diana au mercenaire. C'est pas une vie, je tiendrais pas une journée !

Il haussa les épaules. Elle n'avait pas tort, une telle notoriété devait être difficile à gérer au quotidien. Son admiration pour les deux chefs militaires n'en fut que plus grande tant ils savaient rester humbles et proches du peuple malgré leur renommée.

Un serviteur les conduisit à la salle des réceptions officielles, Jeff entra le premier. La reine, une femme jeune aux cheveux châtains coiffés d'un diadème, y discutait avec son Premier ministre d'affaires importantes. Ils parlaient entre autres des villages voisins et des récoltes à venir, ainsi que d'un groupe de bandits aperçu non loin de la capitale, terré dans la forêt au sud-ouest.

Les bruits de pas, les cliquetis d'une armure et le léger grincement des charnières interrompirent l'entretien. La souveraine se tourna vers les arrivants ; son visage s'illumina à la vue du général. Elle souleva de quelques centimètres son élégante robe et courut à lui, se jeta dans ses bras et l'enlaça fort. L'épaisseur et la froideur de la cuirasse argentée ne la dérangèrent pas, elle était trop heureuse de le revoir pour se soucier d'un tel détail. Le ministre, lui, grimaça, car il détestait la voir se conduire de la sorte ; ce n'était pas digne de son rang. Seïk et Diana, en revanche, furent béats. Si la jeune artiste n'avait encore jamais vu de gens de la haute noblesse, elle avait imaginé que leur attitude serait orgueilleuse et méprisante au point de la faire sortir de ses gonds. Quant au mercenaire, qui avait déjà côtoyé plusieurs royautés, c'était la première fois qu'il assistait à un tel spectacle, si bien qu'il en oublia ses manières et les usages en présence d'un monarque.

— Mon frère, il fait bon te revoir, dit la reine avec grande émotion.

— N'en fais pas trop, rit-il. Falène va encore te réprimander.

Tandis que Diana prenait le mercenaire en aparté pour évoquer le lien de parenté entre le général et la reine, lien que tous deux découvraient en l'instant, la souveraine se sépara de son frère et, après un dernier regard d'une tendresse infinie, se tourna vers la demi-elfe pour l'enlacer à son tour.

— Ma fidèle amie, te retrouver me procure un tel réconfort. J'ai craint pour vos vies quand m'est parvenue la nouvelle des évènements d'Esméla.

— Votre Majesté ! protesta le ministre. Cessez vos enfantillages, nous avons encore beaucoup de travail !

Elle délaissa Falène pour faire face à l'homme et changea soudain d'attitude. Droite et impérieuse, toute émotion disparut de son visage.

— Messire Rorry, dois-je vous rappeler qui dirige ce royaume ? Qui vous paye pour que vous fassiez votre travail ? Qui vous a recueilli et donné accès au savoir que vous détenez, fait de vous l'homme que vous êtes aujourd'hui alors que vous mendiiez dans les rues il y a de cela vingt ans ?

Il se raidit. Ce rappel piquant associé à la force qu'elle dégageait l'ébranla. Il se courba et présenta ses plus plates excuses.

— Ne soyez pas si sévère, Madame, la corrigea Falène. Il a raison, vous n'êtes plus une enfant. Si vous ne vous conformez pas à votre titre, le peuple ne vous prendra jamais au sérieux.

La reine la considéra d'un air plaintif. Falène ne céda pas, elle la connaissait presque aussi bien que Jeff et savait lui tenir tête.

— Peut-être, lui concéda la souveraine. Il faut que je grandisse, cela même ? (L'espièglerie étira ses lèvres.) J'imagine que nous ne partagerons plus ces soirées entre filles, à nous raconter tous ces potins si amusants ?

Falène se crispa. Ces soirées étaient un secret qui devait le rester à tout prix afin de préserver l'intégrité de son image. Quant aux informations intimes que la reine détenait à son sujet, car elles étaient chacune la confidente de l'autre, il était impératif qu'elle les emporte dans la tombe. Si elles venaient à être dévoilées, l'embarras de la demi-elfe serait tel qu'il lui faudrait s'exiler aux confins du monde à tout jamais.

Toute volonté de résister ainsi anéantie, Falène renonça. La reine adopta une posture triomphante. Cela consterna le Premier ministre au point qu'il prit congé ; après tout, les affaires du royaume pouvaient bien attendre une heure ou deux.

La reine se tourna vers ces deux jeunes gens qui accompagnaient son frère et sa fidèle amie. Seïk se fit la réflexion que ses yeux gris étaient magnifiques et pétillants.

— Je me nomme Lia Esméry, fille de Phœbus et Léna Esméry, se présenta-t-elle. Seïk Lenohan, Diana Sigurd, je suis heureuse de vous rencontrer.

Ils la dévisagèrent, abasourdis, certains que leurs identités n'avaient pas une seule fois été mentionnées au cours de ces brefs échanges. Ils se regardèrent puis reportèrent leur attention sur Lia. D'abord étonnée par leur réaction, elle se tourna vers Jeff et croisa les bras, les yeux accusateurs. Le coupable se rappela alors qu'il avait omis quelques détails importants à son sujet. Pour sa défense, il se contenta de rire, au grand désarroi de sa sœur.

— Il ne vous a rien dit, se plaignit-elle. Depuis que je suis enfant, je possède le don de clairvoyance. Il me permet de connaître le passé, le présent et l'avenir d'individus, d'objets, de lieux. De voir ce que le commun des mortels est incapable de voir. Il se manifeste selon son bon vouloir, mais toujours, je le crois, pour des raisons précises.

— Sérieux ? Vous pouvez tout savoir ? souffla Diana, yeux écarquillés.

— En somme. Grâce à ce don, je sais qui vous êtes, du moins en apparence. Seïk appartient au clan Hugin et Munin, les protecteurs et messagers du dieu Odin. Il menait une vie de mercenaire avant de rencontrer Jeff et Falène, il y a peu. Vous, Diana, êtes la descendante de Siegfried le Tueur de Dragons, héros de l'Ère de la Création, renommé pour avoir vaincu le dragon Fáfnir et protégé Lanvaril. Vous viviez dans un village en périphérie du royaume lorsque des barbares l'ont attaqué.

Vos trois compagnons et les valeureux soldats qui les accompagnaient vous ont sauvé la vie.

Les concernés par le discours gardèrent le silence. C'était bien la dernière chose à laquelle ils s'attendaient en rencontrant la souveraine d'Esméry. Ils se sentaient percés à jour, incapables de lui cacher quoi que ce soit. De plus, ressentir de la méfiance à son égard leur était impossible tant l'aura chaleureuse et amicale qu'elle dégageait était puissante et envahissante.

— Voilà qui est troublant, reconnut Seïk, une légère perturbation dans la voix. Ma chère mère me contait bien des histoires. En y repensant, jamais elle n'a parlé de celle de notre famille. (Il hésita puis fit une révérence.) Madame, votre temps est précieux et je ne saurais en abuser. Si, toutefois, vous acceptiez de m'accorder une audience pour m'en apprendre plus sur ce clan auquel j'appartiens, je vous en serais éternellement reconnaissant.

— Hélas, je crains de ne pouvoir vous satisfaire, car je n'en sais pas davantage, s'excusa-t-elle. Et je ne crois pas que mon don s'éveillera une fois encore pour me parler de vous. Il est déjà surprenant que des visions vous concernant me soient apparues juste avant votre arrivée ; je me demande ce que cela peut bien signifier. Toutefois, si tant de questions sur votre lignage vous taraudent, il existe une ville appelée Zadéon, dans le nord de l'Izen. Il y a là-bas une bibliothèque où sont contenus d'innombrables ouvrages sur l'histoire de ce monde et sa mythologie. Vous y trouverez peut-être ce que vous cherchez. Je mettrai un aéronef à votre disposition, si vous le souhaitez. Mais de cela nous parlerons plus tard, si vous le voulez bien. Pour l'heure, je vous demande de quitter les lieux. Je dois m'entretenir sans plus tarder avec mes Chevaliers.

Sans protestation, Seïk salua à convenance et incita Diana à l'imiter. Puis ils partirent.

Alors qu'il déambulait en compagnie de la jeune artiste dans les couloirs du château, le mercenaire perdait son regard dans le vide. L'évocation de sa généalogie avait suscité son intérêt autant que sa frustration. C'était comme d'être soudain affamé par un buffet alléchant et de le voir disparaître d'un coup sans que la faim s'estompe. L'offre de la reine constituait une aubaine, Seïk n'en demeurait pas moins sans réponses. Cela le rongeait, d'autant plus que ce voyage vers Zadéon pouvait bien ne jamais se concrétiser ; sa vie avait tendance à prendre des tournants brusques et inattendus, ces temps-ci.

— Te casse pas trop la tête avec ça, fit Diana. On en saura plus en temps voulu, c'est pas si dramatique.

— Mon ennui est-il si flagrant ?

— Pas qu'un peu.

Cela l'égaya.

— Tu fais preuve d'une grande sagesse malgré ton jeune âge, apprécia-t-il. Malheureusement, je ne saurais t'imiter.

— Et pourquoi ça ?

— Parce que nous ne sommes pas du même acabit. Je ne me suis jamais vraiment intéressé à l'histoire de ma lignée. Pourtant, le simple fait de rencontrer quelqu'un qui en sait plus à mon propos que moi me force à me poser des questions... À bien y réfléchir, je m'étonne de ne pas avoir plus tôt fait mienne cette quête d'identité. Qui sommes-nous, d'où venons-nous, n'est-ce pas ce que nous désirons tous savoir ?

— Non, pas moi. Je suis ce que je suis, qui je suis et comme je suis. Savoir qu'un de mes ancêtres était un Tueur de Dragons ou un paysan, je m'en tape. Ça change rien. Je vis pour moi, au jour le jour, c'est tout.

Il l'observa du coin de l'œil. La force de vivre de cette fille et sa manière de passer au-delà des questions existentielles et des tourments l'impressionnaient encore une fois. À côté, il se sentait ridicule et immature.

— J'envie ton approche de la vie, lui concéda-t-il.

— C'est pas compliqué.

— Pour moi, si. Enfin, ce n'est pas bien grave, j'irai à cette bibliothèque et l'affaire sera réglée. C'est agaçant, mais je dois admettre que débattre plus longtemps sur le sujet ne nous avancera à rien.

— À toi de voir. J'aimerais que tu restes avec nous, mais tu dois suivre ton propre chemin, ou quelque chose comme ça. En tout cas, reviens vite, ajouta-t-elle avec candeur.

— Sois sans crainte, je ne vous abandonnerai pas, promit-il en pensant à Falène. J'en serais incapable. Et puis, si la reine m'accorde l'aide promise, je serai de retour en peu de temps.

Elle hocha la tête en signe d'approbation et le sujet fut clos.

Sortis de l'enceinte du château, ils visitèrent les jardins royaux, puis une partie du centre-ville. Ils passèrent devant plusieurs commerces avant de faire escale dans une boutique dont l'enseigne représentait deux flèches croisées. De nombreuses variétés d'armes de jet étaient exposées aux murs et dans les vitrines. Le vendeur, chiquement vêtu et bien coiffé, semblait tirer de grands bénéfices de son affaire à en juger par son apparence et par l'aspect raffiné du magasin.

Un rapide passage entre deux étalages et la jeune artiste dénicha un gant d'archer, chose qu'elle n'avait pu acquérir lors de ses emplettes à Esméla. Ce détail qui venait ponctuer son équipement ne manqua pas d'interpeller Seïk, et il eut la certitude que cette jeune femme n'était pas une novice en la matière. En outre, cela lui rappela les jets de dague qu'il avait pratiqués durant l'invasion de pirates. Il fallait bien reconnaître que, s'il n'avait qu'une fois manqué sa cible à cause des circonstances, de telles armes ne se destinaient pas à pareil usage. Aussi en profita-t-il pour se munir d'un baudrier et d'un jeu de couteaux de lancer.

De nouveau dans la rue, Seïk ne put s'empêcher d'interroger sa compagne sur une question qui le travaillait depuis deux jours, depuis qu'il avait chassé à ses côtés :

— Tu excelles à te servir d'un arc, je ne peux pas le contester. En as-tu cependant déjà fait usage en combat réel ?

— Non, répondit-elle avec désinvolture. Mais entre un homme et un animal, y a pas grande différence, si ?

— Sinon une armure, une arme, un possible bouclier et l'expérience du combat dans le meilleur des cas ? Non, il n'y en a pas.

— J'ai pas eu besoin de toi pour abattre ce sanglier cornu, l'autre jour, que je sache. Et est-ce que tu m'as vue broncher ?

— Non, tu as raison. Et je dois bien reconnaître que j'en connais peu qui auraient ainsi démontré pareil sang-froid avant de l'abattre d'une seule flèche. J'ai même connu des soldats et des mercenaires rompus à la guerre faire pâle figure face à des bêtes enragées.

— Tu sais, j'ai peut-être pas l'expérience du combat réel, mais je sais au moins ce que veut dire « se battre pour vivre ». Quand un animal te charge, y a pas mille solutions : soit tu te bats, soit tu fuis, soit tu crèves. Et c'est rare de pouvoir fuir.

Seïk fut amusé par cette façon assez crue et indubitablement vraie de voir la réalité. Après tout, cette conception de la vie, elle la tenait de son père, et comme elle l'avait dit deux jours plus tôt, après qu'il l'eut questionnée sur le sujet, elle avait tout appris de son vieux, jadis maître chasseur du village. De plus, elle s'entraînait au tir à l'arc chaque jour depuis ses sept ans, ses capacités n'avaient donc rien d'extraordinaire. Elle avait aussi parlé de sa mère à qui elle devait sa passion pour le dessin. Cette femme était une artiste-peintre qui vendait ses toiles aux marchands itinérants, toujours pour une poignée de séreins, même quand ses œuvres valaient davantage ; elle refusait de vivre dans l'opulence et aimait sa vie telle qu'elle était.

Au souvenir de cette discussion, Seïk pensa qu'il n'aurait pas dû douter de sa jeune amie. Si elle devait combattre des humains ou des gens d'autres races, elle ne faillirait probablement pas. Quand bien même tuer un animal et tuer un être doué d'une conscience égale à la sienne étaient deux choses différentes…

— Je peux savoir pourquoi tu me demandes ça ? demanda Diana.

— Parce que, si je te suis bien, tu comptes rester auprès de Jeff et de Falène, quoi qu'il t'en coûte. Or, si par je ne sais quel miracle tu y parviens, tu seras amenée à te battre.

— Ouais, je sais. J'y ai déjà pensé et ça me fait pas peur, tant que je suis avec vous. Et quand je me sentirai prête, je partirai en voyage pour découvrir le monde. Parce que bon, j'ai jamais eu l'occasion de quitter mon village et ses alentours avant que vous débarquiez…

— Beaux projets, mais tu as l'air d'ignorer que demeurer à leurs côtés est compromis. Leur position au sein de l'armée va continuer de les conduire loin d'ici. Plus encore à présent que Kalar est dans leur ligne de mire. Ils vont très certainement quitter cette ville d'ici peu et ils ne te permettront pas de les suivre. À plus forte raison si leur destination est un champ de bataille.

— On verra. S'il le faut, je me planquerai dans une caisse ou sous une couverture. Ou je leur courrai après, va savoir.

— Téméraire que tu es, rit Seïk. Il faudrait te mettre aux fers pour t'en empêcher. C'est peut-être bien ce qui se produira si tu insistes, cela dit.

— Et toi, alors ? Tu vas laisser Falène partir sans rien dire ?

Il réfléchit un instant.

— Non. Je compte bien proposer mes services en tant que mercenaire et être affecté aux mêmes missions qu'elle. Je suis expérimenté en plus d'être bon combattant ; j'ai fait mes preuves à Esméla. Je suis convaincu que Jeff et Falène appuieront ma demande.

— Surtout Falène, le charria-t-elle.

Il hocha la tête.

— Dans tous les cas, je la suivrai. Tu peux me croire sur parole, n'est pas né celui qui m'en empêchera.

— Je te signale que s'ils me laissent pas faire comme je veux, ce sera pareil pour toi, le contredit Diana.

— Ne t'en fais pas, je sais me montrer persuasif. D'autant plus que Lia Esméry semble être une femme ouverte d'esprit.

— Ah ouais ? Eh bah je deviendrai mercenaire, tiens ! Ou alors, je me ferai engager dans l'armée. Et je parlerai avec la reine pour qu'elle me laisse être avec Jeff et Falène, moi aussi !

— Ce n'est pas si simple, rit de nouveau Seïk. Mais pourquoi pas ? Essaye. Cela vaut toujours mieux que de les suivre comme une voleuse et de finir en prison.

Sur ces mots, tous deux déterminés quant à leur avenir proche, ils poursuivirent leur exploration de la grande cité au travers de rues étroites ou larges, de places fleuries et de canaux où l'on pouvait même effectuer des ballades à bord de barques. Et chaque fois qu'ils croisaient un représentant d'une race que la jeune artiste ne connaissait pas, Seïk était là pour conter une histoire ou une légende au sujet du peuple de cet individu. Cet homme était comme un livre ouvert, un livre dont Diana n'était pas près de se lasser.

Chapitre 9

Coup double

Le soleil d'après-midi entamait sa descente lorsque Jeff et Falène franchirent les portes du château. Le mercenaire et la jeune artiste attendaient sur un banc de l'allée centrale, près des jardins ; lui avait les yeux rivés aux nuages épars, elle s'adonnait à son art favori.

Seïk remarqua un semblant de contrariété sur le visage de Jeff.

— Nous sommes chargés d'une nouvelle mission, annonça le général. Lia exige que vous nous accompagniez.

— Le voyage vers Zadéon vient d'être reporté, murmura Seïk à l'intention de la jeune artiste. Et cela règle l'autre dilemme.

Diana se réjouit en silence. Elle ignorait pourquoi la reine avait pris une telle décision et elle s'en moquait bien. Tout ce qui comptait, c'était qu'elle n'aurait pas à batailler pour rester auprès de ses amis.

Seïk se leva et se courba devant les généraux, une main dans le dos.

— Je suis votre débiteur. Et même sans cela, vous délaisser après les épreuves que nous avons traversées ensemble serait indigne de ma part. Je ne saurais me pardonner une telle lâcheté.

Falène dissimula son plaisir alors qu'il lui lançait un regard complice. Enjouée par la noblesse de son discours, elle y décelait toutefois sa principale motivation : les sentiments qu'il lui vouait.

— D'autant plus que vous aurez besoin d'aide pour combattre Drezn et que j'ai des comptes à régler avec Kalar, ajouta Seïk.

— Soit, accepta Jeff.

— Au passage, en sait-on davantage à propos des poursuivants de cette demoiselle ? interrogea-t-il en désignant la jeune artiste.

— Non. C'est une des raisons pour lesquelles Lia tient à ce qu'elle reste avec nous. Elle juge préférable que Diana demeure à nos côtés afin qu'elle surmonte son traumatisme, puisque nous sommes ses sauveurs. La psychologie selon Lia Esméry.

— Je vous ai déjà dit que j'allais bien, protesta Diana. Vous comptez me gonfler avec ça encore longtemps ?

— Je sais. Je lui en ai fait part, mais elle a insisté.

— Sans vouloir être indiscret, quelles sont les autres raisons ? demanda le mercenaire.

Jeff parut tout à coup hésitant.

— Elle a eu une vision dans laquelle Diana se trouvait en Glynas avec nous, déclara Falène.

— Elle a prétendu en avoir une, la corrigea Jeff. Nous débattions de la première raison quand son don de clairvoyance s'est soi-disant manifesté. Je crois qu'elle a menti dans le seul but d'avoir le dernier mot.

— Mais puisque tu ne peux démentir ce point, tu es contraint de lui concéder cette exigence, déduisit Seïk.

— En effet…

— Et concernant les intentions de Kalar ?

— Rien pour le moment.

— C'est bien beau, tout ça, mais on va où ? les interrompit Diana sans lâcher son esquisse.

— En Glynas, justement, répondit le général. Nous avons reçu une demande d'assistance de la part du chancelier Rosaris. Ajul, la capitale, est sous occupation dreznienne ; la famille royale y est retenue en otage. La Résistance se terre dans une retraite non loin de la ville et réclame notre aide pour reprendre la cité.

— Drezn, dites-vous ? Quelle coïncidence, commenta Seïk sur un ton narquois.

— Une coïncidence à notre avantage. Cette opération est l'occasion idéale pour amorcer la contre-offensive. Si, en plus de leur infliger des pertes, nous parvenons à capturer plusieurs de leurs hommes et à leur soutirer des renseignements concernant les projets du roi, nous ferons d'une pierre deux coups.

— Je serais étonné qu'il confie ses intentions à des sous-fifres.

— Le général Yul Moltanov commande les troupes stationnaires, révéla Falène. Lui et Kalar sont proches, je t'assure qu'il aura beaucoup à nous apprendre. Pour peu qu'il parle.

— Écoutez… Vous devez savoir que, nous mis à part, aucun soldat ne sera envoyé, précisa Jeff d'une voix pleine de gravité. Lia a un mauvais pressentiment et préfère tenir l'effectif de la capitale à son maximum. Je soupçonne qu'une vision l'ait bouleversée au point d'influencer sa décision, et c'est peut-être cela qui l'incite à ordonner que vous nous accompagniez en Glynas. Elle refuse cependant d'en parler.

— Voilà donc pourquoi tu semblais ennuyé, fit Seïk.

— Plus encore parce qu'il n'y a aucun moyen de faire changer d'avis Sa Majesté, enchérit Falène.

— J'en suis navré.

— Ne le sois pas, dit Jeff. Sans parler de prémonition, n'envoyer que nous quatre n'est pas dénué d'intérêt sur le plan stratégique. Que nous agissions en toute discrétion est primordial afin d'éviter autant que possible des représailles. Plus nous serons nombreux, plus le risque d'informer Kalar de notre implication sera grand. Il doit savoir que l'Esméry apportera son soutien lorsque toute cette histoire sera terminée, ce qui pourrait bien être un motif suffisant pour nous attaquer. Au mieux, nous ne pouvons que retarder l'échéance et gagner le temps nécessaire pour orchestrer la guerre à venir. Lia en commencera d'ailleurs les préparatifs durant notre absence.

» Autre chose concernant la mission, Diana. Sois bien consciente que nous livrerons bataille pour reprendre Ajul et que, malgré mes efforts pour t'en dispenser, tu devras probablement y prendre part. Nos vies sont en jeu, ce voyage pourrait bien être le dernier. Seïk est un mercenaire expérimenté, aussi ne puis-je qu'accepter son choix. Mais ce n'est pas ton cas. Tu n'appartiens pas non plus à l'armée, alors tu ne nous dois rien. Personne ne peut t'obliger à accepter cette mission, quoi qu'en dise Lia. Si tu refuses de nous accompagner, nous ne te le reprocherons pas.

— J'y connais rien à toutes ces histoires de guerre, fit Diana. J'ai pas non plus envie de mourir. (Elle leva les yeux de son dessin et désigna l'arc et le carquois à côté d'elle, appuyés contre le banc.) Mais j'ai pas acheté ça que pour chasser. Comme je l'ai dit à Seïk tout à l'heure, je veux rester avec vous. Et t'inquiète pas pour moi, je sais me battre.

— Entre un homme et un animal, aucune différence, n'est-ce pas ? rappela le mercenaire.

— Aucune ! rétorqua-t-elle avec un rictus.

— Es-tu sûre de toi ? insista Jeff.

Elle hocha la tête, déterminée. Il répondit par un sourire amer. Cela le chagrinait qu'une jeune femme pleine de talent et d'avenir se lance à corps perdu dans un tel périple. Il avait bien sûr toute confiance en Lia, celle-ci n'aurait pas réclamé que Seïk et Diana participent à la mission sans être certaine que cela en vaudrait la peine. Toutefois, même si le choix de la reine avait prétendument été appuyé par son don de clairvoyance, la possibilité pour ces deux jeunes gens de perdre la vie au champ d'honneur n'était pas exclue.

Le général affronta le regard de la jeune artiste une dernière fois pour s'assurer qu'il ne s'agissait pas d'un caprice de sa part. Et il déplora presque de constater que sa résolution de courir cette aventure était mûrement réfléchie.

— Si tel est ton souhait… Je te mettrai malgré tout à l'épreuve. Seïk nous a peut-être rapporté ton exploit de chasse, nous n'avons pas pour autant été témoins de tes compétences. Je n'accepterai ta décision que si tu l'emportes.

— Ça me va, répondit-elle. Au fait, j'ai juste une question. À nous quatre, qu'est-ce qu'on va bien pouvoir faire pour aider la Résistance ? C'est pas comme si on allait faire la différence contre toute une armée.

— Détrompe-toi ! parla brusquement Seïk. N'as-tu pas entendu la reine les nommer « Chevaliers » ?

Elle le dévisagea, plongée dans l'incompréhension.

— Je me demandais pourquoi vos noms de famille m'étaient si familiers, s'adressa-t-il à Jeff et à Falène. Vous appartenez à l'Ordre des Chevaliers d'Esméry.

— On ne peut rien te cacher, s'esclaffa le général que le côté grande révélation de cette discussion amusait.

— Nos titres de Chevaliers de l'Ordre ne sont un secret pour personne, opposa Falène.

— Mille excuses, fit le mercenaire un peu gêné. J'y repensais à l'instant et cela m'a sauté aux yeux.

— Et alors ? insista Diana qui ignorait tout de cet Ordre. Ça change quoi ?

— Les Chevaliers d'Esméry sont réputés pour leurs hauts faits, informa Seïk. Ce sont des héros de guerre en plus d'être la garde personnelle de la reine. En bref, ils seront d'une aide inestimable pour reprendre Ajùl.

— Nous ne sommes pas à ce point prétentieux, se défendit la demi-elfe. Nous avons nos failles.

— Pour répondre à ta question, nous ne serons pas envoyés tête baissée au cœur de la bataille, dit Jeff à la jeune artiste. Le chancelier a précisé que Falène et moi-même étions indispensables au bon déroulement de ses opérations. Cela signifie que son plan d'attaque et le rôle que nous y jouerons sont déjà établis. Par ailleurs, tu ne seras en aucun cas placée en première ligne. Ce n'est pas le rôle d'un archer.

Il marqua une pause et attendit un instant pour s'assurer qu'elle comprenait. Il reprit d'un air plus grave, trop grave au goût de ses compagnons :

— Bien, assez bavardé, nous connaîtrons les détails de cette affaire une fois sur place. Falène va vous conduire au terrain d'entraînement, je vous y retrouverai dans une heure. Nous verrons alors ce que vaut notre archère en herbe. Ensuite, nous irons nous rendre présentables pour partager la table de Lia ; ce soir, nous sommes invités.

Tandis que Diana se réjouissait de cette nouvelle, persuadée que le festin serait à la hauteur de ses rêves les plus fous, Jeff partit seul, une expression sur le visage loin de son habituelle jovialité. Falène devina qu'il s'en allait assumer ses responsabilités, celles de chef de l'armée. L'annonce d'un décès à une famille était toujours une tâche accablante et, cette fois, Jeff devait présenter ses condoléances à quatre d'entre elles, ainsi qu'à Massin.

Sur un terrain fleuri d'arbres et de murs de pierre, cela faisait près d'une heure qu'elle décochait flèche après flèche sur des pantins, sans même se fatiguer. C'était à peine si elle prenait le temps de viser pour tirer, pourtant les projectiles faisaient toujours mouche. Quel que fût le point que Seïk ou Falène lui ordonnait de cibler, elle l'atteignait. De fait, lorsque Jeff vint pour la mettre à l'épreuve, elle se réjouit et réclama de ne lui faire aucun cadeau. En vérité, l'entraînement l'ennuyait, l'impatience la tiraillait et elle espérait que l'évaluation annoncée allait être à la hauteur de son talent.

— À la guerre, l'ennemi ne te fera aucune grâce, répondit Jeff. Alors non, rassure-toi, je ne te ferai aucun cadeau. Pour commencer, place-toi là-bas.

Et elle se rendit à l'endroit que désignait le général. Il réclama l'aide du mercenaire et de la demi-elfe pour déplacer les pantins montés sur embases et les disposer en cercle autour de Diana, tous à trente mètres de distance d'elle. Il prit un panier plein de flèches, le vida, en remit vingt dedans et le posa aux pieds de la jeune femme.

— Vingt flèches, vingt mannequins, dit-il. Vise la poitrine. Cinq erreurs autorisées. Tu as deux minutes.

— On avait dit : « pas de cadeau », grognonna-t-elle.

— Tu es prête ? C'est parti.

Elle oublia sa déception au profit d'une détermination effarante. La première flèche gagna l'arc et la corde fut tendue en deux secondes. Comme durant l'heure passée, elle visa à peine ; la corde chanta, le trait s'envola. Elle attrapa une autre flèche et l'encocha alors que la première transperçait la tête du pantin. Elle tira de nouveau. Une troisième flèche en place, la deuxième touchait la seconde cible au même endroit. Quand elle prit la quatrième et que Jeff vit que la troisième allait encore atteindre la tête, il s'écria :

— Arrête-toi ! C'est un ordre !

Diana se crispa. Elle le regarda, penaude. Il alla retirer les flèches des mannequins et les remit dans le panier.

— Je t'ai dit de viser la poitrine, gronda-t-il. Lors d'une bataille, il faut savoir suivre les directives pour l'emporter. Si tout le monde agit à sa guise, nous courrons à la dissension. Par conséquent, à la défaite. As-tu un problème avec l'autorité ? ajouta-t-il avec grande sévérité.

Elle se fit toute petite alors qu'elle comprenait son erreur. Dans les faits, Jeff n'était pas en colère, il la poussait seulement dans ses retranchements pour la mettre à l'épreuve. Car, si elle savait garder son sang-froid face à un animal ou un adversaire armé, qu'en serait-il contre toute une horde ? Or, au cœur de la bataille, il était possible qu'elle se retrouve encerclée.

— Recommence, ordonna-t-il. Tu n'as plus le droit qu'à deux erreurs.

Diana regagna sa confiance et soutint son regard. Le défi devenait intéressant, c'était cependant encore loin de lui suffire. Et en moins d'une minute, tous les mannequins eurent la poitrine transpercée.

— Beau travail, admit Jeff. Pourquoi utilises-tu un arc long plutôt qu'un court ? demanda-t-il alors. Un court serait plus adapté à ta taille, tu gagnerais en efficacité.

— Par habitude, chef ! J'ai toujours tiré à l'arc long, chef ! répliqua-t-elle au garde-à-vous.

Le général s'esclaffa. Il nota bien que, malgré la situation et la réprimande, cette fille savait garder son sens de l'humour.

— Et si je dois taper avec sur la tête de quelqu'un, ça me donne une bonne allonge, compléta-t-elle.

— De ce point de vue, je ne peux que te l'accorder. Bien, épreuve suivante.

Il se rendit auprès d'un pantin, le tira sur le côté et le lâcha. Ce dernier se mit à balancer de gauche à droite, en rythme. Diana comprit ainsi pourquoi les embases de ces mannequins étaient aussi imposantes.

Lorsque toutes les cibles furent en mouvement et les flèches ramenées dans le panier, la jeune artiste se replaça.

— Même exercice, vise la poitrine, indiqua le général. Je t'accorde trois minutes et trois erreurs.

— C'est comme si c'était fait !

Et la seconde épreuve de débuter. Diana ne fit que deux fautes, l'une d'elles à cause de la sueur qui coulait de son front dans ses yeux. Le tout avec trente secondes d'avance.

La troisième étape consista à viser la tête de cinq mannequins en mouvement, et cela fut fait avec une seule erreur contre trois autorisée. Pour finir l'évaluation, Jeff, qui s'était absenté pour aller chercher un petit sac de farine dans les cuisines du château, traça un cercle de quinze mètres de diamètre. Falène, de son côté, s'était munie d'une épée en bois et quinze des pantins avaient été immobilisés. Enfin, un plastron, des cuissardes et des brassards furent confiés à Diana.

— Enfile-les, dit Jeff.

— Vous êtes sérieux ? gémit-elle en devinant ce qui l'attendait.

— En combat réel, l'épée ne sera pas en bois ; sans protections, un seul coup te sera fatal.

— Mais je vais quand même pas tirer sur Falène !

— Bien sûr que non, rit-il. Tu vas esquiver ses assauts tout en attaquant les mannequins. Toute partie du corps compte. Tu ne disposes que de vingt flèches. Aucune limite de temps, aucune limite de coups reçus ; rassure-toi, Falène ne visera que tes protections. Atteins toutes tes cibles pour un maximum de cinq fautes et je considérerai que tu es apte à la bataille. Attention, quitter le cercle compte comme une erreur.

— On pouvait pas commencer par ça au lieu de jouer ? se plaignit-elle.

— Ne discute pas les ordres ! cria-t-il. En position ! Exécution !

— Mais…

Elle n'eut pas le temps de finir, elle reçut un coup d'épée dans les côtes. Malgré la solide protection, le choc lui coupa brièvement le souffle. Falène la laissa se reprendre, puis Diana fit face. D'abord abasourdie, elle retrouva toute sa motivation. Elle n'avait aucune flèche en main et le panier se situait à cinq mètres d'elle.

— Quand faut y aller…

Elle se jeta sur les munitions, la demi-elfe l'intercepta et la frappa aux cuisses. Diana grimaça, trébucha, roula, se releva et prit une flèche. Elle l'encocha, tira sur un des pantins arrêtés et fit mouche. Puis elle reçut un nouveau coup, cette fois au bras droit ; elle en lâcha son arc. Un autre heurt, dans le dos, et elle faillit tomber.

— Laisse-moi respirer ! râla-t-elle.

Ce qui lui valut un choc de plus dans les côtes.

Par la suite, elle se défendit d'abord contre les assauts de Falène. Quand elle parvint enfin à les esquiver, elle reprit assez confiance pour aller trouver ses flèches et tirer sur les pantins. Et bien que la fatigue la fît faiblir, elle tint bon. Ce qu'elle ignorait cependant, c'était que la demi-elfe s'adaptait à elle en plus de toujours suivre le même schéma d'attaque : coup dans les côtes, aux cuisses, aux bras et dans le dos.

Il fallut à la jeune artiste près de quinze minutes pour venir à bout de l'épreuve. Le glas de fin sonné, elle s'affala de tout son long. Elle était exténuée, son corps endolori malgré les protections. Pour sûr, elle serait couverte de bleus le lendemain. Mais ce ne fut rien à côté de sa peine quand on lui annonça qu'elle n'avait touché que onze cibles, dont une en mouvement. Soit neuf erreurs pour cinq autorisées. Plus une faute parce qu'elle avait quitté le cercle par inadvertance, trop occupée à éviter son adversaire.

Elle connaissait le verdict : elle n'accompagnerait pas Jeff, Falène et Seïk en Glynas. Face contre terre, les larmes lui montèrent. Tout le mal qu'elle avait subi plusieurs jours auparavant, elle s'en moquait bien, mais être séparée de ses amis ? Cela, elle ne pouvait l'accepter.

Falène la retourna. La jeune artiste contempla le ciel orangé du soir avec des yeux embués, puis elle les posa sur sa compagne.

— Tu t'es bien battue, dit la demi-elfe. Sois fière de toi.

La gorge de Diana se noua. Ce compliment sonnait comme un lot de consolation.

— Mais… Mais…, bégaya-t-elle.

— Tu seras des nôtres, parla Jeff qui arrivait à son côté pour l'aider à se relever.

Elle le considéra et mit quelques secondes à comprendre ses mots. Son visage se tordit à mi-chemin entre la tristesse et la joie.

— Pourquoi ? demanda-t-elle alors.

— Je te juge apte, déclara le général. Tes déplacements ne sont pas mauvais et tu assimiles vite les informations. De nos archers les mieux entraînés, peu atteignent ton niveau et seule une poignée te surpasse en termes de précision au tir. Je reconnais donc volontiers ta maîtrise de l'arc et ta capacité à te battre sans mourir au premier coup. Et ce qui m'impressionne le plus est le sang-froid dont tu fais preuve malgré ton jeune âge et ton impulsivité. Bien entendu, il te reste beaucoup à apprendre, mais j'accepte d'endosser cette responsabilité.

Elle essuya ses larmes et le dévisagea encore, incrédule. Elle en fit autant avec Seïk et Falène.

— Félicitations et bienvenue dans l'équipe, lança Seïk.

Fort heureuse, elle en découvrit ses dents et lui sauta au cou.

Alors qu'ils s'apprêtaient à quitter le terrain d'entraînement pour retourner au château, Jeff ajouta :

— À présent, dernière et ultime épreuve. Rentre dans le cercle et restes-y jusqu'à ce que l'on vienne te chercher.

— Quoi ?! s'offusqua Diana. C'est une blague ?

Il lui jeta un regard qui en disait long sur son sérieux, alors elle obéit. Puis il partit.

— Les ordres sont les ordres, fit Seïk d'un air désolé.

Lui et la demi-elfe emboîtèrent le pas. Diana les vit s'en aller, confuse. Et lorsqu'elle aperçut le général jeter un coup d'œil dans sa direction et qu'elle l'entendit s'esclaffer, elle s'en trouva furibonde : il s'était bien moqué d'elle.

Lors du dîner autour d'une table somptueuse, de longues discussions avec la reine d'Esméry permirent à Seïk et Diana d'en découvrir davantage sur cette souveraine, bien différente des autres monarques, et son royaume. Que l'on parle de l'Esméry comme d'une terre de tolérance et de liberté prenait tout son sens, car Lia était d'une grande générosité et d'une sagesse rare, à l'instar de ses aïeux, et cela s'était transmis au peuple depuis bien des générations déjà. Par conséquent, les sang-mêlé n'étaient pas ici traités en parias. Le respect dont jouissaient Jeff et Falène n'était donc pas du seul fait de leurs exploits, comme le soupçonnait Seïk.

Pour Diana, cette discussion fut un véritable cours d'histoire. Elle écoutait avec une passion dévorante, à croire qu'elle cherchait à compenser la pauvre éducation que lui avaient inculquée ses parents. Ce fut d'autant plus vrai lorsque Lia parla du problème d'ordre mondial que représentait le fer, car, depuis la Tragédie de Sholan, les gisements de ce métal blanc grisâtre, sous quelque forme que ce fût, ne se découvraient plus que dans une poignée de régions, de surcroît en plus forte concentration ; partout ailleurs, le fer semblait s'être tout bonnement volatilisé. Une injustice dont l'Esméry et Drezn tiraient avantage, faisant d'eux les producteurs exclusifs en fer sur le continent de Dinseliun. Il allait sans dire que certains de leurs voisins les jalousaient, à commencer par le pays de Windel et l'empire d'Izen.

Par ailleurs, l'Esméry était le seul endroit au monde où trouver de l'aélithe, une roche remarquable dont les propriétés magiques profitaient notamment aux aéronefs esmériens. Une merveilleuse ressource, quoique difficile à travailler, qui avait incité Windel à tenter des actions contre le royaume, une vingtaine d'années auparavant ; au cours de ces attentats périrent le père de Jeff et les parents de Lia.

Diana profita de cette évocation pour interroger la reine et le général sur leur fraternité, un détail qui ne cessait de la travailler. Lia répondit qu'ils n'étaient pas liés par le sang mais avaient grandi ensemble. Cela poussa Jeff à narrer ce jour qui avait scellé leur destin.

C'était un soir après les cours. Alors âgé de six ans, le garçon aux cheveux rouges était venu au château rendre visite à Léna Esméry, l'ancienne reine, qui avait accouché la veille. Elle lui avait offert de prendre la princesse dans ses bras. Il se rappelait que cette petite boule rose agitée était toute légère, plus petite qu'un chat et qu'elle s'était calmée à l'instant où il l'avait tenue. Puis Léna lui avait proposé d'être son grand frère ; ses mots résonnaient encore dans sa tête. Elle avait fait cette proposition parce qu'elle redoutait de n'avoir que peu de temps à consacrer à sa fille, à cause de son rang. Ce qui était aussi valable pour le roi. Bien sûr, une nourrice s'occuperait de Lia, mais Léna avait souhaité que Jeff soit un guide et un protecteur pour sa fille. Fier et ému, sans hésiter, le garçon avait accepté.

Un peu embarrassée par l'anecdote, par esprit de vengeance et d'espièglerie, Lia conta les débuts de Jeff au sein de l'armée et les nombreuses épreuves qu'il avait dû traverser pour devenir général. Elle ne manqua pas de parler de toutes les bourdes commises qui allaient de pair, enrichissant cette histoire longue et passionnante de nombreux éclats de rire. Entraînée par l'euphorie des bons souvenirs, elle en vint même à relater la rencontre entre son frère et Falène. Ces deux-là s'étaient battus près de deux heures avant que Jeff remporte le duel au prix de moult blessures. L'homme en fut nostalgique, car, s'il avait failli y laisser la vie, il avait en contrepartie gagné une amie rare.

À l'inverse de son bienheureux camarade, Falène vit la morosité pointer le bout de son nez. Ce récit faisait suite au meurtre de Lendal et à sa fuite de Drezn. Lèvres pincées, elle posa des yeux tremblants sur Seïk, comme un appel au secours. Il lui sourit ; elle recouvra aussitôt sa sérénité, lui rendit sa considération. Et elle le trouva innocent. Elle avait beau lui avoir raconté son passé et sa souffrance, lui avoir dit comment leur rencontre l'avait changée, jamais il n'imaginerait à quel point sa présence et ce qu'ils partageaient aujourd'hui la réconfortaient.

Cet échange intime et silencieux… Lia n'en perdit pas une miette. Ainsi donc était-ce la raison pour laquelle son amie et confidente lui apparaissait plus resplendissante que jamais ? Elle ne se priva pas d'en faire la remarque. Les rougeurs s'invitèrent sur les joues blanches de Falène, et les rires dans les gosiers de ses camarades.

Après quatre belles heures bien trop courtes au goût de tous, le repas toucha à sa fin et les compagnons d'infortune gagnèrent les appartements que la reine leur avait assignés. Et si cette dernière avait pris soin d'offrir une chambre à chacun, elle était convaincue que, cette nuit, l'une d'elles resterait vide.

Son équipement et son gilet de cuir posés sur une chaise, ses bottes et ses chaussettes rangées en dessous, Seïk ne revêtait plus que sa chemise et son pantalon. Accoudé au rebord de la fenêtre, la tête entre les mains, il contemplait les étoiles sur lesquelles régnait une lune en croissant. Le ciel dégagé, comme souvent à l'approche du solstice d'été, offrait à ceux qui l'observaient une vue imprenable sur les constellations, en de rares fois parcourues par une étoile filante. Cette situation lui rappelait étrangement l'autre soir à Esméla, lorsque la cloche du port avait retenti. Il s'attendait presque à ce qu'un tel évènement se reproduise.

Sans le moindre bruit, Falène se glissa dans la chambre. Il sursauta presque quand elle passa ses bras autour de lui. Il fit face ; elle avait un visage plus doux qu'à l'accoutumée. Ses yeux ne traduisaient pas sa froideur habituelle, mais la passion. Ils pétillaient comme jamais, si bien que Seïk sentit son cœur s'emballer. Et cette chemise de nuit légèrement transparente qu'elle portait, laissant voir ses courbes féminines si gracieuses et sa peau blanche dénuée d'imperfections…

Elle n'était pas venue pour discuter.

Le stress lui noua un peu la gorge. Il connaissait bien ce genre de situations, mais avec une femme pour laquelle il éprouvait autant de désir ? Il redoutait de mal faire.

Falène s'approcha lentement, déposa un tendre baiser sur ses lèvres. Un autre suivit, puis un troisième, toujours plus langoureux. Elle passa les bras autour de sa taille et se colla à lui, prenant soin d'appuyer sa poitrine contre son torse dans l'espoir que cela ne le laisserait pas indifférent. Ses fines mains coururent sur le corps du mercenaire, déboutonnèrent sa chemise avec agilité. Un frisson d'excitation parcourut l'échine de Seïk qui, sans interrompre leur baiser, caressa les épaules de sa dame, fit glisser ses doigts le long de son dos et posa les mains sur ses fesses rebondies. Il les empoigna avec douceur, releva la chemise de nuit, les agrippa de nouveau. Il revint aux épaules, effleura au passage ses hanches et ses côtes au point de la faire frémir, entraîna le vêtement pour l'ôter.

Il considéra sa nudité. Sa compagne dénota une certaine pudeur, non pas à cause de son regard mais du fait d'être déshabillée de ses mains. Une caresse sur la joue suffit à la rasséréner.

Seïk déposa plusieurs baisers dans son cou, puis sur ses seins avec lesquels il s'amusa. Il descendit jusqu'à atteindre la partie la plus intime de son anatomie. Délicatement, il joua de sa langue et de sa bouche au plaisir de la demi-elfe. Falène haleta, envahie de sensations qu'elle n'avait plus connues depuis longtemps. L'excitation à son paroxysme, elle le força à se relever et le dévêtit à son tour, l'emmena sur le lit à baldaquin et lui rendit ses faveurs.

Elle remonta vers le torse par une série de baisers, termina sur ses lèvres. Ils s'embrassèrent avec plus de passion qu'il n'était permis d'en avoir. Et tandis qu'il lui caressait les seins ou qu'il les empoignait tendrement, elle fit glisser son entrejambe contre lui. Quand leurs intimités se touchèrent, elle plia un peu plus les jambes et se cambra pour qu'il pénètre en elle. Un bref cri de plaisir lui échappa.

Les coups de reins de l'un cadencés par les halètements de l'autre amenèrent bientôt les deux partenaires à l'extase. Ainsi, pendant plus d'une heure, leurs corps ne se quittèrent plus.

Chapitre 10

La Résistance

Seïk se réveilla seul sous les draps, l'esprit embrumé par le souvenir d'une nuit torride. Sa main glissa sur le côté à la recherche de sa compagne, elle ne rencontra qu'un vide empreint de chaleur. Il ouvrit les yeux, aussi curieux qu'inquiet, et fut satisfait de la voir près du lit ; elle s'apprêtait à enfiler sa chemise de nuit. La vue de ses si jolies fesses l'emplit de joie. Que pouvait-il bien désirer de plus que d'observer une femme aussi délicieuse dans son habit le plus naturel, si ce n'est jouir avec elle de plaisirs charnels, émotionnels et intellectuels chaque jour d'une longue vie heureuse ?

Falène alla à la rencontre de son amant et l'embrassa. Elle lui offrit le plus beau de ses sourires, si peu coutumiers, puis quitta la pièce. Folâtre, Seïk se leva en toute hâte pour la surprendre, sortit à moitié vêtu. Falène s'était peu éloignée et marchait d'un pas lent ; elle avait espéré sa réaction. Il se faufila derrière elle d'une leste enjambée et lui déposa de tendres baisers dans le cou avec autant de passion que la veille, néanmoins plus assuré. Il ne leur fallut qu'un instant pour cette fois s'engouffrer dans la chambre de la belle.

La porte claqua, la clef tourna deux fois.

Plus qu'en retard sur l'heure convenue, ils gagnèrent la salle des repas où les attendaient Lia, Jeff et Diana. La demi-elfe avait les cheveux encore un peu ébouriffés, le mercenaire le pantalon mal ceint. Aucun n'eut de peine à imaginer ce qui les avait retenus et les visages s'illuminèrent. Sans se laisser intimider, d'un regard assassin, Falène dissuada ses compagnons et la reine de tout sarcasme. À la différence, Seïk haussa les épaules et alla s'asseoir, une attitude nonchalante qui eut l'effet d'un coup de grâce pour les trois juges depuis longtemps attablés. Par crainte des représailles, ceux-là se retinrent de rire. Jeff était cependant si hilare qu'il dut se mordre la lèvre inférieure pour ne pas craquer ; des larmes naissaient même aux coins de ses yeux.

Les compagnons gagnèrent la périphérie du quartier nord-ouest en milieu de matinée. Ils franchirent deux grandes portes encastrées dans les remparts et trouvèrent l'aéroport. Le terrain de manœuvre était vaste, bien ordonné de hangars et de plateformes d'envol sur lesquelles reposaient des aéronefs. À côté, le lac reflétait la voûte céleste et ses nuages clairsemés comme un miroir ondulant. Et par-delà se dressait le colosse rocheux haut d'une centaine de mètres ; la cascade qui se jetait depuis son sommet libérait dans sa chute une myriade de gouttelettes que les rayons du soleil ravissaient pour former de petits arcs-en-ciel.

Plus il approchait des aéronefs et plus Seïk pouvait apprécier les différences entre les vaisseaux esmériens et drezniens. Dans son souvenir, ceux de Drezn étaient à l'image de gigantesques navires cuirassés, lourdement armés, montés de hautes et puissantes hélices et d'une sorte de grand ballon ovale, en plus de fonctionner grâce à l'énergie à vapeur. Les aéronefs esmériens, en revanche, étaient moins imposants, plus raffinés. Parmi les vingt stationnés sur les pistes, dix semblaient conçus pour la guerre ; il le déduisait à leur apparence de galère et à leurs nombreux canons. Les autres ressemblaient à des galions ou à des goélettes et se destinaient sans doute au transport de marchandises ou de passagers pour les uns, aux missives et aux missions diplomatiques ou de reconnaissance pour les autres. Et tous les vaisseaux étaient taillés dans le fer et peints d'un bleu nuit. Dénués de rames et de voiles, ils possédaient à la place des ailes rigides, surélevées et coudées, l'articulation formée par une grosse turbine. Six petites hélices composaient le gouvernail. Le château arrière accueillait toujours un étage supplémentaire. De longues et épaisses lignes turquoise aux reflets irisés parcouraient la coque, de la proue à la poupe, et le dessous des ailes ; la fameuse aélithe, source intarissable d'énergie et en grande partie garante de la flottaison de ces engins.

Ce ne fut pourtant pas cela qui stupéfia le plus le mercenaire. Lorsqu'il entra dans un des hangars, il en découvrit un vingt-et-unième. Plus petit que le reste de la flotte, il était rouge strié de blanc, sillonné d'aélithe. Sa forme n'approchait pas celle d'un navire mais d'un oiseau de proie aux ailes à demi déployées, droites et sans turbine. Aucun pont extérieur. Un grand anneau doté de quatre prismes turquoise gravitait autour du corps. Ses propulseurs ne se constituaient pas d'hélices, seulement de conduits d'aération. Sur son flanc apparaissaient son nom et l'emblème du royaume ; dernier né de l'ingénierie esmérienne, le *Shanza* attendait l'heure de son neuvième envol.

Il y avait de quoi être fier d'un tel bijou, plus encore d'en être le capitaine. Et c'était précisément cette fierté qu'affichait l'homme vêtu d'une longue veste de cuir, de fines bottes et d'un stetson, qui était adossé à la pointe du nez du *Shanza*. Cela se lisait dans son attitude décontractée.

— Vous prenez votre temps, à ce que je vois, lança ce dernier quand les compagnons l'eurent rejoint. Voilà bien trente minutes que nous sommes prêts à décoller. (Il ôta son chapeau et fit une révérence.) Dame Zidgel, Demoiselle…

— Diana Sigurd, répondit-elle face à l'hésitation.

— Demoiselle Sigurd. C'est un plaisir pour le *Shanza* et son équipage d'accueillir à son bord deux femmes aussi ravissantes que vous.

Il salua le général d'une poignée de main, puis le mercenaire. À l'intention des deux nouveaux, il désigna son aéronef du pouce et ajouta :

— Je suis Ash Sten, responsable en chef de la flotte aérienne d'Esméry et capitaine de cette merveille. J'espère que le voyage vous sera des plus agréables. Mes hommes et moi-même nous efforcerons d'y convenir.

Diana le dévisagea béate, fascinée par tant d'élégance. Les longs cheveux châtains de cet homme, sa barbichette et le cache sur son œil gauche associés à son style vestimentaire lui donnaient l'apparence d'un loup solitaire ; cela contrastait si bien avec ses manières de gentilhomme.

— Ai-je quelque chose sur le visage ? demanda-t-il.

Surprise, elle secoua la tête avec timidité ; elle n'avait pas pris garde à l'inconvenance de son geste. Les rires de son interlocuteur et du général retentirent, sans manquer de piquer sa fierté.

— La ferme ! ragea-t-elle.

Mais en vain.

Dès qu'ils eurent retrouvé leur sérieux, le capitaine Sten interrogea les deux Chevaliers quant au fait qu'ils ne portaient pas leurs armures. C'était inhabituel. Jeff et Falène répondirent que la discrétion était de mise pour la mission à venir. Or, puisqu'elles symbolisaient en partie leur renommée, ils avaient été contraints de les abandonner. Endosser le fer esmérien était tout aussi exclu.

Cette obligation ne laissa pas Ash indifférent. S'il avait foi en ses camarades et s'il savait que la Glynas leur fournirait des protections autant que possible, il ne pouvait nier sa préoccupation au vu du danger qui les attendait.

Ils embarquèrent. L'ordre donné, le vaisseau manœuvra pour quitter le hangar et décolla plus vite qu'aucun autre.

Les compagnons profitèrent des cabines destinées aux hôtes de marque qui, au plaisir du mercenaire et de la jeune artiste, étaient spacieuses et bien aménagées. Il y avait là de quoi égayer les sept prochains jours par un confort plus que bienvenu avant de se lancer dans une guerre sans merci. Plus encore parce que l'intérieur du bâtiment, revêtu de bois, arborait un aspect chaleureux qui bonifiait immanquablement le moral de ses occupants. Et, pour satisfaire à la curiosité de Seïk, leur fut montrée la salle des machines. Le mercenaire découvrit ainsi, émerveillé, l'incomparable moteur issu des prouesses technologiques esmériennes, un appareil considérable composé d'un ensemble complexe de pompes, de soupapes et de tubes assemblés autour d'une sphère turquoise et luminescente de belle taille.

Au-delà de ses commodités, le vol jusqu'en Glynas fut loin d'être ennuyeux. Si l'équipage s'attelait à la mise en œuvre de l'aéronef, Ash Sten avait tout le temps libre dont il pouvait disposer grâce au pilotage automatique et à la compétence de ses subordonnés. Privilège de son titre de capitaine, ses réels soucis étaient d'agir en conséquence si l'appareil se faisait attaquer ou de choisir la direction à prendre. Aussi put-il profiter de la compagnie de ses invités, le plus souvent au travers de parties d'un jeu de cartes dont il était fervent pratiquant. Un jeu qu'il appréciait d'autant plus lorsque l'argent et l'alcool devenaient les maîtres mots. Toutefois, à sa grande déception et à la surprise générale, Diana empocha la majorité des mises, cela jusqu'au dernier jour. Même ivre, sa chance de débutante surpassait régulièrement le savoir-faire du capitaine.

Au terme du voyage, Ash affichait une mine désespérée, car jamais son talent de joueur n'avait été aussi controversé. Il avait cependant trouvé un adversaire digne de lui, bien que celui-ci portât davantage le nom de Chance que celui de Diana.

Depuis les grandes baies du pont supérieur, Jeff observait la descente du *Shanza* vers la frontière entre la Glynas et le désert d'Huma. Le vaisseau se dirigeait vers une tour de vigie, bâtie à quelques dizaines de mètres du pied d'un haut et long escarpement. Il réfléchissait encore à l'éventuelle vision qu'avait eue Lia, ce fameux pressentiment dont elle n'avait pas souhaité parler. Qu'avait-elle vu de si dramatique ? Ses prédictions se réalisaient bien souvent et il était difficile de les contrecarrer lorsqu'elles auguraient le malheur. Car le simple fait d'agir pour les empêcher de se réaliser pouvait justement conduire à leur accomplissement…

— Qu'est-ce qui te tracasse ? l'interrogea Falène en l'approchant.

— Diana, mentit-il. J'espère ne pas avoir commis une erreur en l'incluant dans cette mission.

— Je la surveillerai de près, promit-elle.

Il sourit.

— Merci. J'en ferai autant, pour peu que cela me soit permis.

— Il en va de même pour Seïk. Il ne s'est pas évertué à la sauver des griffes des pirates pour la voir tuée de sitôt.

— J'aimerais que Mell ne l'envoie pas dans la bataille, mais je sais que son aide sera aussi indispensable que celle des autres.

— Tu es bien trop soucieux, reprocha Falène. Accorde-lui ta confiance, elle a fait ses preuves. Je pourrais en dire autant de Seïk, mais je ne parlerais que sous la contrainte de mes sentiments. Or, nous devons exclure nos sentiments personnels pour l'emporter.

— Ton pragmatisme a toujours eu cela de bon qu'il sait me rappeler à l'ordre lorsque je suis en proie au doute, dit-il avec une sérénité nouvelle.

— Préparez-vous à descendre ! s'écria le capitaine Sten. On se pose dans une minute !

— Allons-y, fit Jeff. Les hommes du chancelier doivent nous attendre dans cette tour.

Sitôt que le *Shanza* eut atterri, les compagnons et le capitaine se saluèrent d'une franche accolade. Le temps de leur souhaiter bonne chance et Ash fit remonter la passerelle. Le *Shanza* reprit son envol vers l'Esméry, abandonnant les compagnons à leur sort.

Alertés par le vacarme, cinq individus armés sortirent de la tour de guet. Une cape les couvrait de la tête aux pieds pour les protéger de la chaleur ardente. L'un d'eux avança jusqu'à Jeff tandis que les autres se plantaient à distance du groupe. Il retira sa capuche et découvrit son crâne lisse et brillant de transpiration.

— Je vous souhaite la bienvenue, Général Malaski, Vice-Générale Zidgel. Ainsi qu'à vous qui les accompagnez. Je suis Koren, bras droit du chancelier Rosaris. Mes hommes et moi-même sommes chargés de vous conduire au camp de la Résistance.

Jeff hocha la tête et, sans plus un mot, le groupe se mit en route.

Il leur fallut marcher moins de deux heures pour que le paysage désertique laisse place aux étendues rocheuses et aux montagnes dispersées, pour que les températures chutent et deviennent agréables. Peu à peu, la végétation apparut, devint luxuriante d'herbe, de fleurs, de pins et de hêtres, puis commença à décroître jusqu'à disparaître. Elle revint après un à deux kilomètres, se raréfia de nouveau plus loin, refleurit, dépérit, renaquit et répéta inlassablement son manège. Et partout où elle s'épanouissait, un lac, une rivière ou un ruisseau l'accompagnait comme pour justifier sa présence. Ainsi que des bêtes sauvages, petites ou grandes, ce qui amena les compagnons et leur escorte vers d'étonnantes rencontres, en particulier celle d'une famille d'ours, à la tombée du jour. Il n'y eut jamais d'altercation, chacun passait son chemin en ne regardant l'autre que d'un œil distrait.

Le lendemain, la route fut parfois plus difficile à cause du relief semi-montagneux. La présence des plantes et des animaux demeurait éparse. À l'approche d'un village, le groupe vit cette fois un heureux hasard se produire, personnifié en une herboriste qui connaissait Koren et lui partagea volontiers la moitié de ses récoltes. Pour l'effort de guerre, avait-elle déclaré.

Alors que le soleil n'était plus qu'à une heure d'embrasser l'horizon, après le passage escarpé d'une ravine, au détour d'un chemin, se révéla un grand bosquet au pied d'une montagne. Au cœur du bois se trouvait une petite crevasse au fond de laquelle s'ouvrait une grotte ; l'entrée était dissimulée sous une épaisse chaîne de houx. Bien que le relief alentour les masquât aux vues lointaines, Koren et ses hommes prirent toutes les précautions nécessaires avant de pénétrer dans le bosquet. Et pendant que le chef de l'escorte soulevait le houx et s'engouffrait dans la grotte en y invitant les compagnons, les autres effacèrent soigneusement leurs traces.

La caverne était vide. Lorsque le dernier résistant fut rentré et eut replacé les arbustes aux feuilles épineuses, Koren alla frapper cinq fois sur la paroi de droite – un court, un long, trois courts. Après dix secondes, une porte circulaire roula sur le côté et libéra l'accès à un large couloir aux murs lisses et gris. Deux hommes montaient la garde.

— Bienvenue, Monsieur, fit l'un d'eux.

Koren entra, suivi des compagnons et de son équipe.

Le beau couloir passait par le côté d'une grande salle dont l'aménagement était typique d'une taverne. Beaucoup d'hommes et quelques femmes y profitaient d'une chope d'hydromel, de bière ou de rhum pour oublier l'occupation dreznienne et patienter jusqu'à la venue des renforts.

Trois soldats s'intéressèrent aux compagnons qui traversaient le fond de la salle, en direction d'un nouveau couloir. Leur dédain parut évident et se transforma en colère pour l'un d'eux quand il vit les cheveux rouge sang de Jeff.

— Un sang-mêlé ?! On se fout de notre gueule ! (Il frappa la table du poing et bondit de sa chaise.) On n'a pas besoin de fils de chien dans ton genre pour reprendre la cité, gueula-t-il. Casse-toi !

D'abord surprise, Diana se tourna vers lui. Indignée par l'affront fait à son ami, de surcroît son sauveur, elle attrapa son arc et décocha une flèche avec une telle rapidité que personne ne put l'en empêcher ; de quoi impressionner l'assemblée. Le projectile rasa le crâne de l'homme et lui coupa l'épaisse mèche de cheveux relevée qu'il semblait affectionner. Le résistant se figea, stupéfait, avant de laisser la fureur le submerger. Il entraîna ses camarades et d'autres dans sa rébellion. Les jurons se divisèrent entre celui dont les origines provoquaient l'aversion et celle dont l'impétuosité était perçue comme une agression volontaire.

— Fermez-la ! tonna Koren d'une voix sèche et autoritaire. Si l'un de vous ose lever la main sur eux, je la lui tranche ! Ces gens sont l'aide que Sa Majesté Lia Esméry daigne nous apporter. Tenez votre langue et témoignez au général Malaski, à la vice-générale Zidgel et à leurs camarades tout le respect qui leur est dû.

Le silence fut roi. Conscient que sa haine aurait pu lui coûter bien plus qu'une mèche de cheveux, le responsable des hostilités grimaça. Il était par ailleurs certain que Koren informerait le chancelier de son incartade. En découleraient de sérieuses remontrances de la part de l'un comme de l'autre.

Lorsque les compagnons et leur escorte s'engagèrent dans la nouvelle galerie, Jeff jeta un regard sévère à Diana.

— Il avait pas à te parler comme ça, se justifia-t-elle.

— Et tu n'avais pas à réagir de la sorte. Crois-tu que je subis ce genre d'injures pour la première fois ? Si je me comportais comme tu l'as fait chaque fois que l'on me méprise, je donnerais à ces gens le bon prétexte pour haïr les sang-mêlé.

— Mais…

— Jeff et moi assumons nos origines métisses, trancha Falène.

Diana la regarda, bouche bée. Elle n'insista pas mais n'en fut pas moins frustrée. La réprimande injustifiée du général, ce que disait la demi-elfe, la brusque et incompréhensible colère du soldat de la Résistance ; tout cela la laissait perplexe. Qu'étaient donc ces « sang-mêlé » pour susciter tant d'animosité ?

Une fois de plus, elle maudissait son ignorance.

— Des enfants nés d'un père et d'une mère de race différente, lui répondit Seïk lorsqu'il perçut sa confusion. Les sang-mêlé, précisa-t-il.

— Ouais, et alors ? Ça change quoi ?

— Tout. Dans l'idéal, nous devrions juger chaque individu en fonction de ses actes et de ses paroles. Hélas, nous préférons à tort faire des généralités. Quand un acte malsain est commis, l'auteur du crime condamne ses semblables à un jugement de valeur. Pour cela, les peuples de Lanvaril haïssent les sang-mêlé, parce qu'une poignée d'entre eux a, par le passé, décimé des populations entières.

— C'est pas une raison pour vomir sur un type qu'on connaît pas.

— Nous sommes d'accord, mais rares sont ceux à penser de la sorte. Le racisme est une plaie qu'il est difficile de combattre. Les sang-mêlé ne sont pas les seuls à en souffrir. Durant l'ancienne ère, et aujourd'hui encore, bien des peuples se sont battus pour des motifs de différences culturelles, religieuses ou simplement physiques.

— Ouais, bah c'est stupide.

— Un sage te dirait qu'il est plus simple d'accuser autrui que de reconnaître ses propres erreurs ; admettre et assumer nos imperfections est un supplice que beaucoup se refusent. Pour ma part, je crois que les gens sont idiots, pour la plupart. Ils craignent ce qu'ils méconnaissent. S'ils se donnaient la peine d'apprendre, le monde s'en porterait mieux.

Diana ne trouva rien à redire, le mercenaire parlait juste. Préférer une vérité erronée à l'apprentissage lui apparaissait comme un concept absurde. Elle se savait naïve à cause de son manque d'éducation, de connaissances, et elle s'efforçait de corriger cette faiblesse depuis peu. Pourtant, juger à la hâte ne faisait pas et ne ferait jamais partie de ses habitudes. Elle ne se laisserait pas engrener dans une société formatée aux croyances populaires et endoctrinée par la peur. Non, elle se montrerait plus intelligente, à l'image de ses trois camarades.

Le groupe bifurqua à deux reprises et longea cinquante mètres de galerie en plus pour enfin parvenir à la salle de commandement. Comme partout ailleurs, les murs de roche y étaient polis. Une table massive et ses dix chaises matelassées de cuir occupaient plus de la moitié de l'espace. Sur le meuble reposaient deux cartes et un casque à cornes. De l'autre côté, une femme mince, aux épaules larges et aux longs cheveux blonds contemplait une impressionnante toile. Suspendue au mur du fond, la peinture représentait l'épique bataille qui avait ébranlé la Glynas, près de quatre cents ans auparavant, et qui l'avait opposée à l'Esméry ; cette guerre tragique avait, un traité de paix et quelques années plus tard, donné naissance à une alliance et une amitié durables.

Koren se racla la gorge pour s'annoncer et s'éclaircir la voix.

— Les Chevaliers d'Esméry sont là, Madame.

— Merci, tu peux disposer, répondit-elle sans se retourner.

L'homme au crâne rasé se pencha pour saluer sa supérieure.

— Encore une fois, je vous prie de pardonner l'affront de tout à l'heure, s'excusa-t-il auprès du général Malaski. Si vous voulez bien me suivre, ajouta-t-il à l'intention de Seïk et de Diana.

Ils le dévisagèrent, un peu étonnés.

— Ils restent avec nous, fit Jeff.

— Bien, comme il vous plaira.

Une nouvelle courbette et Koren partit.

Les compagnons donnèrent toute leur attention à la dame qui se tenait au bout de la salle. Les secondes passèrent sans qu'un mot soit prononcé, à tel point que Diana et Seïk crurent ressentir une tension entre les Chevaliers et cette femme à la chevelure dorée.

— Il y avait longtemps, dit Jeff dans un soudain élan de gaieté. Hier sous-officier, aujourd'hui chancelier, tu as fait du chemin depuis notre dernière rencontre.

Mell Rosaris fit face et montra son fin visage ovale que les quarante années écoulées n'avaient su entamer. Seuls de longs cernes venaient l'entacher.

— J'ai plaisir à vous revoir, mes amis, répliqua-t-elle non sans aigreur. J'aurais cependant aimé que nos retrouvailles se fassent dans d'autres circonstances. Que votre présence en ces lieux tienne de l'urgence de la situation et non d'une simple visite de courtoisie m'attriste.

Elle vint auprès de Seïk et Diana, se présenta et leur offrit une ferme poignée de main. Une manière de saluer propre à la gent masculine qui ne manqua pas de déstabiliser le mercenaire, plus habitué à jouer de baise-mains et de courbettes pour rendre hommage aux dames.

— Sont-ce mes charmes qui vous perturbent ? se moqua le chancelier.

— C'est que… « chancelière » ne serait-il pas plus approprié ?

— Et ne plus me sustenter de ce plaisir que me procure votre surprise ?

Elle afficha toute sa satisfaction face à laquelle il resta muet.

— J'espère que votre voyage s'est bien déroulé, poursuivit-elle en allant prendre place à la table et en invitant les compagnons à l'imiter.

— Les séjours à bord du *Shanza* sont toujours trop courts, reconnut Jeff.

Elle esquissa un sourire ; elle appréciait cette joie de vivre et cet humour qu'elle avait toujours connus à cet homme d'exception. Puis elle reprit son sérieux, tant la situation l'exigeait.

— Le roi de Drezn s'est présenté à nous il y a plus d'un mois pour nous proposer une alliance que Sa Majesté la reine a catégoriquement refusée ; inutile de vous dire qu'il a aussitôt lancé des représailles. Nous nous sommes fait massacrer. Sa Majesté s'est sacrifiée pour nous permettre, à moi-même et à six centaines de soldats, de fuir. Nous avons rallié ces galeries afin de nous réorganiser, puis j'ai envoyé des éclaireurs évaluer la situation. Kalar et ses troupes s'en étaient allés, laissant derrière eux le général Moltanov et deux mille hommes pour occuper la capitale.

D'un lent mouvement de la tête, elle fit craquer ses vertèbres cervicales. Elle grimaça, attrapa sa nuque et la massa. Elle soupira.

— Nous avons arpenté le royaume, rassemblé du matériel et enrôlé ceux en âge de se battre, reprit-elle. Il y a neuf jours, forts d'un effectif de trois mille combattants et sous couvert de la nuit, nous avons assailli la cité. J'ai honte de l'admettre, mais la confiance que je plaçais en notre tactique et en notre supériorité numérique m'a aveuglée. Ce fut un véritable fiasco. Par ma faute, il ne reste dans ces galeries que trois centaines de combattants en état de se battre, plus une quarantaine de blessés qu'il ne faut pas escompter revoir sur le champ de bataille avant longtemps. Tous les autres…

Elle se tut, le regard abîmé par cette témérité qui avait conduit tant de résistants à l'abattoir. Les autres gardèrent le silence et partagèrent sa peine.

De longues secondes passèrent. Mell massa brièvement son visage pour en chasser la lassitude.

— J'ignore pourquoi Drezn agit ainsi, mais ce pourrait être pire, relativisa-t-elle. Au moins, le peuple et la royauté vivent encore. Je ne pouvais pas non plus prévoir que ce guerrier aux ailes noires serait toujours là et se déroberait à la vue de nos espions, car il est bien notre principale calamité, la cause de nos échecs, Kalar excepté. Nombreux sont ceux à être passés au fil de son épée. Je l'ai combattu ; jamais de ma vie je n'avais croisé pareil bretteur. Et, sauf concours de circonstances, je ne serais plus là pour en témoigner. Sans vouloir t'offenser, Falène, je crains que même toi tu rencontres des difficultés si tu devais l'affronter.

— Nous verrons, fit la demi-elfe.

— Et on est censés faire quoi ? répliqua Diana. Sans vouloir être méchante, si vous avez pas réussi avec trois mille hommes, avec trois cents, on va pas aller loin. Quatre de plus, ça fera pas la différence, Chevaliers d'Esméry ou pas.

— Peut-être, peut-être pas, dit Mell. Je crains en vérité de vous avoir abusés en citant notre offensive comme un cuisant échec. Nous leur avons infligé de sérieuses pertes et sommes parvenus à récupérer un outil de grande valeur. Un sans lequel vous ne seriez pas ici en ce moment.

Elle se pencha au-dessus de la table, désigna un point dans le coin inférieur droit de la carte d'Ajul, puis une zone vide sur celle du château, traçant du doigt un chemin qui menait à une pièce du rez-de-chaussée.

— Il existe un passage secret reliant l'extérieur de la cité au cellier du château. Nous l'avons utilisé pour espionner les effectifs drezniens, puis lors de notre offensive afin d'ouvrir les portes de la ville de l'intérieur et prendre l'ennemi par surprise. De cette manière, j'ai pu mener un assaut éclair jusque dans le château. J'espérais prendre la tête du général et en finir rapidement, mais c'était sans compter sur la présence du guerrier ailé, à ses côtés lorsque nous l'avons trouvé. C'est à cet instant que la situation a dégénéré. Cette fois, cependant, ce sera différent. Nul besoin d'un effectif colossal, trois cents combattants seront plus que suffisants. Et c'est là que vous entrez en scène.

Elle marqua une pause, s'assura d'avoir captivé son auditoire et s'en délecta à la pensée de son nouveau stratagème ; elle n'en était pas peu fière.

— Ne nous fais pas languir, réclama Jeff au plaisir du chancelier. Explique-nous ton plan.

— Pendant que la Résistance fera diversion au front, vous emprunterez le passage secret et irez éliminer le général Moltanov. Si tout se déroule comme prévu, la bataille sera terminée avant même d'avoir commencé.

— Si tout se déroule comme prévu…

Elle acquiesça d'un signe de tête.

— Que ferons-nous si ce général décide de venir combattre aux côtés de ses hommes ? demanda Seïk.

— Il ne le fera pas, certifia Falène. Yul a une très haute estime de lui-même, il aime le danger, jouer au héros de guerre. Il laissera ses hommes faire le travail s'il ne considère pas son adversaire comme une menace réelle. Plus encore s'il a à sa botte ce fameux guerrier aux ailes noires.

— Si c'est pour aller assassiner le chef ennemi dans sa chambre, je vois pas pourquoi vous avez besoin de nous, fit remarquer Diana.

— As-tu déjà vu ces deux-là combattre ? l'interrogea Mell en désignant les deux Chevaliers d'Esméry.

Diana les considéra puis revint au chancelier.

— Non, dit-elle. Pourquoi ?

— Aucun de vos hommes n'est assez entraîné pour provoquer le général dreznien en duel, devina Seïk. Ni même son acolyte. Vous pensez que Jeff et Falène pourront s'en charger.

— Je ne le pense pas, je le crois, déclara Mell. Mais ce n'est pas tout. L'ennemi connaît mon visage et s'il ne me voit pas au front, il anticipera la supercherie. Or, la mission dépend avant tout de la réussite de la diversion. Nous devons attirer l'ensemble des troupes drezniennes hors du château. Le guerrier ailé compris, dans l'idéal.

— Qu'est-ce qui te fait croire que le général Moltanov enverra ses troupes hors de la cité ? s'enquit Jeff.

— Pour l'avoir récemment expérimenté, une pique bien placée suffira à le décider.

— Tu es bien présomptueuse.

— Elle ne l'est pas, contesta Falène. Yul est loin d'être stupide et flairera très certainement le piège, mais sa fierté est telle qu'il répondra sans doute à la provocation.

— Un véritable jeu d'enfant, ironisa Seïk.

Le chancelier acquiesça une fois de plus.

— Encore faut-il qu'il l'entende, dit Jeff. Il est fort probable que nous ayons affaire à des moins gradés ; eux ne seront peut-être pas aussi impulsifs.

— Eux nous verront davantage comme une menace, défendit Mell.

— Ce n'est qu'une hypothèse. Et si leur champion vient seul ?

— Nous l'attirerons loin des murs et offrirons aux spectateurs un divertissement à ne manquer pour rien au monde. Même s'ils ne viennent pas nous combattre, tant que nous accaparerons l'attention, vous aurez le champ libre pour aller couper la tête du lion.

Jeff porta une main à son menton et réfléchit.

— Cela me paraît risqué, jugea-t-il enfin. Falène, qu'en penses-tu ?

— Que Mell a bien étudié la situation et que nous avons toutes nos chances.

Il réfléchit davantage.

— Si le guerrier ailé sort, vous allez encore vous faire massacrer, lâcha Diana avec nonchalance.

— C'est un risque que nous acceptons de prendre, certifia le chancelier. Nous sommes prêts à tout pour arracher notre royaume des griffes de l'ennemi.

— Ta dévotion n'a pas changé, reconnut Jeff avec plaisir. Bien. Falène et Diana, vous accompagnerez la diversion.

— Quoi ?! protesta la jeune artiste. Je croyais que j'avais rien à foutre au front !

— J'ai dit que tu ne serais en aucun cas placée en première ligne.

— Ouais, mais si je suis entraînée dans la mêlée, je fais quoi ?

— Garde tes distances et ne te laisse pas déborder. Falène veillera sur toi et sera là pour affronter le guerrier ailé s'il se présente à vous. Maintenant, si tu hésites et que tu préfères nous attendre ici, dis-le, insista-t-il. Il n'est pas trop tard pour faire marche arrière.

— Non, lâcha-t-elle. J'ai dit que je venais et j'ai même passé ton épreuve pour ça, c'est pas pour jouer la poule mouillée au dernier moment. En plus, si vous crevez là-bas, je vais m'en vouloir toute ma vie.

Il la regarda un peu plus longuement puis hocha la tête, toujours aussi impressionné par la détermination dont elle faisait preuve. Ou l'insouciance. Seul l'avenir le dirait.

— Seïk et moi nous chargerons de l'infiltration, poursuivit Jeff. (Il lorgna le mercenaire.) Tes compétences en crochetage pourront nous être utiles. Si nous croisons la route du guerrier ailé, je veux que tu me le laisses et que tu poursuives la mission. Ta priorité est l'assassinat du général Moltanov. Quoi qu'il advienne. C'est compris ?

Seïk signifia son accord.

Aux yeux du chancelier, le flegme du mercenaire trahissait une certaine habitude des batailles. La jeune artiste, en revanche, était nerveuse. Mell flaira qu'elle s'apprêtait à vivre son baptême de guerre.

— Je ne t'enverrai pas à la mort, la rassura-t-elle. Trop de soldats ont péri par ma faute, je ne risquerai plus inutilement les vies placées entre mes mains.

— Ça, j'avais compris, répliqua Diana. J'ai pas peur, j'appréhende. C'est tout. J'ai assez de jugeote pour pas mourir sous la première volée de flèches ou au premier coup d'épée.

— Laisse-moi te donner un conseil : si un ennemi vient vers toi, n'hésite pas et tue-le. Lui n'aura aucune pitié pour toi.

— Vous en verrez pas un s'approcher de moi à moins de vingt mètres ! se vanta-t-elle avec un enthousiasme soudain et une attitude fière. Y a pas meilleure archère que moi sur tout le continent. Et en plus, je cours vite.

L'espace d'un instant, tous furent décontenancés par l'aisance avec laquelle cette jeune femme balayait ses craintes et son manque d'expérience.

— Parfait ! conclut Mell en se frottant les mains. Nous partirons demain à l'aube. Nous ferons halte à trois kilomètres de la cité, entre deux montagnes, là où leurs vigies ne pourront nous voir. Nous attaquerons au coucher du soleil. D'ici là, faites ce qu'il vous chante. Koren vous indiquera vos quartiers.

Les quatre compagnons acquiescèrent. Ils n'eurent pas le temps de se retourner que la voix de Koren résonnait déjà :

— Le désagrément avec l'individu de tout à l'heure est arrangé. À présent, suivez-moi, je vous fais visiter les lieux.

Alors qu'ils allaient sortir de la salle, Diana s'arrêta et observa le chancelier.

— Je peux vous poser une question ?

— Tu ne te privais pas pour le faire il y a un instant, lui fit remarquer Mell. Parle, je t'écoute.

— Pourquoi vous avez pas attendu notre arrivée pour lancer votre première offensive ?

— Parce que nous nous croyions capables de reprendre Ajul.

Cette réponse embrouilla Diana davantage. Elle regarda ses compagnons puis refit face au chancelier. Si les résistants pensaient en effet reconquérir la cité neuf jours plus tôt, cela signifiait que la demande d'aide envoyée à l'Esméry succédait à l'opération. Or, il avait fallu sept jours pour rallier la Glynas en aéronef et elle avait appris au cours du voyage que seuls Drezn et l'Esméry possédaient de tels vaisseaux. Comment donc le messager glynasséen avait-il pu parcourir une si grande distance en si peu de temps, de surcroît par voie terrestre ?

Face à l'ignorance de cette fille, devinant son dilemme, Mell répondit avec un orgueil rayonnant :

— Les cristaux de Skírnir sont d'une utilité remarquable. N'ai-je pas dit que, malgré notre défaite, nous avions récupéré un outil de grande valeur sans lequel vous ne seriez pas ici ?

Et de préciser, devant l'incrédulité persistante de Diana, qu'il s'agissait d'un instrument de communication, de propriété magique et à usage unique. Une vieille technologie esmérienne au secret de fabrication oublié, des cristaux taillés dans l'aélithe pouvant capter les sons et les restituer à une destination souhaitée, quelle que fût la distance, et cela de manière presque instantanée. Pour peu que l'on connût et visualisât mentalement la personne à qui ce cristal fut promis.

Accoudés à la table ou étendus sur leur chaise, les compagnons profitaient d'une flopée d'hydromel à la taverne. Diana n'était pas une habituée des boissons alcoolisées et si elle n'en était plus à sa première chope depuis qu'elle avait fait la rencontre de ses nouveaux amis, il ne lui en fallait jamais plus d'une ou deux pour montrer des signes d'ébriété ; de quoi ravir l'hilarité du général Malaski. Ce soir cependant, Diana arborait un air morose et ressassait les semaines passées. L'attaque des barbares sur son village l'avait entraînée dans une nouvelle vie au rythme soutenu, plus qu'elle n'en avait jamais connu. En prendre conscience la déstabilisait. Elle y trouvait son compte, bien entendu, car les rêves d'aventure avaient bercé son enfance et son adolescence. Mais elle s'apprêtait à vivre une bataille où la mort l'attendait peut-être alors que, un mois plus tôt, elle ne se souciait que de sa prochaine chasse et de ses dessins en cours. Est-ce que tout allait s'arrêter si vite ?

Non. La bataille d'Ajul ne serait pas sa dernière, elle se le jurait.

Son attitude vira à la méfiance et à la colère quand elle aperçut le soldat qui approchait, ce salopard qui avait insulté son ami. D'une traite, elle ingurgita le contenu de sa troisième chope et se leva. Sa chaise vacilla tandis qu'elle empoignait son arc. Jeff lui retint le bras d'une poigne ferme, sans même prendre la peine de se retourner pour comprendre sa réaction. Il n'eut pas besoin de parler, pas même de la regarder pour l'inciter à garder son calme. Son seul geste suffisait. Malgré tout, Diana brûlait d'envie de coller à cette enflure un bourre-pif digne de ce nom.

Elle reposa son arc, ramassa sa chaise et se rassit, bras croisés. S'obliger à rester sereine était plus frustrant et difficile qu'elle ne l'aurait imaginé.

Le résistant, dont la mèche de cheveux avait été taillée pour effacer les dégâts causés par la flèche de la jeune artiste, se planta à côté de Jeff. Plusieurs secondes durant, il le regarda avec insistance, comme s'il voulait que tous sachent son désir de nuire.

— Parle, cher ami, l'invita Seïk. Tu sembles avoir besoin de t'exprimer.

À son intention, le soldat écarquilla un peu les yeux et fronça les sourcils. Ses lèvres se pincèrent d'une telle manière que le juron prêt à les quitter ne fut pas difficile à deviner. Seïk venait de briser sa tentative d'intimidation et afficha sa satisfaction d'un sourire en coin.

Le soldat prit sur lui.

— Mes sincères excuses, Mon Général, parla-t-il avec une évidente hypocrisie. J'espère que vous n'avez pas pris mes propos trop au sérieux. Moi et mes camarades, on est pas mal à cran. Vous savez ce que c'est, l'occupation, la guerre… Sans compter que nos familles sont retenues en otages et qu'on ignore si elles vont bien. On devient vite fou à lier dans ces conditions.

Jeff attrapa sa chope, but une gorgée et la reposa d'un geste maîtrisé.

— Inutile de te justifier, soldat, je le sais déjà, dit-il sans lever la tête. Nous commettons tous des erreurs sous la contrainte. J'ose seulement espérer que tu comprends que ton comportement aurait pu te coûter plus qu'une réprimande. Tu as de la chance que le chancelier et son bras droit soient aussi indulgents, ta tête roulerait sur le sol si Kalar avait été ton roi.

— J'en ai pleine conscience. Je m'abstiendrai à l'avenir de réactions stupides. (La mesquinerie obscurcit son visage.) Pour peu qu'elles le soient.

Cette fois horripilé, Jeff se leva et fit face, le regard droit et imperturbable. Il l'empoigna par le col et l'approcha pour lui murmurer au creux de l'oreille :

— Complais-toi si cela te chante dans cette ignorance qui nourrit ta haine envers les sang-mêlé. Rappelle-toi cependant que parce que des gens comme toi existent, certains de mes semblables ont jadis tenté d'anéantir le monde. Tu seras avisé de te trouver loin de moi lorsque ma tolérance atteindra sa limite, car je suis convaincu que Lanvaril se porterait mieux sans celles et ceux de ton espèce.

Il le lâcha et le repoussa légèrement. Le soldat déglutit avant de répondre d'un rire forcé. Il retapa sa chemise puis fit mine de partir fier et hautain pour masquer son humiliation. Il s'arrêta après quelques pas et se retourna.

— Vous feriez bien d'assurer vos arrières dans la bataille à venir. On ne sait jamais…

Son estime de lui-même regonflée par cette menace, il rejoignit ses camarades, attablés une vingtaine de mètres plus loin.

Au cœur de la nuit noire, le mercenaire venait de s'adosser contre un arbre quand Falène quitta à son tour la retraite. Elle leva sa lanterne et le repéra à deux pas du massif de houx, se planta devant lui et plongea ses yeux vert émeraude dans les siens.

— Sortir n'est pas prudent, déclara-t-elle sans grande conviction, plus par formalité que par réprimande.

Elle éteignit la flamme, posa la lampe et s'abandonna dans ses bras.

— J'ai peur, avoua-t-il de but en blanc.

D'un geste mécanique, elle se recula pour le considérer bien qu'elle ne le vît pas. Qu'il fût effrayé était difficile à croire, lui qui démontrait toujours tant de courage.

— Mes sentiments pour toi doivent en être la cause, poursuivit-il. Jusqu'à aujourd'hui, je n'ai jamais eu à me soucier d'autre chose que de moi-même… Mais les temps changent. J'ignore quel acte absurde je serais amené à commettre si tu venais à être blessée, capturée ou, pire, tuée.

— Tu sais ce dont je suis capable, dit-elle avec une confiance infaillible. Tu seras sûrement mort avant que quiconque ait seulement réussi à m'égratigner.

Il se dérida un peu. Elle n'avait pas tort, le sang elfique qui coulait dans ses veines la rendait déjà plus habile et plus agile que n'importe quel humain, aussi talentueux qu'il fût.

— Efface-moi de tes pensées dès que nous serons sur le champ de bataille, conseilla-t-elle. Je ne veux pas que ton inquiétude à mon égard te distraie. Cela pourrait t'être fatal.

— Je ne ferai pas une erreur aussi grotesque, rassure-toi. La prudence a toujours été ma ligne de conduite. Si cela n'avait pas été le cas, je serais mort ou emprisonné depuis des années.

Elle lui accorda ce point, puis posa sur sa joue une main pleine de tendresse.

— Alors, nulle crainte à avoir.

Le mercenaire se rasséréna, sa confiance ravivée par ce simple geste, et Falène se serra davantage contre lui pour l'embrasser.

Il aimait quand elle avait ce genre d'attentions. Cela lui rappelait qu'il n'était pas seul et qu'aucun d'eux ne périrait si facilement. De plus, Diana et Jeff étaient des gens dignes de confiance, et à présent des amis. Il savait qu'il pouvait compter sur eux en toutes circonstances. D'ailleurs, il se battrait pour eux comme il le ferait pour la demi-elfe : sans relâche.

Durant de longues minutes, les amants profitèrent de cet instant de paix, de cette chaleur enivrante qui émanait de l'autre et les réconfortait.

Seïk brisa le silence :

— Hier, peu de temps avant de passer la frontière glynasséenne, la marque sur ma nuque a commencé à fourmiller. Depuis que nous sommes au camp, l'effet s'est intensifié. Ce n'est pas douloureux et je m'y habitue, mais l'apparition de cette sensation est déroutante.

— Un mauvais pressentiment ? se hasarda à dire Falène, bien qu'elle n'y crût pas.

Il haussa les épaules, aussi ignorant qu'elle.

— Que penses-tu de ce guerrier aux ailes noires ? changea-t-il de sujet.

— Peu de choses, si ce n'est qu'il est unique en son genre. Il est possible de le confondre avec un séraphin, mais je ne crois pas qu'il en est un. À ma connaissance, jamais ce peuple n'a compté parmi les siens un individu présentant une telle caractéristique.

— Un cas isolé au même titre que les albinos ? émit-il l'hypothèse.

La conversation s'évanouit avec la question, et seule demeura la certitude qu'éviter de croiser son chemin constituait leur meilleure chance de survivre à la bataille.

Las de la douce fraîcheur de cette nuit estivale, ils retournèrent dans la taverne. Diana y dansait sur une table, à moitié dénudée et sous nombre de regards envieux. Écroulé sur sa chaise, Jeff riait à en perdre son souffle. Il n'était pas difficile de deviner que tous deux étaient complètement ivres.

Falène s'approcha bien vite de la jeune artiste, lui agrippa le bras et lui intima de descendre et de se rhabiller.

— Le moment est mal choisi pour agir ainsi, gronda-t-elle.

— Mais tout va bieeen ! Laisse-moi danser, je tiens encore debout.

— Hors de question, je t'emmène dormir. Si ta forme n'est pas au mieux, demain, c'est la vie qu'il t'en coûtera.

— Rhooo, fais pas ta rabat-joie, hein !

Elle se débattit alors que Falène tentait de la faire descendre.

— Laisse-moi ! rugit Diana en se dégageant de son emprise.

La violence de son geste lui fit perdre l'équilibre. Falène en profita pour l'entraîner vers elle et la réceptionna. Avant toute protestation, elle l'assomma d'un léger coup derrière la nuque. Diana cessa de gesticuler, à la déception des soldats qui surent que le spectacle était terminé.

Chapitre 11

Un pour un, deux pour mille

Les troupes de la Résistance se mirent en marche aux premières lueurs du jour, abandonnant bien vite les reliefs escarpés au profit de plaines et de collines. Les températures étaient particulièrement chaudes pour un début d'été. Au-dessus des têtes casquées, d'immenses nuages solitaires cachaient le ciel bleu cobalt de leur masse grisâtre et déversaient leur crachin. Le vent léger faisait bruisser l'herbe, les fleurs et la frondaison des arbres. Les oiseaux chantonnaient de belles mélodies. Rongeurs et mammifères se réveillaient en douceur et quittaient leur modeste habitat en quête de vivres. Pour aucun cette journée différait des autres ; elle était loin du cauchemar d'une guerre imminente.

Plusieurs soldats subissaient le contrecoup de l'ivresse de la veille et s'efforçaient de chasser leur gueule de bois, soit par l'eau et la volonté, soit à l'aide de décoctions infâmes préparées par leurs soins. Le général Malaski et la jeune artiste ne faisaient pas exception et, si lui n'était plus à sa première ribote d'avant bataille, elle regrettait de s'être comportée aussi sottement. Cela avait pour de bon chassé sa nervosité, mais son petit divertissement du soir lui valait désormais des invitations du regard de certains hommes, avides de la courtiser et de la trousser s'ils survivaient à l'affrontement. Et même avant pour quelques-uns, histoire de se donner du baume au cœur, d'avoir le courage de brandir l'épée et de saigner pour sa patrie.

Le visage tordu en une expression de dégoût alors qu'elle détournait les yeux d'un de ces obsédés, Diana défit le brassard de son avant-bras gauche et se gratta avec frénésie. Soulagée, elle le réajusta. Ces protections lui flanquaient de ces démangeaisons qu'elle ne pouvait pas toujours chasser en raison de la difficulté d'accès de certaines parties du corps, en particulier sous le plastron et les cuissardes. Elle soupira alors qu'elle commençait à croire qu'elle ne s'y habituerait pas à temps pour la bataille. Il lui faudrait peut-être abandonner le matériel et prendre le risque de s'exposer au pire ; une pensée peu réjouissante.

De son côté, Seïk l'observait depuis un bon moment. Chaque fois qu'elle se tortillait pour gratter les zones les plus sensibles, cela l'amusait. Contrairement à elle, il avait refusé l'offre du chancelier. Il justifiait que les armures glynasséennes, pièces de cuir montées de fines plaques d'acier, étaient pour lui trop encombrantes. Falène avait d'ailleurs avancé les mêmes arguments et juré que, libre de ses mouvements, jamais un adversaire, quel qu'il fût, ne parviendrait à l'atteindre. Et puis, son armure bleu azur, qu'elle avait abandonnée à Esméry, était la seule carapace à sa convenance, la seule qu'elle acceptait de revêtir. Jeff, à la différence, n'avait pas rechigné à enfiler cotte de mailles et armure glynasséenne. Car même lui n'était pas à l'abri d'un coup perdu et ces protections lui paraissaient si légères qu'il trouvait idiot de s'en dispenser.

Outre la monotone symphonie d'avant-guerre jouée par trois cents et quelques paires de bottes martelant le sol, vacarme que beaucoup auraient attribué à un troupeau de bisons en cavale, il y avait peu de bruit dans les rangs. La majorité des soldats s'entretenait à rester muet et se concentrait sur l'épreuve à venir, ressassant en boucle le plan d'action fomenté par le chancelier et soutenu par les Chevaliers d'Esméry. Tout comme les dernières directives du matin au sujet de la tactique de diversion. Tous étaient conscients que le moindre écart de conduite leur serait fatal, aussi devaient-ils être certains de ne pas faillir. Les capacités individuelles allaient compter autant que l'esprit collectif afin de compenser la différence d'effectif. Et bien qu'ils ne fussent plus à leur première bataille, la peur les tenait au ventre. En temps de guerre, plus que d'ordinaire, mourir était d'une simplicité exubérante, que la fin vienne du bras de l'ennemi ou, pire, d'un allié. Chacun imaginait cependant son retour victorieux à la cité, car il n'y avait que cela pour les aider à braver le danger.

La halte de fin d'après-midi vint. Dernier repos, dernier repas. Dernières gorgées d'eau. Ou d'alcool ; pas de quoi être ivre, juste ce qu'il faut pour chasser la couardise. Puis l'ultime marche pour couvrir les kilomètres restants et, enfin, se dressa la resplendissante cité d'Ajul, baignée par les lueurs du soleil couchant. La partie visible de la ville semi-troglodyte saillait de la roche entre deux monts, depuis leur base. Le château trônait au sommet, couronnant l'ensemble insolite. La plaine au pied de la cité, cernée par d'autres montagnes, était silencieuse. Les animaux habituellement présents avaient déserté, guidés par ce sixième sens qui les poussait à fuir à l'approche d'une catastrophe. Les soldats de la Résistance y éprouvèrent cependant de la nostalgie, car en ce lieu résidait le foyer duquel l'ennemi les avait chassés.

Alors que Jeff, Seïk et quatre hommes se faufilaient jusqu'au passage secret par un chemin sinueux, alors que deux cents guerriers s'étaient arrêtés aux deux longues collines qui marquaient l'entrée de la plaine, Mell, Koren et Falène marchèrent à la tête d'une centaine de valeureux en direction d'Ajul.

Le bataillon s'immobilisa à quatre cents mètres du mur d'enceinte, dans un nuage de poussière que le vent emporta bientôt.

Plusieurs minutes durant, il y eut le silence dont les ordres vociférés au loin dans la cité disputaient la légitimité. Enfin, les troupes ennemies quittèrent la sûreté des remparts, sans précipitation ; le noir du millier de cuirasses contrastait avec le blanc des murs. L'homme qui les menait fit claquer la bride de son cheval, l'animal galopa vers les Glynasséens. Ses bottes pour seule monture, le chancelier Rosaris vint à sa rencontre afin de disputer la traditionnelle joute verbale qui précédait les batailles rangées de ce genre.

Le bai clair de l'officier dreznien se cabra juste devant Mell quand son cavalier tira au dernier instant sur les rênes, mais l'intimidation n'eut aucun effet. Casque sous le bras, hache à la ceinture, cape blanche et cheveux ondulant au gré des zéphyrs, Mell toisa le chef adverse.

— Je suis le lieutenant-colonel Lirk, aux ordres du général Moltanov, intima l'homme dont les cheveux courts étaient aussi blonds que ceux de la femme. Votre dernière tentative ne vous a-t-elle pas suffi ? Vous faut-il encore périr de nos mains pour vous rendre compte de la vanité de vos actes ?

— Retourne voir ton maître et dis-lui que, ce soir, la victoire sera nôtre.

— Laisse-moi rire, femme, s'esclaffa-t-il. Avec si peu d'hommes ?

— Davantage serait un luxe. L'armée qui se tient devant toi est plus que suffisante pour écraser vos misérables faces de gueux. Tes guerriers ne sont rien de plus que des paysans traînés de force hors de leur foyer, ils ne valent guère mieux au combat que des chiens en rut aguichés par des femelles.

— Et que fais-tu de notre champion ? s'offusqua-t-il. Il vous mettra en pièces, comme l'autre fois !

— Balivernes ! protesta Mell. Seule la chance a guidé son bras. Aujourd'hui est un jour nouveau, il tombera comme vos têtes !

Le lieutenant-colonel Lirk lui jeta un regard coléreux, furieux qu'elle regorge d'une telle confiance après leur précédent échec.

— Qu'il en soit ainsi, dit-il alors qu'il faisait faire demi-tour à sa monture. Sois certaine que nous ne ferons aucun prisonnier.

Un claquement retentit et le cheval galopa pour rejoindre la sombre masse. Le chancelier fit volte-face et regagna ses rangs, puis marcha d'un bout à l'autre du bataillon.

— Tenez-vous prêts, soldats ! cria-t-elle avec fermeté. Soyez braves, oubliez la peur et la fatigue ! Ceux que vous combattrez aujourd'hui sont peut-être forts, mais soyez assurés que vous l'êtes bien davantage. Vous êtes la fierté de la Glynas, la fierté de notre reine ! Pour son salut, pour la nation, battez-vous et anéantissez ces misérables ! Pour vos femmes et vos enfants, revenez en vie ! Aujourd'hui, Kalar subira un échec que les siècles à venir ne lui permettront pas d'oublier !

Les voix des combattants s'élevèrent en chœur.

— Pour la Glynas ! Pour la reine ! hurla-t-elle, hache levée.

Les combattants de la Résistance répondirent avec autant d'entrain et, malgré leur sous-effectif, firent monter la tension d'un cran parmi les rangs ennemis.

Un héraut fut envoyé auprès du général Moltanov afin de rapporter la situation et d'entendre les ordres de bataille. Un temps pendant lequel les soldats de Glynas continuèrent de faire trembler le ciel et la terre de leur colère, créant toujours plus de velléité dans le cœur des Drezniens. Et lorsque le messager revint enfin, le chant des trompes de guerre retentit depuis les portes de la cité.

L'armée noire chargea.

Satisfaite par sa provocation plus efficace qu'escomptée, Mell ordonna de tenir position. Lorsque les Drezniens furent à bonne distance et que leurs archers se mirent en position de tir, Mell sonna la retraite ; la Résistance donna l'impression de détaler comme des lapins chassés par des chiens. Le lieutenant-colonel Lirk éclata de rire devant tant de lâcheté, ses hommes l'imitèrent bientôt. Leurs craintes se dispersèrent finalement et, soumis aux ordres d'une victoire totale et galvanisés au souvenir des précédents triomphes, ils sortirent les épées et se lancèrent à la poursuite des fuyards.

Après cinq cents mètres de course, les résistants atteignirent les deux grandes collines à l'entrée de la plaine. Ils traversèrent le long et large couloir qu'elles formaient pour trouver, au bout, les arcs qu'ils avaient abandonnés. Ils attendirent de pied ferme. L'armée noire vint à son tour, la certitude de victoire renforcée par l'idée que ces lâches, hors d'haleine, s'étaient résignés à combattre et à mourir. Dès que le millier de Drezniens se fut engouffré dans le passage, cent Glynasséens, aussi munis d'arcs, quittèrent discrètement la sécurité des collines pour couper toute retraite. Et une centaine de plus apparut sur les hauteurs.

Le chancelier cria son ordre. Des flèches munies de pointes à poinçon court sifflèrent de toute part et s'abattirent sur la marée noire, fauchant la vie d'une soixantaine de soldats en dépit de leurs armures de fer et de leurs targes levées. La volée suivante en élimina presque autant et commença à disperser les rangs drezniens. Tombèrent une autre, une autre et encore une autre. L'envahisseur se ressaisit enfin, se scinda en deux et chargea les bataillons qui bloquaient la route, mais cela n'endigua pas la mort venue du ciel.

Lorsque les archers de la Résistance postés sur les collines tirèrent leurs épées pour rejoindre la mêlée, l'effectif dreznien s'en trouvait réduit à près de quatre cents guerriers, pour beaucoup effrayés et désorientés.

Diana, qui avait réclamé un carquois supplémentaire pour s'assurer de rester loin de la bataille sans stopper l'offensive, suivit malgré elle le mouvement et dévala la pente. Elle ne rechigna pas, euphorisée par la tournure avantageuse que prenait la situation et par la furie collective. Toutes pensées futiles mises de côté, elle se concentra pleinement sur l'affrontement ; vivre, être victorieuse et abattre l'ennemi étaient les seuls mots d'ordre, guides de ses moindres faits et gestes, de ses moindres réflexions.

Pleine de confiance, elle décocha flèche après flèche en prenant soin de rester hors de portée des lames. Son assurance fut d'autant plus forte lorsqu'elle aperçut Falène, élégante alliance de finesse, de puissance et de bravoure, pulvériser chaque soldat de la faction adverse avec l'efficacité d'une tornade. Poussée par l'instinct, elle orienta ses tirs pour couvrir les arrières de son amie. Les projectiles frôlaient parfois un ou deux combattants, alliés ou non, avant d'atteindre la cible, transperçant indifféremment l'armure, la cotte de mailles et la chair. Une précision telle qu'elle ne passa pas inaperçue aux yeux de la belle et formidable demi-elfe, dont la folie meurtrière redoubla avec la certitude qu'elle pouvait se concentrer, et en toute quiétude, sur le danger qui arrivait devant elle.

Mais sur les deux femmes venues d'Esméry, et en particulier sur Diana, un regard malsain se posait depuis l'orée de la mêlée. Celui qui épiait se martelait la nécessité d'abattre la bretteuse en premier ; elle était bien trop dangereuse pour être affrontée de face, ce qui se produirait s'il tuait d'abord l'archère. Il serait ensuite aisé d'éliminer cette dernière. Il devait toutefois attendre qu'elle tombe à court de flèches, ce qui ne tarderait pas à arriver au vu de la vitesse à laquelle elle les décochait. Car, s'il était venu libérer sa patrie et sa reine bien-aimée de l'envahisseur, sa haine des sang-mêlé et sa rancune surpassaient sa loyauté. L'homme aux cheveux de sang n'était peut-être pas sur le champ de bataille, en fin de compte, mais ses deux compagnes s'y déchaînaient. Et leur perte serait une souffrance digne pour cette erreur de la nature, il en gageait.

Ce fut avec cette certitude qu'il s'approcha de la blanche bretteuse aux cheveux de jais, rejoignant un groupe de Glynasséens qui venait épauler l'inébranlable assaut de ce duo si éblouissant, si exaltant, si… dévastateur.

Un soldat de la Résistance actionna une petite plaque de pression, bien cachée sous les ronces et les fougères. La paroi de la montagne trembla, gronda, jusqu'à ce qu'un pan de roche s'enfonce et glisse sur le côté pour dévoiler les ténèbres d'un couloir.

— Dépêchons-nous, lança Jeff. Plus nous traînons, plus il y aura de pertes à déplorer.

Tandis que les Glynasséens entraient dans le tunnel et y allumaient des torches, le général lança un regard inquisiteur à Seïk.

— N'oublie pas, si tu le croises…

— Je sais, répondit-il avant de s'introduire dans le passage.

Jeff jeta un dernier coup d'œil en arrière pour s'assurer que personne ne les suivait. Il resserra sa prise sur sa hallebarde et rejoignit le groupe.

Bien que le sol et les murs du tunnel fussent aplanis lors de sa construction et bien qu'il fût récemment emprunté, des morceaux de pierres, tombés çà et là, contraignirent les infiltrés à faire montre d'une grande prudence. Après une succession de couloirs et d'escaliers en colimaçon, ils arrivèrent dans un cul-de-sac. Ils actionnèrent une poignée située dans un renfoncement du mur, ce qui déclencha le mécanisme d'ouverture d'une nouvelle porte dissimulée. Ils gagnèrent le garde-manger du château où ils furent accueillis par des odeurs de viandes séchées.

L'endroit était faiblement éclairé et, au bout, un escalier raide et droit montait vers une trappe dont les interstices filtraient la lumière de la pièce voisine. Seïk prit les devants et l'entrouvrit avec méfiance. D'un rapide regard, il vérifia par l'entrebâillement qu'aucun soldat de Drezn ne traînait dans les parages.

— Une véritable aubaine, murmura-t-il, certain que la voie était libre.

Les vieilles charnières rouillées de la trappe grincèrent. Les compagnons éteignirent les torches et pénétrèrent dans l'arrière-cuisine, pleine d'ustensiles et de marmites sales. Guidés par les indications des soldats, ils s'engagèrent dans le hall du rez-de-chaussée où quatre Drezniens eurent à peine le temps de voir venir leur fin. Ils grimpèrent le grand escalier menant à l'étage, traversèrent les balcons qui donnaient accès, à l'opposé, à une seconde volée de marches. Celle-ci montait vers de hautes portes qui ne tardèrent pas à s'ouvrir sur six gardes, alertés par le bruit de la précédente altercation. L'échauffourée se déroula dans le large escalier, et bien que les Drezniens fussent avantagés par leur position dominante, leur défaite n'en fut pas moins cuisante.

Derrière les portes, un vaste corridor orné de statues royales en marbre et d'un sol en damier noir et blanc. Deux immenses vantaux se dressaient en face et bloquaient l'accès à la salle du trône. Un troisième sur le mur de gauche, de taille humaine, permettait d'accéder à un couloir et, plus loin, aux appartements royaux.

D'un commun accord, sans un mot, le mercenaire et deux soldats prirent la direction des chambres.

Quand leurs camarades eurent disparu, Jeff considéra les deux résistants qui demeuraient à ses côtés. Il leur fit un signe de tête qu'ils lui rendirent pour signifier qu'ils entendaient sa pensée ; dans la salle du trône, le lion ou l'aigle attendait peut-être et, si tel était le cas, ce combat serait assurément rude. Voire mortel.

Sans grande surprise, les hautes portes n'étaient pas fermées à clef. Elles s'ouvrirent sur une vaste salle.

D'épais piliers joliment sculptés dans le marbre soutenaient bien haut le plafond voûté. Les colonnes s'alignaient de chaque côté d'une large et longue allée tapissée de rouge, jusqu'à la moitié de la pièce, et leur proximité avec les murs formait des corridors ; d'autres couloirs s'ouvraient dans les parois. Dans la seconde moitié de la salle, les rayons du soleil couchant traversaient de grandes fenêtres et peignaient le sol de leurs chaudes couleurs. Deux trônes se dressaient sur une estrade, au bout, cachés dans une pénombre que peinaient à chasser les chandelles accrochées au mur du fond.

Lorsque leurs yeux s'habituèrent à la luminosité de la salle, Jeff et les Glynasséens découvrirent, sur le siège de droite, la reine. Elle était pieds et poings liés et avait la mine usée, le regard vide. Sur l'autre était assis un homme grand à la carrure imposante ; à ses pieds reposait le jeune prince, inconscient. L'individu portait une sombre armure de plates aux épaulières incurvées vers le haut. Ses courts cheveux gris étaient soigneusement coiffés en arrière. Une balafre courait sur son œil droit, du front au menton. Il tenait de la main droite un fléau d'armes, atypique en raison de sa poignée courte ornée de petites améthystes, de sa chaîne plus longue que l'ordinaire et de sa boule à pointes de la taille d'une tête humaine.

— C'est enfin l'heure du divertissement, annonça-t-il de sa voix rauque.

Il s'esclaffa. Malgré leur indignation à la vue de l'état de la reine et du prince, les deux Glynasséens gardèrent leur sang-froid et se positionnèrent chacun d'un côté de la salle, sans dépasser le premier pilier. L'un encocha une flèche et leva son arc, l'autre tint son épée droite et son bouclier dressé.

— Yul Moltanov, je présume, gronda Jeff.

— Lui-même, répondit-il. Et si l'on m'avait dit que le grand Jeff Malaski viendrait en personne, je me serais donné la peine de me présenter au champ d'honneur.

— Vous ravalerez bientôt votre réjouissance.

— Je suis curieux de voir ça. Mais avant de débuter les hostilités, dites-moi : cette catin de Zidgel est-elle dans ce château, elle aussi, ou est-ce une autre femme qui vous accompagnait lorsque vous vous êtes volatilisés dans la roche ?

— Ni l'un ni l'autre, répliqua Jeff qui ne broncha pas face à la révélation de la découverte prématurée de leur infiltration.

Le sourire narquois de Yul s'effaça, sa tentative de déstabiliser avait échoué. Il se leva d'un mouvement brusque et envoya l'enfant valser sur le côté d'un franc coup de pied. En dépit des innombrables sévices subis, la reine trouva assez de vigueur et de présence d'esprit pour gémir à la vue de son fils battu. Le visage des deux soldats de Glynas se tordit de colère.

— Crétins ! beugla Yul. Pensiez-vous vraiment pouvoir me prendre par surprise ? (Il pointa du doigt une fenêtre.) Mon second guette depuis le sommet du château, personne ne peut échapper à sa vigilance. À ma vigilance ! Vous vous êtes montrés ingénieux, mais au bout du compte, je gagne !

— Permettez-nous d'en douter, le provoqua Jeff.

Comme attendu, cette bravade eut raison de la fierté de Yul qui, d'un geste vif et d'un air renfrogné, leva le manche de son fléau d'armes. La chaîne se tendit, la boule à pointes s'envola avec aisance. Il la fit tournoyer et avança d'un pas lent et assuré.

Avec tout son attirail, il ressemblait à une forteresse mobile. Une forteresse qui n'aurait aucun mal à rouler sur ces pitoyables insectes, le général Moltanov en avait la pleine assurance.

Soutenue par une poignée de résistants, Falène s'engagea un peu plus au cœur de l'agitation. Des Drezniens tentèrent de bloquer sa progression. Falène sauta et entailla le premier de la tête au buste ; elle fut ravie de constater que les armures et les mailles portées par la piétaille dreznienne n'avaient en rien perdu de leur médiocre qualité. Elle tua les deux suivants d'un coup d'estoc, dans la gorge pour l'un et sous l'aisselle pour l'autre, faisant fi de leurs targes qu'ils n'avaient guère le temps d'opposer. Elle pivota d'un quart de tour et, d'un geste brutal, tailla l'abdomen de celui qui se lançait sur sa droite ; une seconde plus tard, une flèche fila devant ses yeux et en abattit un à sa gauche. Les guerriers de la Résistance suivirent le mouvement et s'opposèrent, tels des remparts, à tous ceux qui faisaient de la bretteuse une cible prioritaire. Et Falène de les assister en achevant chaque Dreznien ainsi ralenti, pour ceux qui survivaient assez longtemps aux armes glynasséennes.

Plusieurs soldats s'enfuirent face à la férocité de l'escadron. Trois périrent sous les flèches de Diana, deux par la lame de Falène qui parvenait à les rattraper sans mal.

Trois nouveaux combattants voulurent se frotter à la demi-elfe. Le premier fut bousculé d'une charge violente, tomba et rendit son dernier souffle le bas-ventre transpercé, là où son armure le protégeait le moins. Le second fut berné par une feinte et perdit l'usage de ses jambes avant que sa tête ne décolle de ses épaules. Le dernier vit son bras armé tomber et y laissa la tête à son tour.

Durant ce court instant de carnage, les soldats de Glynas furent béats d'admiration. Ils ne pouvaient que reconnaître leur chance de compter cette femme parmi leurs alliés. Et ils obéirent avec joie lorsque Falène ordonna de continuer la percée, bien que cela ne fût pas de grande utilité ; les rangs drezniens étaient déjà clairsemés.

Elle ferma la marche, changement de tactique que certains adversaires remarquèrent et exploitèrent par un assaut simultané. Elle se baissa pour éviter un coup de taille, pivota jambe tendue, faucha l'ennemi et se redressa aussitôt pour lui entailler le visage alors qu'il chutait. Elle para l'épée d'un autre adversaire et le chassa d'un coup de pied. Elle fit une rapide rotation, lame tendue, ce qui obligea ses agresseurs à reculer, puis élimina l'un d'eux d'une estocade. D'un moulinet du poignet vif comme l'éclair, elle en tua un de plus.

Ses sens poussés à leur paroxysme pour ressentir l'hostilité de ses adversaires et sa vision élargie jusqu'à sa périphérie, rien ne pouvait lui échapper. Et elle se baissa, fit une roulade et se releva d'un pivot afin d'esquiver un soldat qui croyait l'attaquer dans son angle mort. Elle passa derrière lui et lui donna un coup de pied à l'arrière du genou ;

il fléchit. Une énième tête s'envola alors. Puis une autre pirouette, et Falène bondit en avant pour ôter la vie d'un nouvel adversaire. Quant à celui qui le suivait, elle le fit tomber et l'embrocha en pleine poitrine.

Elle perçut un bref râle sur sa gauche. Elle tourna la tête et vit un assaillant s'écrouler à un mètre de distance, la gorge trouée d'une flèche.

Cette gratifiante tuerie comparable à une petite victoire, Diana poursuivit ses tirs meurtriers. La dépense immodérée de ses flèches la conduisit inévitablement à se retrouver à court. Le temps qu'elle se rende compte de la délicate situation qu'elle risquait de rencontrer si elle ne s'éloignait pas maintenant, un guerrier noir se rua sur elle, épée levée. Prise de vitesse, elle tourna les talons et courut de toutes ses forces. Sa précipitation l'empêcha de voir une lourde pierre, deux mètres plus loin. Elle trébucha et tomba sur les avant-bras. Ses protections protégèrent ses membres contre le sol râpeux, le choc lui causa malgré tout une pénible douleur et l'obligea à lâcher son arc. Elle se retourna pour faire face à l'ennemi dont l'approche rapide ne lui laisserait pas le temps de récupérer son arme. Un bref regard à ses pieds, un à gauche, un à droite… Rien pour l'aider à se défendre.

Soudain l'envahit le regret de ne pas avoir eu la sagesse d'emporter une arme blanche, ne serait-ce qu'un couteau, comme le lui avait conseillé le chancelier en prévention d'une telle éventualité. Et elle regarda, désabusée, le soldat de Drezn qui, dans un cri de rage, abattait son épée.

Il s'échinait à rester près de la bretteuse et guettait l'occasion, sans trop s'approcher cependant, de crainte qu'elle le confonde avec un Dreznien et le tue lui aussi. Il avait néanmoins gagné sa confiance, assurément, car il était de ces Glynasséens qui venaient de la soutenir en jouant les remparts.

Il y eut un temps mort pendant lequel il put jeter un œil à la jeune archère. Celle-ci tirait sa dernière flèche, enfin ! Et il ne put réprimer sa joie lorsqu'il la vit détaler sous l'assaut enragé d'un soldat et trébucher. Qu'importe s'il ne la butait pas de ses propres mains, il fallait qu'elle périsse pour son affront ! Et de la main de l'ennemi ? Parfait ! Un risque en moins d'être pris en flagrant délit de trahison, un risque en moins de subir la cour martiale et la peine de mort si la Résistance remportait cette bataille.

La flamme malsaine qui brûlait dans son regard n'en fut que plus vive alors qu'il reportait son attention sur la bretteuse.

Il s'avança de façon tout à fait anodine, aidant un camarade à abattre son adversaire, puis un autre avant de prendre pour cible un soldat de Drezn qui venait de vaincre. Il para son épée, la chassa sur le côté et lui asséna un coup de poing au visage. Sa lame s'éleva et lui pourfendit le cou. Il en attaqua un second, s'approchant un peu plus de la bretteuse qui se trouvait encerclée. Et lorsqu'il l'eut éliminé…

La rage appela de nouvelles forces en lui. Il vint d'un pas rapide derrière cette femme, dans le dos même de quelques Drezniens qui constituaient le cercle. À deux mètres d'un des soldats noirs, il chargea, épée contre le flanc. Il le transperça au point que la lame dépassa de plusieurs dizaines de centimètres du ventre de l'ennemi. Fut-ce sa force naturelle ou les bienfaits de l'adrénaline, il poursuivit sa charge sans s'arrêter, soulevant l'adversaire et l'utilisant comme un bouclier ; les autres Drezniens du cercle furent stupéfaits par cette manœuvre inattendue, plus encore par la traîtrise évidente de ce Glynasséen.

Sitôt qu'elle eut tué un nouvel ennemi, Falène eut un mauvais pressentiment. Elle fit volte-face pour voir un soldat qui la chargeait seul alors que les autres se tenaient à l'écart. Elle attendit et s'apprêta à l'esquiver pour lui trancher la tête quand elle remarqua, un peu surprise, cette lame qui transperçait le Dreznien et l'étrange posture qu'il adoptait. Voyant là une opportunité à ne pas manquer, les Drezniens du cercle se montrèrent d'une vivacité étonnante ; plus rapides à réagir que la bretteuse, ils s'élancèrent tous ensemble pour donner une chance au traître d'atteindre son but.

Chapitre 12

De l'humiliation à la pitié

Le métal frappa une surface dure dans un bruit qui n'augurait rien de bon et les vibrations remontèrent de la lame aux bras. Ce fut douloureux. Le Dreznien rouvrit alors les yeux et constata qu'il n'avait pourfendu que la roche.

Diana avait eu le bon réflexe de rouler au dernier moment pour éviter l'assaut, ce qui lui donna assez de temps pour se remettre debout et ramasser son arc. Quand elle fit de nouveau face, le guerrier repassait à l'offensive, cette fois sans fermer les yeux. La chance semblait toutefois l'avoir abandonné puisqu'il fut à son tour déstabilisé par une aspérité du sol. À l'aide de son arc, tenu des deux mains par l'extrémité, Diana le frappa d'un mouvement sec au bras gauche et le désarma. Elle s'acharna ensuite sur le crâne du pauvre homme qui en perdit son casque et eut la tête peu à peu réduite en bouillie.

Elle s'arrêta quand l'arc céda.

Consciente qu'elle venait d'échapper de justesse à la mort, elle poussa de brefs soupirs et se fit la promesse que plus personne ne l'approcherait de si près. Elle jeta l'arc brisé, se débarrassa en toute hâte de ses deux carquois, ramassa l'épée et le bouclier de l'adversaire et leva les yeux vers la mêlée. La situation était plutôt bonne pour la Résistance, car l'esprit combatif des Drezniens, déjà mauvais, s'amenuisait au fil des minutes. Leur nombre s'en trouvait bien réduit, à présent inférieur à l'effectif glynasséen. L'une des grandes raisons de ce renversement était Falène, bretteuse si habile que quiconque s'attaquait à elle passait à trépas sans les honneurs de lui avoir infligé la moindre blessure.

À cette pensée, elle chercha sa compagne du regard. Elle l'aperçut, encerclée par une quinzaine de soldats. Et si cette situation n'invita pas de grande crainte à l'égard de la demi-elfe, ce fut de voir un Glynasséen embrocher un Dreznien et poursuivre sa charge dans l'évidente intention d'abattre Falène qui souleva les tripes de la jeune artiste. Plus encore lorsque les soldats noirs vinrent au contact.

Quiconque sous-estimait Falène finissait cependant par en payer le prix, d'une manière ou d'une autre. Ce fut le cas de ses adversaires et, plus particulièrement, du traître de Glynas. La belle et terrible bretteuse répondit à la situation par une prouesse sans nom : alors que le cercle s'était presque refermé, alors qu'elle allait être incapable d'esquiver la charge du résistant, elle bondit vers lui d'un saut haut perché. Elle prit appui sur le corps du Dreznien embroché et poussa de toutes ses forces sur ses jambes. D'une cabriole remarquable, elle passa hors du cercle. Son épée trancha net le dos du premier venu.

Le traître glynasséen poussa un cri de rage quand il se rendit compte de son échec et s'éloigna. Il frappa dans le tas pour abattre ou repousser les Drezniens qui s'étaient heurtés les uns aux autres. Deux guerriers de la Résistance vinrent soutenir l'effort.

Bientôt, Falène et le traître se retrouvèrent face à face. Elle ignorait toutefois que c'était lui qui avait tenté de l'assassiner et qu'il était le responsable de l'assaut commun des soldats noirs. Et tandis qu'elle s'apprêtait à lui tourner le dos pour éliminer d'autres adversaires, il l'attaqua.

Le sang gicla. La belle tenue blanche bordée de bleu que portait Falène, déjà quelque peu maculée par le trépas de ses victimes, fut tachée davantage. Son expression demeura froide quand elle découvrit le visage du traître, cet homme raciste que la flèche de Diana avait raccourci d'une mèche, la veille. Le Glynasséen, en revanche, ne put réprimer sa stupeur, car l'épée de la belle lui transperçait la gorge. Sa peine crut au point d'appeler des larmes de frustration lorsque le vent souffla sur la plaine, lorsque les cheveux de Falène s'envolèrent pour révéler ses origines à moitié elfiques. Ce ne fut qu'à l'instant où le voile s'abattit sur sa vue qu'il comprit sa bêtise : depuis le début, il n'avait eu aucune chance. Si seulement il avait su ce qu'était cette femme…

Pour Diana, qui observait de loin, cette conclusion fut un véritable soulagement. Elle se rappela alors sa propre situation et partit se cacher derrière le sommet d'une colline, le temps que la bataille cesse. Après tout, dénuée de talents dans le maniement de l'épée qu'elle avait ramassée, sa meilleure chance de survivre résidait dans la fuite.

La désertion de la jeune artiste ne fut pas remarquée, pas plus qu'elle ne se ressentit. En plus des folles prouesses de la demi-elfe, Mell et Koren abattaient chaque soldat dreznien avec autant d'efficacité, l'une de sa hache à double tranchant et l'autre de sa guisarme dotée d'une lame à chaque bout. Puis vint l'instant inévitable où le lieutenant-colonel Lirk se présenta face au chancelier, muni d'une masse d'armes et d'un écu décoré d'une tête de démon.

Les deux meneurs se toisèrent, décidés à mettre un terme à la bataille par ce duel. Malgré son arrogance, le lieutenant-colonel Lirk ne se faisait aucune illusion, il savait que s'il prenait la tête de cette femme, la bretteuse blanche et le chauve à la guisarme suffiraient par leur charisme à insuffler à la Résistance le courage nécessaire pour continuer le combat. Toutefois, s'il devait mourir en cette fin de journée, il ne partirait pas seul et accomplirait au moins un fait d'armes, celui d'avoir porté un terrible coup à la Glynas en lui ôtant l'un de ses héros. C'était là sa dernière volonté au cœur du désespoir, car cette fois, de toute évidence, le guerrier aux ailes noires ne viendrait pas pour les sauver.

Dans la salle du trône, l'épéiste et l'archer glynasséens passèrent par les corridors demi-ouverts, entre les murs et les piliers. Jeff progressa de front. Quand Yul ne fut plus qu'à une dizaine de mètres de son homologue, il esquissa une attaque. La chaîne s'allongea, encore et encore, et la boule à pointes fila droit. D'abord étonné, Jeff se ressaisit à temps pour l'éviter ; le fléau alla terminer sa course dans le mur de l'entrée.

Sitôt, l'archer lâcha la corde de son arc. Sitôt, Jeff et l'épéiste chargèrent.

Yul chassa le projectile d'un revers de gant et rapatria son arme, la boule revint vite. Trop vite. Jeff le remarqua et reprit ses distances, mais pas l'épéiste. Entraîné dans sa charge furieuse, aveuglé par l'indignation d'avoir vu sa reine et son prince traités comme des chiens, le Glynasséen fut déstabilisé quand Yul l'esquiva d'un grand pas. Le fléau le percuta avec une violence inouïe. Il s'envola sur de longs mètres, retomba lourdement sur le sol et roula jusqu'à heurter le trône de gauche. La fine plaque d'acier de son plastron était broyée et, sans nul doute, sa cage thoracique et ses organes aussi à en juger par l'abondant saignement qui coulait de sa bouche et de son nez. Son corps était même désarticulé.

Yul fit volte-face ; le général esmérien se ruait sur lui. Il effectua une attaque montante mais le manqua. Jeff riposta par de rapides estocades. Yul les esquiva ou laissa son épaisse cuirasse les dévier, puis il parvint à chasser la hallebarde d'un revers de bras et répliqua avec la poignée de son arme. Le coup fut paré, cela lui permit néanmoins de reculer assez pour faire tournoyer son fléau bien haut.

Trop sage pour être téméraire, Jeff s'éloigna.

À l'abri derrière un des piliers de soutènement, l'archer décocha une autre flèche. Elle fut déviée par le fléau d'armes. Il tira de nouveau mais, cette fois, ce fut l'impressionnante carapace qui protégea son porteur. Une troisième se mit en place. Agacé par ce gêneur, Yul le prit pour cible. La chaîne s'allongea de nouveau, comme par magie, et le fléau dégomma la colonne de marbre et le résistant avant de revenir à son propriétaire.

Encore une fois, Jeff tira profit de l'ouverture que l'ennemi créait dans sa défense lors d'une attaque ; il enchaîna deux estocades pas plus efficaces que les précédentes et se baissa au retour de la boule à pointes. Celle-ci le frôla, remonta et entraîna Yul dans son élan, l'espace d'une seconde. Une seconde pendant laquelle Jeff le piqua au buste et poussa fort pour le renverser ; Yul en perdit l'équilibre. Jeff estoqua sa hanche droite ainsi mise à découvert, entre la tassette et la braconnière. La hallebarde ne s'enfonça pas dans la chair, grâce à la solide cotte de mailles, mais infligea une pénible douleur.

Grimaçant et s'efforçant d'ignorer son mal, Yul fit trois pas en arrière pour ne pas choir et releva sa garde. Il évita l'attaque suivante, riposta dans le vide, en évita une autre, riposta encore. Jeff l'esquiva et visa la gorge. Yul eut un mouvement de recul, mit un pied en retrait et empoigna la hallebarde par la hampe tandis qu'il laissait la boule à pointes de son fléau s'écraser sur le sol, derrière lui. Il tira sec sur l'arme de son adversaire et le chassa du pied, le forçant à lâcher prise.

La hallebarde fut jetée loin.

— Tu te débrouilles bien, reconnut le général Moltanov, mais c'est terminé.

Le fléau d'armes tournoya une fois de plus dans les airs. Les regards se défièrent, puis Yul fit décrire à son arme un arc de cercle vertical, comme s'il abattait un marteau. La chaîne s'étendit et, plutôt que de s'écraser, la féroce boule à pointes vola droit devant. Jeff fonça sur elle, s'écarta de sa trajectoire à point nommé et se replaça aussitôt qu'il l'eut dépassée. Yul ne fut pas dérangé par cette esquive et fit tomber son fléau pour en arrêter la course ; il avait anticipé et même souhaité cette tactique. Il tira de toutes ses forces au dernier moment pour ramener son arme à folle allure et chargea de l'épaule gauche, prenant son adversaire entre deux feux.

Cet espoir de victoire né d'une trop grande assurance fit qu'il sous-estima le Chevalier d'Esméry. C'était bien la première fois qu'il commettait pareille erreur. Une fois de trop.

D'une rapide foulée, Jeff passa sur le côté, attrapa le bras droit de l'ennemi et tenta de lui arracher la poignée du fléau d'armes. Trop fier pour accepter de perdre la moindre des batailles, Yul engagea la lutte. Il parvint à le repousser mais, concentré qu'il fut sur cette tâche, il ne comprit que trop tard la supercherie. Il leva les yeux, vit blanc puis noir ; la moitié gauche de sa tête vola en éclats.

Alors que le corps de l'ennemi s'écroulait sur le sol de marbre en damier noir et blanc et que son sang se répandait, Jeff réalisa lui aussi sa défaite. Il aurait mieux valu faire du général Moltanov un prisonnier de guerre afin de lui soutirer des informations, comme il l'avait planifié des jours auparavant. Mais Yul s'était révélé être un adversaire redoutable. Le capturer…

Non. C'était peine perdue depuis le début. Yul ne se serait jamais laissé prendre vivant. Et quand bien même, il n'aurait certainement jamais craché le morceau quant aux ambitions de son roi.

Seïk et les deux résistants découvrirent les appartements royaux, constitués d'un vestibule et d'un long et spacieux couloir transformé en une galerie de tableaux et de meubles. De chaque côté de ce dernier se présentaient deux portes closes, et une cinquième au fond.

Les quatre premières s'ouvrirent sur des chambres, un bureau et une bibliothèque. Aucune trace du général dreznien ou de son acolyte. Tout était en ordre, le lit de la reine mis à part. Fatalement, Seïk et les résistants s'intéressèrent à la dernière porte dont l'ornement était différent, plus prononcé. De l'autre côté, il y avait un court corridor éclairé de quatre torches et au bout duquel, sur la gauche, se dressait une porte double. Les trois compères se regardèrent un instant puis s'y engouffrèrent.

Quand il fut prêt à tourner la poignée suivante, Seïk sentit le courant d'air au travers d'interstices. Il remarqua aussi que le fourmillement de la cicatrice sur sa nuque était plus intense que jamais. Alerte, il fronça les sourcils et appréhenda ce qu'il allait rencontrer au-delà du mur.

La lumière de la fin de journée pénétra peu à peu dans le corridor. Les trois combattants quittèrent la chaleur de la demeure pour un grand balcon façonné en arc de cercle et délimité par une fortification en créneaux. Sur l'un des merlons se perchait un homme doté d'ailes noires, l'attention rivée sur le théâtre macabre qui se jouait à l'embouchure de la plaine. Ses cheveux courts, aussi sombres que les plumes de ses membres dorsaux, s'agitaient, comme elles, à chaque passage du vent. Il n'était habillé que d'un pantalon et d'une paire de bottes. À sa ceinture pendait une épée longue sans fourreau, tâchée de sang, émoussée par des combats trop répétés et l'absence d'entretien.

Seïk et les soldats firent quelques pas et s'immobilisèrent, le temps que leur vision s'adapte pleinement à la lumière du jour mourant. Ils observèrent celui qu'ils avaient reconnu comme étant la Terreur d'Ajul, le bretteur évoqué par le chancelier, le Champion de Drezn dont il ne fallait surtout pas croiser le chemin. Si Seïk se rappela les mises en garde, si sa raison lui criait de fuir, il n'en fit rien. La peur et l'excitation accaparaient chacun de ses sens et l'empêchaient de prendre cette sage décision. Malgré sa promesse, il brûlait d'envie de l'affronter.

— C'est lui, trembla l'un des résistants avant de fuir. C'est l'Ange de la Mort !

La crainte qui vibrait dans sa voix, justifiée par le passif et la puissante aura d'hostilité que dégageait l'individu, suffit à Seïk pour pardonner la lâcheté de ses camarades. Il en tira même satisfaction, certain que cela leur éviterait de mourir inutilement et assuré que personne ne le dérangerait dans son futur duel. C'est alors qu'il vit, sur la nuque du guerrier, cette marque inscrite dans la chair. Une croix entourée d'un cercle, un symbole parfaitement dessiné, aux traits fins. De réflexe, il effleura la sienne. Avec ces fourmillements, il eut l'impression que les marques jumelles communiquaient.

Les questions qui l'assaillaient des jours auparavant refirent surface. Il tira ses dagues, déterminé à découvrir la vérité, persuadé que cet homme détenait la clef de ses tourments. Et le guerrier ailé se détourna de la bataille. Il affichait un calme auguste qui aurait pu être celui d'un vétéran, mais ses yeux aux iris rouges, ternes et vides, démentaient cette possibilité. Cette force de tranquillité, comparable à la froideur d'un assassin rompu dans son art, abritait davantage la soumission et l'absence de volonté.

Soudain, Seïk se rappela cette étrange expérience qu'il avait vécue alors que la mort l'enveloppait sur le galion pirate, lors de l'attaque d'Esméla. Outre cette voix qui n'avait cessé de le sermonner, il se souvint de cette ombre apparue au cœur de la lumière. Il lui avait alors semblé qu'elle possédait des ailes et des yeux rouges. Un peu comme… cet adversaire.

— Qui es-tu ? s'enquit Seïk en levant les armes. Quelle est cette marque que tu portes ?

Il n'y eut aucune réponse autre que celle des lointains bruits de la bataille. Le sombre guerrier déploya ses ailes, s'éleva haut dans les airs d'une poussée. Il regarda fixement Seïk puis dégaina son arme et fondit à la façon d'un aigle. Les fers s'entrechoquèrent, luttèrent l'un contre l'autre. Seïk tenta de prendre l'ascendant, sans succès. Ils se repoussèrent.

Le guerrier ailé revint à la charge, sans même poser pied à terre. Seïk esquiva le passage de la lame d'une courbette en arrière et riposta avec ses dagues, d'une attaque en ciseaux à hauteur de ceinture. Tête la première, le bretteur roula dans les airs pour les éviter et enchaîna d'un coup de talon. Il fut bloqué. Il vrilla, épée tendue ; elle trancha l'air d'un sifflement et fut maladroitement déviée par une dague, avant de dessiner une estafilade sur la joue du mercenaire. À peine distrait par cette blessure, Seïk contre-attaqua d'une main, mais l'adversaire, plus rapide, parvint à lui saisir le poignet. Il piqua de son autre dague, reçut un coup de pied au torse qui le repoussa en arrière. Il retrouva son équilibre et se jeta sur le côté pour éviter de peu une charge mortelle. Mais, encore une fois, le sombre guerrier se montra plus rapide et vint lui entailler la cuisse gauche.

Seïk grimaça et se releva non sans peine. À en juger par la douleur, la plaie était plus profonde que la précédente. Il s'obligea à l'ignorer et se focalisa sur l'ennemi. Il savait que le moindre nouvel écart de performance lui vaudrait la mort, sans compter sur le fait que la peur croissait dans son esprit à mesure qu'il reconnaissait son erreur de jugement. Car cet adversaire était peut-être, en fin de compte, trop fort pour lui.

La jambe fébrile et branlante, Seïk reprit sa posture de combat et attendit la prochaine attaque. Il chassa habilement l'épée du bretteur et lui infligea une profonde balafre de l'épaule à la hanche, avant qu'il regagne la sécurité du ciel. Avec un soudain regain de confiance grâce au coup porté, fatal pour la plupart des hommes, il considéra le Champion de Drezn dont le sang coulait de l'immense lésion. Sa satisfaction mua en une expression de rage et d'incompréhension quand il remarqua que, en vérité, la plaie finissait déjà de se refermer.

L'invincible guerrier ailé fondit de nouveau sur lui.

Seïk ne se laissa pas démunir et para de ses dagues croisées. Il en libéra une qu'il lui planta avec succès dans le bras armé, le guerrier répliqua d'un coup de pied au visage qui l'envoya valser. La mâchoire et le nez endoloris, le mercenaire lâcha ses armes à la rencontre du sol. Son adversaire se jeta sur lui, le plaqua contre la pierre et plaça la pointe de son épée sous sa gorge. Seïk le considéra d'abord avec colère, puis fut surpris lorsqu'il vit dans ses yeux une lueur familière, un regard loin d'être absent. Au contraire, celui-ci était plein de tristesse et de désespoir. Un genre de regards qu'il avait souvent vu.

— Qui es-tu ? reformula-t-il sa demande avec plus d'insistance et de trouble.

Le guerrier se figea, en proie à un conflit intérieur. Il tenta d'articuler des mots, en vain. Ses yeux reprirent leur aspect terne et froid.

Chapitre 13

Souvenirs – Le Déchu

— Maudit roi, grommela Yul dont le regard furieux se portait sur l'Archipel des Dieux. Encore à m'envoyer faire le sale boulot…

Incapable depuis le départ en mission de se débarrasser de sa colère et de sa frustration, il frappa du poing la rambarde du navire. Pendant ce temps, ses hommes entreprenaient les fouilles du site, un îlot constitué d'une allée bordée de peupliers fossilisés, d'un escalier et d'un grand promontoire sur lequel était construite une place circulaire. Certaines des dalles du sol étaient brisées par les racines d'un pin au tronc épais et quant à lui bien vivant. Beaucoup d'autres se couvraient de mousse. Des gravures au dialecte inconnu ornaient toutes celles de la périphérie et laissaient imaginer que cet endroit datait d'une lointaine époque. Il y avait aussi un autel, au centre de la zone, un centre marqué par la croisée de deux lignes encore distinctes que constituaient des dalles grises.

Sept colonnes de pierre, cernées de lierre et pour la majorité cassées, se dressaient sur le pourtour de la place à égale distance les unes des autres. Dans leur alignement, au-delà du promontoire, autant de piliers rocheux jaillissaient de l'eau et dépassaient aisément l'archipel. La cavité située à chaque sommet était occupée par un nid de goélands argentés où les oisillons récemment nés réclamaient le déjeuner.

Seules les vagues qui se fracassaient contre les parois rocheuses et les cris des oiseaux perturbaient la tranquillité de cet endroit.

— Mon Général, venez voir ! le tira de ses humeurs un des soldats.

Yul débarqua. En haut de l'escalier, il découvrit avec satisfaction l'autel que Kalar cherchait depuis bientôt quatre ans. Vint la stupeur à la vue de l'homme nu qui reposait au pied de l'édifice, couché en position fœtale.

— Il est inconscient, informa le soldat.

Yul examina l'inconnu. Svelte, glabre, les cheveux noirs, ce dernier devait avoir entre vingt-cinq et trente ans. Ni plus ni moins qu'un homme ordinaire si l'on exceptait le mystère autour de son état, de sa condition et de sa présence en ces lieux. Pas de quoi intriguer outre mesure, alors Yul grommela et s'en détourna. Il observa les colonnes autour de lui et se concentra sur l'autel qu'il inspecta avec le plus grand intérêt. C'était une table ronde, inclinée, solidement fixée sur un large pied. Elle comprenait un creux circulaire de quelques centimètres de diamètre au centre, autour duquel s'ajoutaient sept encoches, à mi-chemin du bord. De fines gouttières reliaient chaque partie entre elles et rejoignaient un canal plus large qui faisait le tour de la table.

— Quand je pense que nous sommes venus ici juste pour ça, pesta-t-il.

Après une courte réflexion, il regarda le jeune homme inconscient. Un vilain rictus déforma son visage.

— On rentre, j'ai un rapport à faire. Emportez ce gamin, qu'on ne reparte pas les mains vides. Il pourra toujours me servir de domestique.

Les soldats obéirent et embarquèrent sur le navire, à la suite du général.

Sous le soleil proche du zénith, les rameurs commencèrent à battre l'eau et à tirer les rames au rythme de chansons entêtantes. Un vent tiède s'ajouta à leurs efforts, gonfla les voiles et propulsa davantage le navire dreznien à travers les flots en direction de Fladrr, la capitale de Drezn.

Après un long et éreintant voyage en mer, trois jours de navigation au cours desquels il fallut affronter une violente tempête, Yul et ses hommes débarquèrent dans la majestueuse cité dreznienne. Le général balafré ordonna à deux soldats de déposer l'individu toujours inconscient dans ses appartements puis se rendit au château, d'un pas pressé qui contredisait son désir de retarder l'échéance.

Il fit halte et maugréa quelques jurons lorsque, devant lui, se dressa la haute bâtisse aux couleurs du sable. Elle se composait de cinq tours pointues, de murs épais et de balcons à chaque fenêtre. Fière gardienne plantée sur un îlot au cœur d'une oasis, cette demeure royale évoquait une prison aux mille tortures ; la cause en était l'homme qui la gouvernait.

Yul franchit le pont en bois et en pierre qui bravait l'eau claire. Les portes s'ouvrirent à son approche, dévoilant les sombres entrailles du géant de grès. Il s'engagea dans le couloir central, puis dans le hall que seules des magi-lampes éclairaient ; les soldats de garde saluaient à son passage, faisant chanter le désagréable son métallique de leurs armures noires. L'esprit trop occupé par ce qu'il allait rapporter au roi, Yul les ignora pleinement et continua tout droit jusqu'à la salle du trône. Les deux hommes postés devant ouvrirent les portes et il entra, passa le petit pont qui surplombait le gouffre aux pieds des murs, se planta à cinq mètres de son seigneur et maître et se prosterna.

Las, Kalar jugea le général de ses effroyables yeux jaunes.

— J'espère que tu m'apportes de bonnes nouvelles, avertit le roi.

— Nous avons découvert l'Archipel des Dieux. L'autel s'y trouve également, comme vous le prédisiez.

La lassitude de Kalar laissa place à un semblant d'excitation ; il rit doucement. Il effaça très vite toute trace de gaieté de son visage et observa son serviteur agenouillé. Il pressentait qu'il ne lui révélait pas l'entière vérité.

— Y a-t-il autre chose ?

Yul hésita à dévoiler l'autre découverte, une indécision que le roi remarqua.

— Parle ! s'impatienta-t-il.

— Rien d'autre, Sire. Je pensais simplement que votre quête du Royaume Divin est loin de toucher à sa fin. Les recherches ont commencé voilà maintenant quatre ans et…

— Ferme-la ! Je ne t'ai pas demandé ton avis ! Cela prendra le temps qu'il faudra, je n'en suis pas à court.

Yul le regarda avec provocation et retint une invective. Il avait peut-être réussi à changer de sujet et évité de dévoiler tous ses secrets, il n'aimait pas pour autant être traité de la sorte. Ce qui était pourtant monnaie courante.

— Sire, nous n'avons qu'un seul artefact, sans parler de la fille !

Kalar explosa de rage et s'empara de *Ragnarök*, son épée aux lames entrelacées ; le général baissa la tête. Il s'approcha de son subalterne et leva son arme, mais contint ses pulsions à temps. Trop de sang avait déjà coulé de cette manière, trop de serviteurs supprimés qui auraient pu lui être utiles, des pertes que son génie manipulateur se prenait parfois à regretter. De plus, Yul avait amplement et depuis longtemps montré sa loyauté et ses capacités. Aussi laissa-t-il ses soupçons de côté et pardonna-t-il l'impertinence de ce sous-fifre.

— Encore un mot et je te tue, menaça-t-il toutefois avant de retourner s'asseoir.

Loin d'être idiot, Yul ne le défia pas davantage. Il fulminait intérieurement, d'autant plus qu'il n'avait d'autre choix que d'obéir. Il connaissait assez cet homme pour savoir qu'un millier d'années passées à s'entraîner ne suffiraient pas à égaler sa force. Par ailleurs, il voulait voir à quoi ressemblait le Royaume Divin. Or, sans lui, cela lui serait impossible, car Kalar, lui non plus, n'avait pas dévoilé tous ses secrets…

— La fille ne quittera pas son village de sitôt, assura le roi. Je peux aller la chercher quand je le souhaite. Pour le reste, le mercenaire que j'ai chargé de récupérer la *Bague d'Opale* ne devrait plus tarder et je suis sur le point de connaître l'emplacement d'un troisième artefact, je le sens.

Il appuya sa tête couronnée contre les doigts de sa main droite et se tapota doucement la tempe de l'index, un sinistre sourire aux lèvres.

— Plus j'en aurai, plus il me sera aisé de trouver les autres, marmonna-t-il pour lui-même.

— Je vous implore de pardonner mon insolence, vous avez raison, s'excusa Yul.

— Raison ? Bien évidemment que j'ai raison ! J'ai toujours raison. Et maintenant, sors d'ici. Je te donne quartier libre jusqu'à nouvel ordre.

Sans demander son reste, le général Moltanov se leva, salua et quitta la pièce.

Hors du château, il extériorisa sa colère d'un coup de poing contre un arbre. L'écorce céda sous les phalanges métalliques de son gantelet. Il rumina pendant deux bonnes minutes, puis se rendit dans le secteur sud-ouest de la ville. Il chemina dans un dédale de ruelles jusqu'à un petit bâtiment qui se distinguait des autres par son enseigne en forme d'éclair, accrochée au-dessus de l'entrée. Après s'être perdu dans quelque réflexion, il marcha sur la plaque de pression fixée à un mètre de la porte ; celle-ci coulissa. Il entra et descendit l'escalier sur sa gauche pour accéder à un laboratoire.

Un petit homme maigrelet et survolté courait dans tous les sens, d'une éprouvette à l'autre.

— Ma commande est-elle prête ? réclama Yul, le ton ferme.

— Oui, oui oui, oui oui oui. Où l'ai-je mise ? Où ? Oùùù ?!

Il fouilla parmi ses papiers et tout son bazar avant d'attraper une petite bourse.

— Voilà, là, la voici. Tenez, prenez, mais attention ! Rappelez-vous qu'une fois attachée…

— Je sais, inutile de me le rabâcher, fit Yul.

— Bien bien bien bien bien bien… Combien… Combien ? Hmmm… Les matériaux, la main-d'œuvre, voilà, là… Cinq mille séreins ! Cinq mille et c'est à vous, oui, à vous !

Yul esquissa une grimace.

— Deux mille, négocia-t-il.

— Cinq mille. Cher ! Cher cher cher ! Matériaux, main-d'œuvre, désobéissance au Maître ! Je risque ma vie. Oh que oui ! Oui. Une prime ? Je dois penser à la prime. La prime !

— Mille cinq cents, pas plus.

— Radin ! Trois mille, pas moins. Non… Non, non et non ! Pas trois mille, six mille ! C'est compris ?

— Quatre mille.

— Quatre mille ? Hmmm… Bon ! C'est d'accord. Oui, Schnok est d'accord.

— Affaire conclue, accepta Yul.

Il déposa une bourse sur la table, prit possession de la gemme et partit en vitesse. Surexcité par cette belle somme que l'impôt du roi ne volerait pas, le vieux savant se jeta dessus et compta les pièces. Le temps qu'il réalise que seuls mille séreins complétaient le sac, le général avait déjà quitté le bâtiment.

— Maudit Yul, maudit ! Vilain ! L'a encore roulé le vieux Schnok !

Hors du bâtiment, Yul s'assura que personne ne venait dans la ruelle et sortit de la bourse une gemme violette gravée d'une rune bleue luisante. Il ôta un gantelet, s'entailla le pouce et versa son sang dessus. La pierre absorba le liquide, la rune s'illumina davantage puis s'éteignit pour ne plus briller.

Une grande satisfaction lui déforma le visage.

— Qui a dit qu'abattre son ennemi était le seul moyen de remporter la victoire ?

Un gloussement monta de sa gorge et il se tut aussi sec, se rappelant qu'il pouvait être épié à tout instant par des espions du roi. Maudissant son imprudence, néanmoins de bien meilleure humeur qu'à sa sortie du château, il replaça la gemme dans la bourse et s'en alla pour gagner ses appartements, situés en plein centre-ville.

De retour chez lui, il découvrit le jeune homme ramené de l'Archipel des Dieux assis dans le salon, nu sur son vieux canapé.

— Enfin réveillé, grommela Yul en refermant la porte. Ce n'est pas trop tôt.

Incrédule, le jeune homme se leva. Il était grand, avoisinant le mètre quatre-vingt, doté d'une fine musculature. L'iris de ses yeux était d'un rouge aussi vif que les feux de Muspellheim, son regard à la fois froid et sauvage.

Yul se frotta le menton, l'air intéressé. Il appréciait ce regard. Plus encore, le corps de ce garçon laissait entendre qu'il pourrait trouver son utilité dans des tâches physiques. Peut-être même devenir un soldat de son unité personnelle ? Pour peu qu'il sache se servir d'une arme et obéir aux ordres.

— Tu me plais, gamin. Je suis le général Yul Moltanov et tu es ici chez moi, à Fladrr. Explique-moi ce que tu faisais sur l'Archipel des Dieux et je t'offrirai de quoi manger ce soir. Un honnête marché, non ?

S'il comprit son interlocuteur, l'étranger ne répondit pas ; il s'efforçait encore de faire le tri entre les diverses émotions qu'il découvrait pour la première fois. Quand il perçut l'agacement de l'imposant homme, il essaya de se souvenir afin de répondre au mieux à la question posée. Il ne fit que se heurter à un mur. La seconde tentative précéda elle aussi l'échec.

— Je ne sais pas d'où tu sors, mais la moindre des politesses serait de me dire ton nom, gronda Yul.

— Je l'ignore, avoua le jeune homme.

Offusqué, Yul le dévisagea, s'approcha et le gifla. Le jeune homme retomba sur le lit et posa une main sur sa joue endolorie. Sans une once de protestation, il accepta son sort.

— Un amnésique, grogna le général. Bordel, j'avais bien besoin de ça…

Il prit le temps de digérer l'information. Après réflexion, il ajouta :

— Bah ! Au moins, faire de toi ce qu'il me plaît sera plus aisé.

Il n'y eut aucune contestation, le jeune homme était bien plus occupé à trouver ses repères qu'à faire attention aux futiles paroles de son hôte.

Yul entra dans sa chambre et plaça la gemme dans un coffre rangé sous le lit. Il le ferma à double tour puis revint auprès de son invité.

— Il y a des vêtements dans l'armoire et la commode qui sont dans ma chambre. Sers-toi et reste ici, je sors régler une affaire. Nous reparlerons à mon retour.

Il tourna les talons et quitta ses appartements d'un claquement de porte.

De nouveau seul, l'étranger découvrit les lieux, non sans curiosité. L'habitat était bien meublé et les murs revêtaient un aspect brut, bâtis de pierres jaunies. Les fenêtres ne se composaient que de grandes lucarnes munies d'une vitre et de barreaux. Une porte, ouverte, menait à une salle de bain où étaient installés une latrine, une haute cuvette en grès poli et un renfoncement surplombé d'un conteneur d'eau pour la douche. Une autre conduisait à la cuisine, une troisième à la chambre. Rien de plus.

L'étranger se dirigea vers l'armoire et l'ouvrit. Il y avait pas mal de vêtements, pour la plupart semblables. Il s'empara des premiers venus et enfila un pantalon noir, une chemise blanc cassé à lacets et une des paires de bottes rangées au bas du meuble. Outre les chausses, l'ensemble était un peu grand, bouffant. Il saisit d'instinct l'une des ceintures suspendues à la porte droite du meuble et resserra la taille du pantalon. Cela fait, il se surprit à savoir à quoi servait chaque élément qu'il venait de revêtir, ainsi que tout ce qui l'entourait ou presque. Des connaissances qu'il possédait malgré son absence de souvenirs, tout comme pour le langage. Cela ajoutait un peu plus à sa confusion et sa frustration, déjà renforcées par la sensation d'une vie débutée une quinzaine de minutes plus tôt.

Il passa outre. S'il avait une histoire, une identité, il ne pouvait en avoir la certitude et trop y réfléchir ne ferait que le confondre davantage. Là était son unique conviction, aussi prit-il la décision de quitter les appartements du général et de partir vers l'inconnu.

Dehors, le ciel était dégagé et, bien que le printemps fût encore jeune, le soleil était déjà chaud dans la région ; ses rayons embrasaient le sol pavé de pierres blanches légèrement couvertes de sable. Le vent véhiculait quelques puanteurs, des odeurs de viandes par trop longtemps laissées à l'air libre et que les vers auraient investies pour un ultime festin. Et cela ne semblait nullement déranger la populace qui vaquait à son quotidien, dans cette rue bondée de gens et de commerces où chaque individu paraissait hostile.

L'étranger aux yeux rouges referma la porte derrière lui. Après un regard sur les environs, il se fondit dans la masse et marcha d'un pas lent. Comme dans les appartements de Yul, tout ce qu'il voyait pour la première fois lui semblait à la fois nouveau et familier.

Tandis qu'il se frayait un chemin entre les foules, vint en face un groupe d'aventuriers dont le meneur, un grand fenril aux oreilles coupées, ne déambulait dans les rues que pour trouver des adversaires à se mettre sous les crocs. Tous ceux qui croisaient la route de cet homme-loup imposant et de ses acolytes humains ressentaient leur malice, si bien que la crainte de servir de défouloir les forçait à s'écarter de leur passage. Seul l'étranger aux yeux rouges les ignora, jusqu'à ce que le fenril lui donne volontairement un coup d'épaule.

Ils se firent face.

Plus petit d'une tête, l'étranger aux yeux rouges dévisagea son agresseur sans un mot, sans ciller. Le fenril fut bien vite déstabilisé par la froideur sauvage de son regard. Ou bien était-ce ni plus ni moins que de la curiosité ? Quoi qu'il en fût, il n'y vit aucune animosité, aucun désir de se battre. Aucun adversaire viable ; ce n'était pas ce qu'il recherchait.

Un grognement de résignation et c'en fut terminé, le fenril reprit sa route, suivi de près par ses acolytes qui tentèrent d'intimider le jeune homme par de pathétiques airs de durs à cuir. De marbre, celui-ci les observa s'en aller. Enfin, il reprit son exploration.

À peine eut-il fait dix pas qu'il s'arrêta de nouveau, interpellé par ce qui croupissait dans une ruelle perpendiculaire. Cinq hommes et femmes étaient affalés à l'ombre des bâtiments. Deux respiraient encore, faiblement, les autres gisaient, couverts de mouches. Il les examina sans rien éprouver… puis vint le dégoût. Bouleversé par cette scène sans vraiment comprendre l'ampleur et la cause d'une telle déchéance, néanmoins inondé par un profond sentiment d'injustice et de tristesse, il commença à ressentir la colère. Cette myriade d'émotions le décontenança au point qu'il fut pris de nausées, jusqu'à ce qu'une voix féminine, douce et mélodieuse, attire son attention :

— Ils sont malades. Ils vont bientôt mourir.

Il leva la tête. C'était une jeune femme au visage fin et triangulaire, aux cheveux auburn et lisses, courts et coiffés de façon méthodique. Trois anneaux joliment ouvragés pendaient à son oreille gauche, deux autres à la droite. Vêtue d'une veste longue, d'une culotte courte et serrée enfilée par-dessus des collants et d'une paire de fines bottes, elle se distinguait du reste de la foule par ce petit côté excentrique qui lui donnait un charme assuré. Elle était radieuse, pleine de vie et son regard vert menthe inspirait confiance et détermination.

Tous les sentiments négatifs furent abandonnés pour laisser place à l'émerveillement et au plaisir. L'étranger aux yeux rouges sentit son cœur battre plus fort.

— C'est triste, mais on ne peut rien y faire, poursuivit la jeune femme qui considérait les miséreux de la ruelle. Quand bien même le roi serait quelqu'un de bon, ça ne changerait rien. (Elle se détourna des malades et offrit son magnifique sourire à l'inconnu.) C'est la première fois que tu viens ici ?

Il resta béat d'admiration, étreint par un sentiment de bien-être ; à la différence de toutes les personnes croisées jusqu'alors, cette fille était la seule à ne pas le laisser indifférent.

— Ça va ? s'inquiéta-t-elle. Tu es bizarre. On croirait que tu n'as jamais vu de femmes de ta vie.

— Je… Je n'en sais rien, répondit-il en baissant les yeux.

— Tu n'en sais rien ? Aurais-tu perdu la mémoire ?

Le silence lui fit comprendre qu'elle visait juste.

— Ce sont des choses qui arrivent, enchérit-elle. Ne t'en fais pas, tes souvenirs finiront bien par refaire surface. Un ami a eu le même problème, il lui a fallu un mois entier pour que sa mémoire lui revienne… Mais elle est revenue !

Il espérait qu'elle ait raison. Malgré son bref vécu, il pouvait au moins attester que la privation de son identité était un véritable handicap.

Consciente de la gêne qu'il éprouvait, la jeune femme ne put s'empêcher de vouloir l'aider. Elle chercha un moyen d'apaiser ses tourments, jusqu'à ce qu'une idée lui vienne. Elle lui prit la main, un sourire toujours plus charmant aux lèvres.

— Moi, c'est Mayline. Viens, je vais te montrer quelque chose.

Sans lui laisser le temps de répondre, elle l'entraîna et le conduisit devant une grande oasis, cinq cents mètres plus loin. Entouré de maisons un peu plus luxueuses que la plupart des habitations de la ville, le point d'eau accueillait de nombreux baigneurs. Une bande sableuse de plusieurs mètres de large, garnie de palmiers, le ceignait et le séparait du sol pavé. Au centre de l'eau, les restes d'une statue se dressaient sur un piédestal décoré d'une plaque dorée qui affichait l'inscription : « *Odin, Père de nos pères* ».

— Regarde, dit Mayline.

Le jeune homme observa l'oasis et l'édifice en ruine, sans vraiment comprendre ce qu'il devait y voir.

— Mon père m'a raconté que cette statue d'Odin resplendissait quand j'étais gamine, mais je ne m'en souviens pas. Kalar, notre roi actuel, l'a détruite un peu avant de s'emparer du trône par un coup d'État, il y a treize ans. Enfin, si on peut appeler ça un coup d'État…

— Qui est Odin ? demanda-t-il sans prêter attention à la dernière remarque, plus intrigué par ce nom qui lui paraissait si familier.

— Tu l'ignores ? s'étonna-t-elle avant de se rappeler l'amnésie et d'excuser son oubli. Odin est le premier dieu à avoir régné sur Midgard, le Royaume Divin, et par extension sur Lanvaril, notre monde. Il représente la sagesse, la force et le respect, aussi la peur et la guerre. Il est le symbole de toute chose, notre Père à tous. Enfin, c'est ce qu'en dit la religion.

Le jeune homme continua d'observer la statue. Mayline l'impressionnait par sa culture, même si ce n'était pas difficile en raison de sa condition.

— Viens ! dit-elle en lui agrippant de nouveau le bras.

Sans broncher, il se laissa embarquer jusque dans un grand bâtiment tout proche d'ici. Spacieux, le lieu regorgeait d'ouvrages. Il y avait là de bonnes odeurs de bois verni et de vieux parchemins. La lumière du soleil filtrait par de hautes fenêtres et révélait le léger voile de poussière qui flottait dans la salle.

Le vieux gérant de la bibliothèque salua Mayline, geste qu'elle lui rendit avec gaieté. Elle emmena son partenaire à une table où elle l'invita à s'asseoir, alla fouiller dans les rayonnages et revint avec un épais ouvrage. La reliure de cuir arborait des finitions argentées et des lettres en italique étaient inscrites dessus.

— *Géographie de Lanvaril* ? lut-il le jeune homme, interloqué par ce nom qu'il avait entendu un peu plus tôt sans toutefois le relever.

— Au moins, tu sais encore lire, remarqua-t-elle avec enthousiasme avant de se rendre compte que le compliment pouvait ne pas en être un. (Elle se racla la gorge.) Notre monde, comme je te l'ai dit tout à l'heure. Lanvaril est une des nombreuses créations d'Odin.

Elle ouvrit le livre, tourna rapidement les premières pages et s'arrêta sur une carte du monde dessinée à la main. Le tracé y était minutieux et la richesse des détails surprenante.

— Il existe en Lanvaril trois continents et de nombreuses îles, expliqua-t-elle. (Elle pointa du doigt l'immense terre qui occupait la moitié gauche.) Le premier continent, le plus grand, c'est la Risolt. La coupure du milieu représente la séparation qui s'est faite lors de la Tragédie de Sholan. Elle a été baptisée « détroit de Gomsir », à cause du petit État indépendant du même nom qu'elle traversait. L'État de Gomsir a su rebondir sur le drame en construisant un pont pour réunifier le continent. Une ville est née autour de l'édifice afin de faire office de péage et des murs ont été érigés en bord de falaise, sur toute la longueur du détroit, pour en obtenir le monopole. Grâce aux taxes de passage, la ville a prospéré et s'est développée jusqu'à couvrir la totalité du territoire initial de Gomsir et plus encore. Aujourd'hui, Gomsir est devenu une cité-État et c'est la ville la plus imposante et la plus importante de Lanvaril, autant sur le plan économique que sur les plans social et militaire, ce qui en fait l'actuelle Capitale du monde.

L'explication terminée, qu'elle considéra après coup comme un peu longue, elle regarda l'étranger aux yeux rouges. Elle apprécia le fait qu'il l'écoutait avec attention et en fut même soulagée, plus encore lorsqu'il la questionna à propos de la Tragédie de Sholan. Elle lui apprit qu'il s'agissait d'une explosion magique survenue à Sholan, Capitale du monde au cours de l'ère précédente ; un évènement qui causa de nombreux changements en Lanvaril. Puis elle revint à la carte et désigna la région de la moitié supérieure de la page de droite.

— Le deuxième continent s'appelle Vergam. À l'époque une terre unie, la Tragédie de Sholan l'a brisé en trois, après quoi chaque partie a reçu un nom distinct, bien que l'appellation « Vergam », pour désigner l'ensemble, reste en vigueur. À gauche, c'est Gallatriel, le berceau des elfes blancs et des elfes noirs. Celle du bas, c'est Vérésil, une étendue de terres sauvages. Seule l'extrémité sud est civilisée, occupée par Lonide, la Cité des Mages ; l'endroit est sans cesse sujet aux ouragans et aux pluies de foudre, mais il n'y a pas grand-chose à craindre, un dôme magique protège la ville. Pour finir, il y a Maldenar, à droite, devenu le territoire de l'empire de Naskan. Les forces de Gomsir et des Pays Unifiés de la Risolt surveillent ce dernier de près depuis plusieurs années. De ce qu'on en sait, l'empire gonfle son effectif militaire à vue d'œil, peut-être en prévision d'une campagne de conquêtes ; il n'y a toutefois aucune preuve tangible qui justifie une intervention de Gomsir et des Pays Unifiés, raison pour laquelle ils se contentent d'observer.

Elle fit une pause, se massa la nuque, puis acheva son récit :

— Enfin, le petit continent en bas à droite, c'est Dinseliun, le nôtre. Et nous, on est juste ici, à Fladrr. D'ailleurs, autre conséquence de la Tragédie de Sholan, le continent est entouré d'une brume qui empêche tout appareil de voler en brouillant les systèmes électroniques, magnétiques et magiques. Pour l'instant, seuls les bateaux peuvent la traverser, parce qu'ils passent juste en dessous, mais ce n'est qu'une question de temps avant que les ingénieurs de Drezn ou ceux d'Esméry conçoivent un modèle d'aéronef hybride. Faut dire que c'est une technologie assez récente. Et bien sûr, il n'y a aucune autre nation dans le monde qui possède de tels engins, ajouta-t-elle non sans fierté. Petit continent, peut-être, mais grande classe, hein ?

Il la regarda droit dans les yeux, sans ciller, puis examina la carte plus en détail. Si les explications s'amoncelaient un peu vite à son goût, il ne fut pas moins satisfait d'en apprendre plus sur ce monde dans lequel il évoluait. Cela ne raviva pas sa mémoire, bien entendu, mais endigua un peu la frustration causée par l'amnésie. Et il lut et relut jusqu'à retenir le nom des royaumes, des pays et des empires, de leurs capitales, celui des régions, des lieux importants, des océans et des fleuves, des rivières. Enfin, il s'attarda sur le blanc qui occupait le centre de la carte, à la jonction entre les deux pages. Des traits cernaient la zone et représentaient une sorte de cyclone. L'ensemble portait le nom de Vents de Démétriel.

— Pourquoi n'y a-t-il rien ici ? demanda-t-il.

— Parce que la zone n'a encore jamais été explorée, confessa Mayline. Les Vents de Démétriel sont si forts qu'aucun n'est jamais parvenu à les franchir pour voir ce qu'ils renferment. Tous les navires qui ont tenté leur chance ont été balayés et entraînés dans les fonds marins…

plus ou moins comme les cavaliers volants et leurs montures ailées aussi diverses soient-elles. On ne sait même pas si ces vents ont toujours été là ou s'ils sont une énième conséquence de la Tragédie de Sholan.

La curiosité du jeune homme s'éveilla un peu plus. Sans raison apparente, ce mystérieux endroit l'attirait.

— Tu connais Héléna Jewell ? s'enquit Mayline. (Elle rit.) Suis-je bête, bien sûr que non. Mademoiselle Jewell est la plus grande scientifique et inventrice de tous les temps ! C'est justement elle qui a créé les aéronefs de Drezn. Elle travaillait ici avant de disparaître, il y a plus de trois ans ; son appareil se serait écrasé en haute mer au large des côtes de Serfall, à cause du brouillard qui entoure Dinseliun. Les journaux disent qu'il y a beaucoup de typhons, là-bas, et qu'ils n'ont jamais trouvé de traces du vaisseau et de son équipage. Mais moi, je crois qu'elle est toujours en vie, quelque part, et qu'ils n'ont simplement pas employé tous les moyens nécessaires pour la secourir. Parce qu'un génie comme elle, ça ne peut pas mourir comme ça ! Enfin, j'espère…

» Bref ! Dans un mois, j'aurai dix-sept ans, je pourrai entrer à l'académie militaire et me spécialiser dans le pilotage d'aéronefs. Une fois mes classes terminées et mon diplôme en poche, il me restera trois ans à tirer en tant que pilote avant de pouvoir passer le concours des officiers. Si je le réussis, je deviendrai capitaine de mon propre vaisseau, comme le célèbre Ash Sten d'Esméry ; je l'admire, c'est le meilleur ! Après ça, je m'arrangerai pour partir à la recherche de mademoiselle Jewell et, quand je l'aurai retrouvée, je travaillerai avec elle pour percer le mystère qui se cache derrière les Vents de Démétriel. Je suis prête à parier qu'un tas de trésors ne demandent qu'à y être découverts !

Captivé, le jeune homme l'écoutait avec un intérêt toujours plus grand. L'enthousiasme et l'optimisme dont elle faisait preuve le fascinaient.

— Cet endroit t'intéresse aussi, affirma-t-elle quand elle perçut son engouement. Si ta mémoire ne te revient pas et que tu ne sais pas où aller d'ici là, tu pourrais venir avec moi. Enfin, si ça te branche.

Les nombreuses possibilités qui s'offrirent soudain à elle s'ils restaient ensemble lui effleurèrent l'esprit. Elle fut embarrassée, elle avait parlé sans aucune arrière-pensée mais n'avait pas anticipé le fait que ses propos pouvaient être mal interprétés. Elle rougit à mesure qu'elle plongeait son regard dans celui de l'étranger. Puis elle se rasséréna ; au fond, elle se moquait bien qu'il eût pu comprendre de travers.

Après une courte réflexion, le jeune homme signifia son accord d'un hochement de tête. Mayline s'en réjouit, jusqu'à ce qu'elle remarque l'horloge accrochée au mur.

— Dix-huit heures ? Mince, déjà ! Je suis en retard ! Pardon, je dois filer en vitesse, sinon je vais prendre un sacré savon. Je t'attendrai demain midi, devant la statue d'Odin. Sois à l'heure !

Une fois de plus sans lui laisser le temps de répondre, elle quitta les lieux. Le jeune homme se frotta la tête ; cette fille était aussi touchante qu'insaisissable.

Après avoir lu quelques pages supplémentaires du livre de géographie, il se leva et partit à son tour. Quand il fut près de la porte, le gérant lui adressa la parole :

— Mayline est une fille unique en son genre, vous ne trouvez pas ? Elle est jolie, joyeuse, énergique. Et intelligente, par-dessus le marché. Le genre qu'on ne voit pas souvent ; pas dans ce quartier, en tout cas. Crois-moi, des prétendants, elle en a beaucoup, mais aucun n'a réussi à lui taper dans l'œil comme tu l'as fait. Alors, ne gâche pas ta chance, mon jeune ami.

Il ponctua son conseil d'un clin d'œil. Ne sachant quoi dire, le jeune homme se contenta de le fixer du regard. Et il s'en alla, laissant un gérant un peu surpris.

— Curieux personnage, marmonna le vieil homme.

Porté au gré de ses pas, l'étranger aux yeux rouges déambulait dans les rues depuis plus d'une heure lorsqu'il atteignit le quartier militaire, flanqué contre le mur d'enceinte nord-est et isolé du reste de la ville par une grande avenue. Bien que les différentes entrées en fussent gardées, la zone n'était pas restreinte d'accès en journée, aussi n'eut-il aucune peine à passer le poste de garde. Néanmoins, l'endroit était peu fréquenté par les civils et, par conséquent, fort paisible si l'on omettait les lointains échos des soldats en plein entraînement.

Il marcha encore deux bonnes minutes, bifurqua à deux reprises et passa un nouveau porche avant d'accéder à une vaste zone dégagée et légèrement surélevée, délimitée par de basses barrières. S'y épuisaient de nombreux guerriers vêtus d'uniformes ou d'armures noires, à l'arc, la lance ou l'épée, sur des pantins ou contre leurs pairs. Plus loin encore, le terrain était modelé en un véritable parcours du combattant. Une autre partie des lieux était, quant à elle, réservée aux manœuvres de guerre. Et les voix des instructeurs s'élevaient pour vociférer ordres et critiques acerbes.

L'étranger se planta au coin de la zone, près des barrières, et observa. Tout à coup, un mouvement attira son regard sur sa gauche, où le chemin se poursuivait et replongeait à l'ombre des bâtiments ; surgi d'une ruelle perpendiculaire, un jeune soldat s'était heurté au mur. Trois autres suivirent, l'un d'eux l'attrapa et le fit tomber à terre. L'étranger considéra la scène une poignée de secondes avant qu'un nouveau sentiment d'injustice le secoue.

Il s'approcha.

— Et qu'est-ce que tu vas faire ? cracha le plus grand des agresseurs à sa victime. Rapporter aux capitaines ? Aux généraux ? Ou à ce fumier de roi, qu'on nous envoie dans la fosse aux tortures ? Réponds !

— C'est bon, j'dirai rien, gémit le conscrit au sol.

Le grand soldat lui donna un coup de pied dans les côtes, sans lui faire grand mal grâce au plastron qu'il portait.

— Mon cul ! Tu crois pas qu'on a déjà assez morflé comme ça, hein ? Tu sais ce que ça fait d'être traîné de force hors de chez soi pour servir de viande fraîche dans des guerres qu'on n'a pas demandées ? Parce que faut pas se leurrer, si on est de plus en plus à faire nos armes depuis une dizaine d'années, c'est pas juste pour défendre le royaume. On n'est pas stupides, on sait que Kalar prépare une campagne de conquêtes.

— Ça va, j'ai compris ! J't'ai dit que j'balancerai pas. J'm'en fous si vous tirez au flanc, moi.

— La ferme ! gronda le grand soldat en le frappant du talon à la tête.

— Laisse-le partir, Dany, il ne parlera pas, dit le deuxième du trio. Il a son compte.

Le troisième se moqua du conscrit en imitant les pleurs d'un enfant, puis il le cogna à son tour, entre les jambes, là où les protections étaient faibles ; le jeune soldat se recroquevilla, le souffle court.

— Y a pas moyen qu'il parte, objecta-t-il. On va se faire baiser à coup sûr. T'as peut-être envie de finir ta vie en cage, mais pas moi.

— Et encore, la cage est le meilleur des scénarii, assura le deuxième.

— Raison de plus pour le saigner.

— Nous en veux pas, bleu-bite, fit Dany, mais on prendra pas le risque de te laisser cafarder.

Il tira son épée, s'approcha du conscrit qui supportait avec peine la douleur à l'entrejambe, leva son arme.

— T'es qui, toi ? grogna le troisième.

Intrigué, Dany interrompit son geste, se retourna et vit ses deux camarades faire face à un homme qui venait d'un pas rapide. Le troisième dégaina et s'interposa, l'étranger lui asséna un coup de poing au visage, lui saisit le poignet armé, le tordit, subtilisa son épée et termina par une balayette qui fit tomber le soldat sur le dos. Il s'avança vers le deuxième qui levait les mains pour signifier son refus de se battre et le chassa d'un coup de pied dans l'abdomen.

— Vous êtes sérieux ? s'offusqua Dany.

Il chargea et fit une estocade. L'étranger l'évita d'un pas sur la gauche, pivota, lui attrapa l'arrière de la tête et l'écrasa contre le sol. Puis il le retourna du pied.

Le grand soldat un peu hébété sentit la pointe d'une lame lui chatouiller la gorge avant de la voir. Il n'osa pas déglutir. Des sueurs froides coulèrent sur son front quand il leva les yeux sur celui qui le dominait ; avec l'ombre des bâtiments, le contre-jour et l'angle sous lequel il le regardait, son bourreau ressemblait à un démon. Une impression qui se renforça lorsqu'il aperçut le rouge vif de ses yeux.

— C'est bon, tout doux, lança le deuxième du trio qui s'était relevé. On s'en va, alors laisse-le.

L'étranger le considéra puis porta son attention sur la recrue qui avait bien failli perdre la vie. Une fois de plus, le sentiment d'injustice se transforma en colère. Cette fois cependant, il refusait de ne rien faire. Il se tourna de nouveau vers le premier agresseur, celui qu'il tenait à sa merci. Et sa lame de lui percer la gorge. Dany écarquilla les yeux. Ses deux compères s'effarèrent et, lorsque l'épée à la pointe ensanglantée les désigna, ils s'enfuirent à toutes jambes.

— Arrête ! supplia le conscrit. Laisse-les partir…

Sur le point de les pourchasser, l'étranger fit volte-face. La sincérité perceptible dans le regard du jeune soldat eut tôt fait de le ramener à la raison. Il prit alors conscience de son acte et, si d'avoir tué pour la première fois le laissait indifférent, les capacités qu'il venait de démontrer le rendirent perplexe. Car il savait se battre.

Se le dire réanima la question de son identité, son incapacité à se souvenir rappela la frustration.

Le jeune soldat se planta devant lui et secoua la main pour attirer son attention.

— Viens, restons pas là, ça va barder si on nous trouve avec lui.

Il jeta un œil vers le terrain d'entraînement. Même si tous ses frères d'armes étaient occupés et n'avaient vraisemblablement pas remarqué les deux fuyards, qu'un soldat et un civil quittent ensemble l'ombre des bâtiments demeurait suspect. Il regarda à l'autre bout de la ruelle ; personne, mais cela conduisait à la cour du quartier des officiers.

Il lorgna son défunt camarade dont le sang se repandait entre les pavés.

— Je sais !

Il commença à lui ôter l'armure, l'étranger ne broncha pas.

— Eh ! Reste pas planté là ! fit le jeune soldat. Aide-moi !

Et l'étranger de l'assister.

Le col de la cuirasse et l'épaulière gauche nettoyés du sang qui avait goutté dessus, l'inconnu enfila les protections ; par chance, lui et sa victime faisaient la même taille. Les deux compères traînèrent le corps dans la ruelle perpendiculaire et le déposèrent dans une benne à ordures. Ils prirent soin de le recouvrir de déchets.

— J'espère que personne va l'trouver d'sitôt, dit le jeune soldat quand ils eurent achevé leur besogne. Sinon, j'suis mal…

— Les deux autres, rappela l'étranger.

Le conscrit le considéra un instant.

— Ouais, j'suis vraiment mal, s'alarma-t-il. J'aurais mieux fait de t'laisser les tuer aussi…

Il respira profondément, puis retourna dans la rue où le crime avait été commis. Il fit de son mieux pour effacer le sang qui avait goutté sur les pavés et le sable.

— Bon, ça d'vrait l'faire. Allez, suis-moi et marche à mes côtés, lança-t-il à son camarade d'infortune.

Agissant comme s'ils patrouillaient, ils gagnèrent le carrefour par lequel l'étranger était arrivé. Ils allèrent jusqu'à l'entrée du quartier militaire où deux soldats surveillaient les allées et venues. Le conscrit et son compère s'arrêtèrent à vingt mètres de là.

— T'es entré par ici, tout à l'heure ? (L'autre lui fit signe que oui.) C'est les mêmes gardes ?

L'étranger les examina et acquiesça. Alors, le jeune soldat le pria de l'accompagner et de le laisser gérer la situation.

— On vient pour la relève, fit-il à quelques pas des gardes.

— Déjà ? répondit l'un d'eux.

— Faut croire.

— Mais pourquoi ? Il y a un problème ?

— J'en sais rien. J'obéis et j'pose pas d'questions, comme on m'l'a appris. J'tiens pas à récurer les latrines ou à finir au trou pour cause d'insubordination.

— Ouais, c'est clair, lâcha le deuxième garde en bâillant. J'ai eu le malheur de demander au capitaine Tuksi pourquoi il m'ordonnait de surveiller la salle de la carte du monde, l'autre jour ; résultat, je me suis retrouvé à racler la merde pendant une semaine.

— Bon, bah, s'il faut y aller…, dit le premier. De toute manière, la journée est presque terminée et on campe ici depuis ce matin. Allez, amène-toi ! On va se boire une pinte ou deux à *La Taverne de Jolly*. J'ai repéré une petite donzelle, là-bas, un cul de déesse !

Et tandis que le deuxième riait de la remarque, ils s'éloignèrent, laissant le poste de garde et l'accès sud-ouest du quartier militaire sans autre surveillance.

Soulagé d'avoir réussi à les berner, le jeune soldat expira bruyamment. Il se tourna vers son camarade.

— Entre là-d'dans et laisses-y l'équipement, j'irai le ranger.

L'étranger lui répondit par un signe de tête et partit se délester du fer dreznien.

— Au fait, j'm'appelle Dex, fit le conscrit au retour de son compère. Merci d'm'avoir aidé, tout à l'heure. J'te dois une fière chandelle. J'viens d'entrer dans l'armée et j'dois avouer qu'c'est pas facile, surtout qu'y en a beaucoup qui sont pas là de leur plein gré. En même temps, j'peux bien comprendre les fils de paysans qui s'font embarquer de force pour agiter une épée au bon plaisir du roi. Comme les gars qu't'as… Enfin, t'as compris.

L'étranger ne répondit pas. Il ne lui prêtait d'ailleurs aucune attention. Dex le crut impoli, puis il remarqua que quelque chose clochait. Il insista et parvint à le tirer de ses pensées ; le regard de l'étranger baignait dans l'incertitude et la crainte.

— Ça va ? s'inquiéta Dex.

L'étranger chercha ses mots. Un goût amer emplit sa bouche. Suivit une intense douleur à la tête, comparable à des coups de marteau, qui se propagea très vite dans l'ensemble du corps. Il vira de l'œil et chut.

Chapitre 14

Souvenirs – Halfiel

Les couloirs du château de Fladrr étaient mal éclairés, cela ne gênait pourtant pas sa progression. Il marchait avec assurance dans cette pénombre si familière. Ses longs cheveux, attachés d'une bague épaisse et de plusieurs anneaux, balançaient à chacun de ses pas. Un médaillon sur lequel étaient représentés deux corbeaux ornait son cou, un bien auquel il tenait plus qu'à la prunelle de ses yeux. Quant aux deux dagues sans garde et serties d'une petite pierre précieuse qu'il portait à la ceinture, elles étaient fines et élégantes, forgées par un maître forgeron elfe et enchantées pour ne jamais s'émousser ; des lames d'une valeur inestimable qu'il avait acquises au cours d'une chasse au trésor en solitaire, deux ans auparavant.

De plus en plus nerveux à l'approche du lieu de rendez-vous, ce qu'il dissimulait pourtant d'une façon remarquable, il pénétra dans les quartiers privés du roi et se dirigea vers la salle à manger ; il connaissait le chemin, il y avait été invité à sa première entrevue. Il poussa la porte, entra et découvrit Kalar assis à l'autre bout d'une table garnie de plats de légumes et de céréales délicatement cuisinés, ainsi que de coupes de fruits.

Il le salua d'une révérence, le roi l'ignora.

Ni courtoisie, ni politesse, ni même un regard ? En vérité, cela lui importait peu. Il n'était venu que pour rendre compte de son affaire et empocher la prime, afin de repartir sur les routes sans tarder. Pour peu que le roi daigne le payer comme convenu, ce dont il doutait depuis quelque temps.

— Je vous attendais, mon cher Lenohan, déclara Kalar après coup. Joignez-vous à ma table, je ne pourrai avaler seul tant de nourriture. Je n'aime pas gâcher la nourriture, ajouta-t-il sèchement.

Seïk accepta l'invitation et tira une chaise. Le ton un brin irrité du souverain l'y incitait et il connaissait assez la réputation de cet homme pour ne pas vouloir le froisser.

— Donnez-la-moi, dit le roi.

Seïk sortit d'une de ses poches une bague ornée d'une pierre noire. Kalar tendit la main et la fit voler à lui par magie. Un sourire fou se dessina sur ses lèvres, plus que satisfait par cette acquisition alors qu'il la contemplait. Seïk, lui, se retint de montrer la moindre surprise face à cette petite démonstration de pouvoir.

— Bien, bien… Parfait ! Seïk Lenohan, je dois avouer que vous êtes à la hauteur de votre réputation.

— Vous m'honorez, mentit-il.

Il pensa poser une question qui lui brûlait les lèvres au sujet de la bague, mais n'en fit rien. Il était sûr d'une chose : moins il en savait, plus grandes étaient ses chances de quitter ce château en vie. S'il avait accepté le contrat que lui avait proposé Kalar, il ne l'avait pas fait de son plein gré. Cela allait de soi que le roi ne l'aurait pas laissé vivre longtemps s'il avait refusé.

— Mangeons, insista Kalar quand il en eut assez d'admirer son trésor. Je vous payerai plus tard. Profitez de ce repas, vous l'avez mérité.

Seïk pressentit la frasque. L'homme qu'il avait en face de lui, en plus d'être réputé pour son sadisme et son imprévisibilité, n'était pas connu pour ses actes désintéressés ni pour sa générosité. Se voir ainsi offrir un tel festin cachait donc une fourberie. Toutefois, refuser l'invitation lui était impossible s'il escomptait vivre encore de longues années. De plus, il avait faim, son dernier repas remontait à la veille. Alors, en silence, il rompit le pain posé devant lui et se servit dans plusieurs plats. Le roi l'imita et commença à manger le premier. Il claqua des doigts, un servant vint aussitôt remplir les verres de vin frais. Dès que l'homme quitta la pièce, Kalar saisit sa coupe et la leva en direction de son invité.

— À votre réussite, mercenaire, ainsi qu'à nos futures collaborations. Vous êtes doué, je le pense sincèrement. J'aurai recours à vos services dans un avenir proche. Soyez assuré que vous serez allègrement payé, davantage même que pour le présent contrat.

Seïk l'imita.

— Ce sera avec plaisir, mentit-il une fois de plus.

Et ils burent d'une traite avant de poursuivre la dégustation.

Au bout d'une minute à peine, le mercenaire fut pris de nausées. Ses paupières devinrent lourdes. Ses mains s'affaiblirent tant qu'il lâcha son bout de pain et sa fourchette. Luttant contre la fatigue, il leva les yeux vers Kalar dont la satisfaction et le plaisir grandissaient à mesure que la santé de son invité se dégradait.

— Ordure, articula-t-il tandis qu'il comprenait pourquoi le roi avait offert ce repas. Vous m'avez… Vous… Vous m'a…

Son corps s'engourdit au point qu'il fut incapable de parler. Sa respiration se coupa. La température sembla monter en flèche. Il regarda son hôte, furieux d'avoir été conduit dans un piège évident et pourtant inévitable. À bout de forces, son corps se relâcha et sa tête plongea dans l'assiette encore pleine.

Kalar se leva, marcha jusqu'à son invité, lui dégagea les cheveux et porta une main au-dessus de sa nuque. Il la retira, vérifia le sceau qu'il venait d'apposer ; le tatouage d'un serpent se mordant la queue marquait l'homme. Satisfait de ce sort qui allait entretenir les effets du poison et garder le mercenaire inconscient pendant de longues semaines, tout en le préservant d'une mort certaine, il retourna à sa place et prit la bague.

— Et un de plus, marmonna-t-il dans une douce euphorie.

Perdu dans sa contemplation et loin de son invité, il ne remarqua pas que le sceau du sort qu'il venait de lui apposer s'effaçait, laissant place à une cicatrice formant une croix entourée d'un cercle. Il n'eut d'ailleurs pas le temps d'y prêter attention, interrompu par l'entrée d'un de ses généraux. Doté d'une élégante armure de cuir, ce dernier avait des cheveux couleur lavande coiffés en crête. Plusieurs anneaux pendaient à ses oreilles, un à son nez entre les narines et un autre décorait son sourcil gauche.

— Vous m'avez mandé, Votre Altesse ?

Le roi leva les yeux de son bijou, l'air un peu déçu et agacé de ne pouvoir s'abandonner comme il le souhaitait à l'appréciation de sa nouvelle acquisition.

— Xol… Pars demain à la première heure pour la Farnoll. Rase tout et ne laisse aucun survivant, je veux qu'il ne reste rien de ce royaume. Que ces idiots servent d'exemple au monde entier, que tous apprennent ce qu'il en coûte de s'opposer à moi. Une alliance avec Drezn ne se refuse pas ! s'énerva-t-il brièvement en frappant la table du poing.

— Il sera fait selon vos désirs, s'inclina le général Xol.

— Emporte autant d'hommes et d'aéronefs que tu jugeras nécessaires. (Il désigna Seïk.) Et prends cet idiot avec toi. Lâche-le dans ton sillage, non loin de la frontière avec l'Esméry, mais ne le tue pas.

— Son Altesse se livre-t-elle à un nouveau jeu ?

— Parlons d'expérience. J'aimerais voir s'il aura l'audace de venir se venger. Pour peu qu'il survive.

— Cela semble fort amusant. J'ose espérer que Son Altesse trouvera entière satisfaction dans les prochaines démarches de cet homme.

— J'en suis certain, dit le roi avec une gaieté sournoise.

— Avec votre permission…

Le général Xol courba l'échine une nouvelle fois et s'en alla pour revenir avec un soldat. Ensemble, ils emportèrent le mercenaire.

De nouveau seul, Kalar se tourna vers la cheminée animée d'un feu magique qui ne chauffait pas. Il se laissa involontairement hypnotiser et glissa dans quelques souvenirs d'une vie lointaine. Son regard devint mélancolique, l'espace d'un instant, avant que la fureur le gagne.

— N'essaye pas de te débattre, maugréa-t-il. Tu es ma chair et mon sang, tu es mien. (Il serra les poings.) Bientôt, ces stupides dieux et cet arbre pathétique n'auront d'autre choix que de reconnaître ma suprématie !

D'un geste ample et brusque, il balaya l'air de la main ; le feu de l'âtre fut soufflé par un ouragan, les chaises et la table valsèrent et se fracassèrent contre les murs, la porte d'entrée claqua et vola en éclats dans le couloir, et la pierre se fendit.

Au cœur des ténèbres, l'étranger aux yeux rouges errait.

Que cherchait-il ? Rien de particulier, il se contentait d'avancer.

Qui était-il ? Cette question lui effleura l'esprit et s'évanouit.

Où était-il ? Il s'en moquait, seul importait le sentiment de sécurité que le néant lui procurait.

Des visions volèrent dans son esprit. Des souvenirs. Il se rappela d'abord le général Moltanov, colère et confusion le dominèrent. Vinrent les malades de la ruelle à l'hiver de leur vie qui évoquèrent la peine, la tristesse et l'injustice. La douleur. Au troisième souvenir, il y eut le bien-être et la joie de vivre, insufflés par le doux sourire de Mayline. Émotions aussitôt suivies d'une gêne, une chaleur enivrante et insondable mêlée d'un incompréhensible intérêt pour cette jeune femme. Succédèrent la statue d'Odin, la carte de Lanvaril et les Vents de Démétriel, précurseurs de la curiosité et du désir d'aventures. L'image des trois soldats en train de maltraiter leur camarade. Terrible injustice, profonde colère. Le combat qui découla de cette rencontre, source d'excitation. La mort. Le visage de Dex s'immisça et invita la satisfaction, la conviction d'avoir accompli un acte juste. La paix. Naquit un sentiment de toute-puissance résultant de la victoire et de la révélation d'une force insoupçonnée. En découlèrent l'incertitude et l'exaltation ; encore cette question d'identité…

Au cœur des ténèbres, l'étranger aux yeux rouges désespérait. Que cherchait-il ? Qui était-il ? Et quel était donc cet endroit où régnait l'obscurité ?

Un bruit retentit, l'étranger ne le remarqua pas et demeura dans la tourmente de ses réflexions. Le son redoubla d'intensité et attira enfin son attention. Au troisième coup, il se distingua en une douce voix de femme.

— Halfiel, répéta la voix dans un écho. Mon enfant, mon appel te parvient enfin.

S'il comprit qu'on lui parlait, qu'il était ce « Halfiel », il ne réagit pas davantage.

— Halfiel, je n'ai que peu de temps, insista la voix. Tu dois trouver celui qui porte ta marque. Il a besoin de toi. Il dépend de toi !

L'étranger ne fit aucun commentaire. Il ne saisissait pas le sens de ces propos. Qui ? Où ? Comment ? Et pourquoi ? Son attention fut toutefois retenue par la respiration de cette douce voix. Elle était perturbée, nerveuse. Comme en proie à quelque démon.

— Trouve-le et offre-lui ta confiance, reprit-elle. Votre lien sera votre force, tout en dépend. Kalar, il… (Elle s'interrompit, eut un léger sursaut.) Les ruines ! dit-elle comme si elle se rappelait l'importance de ce lieu. Si tu veux tout savoir, viens aux rui…

Plus rien. Ce fut si soudain que le jeune homme crut comprendre la suite, l'espace d'un instant. Ce n'était pas le cas, bien entendu.

La lumière perça les ténèbres. Très vite, le terrain d'entraînement apparut sous les yeux de l'étranger. Dex se tenait au-dessus de lui, le visage crispé par l'anxiété.

— Allez, réveille-toi ! supplia le soldat. M'laisse pas comme ça, j'vais dire quoi aux supérieurs, moi, si on nous trouve comme ça ?

À mesure que l'étranger ouvrait les yeux, le curieux rêve passé se fragmenta. Les bribes s'amenuisèrent, s'effacèrent. Puis il oublia, à l'exception de son nom qu'il s'empressa de se répéter, comme pour s'assurer de ne pas perdre ce semblant d'identité.

Il s'assit et regarda autour de lui tandis que ses sens lui revenaient peu à peu.

— Halfiel, dit-il après plusieurs secondes.

— Hein ?

— Je m'appelle Halfiel.

— Content d'l'apprendre.

Il pencha la tête en avant et se massa la nuque. Sous ses doigts, de fines boursouflures retinrent sa curiosité. Lui aussi intrigué, le jeune soldat jeta un œil et découvrit une cicatrice en forme de croix dans un cercle, si parfaitement tracée qu'elle semblait ne pas être faite d'une main d'homme.

— J'sais pas qui t'a fait ça, mais il t'a pas loupé, commenta Dex. T'es marqué comme du bétail, mon gars.

Alors que Halfiel tâtait les aspérités de sa peau pour se représenter mentalement la chose, elle lui fut décrite. Il observa un silence. Évidemment, les questions se bousculèrent. Puis il se leva.

— Tiens, j'y pense, dit le jeune soldat. Tu voudrais pas entrer dans l'armée ? Vu comment tu t'bats, tu f'rais un malheur. Ça éviterait aussi à ces cons de rev'nir m'ennuyer.

— Je ne serai pas toujours là pour te défendre.

— T'es dur… Mais ouais, t'as raison. De toute façon, s'ils me dénoncent pour c'que t'as fait, ce s'ra le dernier d'mes soucis…

Ignorant les complaintes du jeune soldat, Halfiel considéra l'horizon et le soleil couchant, là où le ciel se peignait d'une chaude couleur peu à peu avalée par le bleu de la nuit.

Il fit face à Dex. Ce dernier fut désemparé tant son sauveur lui apparaissait différent : plus que l'attitude et la posture, c'était le regard d'Halfiel qui avait changé. Avant froid, sauvage et indomptable, il brillait à présent de force et de confiance. C'en était hypnotisant. Dex dut se forcer pour s'en détourner et cela lui rappela sa faiblesse au point que la honte l'envahit.

— Dénonce-moi, proposa Halfiel.

— Ouais, plus facile à dire qu'à faire, dit-il en regardant ses pieds. Au fait, tu viens d'où ?

Seul le bruit de bottes martelant le pavé répondit à la question. Dex observa le sombre guerrier s'éloigner de quelques pas et lever les yeux au ciel, vers les étoiles naissantes.

— Je l'ignore, avoua-t-il.

— Pas commode d'ignorer son passé.

Halfiel se perdit dans la contemplation des astres, écouta le chant des grillons. C'était agréable et apaisant.

Venue du quartier militaire, la voix forte et grave du général Moltanov tonna :

— Te voilà, maudit esclave !

Dex se retourna et se mit sitôt au garde-à-vous. Halfiel, lui, sentit la colère l'étreindre, comme un nouveau feu brûlant dans sa poitrine. Il n'en comprenait pas bien la raison et son instinct lui criait que cela aurait de fâcheuses conséquences, aussi ne la laissa-t-il pas le dominer. Après tout, sous le joug de cette émotion, il venait de tuer un homme.

— Mon Général ! s'exclama Dex avec un soupçon de crainte dans la voix.

— Que fais-tu ici ? fit Yul, le regard sévère. Va t'entraîner au lieu de perdre ton temps avec lui. Et où sont ces deux crétins qui montaient la garde ?

— Mon Général ! insista-t-il, cherchant ses mots pour que son sauveur ne subisse pas le courroux de ce type à la vilaine balafre. Pardonnez mon insolence, Halfiel m'a été d'une grande aide dans mon apprentissage. J'vous en prie, laissez-le partir.

Il s'inclina et crut que, pour avoir osé parler sans y être autorisé, Yul allait le cogner. Ou pire.

Le général se contenta d'observer le rescapé de l'Archipel des Dieux.

— Halfiel, hein ? Alors, comme ça, tu te souviens de ton nom ?

Il essaya de lui saisir le visage de son imposante main, Halfiel la chassa d'un rapide revers. Yul s'en trouva stupéfié ; personne, Kalar excepté, n'osait jamais le défier. Terrifié, Dex pensa un instant que c'en était fini de lui et du sombre guerrier, que le châtiment du général Moltanov allait s'abattre sur eux.

— Tu te souviens d'autre chose ? grogna le général à l'intention d'Halfiel. Tu peux me dire ce que tu foutais à poil sur cet îlot ?

Comme à leur première rencontre, il n'obtint pas de réponses. Cela l'agaça de plus belle. Il leva le poing pour le corriger et s'arrêta net, stoppé par la lueur féroce qui brillait dans les yeux d'Halfiel.

Yul se détendit, la tension baissa d'un cran.

— Même si tu ne parles pas beaucoup, tu as du répondant, petit. J'aime ça. Alors comme ça, tu as aidé un de mes hommes ? (Il regarda Dex.) Au rapport.

— Oui, Mon Général ! Trois soldats de deuxième classe m'ont agressé alors que j'revenais de la Chambre des Officiers. Ils désertaient l'entraînement et craignaient que j'les dénonce. Ils ont essayé d'me tuer. Halfiel est intervenu pour les chasser, aussi facilement qu'on chasse les mouches, Mon Général.

Il hésita à dévoiler toute la vérité. Il pensait que le général Moltanov ferait preuve d'une certaine clémence à son égard, au vu de leur relation particulière, mais il n'en était pas entièrement sûr. Après tout, même si ce dernier l'avait recueilli lorsqu'il était enfant, élevé pendant un temps puis offert un toit rien qu'à lui, un soldat était mort et un tel crime appelait la cour martiale. Pourtant, il valait mieux l'avouer maintenant, car attendre ne ferait qu'empirer la situation.

Quel dilemme…

— Parle, insista Yul qui percevait sa réticence. Quelle connerie as-tu encore faite ?

— J'vous d'mande pardon, Mon Général, répondit Dex soudain affolé. Un deuxième classe a… a…

— Je l'ai tué, déclara Halfiel avec un flegme divin.

Surpris, Yul le dévisagea. Dex s'effondra, terrifié par ce qui allait découler de cette révélation. Le général le regarda à son tour et attendit confirmation. Dex ne put qu'acquiescer alors que ses larmes commençaient à couler ; il était certain que son châtiment suivrait.

— Je n'ai vu aucun mort près de la Chambre des Officiers, parla Yul. Qu'avez-vous fait du corps ?

— On l'a mis dans la benne à ordures d'une ruelle pas loin, Mon Général. On l'a planqué sous les déchets…

— Dans la benne à ordures ?

À la stupeur du jeune soldat, Yul éclata de rire.

— Voilà une place parfaite pour un déserteur, dit-il. Relève-toi, crétin, et cesse de chialer. Tu es un soldat de Drezn, bon sang, pas un gamin de quatre ans qui vient de casser son jouet.

Il se tourna vers Halfiel, se gratta le menton, songeur, puis approcha son visage du sien.

— Si tu sais te battre, je veux le voir de mes propres yeux. Ce soir, tu te reposes. Demain, je t'emmène à l'arène. Nous verrons si tu te débrouilles aussi bien qu'il le prétend.

Son haleine fétide, assez nauséabonde pour achever un mourant, monta aux narines d'Halfiel. Ce dernier ne cilla pas et continua de soutenir le regard suffisant de son interlocuteur.

— Non ! protesta Dex. Vous pouvez pas…

Pour son impertinence par trop redondante, il reçut une violente gifle et tomba par terre. Le coup fut si fort que la forme du gantelet s'imprima sur la moitié gauche de son visage et que de fins traits de sang apparurent sur sa joue et sa pommette.

— Je t'ai déjà dit d'apprendre à rester à ta place. La prochaine fois…

La colère d'Halfiel redoubla ; c'en était trop ! S'il pensait avoir mal jugé cet homme de haute stature, il reconnut s'être trompé. C'était bel et bien un salopard, injuste et sordide. Il serra les poings et s'apprêta à le frapper lorsqu'il aperçut, du coin de l'œil, Dex qui le suppliait du regard de ne rien tenter. Au prix d'un grand effort, il jugula ses ardeurs.

Un grondement s'échappa du gosier de Yul.

— Bien, si vous avez terminé, nous en resterons là. Dex, rentre immédiatement chez toi. Quant à toi, tu me suis sans faire d'histoires, ajouta-t-il en appuyant son gros index contre le torse d'Halfiel. Il se fait tard et je ne tiens pas à ce que tu me montres de piètres performances, demain. L'arène n'est pas un endroit pour les mauviettes. Et estime-toi heureux que je t'offre le couvert ce soir. Si tu crois que je n'ai pas deviné ce que tu avais en tête…

Un regard sévère et il prit la direction de ses appartements.

— Pardon, larmoya Dex auprès de son sauveur.

Halfiel l'ignora et emboîta le pas au général. Peu lui importait ce qu'il affronterait le jour suivant, il ne le craignait pas. Il vaincrait, telle était la seule issue. Sinon, il mourrait.

De retour chez lui, le général Moltanov désigna à son pensionnaire le canapé du salon.

— Tu dors ici.

Il alla jusqu'au garde-manger de la cuisine et revint avec du pain frais et un bon morceau de lard qu'il lui lança.

— Avale ça.

Halfiel accepta la nourriture sans broncher. Son estomac commençait à crier famine et il découvrait la faim en même temps que la fatigue. Il dévora son repas en quelques bouchées. Assez rassasié, il s'allongea sur le canapé et ferma les yeux. Et il glissa dans le royaume des songes.

Chapitre 15

Souvenirs – Renaissance

Dans un sursaut, Halfiel se réveilla en sueur, désorienté. Il avait fait un mauvais rêve dans lequel le général Moltanov tuait Dex sous ses yeux et riait à pleins poumons. Sans attaches particulières vis-à-vis du conscrit, il éprouva malgré tout de la crainte, un sentiment alimenté par une injustice qu'il avait été, dans son rêve, incapable de contrer.

Il passa une main sur son visage pour ôter la sueur et se leva, affamé. Yul était attablé et profitait d'un copieux petit-déjeuner. Il semblait d'une humeur plus agréable et généreuse que la veille. Cette deuxième assiette bien remplie disposée en face de lui, destinée à son pensionnaire, en était la preuve.

— Viens t'asseoir et mange, l'invita-t-il sur un ton aimable. Les combats en arène commencent dans deux heures. Ce ne sera pas simple.

Des pommes de terre cuites, deux œufs durs, une tomate et de la salade, voilà qui suffit bien à remplir la panse d'Halfiel.

Sur conseil du général, il prit une douche. Sentir l'eau chaude couler sur sa peau, cette sensation de se débarrasser de toute impureté… C'était agréable. Aussi agréable que d'enfiler des vêtements frais et propres après s'être lavé. Mais pas autant que la compagnie de Mayline. En pensant à elle, il se rappela qu'elle lui avait donné rendez-vous à la statue d'Odin, à midi. Pour la première fois, il s'intéressa au temps qui passe et chercha à connaître l'heure. Et d'ailleurs, que signifiait « midi » ? Une question qui trouva réponse sitôt qu'il vit la petite pendule accrochée au mur, près du couloir de l'entrée. Sur l'affichage à vingt-cinq symboles où chaque signe représentait une heure de la journée, la plus petite aiguille se tenait entre le dixième et le onzième. La plus grande avoisinait le dix-neuvième. Halfiel se rasséréna, il n'était pas en retard.

— Tu sais lire l'heure ? interrogea Yul dont l'œil aguerri observait le jeune homme depuis sa sortie de la salle de bain.

— Il semblerait.

Et sans penser à rien d'autre que son rendez-vous avec la belle Mayline, il entreprit de sortir.

— Essayerais-tu de te défiler ? gronda Yul.

Halfiel se tourna vers lui.

— Je ne crains pas votre arène, si là est votre inquiétude.

— Tu es bien prétentieux pour quelqu'un qui ignore tout des dangers de ce monde. Tu sais peut-être te battre, quoique cela reste à vérifier, mais, à ta place, je resterais vigilant. Ceux qui combattent dans l'arène sont tout sauf faibles.

— Je dois sortir.

— Vraiment ?

Yul poussa un grognement, délaissa l'épaulière qu'il astiquait et quitta son vieux canapé pour aller fermer la porte d'entrée à double tour et en retirer la clef.

— Tu sortiras quand je te le dirai. Est-ce bien clair ?

Halfiel se tint devant lui, impassible mais bouillant de rage. Il avait jusque-là toléré le comportement toujours plus abject de cet individu et même accepté de combattre dans l'arène pour son bon plaisir. Mais qu'il l'empêche de revoir Mayline, son unique réel désir depuis qu'il avait commencé à se souvenir ? Hors de question !

— Pourquoi tiens-tu tant à partir ? demanda le général, suspicieux.

Cette question fit l'effet d'une douche froide. Halfiel réfréna sa colère et oublia son intention de se rebeller pour aller trouver la belle. Il redoutait tout à coup que Yul le suive, découvre l'existence de Mayline et l'utilise afin de le manipuler.

— Garde le silence si cela te chante, tu n'auras pas plus de chances de quitter cet endroit sans que je t'y autorise, défendit Yul alors qu'il retournait s'asseoir et reprenait sa tâche essentielle et méticuleuse.

Halfiel le fusilla du regard, ce que le général ne vit pas. Malgré l'amertume, il prit son mal en patience, bien qu'il se demandât pourquoi il lui obéissait une fois de plus au lieu de l'éliminer. Car se voir offrir un toit, de la nourriture et des vêtements, et même un point de départ, ne justifiait pas d'accepter le comportement exécrable de cet homme.

L'heure venue, le général Moltanov enfila son armure et accrocha son fléau d'armes à sa ceinture. Il y passa aussi une sacoche dans laquelle il rangea soigneusement la gemme encore lovée dans sa petite bourse. Puis il quitta ses appartements, le pas emboîté par son invité.

Quand les deux hommes passèrent devant cette ruelle de la veille, berceau des cinq malades en péril, le temps avait eu raison des derniers miséreux à l'agonie. Il y avait nettement plus de mouches, d'ailleurs. Certains corps, inertes depuis des jours, grouillaient de vers. Halfiel avait fini par accepter qu'on ne puisse pas les secourir, comme l'avait dit Mayline. Son sentiment d'injustice et son dégoût furent néanmoins aussi forts que le jour passé.

— C'est ce qui attend les idiots qui refusent de se soumettre au roi, commenta Yul. Rappelle-le-toi le moment venu si tu ne tiens pas à subir le même sort.

Halfiel garda le silence, donna l'impression d'approuver. En vérité, il ne comprenait pas pourquoi refuser la soumission justifiait de laisser des individus mourir ainsi.

Ils bifurquèrent au bout de la rue et atteignirent l'oasis où trônaient les restes de la statue d'Odin. Puisqu'ils étaient un peu en avance sur l'heure du rendez-vous, Mayline ne s'y trouvait pas encore. Halfiel eut un pincement au cœur de ne pas la voir, ce fut aussi un soulagement ; son hôte aurait pu faire le lien entre eux, surtout si elle l'avait interpellé. Conséquence du rêve de la nuit passée, il craignit même qu'il lui arrive malheur. Alors, il lorgna le général avec des yeux assassins et se jura que si ce fumier osait un jour lever la main sur elle, il le tuerait.

Halfiel se crispa avant de prendre conscience de son égarement. Il chassa ses noires pensées, des pensées qui l'effrayèrent un peu avant de reconnaître et de consentir à l'existence de ces nouvelles émotions que sont la peur et le désir de vengeance. Toujours poussé par cet instinct qui palliait à merveille son amnésie, il se rasséréna.

Les deux hommes poussèrent la marche près d'une vingtaine de minutes encore avant d'atteindre la large rue menant à l'arène. Ils aperçurent, au loin, les immenses portes de cette bâtisse où les foules s'agglutinaient. Le général Moltanov s'arrêta devant une grande maison, d'aspect plus riche que les autres habitations et au jardin clairsemé de palmiers.

— Pars devant et adresse-toi au garde, ordonna-t-il. Dis-lui que tu viens combattre en mon nom, il te laissera passer. S'il refuse, dis-lui que je le ferai fouetter. Ou décapiter, à toi de voir.

Il s'engagea dans la propriété privée.

— Je t'observerai depuis les gradins, ajouta-t-il après quelques pas. Si tu essayes de te soustraire…

Et il entra dans la maison. Déterminé à en finir dans l'espoir de retrouver Mayline au plus vite, Halfiel marcha vers l'arène.

La file des gladiateurs qui s'engouffrait dans l'immense hall se différenciait avec aisance de celle des spectateurs ; outre le port d'armes qui permettait de les reconnaître, ils avaient aussi, pour beaucoup, une allure différente des gens de Drezn, quand ils n'étaient pas simplement de race non humaine. Après tout, l'arène de Fladrr était célèbre. Qui remportait tous les combats du jour méritait amplement de se vanter de sa nouvelle notoriété.

De tout cela, Halfiel était peut-être le seul à s'en moquer. Il traversa l'immense hall, sans prendre la peine de s'insérer dans l'une des files d'attente. Il doubla jusqu'à la ligne de contrôle d'identité, ignora les protestations des concurrents. Au bout du chemin, il se planta devant un garde assez vieux dont l'épaisse moustache lui donnait un air aimable. L'homme, qui finissait de vérifier l'autorisation de passage d'un spectateur, le considéra de haut en bas.

— Je vous en prie, ne vous gênez pas, passez le premier, reprocha-t-il avec ironie. Allez donc faire la queue comme tout le monde ! Il n'y a pas de favoritisme, ici.

— Je viens combattre.

— Et vous croyez être le seul ? Vous attendrez votre tour, et je ne me répéterai pas !

— Le général Moltanov m'envoie.

— Des ennuis ? demanda un des deux soldats qui suivaient Halfiel pour l'appréhender depuis qu'ils l'avaient vu doubler.

— Encore un qui trépigne d'impatience à l'idée de mourir dans l'arène, informa le contrôleur. Et il prétend venir de la part du général Moltanov.

— Je crois qu'il dit vrai, déclara le deuxième soldat. Je le reconnais, c'est lui que le général a ramené de notre dernière mission.

— Vraiment ? fit le premier. (Il examina Halfiel.) On dirait que le général t'a à la bonne. Ou pas, ajouta-t-il sur un ton moqueur.

Le contrôleur regarda Halfiel avec compassion.

— Comme il dit. Soit tu es veinard au point de t'être attiré les bonnes grâces du général, soit tu es l'homme le plus malchanceux du monde. Enfin, ça ira pour cette fois, tu peux entrer.

Il s'écarta et le laissa passer. Alors que Halfiel s'éloignait, le contrôleur moustachu le héla d'un « Bonne chance ! » et reprit le travail.

Trois grands couloirs se succédèrent, le dernier déboucha sur une salle spacieuse où patientaient déjà nombre de participants. Certains discutaient, d'autres s'échauffaient en frappant des pantins de bois ou en tirant sur des cibles. Il y avait aussi une armurerie, à gauche, qui se prolongeait sur une forge ouverte sur l'extérieur. Pièces d'équipement, armes et boucliers étaient exposés derrière le comptoir, sur les côtés et devant, accrochés ou adossés aux murs, entreposés dans des paniers.

Des gladiateurs observaient la marchandise pour se refaire un attirail correct, tant celui qu'ils possédaient était obsolète face à la violence des combats de cette arène.

Tandis que Halfiel considérait ses potentiels adversaires, il arrêta son regard sur un homme-lézard aux écailles bleutées. Le jormund le remarqua bientôt et se mit à vociférer moult injures dans sa langue sifflante. Cela n'eut aucun effet sur Halfiel. Furieux que son intimidation échoue, le gladiateur chargea. Il fut intercepté par quatre gardes qui avaient anticipé la manœuvre. Il n'insista pas, se contenta d'une menace incompréhensible et tourna les talons ; il savait qu'il encourait un aller simple pour la fosse aux tortures s'il persistait.

— Brute sans cervelle ! gronda le capitaine de garde de la salle à l'intention du jormund.

L'homme, de grande taille, s'approcha d'Halfiel avec suspicion ; de son avis, ce gladiateur ressemblait davantage à un spectateur égaré.

— Vous n'êtes pas coutumier des combats en arène, je me trompe ?

Halfiel ne répondit pas et se méfia, ce que remarqua le Dreznien.

— Ne soyez pas tant sur la défensive, rit le capitaine, je ne vais pas vous manger. Si vous voulez un bon conseil, évitez de trop regarder vos concurrents. Je n'en connais pas un qui n'y verrait pas une forme de provocation. Et la provocation, ici, les gladiateurs n'aiment pas ça. Ou peut-être l'aiment-ils un peu trop, mais peu importe. J'ignore si vous savez vous battre, mais je peux d'ores et déjà vous dire qu'une épée bien aiguisée, un bouclier et une armure vous seraient plus utiles que vos poings.

— Je viens combattre sur ordre de Yul Moltanov, déclara Halfiel.

— Oh, vous n'êtes pas muet ?

Halfiel continua de fixer du regard son interlocuteur. Un peu mal à l'aise, le capitaine porta le poing devant sa bouche et toussa un bon coup.

— Sur ordre du général Moltanov, dites-vous ? Rien que ça ? Eh bien, raison de plus pour posséder un matériel digne de ce nom. Le général Moltanov n'aime pas les investissements qui ne lui rapportent rien, vous pouvez me croire. Suivez-moi, nous allons arranger ça.

Il se dirigea vers l'armurerie et lança au gérant :

— Conrad, ta meilleure lame, s'il te plaît.

Et l'homme derrière le comptoir de fournir une épée récemment forgée et aiguisée. Le capitaine de garde se tourna vers Halfiel et lui tendit l'arme. Halfiel s'en empara et l'examina. Elle était de près d'une longueur de bras et plutôt bien équilibrée côté poids.

— Allez-y, jonglez donc avec, l'invita le capitaine. J'aimerais voir si vous savez vous en servir.

Halfiel le dévisagea puis obéit. Il débuta par quelques moulinets, enchaîna des frappes de taille et d'estoc pour décrire d'habiles bottes. Il éprouva une étrange sensation d'excitation et de puissance, comme la veille lorsqu'il avait affronté les trois soldats. Très vite, un sentiment d'habitude de la gestuelle lui vint. Il lui semblait avoir répété ces mouvements des milliers de fois avant ce jour.

Sa démonstration achevée, Halfiel dut bien reconnaître qu'en plus de savoir se battre, il maniait l'épée avec habileté. Et la satisfaction qui illumina soudain ses yeux se lisait aussi sur le visage de ses deux spectateurs.

— Vous cachez bien votre jeu, apprécia le capitaine de garde. Enfin, avec ça, vous aurez de meilleures chances de sortir vivant d'ici. Et ne vous en faites pas pour le prix, les frais iront sur la note du général Moltanov.

— Des protections l'aideraient aussi, j'imagine ? fit l'armurier.

— Inutile, répondit Halfiel.

— Comment ?! Les protections ne sont jamais inutiles !

Mais cette protestation termina dans le vide, Halfiel rejoignait déjà les deux files d'attente qui se formaient de l'autre côté de la salle, sur ordre d'un membre du personnel.

Les combats allaient enfin commencer.

Quand Yul s'installa dans la partie des gradins réservée aux hôtes de marque, les batailles faisaient déjà rage. À peine fut-il à son aise qu'il assista à l'exécution par décapitation de deux gladiateurs.

Les voix de la foule en furie s'élevèrent comme un.

Du coin de l'œil, il considéra Kalar, déjà présent sur son siège aux allures royales. À son habitude, celui-ci paraissait bien morne. Yul eut un sourire en coin ; au-delà de la satisfaction que pourrait lui apporter le combat d'Halfiel, il nourrissait l'espoir que ce nouveau venu ravirait l'attention du roi. Il guettait à présent toute occasion lui permettant de mettre son plan à exécution et, pour cela, une distraction digne de ce nom était nécessaire. Car, même ailleurs en apparence, Kalar était toujours aux aguets.

Il posa la main sur sa sacoche, prêt à dégainer la gemme achetée la veille au docteur Schnok.

La cloche tinta. Halfiel emprunta le couloir de gauche, talonné par un fenril au poil gris moucheté de blanc qui allait être son binôme. Ils atteignirent la herse qui bloquait l'accès au champ de bataille, attendirent son ouverture puis entrèrent en lice. Ils furent accueillis par un public impatient d'assister à la prochaine rencontre. La prochaine boucherie. Ces gens bien installés dans les gradins piaillaient comme des rapaces affamés tournant autour d'un animal à l'agonie.

Ce fut la curiosité qui caractérisa le comportement d'Halfiel face à tant de folie, tandis qu'il percevait la nervosité croissante du fenril. À la différence de son comparse, il ne fut pas plus perturbé lorsque le tumulte se clarifia pour former le mot « Grass », scandé en chœur ; il n'en comprenait pas le sens. Il s'intéressa alors au binôme adverse, composé d'un archer humain et d'un jormund aux écailles bleues scintillant sous le soleil. Épée et bouclier levés, ce dernier répondait à l'appel de ses admirateurs. De fait, Halfiel devina que le public ne faisait que chanter le nom de ce gladiateur. Et le jormund éclata d'un rire sifflant quand il reconnut, parmi ses concurrents, celui qui l'avait provoqué d'un regard, celui dont il avait souhaité la venue.

Le gong retentit.

Échauffé par l'agitation, le féroce fenril chargea à la manière d'une bête sauvage. L'homme-lézard fut sa proie ; il était dans la nature des fenrilis de chercher des adversaires puissants et l'humain puait la faiblesse. Cela ne fut pas pour déplaire à l'archer dont la tactique consista à s'éloigner du duel des deux monstres de foire pour faire du dernier concurrent sa cible. D'autant plus que Halfiel constituait un adversaire facile tant il demeurait immobile, les yeux rivés sur la foule.

La vision de Yul assis dans les gradins au côté d'un homme à la chevelure d'albâtre et coiffé d'une couronne, à la mine terne et aux nobles habits de jais, retint l'attention d'Halfiel. Il ne vit pas la flèche arriver, ne fit que la sentir quand elle s'enfonça dans son épaule, afficha une vilaine grimace et lâcha son épée. Dents serrées pour contrer la douleur, il attrapa le projectile et l'arracha avec fermeté. Le déchirement qui en résulta lui coupa le souffle, le fit presque tourner de l'œil. Puis la sensation de brûlure s'estompa, très vite. Il jeta le morceau de bois dans une démonstration de vigueur et de témérité qui ravit une poignée de spectateurs. Mais une seconde flèche vint se nicher dans sa jambe, puis une troisième dans le ventre.

Sa volonté et son corps s'ébranlèrent, il vacilla. L'archer lui en décocha une quatrième en plein cœur ; il s'écroula.

C'en était fini de ce gladiateur. C'était bien sa faute, d'ailleurs ! Il n'avait qu'à porter des protections plutôt que de se croire invincible !

Et tandis que les spectateurs qui avaient commis l'erreur de s'intéresser à lui l'oubliaient au profit de Grass, le seul et véritable champion du moment, Halfiel empoigna la flèche fichée dans son cœur et l'extirpa. Son épouvantable rugissement attira les regards, plus encore lorsqu'il ôta les autres traits, se releva et chancela. Enfin, il se tint droit, comme si de rien n'était.

Intrigué par cette nouvelle disparition de la douleur, Halfiel souleva sa chemise, toucha les endroits où les flèches l'avaient transpercé. Rien, sinon du sang frais sur une peau saine. Une peau saine que vint traverser un autre projectile, juste au-dessus du nombril ; un que la foule acclama. Un pas en arrière, visage au ciel et grimaçant, Halfiel poussa cette fois un cri mêlant rage et souffrance. Il retira ce maudit trait de sa chair et vit la plaie se refermer. Cela ne prit qu'une seconde, et… il comprit. Comme le lui criait son instinct depuis le début, il ne craignait ni les flèches ni les lames. Quelle aubaine !

Il leva les yeux vers l'archer. Ce dernier fut saisi d'effroi à mesure que l'image d'un adversaire immortel grandissait dans son esprit. À tel point qu'il tomba à la renverse au moment où Halfiel ramassa son épée et marcha vers lui d'un pas certain. Il se redressa et tenta de le freiner par des tirs répétés, mais aucun ne fit mouche à cause de cette peur qui le dominait et de l'habileté à esquiver que démontrait tout à coup l'ennemi.

Halfiel s'arrêta devant le malheureux, colla son torse à la pointe de la dernière flèche demeurée encochée dans un arc détendu ; elle s'enfonça un peu dans sa chair et le fit saigner. Sans pitié, il le transperça en plein ventre, empoigna sa lame à deux mains et trancha sur le côté. L'humain chut et agonisa sous les acclamations du public, une partie de ses tripes à l'air.

Le fenril trépassa deux secondes plus tard, l'hystérie de la foule redoubla.

Halfiel considéra le jormund dont la gueule grande ouverte et garnie de dents pointues crachait dans sa direction. Grass se rua sur lui, poussé par une éternelle ferveur, et asséna de rapides coups. Halfiel para, non sans mal, et répliqua avec la même férocité pour voir ses attaques bloquées à leur tour. Les deux duellistes continuèrent d'assurer le spectacle pendant plus d'une minute, puis… Halfiel vacilla. Le coup suivant le désarma et le fit reculer. Grass prit ses distances, il savait que l'état de son adversaire n'était pas de son fait et se demanda ce qu'il manigançait.

Le sombre guerrier se tint la tête, tomba à genoux, hurla ; une douleur lui lancinait le crâne et s'accentuait à chaque seconde. Elle lui traversa le corps puis se concentra dans son dos. Les battements de son cœur ralentirent, chaque pulsation devint aussi pénible qu'un coup de couteau en pleine poitrine. Des élancements tels qu'il en vomit. Grass pensa tirer profit de cet instant de faiblesse, mais à peine eut-il fait un pas que les cris de l'homme reprirent de plus belle et le firent hésiter ; il lui semblait inopportun, voire dangereux, d'approcher cet humain au regard de braise. Plus encore lorsque ce dernier s'agita et courba l'échine d'une manière démesurée.

Deux bosses sinistres naquirent sous la chemise d'Halfiel et grossirent à vue d'œil. D'un coup qui fit sursauter les spectateurs, dans un craquement et un gargouillis écœurants, la peau et le vêtement se déchirèrent pour laisser deux ailes au plumage noir se déployer de tout leur long. Les plaies suintèrent moins d'une seconde et ce fut la guérison ; la peau se souda à la base des ailes, avec une telle perfection que ces nouveaux membres semblèrent avoir toujours existé.

Malgré la mutation achevée, la douleur atteignit son paroxysme. Halfiel lutta pour ne pas perdre connaissance, conscient que le jormund en profiterait pour l'abattre. Il usa de sa volonté pour se relever… en vain. Il vit Grass s'approcher, lever son épée. Et il se crut vaincu quand une boule à pointes de belle taille heurta le gladiateur sur son flanc et le projeta sur plusieurs mètres.

La dernière chose que Halfiel aperçut avant de sombrer, alors que sa vue se troublait, fut un homme en armure de plates qui venait vers eux en faisant tournoyer un fléau d'armes au-dessus de sa tête.

Chapitre 16

Souvenirs – Le joyau perdu

Il ne fallut à Halfiel que quelques secondes pour revenir à lui et se relever. Les gens l'acclamaient et scandaient en chœur son titre de champion fièrement acquis : Ange Noir. Un surnom qu'il devait à ses guérisons miraculeuses autant qu'à son habileté, et surtout à ses ailes et à son allure. Pourtant, le nouveau favori n'était pas enjoué par sa victoire et sa renommée.

Yul se tenait aux côtés de lui et prenait sa main pour la lever à l'intention de la foule.

— Toi et moi, nous irons loin, promit-il à son pensionnaire. Très loin.

Puis il l'emmena sans tarder hors de l'arène. Il rendrait des comptes à Kalar un autre jour, car il savait qu'il n'y échapperait pas. Dans l'immédiat, il y avait beaucoup à faire, à commencer par initier Halfiel aux arts de la guerre et du combat, ainsi qu'au maniement de l'épée. S'il était vrai que ce dernier possédait un talent non feint pour jouer des lames malgré des maladresses dans le style, il ignorait tout des batailles de grande envergure. Des faiblesses qui seraient corrigées sous peu, songea le général alors qu'ils quittaient l'immense hall d'accueil.

— On me cache des choses ? accusa une voix dans leur dos.

Une voix que Yul ne connaissait que trop bien et qui lui tira une grimace ; il avait manqué de rapidité pour déserter les lieux. Il se tourna vers le roi.

— Jamais je ne me permettrai pareille insolence, mentit-il. Il me fallait avant tout juger de la valeur de ce gamin, pour être sûr de ne pas vous décevoir. Je prévoyais de l'entraîner et d'en faire un soldat d'élite avant de vous le présenter. Mais si vous insistez, avec votre permission, voici Halfiel. Il est encore sauvage, mais il est fort, comme vous l'avez constaté.

Kalar dévisagea le jeune homme avec un plaisir non dissimulé ; ses yeux ne l'avaient pas trompé quand il l'avait vu dans l'arène. Ses lèvres s'étirèrent à n'en plus finir et il sembla prêt à rire de la façon la plus hystérique qui fût.

— Quelle ironie ! applaudit-il. Les dieux sont loués ! Halfiel, hein ? Je vois que notre armée accueille en son sein de véritables… héros ! Quelle joie de le compter dans mes rangs. Tout simplement grandiose, mon cher Yul !

— Vous m'en voyez ravi, Sire, balbutia le général.

Confondu par cette réaction improbable et démesurée, il resta toutefois sur ses gardes.

— Entraîne-le donc, et vite ! réclama Kalar avec plus de sérieux. Je veux qu'il soit prêt pour ta prochaine mission. (Il donna une tape sur l'épaule de l'Ange Noir.) Tu ne me décevras pas, mon… ami. Oh que non, je te le garantis.

Halfiel demeura silencieux, ne le regarda pas, n'esquissa pas même un signe de compréhension. D'abord intrigué par ce comportement végétatif, Kalar releva l'absence de volonté dans ses yeux. Il jaugea le général Moltanov puis laissa couler ; il devinait la vérité. Une vérité qu'il lui pardonna volontiers tant cette situation inespérée le comblait.

— Il sera fait comme vous l'entendez, consentit Yul, échine courbée et satisfait d'obtenir gain de cause.

— Congédie-le et suis-moi, réclama le roi.

Yul et Halfiel obéirent tous deux et l'Ange Noir prit la direction des appartements du général. Il fit le chemin inverse de celui effectué à l'aller et revint inévitablement devant la grande oasis et sa tristement célèbre statue d'Odin. Mayline l'y attendait depuis un moment. Il passa loin d'elle, le pas régulier, le corps aussi droit et discipliné que celui d'une machine.

Lorsqu'elle l'aperçut et qu'elle le reconnut, Mayline eut d'abord le réflexe de lever la main et de l'appeler. Puis la vue de ses ailes au plumage noir l'abasourdit. Elle remarqua sa chemise déchirée, maculée de sang ; la peur la gagna. Elle bondit du muret sur lequel elle était assise, le héla et courut à sa rencontre. Il ne se retourna pas. Elle insista, en vain, alors elle s'arrêta, confuse. Pourquoi se comportait-il ainsi ? Après l'aide qu'elle lui avait apportée la veille, la moindre des politesses était pourtant de ne pas l'ignorer… Quel rustre malappris !

Fut-ce par simple fierté face à une si mauvaise éducation ou parce qu'elle lui vouait un certain intérêt, elle se sentit offensée. Et la colère domina l'émoi. Elle prit son courage à deux mains et marcha avec résolution. À mesure qu'elle s'approchait, elle prêta de nouveau attention à sa chemise rougie et se rappela qu'il était peut-être blessé ; elle se pressa.

— Que s'est-il passé ? réclama-t-elle quand elle le rattrapa.

Il continua de la mépriser.

— Tu pourrais au moins me regarder ! C'est quoi ton problème ?

Aucune réaction. Elle lui prit la main et le retint, il avança encore, inébranlable. Furibonde, elle se jeta devant lui et le gifla. Bien qu'elle regrettât son geste, il s'immobilisa enfin.

Les yeux d'Halfiel retrouvèrent leur éclat. Il toucha sa joue cuisante, hagard, jusqu'à remarquer la jeune femme.

— Réponds-moi, supplia-t-elle. Dis quelque chose !

Mais il ne sut quoi répondre tant ses pensées s'embrouillaient. Un combat en arène, une vive douleur et, l'instant d'après, un face à face avec Mayline… ? Plus que déroutant, c'était incompréhensible.

Son désarroi, la jeune femme le perçut. Consciente que son propre affolement ne ferait que le perturber davantage, elle rappela son sang-froid, puis elle demanda de nouveau :

— Où étais-tu et que t'est-il arrivé ?

— Je ne sais pas, s'excusa-t-il. Je combattais dans l'arène…

— Dans l'arène ?! Tu es malade !

Il appuya sa main sur son front. Sa tête lui faisait un mal de chien et il aurait juré que des souvenirs tentaient de remonter à la surface sans y parvenir. Il eut beau essayer de leur ouvrir la voie, il ne se remémora que l'image floue du jormund chassé par une boule à pointes et l'arrivée d'un homme en armure avant sa perte de connaissance.

Persuadée qu'elle n'obtiendrait pas d'autres réponses de sitôt, Mayline s'intéressa à ses blessures. Elle souleva la chemise mais ne découvrit aucune plaie, juste du sang sur la peau. Fortement intriguée, elle dévisagea son camarade. Elle passa la main sur son torse pour s'assurer qu'elle ne rêvait pas ; rien. Elle lâcha le vêtement.

— Ça alors…

Elle regarda autour d'elle. Les gens allaient et venaient en les contournant de loin et évitaient de leur prêter attention ; ils ne voulaient pas d'ennuis, de toute évidence. Elle grimaça de dégoût.

— Comme d'habitude dans cette ville, on peut dépérir en plein milieu de la rue, tout le monde s'en fout. Imbéciles ! leur hurla-t-elle.

Puis elle porta sa curiosité sur les ailes aux plumes noires. Elle les examina de près, les tritura. Elles étaient couvertes de sang et de mucus, mais aucune blessure visible, là non plus.

— Elles sont vraies ? se demanda-t-elle.

Leur existence rappelée par cette question, Halfiel observa ses membres dorsaux. D'instinct, au prix d'un grand effort, il les déploya sur quelques centimètres et les fit à peine frémir ; c'était le mieux qu'il pouvait faire, car ses ailes s'apparentaient à des muscles atrophiés par un trop long repos. Il lui faudrait du temps pour les entraîner et les utiliser aussi bien que toute autre partie de son corps. À cela il s'emploierait assurément puisqu'elles faisaient à présent partie intégrante de son être.

— Eh ! l'interpella Mayline alors qu'elle revenait devant lui. Écoute-moi quand je te parle ! Je t'ai demandé ce que tu faisais dans l'arène. Qu'est-ce qui t'a pris d'aller y combattre ?

Il la regarda droit dans les yeux puis s'en détourna, n'osant pas répondre par pressentiment que cela apporterait davantage de problèmes.

— Ce que tu es borné, soupira-t-elle.

Elle invoqua son calme, croisa les bras et fit mine de réfléchir.

— Bon, oublions ça, tu parleras quand tu te sentiras prêt. Je ne vais pas te forcer, même si ces ailes sorties de nulle part me tracassent. Enfin, pas autant que ce chiffon rouge…

— Ce n'est pas mon sang, mentit-il. Je ne suis pas blessé.

— Je sais, je ne t'ai pas attendu pour le vérifier. Et c'est à peine mieux. Si tu étais dans l'arène, ça veut dire que tu as dû tuer pour en sortir. Je n'aime pas ça.

Il apparut profondément désolé. Mayline en fut gênée ; elle avait l'impression d'être une mère qui réprimande son enfant. Elle soupira encore et se frotta les yeux.

— Bon… Ce n'est pas grave, dit-elle. Va te laver et te changer, tu as piètre allure et tu sens mauvais. Je dois rentrer, j'ai promis à ma mère de l'aider à la pépinière. On se revoit demain, ici, à midi. J'espère que, cette fois, tu me raconteras toute l'histoire. Et ne me pose pas de lapin !

Avec une frivolité forcée, elle partit.

Il en eut la poitrine serrée. Il regrettait cette journée, il regrettait de lui avoir fait défaut pour le bon plaisir du général. Plus encore, il avait le sentiment de l'avoir blessée, elle qui avait été la première à lui tendre la main, à lui offrir toute sa bienveillance sans rien réclamer en retour. Elle dont le sourire l'apaisait…

Demain, il s'amenderait. Il se le promettait.

Après s'être nettoyé et avoir changé de vêtements, Halfiel patienta dans les appartements du général Moltanov jusqu'à son retour. Celui-ci revint avec plusieurs livres sous le bras et lui ordonna d'étudier. Ainsi,

Halfiel passa le reste de la journée à lire divers ouvrages qui traitaient du combat, du maniement de l'épée et des tactiques de guerre. Il ne rechigna pas mais n'y accorda pas toute sa concentration tant Mayline occupait ses pensées.

Le lendemain midi, il tenta de s'évader afin de la retrouver, comme promis. Toutefois, Yul s'y opposa encore. Ses craintes de la veille, celles de voir cet homme s'en prendre à sa nouvelle amie, ressurgirent et le contraignirent à obéir. Il poursuivit alors ses lectures jusqu'au souper, l'esprit souvent ailleurs. Ses seuls moments de réelle assiduité étaient quand il s'arrêtait pour entraîner ses ailes ; il répétait souvent l'effort, deux ou trois fois par heure. Le résultat ne fut jamais glorieux, pourtant, chaque séance lui permit de les déployer sur quelques millimètres de plus, un centimètre dans le meilleur des cas. D'ici quelques jours, il les étendrait de tout leur long et apprendrait enfin à voler. Et si la tâche s'avérait pénible et continuait de l'être jusqu'à parfaite maîtrise, il la savait nécessaire. Il n'avait d'ailleurs pas besoin des encouragements de son hôte, qui se réjouissait de le voir progresser, pour s'exercer. Car, plus que le souhait de jouir de ses membres dorsaux comme de toute autre partie de son corps, en ce jour était né le désir de s'envoler pour retrouver Mayline et fuir à tout jamais ce perfide général. Ainsi n'aurait-il pas à le tuer, certain que cela contrarierait la belle ; il ne voulait plus lui causer du tort, seulement la voir s'épanouir.

Le jour suivant, la mascarade se répéta. À la différence que les peurs d'Halfiel s'estompèrent et qu'il se rappela que les gens ordinaires ne guérissaient pas comme lui ; Yul ne devait pas faire exception et, concernant Mayline, ce qu'elle ignorait ne pouvait guère la blesser. Cette assurance crût à chaque instant, si bien que, le troisième jour, lorsque vint l'heure du rendez-vous, que Halfiel trouva la porte fermée à clef et qu'on lui ordonna de revenir étudier, la révolte éclata : il s'empara de son épée et marcha à l'encontre du général.

La lame de l'un siffla, les lèvres de l'autre remuèrent.

Assis sur une chaise devant la table, le nez dans ses bouquins, Halfiel eut un léger sursaut. Il eut la sensation de s'être assoupi. Il leva les yeux vers les lucarnes fendues de barreaux ; il faisait encore jour. Un regard à la pendule, celle-ci indiquait le milieu d'après-midi. Enfin, il considéra le général qui, assis sur son canapé, s'affairait à l'éternel entretien de son matériel.

La confusion régna. N'était-ce qu'un rêve ou l'avait-il vraiment attaqué ? Il lui sembla que sa rébellion avait eu lieu, mais l'attitude de son hôte se révélait trop quiète pour corroborer cette vérité. Puis l'incertitude s'abandonna à la déception quand il réalisa qu'il manquait une fois de plus à sa promesse envers Mayline. Faute de mieux, il reprit ses études, sans plus d'intérêt que les jours passés. Il se demanda même si son amie était venue chaque midi sur leur lieu de rendez-vous. Il aima à le croire, mais qu'elle eût cessé de l'attendre ne le surprendrait pas.

Au quatrième jour après le combat en arène, comme au cinquième, une tempête de sable souffla sur la capitale. Elle était légère, néanmoins suffisante pour contraindre la population à s'abriter. La déception d'Halfiel grandit ; tout semblait disposé à l'empêcher de rejoindre la jeune femme. Sa seule consolation fut que, avec cette tempête, elle non plus ne quitterait pas son domicile.

Le sixième jour sonna pour l'Ange Noir comme une libération. Il revoyait le soleil, enfin ! Mais cela pour mettre en pratique une partie des enseignements qui lui avaient été inculqués. Pour faire d'une pierre deux coups, Yul désigna Dex en guise d'adversaire. Du moins, pour les quinze premières minutes, après quoi il se lassa de l'incompétence du jeune soldat et ordonna à des hommes plus expérimentés de le remplacer. Ceux-là se succédèrent un par un, puis par deux. Par trois. Par quatre. Par cinq et ainsi de suite. Si ses premières passes d'armes furent maladroites, Halfiel progressa à vue d'œil ; les défauts que Yul avait remarqués dans son style de combat disparurent. Et il n'employait pas encore ses ailes, ni dans ses assauts ni dans ses esquives ! Il parvenait tout juste à les déployer pleinement et commençait à les agiter pour s'envoler ; au mieux, il décollait du sol pour une poignée de secondes. À ce rythme cependant, d'ici trois ou quatre jours, il pourfendrait les cieux comme un oiseau et les utiliserait en combat par simple réflexe, Yul en avait la certitude. Qu'il avait hâte que son nouveau protégé devienne un champion invincible, bien plus qu'il ne l'était déjà grâce à ses guérisons miracles !

En attendant, près de cinq cents soldats avaient été mis au tapis quand vint le temps d'une pause. Même Halfiel avait ses limites et sa fatigue se voyait, bien qu'il se sentît encore la vigueur de continuer. Plus que satisfait par ses performances, Yul se révéla d'une humeur rare.

— Tu t'exerceras ici avec nos hommes trois heures le matin et deux l'après-midi, ordonna-t-il à son élève. Plus deux heures à entraîner tes ailes. Tu peux disposer de ton temps libre comme bon te semble. Mais je te préviens, ajouta-t-il le doigt tendu, si tu me fais défaut…

» Je dirai aux officiers de veiller à ce que tu t'acquittes bien de tes obligations. Vois ça comme le moyen de payer ton loyer et ta croûte, car il n'est pas question que je t'héberge gratuitement. Et sois reconnaissant de ce que je t'offre.

Il appela Dex. Le jeune soldat se présenta au garde-à-vous.

— Tu assisteras Halfiel à compter de maintenant, fit Yul. Observe-le bien et apprends.

— Oui, Mon Général !

Un nouveau regard à l'Ange Noir :

— Je veux qu'il sache par quel bout on tient une épée dans une semaine. Est-ce bien clair ?

Halfiel hocha la tête. Le général tourna les talons et quitta le terrain d'entraînement.

Dès qu'il fut hors de vue, Halfiel s'empressa de se renseigner sur l'heure : midi passé. Il se hâta vers l'oasis où trônait la statue d'Odin, réjoui et guidé par l'espoir d'y retrouver la belle, la pétillante Mayline. Mais, comme il se l'était demandé, l'attendait-elle encore ? Après tout, cela faisait plusieurs jours qu'il manquait au rendez-vous...

Y penser lui noua la gorge et les tripes. L'appréhension s'envola cependant lorsqu'il la vit assise en tailleur sur un muret en pierre. Elle le héla et le salua de loin, l'accueillit avec sa joie si naturelle et communicative. Cela n'empêcha toutefois pas le sermon de chanter ; simple formalité, car le pardon fut sitôt accordé.

Les premières minutes s'avérèrent pesantes, Mayline elle-même ne sut quoi dire à cause d'une gêne inopinée. Puis, de manière inattendue, Halfiel brisa le silence. Il lui révéla d'abord son nom et conta les évènements d'après leur séparation, à la bibliothèque, des jours plus tôt. Il esquiva le sujet du meurtre du soldat, certain qu'elle le lui reprocherait, mais parla de Dex. Suivit l'histoire de l'arène, sa capacité à guérir instantanément des blessures et l'avènement de ses ailes. Les études forcées, les efforts pour apprendre à déployer ses membres dorsaux, l'entraînement armé du matin et la considération que venait de lui accorder le général... En revanche, il ne parla pas de ses deux absences dont la seconde n'était que supposée ; il ne les comprenait pas lui-même, alors inutile de s'étendre sur le sujet.

Mayline écoutait avec passion. Si le comportement du général Moltanov la révolta, elle ravala son envie d'aller lui en toucher deux mots. Non pas qu'elle le redoutait, elle avait juste conscience qu'une telle réaction pouvait avoir des retombées négatives sur son ami. Et puis, il venait de trouver sa place à Fladrr et avait obtenu le droit d'aller où bon lui semblait sans être constamment surveillé. Alors, que demander de plus ?

Son récit achevé, Halfiel se rendit compte qu'il avait davantage parlé en l'espace de dix minutes qu'au cours des derniers jours. Et le silence retomba d'un coup. Mayline remarqua son malaise, cela la fit beaucoup rire et ajouta à l'embarras de l'Ange Noir. Puis elle balaya l'émoi en racontant que sa famille s'occupait d'une pépinière, dans le secteur nord-ouest de la capitale, et que sa mère en était la directrice ; à voir comme elle en parlait, Halfiel devina que le rôle vital que jouaient ses parents et ses sœurs la rendait fière. La discussion se poursuivit sur ses origines, en particulier sur celles de son grand-père paternel qui avait vécu son enfance à Lef, ville côtière de la région sauvage et montagneuse de Serfall. Là-bas, sur l'un des plus hauts pics, trônait la cité de El, berceau des séraphins. Elle expliqua à l'Ange Noir que, si l'occasion se présentait un jour, il pourrait s'y rendre. Peut-être y trouverait-il des indices sur son identité ? De ce qu'elle savait, la seule race de Lanvaril à lui ressembler était celle des séraphins. Sinon que ces derniers se paraient de plumes blanches…

La curiosité piquée au vif d'Halfiel, il lorgna ses membres dorsaux. Il les déploya de tout leur long, au grand étonnement de Mayline qui se souvenait comme il avait eu peine à le faire, des jours auparavant. Encouragé par ses applaudissements, il s'écarta, plia les genoux et poussa sec sur ses jambes en effectuant un ample battement d'ailes. Il s'éleva d'un bon mètre, se maintint en l'air une dizaine de secondes et atterrit. Les yeux de la jeune femme s'illuminèrent ; elle connaissait les séraphins de réputation mais n'en avait jamais vu, assister à l'envol de son ami ne pouvait donc que l'enchanter.

Après cette expérience riche en émotions, ils flânèrent. Quand vint l'heure des séparations, Mayline présenta ses excuses de ne pouvoir rester avec lui plus longtemps. Elle devait, encore ce jour et davantage que les précédents, aider sa famille à la pépinière. La tempête de sable avait causé d'importants dégâts qu'il fallait réparer au plus vite, sans quoi toute la ville en pâtirait.

— On se voit demain ! conclut-elle toute joviale. Ici, même heure !

Et elle partit avec la promesse que, s'il lui était permis, elle viendrait le jour suivant assister à ses entraînements. Le cœur léger, Halfiel reprit sa formation avec plus de sérieux et de zèle que jamais. Car il était heureux et, pour que cela dure, il ne devait pas décevoir Yul.

Le lendemain, Mayline se rendit au quartier militaire un peu avant l'heure du déjeuner. Sa mère avait tenu à apporter un panier de tartes aux pommes à l'officier et à ses hommes qui s'étaient dépêchés, la veille, d'aider à déblayer le sable de la pépinière familiale, et la jeune femme avait saisi l'occasion pour faire une surprise à son ami. Halfiel se réjouit de la retrouver avant sa pause et cela lui fit redoubler d'efforts, pour l'impressionner. Et il l'impressionna ; face à tous ces soldats, il excellait tant que Mayline l'applaudit. Elle réprouvait les effusions de sang, pourtant l'Ange Noir se battait avec une telle grâce qu'elle appréciait de le voir à l'œuvre. Plus encore lorsque, plutôt qu'une pirouette ou un pas de côté, il s'envolait pour éviter une charge et passer derrière l'adversaire.

Vint le temps de manger. Ce fut de cette manière que la jeune femme rencontra Dex. Au cours du déjeuner, ce dernier se dévoila sur réclamation de la fougueuse jeune femme et révéla qu'il était originaire d'un village à proximité de Dum Haly, l'une des trois majestueuses cités naines. Ses souvenirs en étaient très vagues, il se rappelait juste que ses parents avaient été tués lors d'une attaque armée, durant son enfance, et que c'était le général Moltanov qui l'avait recueilli. Si cette nouvelle vie portait son lot de peines, il respirait encore et avait même un travail. Nulle raison donc de s'en plaindre.

La discussion bascula de nouveau sur les séraphins de El à qui Halfiel n'avait cessé de penser depuis la veille. Et le doux rêve de partir à l'aventure vers les lointaines contrées de Serfall naquit…

Un jour peut-être, bientôt ils l'espéraient, les trois nouveaux amis voyageraient ensemble. Une aspiration agréable qui fit presque oublier à Mayline son souhait de devenir capitaine d'aéronef et de retrouver la génialissime Héléna Jewell, et à Dex que quitter ainsi l'armée lui vaudrait la distinction de déserteur et, par conséquent, la peine de mort. Halfiel, lui, était certain que Yul ne tolérerait pas un tel caprice de sa part. Toutefois, il s'en moquait. Il payerait sa dette en entraînant comme il se devait des centaines de soldats, puis il s'en irait. Après tout, qui pourrait bien l'arrêter ? Il lui suffisait de voler et, avec sa maîtrise toujours plus grande de ses ailes, il ne tarderait pas à y parvenir.

Les jours défilèrent. Halfiel, Mayline et Dex ne comptèrent plus le temps passé ensemble. La camaraderie devint amitié, l'amitié devint fraternité. Puis il y eut l'annonce d'un départ en mission, ce qui fendit le cœur de la jeune femme. Elle ne put s'empêcher de craindre le non-retour de ses deux hommes.

La vie de militaire, quelle cruauté…

Sous les ordres du général Moltanov, Halfiel, Dex et un bataillon de soldats embarquèrent pour l'île de Juma, située au sud-est des côtes de Fladrr. Après deux jours et une nuit de navigation à être portés par des vents favorables, ils accostèrent sous un soleil éclatant en fin de journée, accueillis par d'agréables senteurs de pins maritimes et de fougères.

Sitôt éloignée de la côte, l'unité dreznienne fut contrainte à une lente progression ; une brume persistante amoindrissait la visibilité en de nombreux endroits, en particulier dans les vallons, et la densité de la flore était telle que l'on risquait à tout instant de trébucher. Malgré les précautions prises, le soldat à la tête de la file, gêné par son armure mal adaptée à l'hostilité de son environnement et nerveux alors qu'il empruntait un sentier courbe et escarpé, fut surpris par l'irruption d'une harde de sangliers, plus en avant où le chemin redevenait large et le terrain plat. Entraîné par le poids de son attirail, il bascula en arrière. Son pied droit glissa de l'escarpement et, avant que quiconque puisse le retenir, il dévala la pente comme un tonneau et alla se briser la nuque contre un arbre. Le soldat suivant parvint à gagner la route avec l'intention d'éliminer le responsable du drame. Une flèche siffla ; ainsi fut abattue la matriarche des sangliers au profit d'un festin.

Une vie contre une autre. Une vie pour la survie de bien d'autres. Nulle place pour des funérailles.

L'obscurité peu à peu effaça les environs tandis que le fumet de la viande et de son accompagnement de légumes se répandait. À cause de cette brume qui ne disparaissait jamais, bien qu'elle fût moins dense qu'en journée, les températures chutèrent considérablement et forcèrent les Drezniens à déployer les couvertures de laine sous leurs tentures. De plus, pas un ne voyait à plus de quelques mètres devant lui, torche en main et lune pleine dans un ciel voilé. Pas un à l'exception d'Halfiel. Sa vue n'était pas aussi bonne que de jour, bien entendu, mais se révélait bien meilleure que celle de ses camarades. Perçante. Ce dont il se rendit compte lors de son tour de garde, qu'il assurait en compagnie d'un soldat, quand il aperçut des ombres massives se mouvoir autour du camp. Le soldat ne fut alerté que parce que l'Ange Noir dégainait son épée et en fixait une du regard.

Le camp en émoi, les guerriers s'armèrent et formèrent les rangs. Si les créatures demeurèrent invisibles aux yeux des Drezniens, elles comprirent au bout d'un temps que leur camouflage était mis en échec par ce bretteur aux ailes noires. Puis elles s'en allèrent comme elles étaient venues, en quête de leurs proies habituelles, moins dangereuses à chasser.

La relève eut lieu.

Lové dans son chaud duvet, son épée tout près de lui, Halfiel eut peine à s'endormir. Lorsqu'il y parvint, un rêve étrange vint perturber son sommeil.

*Une femme nue flotte dans l'air, entourée d'un halo vert. Son visage est figé par la colère. Il semble qu'elle jure que jamais elle ne lui remettra l'*Œil Pourpre, *qu'elle le hait. Mais la majorité des mots sont indistincts, sans substance. Halfiel n'en comprend que le quart et cela rend les propos de la femme incohérents.*

— Maudit sois-tu, Créateur ! Tu n'es pas le bienvenu ici ! répète-t-elle clairement avant de répandre une fois encore son venin indiscernable.

Malgré sa volonté d'entamer le dialogue, Halfiel est incapable de dire ou de faire quoi que ce soit. La femme disparaît alors, ses suppliques se muent en réclamations soutenues par une grosse et rude voix. Et…

Ce fut le matin. Le général Moltanov pressait l'unité de replier le matériel.

L'Ange Noir se rendit au cours d'eau situé à une centaine de mètres du camp pour se laver le visage et en chasser la paresse, l'esprit accaparé par son rêve. Cela avait beau n'être qu'un songe, il s'interrogeait au sujet de cette femme et de l'*Œil Pourpre*, objet de la présence de l'unité dreznienne sur l'île. Et puis, ne l'avait-elle pas appelé « Créateur » ?

La main de Dex se posa sur son épaule et le fit tressaillir.

— Dépêche, le général est furax, dit le jeune soldat. On va s'faire botter l'train si on part pas maintenant.

Halfiel acquiesça, se rinça une dernière fois le visage et lui emboîta le pas. Le jeune soldat espéra que tous deux discuteraient un brin avant de retourner près du groupe ; ce ne fut pas le cas. C'était d'ailleurs à peine si Halfiel avait décroché un mot depuis le départ de Fladrr, lui qui, d'ordinaire, se montrait déjà peu loquace…

Après deux heures à trimballer leurs sacs de voyage et leurs carcasses de fer sur des sentiers toujours plus ou moins sensibles, les Drezniens atteignirent les hauteurs dégagées d'une nouvelle vallée. Le fond se noyait dans sa brume habituelle tandis que, sur le versant opposé, comme une cité tout juste nichée au-dessus des nuages, se dressait un village. Les chemins qui y menaient, larges et dégagés, se révélèrent bien plus aisés à fouler que ceux de la veille et conduisirent l'unité devant une haute palissade de troncs massifs taillés en pointe. Derrière dépassaient des crânes humains plantés sur des piques, en partie nettoyés par les oiseaux et les insectes ; les restes de chair pourrissante témoignaient du fait que ces têtes fussent hissées assez récemment. Et il y avait ce barbare aux longs cheveux bruns, doté d'une fabuleuse musculature et couvert de tatouages, qui gardait l'entrée.

— Ne faites rien sans que je vous le dise, somma Yul à ses hommes, davantage à l'intention de l'Ange Noir qu'il savait du genre à laisser son instinct s'exprimer.

Le barbare analysa les intrus. Des guerriers sans envergure, un bretteur aux ailes noires et au regard intéressant, un vieil homme balafré à la carrure respectable et qui en imposait par sa présence…

Il prit un air méprisant.

— Partez d'ici sur-le-champ, tonna-t-il de sa voix puissante.

— Nous cherchons un objet connu, dans la langue commune, sous le nom de « *Œil Pourpre* », parla le général. Nous savons qu'il est caché sur cette île.

— Nous nous moquons de ce que veulent les faibles.

Le général Moltanov fit un signe de la main. Un soldat sortit de son sac une bourse remplie de séreins. Sur le cuir de la bourse était brodée avec du fil noir une tête de démon à cornes, armoiries de Drezn redessinées par Kalar lors de son ascension au trône. Le barbare fit une légère grimace à la vue de l'emblème ; comme Yul l'escomptait, la réputation du roi avait même atteint ces contrées sauvages.

— *Tauré shorgats*, grogna le barbare qui les traitait de chiens maudits. Vous n'apporterez pas la mort sur les miens aussi facilement !

Il tira de son étui l'épée qui pendait à son épaisse ceinture.

— Comme je l'ai précisé, nous venons uniquement chercher l'*Œil Pourpre*, insista Yul pour tempérer l'humeur du grand homme. Nous n'avons pas d'intentions hostiles envers les vôtres. Nous répondrons toutefois par les armes si vous persistez dans cette voie.

Le barbare hésita. Ce n'étaient pas des paroles en l'air, il le sentait.

Halfiel sortit du rang et se planta devant le gardien. Il était le seul à ne pas revêtir de protections et, par-dessus tout, son épée n'avait pas de fourreau. Il y avait de quoi rire, mais le barbare n'en fit rien tant cet individu l'indisposait, en fin de compte plus que le vieil homme. Même, il s'en méfiait. Craindre n'était pourtant pas dans sa nature…

Il rejeta ce sentiment en défiant l'Ange Noir du regard. Aucun ne céda et le grand homme ne serait pas le premier à flancher, il se le jurait. Quitte à frapper pour gagner. Et puis, cette sensation des tripes qui remuent et se resserrent, comme cela l'agaçait ! Était-ce de la peur qu'il éprouvait ? Face à un petit homme du continent ?! Par tous les dieux, jamais !

Il resserra la prise sur son arme. Halfiel perçut le geste, dégaina et para de justesse la fulgurante attaque.

— *Ko riham, Vordin !* gronda une voix impérieuse et intimidante.

Suivit le bruit sourd d'un corps qui s'écrase sur le sol. Le barbare qui montait la garde – Vordin le Briseur de Roche, ainsi l'appelaient les siens – repoussa l'Ange Noir et recula. Il remua, gonfla ses muscles et respira fort à l'image d'un animal en cage affamé devant un gros morceau de viande. Derrière lui se tenait un barbare plus grand encore, plus large d'épaules, plus solide. Son crâne était rasé, excepté à l'arrière où pendait une longue natte de cheveux. Tatoué de la tête aux pieds, il n'était pas difficile de deviner son statut au sein du village.

— *Gorsh, arak norsis kaz'n ma boroki ?* interrogea avec force le nouveau.

Le plus petit répondit à son chef dans la même langue. Le ton employé et les regards noirs lancés aux intrus firent comprendre aux Drezniens que la situation n'allait pas s'améliorer. D'un geste discret, le général enjoignit à sa troupe de se tenir prête à riposter.

Quand les deux géants eurent terminé de discuter, le plus grand avança vers les étrangers et les toisa de manière fort ostentatoire.

— Les derniers humains venus sur nos terres ont appris à leurs dépens qu'ils n'étaient pas les bienvenus, déclara-t-il en désignant les têtes au bout des piques.

— Un refus aurait suffi, les tuer n'était pas nécessaire, répliqua Yul.

— Vous savez maintenant ce qu'il en coûte de croire qu'il est possible d'acheter notre loyauté. Rentrez-le-vous bien dans le crâne : la tribu Orlanska ne servira pas votre roi ! Que ce bâtard vienne en personne si cela lui chante, j'embrocherai sa tête sur une pique. Nous sommes de fiers guerriers ! Que le Valhalla nous soit interdit si nous nous soumettons un jour !

— À votre gré, je transmettrai, consentit Yul dont le calme sidérait ses propres hommes. Revenons-en à ce pour quoi nous sommes ici. Où est l'*Œil Pourpre* ?

— Si c'est du *Chalhal* que vous parlez, il se terre dans la grotte au creux de cette vallée. (Il désigna un sentier.) Suivez ce chemin. Le *Chalhal* est une malédiction, trop des nôtres sont morts à cause des *gujins* qu'il anime. Emportez-le loin d'ici si vous y tenez, cela nous débarrassera d'un fardeau.

— Je ne crains pas les fantômes, déclara Yul avant de prendre la direction indiquée.

La troupe dreznienne suivit.

— Il en est qu'il est préférable de craindre, se moqua le chef barbare avant d'éclater d'un rire gras.

L'unité de Drezn marcha près de dix minutes, puis le général fit halte. Sans la moindre explication, il commanda à son lieutenant de prendre la tête du groupe et de poursuivre l'expédition. Et il rebroussa chemin.

— Entre, le bleu, ordonna le lieutenant Garsovitch en tendant une torche et un nécessaire de pierres à feu.

Dex se raidit. Il jeta un coup d'œil craintif à la grotte.

— Ne fais pas ta poule mouillée, c'est le travail des conscrits, ce genre de boulots. Grouille-toi !

Les regards sarcastiques des vingt-huit autres soldats de l'unité et du lieutenant se posèrent sur Dex. Outre le fait qu'il deviendrait la risée de tous s'il refusait d'entrer dans cette sombre caverne, désobéir à l'ordre d'un supérieur lui était impossible. Il risquait l'insubordination et, de fait, un séjour au cachot, sinon des coups de fouet.

Il déglutit, s'arma de courage et s'empara de la torche et des pierres. Un silex glissa sur l'autre, des étincelles jaillirent et le linge enduit de résine s'embrasa.

Dex avança d'un pas hésitant vers la gueule béante de la caverne. C'était sa première mission, aussi était-ce le moment pour lui de prouver sa valeur. Sans s'arrêter, il lança un regard peu confiant à l'Ange Noir quand il passa près de lui ; celui-ci jaugeait les ténèbres devant eux. Quelque peu déçu par l'absence d'encouragements de la part de son ami, il releva le menton, se tint droit et fier et s'engouffra dans le noir. Cela fit ricaner les autres.

Halfiel était absorbé par l'atmosphère qui émanait de la grotte. Elle l'attirait et le repoussait en même temps. Il y avait un danger, là, tout au fond, il le sentait. Quand il réalisa que Dex partait seul affronter l'inconnu, il ne put se résoudre à l'abandonner et prit sa suite.

— Reste là ! beugla le lieutenant.

Mais Halfiel l'ignora et se laissa avaler par l'obscurité.

Il retrouva le jeune soldat qui progressait avec prudence et posa une main sur son épaule. Dex sursauta ; il ne l'avait pas entendu venir.

— Suis-moi, dit Halfiel en le dépassant et en prenant la torche.

Ils marchèrent d'un bon pas. À trois reprises, ils durent décider de leur chemin, un choix assumé par l'Ange Noir que l'instinct et l'étrange sentiment d'attirance et de répulsion guidaient. Cela fit qu'ils atteignirent une vaste caverne dans laquelle il y avait un lac. De l'autre côté, une cascade plongeait dans l'eau d'une clarté sans égal. L'humidité ambiante causée par le tumulte de la chute avait permis à la végétation de recouvrir une bonne partie des murs. L'endroit s'illuminait de lueurs bleutées, émises par de nombreuses pierres luminescentes incrustées dans les parois de façon sporadique. Un joyau gros comme un poing, de couleur violette et d'un millier de reflets grenat, trônait sur un piédestal naturel, sur un îlot au centre du lac.

L'*Œil Pourpre*…

Halfiel déploya ses ailes et s'envola.

Devant le joyau, il le contempla et tourna autour, hypnotisé par ses facettes à l'image d'yeux sans paupières, par sa lueur si intense et envoûtante, par la force mystérieuse qui s'en dégageait. Quand il essaya enfin de s'en emparer, un spasme le secoua. Il s'écarta, puis recommença. Il remarqua que, plus il approchait la main, plus la lumière émise par le joyau vacillait et plus les palpitations devenaient fortes. Des oscillations et des secousses basées sur ses propres battements de cœur, comme si la pierre entrait en résonance avec lui. Et lorsque ses doigts l'effleurèrent, il eut la sensation qu'on lui écrasait la poitrine. Il ne se laissa pourtant pas démunir et vola l'objet.

L'*Œil Pourpre* cessa de briller, les étranges sensations se turent. Halfiel l'observa pendant plusieurs secondes.

— Tout va bien ? interrogea Dex, un peu inquiet.

Tiré de ses réflexions, Halfiel leva la tête. Il s'apprêtait à retraverser le lac quand, tout à coup, une femme dans son habit le plus élémentaire se matérialisa devant lui. Translucide, enveloppée d'une aura verte, elle flottait dans les airs. Ses élégantes jambes, longues et fines, étaient légèrement pliées. Son pubis n'arborait aucune parure et ses cheveux ondulés cachaient en partie ses seins. Elle était si gracieuse… et pourtant si pleine de rage, de haine.

Elle virevolta autour de l'Ange Noir avant de lui refaire face. Main à la garde de son épée, Halfiel se tenait prêt à contrer le maléfice.

— Maudit sois-tu, Créateur ! s'écria la femme-esprit. Je t'ai pourtant prévenu que tu ne l'aurais pas. Il est à moi et à moi seule !

L'Ange Noir fut plus que perturbé. Elle lui rappelait trait pour trait son rêve, tout comme la confusion de ses propos. Et il ne l'avait pas imaginé, elle l'avait bel et bien nommé « Créateur » !

— Qui es-tu ? demanda-t-il. Que me veux-tu ?

— Je suis la gardienne de l'*Œil Pourpre* ! Je veux que tu me le rendes et que tu disparaisses à jamais ! Je veux que tu meures !

Il allait lui demander ce qu'elle savait à son sujet et ce qu'était ce joyau lorsqu'elle poussa un cri à glacer le sang. Elle commença à tourner autour de lui à une vitesse fulgurante, créant dans le cercle un vent glacial. Halfiel sentit sa peau geler… puis ses yeux brillèrent d'un froid plus grand encore : celui de la Mort.

L'Ange Noir chancela, lâcha l'*Œil Pourpre* et se jeta en avant. Sa main gauche jaillit et mordit la gorge de la femme-esprit dont le visage se crispa de terreur. Comment était-ce possible ? Comment pouvait-il la toucher, elle ? Comme toute âme sans repos, elle appartenait à l'Arcandia ! De fait, elle n'avait aucune consistance dans le monde physique. Pas même les mages qui l'invoquaient parfois n'avaient le pouvoir de l'atteindre de cette manière. Et les dieux, comme le Créateur, ne devaient pas faire exception !

Pourtant, la poigne de fer d'Halfiel l'étouffait. Pourtant, son épée la transperça et la fit souffrir. Du sang coula même lorsque la lame quitta sa chair transparente. Avec une expression médusée, la femme-esprit s'évanouit dans un courant d'air.

Halfiel ramassa l'*Œil Pourpre*, regagna la rive et passa devant Dex sans lui accorder la moindre attention. Abasourdi, le jeune soldat se fit violence pour ne pas céder à la panique et interrogea son compagnon quant à ses actes. Sans réponse, il n'insista pas ; la froideur qui caractérisait l'Ange Noir l'effrayait, il craignait de subir le même sort que cette femme.

Hors de la grotte, Yul et ses hommes les attendaient.

— Vous voilà enfin, grommela-t-il quand ils revinrent en plein jour. Vous avez mis le temps.

Halfiel reprit conscience de ce qui l'entourait, de ses camarades et de la vallée. Désorienté, il jeta un coup d'œil par-dessus son épaule. Il se souvint de cette femme fantomatique, de leur brève discussion et du vent glacial qu'elle avait créé en tournoyant. Puis, un battement de cils plus tard, il redécouvrait l'extérieur de la grotte ?

Pourquoi ? Comment ?! Avait-il eu… une autre absence ?

Il contempla ses mains. Il tenait l'*Œil Pourpre* dans l'une, son épée rouge de sang dans l'autre. Surgit en lui l'idée qu'il venait de tuer la femme-esprit. C'était peut-être un acte de défense du fait qu'elle l'avait attaqué, il n'avait cependant pas souhaité sa mort. De toute évidence, elle avait les réponses à ses questions et il aurait préféré l'apaiser, d'une manière ou d'une autre, pour l'interroger. Car il se moquait bien du joyau aux mille facettes ; cet objet n'était que la lubie de ses supérieurs et il l'aurait volontiers abandonné si cela lui avait assuré d'en apprendre plus sur lui-même.

Sa frustration fut grande et appela le dégoût, les nausées, le vertige. Il lâcha son arme et le joyau. Son estomac se noua, ses tripes se contractèrent ; il vomit.

— La prochaine fois, dépêche-toi d'exécuter les ordres, pesta Yul qui ne se montrait pas le moins du monde désolé pour lui. Je déteste que l'on me force la main.

Le général ramassa l'*Œil Pourpre*, tourna les talons et emprunta le chemin du retour. Tandis que Dex venait soutenir son ami, les autres soldats suivirent Yul en ricanant.

Le chef de la tribu Orlanska et trente de ses meilleurs guerriers attendaient les Drezniens, armes rangées. Les soldats crurent qu'un affrontement allait avoir lieu. À leur surprise, les barbares joignirent les rangs sans faire d'histoires.

Les Drezniens ignoraient ce qui se tramait, ils étaient cependant persuadés que le général Moltanov avait tout orchestré lorsqu'il avait rebroussé chemin, un peu plus tôt. Et pour que ces fiers combattants insoumis suivent de la sorte, ses arguments avaient dû être du genre infaillible.

Chapitre 17

Souvenirs – Trahison

Sur les quais de Fladrr, Halfiel observait d'un air absent les guerriers de la tribu Orlanska embarquer sur un nouveau navire. Il ressassait les récents évènements, méditait pour comprendre. Dex lui avait raconté en détail ce qu'il avait fait à cette femme-esprit, dans la grotte. Il lui avait porté un coup fatal, comme il le pensait… Cela l'écœurait. Et cette absence qu'il avait eue, semblable à celle survenue dans l'arène après l'apparition de ses ailes ou dans les appartements du général Moltanov lors des séances d'études ? Plus encore, qu'entendait Yul par « lui forcer la main » ? Ces mots prononcés devant la grotte de l'*Œil Pourpre* résonnaient dans sa tête comme le signe avant-coureur d'un drame, si bien qu'à force d'y réfléchir, il commença à le soupçonner d'être responsable de ses égarements.

Il se frotta les yeux pour se ramener à la réalité, s'étira, observa le ciel ensoleillé. Midi approchait. Cela faisait déjà plus d'une heure qu'il paressait sur les quais à dilapider son temps libre dans de pénibles réflexions. Il regrettait que Dex fût rentré à son domicile, exténué par sa première mission ; sa compagnie lui aurait évité de trop ruminer. Alors, il décida de se rendre au quartier militaire pour s'entraîner, davantage dans l'intention de s'occuper l'esprit.

Inconsciemment, ses pas le menèrent près de l'oasis où trônait la statue d'Odin, probablement parce qu'il s'agissait d'un lieu réconfortant, un lieu qu'il associait à Mayline. Se le dire fit naître le désir de la trouver assise là où elle se tenait chaque fois qu'elle l'attendait. Inutile cependant de se bercer d'illusions, elle avait mieux à faire ; fut-ce sa pensée. Il l'aperçut néanmoins, un peu plus loin, à l'ombre d'un palmier. Ce furent les grands gestes de la jeune femme qui attirèrent son attention, si plongé dans ses rêveries qu'il fût.

Son cœur battit la chamade. Habillée d'une robe unie et coiffée d'une capeline, un accoutrement bien différent de ce qu'elle portait d'habitude, Mayline était radieuse. Comme toujours. Et à en juger par le petit panier en osier posé à côté d'elle, elle avait prédit ces retrouvailles. Ou les avait-elle attendues chaque jour ?

— Ce n'est pas trop tôt, accusa-t-elle quand Halfiel l'eut rejointe. Je finissais par croire que vous n'alliez jamais revenir. Où est Dex ?

— Il se repose. Chez lui.

— Se reposer ? Par un temps pareil ? se révolta-t-elle. Hors de question, on va le chercher. J'ai assez patienté comme ça, je refuse de reporter à demain. J'avais prévu de vous emmener à la pépinière dès votre retour, alors on y va. (Elle partit la première.) Et tu as intérêt à me raconter tout ce qui s'est passé durant votre voyage. Si tu ne le fais pas, Dex s'en chargera.

Elle sourit, puis ils partirent trouver Dex.

Tout au long du trajet, Halfiel garda le silence sans que cela étonne la belle. Depuis le temps, elle avait appris que les grandes discussions lui demandaient un effort. Se dévoiler comme il l'avait fait, le lendemain de la tempête de sable, était l'exception qui confirmait la règle.

— Au fait, vous n'avez pas l'intention de me lâcher pour retourner vous entraîner, j'espère ? dit-elle sur le ton du reproche.

Cette question eut pour Halfiel quelque chose d'amusant, et le coin de ses lèvres se souleva brièvement. Mayline le remarqua. Ce fut à peine perceptible, assez cependant pour qu'elle en restât béate ; elle ne l'avait encore jamais vu sous cet angle. Halfiel se méfia lorsqu'elle découvrit ses dents. Cela lui fit oublier de répondre à la question, mais elle ne lui en tint pas rigueur. Et puis, que lui et Dex retournent s'entraîner dans une heure ou deux, elle s'en moquait à présent.

Le jeune soldat fut réveillé par les incessants tambourinements et les appels insistants de Mayline. Quitter son sommeil et son lit pour aller ouvrir la porte fut difficile, quitter sa maisonnette fut, au contraire, d'une simplicité déconcertante ; la menace d'un pied dans le derrière s'il ne se dépêchait pas y était pour beaucoup.

Les trois compagnons ainsi réunis, ils cheminèrent en direction du secteur nord-ouest et empruntèrent des rues peu fréquentées dès que cela leur fut possible. Certaines respiraient tant la pauvreté qu'elles paraissaient abandonnées. D'autres étaient malfamées au point que, dans l'une d'elles, Halfiel manqua de se laisser aller à une rixe contre une dizaine d'individus hostiles. La situation faillit déraper parce que ces derniers réclamaient les épées de l'Ange Noir et du jeune soldat en échange de leur passage. Halfiel les ignora et força le barrage, une attitude qui échauffa les esprits. Sans l'intervention diplomate de Mayline, dont la force de caractère savait apaiser les tensions, l'altercation aurait eu lieu.

— Et remerciez-moi, ce gars-là vous aurait massacrés ! cria-t-elle aux brigands en désignant l'Ange Noir quand elle atteignit le bout du chemin, avant de disparaître au pas de course aux côtés de ses compagnons.

Furieux, les voyous les prirent en chasse. Les semer dans le dédale de ruelles et dans la cohue de l'avenue qui suivait fut cependant aisé.

La cavale s'acheva sur des éclats de rire, puis Mayline réclama à ses compagnons le récit de leur mission sur l'île de Juma, comme si de rien n'était. Ce fut Dex qui conta l'épopée. La manière dont il détailla l'aventure s'avéra palpitante. Il prit toutefois soin de mentir sur les évènements de la grotte de l'*Œil Pourpre* en omettant l'apparition de cette drôle de femme et l'absence qu'avait eue leur ami, ce dont Halfiel lui fut reconnaissant.

« Des barbares au service du roi, ça sent le roussi », conclut Mayline, après quoi elle dériva sur le projet abordé avant leur départ en mission. La belle adolescente avait eu le temps d'y réfléchir. Repousser son ambition de devenir capitaine et pilote d'aéronef ne la dérangeait plus tant, elle était même excitée à l'idée de braver monts et vaux aux côtés de ses deux comparses. Elle aiderait d'abord Halfiel dans sa quête d'identité, puis irait à Esméry afin de suivre une formation dans une académie esmérienne. Peut-être même directement auprès du célèbre Ash Sten, si là était sa chance ! Ce nouvel idéal l'animait d'une profonde détermination, aussi n'eut-elle aucun mal à trouver les bons arguments pour convaincre les deux hommes d'entreprendre le voyage. Surtout en sachant que l'Esméry était une terre d'accueil pour ceux qui en faisaient la demande ; trois jeunes gens fuyant le règne de l'ignoble roi de Drezn n'auraient aucun mal à y trouver refuge, elle en était convaincue.

Halfiel apprécia la considération de la jeune femme, mais il ne put s'empêcher de repenser aux absences dont il avait été victime. Pourvu qu'elles ne le dominent plus… Dans le cas contraire, le pire était à craindre, en particulier si Yul en était la cause. Quant à Dex, peu lui importait d'être traité en déserteur s'il pouvait en effet trouver asile en Esméry. Il avait lui aussi une dette envers le général Moltanov, mais il ne s'était pas engagé dans l'armée de son plein gré. Cet homme l'y avait forcé. Maintenant que l'audace de Mayline lui insufflait le courage de s'opposer à son détracteur, il comptait bien devenir le seul décideur de son avenir.

À la pépinière, Mayline fit visiter les lieux à ses camarades. De nombreuses variétés de plantes, d'arbres fruitiers et de légumes y étaient cultivées et permettaient de nourrir le quart nord-ouest de Fladrr, ainsi que nombre de caravanes qui venaient s'approvisionner avant de faire route vers l'intérieur des terres. Halfiel et Dex firent ensuite la connaissance de la mère de la jeune femme. Mayline les présenta comme les deux amis avec lesquels elle voulait quitter le royaume. Si Dex crut que la dame allait riposter avec véhémence en apprenant la nouvelle lubie de sa fille, il comprit très vite qu'elles en avaient longuement discuté et s'étaient entendues sur le sujet.

— Je rêvais moi aussi de partir à l'aventure, avoua la mère face à l'incrédulité du jeune soldat. Et si je n'avais pas rencontré son père, je l'aurais fait. Mais mes merveilleuses filles n'existeraient pas, alors on peut dire que le hasard fait bien les choses.

Un encouragement qui mit les trois compagnons en confiance vis-à-vis de leur projet.

Mayline déroula sur la table du salon une carte du continent. Elle expliqua que, pour se rendre à El, il fallait passer par Lef, car la route commerciale qui reliait ces deux villes était sécurisée. Pour cela, nulle autre solution que d'emprunter la voie maritime, mais embarquer depuis Fladrr était impensable, les contrôles d'identité y étaient stricts ; Halfiel et Dex se feraient sitôt arrêter, surtout Halfiel dont les ailes le rendaient facilement reconnaissable. Même chose aux portes de la cité s'ils envisageaient de rejoindre d'autres villes côtières par voie terrestre. Mais il était toujours possible de se faufiler dans les égouts et de trouver une sortie par les évacuations du port. Il suffisait d'y écarter deux des barreaux qui bloquaient le passage puis de nager jusqu'à la terre ferme, hors du mur d'enceinte. De là, il y avait le choix entre se rendre à Arimar, située à l'ouest de la capitale, ou à Zélaon, en Izen.

— Je propose Arimar, dit Mayline. C'est le plus rapide. En plus, je ne serai pas étonnée que votre grand ami le général Mou-du-genou envoie des troupes à votre poursuite quand il comprendra que vous vous êtes enfuis. Peut-être même des aéronefs. Ça paraît exagéré, mais on n'est jamais trop prudent. On va donc devoir voyager léger pour voyager vite.

— Et rester l'plus souvent à couvert, compléta Dex. Y a bien trois semaines de marche, ou plus. Faudrait pas qu'on nous voie, sinon, on est cuits.

— Tu n'es jamais sorti d'ici ? On n'aura nulle part où se cacher. L'extrême sud de Drezn est semi-désertique avec un relief plat. Il y aura des oasis et des lacs ici et là sur notre route, mais faut pas compter dessus pour se planquer. Par contre, le bon côté de la chose, c'est qu'en marchant bien et longtemps, trois semaines devraient suffire pour atteindre notre destination. Et si on arrive à se dégoter des chevaux…

— Sauf que j'suis jamais monté à cheval de ma vie.

— Allons à Zélaon, proposa Halfiel. (Sur la carte, il pointa la zone montagneuse à l'est de Fladrr.) Nous serons moins visibles en passant par ici.

— C'est vrai, lui concéda la jeune femme.

— Et que comptez-vous boire et manger lorsque vous aurez épuisé vos provisions ? leur fit remarquer la mère de Mayline. Les lacs et les oasis sont rares à l'est d'ici, inexistants dans le tiers ouest des montagnes, et rivières et ruisseaux n'apparaîtront pas avant très longtemps. Quant à chasser, ça va vous demander d'utiliser une arme à distance. L'un de vous sait-il tirer à l'arc ou à l'arbalète ?

Le silence tomba. Les trois jeunes gens se regardèrent, penauds. C'était un point qu'ils n'avaient pas encore révisé. Un point crucial. Si vital que l'idée de voyager vers d'autres villes par voie terrestre leur sembla tout à coup impossible.

— Partez plutôt vers le nord-est en restant loin des routes commerciales, poursuivit la mère. Quand la végétation deviendra décente après une semaine de marche, bifurquez vers l'est ; les points d'eau y seront plus nombreux. Ce n'est pas indiqué sur la carte, mais vous finirez par rejoindre des chemins pédestres qui traversent de nombreux villages et hameaux. Vous repartirez vers le sud avant de vous diriger vers l'Izen, certes, mais vous longerez ainsi la région que désignait Halfiel ; au besoin, vous pourrez toujours gagner les montagnes, les sentiers d'accès ne manquent pas. Et une fois que la végétation apparaîtra à foison, trouver du gibier qui ne vous voit pas venir à cent mètres à la ronde sera plus aisé, pour peu que vous préfériez éviter la civilisation.

— Je ne savais pas que tu connaissais si bien les lieux, dit Mayline avec admiration.

— Ce sont les dires des marchands, pas les miens, se défendit-elle. Tu crois que mes rapports avec nos clients se limitent à « Bonjour », « Payez tant » et « Au revoir » ?

— Vous avez vraiment pas peur qu'votre fille s'fasse prendre à cause de nous ? demanda Dex que la question taraudait depuis un moment.

— Bien sûr que si ! Quelle mère ne se ferait pas de mouron pour ses enfants ? Mais j'ai confiance en elle, elle a du caractère et sait se débrouiller. Et elle partira, quoi que je dise… Vous ne semblez pas non plus avoir les pieds dans le même sabot, tous les deux. Je suis certaine que vous saurez la protéger et vous en sortir sans une égratignure.

— C'est le cas de le dire, pouffa Mayline en lorgnant Halfiel. Bon, on va le faire comme ça, poursuivit-elle avec sérieux. Ça vous convient ?

Ses compères acquiescèrent. Ainsi, la jeune femme déclara qu'elle s'occupait de réunir les vivres et le matériel pour écarter les barreaux à l'embouchure des égouts. Le départ fut fixé à minuit. Le couvert de la nuit était indispensable pour fuir sans être vu. Quant à l'Ange Noir, avec la confiance que Yul lui accordait désormais, il lui suffisait d'attendre que celui-ci s'endorme pour quitter les lieux.

Malgré sa volonté de se reposer, Halfiel ne parvenait pas à fermer l'œil. Il ne cessait de penser au voyage qui se profilait et, dans une moindre mesure, à la réaction de Yul quand il remarquerait sa trahison. Lui revinrent en mémoire ses absences et ce qui en était peut-être la cause. C'était la dernière ligne droite avant l'évasion, avant de se défaire du semblant de servitude que lui imposait le général. Pourtant, ses pertes de conscience lui donnaient l'impression que ce rêve de liberté était inaccessible. Il espérait que tout irait pour le mieux mais ne pouvait s'empêcher de craindre le pire. Et Yul qui n'était pas encore rentré alors que la nuit envahissait le ciel… Si cet homme ne revenait pas à temps pour voir son pensionnaire couché avant d'aller dormir, Halfiel ne pourrait pas déserter les lieux sans risquer que l'alerte soit donnée sitôt après son départ.

Cette condition l'accabla à tel point que sa fatigue grandit ; il somnola. À mi-chemin entre le rêve et la réalité, des visions l'assaillirent. Des hallucinations indistinctes, incohérentes et pénibles.

La pendule sonna l'heure fatidique et le ramena à la raison. Le stress ressurgit. Pourquoi ses amis et lui n'avaient-ils pas décidé de partir sans délai, au juste ? Cela aurait mieux valu, le général n'était toujours pas revenu !

Quelle plaie…

Halfiel refusa que la peur dicte sa conduite. Si les cloches devaient rugir dès lors qu'ils quitteraient Fladrr, soit. Qu'elles sonnent. Il n'aurait qu'à voler en portant ses compagnons pour progresser plus vite. Il savait se servir de ses ailes, à présent, et s'il n'en jouait pas encore à la perfection, il ne redoutait pas de les utiliser jusqu'à l'épuisement. Jusqu'à la mort. Et ce fut avec cette résolution qu'il quitta le canapé.

Il jeta un œil vers la chambre. La porte était entrouverte. Il aperçut Yul, affalé sur son lit, et eut peine à le croire. Il ne l'avait pas entendu rentrer ! Non ? Et alors ? Il s'en moqua, soulagé que tout rentre dans l'ordre. Soulagé de s'être alarmé pour rien. En récompense, une montée d'adrénaline poussa ses sens à leur paroxysme. Il serra les poings, déterminé et confiant.

Un tour de clef, un coup de clenche, la porte d'entrée s'ouvrit et grinça. Halfiel grimaça ; si seulement ce logis avait eu d'autres fenêtres que ces lucarnes barrées de fer, cela lui aurait offert une meilleure discrétion ! Il referma, les charnières couinèrent encore. Son sang se glaça. Il s'accorda un instant et… sa volonté vacilla. Avait-il raison de partir ainsi à l'aventure sans le consentement du général ?

Son regard voyagea entre la porte et la rue à plusieurs reprises. Naturellement, la foi qu'il plaçait en ses camarades et en sa propre force balaya ses craintes. Et il s'envola vers la pépinière.

Mayline l'attendait. Il fut heureux de la revoir, cela signifiait que leur projet se concrétisait bien qu'il n'en fût qu'à ses balbutiements. Toutefois, le retard de Dex renouvela l'inquiétude et lorsque ce dernier apparut, près d'une demi-heure plus tard, il affichait une mine déconfite, déprimée. Mayline l'interrogea, il jura que tout allait bien. Elle insista mais n'apprit rien de plus. Elle renonça, soutenue par la certitude que les langues finissaient tôt ou tard par se délier. En outre, l'heure tournait.

Les trois compagnons se dirigèrent vers la bouche d'égout qui servait aux évacuations d'eau de la pépinière. Mayline tendit une barre d'acier à Halfiel, qu'il saisit. Il en glissa la pointe dans un interstice entre la plaque et son socle, fit levier.

— Arrête-toi ! tonna une voix rauque.

Halfiel se rigidifia et lâcha prise, la plaque se relogea et chassa la barre d'acier avec un désagréable bruit métallique. Il fit volte-face, dégaina son épée à la vue du général Moltanov. Il partirait avec ses deux amis, quoi qu'il en coûte, quitte à le tuer s'il tentait de les arrêter ! Faire machine arrière était exclu.

— Couché, ordonna Yul.

Les jambes d'Halfiel se dérobèrent, il mit un genou à terre. Dans un cri de rage, Dex chargea le général, arme en main. Il asséna un coup vertical mais fut attrapé par la gorge et jeté sur quelques mètres avec une terrible aisance.

— Vous, récrimina Dex alors qu'il se relevait. Tout est d'votre faute !

— Restes-en là, gamin, dit Yul, exaspéré. Je ne prendrai pas la peine d'envoyer une sous-merde dans ton genre à la fosse aux tortures pour un problème d'insubordination, car j'en ai plus qu'assez de me coltiner un incapable dans ton genre. Ton comportement est intolérable ! Voilà des années que je m'efforce de t'inculquer les bonnes manières, que je t'offre une vie décente, et regarde de quelle manière tu me remercies ! Rappelle-toi que, sans moi, tu ne vivrais pas.

— Menteur ! Y a huit ans, dans un village près de Dum Haly, renchérit Dex d'une voix fiévreuse. C'était vous… Vous qui avez tué mes parents et tous les habitants !

Le général le regarda d'abord avec surprise. Puis il se souvint.

— Kalar ne sait pas tenir sa langue, conclut-il pour lui-même.

— Répondez ! Pourquoi vous les avez tués ? Pourquoi j'suis encore en vie ?

— Je n'ai pas à justifier mes actes devant un troufion. (Il se tourna vers Halfiel.) Tu me déçois, soupira-t-il. Tu me déçois beaucoup. Je savais que tu ne retiendrais pas la leçon, j'aurais pourtant préféré que tu m'obéisses sans faire d'histoires, que tu ne m'obliges plus à m'en servir. Cela aurait mieux valu pour toi et tes petits copains.

Mayline devinait que cet homme était le général Mou-du-genou, comme elle l'avait nommé la veille. Malgré sa prétention de pouvoir lui tenir tête si l'occasion se présentait, elle ne bougea pas. Elle ignorait comment agir, réalisait tout à coup son impuissance. Elle considéra ses amis dans l'espoir que la solution viendrait d'eux, mais les larmes mouillaient les joues de Dex, ses lèvres se tordaient en une vilaine expression et sa respiration était si forte qu'il semblait sur le point d'exploser. De l'autre côté, Halfiel avait lui aussi les traits façonnés par la colère. Ses yeux trahissaient son désir d'éliminer le gêneur, ainsi que la confusion.

— Halfiel ! appela Yul. Tue-le.

La stupeur frappa l'Ange Noir. Avant qu'il puisse contester l'ordre, un sentiment de vide s'installa en lui et chassa toute émotion. Il y résista non sans peine, certain qu'il allait de nouveau sombrer.

— Tue-le ! répéta Yul avec force et sévérité.

Et il céda. Ses yeux devinrent ternes, sans vie, comme les fois précédentes. Ses traits se détendirent pour afficher la froideur d'un assassin. Il avança vers Dex, inexorable. Il n'y avait dans ses gestes aucune hésitation.

— Nan, Halfiel, tu vas pas faire ça ? gémit le soldat. Hal, arrête… Hal !

— Arrête ! supplia Mayline à son tour. Halfiel !

Il ne les écouta pas. Elle courut à lui et le gifla dans l'espoir de le ramener à la raison, comme l'autre fois. Indifférent, il la bouscula. Dex tenta de s'enfuir, mais il le rattrapa d'un battement d'ailes et le plaqua au sol. D'un mouvement sec, il l'embrocha. Il y eut un râle étouffé. Les cris de Mayline retentirent, suivis de sanglots et de hurlements hystériques.

À la lueur des magi-lampes, Halfiel retrouva ses esprits. Il se tenait debout. À ses pieds gisait le corps de sa victime dont le sang se répandait pour se mêler au sable entre les dalles en pierre. Terrifié, il lâcha son épée et recula. Il regarda ses mains, puis sa lame rougie.

La vérité l'écrasa. Il tomba à genoux.

Le souffle court de Dex accapara son attention ; il s'approcha et le retourna. Le jeune soldat avait du sable plein le visage, les yeux mi-clos. Du sang coulait à la commissure de ses lèvres et de son nez.

— Pourquoi ? articula-t-il d'une voix faible.

Halfiel fut incapable de répondre, la gorge douloureuse, les entrailles brûlantes.

— Mayline, ajouta Dex. Elle…

Il y eut quelques secondes de suspens, et… plus rien.

Le soldat s'était tu, sans un dernier soupir. Sans même un tressautement. Halfiel observa son ami et demeura figé pendant de longues minutes. Puis tout se bouscula dans son esprit. Il leva les yeux au ciel, poussa un cri déchirant, se pencha sur le cadavre de son compagnon, posa les poings et la tête sur sa poitrine. En silence, ses larmes coulèrent.

Bientôt, le chagrin se mua en un ardent désir de vengeance. Halfiel avait désormais la certitude que Yul était responsable de ses absences et il comptait bien lui faire payer le meurtre de Dex au prix fort. Il se leva, ramassa son épée, fit un pas, un deuxième, déploya ses ailes, un troisième pas et… Mayline envahit ses pensées. Il se rendit compte qu'elle n'était plus là. Le général non plus. Les derniers mots du jeune soldat lui revinrent en mémoire, la peur s'immisça. Alors, il s'envola en toute hâte.

Tel un oiseau de proie en chasse de son festin, il chercha pendant longtemps, jusqu'à ce qu'il aperçoive Yul qui passait la grande herse de l'enceinte fortifiée du château. Il atterrit sur le carrefour et s'avança d'un pas rapide.

— Où est Mayline ? réclama-t-il, veines du cou saillantes.

— Crétin, tu ne peux t'en prendre qu'à toi-même ! Si tu n'avais pas eu la brillante idée de me trahir, rien de tout cela ne se serait produit.

— Où est-elle ?!

D'un battement d'ailes, il s'élança. Il s'immobilisa quand la pointe de l'épée fut à quelques centimètres de faire mouche, et son corps se trouva comme suspendu dans les airs. Un sourire narquois sur les lèvres, Yul passa tranquillement à côté et lui attrapa le poignet.

D'une rotation, il l'entraîna et l'envoya au tapis. Halfiel retomba avec violence sur le flanc, en perdit son arme et roula.

Yul se planta tout près de lui.

— Ils ont payé le prix de tes actes, le sermonna-t-il. Vois-le comme un gage de ma clémence à ton égard, et que cette fois te serve de leçon.

Il lui envoya son talon en pleine figure puis partit. Halfiel en eut la pommette écorchée, la blessure se referma aussitôt. La paralysie s'estompa bien des secondes plus tard.

Accablé par l'échec et la faiblesse, il ne chercha pas à poursuivre son bourreau. Les yeux rivés sur la sombre voûte céleste, il se rappela tous ces moments plaisants passés aux côtés de ses amis. Puis il repensa à la mort de Dex et imagina la souffrance que Mayline avait dû endurer avant d'y laisser la vie. Et il reconnut qu'après tout, Yul avait raison : la perte de ses camarades lui incombait. Car il avait eu l'occasion d'éviter cette issue à maintes reprises. Il aurait pu refuser ce voyage en catimini, par exemple. Ou bien discuter au préalable avec le général afin de trouver un arrangement. Pourquoi, au juste, n'avait-il pas fait demi-tour lorsque le doute l'avait assailli après qu'il fut sorti des appartements ? Pourquoi n'avait-il pas tout simplement éliminé Yul quand il en avait eu l'occasion, au premier jour ? Il avait pourtant pressenti tout le mal et la perfidie qu'incarnait cet homme !

La culpabilité l'empoisonnait. Toutefois, à bien y réfléchir, rien de tout cela n'était en cause. Le fond du problème, c'était sa négligence. Et se le dire rendit son affliction infiniment pire, tant qu'il souhaita mourir. Il avait deviné que Yul contrôlait ses absences. Mais parce qu'il n'en était pas certain, il avait préféré ne pas en parler à ses compagnons ? Si seulement il l'avait fait, jamais ils ne seraient partis ! Jamais ils n'auraient pris un tel risque en sachant que Yul pouvait l'assujettir à loisir !

Au bout du compte, le sang de Dex et de Mayline coulait sur ses mains. Il était le seul à blâmer et, pour cela, il se haïrait à jamais.

Las au point de ne plus pouvoir jouer la moindre émotion, la moindre pensée, il fut de marbre. Il s'abandonna à la contemplation des étoiles.

Depuis l'un des balcons du château, Kalar observait Halfiel, comblé d'assister à sa déchéance. Ses manigances commençaient à porter leurs fruits, bien que ce résultat tînt davantage du hasard et du concours involontaire de Yul que de son fait. Mais cela n'en était pas moins jouissif, car sa haine pour son sempiternel rival était telle qu'elle régissait son existence.

— Odin, pauvre déchet, ricana-t-il. Vois comme ta descendance est faible, facile à ébranler. Souffre et regrette ce jour où tu t'es dressé contre moi !

Du poing, il frappa la balustrade du balcon et la brisa. Il tourna les talons.

Chapitre 18

Souvenirs – Invasion

Halfiel avait bien compris qu'il ne pouvait pas lever la main sur son Maître, mais il ignorait que sa liberté de penser aussi était bridée. Il l'apprit à ses dépens lorsque, la culpabilité passée, il tenta de fomenter un plan pour se débarrasser de lui et que sa conscience s'estompa aux premières réflexions. Pourtant, si imaginer faire du mal au général lui était interdit, le seul fait de le vouloir demeurait permis… Une limite floue mais bien réelle qu'il expérimenta malgré lui à plusieurs reprises, un paradoxe qui l'entraîna vers la folie et l'hystérie.

À la vésanie succéda la résignation ; contraint d'accepter sa condition afin de préserver sa raison, il rejeta souvenirs et sentiments, se mit à obéir sans réfléchir, sans rechigner. Ainsi devint-il une véritable machine à tuer à la solde d'un traître, car, les jours suivants, par son entremise, Yul imposa sa dictature à Fladrr. Les moindres infractions commises furent réprimées avec une grande sévérité, la majeure partie du temps par une mort rapide venue du ciel. L'insubordination et les crimes les plus graves appelèrent la torture puis l'exécution publique, avec plus de force et de cruauté que n'en jouissait Kalar. Et le pire dans tout cela était que le roi avait disparu ; il semblait fermer les yeux sur les libertés que s'octroyait son général.

Révoltée par cette soudaine politique de répression, la population prit les armes. Très vite cependant, les principaux instigateurs de la rébellion furent débusqués et assassinés par Halfiel. Il y eut bien un effort de réorganisation, mais l'Ange Noir l'annihila avec la même efficacité.

En l'espace de quelques jours, l'espoir et la joie se turent, remplacés par l'ordre et la dépression. Par la terreur.

Ce fut cet instant que choisit Kalar pour revenir au-devant de la scène. Il accusa publiquement le général Moltanov de l'avoir dupé puis enfermé dans les cachots. Il s'en était enfui grâce au concours d'une poignée de loyaux soldats. De fait, Yul était l'unique responsable de l'oppression. Mais cet homme n'avait pas agi seul, la reine de la Glynas l'avait soutenu en envoyant son champion aider au renversement de la monarchie de Drezn ! Halfiel, l'Ange de la Mort, était cet émissaire glynasséen qui avait infiltré les rangs drezniens. Celui-là même que beaucoup avaient applaudi dans l'arène, des semaines auparavant. Kalar rassura ses sujets, il avait su ramener le général Moltanov à la raison et était parvenu à rallier Halfiel à sa cause. Par conséquent, ne restait plus qu'à mener l'expédition punitive contre le véritable ennemi : la Glynas.

Ainsi parla Kalar le roi. La majorité de la population, jusqu'alors insensible face à son règne, se laissa berner par sa malice ; elle vit en lui un héros, le libérateur de la tyrannie du traître. Ceux qui le servaient déjà avec loyauté renforcèrent leur serment. Quant à la masse qui réfuta ses mensonges ou qui le détestait depuis longtemps, Kalar s'en moqua tout bonnement. Parce que toute cette machination l'amusait bien. Et puis, dans le fond, aimé ou haï, quelle différence ? Si puissant qu'il fût, personne n'osait le défier. Et cela serait d'autant plus vrai à compter de ce jour, car les uns l'adulèrent et les autres le redoutèrent plus encore.

Au final, la tentative de coup d'État de son général, bien que fortuite, servit ses intérêts. Plus que jamais, il fut Roi.

Les aéronefs prirent leur essor, emportant le héros salvateur, le général félon, le champion déchu et vingt mille soldats. Il fallut treize jours à la flotte de Drezn pour atteindre la plaine au pied d'Ajul. Le roi, le général et l'Ange Noir pénétrèrent la grise cité semi-troglodyte, les troupes demeurèrent à l'extérieur. Dans les rues, les citoyens rentraient chez eux, effrayés par ce qu'augurait une telle venue.

Au sommet du grand escalier de marbre blanc ciselé, devant les portes de la demeure royale, Lana Ajul attendait, droite, fière et impérieuse, au côté du chancelier Mell Rosaris. Elle accueillit le souverain de Drezn avec politesse et courtoisie, mais le ton de sa voix laissait comprendre qu'il n'était pas le bienvenu.

— Ma réponse ne sera pas différente de celle donnée à vos émissaires sous prétexte que vous me faites l'honneur de votre présence, déclara Lana. La Glynas ne ralliera pas vos ambitions, peu m'importent vos arguments.

— Alors, permettez-moi de vous faire une nouvelle offre, fit Kalar. Épousez-moi et j'assurerai votre protection et celle de tous vos sujets dans la grande guerre à venir.

Elle le dévisagea. Elle ne craignait ni son regard ni ses menaces cachées. En outre, il était beau et plein de charme, elle devait bien le reconnaître. Et intelligent, à n'en point douter. Mais colérique, manipulateur et fanatique, Lana le savait et le regrettait. Sans cela et les évidentes ambitions de conquêtes qui animaient cet homme, elle aurait pu se laisser aller à cette séduisante proposition de mariage.

— Madame, murmura le chancelier pour la tirer de ce qui paraissait être une hésitation.

— Je sais, répondit-elle à voix basse.

Elle descendit les marches et s'approcha jusqu'à se retrouver nez à nez avec Kalar. Elle le toisa avec tant de force et de confiance que cela galvanisa les citoyens témoins de la scène.

— Ma patience a des limites, dit-elle. Je vous prie de quitter mon royaume sur-le-champ.

L'irritation de Kalar fut perceptible, bien qu'il se contrôlât pour ne pas perdre la face ; s'il ne supportait pas qu'on lui tienne tête, il s'était attendu à cette réponse. Il se replia.

Lana ordonna à ses gens de se barricader chez eux. Les soldats se préparèrent à l'inévitable bataille, car il était certain que Drezn n'allait pas en rester là. Trois mille archers occupèrent les remparts, sept mille bretteurs et lanciers attendirent dans la rue principale.

Bientôt, les cors de guerre retentirent.

Les flèches tuèrent. Le fléau d'armes de Yul éclata les remparts et les archers glynasséens. Halfiel gagna le haut du mur et trancha le cuir entre les fines plaques d'acier et les chairs avec une aisance effarante. En tête des troupes, Kalar, non plus vêtu de ses nobles habits mais d'une armure aussi noire que l'obsidienne, usa de magie pour forcer l'ouverture des portes, prenant soin néanmoins de ne pas les endommager. Il mena ses guerriers dans les rues d'Ajul. Les soldats de Glynas reculèrent devant la puissance combinée du roi et de son général.

Le nettoyage des remparts achevé, Halfiel vint se poser derrière les Glynasséens pour couper la retraite. Son épée continua de porter la mort à chaque coup. Pris dans l'étau que formaient les trois héros de Drezn et leurs hommes, les défenseurs de la cité paniquèrent. Sur ordre du chancelier Rosaris, ceux qui le purent se replièrent dans le château. Mais les portes ne se refermèrent pas à temps, ou plutôt Kalar et Halfiel se précipitèrent pour les en empêcher. Et le bain de sang se poursuivit.

Malgré les réticences de ses sujets et bien qu'ils tentassent de la retenir, Lana Ajul se faufila entre les soldats et s'interposa.

— Cela suffit ! implora-t-elle. Arrêtez, je vous en supplie ! Nous nous rendons. J'accepte votre offre…

La voix de Kalar n'eut pas besoin de résonner, un geste de la main paralysa tous les combattants de première et de seconde ligne, ennemis comme alliés. Il s'approcha de la reine avec un orgueil de vainqueur qui masquait toute sa malignité.

— Vous voyez, vous êtes raisonnable quand vous le voulez.

— Votre Majesté, se plaignit le chancelier, vous ne…

— La ferme ! aboya Lana en lui jetant un regard noir. Par pitié, Mell, ferme-la. Trop des nôtres sont morts, je ne veux pas perdre une vie de plus. Mon royaume est vôtre, s'adressa-t-elle à Kalar. J'accepte de vous épouser, à condition que vous épargniez mon peuple.

— Je ne lui ferai aucun mal, promit-il. Mais ceux qui manient les armes sont un danger que je ne peux ignorer. Vous comprendrez que je m'en débarrasse.

Il leva la main pour défaire son sort d'entrave et ordonner le massacre.

— Non ! Attendez ! réclama la reine. Laissez-les partir. Offrez-leur l'exil. Je vous en prie, je vous en conjure, si vous leur permettez de fuir, ils ne seront plus une menace. (Elle se redressa et prit une attitude fière.) Telle est la condition de ma reddition. Sans cela, il vous faudra me tuer. Comme tous les autres, car, sans moi, personne ne vous suivra. À moins que vous teniez à conquérir un royaume vidé de son essence ?

Kalar fit mine de réfléchir.

— Soit. J'accepte.

Et son vil rictus de s'élargir. Il se doutait que les fugitifs tenteraient tôt ou tard de reprendre la cité et de sauver leur reine bien-aimée et son fils. Cela n'avait guère d'importance. Ou plutôt, si, cela en avait ! Parce qu'il l'espérait !

Ainsi les armes furent-elles déposées. Les soldats de Glynas quittèrent la capitale la tête basse, le cœur lourd, menés par le chancelier Rosaris sous les regards désemparés des citoyens.

Dans l'heure qui suivit, Kalar et ses troupes repartirent à bord de leurs aéronefs. Seuls demeurèrent sur place Yul Moltanov et son fidèle second Halfiel, ainsi que deux mille hommes. Par sécurité, le temps qu'il règle des affaires en cours, prétexta Kalar, après quoi il reviendrait pour le mariage. En vérité, des paroles en l'air. Pour certaines raisons connues de lui seul, il voulait juste faire occuper la ville par le général Moltanov et par Halfiel. Toutefois, cela, Lana Ajul l'ignorait.

Seul maître à bord, Yul ne craignait rien ni personne. Kalar l'avait abandonné là pour l'évincer, de toute évidence. Cela l'étonnait encore qu'il lui eût laissé la vie sauve malgré sa trahison, mais après tout, pourquoi pas ? Il avait lui aussi ses humeurs. Et puis, inutile de s'en soucier, il lui avait par la présente occasion offert d'étancher sa soif de pouvoir. Offert ce qu'il désirait tant ! Car Kalar ne reviendrait pas, Yul le savait bien. De fait autoproclamé régent en l'absence du faux futur roi de Glynas, pour ne pas éveiller les soupçons, il planifiait de rebâtir ce royaume selon ses idéaux. Reformer une armée allait prendre du temps, autant que gagner la confiance du peuple. Quoiqu'il n'eût nul besoin de confiance, seulement de peur pour garder ces chiens de Glynasséens à leur place ; l'obéissant Ange de la Mort en serait le parfait instrument. Et dans vingt ans, lorsque la jeunesse se serait épanouie, cette invasion serait de l'histoire ancienne et le couronnement du roi Moltanov légitimé depuis longtemps.

Que Yul avait hâte ! Alors, il pourrait conquérir Drezn et étendre son nouvel empire. D'ici là, Kalar aurait probablement accompli sa quête du Royaume Divin et s'en serait allé. Il ne lui resterait donc plus qu'à retourner à l'Archipel des Dieux pour emprunter le passage, pour peu qu'il demeurât ouvert, et visiter le monde des dieux comme il en rêvait… Ou peut-être pas. Était-ce primordial, après tout ? Si devoir occuper Ajul modifiait ses plans, ce n'était pas bien grave. Régner sur Lanvaril lui suffisait, à lui.

Chaque jour qui suivit l'invasion, Yul consigna la reine et le prince dans leurs appartements. Chaque jour, il s'enferma avec Lana Ajul. En résultaient des bruits… dérangeants, parfois des gémissements. Parfois même des pleurs. Halfiel prit l'habitude de se réfugier au sommet de la plus haute tour du château. Si l'absence d'émotions le caractérisait lors de son arrivée à Ajul, les suppliques quotidiennes de la reine et celles du prince qui priait pour sa mère rappelèrent peu à peu son sentiment d'indignation. L'assassin sans âme qu'il était devenu se brisa lentement, son sens de la justice reprit le dessus. Tuer de gré ou de force pour le compte du général, ce à quoi il s'était habitué, le rendit de nouveau amer.

Grâce à ce regain d'âme, l'espoir le subjugua lorsqu'il aperçut les guerriers de Glynas marcher vers la cité, une nuit. Il savait que les vigies drezniennes ne les verraient que trop tard, aussi décida-t-il de ne pas aller avertir son Maître. Il oubliait cependant que fomenter la perte de Yul ne lui était pas permis ; il perdit connaissance. À son réveil, il se tenait près du général et les mots de l'homme lui firent comprendre qu'il venait de moucharder. Il en fut anéanti.

La cohue extérieure se rapprocha, les portes du château s'ouvrirent avec fracas.

— Suis-moi, ordonna Yul.

Dans le vaste corridor au sol en damier noir et blanc qui menait aux appartements royaux et à la salle du trône, le général et son second se retrouvèrent face au chancelier et à vingt autres Glynasséens.

— Maudite femme, gronda Yul. Je ne ferai pas la même erreur que Kalar en te laissant filer.

Mell analysa rapidement les deux hommes et s'attarda sur ce personnage aux ailes noires. Ce formidable guerrier était différent du jour de l'invasion. Loin de cette impitoyable machine à tuer, il semblait hésitant et fébrile. Ses yeux abritaient la tristesse et le désespoir, elle crut même y lire un appel au secours. Qu'il obéît sous la contrainte lui apparut comme une évidence.

— Tu es seul contre vingt-deux, tu n'as aucune chance, provoqua-t-elle le général avec une assurance renouvelée. Rends-toi.

— Seul contre vingt-deux ? Vraiment ? se moqua Yul.

— Crois-tu qu'il t'aidera ? désigna-t-elle l'Ange Noir. Regarde-le, vois comme il te hait. Il brûle d'envie de te trancher la gorge !

Yul s'esclaffa.

— Écoute-moi bien, pétasse : ce gamin m'obéit au doigt et à l'œil, qu'il le veuille ou non. En voici la preuve.

Il donna l'ordre à son second de tuer tous les résistants. Halfiel voulut obéir de son plein gré afin de minimiser les pertes, mais, une fois de plus, ses yeux devinrent ternes. Il tira son épée et se jeta sur Mell. Elle para avec le manche de sa hache, les assauts violents et répétés l'obligèrent à reculer. Les soldats qui tentèrent de l'aider furent tués en un clin d'œil.

Comprenant un peu tard son erreur, elle ordonna haut et fort la retraite avant de s'enfuir, tant bien que mal. Sa parfaite connaissance des lieux lui permit de semer l'assassin et de gagner le passage secret qui reliait le cellier du château à l'extérieur de la cité.

L'ordre du chancelier se propagea et, très vite, la Résistance d'Ajul opéra le repli. Quant aux deux espions infiltrés qui s'étaient faufilés jusque dans la salle des trésors afin de s'emparer des cristaux de Skírnir, ils empruntèrent à leur tour le même passage que Mell dans la plus grande discrétion. Leur larcin fut toutefois une bien maigre victoire, une frêle compensation. À l'image de la précédente bataille, nombreux furent ceux à perdre la vie. Et si ce ne fut pas le cas d'Halfiel, il aurait une fois encore préféré mourir ; retrouver ses esprits dans les rues d'Ajul, au milieu des corps sanguinolents des Glynasséens venus libérer leur patrie, sous les regards horrifiés et inquisiteurs des citoyens… C'était un véritable supplice.

Halfiel baissa la tête, tomba à genoux, laissa ses larmes couler et frappa le sol de ses poings. Il s'écorcha la chair et se brisa les os, encore et encore, et les plaies guérirent et les os se ressoudèrent, encore et encore. Las, il s'arrêta. Il se sentait stupide d'avoir espéré.

Les jours devinrent plus sombres et plus pénibles, autant pour Halfiel que pour les citoyens d'Ajul. La Résistance essaya pour la seconde fois de récupérer la capitale, avec un effectif bien inférieur à celui des Drezniens.

Du haut de sa tour, Halfiel vit six guerriers s'introduire dans la roche, près des remparts ; sûrement un passage secret pour s'infiltrer dans la ville ou dans le château. Dans l'indifférence la plus totale, il vola jusqu'au balcon des appartements royaux et alla prévenir le Maître. Ce dernier empoignait la reine par les reins et jouissait de sa besogne journalière. Lana ne râlait plus, ne pleurait plus, et cela laissait Halfiel de marbre.

Yul maugréa de devoir s'interrompre. Son rapport effectué, l'Ange Noir revint au balcon et posa le regard sur la plaine où se préparait une nouvelle bataille. Il attendit. Tôt ou tard, le Maître viendrait le chercher, sinon un ordre irrévocable le cueillerait.

Bientôt, il entendit une porte s'ouvrir, derrière lui. Des bruits de pas. Comme cela se produisait parfois depuis quelques jours, sa marque fourmilla, mais avec plus d'intensité que jamais. Fatalement, ses yeux perdirent leur éclat et devinrent ceux de l'assassin.

Chapitre 19

Un rêve éveillé

Plaqué au sol, le souffle court, il sentait la pointe de l'épée lui piquer le gosier. Seïk savait qu'il vivait ses derniers instants. Puis il y eut ce changement dans le regard de l'Ange Noir. Le temps d'une question et il redevint l'Ange de la Mort. Il fut cependant bien hésitant, le bras tremblant comme s'il se livrait à une lutte intérieure. Seïk le remarqua, chassa la lame d'un revers de main, saisit le guerrier par le poignet et le cou et le fit basculer. D'une roulade il se releva et alla ramasser une de ses dagues, puis il fit volte-face et dévia de justesse une nouvelle attaque. Il faiblit à cause de sa blessure à la cuisse, eut cependant le bon réflexe de ne pas résister et de tomber à genoux ; l'épée frôla son crâne, remonta et martela : l'acier choqua l'acier.

La pression qu'exerça l'Ange Noir fut telle que Seïk ploya davantage et que sa jambe le fit souffrir. D'un cri mêlant rage et douleur pour se galvaniser, il empoigna son arme des deux mains et s'efforça de modifier la trajectoire de l'épée. Quand ce fut assez, d'un geste vif, il attrapa d'une main l'avant-bras de l'ennemi et tira sec. Tout son poids porté vers l'avant, Halfiel fut entraîné vers le sol. Seïk put alors libérer sa dague et, tandis que son adversaire s'écroulait face contre terre, il poussa sur ses jambes et passa dans son dos. La courte lame s'éleva, piqua entre les omoplates et sectionna la colonne vertébrale.

Seïk se jeta en arrière, se releva, trébucha à cause de sa jambe engourdie, roula et se remit sur pied, prêt à se défendre. Son indéfectible adversaire rampait tant bien que mal à la seule force de ses bras.

— C'est une blague ? grimaça le mercenaire haletant.

Il s'approcha de lui, dégaina un couteau de lancer et le planta dans sa nuque. Enfin, l'Ange Noir cessa de remuer.

Seïk dut prendre un moment pour admettre sa victoire.

Il alla récupérer son autre dague, puis il jeta un regard vers le ciel. Il prit une grande inspiration. Un rire nerveux le secoua ; il se rendait compte qu'une fois encore, il devait sa survie à la chance. Sans l'hésitation qui avait retenu le bras du Champion de Drezn, il se serait noyé dans son propre sang. Il se frotta les yeux, expira d'un souffle tremblotant, puis se rendit aux crénelages du balcon et observa l'évolution de la lointaine bataille. La Résistance avait pris le dessus et dominait par son effectif tristement réduit. Les Glynasséens se battaient avec une ferveur ahurissante. Sans conteste, sur ces plaines, ils étaient les rois.

Le cor de guerre retentit. Seïk jeta un œil à des dizaines de mètres plus bas, sur un promontoire rocheux. Celui qui jouait de l'instrument gigantesque était l'un des soldats de la Résistance qui l'accompagnait un peu plus tôt, un de ceux qui avaient fui à la vue du Champion de Drezn. L'homme se tourna vers le mercenaire et lui cria :

— Le général ennemi est mort ! La bataille est terminée !

Et il souffla une seconde fois dans le cor. Les cris victorieux des Glynasséens s'élevèrent, bientôt étouffés par ceux des quelque trente-six mille habitants d'Ajul.

Seïk en fut soulagé. Cela ne l'empêcha pas de faire face, arme en main, lorsqu'il entendit le bruit du métal qui rebondit sur la pierre. L'Ange Noir ne bougeait pas, mais le couteau planté dans sa nuque s'était extrait de lui-même. La lame piquait une gemme violette couverte d'une rune bleue qui brillait d'une lumière vive. L'objet se désagrégea et, redevenu poussière, fut emporté par le vent.

Seïk se dépêcha de ramasser son arme. Il l'examina, intrigué, puis regarda le sombre guerrier. La plaie à la nuque avait déjà disparu, ce qui ne l'étonna plus. En revanche, revoir cette cicatrice en forme de croix dans un cercle fit ressurgir les interrogations. D'autant plus que les picotements qui malmenaient la sienne s'étaient estompés, il le remarquait enfin.

Ses questions devraient toutefois attendre que ce guerrier aux ailes noires se réveille, car, pour l'heure, il demeurait inconscient. Il n'était pas non plus contre l'idée de se reposer quelques minutes avant d'aller retrouver les autres ; il rangea son couteau et s'assit à côté de son adversaire vaincu.

Il contempla le ciel. Des nuages gris striaient le jaune et l'orange du soir, à l'ouest où le soleil finissait de disparaître derrière la ligne de faîte des montagnes. À l'opposé, le bleu nuit infini parsemé de points blancs progressait lentement au-dessus de la plaine et de la cité. Une vision fort appréciable ; l'on aurait dit un tableau peint. Le vent frais qui souffla sur son visage en sueur fut aussi très agréable, autant que les clameurs qui continuaient de s'élever des rues. Assurément, la victoire était composée de belles saveurs. Toutefois, à mesure que l'accalmie chassait de son esprit l'ardeur du combat, ses inquiétudes refirent surface. Il ne put s'empêcher de craindre le pire pour Falène, bien qu'il sût qu'il n'y avait pas lieu. Pour Diana, en revanche… Avait-elle survécu à cette bataille ? Il eut un haut-le-cœur en imaginant sa perte.

— Est-il mort ? questionna une femme à la voix usée.

Seïk sursauta et se leva à la hâte. La reine passait la porte, épaulée par Jeff. Son teint était pâle, son visage abîmé. La fatigue l'accablait, pourtant elle pria Jeff de la lâcher et fit tout son possible pour se tenir droite. Elle restait fière et digne dans l'adversité, ce qui la rendait magistrale. Elle en imposait tant que le mercenaire courba l'échine pour présenter ses hommages, au détriment de sa santé. Il grimaça malgré lui, manqua de tomber ; Jeff enjamba le corps de l'Ange Noir et vint le soutenir.

— La victoire t'a coûté, souligna le général.

— J'ai connu pire.

— Ta jambe a l'air d'être dans un sale état. Il va falloir la faire soigner au plus vite si tu veux en conserver l'usage.

La reine s'agenouilla avec difficulté près de l'Ange Noir. Elle était plus attristée par le sort du jeune homme que par les sévices qu'elle et son fils avaient endurés.

— Il ne méritait pas de mourir, déplora-t-elle. Il obéissait contre son gré. Je l'ai vu…

— Comme la plupart de ceux qui se battent au nom de Drezn, incrimina Jeff. Il n'est pas différent sur ce point.

— Il l'est.

— Je pense que Sa Majesté a raison, concéda Seïk en s'approchant du guerrier. Il devait être soumis à la volonté d'un autre. Une pierre gravée d'une rune est sortie de son cou et s'est volatilisée, il y a peu. Je suis prêt à parier qu'il s'agissait d'une invention de Drezn, de propriété magique.

» Quoi qu'il en soit, soyez sans crainte, Madame. Cet homme nous survivra tous.

Il ôta sa dague plantée dans le dos d'Halfiel. La plaie se referma si vite que Jeff et Lana en furent ébaubis. La reine en retrouva même le sourire.

— En voilà un qui ne manque pas de ressource, fit le général, sceptique.

— Portez-le dans l'une des chambres d'hôtes, réclama la reine. Nous lui parlerons à son réveil. Jeff, aidez-moi à descendre du château. Je marcherai seule lorsque nous serons dans les rues.

Les deux hommes s'exécutèrent.

Au pied de la demeure et de son escalier de marbre, un cheval fut préparé pour la reine. En selle, elle chevaucha vers les hautes portes de la ville. Aux yeux de tous, elle était d'une grandeur infinie. Elle semblait être au-dessus du commun des mortels et les contusions, les écorchures sur son visage et l'atonie n'y changeaient rien. Le moral d'acier qu'elle démontrait réconfortait les âmes en peine et incitait même ses sujets à la suivre jusque dans la plaine pour accueillir les résistants et leurs prisonniers de guerre. Ceux-là n'étaient plus qu'une centaine du côté des vainqueurs, moins d'une soixantaine de l'autre. Chaque combattant, qu'il fût glynasséen ou dreznien, était blessé. Certains avaient des plaies superficielles, comme le chancelier Rosaris, d'autres l'étaient plus sérieusement. Diana n'avait que des égratignures aux mains à cause de sa chute. Falène portait une petite plaie au bras gauche qu'un Dreznien avait réussi à lui infliger avant de périr d'une épée plantée dans le dos, et sa belle tenue blanche de bretteuse était rouge du sang de ses victimes. Quant à Koren, qui s'était au cours du dernier mois affirmé comme un bon meneur de troupes et un assesseur compétent, la mort l'avait emporté.

— Madame ! appela le chancelier en rejoignant la reine. Je suis heureuse de vous voir sauve.

— Je le suis également de te savoir en vie, mais remettons nos retrouvailles à plus tard.

Lana fit avancer son cheval de quelques pas et domina chaque soldat du regard. À bout de forces, surpassée par ses efforts pour rester noble, elle chancela et faillit s'évanouir. Voyant qu'elle se rattrapait et se redressait, Jeff et Mell retinrent leur geste ; ils savaient que sa fierté s'abattrait sur eux s'ils l'assistaient pour si peu.

— Pardonnez ma faiblesse, les semaines passées ont été rudes, parla la reine haut et fort. Beaucoup ont péri au cours des trois batailles qui nous ont récemment frappés. Mon cœur saigne. Le cœur du royaume saigne. Comme vous, je pleure les fiers combattants tombés pour le salut de la Glynas. Nos forces armées ont été décimées. Par-dessus tout, nous avons perdu des êtres qui nous sont chers. Nos pères, nos frères, nos fils et, pour quelques-uns, nos mères, nos sœurs ou nos filles ont donné leur vie pour le royaume. Aucun d'eux ne sera oublié. Jamais ! Nous érigerons un monument à leur mémoire, à leur gloire. À la mémoire de cette guerre qui a apporté la souffrance et fait naître la haine.

Elle observa l'assemblée, le temps de maîtriser son émoi. Il n'y avait pas un bruit et personne ne s'avisa d'en faire jusqu'à ce qu'on l'y invite.

— Je pleure aussi ceux de Drezn qui ont combattu sans conviction, menacés par la tyrannie de leur roi et de ses généraux, reprit-elle avec compassion. Sachez, guerriers de Drezn, que je ne vous hais point. L'évidence m'apparaît qu'aucun de vous ne brandit les armes de son plein gré. Le seul responsable des crimes commis envers la Glynas n'est autre que Kalar. J'ai par ailleurs appris, aujourd'hui, que nos alliés de Farnoll ont eux aussi subi la folie de cet homme. Il m'est pénible de vous annoncer qu'il n'y a presque aucun survivant.

Elle marqua une nouvelle pause, prise d'un autre vertige. Elle se força à demeurer lucide.

— Madame, ménagez-vous, supplia Mell.

La reine la fit taire d'un signe de la main.

— Nous sommes affaiblis, mais nous ne sommes pas seuls, poursuivit-elle. L'Esméry est à nos côtés et répondra à notre appel. Nombre de nations, sur le continent et par-delà les mers, rallieront la lutte contre Kalar. Bientôt, lorsque nous aurons pansé nos plaies et fait notre deuil, nous entrerons en guerre, avec pour unique objectif la capture ou la mort de cet homme. Il sera puni pour ses crimes, j'en fais le serment !

Les Glynasséens, bien qu'épuisés, répondirent en chœur à la détermination de leur souveraine tant aimée. Nonobstant l'anéantissement des forces armées de la Glynas, le moral revint au beau fixe. Chacun avait confiance en la reine, en son jugement. Et chacun était prêt à prendre les armes pour la suivre par-delà le royaume.

— Soldats de Drezn ! enchérit Lana sur un ton plus sévère qu'elle ne l'aurait voulu. Vous bénéficierez de soins au même titre que mon peuple. Cela fait, retournez près de vos familles et contez-leur ce que vous avez vécu. Parlez à vos compagnons de l'horreur de la guerre, de la terreur dans laquelle Kalar vous tient et par laquelle il vous soumet. Soulevez-vous contre votre roi ou fuyez votre patrie pour votre survie et votre salut. Cet homme est fort et malin, mais comme vous et moi, seul face à une armée, il n'est rien. Tant que vous lui obéirez, il sera puissant. Sans vous, il n'est qu'un chien apeuré !

Les acclamations s'élevèrent. Les survivants de Drezn virent leur volonté de vivre ravivée. De retour chez eux, ils suivraient le conseil de Lana Ajul. L'heure était enfin venue de se dresser contre le roi de Drezn !

Lana appela le chancelier et le pria d'organiser des équipes pour apporter les soins aux blessés. D'autres iraient sur le champ de bataille, à l'entrée de la plaine, pour secourir ceux qui pouvaient encore survivre, abattre les causes perdues et rapatrier tous les corps. Glynasséens et

Drezniens se verraient offrir une sépulture, car telle était la volonté de la reine. Tous ceux ayant participé à cette mascarade méritaient qu'honneur leur soit fait. En outre, cela permettrait de contraster avec les actes du général Moltanov qui avait fait brûler les morts des deux précédentes batailles. Ainsi les survivants drezniens, touchés par la grâce de la reine légitime de la Glynas, seraient-ils plus enclins à la rébellion une fois rentrés chez eux.

Fière d'avoir fait naître les flammes de la discorde dans le cœur des soldats de Drezn, Lana ordonna à sa monture de rebrousser chemin. Et elle ne comptait pas s'arrêter à cela. Dans sa grande mansuétude, elle offrirait des chevaux et des vivres aux Drezniens dès qu'ils seraient aptes à reprendre la route. Elle enverrait ensuite une quarantaine de ses hommes, équipés d'armures noires volées aux défunts, les harceler de flèches sitôt la frontière de Drezn franchie pour enfin les laisser filer. La crainte de ces gens envers Kalar n'en serait alors que plus grande et si la révolte n'éclatait pas, au moins, les combattants de Drezn n'en seraient que moins performants au cours des prochaines batailles. Car elle savait que la peur se propageait comme la peste.

Halfiel ouvrit doucement les yeux. Sa bouche était pâteuse, sa gorge sèche. Il se força à déglutir ; ce fut pénible. Sa lucidité recouvrée, il se remémora la dernière tentative de la Résistance et ces six individus qui empruntaient un passage inconnu, non loin des remparts de la ville. Il se revit avertir le général Moltanov, jauger avec indifférence la reine dénudée et violée sur le lit, revenir au balcon, observer les deux armées se faire face, s'affronter. Il avait entendu une porte s'ouvrir, sa marque s'était mise à fourmiller de plus belle, puis…

Que s'était-il passé, ensuite ?

Il ne chercha pas bien longtemps la réponse, frappé par l'évidence qu'il avait encore eu une absence. Il n'en fut pas affecté, il s'y était habitué. Du moins, jusqu'à ce qu'une bribe de souvenir l'assaille sous la forme d'un visage, celui d'un homme aux longs cheveux qu'il tenait à sa merci. Ne lui avait-il pas posé une question, d'ailleurs ?

Il y réfléchit un instant puis chassa cette pensée. Il l'avait tué. Alors, à quoi bon se torturer ? Le jeu n'en valait pas la chandelle. Au contraire, ses émotions referaient surface et il en souffrirait, comme toujours.

Il força l'éveil de ses sens, s'assit dans le lit et ôta le drap blanc qui le couvrait. Il lui fallait quitter la couche pour reprendre son quotidien de servitude, sans quoi le Maître se mettrait en colère. Sortir de cette chambre où la fenêtre ouverte laissait passer un air chaud et agréable. Cette chambre aux murs jaunes, bien meublée…

Pourquoi, au juste, reprenait-il connaissance dans un lit ? N'aurait-il pas dû se réveiller au beau milieu du champ de bataille avec pour seule compagne la Mort ? Et puis, cet endroit était bien plus luxueux que les quartiers auxquels le général l'avait assigné. Et jamais personne ne venait lui tenir compagnie, Yul ne l'aurait pas permis. Aussi, qui était cet homme accoudé sur le dossier de sa chaise, perdu dans ses pensées ?

À force de le regarder, Halfiel l'identifia comme étant celui qu'il avait combattu. Son dernier souvenir. Et donc, il n'était pas mort. Non ? Mais pourquoi ?!

Son cœur se serra, et la désolation l'étreignit à l'idée qu'il ne s'agisse que d'un rêve né dans l'unique dessein de le torturer.

Une femme aux cheveux de jais entra dans la chambre. Son visage ne trahissait aucune émotion, son regard avait la force de mettre à nu quiconque le défiait. Halfiel se reconnut un peu en elle, ou plutôt celui qu'il était avant que tout ne change, à la différence qu'elle n'éprouvait aucun scrupule. Les traits de la femme s'adoucirent quand elle posa ses yeux d'émeraude sur l'homme pensif. Puis elle prêta attention à l'Ange Noir.

— Te voilà enfin réveillé, dit-elle.

Tiré de sa léthargie, Seïk leva la tête d'un geste brusque. Les questions qu'il ruminait ces jours passés, en particulier celle à propos de la cicatrice que lui et le sombre guerrier avaient en commun, jaillirent de sa bouche de façon incontrôlée.

— Calme-toi, l'incita Falène en posant les mains sur ses épaules. (Seïk se ressaisit.) Pardonne-lui, s'adressa-t-elle à l'Ange Noir. Il n'a cessé de veiller sur toi et a peu dormi depuis la fin de la bataille. Il tenait à être le premier à t'interroger.

— Qui êtes-vous ? demanda Halfiel d'une voix qui laissait entendre toute sa mélancolie et sa perplexité. Que s'est-il passé ?

— Tu l'ignores ?

Il baissa les yeux, honteux de ne pas savoir. Il n'était pas responsable de ses absences, mais il ne pouvait s'empêcher de s'imputer le fait qu'elles le privassent chaque fois de tout.

— Je me nomme Falène Zidgel, je suis la vice-générale de l'armée d'Esméry, révéla-t-elle. Et voici Seïk. Tu t'es évanoui lors de ton combat contre lui et tu as dormi depuis. Sache que la Résistance a reconquis Ajul. Drezn a été chassé de ces terres.

Halfiel releva la tête, une lueur d'espoir enrobé de prudence dans le regard, puis la demi-elfe ajouta que le général Moltanov avait été vaincu. Il eut du mal à le croire, c'était trop beau pour être vrai. Pourtant, l'attitude de ses interlocuteurs transpirait de sincérité. Pour le vérifier, il s'imagina trancher la tête de Yul, et force lui fut de constater qu'il ne perdait pas connaissance…

— Nous soupçonnons le général Moltanov d'avoir trouvé le moyen de t'asservir, poursuivit Falène. Seïk dit avoir vu une pierre gravée d'une rune sortir de ta nuque, l'hypothèse de l'emploi d'une magi-technologie pour te contrôler est donc plausible. Qu'en sais-tu ?

Il hésita. Difficile d'expliquer ces phénomènes qu'il comprenait à peine et dont il avait si souvent été victime. Il rapprocha ses jambes de son torse, croisa les bras sur ses genoux et trouva refuge dans le gouffre.

— Je ne sais pas, parla-t-il. Je ne me souviens pas. Je devais lui obéir. Aller contre sa volonté, penser du mal de lui…

Il serra les poings, crispa les mâchoires, contracta tous les muscles de son corps pour chasser culpabilité et frustration.

— Cela te faisait perdre connaissance et agir selon ses désirs, compléta Falène. Tu ne voulais pas tuer, il t'obligeait.

Il la considéra, ému qu'elle devine la vérité avec une telle facilité, soulagé que quelqu'un comprenne enfin sa détresse.

— Sa Majesté Lana Ajul en est également venue à cette conclusion, informa-t-elle. Raison pour laquelle tu n'es ni attaché ni enfermé dans un cachot. Garde cependant à l'esprit que, s'il règne une certaine confiance à ton égard, tu n'en étais pas moins notre ennemi. Tu as pris la vie de nombreux Glynasséens. Même si les sentiments de plusieurs personnes jouent en ta faveur, la gemme qui t'asservissait s'est volatilisée ; elle était l'unique preuve que tu obéissais sous la contrainte et que tu n'es plus une menace pour nous. Il est donc nécessaire de juger ton implication dans les crimes commis par Drezn envers la Glynas. Tu comparaîtras devant Sa Majesté la reine, le chancelier et un jury composé de représentants du peuple. C'est le mieux que Sa Majesté peut t'offrir.

» Comprends bien que, même si elle croit en ton innocence, elle ne pourra pas aller à l'encontre de la volonté de ses sujets s'ils choisissent à l'unanimité de te condamner. Par ailleurs, si cela peut te rassurer, Seïk, moi-même et nos deux compagnons prendrons part à ton jugement.

— Pourquoi ? s'enquit-il, de nouveau morose et fuyant.

— Pourquoi quoi ?

— Pourquoi me croyez-vous innocent ?

— Ne le veux-tu pas ?

— Vous l'avez dit, j'étais votre ennemi. J'ai volé d'innombrables vies.

— Tu agissais contre ton gré. Inutile de le nier, Seïk sait ce qu'il a vu. Ou alors, insinuerais-tu qu'il ment ?

— Non… Mais j'ai aussi tué par choix, pour ne pas avoir à subir ces absences. Je ne vaux pas mieux que le Maître.

— Yul Moltanov, le corrigea Falène sur un ton sévère. Il n'était pas ton maître. C'était un homme perfide, à l'instar du roi de Drezn. Sa Majesté Lana Ajul te défendra contre ceux qui aimeront à penser que tu n'as pas été manipulé.

— Il la violait, la frappait. Elle souffrait sous mes yeux et je ne l'ai pas aidée…

— Mais tu agissais contre ton gré, répéta-t-elle avec une insistance qui fit passer à Halfiel l'envie de poursuivre cet apitoiement. Je connaissais Yul. Dans une autre vie, je travaillais à ses côtés, je sais par conséquent de quoi il était capable. Crois-moi, tu es innocent ; être victime ne fait pas de toi un criminel.

Il n'ajouta rien. Elle disait vrai, il le savait, bien qu'il eût peine à ne pas se reprocher ces évènements qu'il n'avait pu anticiper. Ou qu'il aurait pu empêcher longtemps auparavant en tuant le général Moltanov, quand cela lui était possible.

— Lors de ton audition, je te conseille de ne pas mentir et de parler en toute franchise, dit Falène. N'omets aucun détail. Ta sincérité et ton honnêteté seront ta seule défense.

Il hocha la tête.

Soudain envahi par un sentiment de sérénité, il se rallongea. Après tout, qu'importe la décision du jury ? Il avait bel et bien retrouvé sa liberté, son calvaire prenait fin ! Il allait enfin pouvoir faire le deuil de Dex et de Mayline…

Penser à eux appela inévitablement la tristesse et le regret ; il lui faudrait du temps pour consentir à son absence de responsabilité dans leur disparition.

— Si tu le permets, j'aimerais te poser quelques questions d'ordre personnel, réclama Seïk. Ou, devrais-je dire, te les reposer.

— Je m'appelle Halfiel, le devança-t-il. Je me suis réveillé à Fladrr il y a plusieurs semaines, sans aucun souvenir. Le général Moltanov m'a recueilli, il disait m'avoir trouvé sur l'Archipel des Dieux.

— Un lieu atypique pour dénicher un amnésique, ironisa Seïk. J'imagine que tu ne sais pas d'où te viennent ta capacité de guérison, tes ailes et cette cicatrice sur ta nuque.

Halfiel secoua la tête. Seïk se pencha et dégagea ses cheveux pour montrer sa propre marque, les yeux de l'Ange Noir s'écarquillèrent et sa quête d'identité se réimposa en balayant ses tracas. Toutefois, s'il se montrait incapable de répondre aux questions du mercenaire, l'inverse était tout aussi vrai… Au moins, il ne se sentit plus seul dans cette tourmente identitaire, et cela le réconforta.

— Le monde a ses mystères, souligna le mercenaire, rasséréné maintenant qu'il savait que la vérité n'éclaterait pas de sitôt. Se peut-il que Drezn ait fait de grandes avancées dans le domaine de la génétique ? demanda-t-il à Falène. Je veux dire, peut-il avoir été créé dans leurs laboratoires ?

— Cela ne m'étonnerait pas. Leurs ingénieurs et leurs scientifiques sont capables de beaucoup. Ils sont aussi compétents que ceux d'Esméry, sinon davantage. Et je ne tiens pas compte des mages qui travaillent pour eux.

— Mais cela n'expliquerait pas que nous portions tous deux cette marque, qui plus est au même endroit.

— Admettre les lubies dérangées de Kalar le pourrait.

— Peut-être, mais j'ai la vague impression que ce n'est pas aussi simple.

— Quand vais-je être jugé ? les interrompit Halfiel.

— Bientôt, répondit Falène. Le temps d'aller informer Sa Majesté de ton réveil et de mettre en place un auditoire et nous pourrons commencer. Avant cela, nous aimerions éclaircir avec toi certains points au sujet de Drezn et de Kalar, si tu n'y vois pas d'inconvénient. Seïk restera ici avec toi le temps que j'aille chercher les personnes concernées.

— Ce ne sera pas nécessaire ! tonna une voix masculine depuis l'entrée de la chambre.

Tous se tournèrent pour découvrir Jeff et Diana. Alors que le général riait de sa tentative de les surprendre par son irruption, Diana considéra l'Ange Noir avec admiration. Voir en vrai cet homme aux ailes sombres comme une nuit sans lune était cent fois mieux que de l'imaginer. Elle se faufila jusqu'à lui et le dévisagea. Naquirent des rougeurs sur ses joues, ce qui ne passa pas inaperçu.

— Tu ne la laisses pas insensible, se moqua Jeff. Un vrai séducteur.

Et il rit de plus belle. Diana le fusilla du regard, afficha son indifférence pour l'Ange Noir et s'éloigna avec nonchalance. Elle jouait la comédie, car elle ne pouvait nier que cet homme était tout à fait à son goût, mais tout était prétexte à contredire ce général qui, chaque jour, prenait plaisir à la taquiner.

— Je suis Jeff Malaski, général de l'armée d'Esméry, se présenta-t-il avec tout son sérieux. Mes camarades et moi-même sommes venus ici pour assister la Résistance dans la reconquête d'Ajul. J'imagine que ces deux-là t'ont déjà informé de notre victoire et de la situation dans laquelle tu te trouves. Avant que débute ton jugement, nous souhaitons t'interroger sur plusieurs points. Rien ne t'oblige à répondre, mais sache que cela pourrait jouer en ta faveur.

Halfiel acquiesça. Jeff prit une chaise, la retourna, s'assit et continua :

— Dis-moi, que sais-tu de Kalar et de ses projets ?

— Je n'ai eu affaire à lui qu'une seule fois, lors de l'invasion d'Ajul. Je recevais mes ordres du M… du général Moltanov.

— Depuis quand travailles-tu pour Drezn ?

— Plusieurs semaines.

— Et plus précisément ?

— Je l'ignore, répondit-il après un bref silence.

— Que faisais-tu avant d'entrer dans l'armée dreznienne ?

Gêné et frustré de devoir évoquer une seconde fois son amnésie, Halfiel hésita encore à répondre.

— Le général Moltanov l'a trouvé sur l'Archipel des Dieux, informa Falène qui percevait son malaise. Il ne garde aucun souvenir de sa vie antérieure.

— Je vois, dit Jeff. Ce n'est pas grave. Parle-moi plutôt des ordres que tu as reçus et de ce que tu as vécu depuis ton réveil.

Halfiel prit un temps supplémentaire avant de s'exprimer ; ressasser tous ces pénibles évènements l'oppressait. Il choisit ses mots avec précautions pour être le plus concis possible et raconta tout, depuis son réveil dans les appartements de Yul jusqu'à ce jour. S'il parla de l'*Œil Pourpre* et de son altercation avec la femme-esprit, il garda néanmoins secret et sans trop savoir pourquoi ses brefs entretiens avec elle, l'évidente haine qu'elle lui vouait et le surnom dont elle l'avait affublé. Il se confia toutefois au sujet de Mayline et Dex et de la tragique mort qu'ils avaient rencontrée. L'affliction dans ses yeux était lisible à l'évocation de cette histoire, cela n'échappa à personne.

— Nous sommes navrés d'apprendre que tu as eu tant d'épreuves à endurer, fit Jeff à la fin du récit. Nous compatissons.

Halfiel ne répondit pas, il apprécia cependant la considération.

— Pour le reste, il y a des éléments pour le moins inquiétants, poursuivit Jeff pour lui-même et à l'intention de ses camarades. Cet *Œil Pourpre* et la bague que Seïk a rapportée à Kalar sont certainement liés, mais en quoi ? Par ailleurs, la reine et le chancelier soupçonnent Kalar de se livrer à une campagne de conquêtes, ce qui en soi donnerait un sens à la destruction de la Farnoll et l'occupation d'Ajul.

— Mais toujours aucune relation entre cela et son attrait pour les babioles, dit Seïk.

— Ça explique pas non plus pourquoi il me veut, enchérit Diana.

— Nous ne sommes pas certains que tu l'intéresses, objecta Jeff. Nous le pensons, mais il est possible que l'invasion pirate et ton enlèvement ne fassent que coïncider avec les récentes actions de Kalar.

— Il semblerait que nous tombions une fois de plus dans l'impasse, soupira Seïk qui se frottait les yeux pour en chasser la fatigue.

— Cela m'en a tout l'air…

— Sur l'île de Juma, des barbares ont rejoint nos rangs, révéla Halfiel alors que ce détail lui revenait tout à coup. À Fladrr, j'ai entendu le général Moltanov leur dire qu'ils pouvaient saccager le village, mais que le roi voulait la fille vivante. Ils sont ensuite partis à bord d'un navire.

Les quatre compagnons le considérèrent puis se regardèrent. L'attention se porta sur Diana avant de revenir à l'Ange Noir.

— Sais-tu de quel village il s'agissait ? interrogea Jeff dont le ton durcissait un peu.

Halfiel secoua la tête.

— C'était le mien, déduisit la jeune artiste.

— Même si les faits concordent, il n'y a aucune certitude, lui rappela Seïk.

— Combien étaient-ils ? T'en souviens-tu ? demanda Jeff à l'Ange Noir.

— Trente et un.

— Voilà qui lève le doute sur les intentions de Kalar vis-à-vis de Diana…

Et le silence se fit.

Halfiel observa la jeune femme qu'il voyait contenir ses émotions. Il ne lui en fallut pas davantage pour comprendre qu'elle était cette fameuse fille recherchée par le roi de Drezn et qu'elle en avait déjà beaucoup souffert. Il se souvint que son sens de la justice s'était manifesté et l'avait incité à arrêter ces barbares après qu'il eut surpris la conversation ; le massacre à venir lui était apparu comme une évidence. Pourtant, il l'avait ignoré, trop préoccupé par les évènements de l'île de Juma. À présent, il réalisait les conséquences de sa méprise et de son égocentrisme. À cause de lui, cette jeune femme…

Le poids de la culpabilité l'écrasa de nouveau, plus que jamais. Dex, Mayline, et maintenant elle ? Il aurait décidément mieux valu qu'il ne se réveille pas, ce jour-là, dans les appartements du général Moltanov. Et même, qu'il ne se réveille jamais.

Diana s'assit sur le lit, près de lui, tête baissée. Après plusieurs secondes, elle lui donna un léger coup de poing sur le torse.

— T'en fais pas, c'est pas ta faute. Tu pouvais pas savoir.

Elle se leva et quitta la chambre dans la précipitation. Sa colère était flagrante, autant que ses efforts pour ne pas se défouler sur Halfiel. Une colère qu'elle avait jusqu'à ce jour enfouie avec un tel talent que cela surprit ses compagnons.

Jeff se leva de sa chaise.

— Habille-toi et attends ici, dit-il à l'Ange Noir. Nous enverrons quelqu'un te chercher quand viendra l'heure de ton audition. Je te conseille de parler aux juges comme tu l'as fait avec nous, cela devrait suffire à prouver ta bonne foi.

Seïk et Falène quittèrent la chambre à leur tour, Jeff ferma la marche. Il s'arrêta sur le palier de la porte et se retourna.

— Souviens-toi, tu n'es pas seul ; inutile de porter le poids du monde sur tes épaules. Et ne t'inquiète pas pour Diana, elle sait que tu n'y es pour rien.

— Elle me hait.

— Je ne le crois pas. Ne te blâme pas inutilement et fais-nous confiance pour le reste.

Puis il partit. La bienveillance du général Malaski réchauffa le cœur meurtri d'Halfiel ; ses mots étaient d'un réel soutien.

Chapitre 20

Nouveau départ

Le soleil entamait son déclin lorsque l'Ange Noir comparut devant la reine et un jury principalement constitué de femmes et de vieillards. De chaque côté du tapis qui décorait l'allée centrale de la salle du trône, des soldats se tenaient droits et montraient toute leur discipline. Une discipline bien supérieure à celle des Drezniens, et Halfiel avait la certitude que, si leurs yeux se fixaient sans relâche sur un point imaginaire devant eux, ils concentraient toute leur attention sur lui. Il avait peut-être accepté qu'on l'attache et suivi à la lettre les consignes des gardes venus l'escorter, il n'en était pas moins craint. Et il percevait ce que tous éprouvaient à son égard.

Il se rappela avec précision tous ces meurtres commis de gré lors de l'invasion d'Ajul. Il en eut la nausée ; jamais les Glynasséens ne lui pardonneraient.

Un garde de l'escorte le fit se prosterner d'un coup de hampe brutal derrière le genou. Plus par honte de ses actes que par respect des règles de bienséance, car il lui avait été précisé que regarder la reine sans y être invité était inconvenant et passible de punition, Halfiel se contenta de voir le sol avec une grimace de douleur. Lana Ajul ordonna à l'escorte de se retirer, puis il y eut un long silence.

Des murmures passèrent entre la reine et le chancelier.

Mell s'approcha de l'accusé. Elle réprima son irritation quand elle vit que, afin de passer ses ailes, il avait déchiré la belle chemise propre qui lui avait été prêtée. Elle fit le tour, s'arrêta devant lui, patienta quelques secondes et l'incita à lever la tête. Halfiel s'attendait à ce qu'elle eût une poigne ferme et brusque, mais elle se montra douce et délicate.

— Sa Majesté désire te voir, dit Mell d'une voix accueillante. Debout. Fais-lui face.

Il s'exécuta. Le chancelier utilisa l'épée d'un soldat pour couper les cordes qui, dans son dos, retenaient ses poignets et les liaient à chacun de ses pieds, puis retourna au côté de la reine.

— Tu es ici pour répondre des actes que tu as commis sous la bannière de Drezn, déclara Lana. Tu parleras en ton nom propre, non en celui de l'assassin que tu étais. Exprime-toi clairement pour que chacun ici soit au fait de ce que tu as vécu sous le joug du général Moltanov. Nous ne voulons pas d'excuses, nous souhaitons seulement connaître ton histoire afin de juger au mieux de ton honnêteté.

» Maintenant, parle.

Il peina à soutenir le regard de la reine, car le souvenir de ses gémissements et de ses pleurs lorsque Yul la violait le hantait. Il jeta un œil à Jeff, ce dernier hocha la tête pour l'encourager. Alors confiant, il entama un long récit, plus détaillé que celui qu'il avait conté aux quatre compagnons, dans la chambre, mais en gardant le même secret. Il parla sans hésiter de ses émotions, de ses plus infimes ressentis depuis son réveil dans les appartements de Yul, des mois plus tôt. Il expliqua la manière dont il avait pensé, réfléchi et tenté de comprendre chaque situation à mesure que les jours passaient et l'accablaient.

Le discours terminé, les jurés rendirent leur verdict. Pour la majorité, il demeurait coupable de ses crimes. Plutôt que de tuer délibérément ou par la force de cette magi-technologie que le général Moltanov avait soi-disant utilisée pour le manipuler, il aurait pu se donner la mort afin d'épargner à d'innombrables gens de souffrir ou d'y laisser la vie. Quant à cette prétendue capacité de guérison, ce n'était pas une excuse ; personne ne pouvait se remettre d'une décapitation.

Accusé pour ses actes, qu'ils fussent délibérés ou non, mais aussi pour ceux du général Moltanov et de Kalar, Halfiel observa le silence. Si telle devait être la décision de ses juges, alors il l'embrasserait, qu'importe s'il ne fut qu'un bouc émissaire. Il y avait cependant des désaccords au sein du jury, beaucoup l'estimaient comme une victime de plus sur le noir échiquier du roi de Drezn.

Profitant de l'agitation, Diana quitta sa chaise et se plaça au cœur de l'assemblée, devant Halfiel. Elle se racla bruyamment la gorge ; les voix se turent, attentives.

— Il a rencontré les barbares qui ont attaqué mon village. Il les a entendus parler du massacre qu'ils comptaient y faire et du sort qu'ils me réservaient. Il aurait pu les arrêter, mais c'est pas le cas.

» J'ai compris sa façon d'être. Je crois… J'en suis sûre ! En temps normal, il aurait empêché tout ça d'arriver. Mais vous aussi, vous l'avez écouté quand il a raconté cette histoire sur l'île de Juma, avec la femme aux cheveux verts. Il a eu une absence causée par la gemme que le général Moltanov utilisait pour le contrôler. Il sait ce qu'il s'est passé parce qu'on le lui a raconté. Il a parlé de ses regrets, de ses doutes et de ses peurs. Il a dit qu'avoir tué cette femme, c'était pas ce qu'il voulait ; pareil avec son ami Dex.

— Venez-en aux faits, intima Lana.

— Je le pardonne. Tout ce que je connaissais a été saccagé, brûlé, détruit. J'ai été tabassée, violée, enlevée. Il aurait pu m'éviter ça, mais il a rien fait, parce que les choses sont ce qu'elles sont. Il avait ses problèmes, comme tout le monde dans cette salle. Il a été dépassé par les évènements et on lui a pas trop laissé le choix. Alors ouais, je le pardonne, parce que, d'après moi, Kalar et le général Troufion sont les seuls à condamner.

Elle fit une pause ; sa gorge se nouait un peu.

— Faut pas se mentir, poursuivit-elle d'un ton plus sec, plus cassant. Si on avait été à sa place, on aurait pas fait mieux. Au moins, lui a le courage de reconnaître ses erreurs. Qui, ici, aurait parlé aussi franchement ? Qui aurait osé dire qu'il se sent coupable de pas avoir agi en suivant ses principes ? Qui aurait accepté d'être jugé et puni sans se plaindre alors que c'est bien plus facile de dire qu'on y est pour rien et qu'on pouvait pas prévoir ce qui allait se passer ? Ou même de rejeter la faute sur les autres ? Qui, ici, a déjà fait des choses qui ont jamais eu de conséquences ?

D'un air hautain, elle brava du regard chaque juré qui incriminait Halfiel. Elle ne les aimait pas, ils jugeaient sans savoir, sans réfléchir. Parce que la vérité était que, si elle et la reine de Glynas pouvaient pardonner à cet homme au vu de tout ce qu'elles avaient enduré, les autres n'avaient aucune raison de ne pas le faire.

Il y eut encore des messes basses.

— Si vous voulez l'emprisonner, alors faudra m'emmener aussi ! enchérit-elle, bras croisés.

De telles paroles étaient un outrage ! Cela en choqua plus d'un, mais certainement pas Jeff, Falène, Seïk et Lana qui s'en amusaient.

Halfiel considéra la jeune artiste. Qu'elle défende avec une telle ferveur sa cause brisait son désespoir. Sa culpabilité devint moins lourde, moins oppressante. Sa solitude face à cette assemblée moins grande.

— Silence ! réclama Lana face à l'agitation. Mademoiselle Sigurd, retournez vous asseoir, je vous prie.

Fière de s'être exprimée de la sorte, Diana n'abusa pas davantage de la tolérance de la reine et du reste de l'assemblée et regagna sa chaise. Jeff la gratifia d'une tape sur l'épaule, aussi sut-elle qu'elle avait bien agi, n'en déplaise au jury.

— Vous êtes une bonne personne, Mademoiselle Sigurd, commenta Lana. Votre dévouement envers cet homme est admirable, bien que difficile à comprendre. Je vous conseille cependant de vous tenir à compter de maintenant. Comme vous pouvez le voir, votre irruption n'est pas au goût de tous et bien que je sois la seule à pouvoir rendre le verdict, je ne pourrais refuser aux jurés votre exclusion de cette assemblée s'ils la réclament.

Diana déglutit ; pour sûr, elle ne recommencerait plus.

La reine se leva et vint auprès de l'Ange Noir. Mains jointes, d'un pas lent, elle tourna autour de lui, l'examina, puis marcha dans la salle dans un profond silence, captant ainsi l'attention de tout l'auditoire. Enfin, elle s'arrêta.

— Au risque de vous déplaire, Mesdames et Messieurs les Jurés, je déclare cet homme innocent.

Elle attendit un instant. Il n'y eut aucune protestation, bien que plusieurs visages devinssent cramoisis.

— J'ai pour ainsi dire vécu en sa compagnie pendant un mois, justifia-t-elle sa décision. Ainsi qu'en celle du général Moltanov, à mon grand dam. Ce général était odieux, présomptueux, prétentieux, violent, fourbe et détestable à souhait. La première fois que j'ai rencontré Halfiel, il était froid, distant, sans états d'âme. Pourtant, il différait en cela de ses supérieurs qu'il haïssait ses actes et ceux de ses pairs. Ne vous y trompez pas, son visage n'est pas un livre ouvert. Loin de là. Ses yeux, en revanche, parlent sans retenue.

» Je l'ai vu changer, jour après jour. J'ai lu en lui la souffrance et la pitié, l'indignation face au sort que nous subissions sous l'occupation dreznienne. Il n'y a jamais eu dans sa volonté la moindre trace de malice, aussi ne fait-il pour moi aucun doute qu'il était manipulé. S'il me dit qu'il a choisi de tuer en son âme et conscience pour ne plus subir ces absences causées par la gemme, afin de garder un semblant de contrôle sur lui-même, un semblant de dignité et ainsi nous épargner davantage de peines, je le crois. C'est pourquoi je lui accorde l'absolution. Je me porte garante de lui et de sa vie future. Il ne sera bien entendu pas rendu à la liberté la plus totale. Plus que par crainte de le voir redevenir notre ennemi, j'ai peur qu'il s'égare ; la solitude n'attend pas pour frapper, elle nous enveloppe de la manière la plus insidieuse qui soit. Ainsi ai-je donc décidé de le garder ici, au château, à mes côtés, et de lui offrir un foyer et un travail en tant que protecteur de la famille royale.

Le tumulte reprit de plus belle. C'était insensé ! Comment pouvait-on nommer à un tel poste un criminel de ce calibre ? Les réfractaires à la décision de la reine se levèrent et réclamèrent que leurs voix soient entendues.

— Silence ! ordonna Lana. Je ne vous ai ni autorisés à vous lever ni à parler !

Le calme revint aussitôt. Elle se tourna vers Halfiel.

— Je souhaite faire de toi mon chevalier, ainsi pourras-tu expier tes fautes en travaillant pour la sécurité et la prospérité de la Glynas. Sache néanmoins que ma décision seule ne suffira pas à apaiser la colère de mon peuple. Il te faudra œuvrer à gagner son respect et sa confiance, et si certains te l'accordent, d'autres ne le feront peut-être jamais. C'est le mieux que je peux t'offrir. Cela te convient-il ? Tu n'es pas obligé d'accepter, mais je crois deviner que ton passé au sein de Drezn te tourmente. Tu veux réparer tes erreurs dans la mesure du possible, n'est-ce pas ?

Il hocha lentement la tête, confirmant à la reine qu'elle voyait juste.

— Votre Majesté, se leva Jeff. Pardonnez-moi de vous interrompre. Si je puis me permettre, j'aimerais vous soumettre une requête.

— Parlez.

— Je comprends votre volonté de le gracier en lui offrant de vous servir, mais je pense qu'il pourrait être employé à meilleur usage.

— Vous semblez y avoir longuement réfléchi, Général Malaski. Je vous écoute.

— Vous connaissez bien Lia et savez qu'elle possède un don… particulier. Je pense qu'il serait bon d'envisager une rencontre entre elle et cet homme. Nous pourrions, dans le meilleur des cas, obtenir de nouvelles informations au sujet de Kalar et de ses intentions. C'est une idée un peu audacieuse, mais cela vaut la peine de s'y intéresser. Par ailleurs, le chancelier Rosaris vous le confirmera, il est un bretteur hors pair. Je souhaite compléter la formation qu'il a reçue du général Moltanov afin de faire de lui un de mes hommes d'élite. Comme vous l'avez dit lors de votre discours, il y a quelques jours, des mesures vont être prises face aux agissements de Drezn. J'aimerais faire d'Halfiel un de nos atouts, tirer profit de ses aptitudes exceptionnelles en prévision des batailles à venir. Comme le chancelier Rosaris, vous avez vu ce dont Kalar est capable. Croyez-moi, employer à bon escient un tel potentiel ne sera pas un luxe.

Elle fut songeuse. Elle avait proposé de faire d'Halfiel son serviteur davantage dans l'intérêt du jeune homme que dans le sien. Ce n'était pas un engagement à vie, juste un travail en accord avec les convictions du guerrier. Plus encore, elle lui donnait un foyer. La proposition du général Malaski était cependant juste, justifiée et bien pensée.

— Que choisis-tu ? demanda Lana à l'Ange Noir. Tu peux rester ici et me servir, servir le peuple de Glynas, ou bien partir en compagnie du général Malaski et de ses compagnons.

Redevable envers les deux partis, il oscilla. La reine s'était montrée si bonne et indulgente avec lui qu'il paraissait naturel d'accepter son offre. Pourtant, Jeff et les autres l'avaient été tout autant et leur proposition n'était pas moins alléchante. De plus, il y avait là un sentiment d'aventure qui se profilait et le tiraillait, comme un écho au projet qu'il fomentait naguère en compagnie de Mayline et Dex.

Il remarqua que Diana croisait les doigts ; elle semblait espérer qu'il se joigne à eux. Puis il considéra Seïk. La cicatrice qu'ils partageaient tous les deux fut comme une piqûre de rappel sur le choix qui s'imposait s'il voulait un jour découvrir sa véritable identité.

— Dans l'un comme dans l'autre, tu trouveras indubitablement le moyen de racheter tes fautes, si là est ta préoccupation, notifia Lana qui percevait son incertitude autant que son envie de se joindre aux quatre héros envoyés par l'Esméry.

Il réfléchit encore. Son regard voyagea à plusieurs reprises entre la reine et les compagnons. Enfin, il s'inclina d'un geste brusque devant la Dame.

— Je vous dois tout mon respect, dit-il, mal à l'aise. J'implore votre pardon, je…

Elle l'interrompit en l'incitant à se redresser et lui offrit un radieux sourire.

— Tu veux les accompagner. Tu n'as nul besoin de mon pardon pour cela. Je t'offre ma bénédiction. Pars et trouve ce qui te permettra d'avoir la conscience tranquille. Que le grand Odin veille sur toi comme sur nous chaque jour qu'il fait.

Il demeura sans voix, touché par tant de générosité et d'empathie.

Elle retourna s'asseoir.

— Je déclare cette assemblée dissoute, parla-t-elle. Mesdames et Messieurs les Jurés, rentrez chez vous consoler vos proches, s'il vous en reste. Demain est un autre jour et reprendre notre vie quotidienne ne sera pas aisé.

Les jurés se levèrent, saluèrent la souveraine et quittèrent la salle du trône. Seuls restèrent la reine, le chancelier, l'Ange Noir, une poignée de gardes et les quatre compagnons. Diana céda à l'émoi, se jeta sur Halfiel et l'enlaça, ravie par le verdict. Il se laissa faire. Au-delà de la familiarité du geste alors qu'ils ne se connaissaient pas, ce dont il se moquait bien, il trouva cet élan de sympathie agréable et réconfortant. Le comportement excentrique de cette fille lui rappelait même la généreuse et pétillante Mayline.

Quand la jeune artiste eut lâché prise, Jeff posa une main amicale sur l'épaule d'Halfiel.

— Bienvenue dans notre modeste troupe.

Halfiel ne dit rien, ne laissa rien paraître. Pourtant, tous devinaient son embarras fort compréhensible, et cela ne manqua pas d'appeler l'hilarité si contagieuse du général. La sincérité évidente de cet homme de haute stature suffit à Halfiel pour savoir que son passé au sein de Drezn n'était à présent plus qu'un lointain souvenir. À compter de ce jour, il vivrait pleinement et librement.

Au lendemain du jugement, les compagnons se mirent en selle. Le trajet retour avait été établi : ils feraient route vers Sveldetz, l'imposante Cité des Nuits et capitale de l'empire d'Izen. De là, ils prendraient un véhicule rapide en direction de Zélaon, la ville portuaire située au sud. Puis ils vogueraient jusqu'à Esméla, d'où ils rejoindraient Esméry.

C'était l'itinéraire le plus sûr et le plus rapide de tous, car aucun aéronef esmérien ne viendrait les récupérer. Lia avait jugé préférable, et même insisté, pour qu'ils rentrent par leurs propres moyens. Toujours à des fins de discrétion, avait-elle prétexté. Kalar pouvait bien avoir des espions ici ou là et le voyage à bord du *Shanza* avait déjà constitué un grand risque tant le vaisseau était remarquable de loin. Quant à utiliser un des rares cristaux de Skírnir que possédait encore la Glynas pour appeler un transport, c'était exclu, car l'on employait ces objets salvateurs qu'en dernier recours.

À l'idée de repasser par Esméla, Seïk se réjouit. Lors de sa précédente visite, il n'avait pas pu racheter le médaillon aux corbeaux, prunelle de ses yeux. Cette fois, il n'échouerait pas. Il le volerait, même, si cela s'avérait nécessaire. Il priait cependant pour que le bijou n'eût pas, entre temps, été acheté par quelqu'un d'autre. Et à cette pensée, il grimaça ; il déplorait encore de ne pas l'avoir pris quand il en avait eu l'occasion, d'avoir suivi la mise en garde de Gonzo, l'elfe comédien à la peau d'ivoire, autant que la noble éthique de sa compagne. Quel idiot !

Ses yeux se posèrent sur Falène, elle lui rendit son regard avec tendresse. Sitôt, ses regrets se dissipèrent. Se comporter en hors-la-loi, comme dans sa vie passée ? Hors de question. Cela ne lui était plus permis, sous peine de pénibles conséquences pour sa bien-aimée et ses amis. Non, il ne volerait pas, car voleur il n'était plus. Du moins, tant qu'il serait en lien avec Falène et Jeff…

DEUXIÈME PARTIE

LA QUÊTE

« Hier n'est plus et demain ne sera peut-être jamais. Mais aujourd'hui est bien réel et, pour que demain se fasse, vivre ce jour comme s'il s'agissait du dernier est essentiel ».

C'est ce qu'affirmait un vieil homme que j'ai connu à Lonide. Il est vrai qu'il faut jouir de la vie à chaque instant malgré l'amertume et les peines. Cependant, il est une chose à laquelle il n'avait guère pensé : la réalité est tout autre. Il est possible de concevoir le présent sans réfléchir à demain ou bien même à hier, mais nos fautes et nos blessures seront toujours là pour nous rappeler qu'hier était un mauvais jour et que demain pourrait l'être tout autant, voire davantage. Ce n'est pas un prétexte pour ne pas agir, mais, quoi que nous fassions, il faudra faire face aux conséquences. Tôt ou tard.

Il est aisé de commettre un crime et de s'écarter de ce que l'on appelle le droit chemin. Ce qui ne l'est pas, en revanche, c'est d'assumer ce que l'on dit et ce que l'on fait. Ainsi, si un être doué d'intelligence et de sentiments tue, viole ou trahit, pour ne citer que ces vilenies, il s'en trouvera à jamais changé, pour peu qu'il possède un semblant de scrupules. Par ailleurs, il est tout aussi facile, lorsque l'on est innocent vis-à-vis d'une faute, d'accuser et de juger les coupables. Accorder le pardon, en revanche, est une épreuve redoutable. Et même si le procès et le châtiment sont nécessaires au maintien de l'ordre, personne n'est dispensé de l'usage du bon sens avant de rendre son verdict.

Bien trop oublient que, quelles que soient nos origines, nous sommes tous des criminels. Et si vous ne voyez pas de quoi je veux parler, rappelez-vous que les insectes, les animaux et les arbres, eux aussi, ressentent, pensent et respirent.

Zerkan Valren

Chapitre 21

Face à face

Depuis deux jours, Halfiel observait Diana, la curiosité piquée par ces croquis qu'elle traçait dès qu'elle en avait l'occasion. Il faisait parfois l'objet de ses œuvres, tout comme les autres membres du groupe. Celle qui l'avait le plus marqué était ce portrait sur lequel lui et ses quatre camarades étaient représentés en une équipe soudée, une famille. Cela avait éveillé en lui un sentiment de paix ; il ne voyageait avec ces gens que depuis peu et pourtant, déjà, il se sentait à sa place. Le dessin où il se tenait au sommet d'une montagne de démons passés au fil de son épée n'était pas non plus pour lui déplaire. La mise en scène le désignait tel un héros infaillible. Ce n'était qu'une image, une chimère, et, s'il n'avait en réalité rien de cette figure grandiose, cela avait toutefois le mérite de lui redonner la force d'accepter et d'assumer son passé lié à Drezn.

Il détourna le regard du paysage que dessinait la jeune artiste pour le porter sur les hautes cimes enneigées qui se dressaient droit devant. Même le soleil de ce début d'été ne parvenait pas à faire fondre le manteau blanc. À l'instar des montagnes, il était immuable. Et ces pics neigeux n'étaient pas les seuls atouts de beauté de la Glynas. La fréquente alternance entre zones rocheuses et végétation se faisait avec harmonie et les animaux sauvages avaient su dompter cet habitat pour en faire un lieu de vie idéal. En comparaison d'une telle perfection de la nature, les récents stigmates d'Ajul n'étaient rien de plus que d'infimes et lointaines rumeurs.

Un caillou chassé par le sabot ferré de sa monture évoqua à Halfiel le son de deux épées qui se croisent. Il considéra le fourreau qui pendait à sa ceinture puis tira sa nouvelle lame pour la contempler. Falène l'avait réclamée pour lui afin de remplacer l'ancienne, usée par les combats et sur le point de se briser. Le soir même du départ, la demi-elfe l'avait instruit à l'entretien des armes. Un savoir qu'il comptait bien mettre à profit pour ne plus jamais voir sa lame s'émousser.

Le groupe s'engagea sur les sentiers de la chaîne montagneuse. Les chevaux gravirent une légère pente sur deux kilomètres avant de bifurquer progressivement sur leur gauche. La haute paroi de droite laissa bientôt place, en contrebas, à une grande plaine verdoyante parcourue de nombreux ruisseaux. Les montagnes poursuivaient leur course à droite comme à gauche pour former un croissant. Loin en bas, il y avait un grand village, bâti sur un terrain dénivelé à la manière d'un long escalier.

— Le soleil ne tardera pas à se coucher, déclara Jeff. Nous ferons halte là-bas.

À leur entrée dans le village, les gens firent preuve d'hospitalité. Plus encore lorsqu'ils reconnurent ces quatre héros esmériens venus en aide au royaume et que les récits dépeignaient déjà. Une nouvelle réputation dont Jeff et Falène se défièrent, surtout si elle se propageait au-delà des frontières. Halfiel, en revanche, fut désigné comme l'assassin qui avait décimé les guerriers glynasséens en un clin d'œil, et l'on ne parlait que de lui alors que ce méfait n'incombait pas à lui seul. Ses ailes noires y étaient pour beaucoup, car c'était un signe distinctif facile à reconnaître.

Halfiel affronta les regards enfiellés et méfiants. Le sentiment de culpabilité qui le rongeait depuis l'avènement de sa liberté prit le pas sur sa raison lorsque ses yeux croisèrent ceux des enfants, plongés dans l'incompréhension face à la colère de leurs parents.

Une pierre vola et le frappa à la tempe. Sa main alla cueillir les quelques gouttes de sang qui avaient coulé avant que la plaie se referme. Il considéra ce liquide rouge au bout de ses doigts ; le prix minime à payer pour sa rédemption, pensa-t-il. Un fermier brandit sa fourche et menaça de l'embrocher s'il ne faisait pas immédiatement demi-tour. Paniqué, le cheval alezan clair désarçonna son cavalier qui tomba sur le dos.

Jeff s'interposa et chassa la fourche d'un coup de hallebarde. Son regard sévère intimida le paysan.

— Ne vous laissez pas dominer par la haine, parla Jeff à haute voix. Il est vrai que cet homme a pris de nombreuses vies, certaines appartenaient peut-être même à ce village. Gardez cependant à l'esprit que votre reine lui a pardonné ses crimes. N'avez-vous donc aucune foi en votre souveraine ? Pensez-vous que sa décision a été prise à la légère, sans considérer les faits qui ont conduit cet homme à marcher aux côtés de l'ennemi ?

— Notre reine est une femme stupide et capricieuse, récrimina une mère en protégeant ses trois enfants. C'est tout bonnement impensable de laisser en liberté pareil meurtrier !

— Sa Majesté Lana Ajul est bien plus sage que vous ne le serez jamais, répliqua Falène d'un ton sec tandis qu'elle tapotait l'encolure de sa jument agitée par la nervosité ambiante. Ravalez votre mépris, car vous êtes ignorants. Cet homme a enduré bien plus que vous ne pourrez jamais l'imaginer.

Alors que ses compagnons le défendaient corps et âme, Halfiel restait assis par terre, le souffle encore raccourci, le corps endolori par la chute. Ce n'était pourtant pas l'algie qui l'accablait ; il souffrait les regards de celles et ceux dont il espérait le pardon au point de ne plus pouvoir les affronter.

Une petite fille, coiffée de couettes et habillée d'une jolie robe jaune, échappa à l'attention des adultes et s'approcha de lui. L'ombre sur le sol tira Halfiel de ses ruminations. La gamine le dévisageait avec des yeux pleins de curiosité, des yeux qui transpiraient d'intelligence malgré son jeune âge. À la voir, elle semblait comprendre les mots des adultes et refusait ces jugements, selon elle, inappropriés.

Elle s'accroupit devant l'accusé.

— Ari ! paniqua sa mère quand elle la remarqua enfin. Reviens tout de suite !

La gamine l'ignora. Sa mère voulut la rejoindre pour l'emmener loin du monstre, mais, à en juger par l'attitude des deux Chevaliers d'Esméry et de leurs compagnons, ceux-là l'en empêcheraient. Et tous s'intéressèrent à l'étonnant spectacle que donna l'enfant.

La petite plissa les yeux et fronça les sourcils, pinça les lèvres et gonfla à moitié les joues, comme si elle essayait de lire en celui que tous incriminaient. Son visage s'illumina d'une brusque béatitude, et elle se leva et alla derrière Halfiel. Elle rit avec une gaieté à pourfendre les cœurs de pierre. Elle lui toucha les plumes des ailes, les caressa. Rasséréné par l'innocence et l'insouciance de cette enfant, animé par l'intérêt qu'elle lui témoignait, il fit frémir ses membres dorsaux pour l'amuser. Elle bondit en arrière et se mit en garde ; une vraie bagarreuse. Il regretta un instant son geste, de peur de l'avoir effrayée, mais elle revint pour se blottir contre lui. Lovée au creux de ses ailes, elle y trouva un nid chaud et douillet. Elle s'y sentit en sécurité.

Elle revint face à cet homme tant haï et lui toucha le visage. Elle refit le tour et, cette fois, lui sauta sur le dos et l'agrippa par le cou. Elle rit encore, plus longtemps, plus fort, ce qui donna envie aux autres enfants de l'imiter.

— Ze veux voler ! Ze veux aller dans le ciel ! s'écria-t-elle avec enthousiasme.

Halfiel hésita. Les parents de cette petite et les autres villageois risquaient de mal interpréter ses intentions s'il cédait au caprice. Mais elle insista à tel point qu'il la souleva par les poignets et la plaça sur ses épaules. Tout en la tenant par les jambes, il déploya ses ailes et s'éleva de deux mètres d'une seule poussée. La petite lâcha un cri de surprise et son engouement se poursuivit de plus belle.

— Acore ! réclama-t-elle en agitant les bras et en sautillant. Ze veux aller là-haut ! Allez, monsieur oiseau, acore !

Il se laissa emporter par l'euphorie et vola plus haut, assez pour que les maisons eussent la taille d'une main d'enfant. La gamine lui empoignait les cheveux pour ne pas tomber ; c'était un simple réflexe, elle n'avait pas peur. Elle devint même silencieuse, ébahie par la vue si haute perchée de la plaine et des montagnes alentour, de la forêt loin à l'ouest et de tout ce qui s'étendait au-delà. Et ce ciel qui se dégradait de l'orange au bleu nuit piqué d'étoiles… C'était magique !

Halfiel décrivit de grands cercles, tantôt encouragé par les rires, tantôt par l'émerveillement qui les remplaçait. Puis il vit que la mère de l'enfant se rongeait les sangs, descendit et la déposa près d'elle, une trentaine de secondes plus tard. Il regarda la dame sans ciller, sans honte, regonflé par la joie de la gamine. Il s'attendait à être au moins giflé, mais il n'y eut pas le moindre geste déplacé. Alors, il courba pleinement l'échine et implora le pardon pour ses crimes. La mère ne sut quoi répondre, partagée entre la colère et un insoupçonné sentiment d'indulgence. Les autres villageois étaient tout aussi ahuris alors que tous les enfants réclamaient un tour de manège.

— M'man, il est zentil le monsieur, r'gad' !

La gamine alla déposer un baiser mouillé sur la joue d'Halfiel.

— T'as vu ?

Pas un bruit. La mère était embarrassée, à l'instar de beaucoup. Elle admettait qu'elle avait trop vite condamné cet homme. Elle ne pouvait oublier le passé, mais peut-être était-ce comme l'avaient dit ces Chevaliers de l'Ordre d'Esméry ? Peut-être ce sombre guerrier n'avait-il simplement pas eu d'autre choix que d'obéir. Les scrupules s'immiscèrent davantage, jusqu'à ce que la colère générale s'estompe et que l'assemblée se disperse. La mère et sa fille partirent. La petite s'échappa quelques mètres plus loin et revint à son nouvel ami. Halfiel se mit à genoux pour être à sa hauteur et elle lui sauta au cou.

— Ar'voir monsieur oiseau.

Puis elle repartit auprès de sa mère en riant.

L'émotion passée, Halfiel remonta en selle. Le mouvement de tête approbateur du général Malaski lui indiqua qu'il avait bien agi. Il se jura alors de ne plus jamais se laisser abattre par ce passé qu'il n'avait fait que subir. Cette vie d'occiseur était celle que Yul lui avait imposée, rien de plus. Ce n'était pas lui, pas ce qu'il avait choisi. Il pouvait à présent se tenir avec la droiture d'un fier et honorable guerrier.

Il remarqua l'air bougon de Diana et ne fut pas le seul.

— Quelque chose ne va pas ? interrogea Seïk.

— Ça devait être moi la première à voler, rognonna-t-elle.

Le général et le mercenaire éclatèrent de rire, la demi-elfe se dérida.

Chapitre 22

Contretemps à la Cité des Nuits

Au cours des deux semaines de chevauchée suivantes, les autres villages traversés virent eux aussi leur lot de coups de théâtre. Halfiel essuya chaque fois les mêmes reproches, mais il affronta la colère du peuple, jour après jour, avec plus d'assurance. En partie grâce à ses nouveaux camarades, il parvint à redorer son image, autant aux yeux d'autrui que dans sa propre estime.

Lorsqu'ils franchirent la frontière ouest du royaume, une chaîne montagneuse qui séparait la Glynas de l'Izen et dont le sentier principal était surveillé par un poste douanier, Halfiel jeta un regard en arrière, envahi par une certaine nostalgie.

— Tu en as parcouru du chemin, commenta Seïk. Je pense que tu peux quitter ces terres l'esprit tranquille. Ces gens ont pour la plupart compris que tu n'avais eu d'autre choix que de suivre la folie de Kalar et du général Moltanov. Quant à ceux qui persistent à te croire coupable, ils finiront tôt ou tard par se rendre à l'évidence.

— Je l'espère.

— T'inquiète pas, nous, on sait, le rassura Diana.

Et ils changèrent de sujet pour parler des évènements qui suivraient leur retour à Esméry, ainsi que de la longue route qu'il restait encore à parcourir. Diana se réjouissait à l'idée de découvrir cette cité grandiose vers laquelle ils se dirigeaient, Sveldetz, la plus vaste et la plus peuplée des trois continents après Gomsir. Elle était tout aussi émoustillée en pensant à ce moyen de transport appelé « vémoth » qu'ils emprunteraient pour gagner Zélaon, et par cette ville côtière du sud de l'Izen célèbre pour ses Chevaliers Lanciers. Son imagination en ébullition ne cessait de faire danser son fusain sur le papier. D'autant plus qu'arrivés à Zélaon, ils embarqueraient sur un navire pour rejoindre Esméla ! Ce serait la première fois qu'elle voyagerait en mer ; le jour où ce mage arrasien l'avait capturée ne comptait pas, selon elle.

Le soir venu, le camp fut monté à l'abri d'une saillie rocheuse avoisinant un bosquet. Le gibier, chassé en peu de temps, mijota sous l'expertise du mercenaire qui mit un point d'honneur à la préparation de ce ragoût de lapins. Pommes de terre, carottes et oignons allaient accompagner la viande à merveille. De la coriandre, du persil, et le tour fut joué.

— Je crois que nous avons trouvé notre nouveau maître queux, plaisanta Jeff alors qu'il se délectait de la préparation fort réussie.

— N'en faites pas une habitude, se défendit Seïk.

— Pourtant, tu t'améliores de jour en jour, enchérit Falène.

— Préparer un ragoût n'a rien de compliqué. Avouez plutôt votre désir de me voir embrasser cette corvée chaque jour pour vous en débarrasser.

— Pris la main dans le sac ! s'esclaffa Jeff.

Seïk poussa un long soupir et secoua la tête, dépité par de si évidentes manigances.

— Et toi, Halfiel, qu'en penses-tu ? s'enquit-il.

Un bref regard par-dessus l'assiette, un haussement d'épaules et un retour à la dégustation furent la réponse. Seïk n'était pas dupe, il savait que son compagnon pensait comme les autres, à voir comme il se repaissait.

— Quel soutien… Ainsi donc, je me plie à la volonté du groupe. Sachez que je le fais avant tout pour assurer notre survie. Cela nous épargnera certaines tentatives d'empoisonnement.

Un regard vers Diana et le rire du général se fit plus fort, suivi de celui du mercenaire lorsque la jeune femme posa sa gamelle et se jeta sur lui pour essayer de l'étrangler.

Ainsi les compagnons continuèrent-ils de voyager, chevauchant de jour et faisant halte à la nuit tombée, toujours dans un climat de franche camaraderie. Et le soir, comme chaque soir depuis qu'il avait quitté Ajul, Halfiel étudiait la stratégie de guerre sous la tutelle de Jeff et de Falène avant de s'entraîner au combat deux heures durant. Seïk se prêtait lui aussi au jeu, conscient qu'il souffrait de lacunes. Même Diana s'y laissait prendre. Elle refusait de devenir un fardeau, il lui était donc nécessaire de renforcer son corps par un exercice quotidien. Acquérir des bases solides sur les déplacements en combat lui semblait essentiel pour un archer, car elle ne se rappelait que trop bien la précédente bataille, quand elle avait failli être embrochée. D'autant plus que, comme Jeff l'avait précisé lorsqu'il l'avait mise à l'épreuve à Esméry, la veille du départ pour Ajul, elle avait encore beaucoup à apprendre.

Après chaque entraînement, Halfiel s'envolait sous le regard toujours plus avide de la jeune artiste. En près d'un mois de voyage pour atteindre la Cité des Nuits, personne ne le questionna sur ses isolements répétés. Chacun le comprenait et l'acceptait, que ses raisons tinssent de l'envie ou du besoin. Diana espérait seulement qu'un jour il l'emmènerait au-dessus des nuages, car elle désirait éprouver ce qu'il ressentait en volant de ses propres ailes, en allant toujours plus haut. Parce qu'il n'était pas du genre bavard et qu'elle souhaitait le connaître davantage, quoi de mieux que de partager les mêmes expériences ?

Ce fut lorsque le ciel s'assombrit en milieu de journée jusqu'à devenir une nuit étoilée que les compagnons surent que Sveldetz approchait. Les routes qui reliaient la capitale au reste du territoire izenois s'éclairèrent de magi-lampes, véritables guides menant droit sur elle. Diana interrogea les autres à propos du déclin inhabituel et inopiné du soleil. Seïk répondit que cette région de l'empire était plongée dans une éternelle pénombre depuis l'Ère de la Création, une illusion causée par un mage colérique animé par la vengeance. Conséquence d'une querelle entre ce dernier et sa souveraine contemporaine. Ou du moins était-ce l'explication la plus répandue pour justifier ce phénomène hors du commun.

Le groupe fit halte au sommet d'une colline. Devant eux, à deux heures de chevauchée, Sveldetz se dressait au cœur des plaines. Tout autour, la végétation était inexistante sur deux ou trois kilomètres et seule s'y étendait une terre noircie. Au-delà, l'herbe et les arbres reprenaient peu à peu leur place, mais jamais plus que des bosquets ou de petites forêts comme partout ailleurs en Izen.

Diana ouvrit des yeux ébahis. Moins expressif, Halfiel n'en fut pas moins captivé. L'incommensurable cité s'entourait de murs hauts et épais, se parait de lumières colorées, tantôt froides et tantôt chaleureuses. La Tour d'Opale, titanesque monument qui saillait au centre, pouvait lécher de sa pointe les nuages les plus bas. Elle était ceinte par une vaste plateforme située à quatre cents mètres au-dessus du sol et soutenue par de larges piliers ; à sa surface s'étendait la ville haute que de longues routes connectaient aux bas quartiers. Un peu en dessous du sommet de la tour, il y avait une étonnante sphère bleutée, transparente et lumineuse ; en son sein gravitaient, autour d'une colonne centrale, sept lopins de terre dont l'envergure s'estimait avec aisance en comparant leurs tailles à celle des habitations visibles sur leurs périphéries. Puis, au-delà, il y avait la flèche de la tour, une forteresse imprenable dans laquelle vivait en permanence le Seigneur Marchand, l'empereur d'Izen.

— Voir cette ville pour la seconde fois ne retire rien au plaisir de la contempler, commenta le mercenaire. Dommage que sa beauté ne soit qu'une façade.

— Ah ? C'est si naze que ça, là-bas ? demanda Diana.

— Tu ne crois pas si bien dire. Sveldetz est séparée en trois niveaux de vie distincts : les gens comme toi et moi dans les bas quartiers, la bourgeoisie dans la ville haute et l'élite de la nation dans la sphère. Plus exactement, la sphère abrite les sept conseillers de l'empereur ; ils possèdent chacun un fief et sont un peu comme les vassaux d'un roi. Quant à la tour, c'est une ville à elle seule, segmentée de la même manière.

— Ouais, un joyeux bordel, en gros.

— La réalité est pire que cela, corrigea Falène. L'empereur se moque éperdument du petit peuple. Il ne daigne porter le regard que sur la ville haute et tout ce qui se tient au-dessus, là où les gens ont assez d'argent pour susciter son intérêt. Par conséquent, les forces armées affectées aux bas quartiers sont en sous-effectif et ne servent qu'à faire bonne figure. Les organisations criminelles contrôlent le niveau inférieur et s'échinent à gagner les hautes instances. Seules leurs disputes pour la suprématie du territoire les empêchent de gravir les échelons, mais ce n'est qu'une question de temps avant que l'une d'entre elles s'élève au-dessus des autres et assure la cohésion.

— Et elle ne te parle pas des bandits, des escrocs et des assassins qui tirent profit du désordre occasionné par ces rivalités, enchérit le mercenaire avec espièglerie. Les bas quartiers sont des endroits peu fréquentables, certains plus que d'autres. Il suffit que tu baisses ta garde et…

Il laissa sa phrase en suspens et prit un air désolé. Diana frémit.

— Je suis plus très sûre de vouloir y aller, dit-elle.

— Il le faut pourtant, répondit Jeff. Les vivres nous manquent et nous ne pourrons pas monter à bord d'un vémoth à moins d'entrer dans la ville.

— Et le prochain village ? On peut pas continuer à cheval et s'y arrêter ?

— Cela nous prendrait trop de temps.

— Alors on se repose dans le bosquet, là-bas, on va acheter la bouffe et on se dépêche de louer un vémoth. J'aime bien dormir à la belle étoile. Et d'ailleurs, on peut chasser ! C'est un peu ce qu'on fait depuis qu'on est partis d'Ajul.

— Tu ne tenais pas le même discours hier encore, railla Seïk. Te défilerais-tu ?

— Moi ? Me défiler ? Tu rêves. C'est juste que j'aime pas l'idée de pas pouvoir me balader sans craindre un coup de couteau sorti de nulle part. J'ai pas non plus envie de me faire égorger pendant mon sommeil.

— Dormir sur les routes n'est pas plus sûr, rappela le général.

Avec le sourire, il ordonna à sa jument grise d'avancer. Et il ajouta :

— Les vémoths, Diana. Pense aux vémoths.

Seïk et Falène suivirent. Diana les regarda s'en aller avec une certaine hésitation.

— Je te protégerai, promit Halfiel.

Elle tourna la tête. Il se tenait à côté d'elle, le regard fixé sur leurs compagnons. Il talonna sa monture et les rejoignit. Elle l'observa quelques secondes avant de l'imiter ; elle appréciait son dévouement, même si elle s'estimait capable de se protéger par ses propres moyens.

Quand ils arrivèrent à la porte nord-est de Sveldetz, plusieurs soldats étaient réunis autour du corps d'une femme. La malheureuse gisait dans son propre sang, la gorge ouverte en une bouche béante. Jeff mit pied à terre non loin de la garde et, après avoir flatté l'encolure de sa jument, s'approcha. Diana, elle, regretta plus encore leur venue dans cette ville ; apparemment, les ennuis commençaient déjà.

— Ne restez pas là, circulez ! ordonna le soldat qui venait à la rencontre du général. Il n'y a rien à voir.

— Je suis Jeff Malaski, général de l'armée d'Esméry et membre de l'Ordre des Chevaliers d'Esméry.

Cette simple présentation suffit à changer l'expression sur le visage de l'homme qui salua aussitôt le général avec tout le respect qui lui était dû.

— Heureux de voir que ma réputation me précède toujours, se réjouit Jeff.

— Pardonnez mon impolitesse, Monsieur. Nous ignorions votre venue.

— Elle n'était pas programmée. J'ai l'impression que vous avez des ennuis. Que se passe-t-il ?

— C'est quoi ce bordel ? gueula le capitaine de garde qui vint à son tour s'occuper des indésirables. Quand on vous dit de partir, vous partez, c'est pourtant pas compliqué ! (Il se racla la gorge et changea d'attitude sitôt qu'il reconnut Jeff.) Général Malaski, quel plaisir de vous revoir !

— Toujours aussi actif, Capitaine, rit-il.

— Il faut ce qu'il faut. Vous savez bien que ce n'est pas rose tous les jours par ici. Dites-moi tout, qu'est-ce qu'on peut faire pour vous ? (Il se tourna vers le soldat.) Toi, va voir Colette à *La Marée Noire* et dis-lui de préparer une chambre pour le général. Deux chambres, se corrigea-t-il après un rapide coup d'œil sur le groupe.

— Je disais à votre subalterne que vous semblez avoir des ennuis.

— Pas plus que d'habitude. Il y a bien des bandits de grand chemin pour casser la routine de temps en temps, mais jamais rien de bien méchant. Oh, si ! Des trolls des plaines sont venus se râper les dents sur nos murs, la semaine dernière. Avec les gars, on a sacrément bien rigolé. Et on aurait continué à le faire si ces peigne-culs de la haute société ne s'étaient pas plaints auprès de l'empereur. Résultat : trois mille hommes surarmés pour s'occuper d'une centaine de sacs de viande sans cervelle. Une vraie boucherie. Si je ne me connaissais pas, j'aurais presque versé une larme pour ces pauvres trolls. Et, forcément, ces émérites et vertueux protecteurs de nobles n'ont pas manqué de nous prendre de haut et de nous laisser le soin de tout nettoyer une fois le travail terminé, en s'octroyant le mérite d'une défense rondement menée.

Cela amusa Jeff. Il savait que les murs de Sveldetz étaient réputés pour être impénétrables. Même un millier de géants n'aurait pas suffi à les percer ou à les faire tomber.

— Comment se porte votre sœur ? changea-t-il de sujet.

— Colette ? Elle va bien. Elle a mis bas il y a presque un mois. Un petit garçon qu'elle a appelé Jeff, d'ailleurs. Elle dit que c'est le minimum pour vous rendre hommage. Et si elle avait une fille, ce serait Falène.

— Nous n'avons fait que rattraper un criminel en fuite, rappela la demi-elfe. Qu'il eut échoué dans l'auberge de votre sœur fut une coïncidence.

— Peut-être, mais Colette dit sans cesse qu'elle ne vous remerciera jamais assez de lui avoir sauvé la vie et d'avoir sauvé son commerce par la même occasion. Et je n'en pense pas moins.

Il y eut un silence. Jeff porta son attention sur la victime, à dix mètres de lui.

— Vous n'en démordez pas, hein ? remarqua le capitaine de garde. Si vous tenez tant à le savoir, cette femme a été assassinée sous les yeux de mes hommes et personne n'a été en mesure de voir le responsable. Ils disent que le sang a brusquement jailli de sa gorge, après quoi elle est tombée raide morte.

— Tiens donc, elle n'a pas survécu à une gorge tranchée ? ironisa Seïk.

— Plaisantez, plaisantez, brave homme. En attendant, le mystère reste entier.

— Comment on peut ne pas voir l'assassin ? s'insurgea Diana. Vos lumières éclairent aussi bien qu'en plein jour !

Ses compagnons se tournèrent vers elle, surpris qu'elle s'emporte.

— Je me pose la même question, répondit le capitaine de garde. Selon le rapport, cette femme est sortie précipitamment et le drame est survenu quelques secondes plus tard. Mais peu importe. Malgré tout le respect que j'ai pour les Chevaliers d'Esméry, et surtout pour vous, Général Malaski, Dame Zidgel, j'aimerais que vous ne vous en mêliez pas. Cette affaire concerne uniquement mon équipe. De quoi aurait-on l'air si des étrangers nous venaient en aide ? Même s'il s'agit de vous, ne le prenez pas mal. On ne veut pas donner de raisons aux soldats de la ville haute de nous rabaisser. On a déjà assez de remarques du fait qu'on laisse les mafias faire leurs affaires, soi-disant qu'on se tourne les pouces...

— Plus vite le criminel aura été trouvé, plus vite les gens seront en sécurité, insista Diana. Pourquoi vous faites pas appel à vos camarades d'en haut ? Vous appartenez au même pays, non ? À la même ville.

— Vous avez raison et je suis de votre avis. Sauf qu'ici, à Sveldetz, la vie n'est pas aussi simple que vous semblez le croire. Il y a aussi la question de l'honneur.

— De l'honneur ? s'énerva-t-elle. Il est où, l'honneur, quand quelqu'un meurt ?

Une fois de plus, des regards stupéfaits se posèrent sur elle. Offensé par son manque de tact, le capitaine de garde commença à s'impatienter. Jeff s'en rendit compte et réprimanda la jeune artiste d'un regard sévère et d'une remontrance. Elle présenta ses excuses, ce qui apaisa un peu l'homme.

— Soyez tranquille, nous ne ferons rien, assura le général. Nous ne faisons qu'une halte pour nous reposer et remplir nos sacs avant de partir pour Zélaon.

— Bien, j'aime mieux ça. Et... À Zélaon, vous dites ? Vous y allez pour prendre un bateau ?

— J'ai comme l'intuition qu'il va falloir repenser notre itinéraire, pressentit Seïk.

— À vous de voir, fit le capitaine de garde. Aux dernières nouvelles, des krakens s'accordent une pause dans les eaux environnantes. Tous les bateaux sont à quai depuis un moment et ça peut durer une paye. Mais qui sait, peut-être que le problème aura été résolu à votre arrivée ?

— De quand datent ces nouvelles ? demanda Jeff.

— Pas plus tard qu'avant-hier.

— Voilà qui ne va pas arranger notre affaire...

— Vous m'en voyez navré.

— Ne le soyez pas, j'aime mieux le savoir maintenant qu'une fois devant le fait accompli. Bien, nous devons y aller. Bonne chance pour votre enquête, Capitaine. Mes remerciements pour l'information et pour le gîte.

Le capitaine de garde salua d'un geste amical tandis que le général remontait en selle, puis les cinq compagnons passèrent les portes de la ville.

Les chevaux laissés à l'écurie près des remparts, ils cheminèrent jusqu'à l'auberge. Diana s'extasia devant les monstres de fer qu'étaient les starlinkers et les vémoths, ces véhicules rapides montés sur roues et issus d'une ancienne technologie que l'Izen conservait jalousement. Elle fut aussi envoûtée par tous ces bâtiments si serrés les uns contre les autres et dont certains culminaient à près de deux cents mètres de haut, ainsi que par tous ces commerces, ces décorations lumineuses et ces lieux de divertissements. En outre, les rues étaient assez bien entretenues et nombre d'habitants, de marchands ambulants, d'artistes itinérants et de touristes l'animaient.

— Vous êtes sûrs que la partie basse de la ville est si déplorable que ça ? fit Diana.

Falène et Seïk échangèrent un regard. Elle sourit, lui ricana. La jeune artiste les observa avec incrédulité, puis fronça les sourcils quand elle soupçonna la supercherie.

— Ils ont exagéré pour te faire peur, révéla Jeff avec plaisance. Il n'y a pas plus de bandits ici qu'ailleurs.

— Donc, ces histoires d'organisations criminelles, c'est bidon ? Sympa, je m'en souviendrai…

— Non. Les bas quartiers sont bien sous le contrôle des mafias. Mais, de ce que nous savons, ces groupes assurent la sécurité et la prospérité de leurs territoires et ne se font pas la guerre. Tout ici fonctionne comme ailleurs : pouvoir politique, forces armées, économie et une bonne dose de diplomatie et de bon sens pour éviter l'hécatombe. La seule différence entre les bas quartiers et le reste porte sur l'identité de celui qui représente majoritairement l'autorité.

— Et c'est mieux ainsi, déclara Falène. Sans ces organisations, le niveau inférieur de Sveldetz aurait sombré dans le chaos. C'est d'ailleurs le mépris de l'empereur qui les a poussées à voir le jour, afin d'empêcher la déchéance.

— Mouais, fit Diana. En tout cas, il y a quelque chose de plaisant, ici. Comme de la nostalgie. C'est à la fois gai et mélancolique. Un peu effrayant aussi, mais ça donne envie de rester et d'en voir plus.

— La magie de Sveldetz, souligna Seïk.

— J'irais bien faire un tour pour visiter.

— Seule ? s'étonna Jeff.

— Je sais me défendre.

— Certes, mais n'est-ce pas toi qui voulais contourner Sveldetz, il y a deux heures à peine ?

— La faute à qui ? répliqua-t-elle à l'intention du mercenaire et de la demi-elfe.

— Je veillerai sur elle, promit Halfiel.

Jeff hésita. Il savait que les ennuis pouvaient vite survenir, surtout pour des voyageurs. Il comprenait toutefois que Diana veuille visiter la ville et voyait ce même désir brûler dans les yeux d'Halfiel, dont la proposition de protéger sa compagne ne servait que de prétexte pour ne pas exprimer clairement son souhait.

— Quoi que je dise, tu iras quand même, n'est-ce pas ? (Diana découvrit grand ses dents.) Bien, allez-y, mais évitez d'attirer l'attention.

Allègre, elle lui confia sa giberne et entraîna l'Ange Noir par le bras si brusquement qu'il faillit tomber. Jeff ne put s'empêcher de rire, enjoué par l'enthousiasme de cette fille et la naïveté d'Halfiel.

— *La Marée Noire* se situe dans la prochaine rue à droite, précisa-t-il. Nous nous retrouverons là-bas.

Elle signifia son accord d'une main levée.

— De vrais gamins, consentit Seïk.

— Halfiel a changé, nota Falène. Ce n'est pas flagrant, mais je le trouve plus ouvert.

— Je le pense aussi. Je dois avouer que je l'admire un peu. Je sais qu'il se pose au moins autant de questions que moi, il donne pourtant l'impression d'avancer sans jamais se laisser démunir.

— Ce n'était pas le cas il y a un mois.

— En effet.

Jeff se déplaça à pas de loup derrière eux et les surprit d'une tape amicale sur l'épaule.

— Allez, les tourtereaux, profitons-en pour acheter nos provisions, après quoi nous parlerons de la suite des évènements.

Halfiel ne cessait d'invoquer sa méfiance envers les gens qu'il croisait. Entre le noir de ses ailes qui ne manquait pas d'attirer l'œil et le comportement de Diana qui ne faisait preuve d'aucune retenue pour exprimer son engouement, on les remarquait un peu trop à son goût. Certains regards se portaient sur eux avec tant d'insistance qu'il pouvait sentir les mauvaises intentions à leur égard. Il n'y eut toutefois aucun incident à déplorer et il se dit que, dans cette ville, le port d'une épée et d'un arc constituait un répulsif efficace. Il fut cependant incapable de relâcher sa vigilance lorsque lui et la jeune artiste s'engagèrent dans un parc boisé, situé dans le second quartier qu'ils visitèrent. Pourtant, l'endroit était si peu fréquenté que volatiles et rongeurs dominaient ce vaste coin de nature plongé au cœur de la grande civilisation. Il y avait aussi un étang dans lequel s'élevait une curieuse et petite montagne de roche grise ; la saillie crachait l'eau comme un volcan vomit sa lave. Et tous ces bruits naturels environnants, supportés par celui du vent dans les arbres, rendaient le tumulte de la ville peu audible. Ce parc était assurément un lieu adéquat pour se reposer et si, à première vue, personne n'en profitait, ce n'était pas sans raison : les nombreuses attractions de Sveldetz accaparaient tous les esprits quand le travail qui tuait les citoyens à la tâche n'était pas en cause.

Cette ville vivait vite. Trop vite selon la jeune artiste.

Halfiel et Diana revinrent à *La Marée Noire* après deux longues heures. Diana s'arrêta près de la porte et considéra son camarade. Il l'imita après trois pas. Elle baissa les yeux.

— Hal… Merci de m'avoir accompagnée.

Il s'approcha d'elle afin de la réconforter d'une main amicale sur la tête. Un trait siffla devant son visage et le coupa net dans son élan, dessinant une ligne de sang sur sa pommette droite. À l'instar de sa compagne, il s'intéressa d'abord au projectile fiché à deux pas de la porte de l'auberge, puis Diana bondit sur le côté, pivota, brandit son arc et encocha une flèche. Elle scruta minutieusement la direction de laquelle venait le tir.

Personne. Quand elle reporta son attention sur Halfiel, celui-ci tenait un bout de papier sur lequel était griffonné un message.

— C'est quoi ? interrogea-t-elle.

Il lui tendit la lettre, elle la saisit. La lecture fut difficile, faute de bonne éducation, mais elle comprit l'essentiel. L'auteur leur lançait un défi. Leurs chevaux avaient été capturés et le seul moyen de les récupérer était d'aller à l'arène qui se situait deux quartiers plus à l'ouest. Un grotesque plan fait main indiquait le chemin à suivre, depuis l'auberge jusqu'au lieu de rendez-vous. Il n'était pas bien compliqué. Par ailleurs, le message indiquait que « l'homme aux ailes noires » devait venir seul.

— Bande de bâtards ! cracha Diana.

— J'y vais, dit Halfiel.

— Quoi ? On devrait pas plutôt prévenir les autres ?

— Il est écrit que je dois venir seul.

— Mais…

Ses protestations furent ignorées. Cela l'agaça, puis elle se rappela la mise en garde de Jeff, celle de ne pas s'attirer d'ennuis. Elle devina alors les raisons qui poussaient Halfiel à agir seul : il voulait résoudre cette affaire sans les importuner, car telle était sa manière de se montrer digne de leur confiance. Pour cause, il se sentait responsable du problème et il avait pour une fois l'opportunité d'y remédier. Parce qu'il était « l'homme aux ailes noires », parce que ses ailes, de toute évidence, déplaisaient d'une façon ou d'une autre à quelqu'un de mal intentionné et de bien placé pour nuire.

— D'accord, fit Diana, mais je vais avec toi.

— Ce n'est pas ce qui est…

— Je m'en fous de ce qui est écrit. Je viens et c'est pas toi qui vas m'en empêcher ! Tu préfères que je prévienne Falène et les gars ?

Il soupira, résigné. Et elle de conclure :

— Ouais, ça va chier !

Chapitre 23

La Mort dans l'ombre

Halfiel s'envola d'une poussée. Alors qu'il prenait de la hauteur, Diana crut qu'il l'abandonnerait malgré tout, mais il effectua une pirouette et revint vers elle, les bras tendus pour l'attraper. Elle se dépêcha de ranger sa flèche et de repasser son arc autour de son buste, lâcha le papier sur lequel était griffonné le message et leva les mains. Sitôt saisie, elle décolla du sol et eut un haut-le-cœur.

Voler à plus de trois cents mètres d'altitude la fit un peu paniquer, au début, car c'était inouï de ne rien avoir de solide sous les pieds et de voir les gens d'en bas si minuscules. Après quoi elle y prit goût. Et puis, c'était sa première fois ! Enfin, il l'emmenait dans les cieux ! Certes, elle aurait préféré que cela se fasse dans de meilleures circonstances, mais elle s'en contenterait.

Repérer l'arène ne posa aucune difficulté, le bâtiment était de bonne taille, avec une enseigne immanquable. L'espace autour était dégagé et de multiples faisceaux s'en échappaient vers le ciel. Sans compter toute cette foule qui s'agglutinait pour assister aux combats, une foule qui jamais ne s'épuisait du fait que l'institution assurait le spectacle sans interruption. D'ailleurs, à en juger par ce séraphin enchaîné au cœur de l'arène que l'on opposait à une dizaine d'archers, les organisateurs savaient sans conteste saisir le client.

Halfiel et Diana atterrirent sur le parvis, sous des regards intrigués. Ils se hâtèrent de pénétrer dans le bâtiment et ignorèrent les insultes et les protestations qui leur furent adressées pour ne pas avoir fait la queue. À peine eurent-ils foulé le carrelage du hall qu'un homme en armure de cuir fit signe à l'Ange Noir de le suivre ; Diana leur emboîta le pas, le guide ne protesta pas.

L'homme toqua à la porte d'une loge et entra.

— Il est ici, annonça-t-il avant de s'effacer.

Sur le siège de la loge, face à un grand miroir, un gobius humectait son visage écailleux. Ses lèvres épaisses, ses yeux globuleux, ses mains palmées, les nageoires qui ornaient ses joues et son crâne et les ouïes de son cou étaient autant de signes distinctifs de la race la plus commune des hommes-poissons. Son style vestimentaire était chic, tout en paillettes.

Diana réprima sa stupeur un peu trop tard et le gobius se retourna, à la fois courroucé et anxieux.

— Qu'est-ce que vous regardez ? J'ai un bouton sur le nez ? Bubble.

Elle se raidit. Le gobius examina le couple.

— Des ailes noires, bubble… J'imagine que c'est vous. Si, en revanche, il y a erreur sur la personne, vous n'avez vraiment pas de chance. Quant à cette fille… Qui êtes-vous ?

— Je l'accompagne, répondit-elle.

— Mais ce n'est pas ce qu'ils veulent !

— On s'en fout ! Il ira nulle part sans moi.

Halfiel le dévisagea. La force de son regard mit le gobius mal à l'aise. Ce dernier se retourna, attrapa l'éponge qu'il utilisait plus tôt, la mouilla avec le flacon posé à côté et l'appliqua nerveusement sur son visage.

— Ah ! Pour l'amour des mers, faites comme vous voudrez. Cette histoire me tape sur les nerfs, j'en ai les écailles qui sèchent en un rien de temps ! Bubble ! Suivez-moi et ne lambinez pas.

Il sortit en bousculant Halfiel et Diana et les guida vers une nouvelle salle où plusieurs combattants patientaient pour se rendre au cœur de l'arène.

— Les formalités ont déjà été réglées, dit l'homme-poisson. Attendez juste que l'hôtesse vous appelle. Bubble ! Par les nageoires de mes ancêtres, cette arène va me tuer, grommela-t-il alors qu'il s'éloignait.

Dès qu'il eut disparu, Diana éclata de rire à cause de ce mot qu'il répétait sans cesse ; elle s'était jusque-là retenue pour ne pas le froisser. Elle se tut néanmoins quand elle remarqua que Halfiel se tenait prêt à dégainer, puis elle prit conscience du fait que son attitude attirait un peu trop l'attention. Une vérité que corrobora un homme grand et de forte corpulence qui affichait un sourire sardonique ; son épaisse barbe broussailleuse et ses longs cheveux emmêlés, ainsi que l'énorme touffe de poils qui dépassait de sa chemise, lui donnaient une apparence à la fois burlesque et patibulaire.

— Y laissent vraiment entrer n'import' qui, lança-t-il de sa voix nasillarde. Une gamine et un poulet, et pis quoi encore ? Un nain, tant qu'on y est ?

Il pouffa d'un rire gras et attisa la colère de triplés nains qui patientaient dans un coin de la pièce. Diana adopta un air snob et passa sans un mot devant lui. D'un geste vif, l'imposant gladiateur l'attrapa par l'épaule et l'obligea à se retourner.

— Eh, p'tite pute, m'ignore pas.

Il voulut lui saisir le visage, sa main fut tranchée net au poignet ; avant qu'il ne s'en rende compte, la pointe d'une lame lui piquait la gorge. La vue du moignon autant que le feu naissant au bout de son bras le fit hurler et tomber à la renverse. Il rampa à reculons et considéra son bourreau ; ce bretteur aux ailes noires, il aurait dû y prendre garde.

Les jubilations des triplés nains invitèrent l'humiliation. Il laissa la rage le subjuguer et se releva non sans mal à cause de son excès de poids.

— Fils de putain, t'aurais pas dû !

Diana le frappa de son arc au visage, avec force. Pris de court, il vrilla et retomba par terre. Épée et flèche menaçant de le transpercer, il ne broncha pas davantage. Les rires sarcastiques de plusieurs concurrents redoublèrent, à tel point qu'il devint rouge de honte. Il se traîna pour fuir, se leva, courut, trébucha, roula deux fois, se remit debout et courut encore.

— Tu m'le payeras, pétasse ! J'te baiserai jusqu'à c'que t'en crèves !

— Faudrait déjà que tu me retrouves, Ducon !

Et il disparut. Les seules traces qui demeurèrent de la brève altercation furent une petite mare et un filet de sang grâce auquel on pouvait pister le couard.

Halfiel toisa chaque concurrent du regard afin de les dissuader de s'aventurer trop près de lui ou de sa compagne. Ce fut à cet instant qu'il vit les soldats postés à chaque coin de la salle. Ceux-là ne bougeaient pas et semblaient fermer les yeux sur l'algarade. Soit ils avaient peur de lui, soit ils étaient aises qu'un gladiateur se charge de l'élément perturbateur qu'ils ne pouvaient interpeller sans une bonne raison. Ou bien n'étaient-ils là que pour figurer ?

Armes rangées, Halfiel et Diana se dirigèrent vers le mur près de l'hôtesse et s'y adossèrent. Lui continua de surveiller ses adversaires potentiels, elle le lorgna. Il n'avait pas hésité à voler à son secours et veillait sur elle, comme promis ; cela ne la laissait pas indifférente. Il parlait peut-être peu, mais il agissait quand il le fallait. Et puis, ce côté taciturne ajoutait à son charme, se fit-elle la réflexion.

Elle le dévisagea bientôt avec passion et la chaleur enveloppa ses joues. Elle détourna le regard d'un geste prompt, le cœur battant.

Les hurlements de la foule annoncèrent la fin du combat en cours. Dix corps sévèrement mutilés et transportés sur des civières ne tardèrent pas à traverser la salle. Cela évoqua à Halfiel la manière de faire de l'arène de Fladrr : l'on faisait rebrousser chemin aux perdants, avec ou sans assistance, pour mettre les gladiateurs en condition. À la différence qu'ici, le vainqueur suivait ses victimes. Halfiel et Diana reconnurent le séraphin qu'ils avaient aperçu dans l'arène, enchaîné face aux archers. Il était couvert de sang, apparemment celui des perdants. Les chaînes n'étaient plus enroulées autour de son corps, mais autour de ses bras et de ses jambes. Une aile mécanique aux plumes d'acier et incrustée d'aélithe remplaçait son membre dorsal gauche. Une frange longue cachait ses yeux et un rictus de sadique fou furieux figeait ses lèvres. Quant à ce qu'il dégageait, c'était si sombre et pesant qu'un frisson parcourut l'échine de la jeune artiste au point de la pousser à se blottir contre son ami. Halfiel ne broncha pas, mais il ne fut pas moins méfiant ; l'idée que ce gladiateur tente soudain de massacrer tout le monde dans cette salle lui effleurait l'esprit.

— C'est à vous, leur annonça l'hôtesse.

Halfiel fit face d'un geste rapide et manqua de tirer son épée, Diana sursauta ; l'hôtesse recula. Les gardes aux quatre coins de l'antichambre se murent enfin, aussi Halfiel dissipa-t-il le malentendu par de plates excuses.

— Ne soyez pas si nerveux, lui conseilla l'hôtesse qui domptait son émoi. Je vous rappelle qu'il n'est pas trop tard pour abandonner si l'arène vous effraie. Par contre, si vous voulez toujours combattre, c'est par ici.

Elle indiqua le couloir par lequel étaient revenus les dix archers défunts et le séraphin.

— Comme si on avait le choix, grommela Diana avant de s'y engouffrer.

À mesure qu'ils approchaient du bout du corridor et que les cris de la foule hystérique s'intensifiaient, les tripes de la jeune artiste se tordirent. Elle n'était plus très sûre de vouloir participer à la bataille sans savoir ce qu'elle et son compagnon allaient devoir affronter. Les victimes mutilées et le séraphin désaxé lui faisaient encore froid dans le dos.

La pression grandit d'un coup quand elle entra sur le terrain éclairé de lampes éblouissantes accrochées bien haut. Soudain, même la présence de l'Ange Noir ne fut plus en mesure de la rasséréner. Elle eut l'impression que le sol se dérobait sous ses pieds. Pour ne pas céder à la panique, elle se remémora les enseignements de Jeff et de Falène et analysa le champ de bataille. Il y avait un peu de relief. Des rochers plus ou moins gros, voire colossaux, étaient disposés çà et là. Au moins, elle pourrait se cacher si la situation devenait critique. D'autant plus que Halfiel la protégerait, et il serait un rempart infaillible grâce à sa capacité de guérison.

Elle opina du chef, recouvra un peu sa confiance, et puis… elle se demanda ce qu'elle foutait ici. Elle n'aurait jamais dû écouter Halfiel, ni l'encourager à agir seul en choisissant de l'y aider. Elle avait eu raison de vouloir avertir Jeff, Falène et Seïk et elle aurait dû s'y tenir ! Quelle idiote… Pourquoi n'avait-elle pas tenu tête à l'Ange Noir comme elle savait d'ordinaire si bien le faire ?

Elle se gifla afin de rappeler son sang-froid ; le moment était mal choisi pour s'affoler. Elle s'aida des vieilles instructions de feu son père ; lors d'une partie de chasse contre une bête féroce, face à sa proie, seules trois options se présentaient : tuer, fuir ou mourir. Et la fuite était rarement permise. En arène ou sur champ de bataille, cette règle s'appliquait aussi, elle l'avait elle-même soutenu face à Seïk lors d'une discussion à Esméry. Et puisqu'il n'y avait désormais plus aucune échappatoire et que mourir était hors de propos, ne restait plus qu'à se battre pour la victoire.

Elle inspira profondément, fit le vide dans son esprit.

Le gobius rencontré plus tôt se tenait sur une estrade, à droite, au bord des gradins. Son visage s'animait avec une synchronisation parfaite sur des miroirs de lumière géants, sa voix portait jusqu'aux derniers rangs grâce à l'étrange bâton dans lequel il parlait et aux boîtes criardes qui retransmettaient chacun de ses mots.

— …avant de les achever. Jusqu'où le potentiel destructeur de Samshir Aile-d'Acier le mènera-t-il ? Survivra-t-il à son prochain combat face aux douze trolls aquatiques tout droit venus des marais d'Oléo ?

» Pour l'heure, bubble, ce sont deux personnages tout autres qui raviront vos yeux et effaceront votre langueur. Il fut jadis un homme bon, mais la mort de sa femme l'a plongé dans les ténèbres. La légende veut qu'il ait tué plus de mille adversaires, le feu de ses yeux comme la noirceur de ses ailes en seraient la preuve irréfutable. À ses côtés, une création des perfides elfes d'Ymir, bubble, la perfection incarnée ! Par son apparence et son intelligence artificielle, cet androïde peut simuler une nature humaine et faire croire à n'importe qui sa fausse identité. Ne vous y trompez pas, sa force témoigne de ses origines ! Mesdames et messieurs, un tonnerre d'applaudissements pour nos deux nouveaux gladiateurs : Halfiel et P3X-10 ! Bubble.

— Hein ?! Mais c'est quoi ces conneries ? se formalisa Diana. C'est du délire !

— Sans importance, répliqua l'Ange Noir qui sortait sa lame de son fourreau. Concentre-toi.

— Ouais, mais quand même ! Et comment ils peuvent connaître ton nom alors que tu leur as pas dit ?

Un cri déchirant retentit depuis l'entrée opposée, large et haute de plusieurs mètres. Les spectateurs en furie scandèrent le nom « Glut ». Le sol trembla à trois reprises, des grognements se firent entendre. Diana regarda son compagnon avec épouvante, lui avait les yeux rivés sur ce qui s'apprêtait à sortir. Elle attrapa son arc, prit une flèche d'une main frissonnante et l'encocha.

— Cache-toi, commanda Halfiel.

Recommandation bien inutile, telle était son intention ! Et elle courut au gros rocher le plus proche. Halfiel partit du côté opposé et resta bien en vue pour accaparer l'attention de l'ennemi. Il redoubla toutefois de vigilance lorsqu'un mastodonte se jeta dans l'arène, certain que le combat ne serait pas aussi aisé qu'il l'avait espéré. La bête était retenue à grand-peine par six hommes costauds alourdis d'épaisses protections de cuir. Sa peau était craquelée comme de la terre sèche. Deux gigantesques défenses sortaient de son immonde gueule et une troisième, petite et fendue en deux, formait son menton. Au bout de sa longue queue, une solide boule balançait et martelait le sol.

Le monstre fit claquer ses mâchoires et produisit un son intimidant.

— C'est pas vrai, s'étouffa Diana, c'est une blague ?

Le mastodonte furibond s'agita avec violence et fit valser les soldats. Cinq parvinrent à retrouver la sécurité du bâtiment. Le sixième, trop têtu pour lâcher la chaîne à temps, termina sa course sous la patte antérieure gauche de la bête. Glut racla le sol de cette même patte, l'infortuné s'en trouva ratatiné et éparpillé.

Le monstre chargea. Halfiel s'envola, se rua sur lui et frappa ; sa lame rebondit sur la peau sans causer le moindre dommage. Surpris l'espace d'une demi-seconde, il évita de peu une chaîne virevoltante et reprit de l'altitude. Puis il vit que les fers utilisés pour guider le monstre étaient indissociables de son corps, fixés à d'énormes goupilles vissées dans sa carcasse. Ces armes improvisées ne suffirent pourtant pas à le dissuader d'aller au contact. Il profita de la confusion de Glut, qui le cherchait encore au ras du sol, pour plonger et lui asséner plusieurs coups en divers endroits. Cela n'eut toutefois guère plus d'effet.

Une flèche quitta un gros rocher et alla rebondir sur le coin de l'œil du mastodonte ; il secoua la tête et chargea dans cette direction.

— Diana ! s'écria Halfiel.

Un rapide coup d'œil pour comprendre la nature de l'alerte et elle se jeta sur le côté ; une partie du rocher vola en éclats. Elle se releva sans tenir compte de ses bras écorchés et s'empressa de trouver une autre planque, à quelque vingt mètres de là.

Glut était rapide, il la vit s'enfuir et se mit en position de charge, mais trois coups d'épée au front détournèrent son attention. Il essaya de happer ce volatile qui s'éloignait de nouveau et balaya l'air de ses défenses quand il revint sur lui ; il fut esquivé au premier passage, pas au second. Frappé de plein fouet au flanc gauche, Halfiel alla s'écraser contre un haut et fin rocher. Il chancela, grimaça, se tint le côté. Ses deux côtes cassées ne le restèrent pas longtemps, assez cependant pour lui couper le souffle.

Plutôt que de lancer une troisième charge, Glut s'approcha de sa proie en trottinant. Une nonchalance qui laissa à Halfiel le temps de se ressaisir et de s'envoler, manquant de peu d'être broyé entre les puissantes mâchoires. Il attaqua encore la tête, estoqua cette fois les yeux. Sa lame buta contre une fine membrane translucide aussi dure que la pierre. Il reprit de l'altitude et faillit se faire arracher une jambe par une rangée de crocs acérés.

Derrière sa frêle protection, Diana observait le duel. Elle ne pouvait s'empêcher de craindre que son compagnon soit blessé ou tué. Après tout, elle n'avait jamais vu de ses propres yeux cette fameuse capacité de guérison ; le simple fait d'en avoir connaissance ne suffisait plus à la rassurer et sa confiance s'effritait. Elle inspira, bloqua puis expira lentement, se força à garder son calme, réfléchit à ce que pouvait être le point faible de l'ennemi. Rien cependant ne lui permit d'entrevoir la victoire tant la carapace du monstre lui apparaissait sans failles. Car, si même ses yeux ne pouvaient être atteints…

Elle sentit la panique l'étreindre et lui brouiller les sens. Puis elle eut une idée.

— Hal ! Ouvre-lui la gueule !

Il la considéra, devina son plan.

Il atterrit juste devant Glut et campa sa position ; la bête s'élança en avant, tête baissée. Halfiel tenta de le bloquer et fut projeté en l'air d'un coup de tête. Il se tortilla afin de faire face, se laissa tomber vers la gueule grande ouverte qui menaçait de l'engloutir. Un battement d'ailes pour freiner sa chute et les mâchoires claquèrent à quelques centimètres de son visage. Il revint à terre face au monstre, le chargea et le força à rouvrir la gueule. Glut refusa, secoua sa caboche de gauche à droite avec tant de violence qu'il le fit jongler entre ses défenses. Contraint par la douleur de plusieurs côtes qui se brisent et perforent ses organes, Halfiel plia le genou. Il reçut un coup d'une violence inouïe en plein visage et s'écroula.

Glut cessa de gesticuler. Il leva la tête, la fit retomber lourdement et transperça de son menton cornu sa proie en plein ventre. Halfiel y resta accroché le temps d'être envoyé dans le ciel. D'une reprise de volée, il fut éperonné par une défense puis jeté au loin sur le côté, comme un vulgaire insecte.

Alors qu'elle attendait l'instant propice pour lâcher la corde de son arc, Diana se replaça dos au rocher, terrifiée de voir l'Ange Noir se faire écharper. Elle sentit la sueur perler sur son front et se crispa fort afin de se ressaisir. Elle jeta un autre coup d'œil, s'aperçut que le mastodonte la regardait fixement et se cacha de nouveau.

Elle l'entendit charger.

Dépitée, elle quitta sa cachette en courant et tira. La flèche ricocha sur la peau de Glut, il ne s'arrêta pas. Au second tir non plus. Il poussa un rugissement, la troisième flèche vint se loger dans son palais mou. Déstabilisé, il secoua la tête et ne se préoccupa plus de sa proie. Diana disparut derrière un grand et solide amas de pierres, sans être vue. Elle passa son arc à l'épaule et escalada l'obstacle.

Miraculeusement rétabli, à la plus grande joie des spectateurs, l'Ange Noir reprit son envol et vint par derrière le monstre. Il remarqua une chose intrigante à la base de sa nuque. Il s'en approcha, Glut remua sa masse et fit virevolter ses chaînes. Par manque de prudence, Halfiel fut heurté par l'une d'elles et projeté au sol ; le bruit d'un corps qui s'écrase interpella la bête.

Diana parvint au sommet de l'amas rocheux, les doigts de la main gauche en sang à cause d'une chute manquée, au moment où le mastodonte se retournait pour s'en prendre de nouveau à l'Ange Noir. Méprisant la souffrance et animée par la peur de mourir, la jeune artiste décocha une flèche dans le but de détourner son attention. Et le trait ricocha sur sa tête. Elle crut alors apercevoir une protubérance palpitant comme un cœur sur la nuque de Glut, mais ce dernier, furieux d'être dérangé, fit volte-face trop vite.

Dès que la queue du mastodonte l'eut survolé, Halfiel se releva, le gratifia de plusieurs coups d'épée à la patte postérieure droite et se mit à plat ventre pour éviter le second passage de l'appendice caudal. Et Glut lui refit face, toujours plus enragé d'être pris en traître par ces deux misérables moucherons.

Diana profita de la distraction pour dévaler son promontoire et tenter une approche furtive, galvanisée par la faille qu'elle était certaine d'avoir découverte. Elle ne fut pas loin de monter sur le dos de la bête quand la queue balança vers elle et que la boule d'os la frappa à la cuisse ; elle valsa sur deux mètres, rebondit et roula trois fois. Par chance, elle n'eut pas le fémur brisé, mais la chair écrasée ne la fit pas moins hurler de douleur.

L'inquiétude poussa Halfiel à s'intéresser à sa compagne. Il ne prit pas garde à cette immense défense qui le chassa une fois de plus, avec une telle férocité qu'il alla heurter le sol à deux reprises avant de terminer sa course contre un mur.

Glut se retourna, encore ; Diana était à terre et rampait vers l'abri le plus proche. Voilà une proie qui ne lui échapperait pas si facilement, aussi marcha-t-il vers elle d'un pas serein. D'autant que l'autre déjeuner ne viendrait plus l'ennuyer, à présent.

— Haaal ! s'égosilla Diana. À l'aide !

Elle brandit tant bien que mal son arc et tira une flèche, puis une autre ; elles rebondirent sur la peau de pierre. Elle appela au secours avec plus d'entrain, mais sans réponse. Un coup d'œil opportun entre les énormes pattes du monstre lui permit de voir Halfiel inerte, la chemise rougie par le sang et déchiquetée. Son bras droit semblait avoir gagné une articulation et son aile se déployait sous un angle anormal.

Boule au ventre et montée de larmes assaillirent la jeune artiste. Son instinct de survie s'empara d'elle au point qu'il inhiba la douleur, et elle se traîna le plus vite possible, essaya de se relever et trébucha à cause de sa cuisse meurtrie qui ne la soutenait plus aussi bien. Elle lutta et réitéra l'opération, en vain, s'abîma les mains, les bras, les coudes. Son pantalon se déchira aux genoux, elle se les esquinta sur le sol poussiéreux et râpeux. Le sang qui coulait de ses plaies toujours plus nombreuses et toujours plus larges formait des boulettes lorsqu'il se mêlait à la terre battue. Ses larmes aussi.

Quelque chose lui agrippa le pied droit et tira. Les muscles martyrisés de sa jambe se tendirent et la firent hurler ; l'hystérie du public couvrit ses cris. Elle lâcha son arc alors qu'elle s'élevait dans les airs, eut la sensation que ses organes s'envolaient et alla s'écraser contre le sol. Elle entendit un craquement. Le souffle coupé, elle fut incapable de bouger.

Glut lâcha Diana, fit un pas en avant et pencha un peu la tête sur le côté. Il l'examina de son œil droit, la retourna à l'aide d'une de ses défenses et entreprit d'en faire son repas. Sa gueule s'ouvrit lentement et les crocs descendirent avec la certitude d'une mort imminente. De la bave coula sur les cuisses de Diana ; malgré l'épuisement et la douleur, elle eut encore la force d'être répugnée. Elle voulut s'évanouir mais sa conscience refusa d'abandonner. Elle sentit l'odeur fétide venue des entrailles de la bête, au point que de la bile emplit sa bouche.

Les mâchoires se refermèrent lentement, les crocs taillèrent la chair. Diana hurla encore. Puis Glut ouvrit grand la gueule avec un couinement improbable, se dressa sur ses pattes arrière et exprima son exaspération d'un grondement profond et bref. Ses jambes flageolèrent, il retomba de tout son long. Diana perçut sa chance et se força à rouler sur le côté. Une fois, deux fois, trois fois, quatre fois ! Retentit le bruit sourd du mastodonte qui s'écrase. Elle crut un instant qu'elle avait manqué de rapidité, qu'elle venait de se faire aplatir, puis elle réalisa que seuls ses cheveux étaient coincés sous le bout d'une patte. Elle tira furieusement, se les arracha et retrouva sa liberté, rampa, se releva pour encore chuter, se traîna toujours plus vite, toujours plus fort, le cœur battant, le souffle court. Elle arrêta sa course effrénée contre un rocher et observa la scène : en pleine santé comme s'il n'avait souffert d'aucun mal, Halfiel se tenait debout sur l'épaule de Glut, l'épée suintante du sang de sa victime.

Il y eut un grand silence. Tout sembla figé. Et la foule se leva pour acclamer les deux vainqueurs d'une seule voix.

Diana eut peine à le croire. Ses nerfs lâchèrent prise, elle rit alors que ses yeux pleuraient. Elle essaya de se remettre sur pied, mais son avant-bras droit plia dans un angle singulier. Elle s'échoua en gémissant, se tint le membre en jurant comme un démon. Halfiel vint à elle, alarmé par son état grave. Il s'apprêtait à la porter quand elle l'arrêta et réclama de ne pas oublier son arc. Un peu dérouté par cette requête qu'il jugeait loufoque au vu de la situation, il obéit et revint la prendre dans ses bras.

Les applaudissements et les cris de joie n'en finissaient pas. Le gobius se montra bien incapable de prendre la parole pour jouer de ses talents d'orateur. Le combat avait donné un spectacle à la hauteur des attentes et Halfiel en avait été le clou. Car un homme aux ailes noires que même les blessures les plus sévères ne parvenaient pas à tuer ne pouvait que fasciner ! Toutefois, ce petit jeu que tant de monde savourait, Halfiel ne l'aimait pas. La colère l'animait. S'il mettait la main sur le ou les responsables de cette mascarade…

D'un pas pressé, il transporta sa compagne hors de l'arène où des gardes les attendaient.

— Suivez-nous, l'invita l'un d'eux.

— Mon amie a besoin de soins ! répondit-il avec véhémence.

— Raison de plus. Nous vous conduisons dans un centre où elle sera prise en charge.

S'il accepta l'invitation, Halfiel demeura méfiant. Il pressentait qu'ils n'étaient pas au bout de leur malheur.

— Nous risquons d'attendre longtemps que les Chevaliers Lanciers résolvent la situation, opposa Falène. (Sur la carte, elle traça du doigt une ligne depuis Sveldetz jusqu'à Potern, située au sud-est.) Il serait plus judicieux de nous rendre à la ville frontalière et de traverser la forêt d'Illy. Cela retardera notre retour à Esméry de trois semaines, nous aurons néanmoins la certitude d'y arriver à la date estimée.

Jeff considérait lui aussi cette option. L'obligation de repenser l'itinéraire le contrariait, non pas tant à cause du retard que cela occasionnerait que de l'inconfort qui irait de pair. Il avait espéré offrir un repos mérité à ses compagnons le temps d'un voyage en mer, et cela n'aurait pas été un luxe étant donné que, sitôt leur rapport effectué, Lia réunirait tous les membres de l'Ordre des Chevaliers d'Esméry, les hauts gradés de l'armée et les ministres pour établir la contre-offensive. Parce que Kalar multipliait ses exactions, il devenait nécessaire de réagir au plus vite, bien plus que l'escomptait Jeff à la suite du raid sur la Farnoll.

Dès lors, la guerre ouverte contre Drezn débuterait officiellement.

— Si seulement Lia avait permis qu'un aéronef vienne nous récupérer, soupira-t-il. Quelle perte de temps…

— Si seulement la Glynas avait possédé cette technologie, enchérit Falène.

— Drezn aurait pris soin de les abattre, tu peux en être sûre.

— Peut-être. À notre retour, il serait bon de discuter avec Sa Majesté de l'éventualité de leur offrir certains de nos vaisseaux. Puisqu'elle a ordonné la construction de nouveaux aéronefs pour étoffer notre flotte en prévision de la guerre, quelques-uns de plus ne seront pas un problème. La Glynas est notre plus vieil allié et voilà bien des années maintenant que nous maîtrisons cette technologie, je ne vois donc rien qui justifie la dispense d'un tel présent. D'autant plus que nous ne manquons ni de ressources ni d'ouvriers pour les bâtir rapidement.

— Nous en reparlerons en temps et en heure, conclut Jeff. Revenons-en à notre affaire.

— Le capitaine de garde a souligné qu'avec un peu de chance, les krakens auront déguerpi ou été abattus à notre arrivée, rappela Seïk. Dans le pire des cas, ne pourrions-nous pas leur prêter main-forte ?

— Ou tu surestimes nos capacités, ou tu sous-estimes les krakens.

— C'est un fait…

— Non, inutile de tergiverser, consentit Jeff. Falène a raison, rendons-nous à Potern et, de là, nous chevaucherons vers Esméry. Sur ce, je vais me reposer ; je suis exténué.

Les deux autres acquiescèrent. Il se leva et alla s'allonger sur un des lits de la chambre.

— Nous sortons faire un tour, dit la demi-elfe après un regard entendu au mercenaire.

Puis ils quittèrent l'auberge.

Alors que Seïk s'étirait et se demandait par où commencer cette ballade, Falène remarqua qu'une flèche était fichée dans la façade du bâtiment, à deux pas de la porte. Un bout de papier, charrié de temps à autre par des vents contraires, se plaquait au mur. Prise d'une sombre intuition, elle le ramassa et le déplia. Dessus étaient griffonnés un message et un plan.

— Un problème ? s'enquit Seïk qui la voyait faire.

Elle leva la tête, ferma les yeux, pinça les lèvres. Elle se précipita dans l'auberge, donnant au passage le bout de papier au mercenaire et déclarant :

— Halfiel et Diana sont en danger.

Chapitre 24

Ceux qui savent

Dans l'hôpital situé à côté de l'arène, une équipe de médecins assignée aux soins des gladiateurs survivants s'occupa d'Halfiel et de Diana dès leur arrivée. Contrairement à sa compagne, l'Ange Noir fut davantage un objet de curiosité qu'un patient. Malgré le sang, la poussière et les déchirures de ses vêtements, il n'avait pas la moindre égratignure et seule son aile droite nécessitait d'être remboîtée. À première vue du moins, car, lorsque ce fut fait, la brève douleur qui en résulta le poussa à un mauvais geste qui l'accabla d'un pincement au flanc gauche. Un rapide examen permit au médecin de déceler une côte cassée, une qui ne s'était pas replacée d'elle-même pour se ressouder. Le simple fait de la manipuler amena les deux parties de l'os en contact, et elles fusionnèrent. Le médecin ne vit rien mais le sentit bien. Sa stupeur fut grande et les questions s'additionnèrent, mais Halfiel demeura silencieux et continua de se comporter comme si de rien n'était.

Les deux compagnons quittèrent l'hôpital près d'une demi-heure plus tard. Bras dans le plâtre, de nombreux pansements pour protéger les plaies suturées et les multiples écorchures, Diana pouvait au moins marcher. Bien qu'elle boitât. Elle passerait cependant outre, car elle refusait d'être un fardeau.

— Rejoignons les autres, décida Halfiel, honteux du fait que sa témérité avait bien failli coûter la vie à sa compagne.

Diana signifia son accord d'un hochement de tête, pas plus fière. Elle aussi reconnaissait sa bêtise et sa naïveté. D'autant plus que cela paraissait maintenant évident que les ravisseurs n'allaient pas rendre les chevaux si facilement. Y penser la fit d'ailleurs douter de leur capture, alors elle considéra l'Ange Noir d'un air perplexe. Elle comprenait sa volonté de rembourser sa dette envers Jeff et les autres mais, tout comme elle, il s'était lancé tête baissée dans ce périple, sans vérifier la véracité de la lettre. De fait, elle se dit que, la prochaine fois, il serait judicieux qu'ils réfléchissent davantage avant d'agir ; du moins, qu'elle le fasse si lui s'y refusait.

Halfiel s'apprêtait à s'envoler en emportant son amie quand un individu adossé au mur de l'hôpital, dans la ruelle à droite du bâtiment, les interpella :

— Hep ! Vous deux ! Les Petits Maîtres sont satisfaits par votre combat. Vous pouvez reprendre ce qui vous appartient, comme convenu. Suivez-moi.

Il disparut dans la pénombre. Halfiel et Diana se regardèrent et hésitèrent. Ils avaient eu assez d'ennuis pour aujourd'hui, mais l'Ange Noir s'estimait toujours responsable du vol et refusait de rentrer les mains vides. La jeune artiste était, quant à elle, soudain moins dubitative face à la réalité du larcin.

Malgré leurs réticences, ils suivirent l'inconnu.

— J'aime pas ça, grommela Diana.

Un sentiment que partageait Halfiel.

À l'autre bout de la ruelle, l'homme les attendait aux abords d'une grande place vide entourée d'entrepôts. Il alla ouvrir la porte de service d'un des bâtiments et les invita à entrer, sous prétexte que les chevaux s'y trouvaient. Il les félicita encore pour leur victoire sur Glut puis partit vers l'opposé de la zone. La colère d'Halfiel ressurgit d'un coup et il voulut se jeter sur lui, le contraindre à révéler l'identité de ses « Petits Maîtres » pour leur réclamer des comptes. Diana le retint.

— Laisse tomber, dit-elle avec lassitude. On prend les chevaux et on se tire. J'en ai marre de cet endroit…

Il consentit à oublier le ravisseur, et ils entrèrent dans l'entrepôt. À peine eurent-ils fait deux pas que la porte claqua derrière eux, suivi d'un bruit de serrure. Ils se hâtèrent de l'ouvrir, trop tard.

— Bordel, mais ça va jamais s'arrêter, paniqua Diana. Qu'est-ce qu'on leur a fait ?

Des charnières grincèrent et la faible lumière entra depuis le toit. Deux portes avaient été ouvertes par deux hommes de main et chacun décocha une flèche enflammée. Les traits se plantèrent dans le sol, le feu commença à se propager. Alors, les deux compagnons remarquèrent tout ce foin étalé par terre et les énormes ballots de paille collés aux murs. Et leurs chevaux n'étaient même pas là !

Halfiel dégaina son épée et attrapa Diana par la taille. D'une franche poussée, il s'envola et passa par l'ouverture avant qu'elle ne se referme, tranchant le buste d'un des hommes de main au passage.

L'autre tenta de l'abattre, sa flèche fut chassée. Il sortit un couteau pour se défendre quand l'Ange Noir fondit sur lui. La petite lame vola, il tomba de haut.

— Hal ! Là-bas ! avertit Diana en pointant du doigt le fuyard qui les avait conduits dans ce traquenard.

Épée au fourreau, Halfiel le rattrapa en un rien de temps et se posa en travers de sa route. Il lâcha sa compagne, avança vers le ravisseur. L'homme tira un couteau de sa ceinture, se jeta en avant et le poignarda. Une légère grimace plus tard, Halfiel lui saisit le poignet gauche et serra fort pour l'obliger à lâcher prise, puis il ôta la lame plantée près de son cœur et l'enfonça dans la main du criminel. Mis à genoux avec un cri de douleur, l'homme vit, non sans horreur, la blessure de l'Ange Noir se refermer ; son erreur avait été de ne pas assister au combat dans l'arène. Halfiel le regarda fixement, extirpa le couteau et le menaça de lui transpercer la poitrine avec.

— Halfiel, non ! Ne fais pas ça ! s'écria Jeff qui débouchait de la ruelle près de l'hôpital.

Talonné par Falène et Seïk, il le rejoignit au pas de course, un peu épuisé d'avoir fouillé à la hâte l'arène et ses alentours pour les retrouver.

— Il a sûrement beaucoup à nous dire, compléta-t-il.

— Pourquoi ils s'en prennent à nous ? s'alarma Diana.

— Les raisons ne manquent pas et c'est bien ce que je compte découvrir.

— Vous en avez vu de toutes les couleurs, constata Seïk devant l'état pitoyable de ses deux amis.

Sans prendre le temps d'éprouver la même inquiétude que le mercenaire, Jeff arracha le criminel de l'emprise d'Halfiel, le traîna sur deux mètres et le jeta à terre. L'homme tenta de s'enfuir mais il le plaqua au sol, lui brisa le poignet droit d'un coup de botte et l'obligea à se retourner.

— Pour qui travailles-tu ? l'interrogea-t-il sur un ton des plus sévères, lui collant la lame de sa hallebarde contre le torse. Qui t'envoie ? Réponds !

Mais l'homme ne faisait que gémir, ses membres blessés le lancinaient. Il prit un coup de hampe en plein visage. Jeff s'agenouilla et le saisit par le col.

— Je te conseille de répondre si tu ne veux pas passer les prochains jours à te nourrir de crottin de cheval.

Une giclée tiède balafra le visage du général. Le temps qu'il comprenne, l'homme de main avait la gorge tranchée et se vidait de son sang dans un gargouillis. Il contint sa frustration autant que sa stupeur, lâcha le corps et essuya son visage avant de se relever. Il s'attendait à des commentaires de la part de ses compagnons, mais rien ne vint.

— Hal, balbutia la jeune artiste.

Jeff fit face au reste du groupe et resserra sa prise sur sa hallebarde : à vingt centimètres du visage d'Halfiel volait silencieusement une créature pas plus grande qu'un avant-bras d'homme. Elle battait des ailes si vite qu'il était difficile de les apercevoir. Sa tête prenait la forme d'un bulbe surmonté d'une tige courbée et était parcourue de veines sombres. Ses grands yeux obscurs, ovales et en biais, jugeaient l'Ange Noir. La petite épée qu'elle empoignait dégoulinait de sang alors que son armure d'argent reflétait le feu de l'entrepôt qui s'intensifiait toujours plus.

— Tu es digne de ta stature, Créateur, je le reconnais, dit-elle de sa voix fine et pincée. Mais ta présence sur notre territoire nous insulte. Nous avons assez joué. Quitte cette ville sans attendre, car, si tu ne crains pas la mort, tes compagnons…

Elle posa un regard lourd de sens sur eux, puis sur Halfiel.

En un clin d'œil, elle disparut.

Halfiel fut choqué par la manière dont la créature l'avait appelé ; ce n'était pas la première fois qu'il était ainsi nommé. Ses pensées s'embrouillèrent un instant avant d'être interrompues par Jeff qui le secouait par l'épaule.

— Dépêche-toi !

Halfiel se montra confus. Les autres fuyaient vers une ruelle à l'opposé de la place, Seïk portait même la jeune artiste sur son dos. Ce fut en entendant les lointaines sirènes d'alarme qu'il fit le rapprochement avec le feu. Il comprit que, à rester plantés là, lui et ses camarades seraient certainement tenus pour responsables des dégâts. Il s'envola, emporta Jeff d'une ferme poignée de main et rattrapa les autres.

Les compagnons désertèrent les lieux un peu avant que des soldats de Sveldetz débarquent. La halte se fit deux kilomètres plus loin, dans une ruelle à l'abri des regards.

— C'était quoi cette chose ? interrogea Diana alors que le mercenaire la reposait.

— Je l'ignore, répondit le général, mais nous ferions bien de prendre sa menace au sérieux. Dépêchons-nous de partir.

— Et la prochaine fois, prévenez-nous, réprimanda Falène qui leur tendait le papier sur lequel était griffonné le message de défi.

Et Diana de se rendre compte qu'elle l'avait lâché lorsqu'elle s'était précipitée pour attraper les mains d'Halfiel, avant de s'envoler vers l'arène.

Chapitre 25

Départ précipité

De retour à l'auberge, les deux Chevaliers d'Esméry furent pris au dépourvu lorsque l'homme derrière le comptoir leur souhaita la bienvenue. Ils crurent s'être trompés de lieu, car, à leur connaissance, Colette était la seule tenancière de *La Marée Noire*. Pourtant, il s'agissait du bon établissement, alors Jeff demanda où se trouvait la propriétaire. L'homme prétendit n'avoir jamais entendu parler de cette femme et gérer les affaires de *La Marée Noire* depuis des années.

Le rapt des chevaux, le défi de l'arène, la tentative de meurtre, la petite créature volante et sa menace… Et maintenant, l'auberge de Colette ? Cela faisait trop de coïncidences. Qu'une organisation mafieuse eût fomenté cette mascarade leur effleura l'esprit. On les avait pris en grippe à cause d'Halfiel, cela ne faisait aucun doute. Parce qu'il était « l'homme aux ailes noires ». Mais dans quel dessein ? Et aller jusqu'à orchestrer pareille mise en scène… Si leurs détracteurs cherchaient à faire étalage de leur puissance en ces lieux, c'était réussi. Toutefois, si leur intention était de chasser les compagnons et en particulier l'Ange Noir hors de Sveldetz, cela n'avait aucun sens. Ou, comme l'avait laissé entendre le petit être ailé, n'était-ce qu'un jeu ?

Au souvenir de la promesse de mort, les compagnons passèrent outre les interrogations et la supercherie et agirent comme si de rien n'était. Leurs affaires ainsi récupérées, ils payèrent les chambres à l'origine offertes par Colette et s'en allèrent.

Sur le kilomètre qui séparait l'auberge de l'écurie, tout fut calme. Trop calme. Pas un piéton, pas un véhicule ne vint troubler la tranquillité de la rue. Ajoutée à cela la sensation d'être épié… Ils pressèrent le pas et trouvèrent leurs chevaux là où ils les avaient laissés.

Ils se gardèrent bien de questionner le maréchal-ferrant ; que ce dernier ne fasse aucun commentaire sur la disparition des bêtes soutint l'idée qu'elles n'eussent jamais quitté cet endroit, autant que sa complicité dans l'affaire.

À la porte nord-est, le capitaine de garde n'était plus ce personnage sympathique que Jeff et Falène connaissaient, le frère de Colette. C'était un homme plus grand, blond, au regard froid et qui ne quittait pas des yeux les compagnons. Les autres soldats n'étaient plus les mêmes, eux non plus, et la trace du meurtre plus tôt perpétré avait totalement disparu. Autant de détails supplémentaires qui transformèrent les suspicions en certitudes. De fait, la première halte ne vint qu'après trois heures de chevauchée hâtive. Personne ne relâcha sa vigilance par crainte d'être pisté, et le repos fut bref et inconfortable. Le voyage reprit à belle allure et ne s'arrêta de nouveau qu'à l'avènement du jour, longtemps après.

La visibilité devenue suffisante pour apercevoir d'éventuels poursuivants, les tensions se relâchèrent enfin. Chacun put trouver un sommeil réparateur, bien que court, sous l'attention bienveillante d'Halfiel qui, plusieurs fois durant son tour de garde, s'envola et scruta les environs sur des dizaines de kilomètres. Haut dans le ciel, il aperçut même la grande Sveldetz, devenue minuscule, s'épanouir dans la lumière du jour. Un spectacle dont seuls ceux qui approchaient de la ville par les airs pouvaient profiter, tant qu'ils restaient en dehors de la zone de nuit éternelle.

Le voyage revenu à son rythme normal, la jeune artiste demeurait pourtant blasée. Elle n'avait plus de fournitures pour dessiner et son bras droit était dans le plâtre. Quelle plaie ! Ces désagréments parurent cependant bien ridicules lorsque l'Ange Noir accapara ses pensées, car ce dernier avait tant enduré dans l'arène qu'il aurait dû mourir à plusieurs reprises. Pourtant, il se tenait là, droit et infaillible sous ses haillons ensanglantés. Diana en était admirative, aussi rassurée au souvenir de ce qu'elle avait ressenti en le voyant se faire malmener.

Force lui fut de reconnaître la vérité : Halfiel était bel et bien invincible.

Le soir venu, le camp trouva sa place dans un bosquet, au pied d'une petite montagne et d'une colline. L'odeur de la nourriture apaisa les esprits encore pas tout à fait sereins. Il y avait toutefois cet interminable silence qui accompagnait le groupe depuis le départ de Sveldetz. À son long discours, les bruits de mastication et de déglutition s'ajoutèrent. Chaque seconde supplémentaire passée dans ces conditions oppressa davantage Diana, tant et si bien qu'elle finit par s'écrier :

— Ça suffit ! Y en a marre, à la fin !

Elle grimaça, à cause de la douleur infligée par ses multiples blessures. Ses compagnons la considérèrent avec étonnement.

— Calme-toi, lui recommanda Jeff. Tu n'es pas en état de t'agiter et tu risques d'attirer des bêtes sauvages.

Elle soupira, se ressaisit, arracha un bout de saucisson d'un coup de dents, prit à peine le temps de le mâcher et l'avala. Le morceau eut du mal à glisser, elle s'étouffa presque. Seïk lui passa l'outre ; elle but goulûment, retrouva sa respiration et soupira encore. Elle essuya sa bouche d'un revers de main.

— On fait quoi, maintenant ? demanda-t-elle.

Jeff lui lança un regard dépité. Elle pensa qu'il leur en voulait, à elle et à Halfiel, d'être partis pour l'arène sans les prévenir. Parce que les conséquences auraient pu être bien plus graves. Cela la fit réfléchir, et elle présenta ses excuses.

— Je ne suis pas en colère, dit Jeff. Seulement songeur. Si cette créature volante…

— Elle en avait après moi, le coupa Halfiel d'une voix sèche.

Jeff l'observa.

— Oui, et j'aimerais savoir pourquoi.

— Je l'ignore, répliqua-t-il sur la défensive.

— J'en ai conscience, détends-toi. Il faut reconnaître que tes ailes et ta propension à défier la mort de quelque façon que ce soit ont vite fait d'attirer les regards. Cela peut suffire à expliquer la situation, mais j'ai peine à y croire. Elle semblait en savoir long sur toi.

— Une connaissance de son passé oublié ? suggéra Seïk.

— Peut-être, admit Jeff. Cela dit, ce n'est pas ce qui me préoccupe le plus. En toute honnêteté, j'espère que seul Halfiel était la cible. Car, si cette créature fait partie d'une organisation mafieuse, comme je le soupçonne, il est fort possible qu'elle sache également qui nous sommes et d'où nous venons. C'est là que le bât blesse.

— On est encore en vie et on a pu partir, c'est le principal, fit Diana. On devrait oublier tout ça, non ?

— Notre réputation nous précède, lui rappela Falène. L'Ordre des Chevaliers d'Esméry et ses membres sont connus sur tout le continent de Dinseliun, comme la position que Jeff et moi-même occupons au sein de l'armée d'Esméry. Sans compter sur le fait que nous sommes déjà venus à Sveldetz. Tous ceux qui connaissent notre identité constituent donc un danger potentiel. S'ils découvrent notre participation à la reprise d'Ajul, ils deviennent un problème d'ordre majeur dans la mesure où ils peuvent vendre cette information, entre autres à Drezn. Souviens-toi des villages de Glynas par lesquels nous sommes passés. Tous nous accueillaient en héros, à l'exception d'Halfiel qu'ils voyaient comme un assassin. Il n'y aurait rien d'étonnant que de telles informations aient dépassé les frontières.

— Alors, on y retourne et on les bousille ?

— Non, dit Jeff. Il n'y a rien à faire, sinon nous montrer prudents et avancer le plus rapidement possible.

Chacun observa le silence, mesura l'ampleur des révélations, fouilla ses souvenirs en quête d'un détail qui permettrait de chasser les craintes. À l'exception d'Halfiel. Lui ne cessait de penser au surnom « Créateur » dont il avait été affublé. C'était la deuxième fois ! Plus encore, tous ceux qui l'avaient ainsi nommé semblaient avoir des griefs contre lui. Pourquoi ?

Alors que les interrogations se multipliaient, il redouta que les autres eussent entendu et gardé à l'esprit ce surnom. Toutefois, cela ne devait pas être le cas, sinon le sujet aurait déjà été abordé. Il jeta de rapides coups d'œil vers ses compagnons, comme pour s'en assurer, et il se sentit idiot. Pourquoi donc nourrissait-il de telles craintes ? D'autant qu'ils pouvaient l'aider à obtenir des réponses ! Aussi pensa-t-il qu'il valait mieux crever l'abcès dès à présent, ce qu'il aurait dû faire à son réveil à Ajul lorsqu'il leur avait conté son histoire. Et il ouvrit la bouche…

Les mots refusèrent de sortir. Au fil des secondes, ses peurs refluèrent, jusqu'à ce qu'il abandonne l'idée d'en parler. De nouveau, son instinct lui dictait de se taire.

— N'empêche, je sais toujours pas ce qu'on fait ni où on va, bougonna Diana. J'imagine qu'on retourne pas en arrière pour prendre un vémoth et aller à Zélaon ?

— Non, en effet, répondit Jeff alors qu'il attisait le feu à l'aide d'une branche. C'est bien trop risqué. Nous emprunterons la route commerciale qui traverse la forêt d'Illy. Il y a un pont gardé par une ville frontalière, au sud-est. Une fois que nous l'aurons franchi, ce sera ligne droite jusqu'en Esméry.

— Au moins, nous n'aurons à nous soucier que de croiser des bandits de grand chemin, enchérit Seïk. Ou des bêtes qui feront notre festin.

Le général esquissa un sourire.

— L'insouciance de la jeunesse a du bon, accusa-t-il. Mais si tu te crois à l'épreuve des lames et des flèches, tu tomberas de haut le jour où des bandits te tendront une embuscade à un contre cent.

— J'ai foi en ma chance autant qu'en ma capacité à me défendre. Dans le pire des cas, je cours vite. Et puis, sans me vanter, je possède un certain talent pour déceler et déjouer les pièges. Si ce n'était pas le cas, ma carrière de mercenaire aurait pris fin il y a bien longtemps.

— Et que feras-tu face à une horde de trolls des plaines ? D'orcs ? De gobelins ? opposa la demi-elfe. Ils se font rares en Izen depuis une vingtaine d'années, ils n'en sont pas pour autant des fables. Ils infestent même certaines régions du monde et je ne te parle pas de toutes ces créatures bestiales que ta route est susceptible de croiser, un jour ou l'autre.

— Ce jour venu, j'espère que tu seras à mes côtés, dit-il, enjôleur. Ainsi nous vaincrons, ou bien nous périrons. Et si cette éventualité devait être, je n'aurais aucun regret, car nous serions ensemble.

Ces mots déridèrent Falène. Elle devait reconnaître qu'il se montrait parfois insouciant, comme le disait Jeff, mais il ne mentait pas en se prétendant plein de ressources. Elle avait toute confiance en lui et elle serait sans aucun doute à ses côtés lorsque viendraient les ennuis de grande envergure. Elle se le jurait.

— Quoi qu'il en soit, à voir les vêtements d'Halfiel, je ne pense pas que qui que ce soit ose nous approcher, releva Jeff avant d'en rire.

À cette remarque, Halfiel examina sa chemise mutilée, l'ôta et la jeta au feu. Il pensa d'abord enfiler celle de rechange rangée dans son sac, puis il se dit que rester torse nu ne le dérangeait pas. Et même, avec ses ailes, il était en fin de compte plus à l'aise ainsi.

— En tout cas, je suis contente que Hal soit différent de nous, avoua Diana en s'étirant. Quand on était dans l'arène, on a bien failli...

Elle se tut, son air soulagé se mua en une expression chagrinée. Elle s'abîma dans ses pensées puis se leva, marmonna des excuses, gagna sa couche et s'allongea.

Elle se remémorait de nouveau la lutte contre Glut, en particulier l'instant où la mort avait commencé à l'étreindre. Les crocs de la bête qui s'enfoncent dans sa chair, l'haleine fétide et la bave dégoulinante... Elle frémit, eut la nausée, et la douleur de ses nombreuses blessures que les cataplasmes et les médicaments avaient su lénifier se réveilla. Elle en avait connu des traumatismes, au cours des mois passés, et elle les avait surmontés sans mal, mais, en cet instant, il lui fallait reconnaître que, malgré ses beaux discours, elle n'était pas immortelle. Quant à Halfiel, l'était-il vraiment, lui ? Si elle l'avait admis plus tôt ce jour, elle le remettait en cause. Et s'il venait à être décapité ? Coupé en deux ? Ou s'il explosait ou se faisait écrabouiller à l'instar de ce garde, dans l'arène, qui avait vu sa fin sous la patte de Glut ?

Il lui faudrait du temps pour accepter tout cela. Car, si elle avait jusqu'alors enduré les tourments de la vie sans broncher, pour la première fois, elle craignait de mourir. Pour la première fois, elle avait vraiment peur de perdre un proche.

Au beau milieu de la nuit, Seïk se réveilla. Le feu de camp à l'extérieur de la tente renvoyait des ombres sur les pans de toile et apportait un peu de lumière. Cela lui permit de contempler Falène, paisiblement endormie à son côté. Il le fit de longues secondes, puis il caressa son visage ; elle paraissait tellement innocente. Pourtant, il la savait aux aguets malgré ses paupières closes. Au moindre danger, elle se réveillerait et bondirait pour éliminer la menace. Elle était de cet acabit et jouissait de ce sixième sens mieux que personne. Les gênes elfiques avaient du bon, décidément…

Bienheureux, il quitta la tente. Le feu du camp crépitait et léchait de ses longues flammes du bois ajouté depuis peu. Il leva les yeux au ciel, pas une étoile n'était visible à cause d'épais nuages. Il grimaça. Son tour de garde allait bientôt débuter et il n'aurait rien pour tuer le temps. Il se prit à envier Halfiel et sa vue si perçante, si bonne de jour comme de nuit. Au moins, lui pouvait apprécier le paysage alentour dans le noir, pour peu qu'il ne fût pas total.

Il repéra son compagnon assis contre un arbre, à quatre mètres du camp. Il se tenait à quelques pas de l'orée du bosquet. Par-delà, il y avait cette colline qui s'enfonçait dans les ténèbres. Tout comme cette petite montagne située à l'opposé, et…

Depuis quand voyait-il aussi bien dans l'obscurité ?

La stupeur laissa vite place à l'émerveillement. Il regarda tout autour de lui. Il distinguait tout le bosquet et même ses proches environs. Comme l'Ange Noir ? Voilà un phénomène bien nouveau et intrigant. Par une nuit pareille, un homme ordinaire n'aurait pas su voir à plus de quelques mètres après les tentes.

Bien qu'il ne comprît pas la raison de sa soudaine évolution, Seïk se réjouit. Puis il porta la main à sa nuque pour se gratter. Lorsque ses doigts effleurèrent sa marque, lui revinrent en mémoire ces picotements qu'il avait eus à son arrivée en Glynas et qui s'étaient accrus jusqu'à son duel contre Halfiel. Ces scarifications ne pouvaient pas seulement être « les lubies dérangées de Kalar ». Il devait y avoir autre chose et, comme il l'avait dit en réponse aux mots de Falène, il avait la vague impression que tout n'était pas aussi simple. Et puis, il se rappelait sa guérison miraculeuse face au mage, sur le galion pirate. Si ses blessures n'avaient plus cicatrisé de la sorte depuis, il ne pouvait nier que cela ressemblait étrangement au don si particulier de son camarade.

Un lien. Il y avait un lien entre eux, telle fut sa conviction. Mais lequel ?

Il s'approcha d'Halfiel.

— Puis-je me joindre à toi ? demanda-t-il par simple politesse.

— Tu peux.

Et le mercenaire s'assit, adossé au même tronc d'arbre. Une minute passa à n'écouter que le chant du vent dans les feuillages, soutenu par la mélodie stridente des grillons.

— J'aimerais te poser une question, dit Seïk. Lorsque nous nous sommes rencontrés pour la première fois, à Ajul, ta marque s'est-elle mise à fourmiller ?

— Oui.

— Le faisait-elle depuis longtemps ?

— Deux ou trois jours.

— C'est bien ce qu'il me semblait... J'y ai réfléchi, tu sais. J'y pensais encore à l'instant et j'en suis venu à la conclusion que nos marques sont liées, d'une manière ou d'une autre.

Halfiel se tourna vers lui, intrigué.

— Comment ?

— Je l'ignore, répondit Seïk. Je ne t'ai jamais avoué que ma marque aussi s'était agitée avant notre combat. Cela a commencé lorsque je suis arrivé en Glynas et la sensation s'est amplifiée jusqu'à ce que je te vainque. Au moment où la gemme dans ta nuque est sortie et s'est désagrégée, les picotements se sont tus. S'il en est de même pour toi, alors il doit y avoir une connexion.

Halfiel se replaça dos à l'arbre. À son tour, il médita sur la question.

De longues minutes défilèrent encore sans qu'un mot soit prononcé. Peu à peu, Halfiel vit ressurgir son envie de parler de cette histoire de Créateur et de ceux qui l'avaient ainsi nommé. Ce désir se révéla plus intense qu'au cours du dîner. Il éprouva le sentiment de pouvoir en discuter avec Seïk plus qu'avec quiconque, probablement parce que le mystère de la marque les reliait. Il le lorgna, s'interrogea sur la manière d'aborder le sujet. Puis il abandonna l'idée ; les mots refusaient toujours de sortir.

La frustration invita un soupir silencieux.

— Pour être franc, dit Seïk, il n'y a pas que cela qui me laisse penser que nous sommes liés, toi et moi. Tu vois cet arbre, là-bas ? désigna-t-il le hêtre à l'autre bout du bosquet.

— Je le vois. Pourquoi ?

— Parce que je le vois également. Peut-être aussi bien que toi. Je ne sais pas exactement depuis quand je le peux, mais cela ne m'était pas permis il y a une semaine.

— Nous sommes donc liés. Et toujours ignorants, conclut Halfiel avec un flegme surprenant.

Seïk le dévisagea. Il avait espéré que son compagnon serait plus enthousiasmé par une telle découverte. Ce n'était pas toute la vérité qu'ils cherchaient, certes, mais cela représentait au moins un pas en avant dans leur quête de réponses. C'était en outre une piste à explorer pour retrouver son identité perdue.

Halfiel, lui, se réjouissait bel et bien de tout cela. Même sans savoir de quoi il en retournait, ces révélations avaient le mérite de chasser sa solitude, plus encore que ne le faisait déjà la présence de ses quatre nouveaux amis. Mais davantage de questions se posaient et il demeurait incapable de débattre de ce qui le tracassait.

Inévitablement, le mercenaire vint à parler de sa funeste expérience sur le galion pirate. Puis il regarda sa cuisse, celle que Halfiel avait sérieusement blessée lors de leur duel. Il passa sa main là où restait une cicatrice. S'il n'avait plus mal, une légère décharge électrique lui courut tout le long comme chaque fois qu'il la touchait. Il fut amer ; il aurait souhaité que sa guérison miraculeuse de naguère ne soit pas l'unique exception à sa condition de mortel. Car, contrairement à sa jambe, son ventre et son torse ne gardaient aucune trace de blessure, par conséquent aucune faiblesse.

— Tu devrais aller te coucher, proposa-t-il enfin. La nuit est bien avancée.

Halfiel accepta sans broncher, se leva et partit vers sa tente.

— Attends ! fit Seïk alors que son compagnon pénétrait le camp.

L'autre se retourna. Sur le point de s'expliquer, le mercenaire tomba des nues, infoutu de parler. Il l'avait sur le bout de la langue ! C'était en lien avec sa guérison miraculeuse survenue sur le galion pirate, il en aurait mis sa main à couper. Quelque chose d'important ! Mais plus il y réfléchissait…

— Oublie, dit-il après coup, l'air déçu. Le propos m'a échappé.

— Bonne nuit, lança Halfiel.

— Bonne nuit, camarade. Et ne te bile pas trop en ce qui concerne la créature volante de Sveldetz. Diana a raison sur ce point, nous sommes toujours en vie et c'est le principal.

Ils se regardèrent encore un moment, puis Halfiel rentra dans sa tente. Il était persuadé que Seïk ne tiendrait pas un tel discours s'il savait que cette chose l'avait appelé « Créateur ».

Chapitre 26

Allégeance partagée

Au loin à l'horizon, dans la brume matinale, se dessinèrent les fortifications et les premières bâtisses de Potern. Cette ville frontalière était la gardienne du pont qui chevauche le fleuve Koldasj, barrière naturelle entre l'Izen et l'Esméry. Malgré cela aucune réjouissance, chaque compagnon avait le regard dans le vague, l'esprit tourné vers l'avenir. Chacun d'entre eux… ou presque. Jeff se déridait d'un large et incontrôlable sourire alors qu'il observait la jeune artiste, cela depuis cinq bonnes minutes. Il ne se lassait pas d'y repenser, tant qu'un rire vint le secouer ; pourtant, cela faisait des jours et des jours que cette scène s'était jouée. Même Diana avait tiré un trait là-dessus et pardonné à Halfiel. Mais Jeff avait une excellente mémoire et une joie de vivre tenace. Tout ce qui pouvait contribuer à sa bonne humeur, il le gardait jalousement.

Oui, il se souvenait à merveille de ce soir-là, bien avant d'atteindre le Koldasj et de le longer. Diana venait enfin de se débarrasser de son plâtre et elle avait recouvré la santé. Une drôle de mouche devait l'avoir piquée, car, après avoir épié Falène et Seïk en pleins ébats amoureux, elle s'était faufilée dans la tente d'Halfiel. À califourchon sur lui alors qu'il dormait, elle avait tenté de l'embrasser. Il s'était réveillé avec brusquerie, la chassant sur le côté comme un vulgaire sac, et tandis qu'il reprenait ses esprits, bien avant de comprendre la situation, elle l'avait giflé pour ensuite se réfugier dans sa propre tente.

Aux premières loges, près du feu parce qu'il tenait son tour de garde, Jeff avait ri aux larmes. Halfiel avait bien sûr cherché des explications au comportement de sa compagne, mais elle avait refusé de lui parler. Quant à Jeff, il avait prétexté ne pas vouloir se mêler de leurs affaires ; en vérité, cela rendait à ses yeux la situation bien plus cocasse.

Des suites de cette soirée, la jeune artiste avait boudé l'Ange Noir trois jours durant !

Jeff essuya la larme qui poignit au coin de son œil et reporta son regard sur l'horizon. C'était à présent le pont qui transperçait la brume, édifice solidement bâti d'épaisses poutres de bois, de pierres et bardé de fers. Il n'était jamais venu ici, mais les rumeurs prétendaient qu'il faisait bon y vivre.

Il se détourna de la ville et s'intéressa à Halfiel. Si ce dernier avait retrouvé une allure décente grâce à ses vêtements de rechange, ses ailes noires n'en demeuraient pas moins trop voyantes. Il fallait y remédier d'une manière ou d'une autre, surtout qu'il avait décidé d'être torse nu le plus clair de son temps ; un accoutrement plus pratique, avait-il justifié avant d'ajouter que les journées se faisaient maintenant chaudes.

Alors qu'elle se perdait dans la contemplation du cours d'eau, Diana fut surprise par une bourse qui vola devant elle pour atterrir entre les mains d'Halfiel. Elle le considéra, lorgna le petit sac puis regarda Jeff tandis qu'il parlait à l'Ange Noir :

— Falène et moi nous occuperons de faire le plein de provisions. Beaucoup de marchands font halte ici, profites-en pour vous acheter de nouveaux habits. Et trouve-toi une cape. Cela n'effacera pas tes ailes et te fera suer comme un démon, mais, au moins, personne n'en verra la couleur ; cela asticotera moins les curieux, je l'espère.

Halfiel apprécia la considération. L'idée de masquer ses membres dorsaux pouvait paraître déplacée et injuste, tout comme la torture d'une cape en plein été, mais il comprenait.

— On aura assez pour acheter des flèches ? questionna Diana.

Jeff jeta un œil dans le dos de la jeune femme.

— Il t'en reste.

— Un carquois ou deux en plus, c'est jamais de trop quand on a des ennuis.

— Tu n'en auras pas besoin.

— Et si on se fait encore attaquer et que je tombe à court ?

— Prends la peine de récupérer celles que tu tires, conseilla Falène. Agir de manière économe augmentera tes chances de survie.

— Nous avons assez d'argent pour rentrer à Esméry sans mourir de faim et changer vos vêtements abîmés, ajouta Jeff. C'est déjà bien.

— Si je pouvais ne pas mourir tout court, ça m'arrangerait…

— Reste près de nous, dit Seïk. Tu es bien entourée, tu n'as rien à craindre.

— Mes talents d'archère pourraient bien vous sauver les fesses !

— Dans ce cas, nous nous arrangerons pour ne pas mettre nos fesses en danger, railla Jeff.

Les autres s'amusèrent du sarcasme. Pas Diana.

— Et j'imagine que je peux me brosser pour du matériel de dessin ? bougonna-t-elle.

— Ce que j'aime, chez toi, c'est que tu comprends vite, l'asticota Jeff.

— On aide dans une guerre sans rien demander en retour et voilà ce qu'on gagne… Et en plus, à porter les mêmes fringues depuis qu'on est partis de Sveldetz, ça commence à me gratter. (Elle expira bruyamment.) Ça sert à quoi d'être général ou mercenaire si ça aide pas à se remplir les poches ?

— Je doute qu'être haut gradé dans l'armée apporte de tels avantages, même au sein de son propre royaume, répondit Seïk. Quant à être mercenaire…

— Ça fait longtemps que tu l'es, non ? Ça a bien dû te rapporter ?

— Pas tant que tu l'imagines, avoua-t-il en se frottant l'arrière de la tête, gêné par cette triste vérité.

— Si tu tiens tant à agrémenter tes journées passées sur les routes d'une nouvelle garde-robe ou de toute autre chose, trouve un moyen d'obtenir de l'argent, trancha Falène que les caprices de la jeune femme commençaient à agacer. En ce qui concerne les flèches, tu peux toujours te les fabriquer. Le bois, ce n'est pas ce qui manque.

Ainsi rappelée à l'ordre, Diana se raidit. Épuisée par la bataille d'Ajul, la longue et interminable chevauchée et les évènements survenus à Sveldetz, elle en avait oublié qu'elle n'était pas la seule à subir les affres du voyage retour. Consciente de son comportement devenu un peu trop égocentrique, elle rougit de honte. Cela ne lui ressemblait pas, aussi présenta-t-elle ses excuses.

— Endure-le encore un peu, ce ne sera plus très long, promit Jeff. Lorsque nous serons de retour à Esméry, Lia te récompensera pour ton aide. Elle n'est pas du genre à oublier ses dettes. Quand bien même elle le ferait, Lana Ajul n'aura pas manqué de lui envoyer un messager pour la remercier de son égard et relever votre aide plus que bienvenue, à toi et à Seïk.

Diana fit la moue, elle se moquait bien de quelque récompense que ce soit ; elle espérait juste un peu plus de confort pour finir ce périple.

— Vends tes dessins, proposa Seïk dont le regard s'attardait sur la pleine giberne de sa compagne. Ils ne sont pas mauvais.

— Pas mauvais ?! Y a pas mieux ! Et c'est que… j'y ai jamais pensé. Mais je le ferai.

— Y penser ne suffit pas. Préfères-tu poursuivre le voyage sans pratiquer ton art pendant près de trois semaines ?

Son sang se glaça. Suivit une grimace. Ne pas pouvoir dessiner pendant encore trois semaines ? Inconcevable ! Elle ferait le nécessaire pour vendre ses œuvres sitôt dans l'enceinte de Potern. Comme l'avait signalé le général, nombreux étaient les marchands à y séjourner. Avec de la chance, l'un d'eux serait intéressé. Et ce fut avec cette détermination qu'elle chevaucha en silence sur les derniers kilomètres.

Aux portes de la ville, deux gardes izenois les saluèrent et les interrogèrent sur la raison de leur venue. Par prudence, les Chevaliers d'Esméry se gardèrent bien de révéler leur identité, par crainte que ceux qui en avaient eu après eux ou l'Ange Noir, à Sveldetz, sévissent aussi dans les environs. Ce fut sans compter sur le jeune soldat qui quitta le poste de garde pour les rejoindre.

Le garçon dévisagea Jeff dont les cheveux rouge sang et la hallebarde lui évoquaient de lointains souvenirs. Très vite, il se rappela les histoires que l'on racontait au sujet du Hallebardier d'Argent, figure emblématique de l'Esméry et farouche protecteur de son royaume. Et après mûre réflexion, cette femme aux cheveux de jais à côté de lui ne pouvait être que Falène Zidgel, le Démon Azuré, surnom qu'elle devait à ses prouesses au combat et à l'armure qu'elle portait habituellement. Bien que ni l'un ni l'autre ne revêtît en cet instant ces protections qui partageaient leur renommée, un seul échange de regards et ce fut une certitude pour le jeune homme.

Il se mit au garde-à-vous.

— Général Malaski ! Vice-Générale Zidgel ! C'est un véritable honneur de vous rencontrer.

Il attira la suspicion de ses camarades. Quelques explications apportées et l'identité des Chevaliers devint une évidence, au grand dam de ces derniers.

— Z'auriez dû le dire plus tôt, reprocha un des deux autres soldats dont les manières et l'épaisse moustache lui donnaient une allure de paysan. On vous aurait pas contrôlés de la sorte si on avait su !

— Vous faites votre travail, consentit Jeff, vous n'avez rien à vous reprocher. Nous souhaitions passer sans faire de vagues.

— Ah ! Donc, vous voulez pas qu'on sache que vous êtes ici ! Rassurez-vous, on gardera le secret. Et j'pense pas que quelqu'un d'autre ici réussisse à vous reconnaître. En tout cas, pas de ce côté-ci de la ville. On a que des descriptions des Chevaliers de l'Ordre d'Esméry, alors c'est pas évident de savoir qui est qui ; à la limite, vos cheveux à vous, M'sieur Malaski, aideraient peut-être à vous distinguer. Croyez-moi bien, si l'gamin vous a reconnus, c'est juste parce qu'il est sacrément doué pour ça et qu'il vous adore.

» En tout cas, on est tous admiratifs quand on entend parler d'vos exploits. Vous êtes de bonnes gens, et nous, les bonnes gens, ici, on aime ça. C'est un peu grâce à vous que cette ville prospère et évite les problèmes. Certainement pas grâce à l'empereur d'Izen. Savez, on est p't'ète izenois, mais pour sûr esmériens dans l'âme.

— Tenez votre langue, soldat, le reprit Falène. Si l'empereur vous entend, il pourrait bien vous faire exécuter pour trahison. Nous apprécions votre dévouement, rappelez-vous cependant à qui vous avez prêté allégeance.

— Qu'y fasse, j'serai parti avant qu'il envoie ses sbires. J'ai juste à traverser le pont et hop ! Me v'là peinard. D'ailleurs, si vous voulez mon avis, j'ai fait une belle connerie le jour où j'ai fait le serment de protéger l'empereur. Plus j'y réfléchis, plus j'me dis que j'aurais dû m'engager dans l'armée esmérienne. Et c'est p't'ète même ce que j'vais faire dans pas longtemps. De toute façon, y a personne ici qui se considère comme izenois. On est esmériens dans l'âme, j'vous dis. Esmériens ! Aussi sûr que vous êtes là devant nous. Pas vrai, les gars ?

Ses deux compères croisèrent les bras, fiers. Leur dévotion flatta les deux Chevaliers, quand bien même ils avaient conscience que cela pourrait un jour coûter la vie de ces hommes et de la moitié izenoise de la ville. Peut-être plus.

— Au fait, les sang-mêlé sont pas censés être mal vus ? demanda discrètement Diana au mercenaire.

— J'vous entends ma petite dame, la surprit le soldat moustachu. Vous devez pas sortir souvent de chez vous pour penser ça. Le racisme, c'est plus très à la mode, de nos jours. À part quelques crétins qui persistent à voir les sang-mêlé d'un mauvais œil, personne ici crachera sur le général Malaski. Pouvez m'croire.

— Un racisme encore très répandu contrairement à ce que vous pensez, le corrigea Seïk. Vous seriez honteux de voir comme certaines nations réfutent toujours le droit d'exister des sang-mêlé. Ce combat est loin d'être terminé.

— Il l'est en Esméry seulement parce que la royauté et les Chevaliers de l'Ordre s'y emploient depuis des années, des décennies, compléta Falène.

— Vous m'en voyez navré, s'excusa le soldat moustachu que cette triste nouvelle affectait.

— Vous comptez passer par la forêt d'Illy ? questionna le troisième garde, un homme d'une cinquantaine d'années pour qui la discussion s'éternisait.

— C'est la raison de notre présence ici, en effet, admit Jeff.

— N'auriez-vous pas été plus vite en prenant un navire à Zélaon ?

— Il semble qu'un malheureux incident bloque les bateaux à quai.

— J'parie que c'est encore ces maudits krakens ! déplora le soldat moustachu. Serait temps que quelqu'un fasse ce qu'y faut pour les chasser d'nos eaux une bonne fois pour toutes. C'est mauvais pour les affaires et ça va encore être pour not' pomme.

— Encore ? releva Seïk.

— Il y a cinq mois, la même chose s'est produite, répondit le soldat le plus jeune. On pensait que les Chevaliers Lanciers de Zélaon les avaient exterminés, mais visiblement non.

— Bah ! grogna le moustachu. Tu parles ! Y sont pas fichus d'éliminer de pauvres calmars à peine plus gros qu'une maison. Et ça ose se prétendre Chevaliers Lanciers ? Franchement, si c'était moi, y a longtemps qu'on serait en paix.

Ces remarques amusèrent beaucoup les deux Chevaliers d'Esméry. Il était rare de voir un tel comportement chez un soldat, ce qui n'était pas forcément pour déplaire. C'était un râleur, mais un homme honnête et sincère.

— En tout cas, feriez bien d'faire attention. La forêt d'Illy est agitée ces temps-ci. J'sais pas ce qui s'y trame, mais ça fait bien deux ou trois mois qu'on voit presque plus d'voyageurs passer par là. Et ceux qu'en viennent ou reviennent… Y en a qui sont devenus fous, j'crois bien. Ils racontent des choses bizarres, comme quoi les arbres bougeraient d'eux-mêmes.

— Voilà qui est inquiétant, en effet, soutint Jeff. Merci pour cet avertissement, nous ne l'oublierons pas. Messieurs, si vous voulez bien nous excuser, une longue route nous attend encore. Ce fut un plaisir de bavarder avec vous.

Il salua, les soldats l'imitèrent avec grand respect.

Les compagnons se séparèrent sitôt les chevaux confiés à qui de droit. Comme convenu, les deux Chevaliers allèrent se fournir en vivres alors que Seïk accompagnait Halfiel et Diana pour arpenter la ville à la recherche de commerces de vêtements. Ils en trouvèrent un assez tôt, un marchand ambulant qui bradait la moitié de ses articles.

Pendant que l'Ange Noir et la jeune artiste fouillaient les tas de fripes et les rangées d'habits neufs, le commerçant remarqua un dessin qui dépassait de la giberne de Diana. Il se jeta dessus sans crier gare, l'examina sans tenir compte des protestations. Une main en avant pour invoquer la patience de la demoiselle et il lui demanda s'il pouvait voir les autres, fasciné qu'il était par son talent.

— Fabuleux, dit-il et répéta-t-il après chaque dessin. Absolument magnifique. Magique, même ! L'émotion qui se dégage de vos œuvres… L'on croirait presque que votre art est sur le point de prendre vie, vous comprenez ? Mademoiselle, vous n'avez rien à envier aux grands du nom !

— Ouais, je sais. Dites, vu qu'on en parle, vous savez si quelqu'un par ici serait intéressé pour me les acheter ?

Le commerçant fit mine de réfléchir puis hocha doucement la tête.

— Oui… Oui, bien évidemment. Un de mes amis – un colporteur d'art renommé, cela va sans dire – fait justement affaire dans cette ville en ce moment, dans la grand-rue, près du pont. Heureux hasard, c'est un passionné qui aime découvrir de nouveaux artistes, donc je ne doute pas qu'il prendra la peine d'étudier vos travaux. Et qu'il vous les achètera contre bon prix ! Sinon la totalité, au moins une partie. Encore une fois, et croyez-moi sur parole, vos œuvres valent le coup d'œil et mérite une belle somme.

— Hah ! L'aubaine, apprécia le mercenaire. Il semblerait en fin de compte que nous n'ayons pas à chercher bien loin.

— On dirait que t'avoir avec nous porte chance, monsieur la bonne étoile ! se réjouit Diana en lui donnant un coup de coude.

Puis elle retourna pleine de gaieté à ses fouilles et dégota des vêtements similaires à ceux qu'elle portait. À défaut d'une cape, Halfiel trouva lui aussi de quoi remplacer ses habits déchiquetés et agrémenta sa tenue d'une paire de mitaines, un détail qui lui valut une raillerie de la part du mercenaire. Mais il s'en moquait bien, car ces gants amélioreraient la prise sur son épée et voilà tout ce qui comptait. Et puis, il les aimait bien et elles ne coûtaient trois fois rien, alors, pourquoi s'en priver ?

Ainsi trois cents séreins passèrent-ils d'une main à l'autre. Et en guise de remerciements pour l'opportunité offerte, dans sa modeste générosité, Diana offrit un de ses dessins au marchand, ce dont l'homme fut enchanté.

En chemin pour la rue principale où allaient et venaient de rares aventuriers et nombre de citadins au son des luths, des flûtes et des tambourins qui y chantaient, alors que les trois compagnons passaient entre les étals d'un coutelier et d'un chapelier, l'œil de Seïk fut attiré par une broderie sur laquelle était représenté un séraphin, un peu plus loin. L'amateur de contes et de légendes qu'il était ne put s'empêcher de relater une vieille histoire à propos de ce peuple aux ailes immaculées, une de celles qu'il tenait de sa chère mère ; elle narrait l'arrivée de la famille Van El sur le continent, dans la région de Serfall, et la naissance de la cité-État du même nom. Et comme chaque fois qu'il évoquait de tels récits, Diana s'en trouva tout ouïe. À la différence, Halfiel marchait derrière eux sans écouter, perdu dans ses pensées. Du moins, jusqu'à ce qu'il aperçoive une silhouette familière sur le toit d'une maison située à plus d'une centaine de mètres ; la chose ressemblait beaucoup à ce petit être ailé de Sveldetz. Son épée jaillit de son fourreau et il s'envola sans un mot, sans même prendre garde aux proches passants que son geste effrayait et que ses puissantes ailes manquaient de bousculer.

Le temps d'atteindre le toit, la créature avait disparu. Il scruta les environs pendant un bon moment, mais il ne la revit pas ; elle s'était tout bonnement volatilisée. Pourtant, il ne l'avait pas une seule fois quittée des yeux…

Quand il revint auprès de ses compagnons, il ne parla pas de sa vision et prétexta une soudaine envie de voir la ville d'un peu plus haut. Seïk et Diana devinèrent le mensonge, mais ils n'insistèrent pas. Et s'ils l'avaient fait, cela n'aurait rien changé, car il les ignorait déjà, de nouveau plongé dans ses réflexions à se demander si cette créature l'avait suivi depuis la capitale.

Les recherches du colporteur d'art se poursuivirent, Halfiel demeura à l'affût du danger. Son attitude méfiante, Seïk et Diana la perçurent et imaginèrent bien ce que cela pouvait signifier. De fait, ils se montrèrent à leur tour sur le qui-vive. Puis la jeune artiste, tout au moins, troqua la vigilance contre sa fougue naturelle dès qu'elle repéra les deux gros chariots remplis de tableaux peints et de sculptures, près du grand pont. Elle se hâta d'aller y proposer ses travaux, surprenant par son culot le négociant richement vêtu qui s'y tenait. L'homme oublia vite son manque de manières à la découverte des dessins qu'elle lui tendait ; la jeune artiste vit littéralement naître des étoiles dans les yeux du colporteur. Car, si la plupart n'étaient que des esquisses sur du papier, il reconnaissait volontiers leur qualité et jurait qu'un peintre digne de ce nom saurait les transcrire sur des toiles. Alors, il les vendrait à prix d'or, il le certifiait ! Ou plutôt le jurait-il en son for intérieur ; mieux valait se garder d'informer la jeune femme de cette vérité sans équivoque s'il voulait saisir la bonne affaire.

Et ce fut la totalité de la giberne dont Diana se sépara, non sans une pointe de regret. Un triste sentiment néanmoins balayé sitôt qu'elle reçut une bourse bien ronde comprenant sept mille séreins, plus qu'il n'en fallait pour poursuivre le voyage dans le grand confort. En réalité une bagatelle pour le colporteur qui s'en frottait les mains.

Enfin, l'ensemble du groupe se réunit devant le pont un peu plus tard, juste après que Diana eut révisé son matériel de dessin, acheté deux carquois supplémentaires et rempli le premier. En selle, ils traversèrent la moitié esmérienne de la ville et passèrent les portes sous les regards respectueux et adorateurs des soldats. Eux aussi les mirent en garde contre les récents bouleversements de la forêt d'Illy, avant de leur souhaiter bonne chance. L'assurance du général Malaski fit cependant taire d'un simple geste leurs craintes, tant ils avaient foi en leurs chefs. Car, malgré ce qu'était cette forêt et ce qu'elle abritait, des arbres qui bougent ? Cela ne pouvait exister.

Chapitre 27

La forêt d'Illy

La route commerciale qui serpentait au travers de la forêt d'Illy était nivelée et large. Le sol, dénué d'aspérités, ne se vêtissait que de branches, de feuilles et de fins cailloux que le vent et les animaux avaient soufflés ou traînés là. Cela faisait peu de débris depuis le dernier nettoyage, un entretien effectué au premier mois du printemps, comme chaque année, sur ordre de la royauté d'Esméry. À cela s'ajoutait la quiétude des lieux, perturbée par les traditionnels chants des oiseaux et les cris d'autres animaux. En somme, rien qui justifiait les rumeurs entendues dans la ville frontalière. Fut-ce la certitude de Jeff et de Falène, et la traversée se fit bon train.

Ce ne fut qu'après deux jours de chevauchée, lorsque la route bifurqua à angle droit sur la droite, que la méfiance s'éveilla. À la connaissance des Chevaliers, si elle ondulait régulièrement, elle ne comportait aucun virage comme celui-ci. Ils ne s'attardèrent pourtant pas sur ce détail, car ils admettaient que leur mémoire n'était peut-être pas aussi bonne qu'ils le prétendaient et que l'axe commercial eût pu être redessiné au cours des dernières années. Et s'il n'y avait eu que cela, leurs inquiétudes se seraient de nouveau apaisées…

Lentement, les arbres se courbèrent et formèrent une voûte. Personne n'y prêta attention jusqu'à ce que le corridor végétal s'achève net pour perdre ses hôtes au cœur de la forêt. Devant eux, la route s'éclatait en un vaste réseau de sentiers sinueux et les arbres retrouvaient une forme ordinaire. Stupéfaits alors qu'ils réalisaient les changements opérés, les compagnons comprirent que les mises en garde étaient fondées. Jeff jeta un regard par-dessus son épaule dans l'espoir de rebrousser chemin, seulement, il n'y avait pas de retour possible : le corridor végétal s'était mué en un cul-de-sac.

Les chevaux devinrent nerveux, les cavaliers firent de leur mieux pour les dompter.

— J'étais étonné de ne pas voir les ennuis venir, parla Seïk, mais de là à être pris au piège… Cette forêt est bel et bien hostile et j'ai la nette impression qu'elle sait aussi endormir notre vigilance. Ou du moins a-t-elle su le faire.

— Pas de trolls, d'orcs, de gobelins, d'ours ou de loups, mais des arbres qui bougent, commenta Diana qui zieutait les alentours. J'ai les boules. (Elle se tourna vers le mercenaire.) T'es pas une si bonne étoile que ça, finalement.

— Restons optimistes, à toute chose malheur est bon.

— Ton optimisme ne nous sera pas d'un grand secours pour cette fois, répliqua Falène. La forêt est en colère, elle souffre. Je le sens.

— Je le sens aussi, enchérit Jeff. Quelque chose de malsain et d'oppressant flotte dans l'air.

— Être un sang-mêlé a du bon, surtout lorsque l'on est à moitié elfe ou arrasien, admit Seïk sur un ton soudain acerbe. Vous auriez cependant été fort avisés de le remarquer plus tôt et de nous en faire part.

— Tout était paisible il y a une minute encore, se défendit la demi-elfe. Et comme tu l'as si bien dit, cette forêt endort notre vigilance.

— C'est un peu facile de rejeter la faute sur les autres. Assume ton erreur !

— Tu en as assez dit, mercenaire, cracha-t-elle. Je te conseille de te taire.

— Sinon quoi ? explosa-t-il de rage.

L'attention se porta sur Seïk dont les critiques et le comportement étaient inhabituels, puis sur Falène qui intriguait tout autant. Mais aucun ne la vit dégainer, aucun ne vit le coup partir sinon Halfiel. Parce qu'il chevauchait à côté du mercenaire à l'instar de la demi-elfe, il put réagir à temps ; il stoppa la lame de sa dextre, à quelques centimètres du visage de Seïk. Cette empoignade lui trancha presque le pouce et le milieu de la main. Avec une grimace silencieuse qui en disait long sur sa douleur, il lâcha l'arme et retint les parties presque coupées d'un geste vif. Os, ligaments, muscles, tendons, nerfs, peau… Tout se ressouda en un clin d'œil. Son membre redevenu intact, la mitaine était malgré tout fichue.

Alors que le mercenaire restait sans voix autant que la demi-elfe qui se rendait compte de son acte, Jeff ne se fit pas prier pour désarmer sa compagne et lui jeter un regard réprobateur, avant d'abattre sa fureur sur Seïk.

— Bon sang, calmez-vous, tous les deux ! (Il s'intéressa à Halfiel.) Comment va ta main ?

— Elle va bien.

— Ta rapidité est une aubaine, tu devrais cependant faire attention. J'ignore à quel point tu es différent de nous, mais ne sois pas si sûr que tes membres repousseront s'ils viennent à tomber.

Halfiel en était bien conscient, il n'avait agi que par réflexe.

Les yeux rivés sur ses mains, Falène culpabilisait.

— Tu es une idiote, la blâma Jeff. Doublement idiote. Tu as senti le mal qui ronge cette forêt, mais tu n'as pas remarqué qu'il nous affecte aussi ? Je peux comprendre que Seïk et Diana, peut-être même Halfiel, y soient aveugles et se laissent manipuler. Toi, en revanche...

— J'ai baissé ma garde ! Je n'avais jamais ressenti une telle perturbation...

— Moi non plus, dit-il après un soupir. Ce mal nous met à rude épreuve, nous ferions bien de ne pas l'oublier si nous ne voulons pas finir par nous entretuer.

— Pour moi, tout va bien, avoua Diana. Je me sens pas différente. Hal non plus, on dirait. Même s'il déprime pour sa mitaine.

Halfiel la considéra puis rangea le gant abîmé et sa paire dans son sac de selle. Sa compagne se trompait, il regrettait juste de devoir s'en séparer sitôt après les avoir achetés.

Seïk regarda sombrement la demi-elfe. Elle était désolée et cela se voyait, alors il se radoucit. Il l'aimait et comprenait que leur manière de réagir était anormale, qu'elle résultait de l'influence d'une force extérieure. Il ne put toutefois s'empêcher de croire que leurs mots et leurs actes ne fussent pas étrangers à leur nature. Ce qui les envoûtait n'avait peut-être fait que tirer du fond de leur être une part véritable de leur personnalité ?

Cette pensée l'effraya. Il s'efforça de la dépasser mais elle le tint en haleine.

— Une magie pourrait-elle être en cause ? demanda-t-il.

— Je ne crois pas, dit Jeff. Ces terres sont d'une fertilité extravagante, selon les études menées par nos chercheurs. Et si la raison leur échappe toujours, il a au moins été certifié qu'elle n'est pas de nature magique.

— Que des végétaux croissent ici plus vite qu'ailleurs n'expliquerait pas qu'ils se déplacent de façon aussi démesurée, enchérit Falène. Quant à nos brusques états d'âme...

Elle croisa le regard de son amant, il détourna le sien. Sa poitrine se serra, elle y appuya sa main. Elle se sentait frustrée et honteuse d'avoir été gouvernée par le mal et de ne pas avoir su anticiper sa perte de contrôle. Sans l'intervention d'Halfiel, son bien-aimé serait mort.

— Les soldats nous ont bien dit que la forêt était agitée ! s'énerva soudain la jeune artiste, comme pour reprocher à ses amis de ne pas avoir tenu compte des mises en garde.

— S'il fallait s'arrêter à la moindre contrariété, nous n'irions pas loin, répondit Seïk.

— Nous ne sommes pas seuls, les interrompit Halfiel qui inspectait les environs du regard.

— J'ai aussi le sentiment que quelqu'un nous observe, appuya Jeff. Poursuivons notre chemin, il n'y a rien de bon à prendre racine.

Il considéra les sentiers tout autour pour déterminer lequel emprunter. Comme il le craignait cependant, ses repères étaient faussés, son sens de l'orientation embrouillé. Il ne parvenait plus à différencier le nord du sud, l'ouest de l'est. Il sortit de son sac de selle une boussole usée, mais fut consterné de voir que l'aiguille s'affolait.

— Navré, ma chère, tu ne nous seras d'aucun secours pour cette fois, marmonna-t-il. L'un de vous se souvient-il d'où nous sommes venus ? s'adressa-t-il à ses compagnons.

Les autres s'interrogèrent, se tournèrent et se retournèrent. Aucun ne fut capable de lui répondre.

— Si on sait même plus où aller, on est pas dans la merde, gémit Diana.

— Ne baisse pas les bras si facilement, l'encouragea le général. Halfiel, envole-toi et indique-nous l'ouest, s'il te plaît. Nous rentrons à Potern.

L'Ange Noir hocha la tête et descendit de son alezan clair. Il déploya ses ailes et décolla à une vitesse prodigieuse, mais lorsqu'il aborda la frondaison des arbres, les branches s'animèrent de façon spectaculaire pour lui barrer la route. Il perdit un peu d'altitude, s'éloigna en slalomant entre les troncs et remonta. La forêt lui interdit une fois encore l'accès au ciel. Au troisième essai succéda l'échec.

— Reviens, l'appela Jeff. Inutile de t'échiner.

De retour, Halfiel se remit en selle. Malgré la défaite, sa détermination de guider ses compagnons hors de la forêt n'en fut pas moins ardente, si bien qu'il mena son cheval sur l'un des sentiers. Sans se laisser démunir par le fait que la végétation tentait de les emprisonner, Jeff talonna sa jument pour suivre la marche.

— Vous savez où vous allez ? demanda Diana.

— Vu notre situation, il n'y aurait rien de plus étonnant, lança Jeff sans se retourner. Mais avancer en nous fiant à notre instinct est toujours mieux que de rester plantés là. (Il leva l'épée confisquée.) Et je garde ceci pour l'instant, ajouta-t-il à l'intention de Falène.

À son tour, Diana flanqua de petits coups son cheval, et l'animal à robe souris s'engagea sur le même chemin que ses prédécesseurs. La demi-elfe s'apprêtait à l'imiter quand Seïk la retint.

Ils se dévisagèrent. Il souhaitait s'excuser, conscient d'avoir mal agi malgré les circonstances. Il savait à la perfection les mots à employer, mais… il s'en montra incapable. Puis il pensa que toute cette histoire était la faute de sa compagne, parce qu'elle n'avait pas su anticiper les évènements, tout comme Jeff. Et elle avait tenté de l'assassiner ! Ce n'était donc pas à lui de présenter des excuses. Falène, de son côté, attendait le bon moment pour implorer le pardon de son amant. Mais à force de patienter, elle estima qu'elle n'avait aucun tort. Après tout, il avait été insultant, aussi se devait-il de faire le premier pas. Et comme il gardait le silence, elle se lassa et obligea sa jument à rejoindre les autres.

Seïk la regarda s'éloigner. Il commençait à la haïr.

La végétation se densifia au fil des kilomètres. Peu à peu, les sentiers disparurent et les feuillages des arbres s'épaissirent au point de couvrir une bonne partie du ciel. Ainsi plongée dans la pénombre, la forêt contraignit les compagnons à préférer la marche à la chevauchée et à avancer avec prudence. Il devenait aisé de trébucher à cause d'une racine, d'une roche, d'un trou ou d'un brusque dénivelé et, par conséquent, de faire une mauvaise chute. En outre, la difficulté à s'orienter les obligea à rester concentrés pour ne pas tourner en rond ; les discussions se firent rares et, chaque fois qu'il y en eut une, les tensions entre le mercenaire et la demi-elfe se ressentirent davantage.

Six jours passèrent dans ces conditions, sans que le paysage change. Le silence s'imposa d'ailleurs dès le deuxième, car aux querelles des deux amants que Jeff tempérait toujours s'ajoutaient de fréquents émois auxquels chacun était sujet ; ces sautes d'humeur causées par ce qui rongeait la forêt n'étaient pas insurmontables, mais elles participaient au déclin du moral. Aussi la découverte d'une clairière et de l'azur ensoleillé qui la dominait fut-elle accueillie comme une libération.

L'herbe y était haute. Il y avait des arbres fruitiers et une petite rivière gorgée de poissons qui la traversait avant de replonger sous terre. Cet endroit était un véritable cadeau des dieux ! Et le camp fut établi au beau milieu de l'après-midi.

Halfiel s'envola pour une nouvelle tentative, priant pour que rien ne lui saute dessus. Il fut ravi de constater, au même titre que ses amis, qu'il pouvait parcourir le ciel sans retenue. Les réjouissances ne durèrent cependant qu'un instant car, à son retour, il révéla que, quelle que fût la direction dans laquelle il regardait, la forêt s'étendait à perte de vue. Le seul repère notable était un arbre gigantesque, noir et dénué de feuilles, qui dépassait de beaucoup ses congénères. D'après la position du soleil, il semblait se situer au nord-ouest d'ici à des dizaines, sinon des centaines de kilomètres ; difficile à dire.

Jeff et Falène regrettèrent doublement ces révélations. Que Halfiel fût incapable de voir au-delà de la forêt confirmait d'autant plus qu'un phénomène d'une ampleur et d'une puissance incroyables sévissait en ces lieux. Mais le plus intrigant était cet arbre noir gigantesque dont il parlait. Les aéronefs esmériens avaient survolé la forêt d'Illy à bien des reprises, les scientifiques et les rôdeurs l'avaient arpentée un millier de fois et jamais cependant l'on n'avait fait état d'un tel monument.

— Nous aurons plus de chances de nous repérer ce soir, conclut Jeff. Pour peu que le ciel nous laisse voir les étoiles.

Les heures qui séparaient le jour de la nuit s'écoulèrent. Ce temps, chacun le mit à profit pour souffler et apaiser son esprit. Il fallait se ménager, car nul doute que l'épreuve était loin d'être terminée, pour peu que quitter cette forêt en vie soit encore envisageable. Si les compagnons refusaient d'abandonner, ils ne pouvaient nier que l'espoir s'amincissait jour après jour. Toutefois, comme aucun nuage ne décida de venir perturber leurs plans, le moral s'améliora un peu.

La nuit tombée, les lucioles se donnèrent en spectacle dans un ballet nuptial au clair de lune. Au coin du feu, Diana ne se priva pas d'en esquisser la scène. Elle déplorait de ne pas avoir le matériel adéquat pour représenter les couleurs ; son œuvre aurait été parfaite.

Sa tâche achevée, elle posa sa feuille et son fusain et jeta un regard sur le camp. Voir Seïk et Falène faire couche à part l'attristait. C'était pourtant mieux ainsi, elle ne voulait pas les perdre dans une confrontation nocturne née d'un ronflement malencontreusement trop fort. Puis elle observa Jeff qui, à l'extérieur du cercle formé par les tentes, lisait les astres comme une carte. Halfiel buvait ses paroles et apprenait l'art de l'astronomie. Elle fut ravie de constater que ces deux-là n'avaient pas changé, du moins pas plus qu'elle.

Elle s'allongea, scruta à son tour les centaines de points blancs et se laissa porter dans quelque rêverie. Très vite, elle sombra.

Le groupe quitta la clairière peu après l'aube sous un ciel gris, les sacs pleins de fruits et de plantes comestibles. Grâce aux constellations, ils savaient quelle direction prendre et la forêt ne semblait plus brouiller leurs repères, à leur grand étonnement. Leur confiance ainsi retrouvée, cela ne les empêcha pas de regretter le retour sous la voûte végétale.

Bientôt, les arbres trop feuillus se multiplièrent et les plus hautes branches s'entrelacèrent à tel point qu'elles formèrent un voile presque impénétrable. Dès lors, l'obscurité impliqua la confection de torches. Jeff fut plus heureux que jamais d'avoir eu la bonne idée d'emporter, au départ d'Ajul, deux bouteilles d'un enduit destiné à cet usage.

La pluie se mit à tomber avec force. Les houppiers solidaires la filtrèrent comme un toit troué, l'eau ruissela sur les troncs et goutta en divers endroits. Éviter les fuites et les flaques fut complexe, si bien que Diana sentit à plusieurs reprises le liquide froid couler dans son dos. Ce supplice eut vite raison de sa volonté, et elle gémit. Elle avait l'impression de s'être jetée dans la gueule du loup, que jamais plus elle et ses camarades ne verraient la lumière du jour. Ce qui était faux, car l'évolution du temps demeurait discernable grâce aux interstices de la voûte végétale. Jeff le lui fit remarquer et l'invita à ne pas jouer de défaitisme, mais ce qui aida Diana à tenir bon fut l'exemple que donnait Halfiel, lui qui semblait ne pas souffrir de toutes ces perturbations.

L'intempérie cessa après des heures et le ciel continua de s'assombrir jusqu'au noir total.

Nouvelle halte, nouveau repos.

Au petit matin, les nuages avaient fait place nette. Le soleil réchauffa la cime des arbres, puis l'étage inférieur du bois. Les rares rayons qui parvenaient à traverser l'épais enchevêtrement de branches et de feuilles donnaient la force d'avancer. D'autre part, cela permit de mettre à contribution l'excellente vue de l'Ange Noir et d'économiser l'enduit à torche. Seïk, en revanche, se garda bien d'apporter son aide. Si, dans la pénombre, il distinguait désormais les environs aussi bien que son compère, il voulait le tenir secret. Il en avait exprimé le souhait à Halfiel, le lendemain de leur discussion sur leur marque commune, et ce dernier le lui avait accordé. Il n'avait d'ailleurs jamais révélé aux autres sa guérison miraculeuse sur le galion pirate, ni le rêve étrange qui l'avait précédée. Pas même à Falène… La raison à cela, il l'ignorait. Peut-être préférait-il n'aborder ce sujet avec eux qu'une fois toute la lumière faite sur cette histoire ? Il admettait en tout cas que la seule pensée de débattre de ce phénomène qu'il ne comprenait pas appelait la frustration, et se le dire le poussa à reconsidérer Halfiel. Tous deux enduraient le même fardeau, sinon que l'Ange Noir ne cachait rien au groupe ; ou plutôt Seïk le croyait.

Oui-da, Seïk Lenohan était un menteur ! Par omission, certes, mais un menteur malgré tout. Il s'en voulut un peu, se dit qu'il devrait au moins en parler à Falène. Elle le méritait, elle était sa bien-aimée et ils se vouaient une confiance mutuelle.

Il posa les yeux sur elle. Elle marchait devant, aux côtés de Jeff. Il pensa attendre la prochaine halte pour tout lui avouer. Il l'entraînerait un peu à l'écart et… Pourquoi le ferait-il, au juste ? Non ! En fin de compte, elle n'avait aucun droit d'apprendre ses secrets. Elle avait essayé de le tuer !

La colère ressurgit. Il respira profondément, se répéta durant de longues minutes que seul le mal qui rongeait la forêt d'Illy causait son émoi, que sa rage envers Falène n'était pas réelle. Lorsqu'il se maîtrisa enfin, il avait oublié son désir de se confier à elle. Et il n'y songerait plus avant longtemps.

Cinq jours s'étaient écoulés depuis le départ de la clairière. Les conditions de voyage demeuraient pénibles à cause de la faible visibilité.

Au cœur des ténèbres apparut soudain une lueur bleutée. Elle invita la stupeur. En vint une deuxième, rougeâtre, puis une troisième d'un jaune doré. Ce fut dès lors l'inquiétude qui gagna les compagnons. Et la quatrième ? Elle arborait le mauve. La cinquième fut turquoise et la sixième, verte, tout simplement. D'autres naquirent à chaque nouveau pas et, bientôt, l'horizon s'éclaira de dizaines de nitescences ; s'évanouirent les doutes quant aux désagréments qu'elles auguraient.

Les armes s'érigèrent en mur défensif, les pieds s'enfoncèrent dans l'humus et la mousse.

À mieux y regarder cependant, ces pâles lucioles ne bougeaient pas. Elles se contentaient de scintiller, tout en douceur. Après quelques minutes passées à attendre un péril qui ne vint pas, Falène s'avança sans rien céder de sa prudence. Jeff suivit, puis Halfiel, Diana et enfin Seïk. Une énième lueur s'alluma juste à côté de la demi-elfe, son épée trancha aussitôt ; un bon simultané sur le côté et elle la vit peu à peu s'éteindre sur le sol. Cela et la maigre clarté du jour qui s'immisçait dans le sous-bois permirent de l'identifier : une énorme fleur aux pétales blancs solidaires emprisonnait dans sa cage un pistil coloré cerné d'étamines luminescentes. Ni plus ni moins qu'une lanterne végétale suspendue à une tige massive et courbe.

Les compagnons reprirent leur progression. Ce ne fut que lorsque les fleurs-lanternes furent tout autour d'eux bien discernables qu'ils retrouvèrent un semblant de sérénité. Ils s'émerveillèrent de voir comme elles éclairaient les environs à convenance, dévoilant au passage de larges sentiers auparavant invisibles. La chevauchée put ainsi reprendre, et à bon rythme.

La forêt continua d'évoluer. Encore. Et encore.

Les fleurs-lanternes se firent plus nombreuses aux abords des sentes, tels des phares dans la nuit. Lentement, les chemins se rejoignirent pour ne faire qu'un, puis la végétation s'étoffa et se resserra au point de former un véritable tunnel aux murs de bois, de feuilles, de ronces et de lampes naturelles.

Lorsque l'eau et les provisions manquèrent, la forêt parut répondre aux besoins des voyageurs et de leurs chevaux en leur offrant des puits et d'énormes baies, disséminés ici ou là. Une fois de plus, la condition particulière d'Halfiel fit la fortune de ses camarades, car il pouvait endosser le rôle de goûteur sans risquer la mort. Et puisqu'il n'accusait pas la moindre faiblesse après plus d'une heure et parce que la faim et la soif la tiraillaient, Diana se jeta sur ces alléchantes denrées ; il ne fallut guère longtemps pour que les autres soient à leur tour rassasiés.

Malgré l'apparente bienveillance de la forêt d'Illy, dans le tunnel, la notion du temps se perdit. Les cris rassurants des animaux, les grincements du bois et le vent dans les feuillages se turent au profit d'un silence étouffant tout juste rompu par le martèlement des sabots et des bottes. Les haltes et les chevauchées se succédèrent à en perdre le compte. Le moral s'amenuisa davantage après chaque voyage au royaume des songes, qu'il fût court ou long, et s'accompagna d'une fatigue si irrémédiable que les compagnons et leurs montures furent bientôt plongés dans la torpeur.

À l'image de golems mus par la magie ou par une volonté divine, ils continuèrent d'avancer. Encore. Et encore…

Un jour que le soleil se voilait de fins nuages blancs, le tunnel s'ouvrit sur une vaste étendue boisée. Les arbres et les plantes y étaient immensément grands, le ciel de nouveau bien visible.

Il fallut aux compagnons un long moment pour réaliser le changement, puis il y eut des regards cernés et incrédules. L'apathie s'effaça plus vite qu'elle n'était venue et des rires nerveux les secouèrent. De grandes respirations revitalisèrent leurs poumons et leurs esprits meurtris par l'angoisse et l'atonie. Chacun se laissa glisser de sa selle et alla se dégourdir les jambes, toucher les arbres, soulever les masses de feuilles tombées au sol ou renifler la mousse fraîche, comme pour s'assurer qu'il ne s'agissait pas d'un rêve ; même les chevaux montrèrent leur regain d'enthousiasme.

Animés par une volonté commune, ils se tournèrent vers le tunnel aux lanternes. Ne s'offrit à leur vue rien d'autre que cette sylve de géant dans laquelle ils se trouvaient à présent. Stupeur et frustration les malmenèrent un instant avant que la joie les subjugue à nouveau, et leurs larmes coulèrent bien malgré eux.

— On est sauvés, fit Diana d'une voix troublée.

— Il est trop tôt pour crier victoire, nous sommes toujours dans la forêt, la corrigea Jeff. Nous ignorons ce qu'elle nous réserve d'autre.

— Sois pas rabat-joie ! Faut qu'on y croie, sinon, on s'en sortira pas. En plus, on approche de la fin ; j'ai le flair pour ça, tu peux me croire.

— Puisses-tu avoir raison, espéra Seïk.

Les yeux de Falène s'étrécirent, son regard fut assassin. Elle voulut fermer le clapet de son amant d'un coup bien placé, mais se retint ; ce sentiment était faux et elle ne le savait que trop bien. Au contraire de ses précédents émois, elle peina néanmoins à se contrôler. Elle se frotta le visage, serra les poings, accabla ses cuisses de petits coups. Sa respiration se fit bruyante, la sueur naquit sur son front. Jeff remarqua son mal-être et vint lui saisir le poignet. Elle s'interrompit, le considéra et se détendit comme si toute son irritation s'envolait d'un coup.

Neuf silhouettes passèrent si vite devant le groupe que personne ne les vit ni ne les sentit. Mais la demi-elfe avait l'ouïe fine, elle chassa la main de son ami et dégaina sitôt qu'elle perçut de faibles et rapides vrombissements et ce qui ressemblait au son de lames tirées de leurs fourreaux. Pensant que cette réaction lui était adressée, Seïk empoigna ses dagues, mais son geste fut interrompu par l'agitation soudaine des chevaux. Et tandis que ces derniers s'enfuyaient au trot, apparut tout autour une vingtaine de créatures ailées pas plus grandes qu'un avant-bras d'homme, équipées d'épées et de solides armures d'argent. Elles se maintenaient en vol stationnaire à hauteur de visage. Leur tête en forme de bulbe, leurs yeux noirs ovales et en biais et leurs équipements rappelaient trait pour trait le petit être de Sveldetz. La seule différence était qu'aucune veine sombre ne parcourait leur peau.

— Encore ces choses ? trembla Diana.

De peur que le petit être de Sveldetz soit venu mettre sa menace à exécution, Halfiel saisit son arme. Une des créatures le prit de court et lui piqua la gorge de sa fine épée. Il allait riposter sans se soucier d'être embroché quand Jeff leva la main pour lui ordonner de ne rien faire ; il ne bougea plus.

Les compagnons se regroupèrent sous la menace des petites lames, puis une deuxième créature quitta le cercle et leur fit face. Elle se distinguait par son armure parcourue de rainures dorées et les trois tiges enroulées qui surplombaient sa tête, là où les autres n'en avaient qu'une ou aucune.

— Que font des humains au cœur de nos terres ? demanda-t-elle sur un ton sévère, de cette voix légère et pincée propre à son espèce. Nous tolérons cette immonde route qui défigure notre royaume, une route que vous avez tracée au prix de nombreuses vies. Cela ne vous suffit-il pas ? Pourquoi l'avez-vous quittée ? Qui vous envoie ? Répondez !

Ses arcades se froncèrent et s'affaissèrent tant que ses yeux prirent la forme de cornes de taureau. Sa nervosité était perceptible, autant que celle de ses pairs. Elle ne semblait toutefois pas hostile, seulement sur la défensive.

— Répondez ! répéta-t-elle avec force.

— Rangez vos armes, ordonna Jeff à la demi-elfe et à l'Ange Noir. (Il s'inclina devant la créature.) Je vous prie de bien vouloir pardonner notre intrusion, il en est au-delà de notre volonté. Il y a de cela plusieurs jours, et même des semaines, nous empruntions la route qui relie l'empire d'Izen au royaume d'Esméry afin de rejoindre notre patrie. Il semblerait que la forêt nous ait enfermés et conduits jusqu'ici. Nous pensons que le mal qui la bouleverse en est la cause.

— Le mal qui la bouleverse ?! Vos mots sont bien cléments pour définir cette malédiction.

La créature se rasséréna un peu et rengaina son arme. Ses semblables l'imitèrent. Elle fit signe à l'une des siennes, l'autre s'en alla chercher les chevaux qui s'étaient réfugiés au loin.

— Je vais vous le dire, moi, ce qui la bouleverse, continua-t-elle. Quelque chose empoisonne l'Arbre-Roi et fait pourrir tout ce qui vit autour de lui. Cette Corruption se répand jour après jour. Bientôt, cette forêt n'existera plus, et tout le reste suivra le même chemin !

— L'Arbre-Roi ? interrogea discrètement Diana en se penchant vers Seïk. Celui dont parlait Hal ?

Il haussa les épaules, aussi confus qu'elle.

— Mon Commandant ! appela le petit être qui avait tenu Halfiel à la pointe de son épée et qui désignait à présent ses ailes. Regardez, celui-ci est infecté !

Le chef afficha un air paniqué. Il rejoignit son subordonné et examina les ailes noires avant de s'intéresser à l'individu sous divers angles. Il se planta devant son visage et se laissa interpeller par ses yeux aux iris rouges ; une grande force de caractère s'y lisait. Enfin, il s'éloigna.

— Non, pas de veines noires, conclut-il avec soulagement. Il est sain.

— Pas de veines noires ? répéta Diana avant de se tourner vers ses camarades. Eh ! La chose qu'on a vue à Sveldetz en avait, non ?

— La chose que vous avez vue ?

— Ouais, elle vous ressemblait et avait...

— Nous ne sommes pas des choses ! tonna le commandant des petits êtres au point de faire pâlir la jeune artiste. Nous sommes des fées ! Et expliquez-vous, nom d'une tige !

— Elle avait des veines noires sur le visage, répondit Diana, intimidée.

Le chef des créatures fit mine de réfléchir, cette nouvelle semblait le ravir autant qu'elle l'attristait.

— Au moins, ils sont encore en vie, dit-il pour lui-même.

— Donc, il s'agit bien de l'un des vôtres, fit Seïk.

— Il l'est. Bien qu'il ne soit plus celui qu'il était...

— Lui est arrivé quoi ? demanda Diana.

Le commandant des fées lui jeta un regard inquisiteur et fit volte-face.

— Cette affaire ne vous concerne pas. Partez, à présent. Et oubliez notre existence, cela vaut mieux.

— Vous avez affirmé que le mal qui ronge cette forêt poursuivra son œuvre bien au-delà, le contredit Seïk. Donc, c'est aussi notre affaire.

Ils se firent face. Le commandant des fées parut à la fois contrarié et hésitant.

— C'est un fait, admit-il. Soit. Sachez avant tout que la Corruption n'agit pas sur nous comme elle le fait avec la forêt. Elle l'annihile, tandis qu'à nous, elle nous fait perdre la raison et nous attire en son sein. Notre frère, que vous avez vu, et plusieurs autres ont été les premiers touchés. Nous sentions qu'il se tramait quelque chose au lac Estamp, alors ils sont allés enquêter. À leur retour, ils avaient changé, physiquement et psychologiquement. S'ils paraissaient en parfaite santé malgré leur nouvelle apparence, nous savions que ce n'était pas le cas, car ils parlaient de domination et de conquêtes ; de tels désirs n'existent pas chez nous et ils n'ont jamais existé ! Aux arguments que nous leur opposions, ils répondaient que nous nous trompions, qu'ils étaient à présent éveillés. Que le Créateur nous avait trahis et que la tâche leur incombait d'être les nouveaux guides de ce monde.

» Lorsque nous avons compris que la Corruption les avait asservis, ils avaient déjà fui. Je pensais que ce poison finirait par les tuer, aussi suis-je heureux d'apprendre mon erreur. Je crains toutefois les conséquences de leur présence dans le monde extérieur, autant que leurs actes à venir. Bien qu'à ce rythme, cela n'aura bientôt plus d'importance, ajouta-t-il dans un soupir.

« Créateur », encore ce nom. Halfiel ne put qu'être interpellé. Qui était-ce, à la fin ? Lui-même ? N'y avait-il pas erreur sur la personne ? Non, la méprise était impossible ; que cette femme-esprit sur l'île de Juma et cette fée corrompue de Sveldetz l'appellent de la même manière ne pouvait en aucun cas être une coïncidence. Mais alors, qu'avait-il fait pour mériter leur colère ? Et de quelle trahison parlait-on ?

Questionner le commandant des fées lui vint à l'idée, mais l'incertitude l'envahit alors qu'il s'apprêtait à s'exprimer. C'était comme ce soir-là au coin du feu, des jours avant d'entrer dans la forêt, lorsqu'il avait désiré en discuter avec ses compagnons, ou au cours de sa discussion avec Seïk, peu après. Ou bien quand il avait conté son histoire à Ajul, omettant certains détails de sa relation avec la femme-esprit…

— Pouvez-vous nous en dire plus sur la nature de cette Corruption ? s'enquit Jeff.

— Non. Nous ignorons ce qui a fait naître cette calamité.

— Et vous avez même pas essayé d'aller là-bas pour régler le problème ? reprocha Diana.

— Ne m'avez-vous pas écouté ? Nous ne pouvons pas nous en approcher ! justifia le commandant, agacé. Nous, les fées, sommes doués d'une extrême sensibilité et vivons en phase avec la nature. Nous faisons partie d'elle comme elle fait partie de nous. C'est l'Arbre-Roi qui nous a donné naissance, comme aux dryades. Si la Corruption ne nous tue pas, nous n'y sommes pas moins vulnérables que la forêt. Le simple fait d'entrer dans sa zone d'influence nous rend fous. Un seul contact avec le poison, et hop ! Terminé ! Nous voilà corrompus, changés à jamais.

— Sauf que cette « zone d'influence » va jusqu'aux quatre coins de la forêt. Vous devriez pas déjà être fous ?

Le commandant fée la dévisagea avec suspicion.

— De quoi parlez-vous ?

Diana se raidit, elle en avait trop révélé malgré sa volonté de se taire. Dire que, plus tôt, elle s'était retenue de parler de la manière dont elle et ses compagnons étaient affectés par cette Corruption, de crainte d'envenimer la situation… Un choix que tous avaient embrassé nonobstant l'absence de concertation.

— À quoi reconnaît-on cette zone d'influence ? demanda Seïk pour détourner l'attention, devinant la gaffe à venir.

— Aux arbres morts à perte de vue, répondit le commandant. Morts et aussi noirs que les ailes de votre camarade.

— Partout où s'étend la Corruption, en somme.

— Vous êtes perspicace, se moqua-t-il.

— Mais comment pouvez-vous être sûr qu'elle vous influencera sitôt que vous entrerez sur son territoire, cela sans même en avoir fait l'expérience ?

Le commandant vola à lui et colla presque son visage au sien.

— Nos frères en ont fait l'expérience ! N'est-ce pas une preuve suffisante à vos yeux ?

Il revint devant le groupe en une fraction de seconde. Un signe de la main et un de ses guerriers le rejoignit.

— Cette discussion est terminée, déclara-t-il. Fara vous conduira à vos terres. Adieux.

Les compagnons furent soulagés, la bourde de la jeune artiste était passée à la trappe. Et tandis que les deux fées échangeaient entre elles, Diana se tourna vers Jeff :

— Cette forêt est pas censée faire partie de l'Esméry, au fait ?

Le commandant l'entendit. Il vint à elle, lui saisit le menton d'une main ferme et l'obligea à lui faire face ; sa force était plus grande que quiconque l'aurait cru.

— Mademoiselle, la forêt d'Illy n'appartient qu'à elle seule. N'allez pas croire qu'il en est autrement sous prétexte qu'un de vos souverains l'a décrété.

— Seules les rumeurs témoignent de votre existence, rétorqua Falène. Les souverains humains, comme ceux d'autres races, ont pour habitude de s'approprier ce qui ne leur appartient pas, que cela vous plaise ou non. Soyez reconnaissants du fait que les anciens rois et reines d'Esméry ont déclaré la forêt d'Illy comme part intégrante de leur territoire. Sans cela, d'autres s'en seraient emparés et l'auraient très probablement rasée pour servir leurs ambitions.

Le commandant vola vers elle. Il plaça ses poings sur ses hanches et la regarda avec fierté et sévérité, puis se calma.

— Je vous le concède. (Il retourna devant Jeff.) Pardonnez ma brusquerie, cette situation nous met tous à cran. Pour la troisième fois, je vous dis adieux. Préparez-vous au pire et rappelez-vous de nous oublier.

— Mon Commandant ! s'exclama une des fées.

— Quoi encore ?! Nous avons d'autres lucioles à fouetter que de nous éterniser avec ces humains !

— C'est que nous pourrions réclamer leur aide, non ? Ils ont l'air forts, et de ce que nous avons pu voir avec les deux humains précédents, ceux de leur race ne perdent pas la raison lorsqu'ils entrent dans la zone d'influence. S'ils atteignent le lac Estamp, ils parviendront peut-être à trouver la source du problème. Et même à l'éliminer !

— Pourvu qu'ils l'atteignent, dit le commandant sur un ton acerbe. Les deux autres n'en sont jamais revenus, je te rappelle.

— Cela vaut toujours mieux que d'attendre et de nous morfondre comme nous le faisons depuis le début de la Corruption. Nous sommes impuissants et même le feu ne parvient pas à l'endiguer. De plus, ils seront tôt ou tard amenés à réagir si elle s'étend au-delà d'Illy.

— C'est inévitable, concéda Jeff. Si ce n'est pas indiscret, qui sont ces deux autres dont vous parlez ?

— Deux humains sont venus chacun leur tour, égarés comme vous qu'ils étaient, soi-disant. Ils ont offert de nous aider à chasser la Corruption. Ils se pensaient plus malins que nous, de toute évidence. Et en quête de gloire, comme tous les vôtres. Bilan de leurs tentatives ? Jamais revus.

— Je suis le responsable en chef des armées de mon pays, le danger m'est donc familier. Si je n'avais pas l'étoffe nécessaire pour endosser ce statut, je ne me tiendrais pas en ce moment devant vous. Vous devriez donc écouter votre ami, il parle juste. Le temps nous presse pour certaines raisons, mais les affaires qui nous réclament ne sont rien à côté du mal qui sévit ici. Nous aurions tort de l'ignorer, que cet endroit soit ou non sous notre juridiction.

— Vouloir ne suffit pas.

— Nous pourrions bien vous surprendre, se vanta Seïk.

Falène retint du mieux possible un sarcasme ; le mal l'influençait de nouveau. Elle gémit en silence, épuisée d'éprouver cette haine factice et pourtant bien réelle envers l'homme qu'elle aimait. D'autant plus qu'il était le seul à faire l'objet de ses sautes d'humeur.

C'en était trop, il fallait que cela cesse.

— Laissez-nous vous aider, insista-t-elle d'une voix presque suppliante. Montrez-nous le chemin, nous nous chargerons du reste. Régler de tels problèmes est inhérent à notre travail.

Le commandant la considéra, puis il posa le regard sur l'Ange Noir. Celui-ci lui faisait encore grande impression, sans trop savoir pourquoi. Il se surprit même à désirer lui accorder sa confiance, à souhaiter que ces gens pénètrent au cœur du mal et y mettent un terme. Cet individu n'avait pourtant rien fait pour mériter pareil égard, ni aucun de ses amis. Cela lui fit alors craindre d'être sujet à la Corruption, mais il n'en était rien : il devait seulement admettre que ces humains étaient éloquents et que ce bretteur aux ailes noires et aux yeux de feu le fascinait.

Il secoua la tête pour se reprendre et afficha un air résolu et plein d'espoir.

— C'est d'accord, j'accepte votre offre.

— Ah bah quand même ! C'est pas trop tôt ! fit Diana.

Jeff se racla bruyamment la gorge et lui fit les gros yeux. Elle tira la langue en réponse, ce qui le fit sourire.

— Je suis Lilith Elelesh, premier fils du patriarche, commandant de la première escouade. (Il désigna les autres fées d'un ample geste du bras.) Et voici mon escouade.

Jeff, Falène, Seïk, Diana et Halfiel se présentèrent chacun leur tour. Si Falène n'en montra rien, elle était heureuse de constater que ce petit peuple, dont seules les rumeurs attestaient l'existence, était bien réel ; unique faille à son pragmatisme, les fées étaient un fantasme qu'elle conservait de sa tendre enfance. Elle n'était toutefois pas la seule à s'en réjouir, ses compagnons partageaient secrètement ce plaisir.

Vraiment, des fées… Qui l'eût cru ?

Chapitre 28

Au cœur de la Corruption

Devant les Chevaliers et leurs amis se découvrit une immense vallée. Deux rivières d'une eau bleue serpentaient au fond entre les nombreuses et hautes collines. Les plus grandes cuvettes accueillaient chacune une ville, constituée d'arbres creusés et aménagés en habitats ou porteurs de plusieurs structures faites de bois et de végétaux. Il y avait également de beaux bâtiments qui mêlaient avec harmonie la pierre et les plantes, des monuments expatriés des communautés et comparables à des châteaux.

Ainsi était Elelesh, la Vallée des Fées.

Son centre, point de ralliement des deux rivières, abritait un lac au milieu duquel se dressait sur un îlot un frêne gigantesque. Autour de la base du grand arbre était bâtie Oni'i, demeure sans pareil habilement entremêlée avec les racines. C'était une véritable forteresse circulaire construite dans le même style architectural que les villes voisines, sinon que la pierre utilisée était d'une teinte orangée plutôt que blanche ou grise. Et plus elle s'élevait, plus elle se ramifiait. Ses branches crénelées s'éloignaient et se rapprochaient sans cesse du tronc du frêne, plongeant dans l'écorce d'un côté et ressortant de l'autre, grimpant ou descendant en pic ou en colimaçon. Il y avait aussi d'étranges sphères qui pendaient ci et là aux bras de la structure.

— C'est ici que vit le patriarche, commenta Lilith quand ils gagnèrent le sommet d'une des collines aux entours du lac.

— Voilà bien un arbre gigantesque, mais il ne ressemble pas à celui que tu as aperçu l'autre jour, fit Jeff à l'intention d'Halfiel.

Celui-ci ne répondit pas. C'était un fait qu'il n'y ressemblait pas, mais il n'y avait pas que cela ; il semblait aussi être d'une envergure de loin inférieure.

— C'est donc à cela que ressemble la Corruption, dit Seïk qui observait la frontière nord de la vallée. C'est plus effrayant que je l'imaginais.

Véritable terre de désolation, les arbres y étaient noirs et nus. La limite entre la zone infectée et la zone saine apparaissait très nettement et l'on voyait que la Corruption avait commencé à dévaster les hauteurs de ce côté de la vallée. Non loin était bâtie une des villes de la communauté.

— À la vitesse à laquelle elle se propage, ce n'est plus qu'une question de temps avant que nous ordonnions l'évacuation d'Aranabel, informa le commandant avec affliction. Dans trois mois, peut-être moins, il ne restera rien d'Elelesh.

— J'en suis navré. J'espère que notre modeste contribution saura y remédier.

— Moi de même. Sinon, vous ne seriez pas ici.

— Je suis surprise que nous n'ayons jamais aperçu cette vallée depuis le ciel ou la terre, cela malgré la taille de vos cités, souligna Falène. Ni même ce grand arbre au centre du lac, ou l'Arbre-Roi et ce lac Estamp dont vous nous parliez.

— La forêt sait garder ses secrets, répondit Lilith. Comment croyez-vous que notre existence soit restée cachée si longtemps ?

Et il coupa court à la discussion, volant au-dessus de sentiers imaginaires afin d'indiquer la route la plus sûre à ses invités.

Au lac d'Oni'i, les compagnons furent désabusés en constatant que la demeure du patriarche n'était accessible qu'à la nage. Ils se doutaient pourtant, depuis qu'ils avaient vu le paysage du haut de la colline, qu'il était peu probable qu'un système merveilleux ou tout simplement mécanique se révèle au dernier moment. Dur retour à la réalité, il fallait se mouiller ; Falène et Seïk firent la moue, à la différence de Jeff qui n'y voyait aucun inconvénient. Diana, elle, lança un regard discret vers Halfiel. Elle espérait bien qu'il la prendrait dans ses bras avant de s'envoler, car il lui apparaissait évident qu'il emprunterait la voie des airs plutôt que d'aller à l'eau. Et puis, de toute manière, elle ne savait pas nager, il n'y avait donc pas d'autre solution.

Les compagnons furent surpris lorsque les fées de l'escouade les agrippèrent pour les transporter à destination, Halfiel excepté. Quatre d'entre elles quittèrent la formation pour s'occuper des chevaux ainsi libérés de leurs obligations et les mener dans une clairière où ils seraient bien traités. Une cinquième attendit après l'Ange Noir qu'il descende de son alezan clair et prenne son envol.

Les pieds sur la terre ferme, Halfiel observa ses amis et leur escorte s'éloigner, sans tenir compte des deux gardiens qui restaient près de lui. Son attention passa sur un groupe de fées guerrières qui volait à l'est, assez lentement pour être visible à l'œil nu ; dans une formation en V, elles répétaient diverses manœuvres militaires. Admiratif devant l'aisance qu'elles avaient à se mouvoir dans les airs, il fut euphorique. Il déploya ses ailes, bousculant sans le remarquer les deux fées à ses côtés, et s'envola d'une poussée, d'un battement. Il monta haut dans le ciel, chavira en arrière, se mit la tête en bas, plongea en piqué et se redressa juste au-dessus de la surface du lac. Il ralentit son vol jusqu'à atteindre une vitesse de croisière puis caressa le plat de l'eau du bout des doigts. Elle était tiède. L'esquisse d'un sourire se dessina sur ses lèvres à mesure qu'un sentiment de liberté grandissait en lui. Puis il reprit de l'altitude et s'exerça à reproduire les acrobaties aériennes des fées.

— Il y en a au moins un que la situation n'empêche pas de s'amuser, rit Jeff après avoir jeté un coup d'œil par-dessus son épaule.

— Je l'envie, avoua Seïk. J'aimerais pouvoir voler par mes propres moyens et aller où bon me semble, quand bon me semble.

— Avoir des ailes a ses inconvénients, fit remarquer Falène.

— Des inconvénients méprisables en comparaison des avantages.

Et il espéra en avoir un jour, lui aussi. Après tout, si ses déductions s'avéraient justes, ce qui le liait à Halfiel lui permettrait de développer les mêmes capacités, tôt ou tard. Il possédait déjà une vue supérieure à la normale et avait une fois expérimenté la guérison instantanée. Alors, pourquoi pas des ailes ?

L'Ange Noir rejoignit ses camarades alors qu'ils atterrissaient sur l'îlot.

La demeure du patriarche était bien plus vaste qu'elle y paraissait depuis le bout de la vallée, et bien différente. Ce qu'ils prenaient de loin pour une forteresse était en réalité une agglomération de petites maisons qui s'enchevêtraient les unes dans les autres. La structure s'élevait sur une trentaine de mètres, et au-delà se poursuivaient les fameuses branches crénelées auxquelles étaient suspendues les sphères ; là encore, tout n'était qu'habitations collées entre elles ou reliées par des ponts en bois. Quant aux bâtiments au sol, s'ils se mêlaient bien aux racines, ils étaient espacés du frêne, ce qui créait une large cour autour de l'arbre. À vue d'œil, Oni'i devait accueillir plusieurs milliers de fées.

Conduits au pied du frêne souverain, les compagnons se retrouvèrent face au trône sur lequel siégeait le patriarche. Majestueuse, la fée âgée avait sept longues tiges qui partaient du sommet de sa tête et retombaient dans son dos comme des cheveux. De petites branches enrichies de feuilles brunes dépassaient de chaque côté de son crâne, juste au-dessus des oreilles, et se profilaient vers l'arrière. La fée âgée avait aussi de longs sourcils d'un blanc immaculé, droits et fins. Sa peau imberbe était si vieillie par le temps qu'elle arborait un aspect parcheminé. Ses ailes translucides, au nombre de six, se paraient d'une teinte dorée.

Ce qu'il demeurait de la première escouade salua avec respect d'une main sur le cœur. Jeff et les autres se prosternèrent. Même Diana, pour qui cette pratique n'était pas habituelle, s'y plia.

— Deux humains, deux sang-mêlé et un être dont l'origine m'échappe, parla le patriarche pour lui-même. Relevez-vous, je ne suis ni un roi ni un quelconque souverain. Je ne suis qu'une vieille fée décrépite choisie pour guider son peuple parmi les étoiles. (Il regarda Lilith.) Parle, mon enfant, que font ces gens ici ?

— Ils sont venus nous prêter main-forte, Père.

La vieille fée considéra les étrangers avec une profonde sérénité.

— J'espère qu'il ne vous a pas forcé la main, il a une fâcheuse tendance à manipuler les sentiments des autres pour parvenir à ses fins.

— Oh, non, fit Diana. Juste un…

Jeff l'interrompit d'un coup de coude, elle grimaça.

— Ce n'est pas le cas, dit-il.

— Bien. Dans ce cas, j'espère que vous savez ce que vous faites. Les ténèbres qui ont trouvé refuge au pied de l'Arbre-Roi sont puissantes. Nous-mêmes ne pouvons nous mesurer aux démons qui nous chassent peu à peu de la forêt.

— C'est l'une des raisons qui nous poussent à agir, admit Jeff avec un courage dans la voix et l'attitude qui fit bonne impression au patriarche. Si cette Corruption est telle que nous l'imaginons, elle se propagera vers le cœur d'Esméry après avoir ravagé la forêt d'Illy. En tant que général d'armée et Chevalier de l'Ordre d'Esméry, il m'est difficile d'ignorer un mal si puissant qu'il détruira bientôt tout ce qui m'est cher. Il en va de même pour mes amis ici présents.

— Votre dévouement envers votre patrie est honorable. Émouvant. Me faut-il comprendre que vous auriez passé votre chemin si les vôtres n'avaient pas été menacés ?

— Nous revenons d'une mission de haute importance. Certaines circonstances nous obligent à voyager aussi vite que possible, comme d'autres nous ont poussés à emprunter la route qui traverse cette forêt. Même s'il est de notre volonté et de notre devoir de porter secours à qui est dans le besoin, nous ne pouvons prolonger notre périple plus que nécessaire. Nous serions cependant revenus après avoir effectué notre rapport. Notre reine ne saurait ignorer votre détresse.

— Et nous n'aurions plus été là pour vous accueillir, fit le patriarche d'un air démuni. C'est peut-être le destin qui vous a conduits ici. Ou le hasard. Peu importe, vous voilà. Faites comme vous l'entendez, et puissiez-vous triompher du mal. Votre échec briserait un peu plus le peu d'espoir qu'il nous reste.

— Nous y parviendrons, promit Halfiel.

Le patriarche lui adressa un long regard, se laissa absorber par ses yeux rouges brûlant de confiance et de détermination. Si donner crédit à une telle promesse n'était plus dans ses habitudes depuis fort longtemps, il fut perplexe. Ce garçon aux ailes noires lui donnait envie d'y croire. Toutefois, ses longues années d'expérience lui rappelèrent que la foi et la sympathie ne duraient qu'un temps. La victoire ne dépendait pas que des capacités de celui qui l'emportait, il y avait aussi la chance. Beaucoup de chance.

Jeff et les autres s'étonnèrent de la soudaine conviction d'Halfiel. Il était rare de le voir s'affirmer de la sorte, de le voir s'exprimer avec tant d'assurance.

— Partez, conclut le patriarche. Lilith vous montrera le chemin pour vous rendre au lac Estamp. Et que le Créateur guide vos pas.

Le commandant de la première escouade pria les compagnons de le suivre et tandis qu'ils s'en allaient, Halfiel resta figé. Comme il l'avait compris la veille, ces fées connaissaient bien des choses sur ce Créateur, sans quoi elles ne l'invoqueraient pas avec tant d'aisance. Ou du moins, elles en savaient plus que lui, ce qui était bien suffisant pour attiser sa curiosité. Et cette vieille fée devait être la plus à même de soulager son tourment identitaire, ne fût-ce qu'en partie. Mais…

Il crispa les mâchoires, contracta ses muscles pour se forcer à parler. Le blocage persista et seul un son rauque quitta sa gorge. La frustration le gagna ; il ne comprenait pas pourquoi il ne parvenait pas à aborder le sujet. C'était comme si une part de lui refusait de savoir ! Peut-être craignait-il d'apprendre avec certitude qu'il était ce fameux Créateur ? Ou bien était-ce de devoir tout révéler sur lui-même et ses réflexions, pour qu'ainsi chacun en vienne à la même conclusion que lui, qui l'effrayait ?

— Hal ! l'appela Diana. Dépêche-toi !

Il se tourna vers elle, reporta son attention sur le patriarche et fit une nouvelle tentative. En vain. Il se résigna et rejoignit le groupe, laissant son interlocuteur dans l'expectative.

Au nord de la vallée d'Elelesh, là où tout pourrissait, une large route conduisait au lac Estamp. L'aura néfaste qui se dégageait de cette direction, Jeff et Falène la ressentirent avec force. S'il n'en fut rien pour les autres, chacun subit néanmoins un nouvel émoi, plus intense que jamais. Pour les deux amants, cela eut l'effet d'un coup de poing dans l'estomac. Revint en force ce désir d'étriper l'autre… Ils échangèrent un regard teinté d'amour et de haine, de compassion et de cruauté.

Tous deux se firent la réflexion qu'il fallait en finir au plus vite avec la Corruption, car leur volonté atteignait ses limites. Leurs compagnons s'en rendirent compte, eux aussi ; ils le lisaient sur leur visage et appréhendaient le pire. Même le commandant Lilith Elelesh remarqua leur souffrance. Il devinait d'ailleurs la nature et l'origine de leurs maux, bien qu'il ne fît aucun commentaire ; si près de la zone d'influence, lui-même luttait contre son attirance pour ne pas y pénétrer et y perdre la raison.

— Nos chemins se séparent ici, dit la fée. (Elle regarda Halfiel.) Tenez parole.

Le sol était couvert d'un tapis de feuilles et de branches mortes. Les arbres noirs et nus s'étendaient à perte de vue depuis plus d'une heure. Certains étaient si rongés par la Corruption qu'ils cédaient et s'effondraient sans crier gare, comme une supplique ou un avertissement destiné aux voyageurs. Seuls points positifs : le ciel était dégagé, le soleil encore proche de son zénith et la visibilité excellente.

Au détour d'un virage, un haut et impénétrable mur de ronces se dressait à quelque cent mètres de là. L'obstacle barrait la route et n'en dépassait pas la largeur. Malgré l'étrangeté du phénomène, celui-ci fut imputé aux bizarreries qui ne cessaient de défigurer la forêt. Les compagnons quittèrent le sentier et entreprirent de contourner le mur, mais, à deux mètres à peine de le dépasser, d'autres ronces jaillirent du sol pour le prolonger. Halfiel et Falène dégainèrent en réponse et Jeff empoigna sa hallebarde des deux mains, mais il n'y eut pas de suite.

— Retournez sur la route, recommanda le général.

Il fit signe à la demi-elfe de tenter à nouveau de franchir le mur par la gauche tandis que lui continuait par la droite. Les ronces poussèrent encore et encore à mesure qu'ils insistaient. Ils finirent par abandonner et revenir auprès de leurs camarades.

— Cette chose n'est pas encline à nous laisser passer, constata le mercenaire en se frottant les yeux. Si même la plus simple des plantes se dote d'une volonté propre, nous ne sommes pas tirés d'affaire…

— Ça en finira jamais, ouais, gémit Diana. J'en ai marre !

Elle approcha du mur de ronces avec la ferme intention de le frapper du pied.

— Recule ! s'écria Seïk.

Vive et alerte, Falène se jeta sur la jeune artiste et l'entraîna au sol, sur le côté, la sauvant de peu de l'épaisse liane épineuse qui s'abattait là où elle s'était tenue.

— Halfiel, par les airs ! ordonna Jeff alors que s'animait une dizaine de ces tentacules hérissés de picots.

Dans la seconde qui suivit, l'Ange Noir s'envola. Trois fines lianes quittèrent l'amas de plantes et essayèrent de l'attraper, mais il était plus rapide. À bonne altitude, il vrilla pour faire face, esquiva et trancha ; les parties amputées se désagrégèrent en tombant et les trois lianes eurent un mouvement de recul. Il profita du court répit pour observer ses compagnons, eux aussi assaillis. Jeff et Seïk n'avaient aucun mal à se défendre, à la différence de Falène et Diana qui, prises de vitesse, ne parvenaient pas à se relever et battaient l'air de leurs armes.

Les ronces repassèrent à l'attaque. Halfiel enchaîna diverses acrobaties pour ensuite riposter, mais chaque fois qu'il les taillait, elles repoussaient. Puis il entendit la demi-elfe hurler. Il la chercha du regard, l'ennemi ne lui laissa nullement ce loisir et l'obligea à voler plus haut. Lorsque les bras végétaux ne purent plus le suivre et abandonnèrent la poursuite, il vit enfin ce qui se tramait en bas : l'écart entre Jeff et le reste du groupe s'était creusé et il se démenait pour ne pas se faire déborder par les lianes épineuses, à l'égal de Seïk qui s'évertuait à protéger Diana. Falène, oubliée par l'ennemi, se relevait non sans peine à cause d'une jambe blessée et récupérait son épée pour venir en aide à son amant, afin d'éloigner du mur la jeune artiste harcelée par les ronces.

De l'autre côté du barrage, deux silhouettes attirèrent l'attention d'Halfiel. Il s'approcha et découvrit des créatures humanoïdes dont les longs bras plongeaient dans le mur. Certain qu'elles étaient la source du danger, il fondit tel un oiseau de proie et se posa derrière elles, en silence. Leur corps, noir, était constitué de branches noueuses entrelacées et couvertes de mousse et de petits champignons, leur chevelure faite de feuilles à moitié putréfiées. Leurs bras n'étaient pas seulement enfoncés dans le mur, ils se développaient pour le former.

Au premier pas, une branche craqua sous la botte du sombre guerrier. L'une des créatures se retourna et considéra l'intrus de ses orbites vides. Elle abandonna son œuvre pour l'attaquer en étirant et en divisant ses membres ; le blocus diminua de moitié en taille et en épaisseur. Halfiel n'évita qu'en partie la première salve de lianes. Blessé à l'épaule gauche et à l'aile, il répliqua d'une coupe franche. Il esquiva la seconde salve, remarqua en même temps une boule violacée qui palpitait dans la poitrine de la créature ; ailes déployées, il se rua sur elle. D'une vrille, d'une attaque circulaire, il lui trancha les deux bras dont le premier qui s'étendait à nouveau. Suivit un coup de taille qui pourfendit le thorax épineux et le cœur.

Dans un cri muet, la créature s'affaissa et se désagrégea.

La protestation et la peur de Falène retentirent. De l'autre côté du mur, Seïk venait d'être attrapé par le bras et la jambe. Les lianes l'écartelaient et les épines lui lacéraient les membres, sous les regards impuissants de ses compagnons qui ne parvenaient pas à approcher d'assez près pour l'assister. Alerte, Halfiel se rua sur la dernière créature. Trop occupée, elle ne lui accorda aucune attention et périt le cœur coupé en deux. La jambe du mercenaire fut sitôt lâchée, mais pas son bras, et il fut projeté sur les restes d'un arbre brisé dont le tronc formait une pointe saillante. L'espace d'une seconde, Falène sentit le monde s'écrouler sous ses pieds ; fort heureusement, l'habile mercenaire se tortilla, évita le pic meurtrier de peu et échoua dans un épais matelas de feuilles mortes avant de heurter un autre arbre.

Le temps que Seïk se relève, le mur de ronces avait disparu. Seuls deux tas de racines témoignaient de la lutte.

Aux côtés de son bien-aimé, ce fut au tour de Falène de s'inquiéter, comme il l'avait fait pour elle lorsqu'une liane épineuse l'avait avant lui saisie par la jambe. Il était juste un peu sonné et se tenait les côtes, la respiration saccadée à cause du choc. Les blessures de ses membres se révélaient aussi superficielles que celles de sa compagne ; elles picoteraient mais le handicaperaient à peine.

— Tu vois, ma bonne étoile est toujours là, lança-t-il à l'adresse de Diana avec un sourire à moitié grimaçant.

Sa seule réponse fut une gifle retentissante de la part de la demi-elfe, suivie du silence. Elle était en colère et ce n'était, cette fois, pas dû à la Corruption ; l'émoi factice se taisait devant la force de ses vrais sentiments, la peur de le perdre. Seïk se massa la joue, abasourdi, puis baissa les yeux alors qu'il prenait conscience de son erreur. À l'instar de sa compagne, il entrevit tout à coup cette vérité que tout le temps passé dans cette forêt avait obscurcie. Et comme il ne l'avait plus fait depuis des lustres, il se réjouit.

— Pardon, dit-il pour la forme.

— Tu es un idiot, gronda-t-elle.

Elle se laissa pourtant aller dans ses bras.

Voir ces deux-là s'adonner à un semblant de réconciliation fut pour chacun un salut, car cela démontrait que le mal niché au cœur d'Illy n'était pas infaillible. Ainsi, les volontés de résister à son influence et de le purifier furent regonflées à bloc.

— Ne nous attardons pas ici, recommanda Jeff. Le lac ne doit plus être loin.

— Au fait, c'était quoi ces trucs ? demanda Diana qui désignait les restes des créatures.

— Des dryades, je crois bien, répondit Seïk.

Falène se tint tout à coup la tête et chancela, il la soutint.

— Qu'y a-t-il ?

— Je ne sais pas… Peut-être est-ce mon imagination, mais j'ai le sentiment que la source de ce chaos m'intime l'ordre de venir à elle.

— Ça me fait pareille, dit Diana. C'est comme une envie de dormir…

— Ce n'est pas votre imagination, contesta Jeff.

— Il est temps que cela cesse, conclut Halfiel avant de prendre les devants, animé non plus par cet aplomb qui l'avait caractérisé face au patriarche, mais par une impatience flagrante.

Pour la seconde fois, cela lui valut l'étonnement de ses camarades. Mais, puisqu'il ouvrait la marche d'un pas hâtif, il n'en sut jamais rien.

Des kilomètres plus loin, l'atmosphère s'épaissit d'un brouillard léger et mauve, inquiétant néanmoins inoffensif. Dix minutes de plus à marcher dans ces conditions et, au travers du voile, commença à se dessiner la silhouette d'un arbre titanesque, de quatre ou cinq fois l'envergure de l'immense frêne qui trônait dans la vallée d'Elelesh. À mesure qu'elle se précisait, le Seigneur de la Forêt sembla grandir encore, et encore.

Quand les compagnons atteignirent les abords du lac Estamp, ils contemplèrent pour de bon l'étendue de leur ridicule face à la majesté de celui que les fées nommaient l'Arbre-Roi. Mais, si auguste qu'il fût jadis et naguère, l'Arbre-Roi n'était à présent pas bien différent de ses sujets sur des kilomètres à la ronde. Son écorce putride était noire et couverte de mousse, son feuillage absent. Des champignons de toutes sortes et de tailles considérables le rongeaient un peu partout.

Seul sur son îlot au centre du lac, cerné par une eau sombre et opaque, il était pathétique.

— C'est lui, dit Halfiel.

— « Lui » quoi ? s'enquit Diana.

— L'arbre noir que j'ai vu depuis la clairière.

— En effet, admit Jeff, la description correspond bien.

— Et je crois que nous avons trouvé les responsables de cette brume, peut-être même ce qui empoisonne la forêt, accusa Seïk en désignant des ascomycètes violâtres qui éclataient pour libérer leurs spores sous forme d'épais nuages lilas.

— Ces parasites ne sont pas ce qui profane l'Arbre-Roi, réfuta Falène. J'ai l'intuition qu'ils n'en sont que la conséquence.

— De cette intuition qui nous aura profité à notre entrée dans la forêt ?

Les deux amants se regardèrent en chiens de faïence, prêts à dégainer. Jeff frappa dans ses mains.

— Ne perdons pas de temps. Falène, Diana, allez enquêter sur la rive ouest ; Seïk et moi inspectons l'autre côté. Halfiel, vole jusqu'à l'arbre et vois ce que tu peux y trouver.

Ils se dispersèrent.

Du haut d'une basse branche solitaire, à près de cent cinquante mètres d'altitude, l'Ange Noir inspecta les alentours. Rien de suspect ne se présenta à sa vue perçante. Il descendit entre les racines colossales et fouilla en virevoltant pendant de longues minutes ; à part davantage de champignons, de vieilles toiles d'araignées et d'énormes insectes agités, aussi infectés que le reste de la faune et de la flore à en juger par leur aspect, il ne trouva aucune explication aux maux d'Illy.

Alors qu'il volait sous une racine formant une arche plus haute qu'une maison, du coin de l'œil, il perçut un mouvement suspect. Il se posa et se tint prêt à la riposte ; ne s'offrirent à lui que ces ascomycètes à l'origine du brouillard. Il les fixa d'un regard plein de curiosité, ils remuèrent en grouillant avant de se taire. L'espace d'un instant, il jura qu'ils l'appelaient, aussi s'approcha-t-il avec prudence. Mais de trop près. Les champignons crachèrent d'un coup le fruit de leurs entrailles, et il se montra trop lent pour les éviter. Au cœur de la nuée, il agita la main et toussa. L'assaillit un puissant vertige, puis vint la chute. À terre, il suffoqua ; sa gorge enfla et le démangea au point qu'il se gratta à sang, ses bronches s'enflammèrent, ses poumons brûlèrent tant qu'il crut se liquéfier de l'intérieur.

Quand les spores furent retombées en ne laissant derrière elles qu'un peu plus de ce voile mauve, quand le mal se fut estompé et que Halfiel eut retrouvé son souffle après de grandes bouffées d'air accompagnées de râles, il fit face, haletant. Téméraire qu'il était, il tritura un des champignons intacts du bout de sa lame ; le parasite se replia comme une anémone, se dégonfla pour paraître le plus petit possible. Il répéta l'opération avec deux autres et obtint un résultat identique, les trancha et recula d'un geste vif pour les voir vomir leur contenu sur le sol. Enfin, il s'éloigna avec la confirmation que, hormis du brouillard et d'une mort rapide et atrocement douloureuse, ces fongus n'étaient pas la source de la Corruption, juste un poison subséquent, comme le pressentait Falène.

Il refit un rapide tour de l'arbre en prenant soin de rester loin de ce qui avait manqué de le tuer, puis se présenta sur la berge de l'îlot.

— Rien par ici, informa-t-il les autres.

— Rien non plus de notre côté, entendit-il Falène s'écrier.

Il tendit l'oreille pour écouter la réponse de Jeff ou de Seïk. Elle tarda à venir. Il s'alarma, et le sol trembla légèrement ; de petites fluctuations apparurent à la surface du lac. Sur ses gardes, Halfiel regarda à droite comme à gauche.

Rien d'autre que la brume mauve…

Une nouvelle secousse, plus violente, le déstabilisa, et les fluctuations se transformèrent en vaguelettes. De petites bulles naquirent et éclatèrent à quelques mètres de l'îlot. D'autres les remplacèrent et d'autres encore, de plus en plus grosses. Bientôt, ce fut une montagne d'eau qui s'éleva très haut et se dispersa en une forte pluie, dévoilant un gigantesque serpent. De sa gueule grande ouverte et de ses naseaux s'échappait une fumée violacée, de ses crocs suintait un venin de même couleur.

Ses yeux jaunes en amande roulèrent dans leurs orbites. Ses pupilles muèrent en des fentes à peine visibles dès qu'il vit Halfiel. Ce maudit Créateur était venu dans son domaine ! Et pour le voler, de surcroît ? Non ! Jamais il ne le laisserait le lui prendre… Jamais !

Un sifflement, et le reptile plongea sur sa proie. L'Ange Noir s'envola et évita de peu d'être broyé entre ses puissantes mâchoires. Il grimpa vers la branche qui lui avait déjà servi de perchoir afin de se mettre hors d'atteinte, déterminer la position de ses amis et étudier l'ennemi. Le reptile bondit du lac à une vitesse effarante et le rattrapa, mais Halfiel l'aperçut à temps pour lui échapper et le voir croquer la branche ; ce géant atteignait presque les soixante-dix mètres de long et si le bras de l'arbre était trop épais pour qu'il puisse le briser, son venin eut tôt fait de créer de la mousse noire et un champignon violâtre. Puis le serpent chuta. Halfiel fondit sur lui et le gratifia de longues et profondes entailles avant de remonter dans les airs. La bête gesticula de douleur et s'écrasa entre les racines de l'Arbre-Roi, se releva, sauta encore pour happer le sombre guerrier et replongea dans l'eau, bredouille.

Falène et Diana furent les premières à revenir à l'entrée du lac Estamp, Jeff et Seïk suivirent.

— Restez éloignés les uns des autres ! somma de vive voix le général. Halfiel, tiens ta position et attends qu'il nous cible pour l'attaquer !

Le serpent refit surface et s'immobilisa, les yeux rivés aux quatre misérables qui gesticulaient sur la berge. Des fidèles du Créateur ? Des gêneurs, à n'en point douter ! Il ouvrit grand la gueule, un sifflement s'en échappa suivi d'un long jet de venin qui empoisonna la terre, là où s'était tenu le général une seconde auparavant. Il répéta la manœuvre mais ne parvint pas à toucher ces petits singes, plus agiles et plus rapides qu'il le pensait.

Quelque chose lui mordit l'arrière du crâne et lui provoqua une douleur lancinante. Il tourna la tête pour essuyer un coup d'épée qui fendit son naseau droit. Il ouvrit la gueule en réponse, un trait lui transperça la mâchoire inférieure et ses crocs manquèrent de peu l'Ange Noir. Il chercha le singe qui tenait l'arc et prit une flèche dans l'œil gauche, puis une autre dans le palais alors qu'il s'apprêtait à cracher son venin.

Il retourna au fond du lac.

— Mange ça ! s'enthousiasma Diana.

— Ne te réjouis pas trop vite, la reprit Falène. Il n'est pas mort.

— Ouais, bah en tout cas, il est pas aussi coriace qu'il en a l'air.

Distraite et trop confiante, elle ne vit pas le reptile surgir et s'écraser de tout son long sur la berge. Comme face aux dryades, Falène se jeta sur elle ; il y eut un long bruit sourd et un cri de douleur. Quand Diana se releva, elle s'aperçut que le pied droit de sa compagne était pris sous la masse géante.

Le serpent se redressa. Falène se traîna, le pied terriblement endolori. Diana l'aida et répéta de confuses excuses tant elle se sentait coupable. C'était la deuxième fois que, par sa faute…

Tel un rapace qui s'acharne sur sa proie, Halfiel frappa à de multiples reprises le serpent, lui tirant râle après râle. Il fut chassé d'un coup de queue qu'il ne vit pas venir et fut violemment projeté dans le lac.

— Seïk ! Attire-le vers toi ! commanda Jeff.

Le mercenaire rangea une dague et lança un de ses couteaux sur la tête du monstre, puis un deuxième avant de le provoquer. Le serpent répondit bien plus vite qu'escompté et ses crocs meurtriers le manquèrent de peu. D'une vive contorsion, il parvint à attraper ce maudit petit singe par le baudrier et l'envoya bien haut, ouvrit grand la gueule et attendit qu'il retombe dans son gosier. Lancée tel un javelot, la hallebarde de Jeff s'enfonça profondément dans la chair du serpent, sous la tête. Plié de douleur, ce dernier en oublia le mercenaire et prit en chasse le général.

Alors qu'il entamait l'inévitable chute après l'ascension, Seïk considéra le sol à trente mètres sous ses pieds. Il se débattit dans l'espoir de se déplacer au-dessus du lac et ainsi éviter de s'écraser.

Futilité.

Halfiel refit surface et s'envola tant bien que mal. De justesse, il rattrapa son camarade au vol et le posa sur la terre ferme avant de reprendre de l'altitude. Seïk souffla juste le temps de se ressaisir, puis il chargea le reptile, bondit sur son dos à la manière d'une panthère et planta ses lames comme des crocs ; l'ennemi se dressa encore. Diana décocha plusieurs flèches en direction de la tête, Halfiel se déchaîna lui aussi au point de lui crever l'autre œil et de lui briser un de ses longs crochets à venin.

Acculé, le serpent géant ne put se permettre aucune riposte. De nombreuses autres estafilades marquèrent sa peau d'écailles, et le sang coula à flots. Bientôt à bout de forces, il s'affala sur la berge rougie, dans un sifflement d'agonie. Ses muscles se relâchèrent et sa respiration devint faible. Toujours plus faible. L'animait avec plus de force que jamais cette haine qu'il vouait au Créateur, à mesure que la vie le quittait et qu'il sentait sa présence, tout près de lui.

En cercle autour de la tête du montre, aux aguets, les compagnons attendirent qu'il rende son dernier souffle pour admettre leur victoire. Quand ce fut le cas, et seulement à ce moment, ils poussèrent un profond soupir, se détendirent.

Jeff alla récupérer sa hallebarde. Un pied sur le corps de la bête et il tira de toutes ses forces. L'arme bien enfoncée quitta la chair en libérant un énième flot de sang. Quelle souffrance ! Ainsi réanimé, le serpent se releva brusquement et se réfugia une fois encore dans le lac, avant de revenir face à ces pénibles insectes. Il était le maître de ces eaux fangeuses et, malgré ses blessures, il ne périrait pas ! Car il était le gardien du *Soleil de Mort*, choisi par lui pour le protéger de quiconque voudrait s'en emparer, et plus encore du Créateur ! Alors, dans une énième tentative, il piqua sur l'Ange Noir.

D'un battement d'ailes, Halfiel s'écarta. D'un battement d'ailes, il longea le flanc du monstre et l'entailla en profondeur. Il s'envola, plongea vers le crâne du reptile et y planta sa lame. Pendant ce temps, Jeff s'employait à lui trancher la tête et Seïk lui sautait sur la gueule et s'échinait de ses dagues à vider ses orbites sanguinolentes, jusqu'à rendre son cerveau apparent. L'organe, déjà plusieurs fois transpercé par l'épée du sombre guerrier, fut ainsi labouré.

Le serpent cessa de gesticuler. Définitivement.

Exhortés par un mélange de peur et de prudence, les trois guerriers continuèrent de lui tailler la chair jusqu'à l'os, jusqu'à ce que la tête se détache du corps. Couverts de sang, assurés que le serpent ne se relèverait plus, ils lâchèrent leurs armes et s'affalèrent sur le sol, le temps d'attiédir leurs esprits enflammés par la bataille.

Assez apaisé pour se rappeler que Falène avait de nouveau été blessée, Seïk se leva en sursaut et la découvrit à ses côtés, épaulée par la jeune artiste.

— Ton pied ! Comment va-t-il ?

— Ça va, répondit-elle. Simple foulure.

Il fut sceptique, craignant qu'elle minimise la réalité pour ne pas l'affoler. Néanmoins, cela le soulageait de constater que les jours de sa bien-aimée n'étaient pas comptés.

— C'est bien la première fois que je vois une chose pareille, souffla Jeff. Qui aurait cru qu'une telle monstruosité pouvait exister ?

— Nous avons rencontré des fées, aujourd'hui, rappela la demi-elfe. Plus rien ne m'étonne.

— Tu oublies les dryades et la Corruption, enchérit Seïk.

— Regardez ! fit Diana.

Les compagnons s'intéressèrent à la dépouille du serpent qui se désagrégeait, à l'image des dryades. Son corps laissa bientôt place à une traînée de chair carbonisée, presque réduite en poussière. Parmi les restes de la tête, un objet rond gros comme un poing brillait d'une lueur jaune palpitante. C'était un joyau divinement ciselé, une pierre précieuse aux mille facettes.

— J'ai comme l'impression que notre défunt ami a fait une indigestion qu'il n'est pas près d'oublier, railla le mercenaire.

— Très drôle, dit Diana.

Comme si l'objet l'hypnotisait et l'invitait à le rejoindre, Halfiel s'en approcha. Plus il avança, plus les pulsations lumineuses devinrent fortes. Et son cœur battit à tel point qu'il sembla lui déchirer la poitrine, en rythme avec le joyau comme si lui et la pierre entraient en résonance. Cela lui rappela ce jour où il avait ramassé l'*Œil Pourpre*…

— *Soleil de Mort*, murmura-t-il.

— Hal ! s'écria la jeune artiste.

Il se retourna. Ses compagnons l'observaient, intrigués et méfiants. D'un nouveau regard sur le joyau, qu'il avait ramassé sans s'en apercevoir, il vit qu'il s'était éteint.

— Tu devrais te montrer plus prudent, le sermonna Jeff. C'est probablement cette chose qui a rendu le serpent tel qu'il était. S'il t'arrivait…

— Il n'y a rien à craindre, l'interrompit Halfiel. Il est identique à l'*Œil Pourpre* de l'île de Juma. Seule sa couleur diffère.

— Tu parles de cette pierre que tu as rapportée à Kalar ?

Il hocha la tête.

— Alors, il se peut que Kalar veuille également s'emparer de celle-ci, appréhenda Falène avant que son pied la fasse grimacer de douleur.

Seïk vint remplacer Diana pour soutenir leur compagne. La jeune artiste s'excusa encore du mieux qu'elle put auprès de son amie. Falène lui pardonna, lui recommandant toutefois d'être plus vigilante à l'avenir ; elle ne serait pas toujours là pour la protéger.

— Tu as raison, considéra Jeff. Il nous faut donc nous renseigner au plus vite sur cette pierre et sa jumelle. Y compris sur la bague que tu lui as donnée, ajouta-t-il à l'intention du mercenaire. Et découvrir s'il en existe d'autres. Si Lia ne peut rien nous en dire à notre retour, nous préparerons une expédition pour la bibliothèque de Zadéon ; nous trouverons des réponses dans les livres. Du moins, je l'espère. Je pense même que Zerkan nous apportera volontiers son aide.

— Ne devions-nous pas entreprendre une riposte face à Drezn ? demanda Seïk.

— Si, et les préparatifs se termineront en parallèle s'ils ne le sont pas déjà à notre arrivée. Mais je dois avouer qu'après avoir vu ce dont cette chose est capable, pour peu qu'elle soit bien la cause du désastre, je crains davantage ce que Kalar pourrait en faire.

— Raison de plus pour l'arrêter rapidement, dit Diana.

— Celui qui ne connaît pas son ennemi subira nombre de défaites, et jamais de victoires il n'emportera s'il ne se connaît pas non plus lui-même, parla le général. Nous ne commettrons pas cette erreur.

— Les fées en sauront peut-être plus à ce sujet, suggéra Falène.

— Peut-être, oui.

— Regardez ! fit Diana.

— Encore ? s'en amusa Seïk.

L'attention portée sur l'Arbre-Roi, ils virent que les champignons et la mousse noire se désagrégeaient à leur tour. En conséquence, le léger brouillard mauve se dissipa. L'écorce du frêne ne parut plus si putride et sa couleur noire s'effaça ; bientôt, elle regagna sa splendeur d'antan. Des bourgeons poussèrent et commencèrent à fleurir. Des feuilles firent leur apparition. L'herbe de l'îlot redevint verdoyante et l'eau du lac s'éclaircit, bien qu'elle demeurât trouble.

C'était comme assister à l'œuvre de tout un printemps en l'espace d'une minute. Par ces petits miracles, les compagnons comprirent qu'ils avaient bel et bien trouvé et vaincu la source de la Corruption dont le joyau que tenait Halfiel était, sans plus de doutes, à l'origine. De plus, Jeff et Falène remarquèrent que l'influence néfaste qui les oppressait s'était tue pour de bon ; leurs camarades aussi s'en rendaient compte. Le plus grand soulagement fut pour Falène et Seïk qui, tous deux, voyaient enfin leurs pensées meurtrières à l'égard de l'autre disparaître. Et tandis que de sincères félicités illuminaient les visages, Jeff de conclure :

— Nous n'avons plus rien à faire ici. Partons.

Chapitre 29

Ce que je suis

Éclairées d'innombrables lumières, toutes les villes de la vallée d'Elelesh célébraient la résurrection de la forêt. La plus festive était sans conteste Oni'i, la demeure du patriarche, dans laquelle une bonne partie du petit peuple s'était réunie en l'honneur des cinq héros qui avaient vaincu la Corruption. Dans la grande cour autour de l'immense frêne où les tables dressées formaient un cordon de sécurité, les fées dansaient et s'amusaient, au sol et dans les airs, comme partout ailleurs. Parmi les plus jeunes, certaines préféraient s'isoler en groupes pour admirer les étoiles et les constellations avec toute la fascination et l'oisiveté de leur bel âge. D'autres chahutaient, tout simplement.

Escortés par des fées guerrières de la première escouade, les compagnons quittèrent le château des maîtres guérisseurs et rejoignirent la majestueuse cité au centre du lac. Le patriarche les y attendait.

À côté d'eux, il apparaissait ridiculement petit, car il demeurait à terre. Sa prestance était cependant telle qu'elle effaçait la différence de taille, et le regard intense, bienveillant et empreint de sagesse qu'il leur adressait renforçait cette impression. Sur son visage se lisait même l'engouement ; il était ravi de constater que quatre des compagnons portaient les beaux habits qu'il leur avait fait parvenir, en attendant que leurs propres vêtements soient nettoyés et raccommodés par les maîtres tisseurs. C'étaient de chics tenues peu confortables, récupérées sur des marchands d'étoffes égarés et décédés, qui conviendraient le temps d'un soir. Bien entendu, ils auraient tout aussi bien pu enfiler les changes contenus dans leurs sacs de selle, mais ils avaient préféré honorer la générosité du patriarche. Et Jeff avait bien insisté auprès de Diana pour qu'elle ne s'en plaigne pas devant leurs hôtes, question de politesse ; elle avait rechigné, mais au bout du compte accepté.

— La forêt d'Illy et ses habitants vous doivent une reconnaissance éternelle, parla la vieille fée. Je ne me souviens pas m'être présenté, aussi permettez-moi de le faire séance tenante. L'on m'appelle Felth Elelesh. Je suis le guide et le doyen des fées. Le patriarche. (Il lorgna les bandages de Falène.) J'espère que nos remèdes seront aussi efficaces pour vous qu'ils le sont pour mon peuple.

— Ils le sont, affirma-t-elle. Je ne sens plus la douleur.

— Merveilleux, dit-il avec soulagement. Mais ménagez-vous malgré tout.

— Si vous nous le permettez, nous aimerions vous poser des questions, déclara Jeff.

— Je vous écoute. C'est le moins que je puisse faire pour vous remercier.

Jeff fit signe à Diana, elle sortit la pierre jaune de sa giberne et la tendit à son compagnon. Il s'en empara, la présenta à la vieille fée.

— Savez-vous de quoi il s'agit ?

Le patriarche déploya ses six ailes, les fit vibrer si vite qu'elles donnèrent l'impression de disparaître et s'envola à hauteur du joyau. Il l'examina sous plusieurs angles, à la fois intrigué et inquiet.

— Non, je l'ignore, dit-il enfin.

— De toute évidence, elle était à l'origine de la Corruption. Nous l'avons découverte dans les entrailles d'un serpent géant qui résidait dans le lac. Il se peut qu'elle ait fait de lui un monstre après qu'il l'a ingurgitée. En tout cas, il sécrétait un venin qui empoisonnait votre Arbre-Roi et la forêt.

— Une mutation, souligna Felth pour lui-même. Une pierre venue de nulle part et pleine de mystères… Serait-ce un message du Créateur ? Ou bien un châtiment ? Mais pourquoi…

Il la toucha et retira sa main aussitôt. Son visage devint blême et se figea en un mélange de terreur et de stupeur. Il considéra l'Ange Noir avec des yeux grands ouverts.

— Vous… Vous êtes…

— Vous me connaissez, répliqua Halfiel avec une certitude soudaine. Vous savez qui je suis !

— Navré, je… je dois y aller. Je… vous retrouverai plus tard.

— Attendez !

Mais Felth n'écouta pas et s'envola vite et loin. Halfiel s'en trouva de nouveau tourmenté. Les réponses à ses questions étaient là, à portée de main ! Et elles lui échappaient encore ? Non !

Il fit le vide dans son esprit, se força à raisonner pour ne pas sombrer. Il ne contestait pas le fait que le patriarche était un puits de connaissances. Toutefois, cette vieille fée venait en l'instant d'apprendre une information de grande importance, à en croire sa brusque perturbation. Et… elle l'avait sitôt dévisagé ! Cela le concernait donc. Qu'avait-elle fait, avant ? Elle avait touché le *Soleil de Mort*, bien sûr ! Est-ce que ce joyau…

D'ailleurs, comment pouvait-il en connaître le nom alors qu'il n'en avait jamais entendu parler ?

Il l'arracha des mains du général, s'éloigna avec son trésor volé, plongea son regard dans le millier de facettes.

Rien ne se passa.

La déception l'envahit, et il se rasséréna. Il était bête d'avoir espéré. Si ce joyau avait dû lui apporter quelque révélation, cela se serait produit au lac Estamp, quand il l'avait ramassé. Toutefois, nulle frustration ne le rudoya comme plus tôt dans la journée, lorsqu'il avait été incapable de questionner le patriarche. À la place naissait une détermination nouvelle : il s'entretiendrait avec Felth avant de quitter Elelesh, quoi qu'il coûte. D'ici là, il prendrait son mal en patience.

Il déploya ses ailes et alla trouver refuge sur l'une des hautes branches du frêne géant, malgré la protestation de Diana.

Ses caractéristiques physiques hors du commun, cette marque qu'il partageait avec Seïk, cette fée corrompue de Sveldetz qui en savait peut-être long à son sujet, et maintenant le patriarche qui faisait des mystères… Ses compagnons comprenaient qu'il fût tenaillé par sa quête d'identité, car la vérité semblait le fuir, d'une manière ou d'une autre, dès qu'il s'en approchait. Eux aussi se posaient bien des questions quant à son passé, plus encore après cette folle journée et d'autant plus avec la réaction que venait d'avoir le patriarche. Seule Diana était exempte de toutes ces réflexions ; tout ce qu'elle voulait, elle, c'était que Halfiel revienne à ses côtés.

En bas, les lumières resplendissaient comme un brasier de mille et une couleurs. Associées aux mélodies enchanteresses des maîtres musiciens, aux odeurs de mets alléchants et aux agréables senteurs que dégageait le frêne, elles rendaient Halfiel mélancolique. Lorsque sa contemplation d'Oni'i ou d'autres villes de la vallée ne le plongeait pas dans de durs souvenirs, il admirait le ciel étoilé et la lune qui découpait la voûte noire de son filin d'argent galbé, ou bien la forêt d'Illy à l'image d'une mer sombre et paisible. Parfois même, il considérait les nombreuses samares qui pendaient en grappes au bout des branches. Ces graines dotées d'une aile étaient aussi grosses qu'une tête humaine. Par contraste avec les lueurs avoisinantes, leur péricarpe translucide laissait voir en leur sein une petite silhouette, semblable à celle des fées, qui remuait, se tortillait comme un fœtus dans le ventre de sa mère.

Un craquement ténu attira l'attention d'Halfiel. Épée au clair, il se rasséréna quand il découvrit qu'une des samares se fendillait. Il l'observa ; la graine continua de se briser jusqu'à se décrocher, tomba en tourbillonnant. Une petite fée en jaillit et chuta à son tour. Il s'apprêta à se jeter dans le vide pour la rattraper, mais elle se mit à battre des ailes. Elle resta deux secondes en état stationnaire, puis s'étira. Enfin, elle rejoignit les festivités où le petit peuple l'accueillit avec la plus grande joie.

Les lèvres de l'Ange Noir se courbèrent, un sentiment de paix l'étreignit. La manière dont naissaient les fées était bien curieuse, elle n'en était pas moins magnifique.

Dans l'ombre, Felth lui prêtait grande attention. Ses états d'âme dus à son contact avec le *Soleil de Mort* s'étaient tus et il avait cherché Halfiel, avant que ses compagnons lui indiquent qu'il s'était envolé pour gagner la frondaison du frêne. Il prenait maintenant plaisir à le voir s'émerveiller devant le miracle de la vie, tant qu'il rit. L'Ange Noir l'entendit et tourna vivement la tête, fixa la vieille fée du regard pendant un moment avant qu'elle se décide à quitter sa cachette.

— Vous avez de bons yeux, reconnut Felth en prenant place à son côté. Et vous tenez parole, quoi qu'en disent les mauvaises langues. Vous ne nous avez pas abandonnés.

— Pourquoi l'aurais-je fait ?

— Oui, en effet, pourquoi ? répéta le patriarche avec un sourire qui en disait long.

Il y eut un silence.

— Je vous ai brusqué, plus tôt, dit Halfiel. Je vous présente mes excuses.

— Allons, c'est inutile. Je comprends votre geste. Vous avez de nombreuses questions à me poser, je le sais ; je l'ai lu dans vos yeux avant votre départ pour le lac Estamp. Mais avant d'y répondre, puis-je vous en soumettre une ou deux ?

— Faites.

— Eh bien, les noms Melgan, Siel, Yggdrasill ou Midgard vous évoquent-ils quelque chose ?

— Non.

— Et vous ne savez rien à votre propos non plus ?

— Je suis amnésique.

Felth croisa les bras et porta une main à son menton. Le regard dans le vide, il se mit à marmonner. Puis il secoua doucement la tête de haut en bas, faisant remuer les tiges au sommet de son crâne et ses longs et fins sourcils.

— Si vous savez qui je suis, dites-le-moi, réclama Halfiel.

Felth répondit par un rire usé et joyeux, mais aussi harmonieux.

— Je sais bien des choses. Voyez-vous, je préfère inviter une personne à réfléchir et à trouver la solution par elle-même en lui offrant les clefs pour y parvenir, plutôt que de tout lui dévoiler sans ambages. La connaissance acquise au prix de l'effort a bien plus de saveur, ne croyez-vous pas ?

— Nous avons vaincu le mal qui rongeait votre forêt.

— Et je vous en sais gré. Que cela soit dû à votre responsabilité, votre devoir ou à votre bienveillance, en revanche, je ne saurais le dire. Si je puis me permettre cette ironie, votre présence en ces lieux tombe à point nommé.

Halfiel se leva et se détendit les ailes.

— Si vous êtes venu vous moquer de mon ignorance, je préfère rester seul.

— Allons, je vous en prie, ne soyez pas aussi susceptible. Je suis seulement venu confirmer quelques conjectures avant de vous proposer de vous joindre à la conclusion des festivités. J'ai un présent pour vous qui, croyez-moi, satisfera pleinement vos attentes.

Felth fit vibrer ses ailes d'or. Un sourire entendu à l'intention de l'Ange Noir et il se laissa aller à la renverse pour rejoindre la cour d'Oni'i. Peu après, Halfiel l'imita.

Au pied du grand arbre, la fête s'était transformée en veillée. Des milliers de fées s'étaient réunies devant le siège du patriarche et attendaient son retour. Il fut accueilli par les cris de joie des plus petits tandis que Halfiel allait prendre place auprès de ses camarades.

— Une histoire, pépé Felth, une histoire ! s'écrièrent les garnements des premiers rangs.

— Du calme, mes enfants, du calme. Je ne suis plus de ma première jeunesse. Et êtes-vous bien sûrs de vouloir une histoire ? Je parie que nombre d'entre vous s'endormiront avant la fin, comme toujours. Peut-être est-ce une mauvaise idée...

Il se mit de profil et prit un air dubitatif. Comme il l'espérait, les jeunes fées le supplièrent. Cela le fit rire comme un grand-père gâteux ; les plus âgés et les compagnons s'en amusèrent.

— Bon, bon, c'est d'accord. Je vais vous la raconter.

Les enfants se réjouirent et se turent. Le patriarche se gratta la tête, puis tapota son menton du doigt tout en surveillant ces garnements qui retenaient leur souffle, les yeux écarquillés.

— Connaissez-vous l'histoire de la Genèse, celle qui nous dit comment sont nés Yggdrasill et le monde des dieux ?

— Nooon, répondirent-ils en chœur.

— Tout d'abord, qui d'entre vous peut me dire ce que sont Yggdrasill, Asgard, Midgard et Lanvaril ?

Aucun des enfants ne leva la main pour répondre, comme il s'y attendait. Seïk se prêta au jeu, sans surprise pour ses amis.

— Les légendes parlent de Midgard comme étant le monde des dieux, dit-il quand la vieille fée lui donna la parole. Asgard est la cité où ils résident. Yggdrasill est la source de toute vie. Quant à Lanvaril, il s'agit de notre monde.

— C'est exact, accorda Felth. Il faut savoir que Midgard est semblable à Lanvaril, car lui aussi est peuplé de races mortelles, au contraire de ce que laissent entendre les croyances populaires. Asgard, la Sainte Terre des Dieux, accueille en son sein Yggdrasill, l'Arbre de Vie. Aux branches de celui-ci pendent les nombreux mondes qui ont été créés, dont Lanvaril. En conclusion, l'on peut dire que notre monde est à l'image d'une bulle dans une bulle.

— Père, l'interrompit une fée adolescente, Yggdrasill n'est-il pas aussi le nom que l'on donne à l'Arbre-Roi du lac Estamp ?

— En effet, mon petit Pieril. Mais nous lui préférons « Arbre-Roi » afin d'éviter les confusions. Pour bien les distinguer, l'Yggdrasill qui vit sur Midgard est aussi appelé « Arbre-Mère », parce qu'il est l'Arbre Originel. Et nous employons en général son nom véritable.

» Comprenez par là qu'il n'existe qu'un seul Arbre-Mère dans notre univers : celui qui se dresse au cœur d'Asgard et qui a donné naissance à toute chose. Les Arbres-Rois, en revanche, sont des créations divines et chaque monde en possède un. Pour faire simple, ils sont comme des excroissances de l'Arbre Originel, façonnées par les dieux pour lui permettre d'assurer la pérennité des mondes en les nourrissant de son énergie vitale. Par ailleurs, Yggdrasill possède sa volonté propre, ce qui n'est pas le cas des Arbres-Rois ; ou du moins n'est-ce guère comparable.

Il marqua une pause pour s'assurer que tous comprenaient. Les plus jeunes écoutaient avec attention et admiration, mais il devinait que la plupart d'entre eux ne saisissaient pas un traître mot de son charabia. Il eut alors une idée pour illustrer ses propos. Il s'envola en un clin d'œil et revint avec une fine branche, qu'il effeuilla. Il alla jusqu'à une table du banquet et prit une grosse pomme et plusieurs baies à la chair tendre, puis il retourna devant l'assemblée qui le regardait avec intérêt. Il s'assura que tous le voyaient bien et leva le fruit. Il planta la branche dedans.

— Voici Midgard, le royaume des dieux, et Yggdrasill, que l'on appelle aussi Arbre-Mère, Arbre de Vie ou encore Arbre Originel.

Il ajouta une baie sur certains rameaux de la branche et prit chaque fois soin d'en faire dépasser le bout.

— Ces baies sont les mondes que les dieux ont créés. Et ces minuscules bouts de bois qui en ressortent représentent les Arbres-Rois. En plus de permettre aux mondes de subsister, ils donnent des informations essentielles aux dieux qui s'en occupent. Ils sont en quelque sorte des encyclopédies géantes.

Il observa encore une fois l'assemblée et fut satisfait de voir que beaucoup appréciaient la démonstration. Mais les récalcitrants n'y étaient pas encore. Il n'insista pas, cette histoire serait de nouveau racontée dans quelques années, et ils comprendraient alors.

— Venons-en donc à la genèse de notre univers. Bien avant la naissance de Lanvaril, bien même avant l'existence de Midgard, d'Asgard et d'Yggdrasill, il n'y avait rien. Seuls le Néant et les Esprits du Vide occupaient l'espace. L'un d'eux, avide de domination et doté d'une puissante volonté, se créa un corps en donnant naissance à une graine. Cela lui convint un temps, puis il s'ennuya de sa solitude, car, sous cette forme, il était devenu incapable de communiquer avec ses semblables. L'esprit-graine souhaita avoir des compagnons. Comme il l'avait fait pour son propre corps, il fit apparaître deux entités majestueuses à qui il donna une conscience : Niflheim, monde de glace, et Muspellheim, monde de feu. Ce qu'il n'avait pas prévu fut que ces deux entités que tout opposait ne purent s'empêcher de guerroyer dès leurs premiers instants. L'énergie produite par leur incessante bataille se déversa sur la graine et la fit grandir, et elle devint un frêne. Plus fort que jamais grâce à cette nouvelle apparence, l'esprit se souvint du nom qu'il portait lorsqu'il était un Esprit du Vide. Il s'appelait Yggdrasill.

» Afin de s'accorder les grâces du majestueux frêne, Niflheim produisit de la glace autour de ses racines. Yggdrasill apprécia ce cadeau rafraîchissant. Jaloux de son voisin, Muspellheim se mit en colère et tenta de faire fondre la glace. Celle-ci se transforma en terre. Yggdrasill n'y vit pas un geste d'agression, seulement un présent de la part de son autre ami. Puis de cette terre nouvelle naquit un géant que le frêne nomma Ymir ; Yggdrasill était heureux et fier, car les offrandes de ses deux amis lui permettaient d'avoir un troisième compagnon. Les deux mondes furent toutefois moins enthousiastes, plus méfiants. Ils cessèrent de se battre afin d'observer le géant…

» La joie d'Yggdrasill se mua en souffrance et en déception quand Ymir commença à ronger ses racines pour se nourrir. De surcroît, ses amis ne pouvaient rien faire pour l'aider : ce que leur querelle avait engendré ne craignait ni le feu ni la glace. Alors, Yggdrasill, dans son désespoir, fit naître une vache plus grande que le géant ! Ymir se détourna aussitôt des racines pour lécher les pis de l'animal. En conséquence, il grandit. Quand il fut repu de lait nourricier, il s'en prit à Niflheim dont la glace inaccessible lui avait toujours semblé bien savoureuse. Niflheim souffrit à son tour. Comme un mécanisme de défense, ce supplice fit apparaître en son sein la première divinité, la déesse Buri que l'insatiable appétit du géant ne tarda pas à libérer. Dès lors, la déesse et le géant furent contraints de se partager la terre au pied d'Yggdrasill. Du moins, pendant un temps.

» Au fil du temps, le frêne développa une préférence pour Buri. Il en vint à l'aimer tant qu'il lui offrit un fils ; elle l'appela Bor. À la différence de ses aînés, l'ambitieux Bor était peiné de vivre sur une terre désolée et sans nom. Ainsi la baptisa-t-il Asgard, parce que ce mot sonnait à ses oreilles comme une douce mélodie. Quand il s'autoproclama souverain de ce nouveau royaume, Yggdrasill ne s'y opposa pas. Yggdrasill s'en amusa même, si las qu'il était d'être le seul décideur. Puis Bor réclama une compagne au frêne et cela lui fut accordé. Bientôt, de cette union naquirent les valeureux Odin, Vili et Vé, que vous connaissez tous.

» D'un autre côté, Ymir se sentait délaissé. Il n'avait jamais rien demandé et s'était toujours contenté de prendre ce qu'il pouvait. Il voulut attirer l'attention d'Yggdrasill, mais sa naïveté lui fit commettre l'erreur de chahuter les fils de Bor. Bien moins patients et tolérants que leurs aînés, ces trois-là se défendirent, et la chamaillerie devint une triste bataille au cours de laquelle Ymir perdit la vie. Yggdrasill fut désolé pour le géant, mais il devait bien reconnaître qu'il ne l'avait jamais vraiment apprécié. Et puis, le mal était fait et le corps du défunt se révélait encombrant, il fallait donc en disposer. Il ordonna aux trois jeunes dieux d'assumer leur responsabilité. Ingénieux qu'ils étaient, ceux-là s'en servirent pour étendre la terre sous les racines du frêne et créer Midgard. Ils donnèrent vie à la voûte céleste, puis aux étoiles. Aux océans, aux forêts et aux montagnes, enfin aux animaux, aux humains, aux elfes et aux nains. De cette manière, bien qu'il fût mal-aimé, jamais Ymir ne serait oublié ; son héritage était le plus grand de tous.

Felth fit une nouvelle pause et se réinstalla confortablement sur son trône. Les fées les plus jeunes étaient pendues à ses lèvres, les plus âgées qui avaient déjà entendu cette histoire ne s'en lassaient pas. Les cinq héros appréciaient eux aussi le récit.

— Papy Felth, les dieux y peuvent pas mourir, normalement ? Si ? demanda une jeune fée.

— Les dieux ne meurent ni de vieillesse ni de maladies et possèdent de grands pouvoirs, confia le patriarche, mais ils ne sont pas immortels pour autant. Il en allait de même pour Ymir le géant.

Impressionnée, la jeune fée poussa un grand « ouaaah », sitôt imitée par ses camarades. Felth s'éclaircit la voix et reprit :

— Pour récompenser les trois jeunes dieux de leurs fabuleux travaux, Yggdrasill fit apparaître trois déesses, chacune façonnée à l'image de celui à qui elle était destinée, comme cela avait été le cas pour la compagne de Bor. Les trois nouveaux couples batifolèrent et s'accouplèrent tant qu'ils étendirent leur empire. Quand nombreux furent les dieux à peupler Asgard, quand nombreux furent les humains, les elfes et les nains à occuper les terres de Midgard, Yggdrasill fit un autre cadeau aux divinités : les Fruits de la Création. Il apprit à Buri, Bor, Odin, Vili et Vé à façonner des mondes, de la même manière qu'il avait donné naissance à tout cet univers. Les cinq dieux le remercièrent et s'adonnèrent à ce qui fut une réelle passion, un art véritable. Puis Buri et Bor furent tous deux assassinés, peu après. Le coupable ne fut jamais trouvé et ce fut Odin qui succéda au titre de Divin Souverain. Et le temps passa ; les mondes accrochés aux branches d'Yggdrasill se multiplièrent et s'épanouirent, Asgard et Midgard prospérèrent.

» Vint le jour tragique où les dieux méprisèrent leur passion, un drame qui n'aurait su être évité tant ils étaient encore insouciants. Oubliant leurs responsabilités, ils délaissèrent les mondes pour s'adonner à d'autres disciplines. Dotés d'une volonté propre et tristes d'avoir été abandonnés comme de vulgaires objets, les mondes espérèrent un temps le retour de leurs maîtres. Puis ils développèrent une profonde rancune et quittèrent les ramures d'Yggdrasill pour semer la discorde sur Midgard, telle fut leur vengeance. Comprenant enfin leur négligence, Odin appela le Conseil Divin à une réunion de crise ; il fallait corriger les erreurs commises. Loki, un dieu au passé incertain, un dieu malveillant, manipulateur et plein de souffrances, se dressa toutefois contre son suzerain. Il l'accusa d'avoir échoué dans son rôle de chef et guide et, par d'habiles arguments, rallia à sa cause plusieurs sympathisants. Ce que tous ignoraient alors, c'était que Loki agissait dans l'unique dessein de s'approprier le trône et le pouvoir, car tel était le seul désir qu'il eut jamais eu. Quand Odin et ses fidèles découvrirent la supercherie, les inimitiés faisaient déjà rage, et ainsi débuta la Grande Guerre des Dieux : le Ragnarök.

» La guerre dura longtemps et détruisit Asgard, puis Midgard. Odin et Loki, comme beaucoup d'autres, périrent. Il y eut peu de survivants parmi les races mortelles, encore moins chez les dieux. Face à la détresse de tous, ce fut Melgan, unique fils d'Odin encore en vie, qui succéda au trône. Il n'était qu'un enfant lorsqu'il endossa ses nouvelles responsabilités, mais sa grande maturité lui permit de rétablir l'ordre. La création de mondes fut interdite et les races mortelles durent former des clans pour repeupler les terres de Midgard. Chaque famille endossa le nom d'une divinité disparue afin de ne jamais oublier la tragédie qui avait eu lieu.

» Avec le temps, Midgard et Asgard furent reconstruits. Dès lors, Melgan entreprit la quête de ramener les mondes égarés à Yggdrasill et d'apaiser leurs souffrances. Ce fut au cours de ces pérégrinations qu'il rencontra la déesse Siel, dont il s'amouracha et avec qui il eut un fils. Le nom de cet enfant nous est inconnu, car il s'agit de celui qui, plus tard, donna naissance à Lanvaril. Tomber dans l'oubli fut son châtiment pour avoir œuvré à l'encontre de la volonté de son père et suzerain, et nous ignorons aujourd'hui ce qu'est devenu ce dieu sans nom, celui que nous appelons le Créateur.

Felth s'arrêta une nouvelle fois et jeta un regard complice à Halfiel, puis il vérifia que tout le monde suivait encore. Aux premiers rangs, les plus jeunes fées s'étaient endormies, ce qui le dérida.

Seïk se manifesta :

— Une légende raconte que Siel est descendue sur Lanvaril pour donner naissance à l'Arbre-Roi.

— Ce n'est pas une légende, enseigna le patriarche. Cela s'est produit il y a un peu plus de six mille ans, quelques siècles après la Tragédie de Sholan.

— Dans ce cas, pourquoi tant de peuples de Lanvaril vénèrent-ils le dieu Odin ? Qu'ils adulent Melgan, Siel ou même ce Créateur serait plus logique.

— Parce que Odin est la divinité la plus emblématique, parce qu'il est le direct successeur du premier Divin Souverain, parce que nombreux sont ceux à ignorer la vérité… Les raisons peuvent être et sont multiples. Par ailleurs, quand bien même les habitants de ce monde connaîtraient la vérité, personne ne voudrait vénérer un dieu félon et sans nom.

— Pourtant, vous le faites.

— Parce que nous savons que le Créateur, durant le peu de temps qu'il a veillé sur Lanvaril, a toujours été bon. Et ce malgré sa désobéissance envers les siens.

— Vous semblez affirmer ces histoires comme des vérités, répliqua Falène. Ce sont des fables issues de votre folklore, il n'y a rien d'étonnant à ce que d'autres races vénèrent des dieux différents.

— Détrompez-vous. Les premiers d'entre nous sont nés de l'Arbre-Roi et j'en suis le dernier représentant. Nous sommes nés avec ce savoir, c'est une mémoire génétique. Nous pouvons dire, en quelque sorte, que Siel nous a donné la vie et nous a transmis ses connaissances. Ou, du moins, une partie de ses connaissances. Toutefois, à mon grand regret, cet héritage s'étiole au fil des Âges. L'Arbre-Roi n'enfante plus depuis des siècles. Sa dernière offrande à Lanvaril fut une graine qui est devenue ce frêne majestueux, derrière moi ; c'est de là que naissent les fées, à présent. Et, malheureusement, pour une raison qui nous est inconnue, nos jeunes viennent au monde ignorants. C'est pourquoi nous transmettons notre patrimoine à l'égal de toutes les autres races : avec les mots et les images.

— Je respecte vos croyances, mais ceux des autres peuples qui prêchent leur religion chantent de la même manière.

— Des croyances ? s'offusqua le patriarche. Comment expliquez-vous donc que nous parlions la même langue que vous alors que les fées sont un peuple coupé du monde ? Que les histoires de nos dieux soient si semblables aux vôtres ? Que nous employions les mêmes noms pour désigner des lieux, à commencer par la forêt d'Illy ?

— Vous avez beaucoup observé les humains.

— En effet. Cela n'a pourtant rien à voir. La langue commune, ainsi l'appelez-vous, existe depuis la création de Lanvaril. Les dialectes développés par toutes les autres races sont le fruit de leur isolation face au reste de Lanvaril et de leur volonté de se constituer une identité propre. Ne vous êtes-vous jamais demandé pourquoi, quelles que soient leurs origines, tous les individus montrent des prédispositions pour apprendre cette langue si répandue ?

Falène n'insista pas, elle voyait là un débat stérile. Elle n'avait pas non plus d'arguments valables pour contrer ceux du patriarche. Une part d'elle voulait même croire à ces histoires, selon elle, sans fondement.

Impassible comme à son habitude, Halfiel méditait sur les révélations apportées par Felth et son regard complice lancé juste après avoir évoqué le Créateur. Avec tout ce qu'il avait vu et entendu à ce jour, ses longues réflexions sur le sujet trouvaient enfin leurs certitudes : il était le Créateur de Lanvaril et, par conséquent, un dieu. Un dieu déchu, de surcroît. Il comprenait mieux ses aptitudes physiques, mais aussi les propos et l'attitude de la femme-esprit de l'île de Juma, comme ceux de la fée corrompue de Sveldetz. Car tous deux avaient été en contact avec un de ces étranges joyaux, l'*Œil Pourpre* et le *Soleil de Mort* ; ces pierres dotées d'un grand pouvoir leur avaient révélé son identité. Il s'interrogeait cependant toujours sur la raison qui les avait poussés à le haïr. Et pourquoi Felth, qui avait aussi touché le *Soleil de Mort*, avait-il acquis cette connaissance sans pour autant développer la même colère que les autres ? Pourquoi lui-même n'avait-il rien appris lorsqu'il l'avait ramassé, sinon le nom de la pierre ? Et concernant Jeff et Diana, ils l'avaient aussi tenu entre leurs mains ; savaient-ils ?

De cette dernière éventualité il douta beaucoup, car, si ses compagnons avaient su celui qu'il était vraiment, leur comportement à son égard aurait changé. Et ce n'était pas le cas. Pour le reste de ses questions, il y trouverait réponse tôt ou tard, il en eut la certitude. Dans l'immédiat, il se contenta de savourer ce sentiment de liberté que lui procurait le récit de Felth Elelesh.

— Il se fait tard, mes amis, déclara Felth. Mes vieux os me font mal, il est temps d'aller dormir.

Les garnements qui écoutaient encore protestèrent, ils en voulaient plus. Felth insista, la veillée était terminée.

Le jour était jeune. Habillés de leurs habituels vêtements de rechange, les compagnons attendaient dans la cour d'Oni'i, près de la résidence du patriarche. Tous étaient en pleine forme pour reprendre la route, à l'exception d'Halfiel. S'il n'en laissait rien paraître comme à son habitude, il était perturbé et fatigué. La libération vécue en admettant pour de bon son identité n'avait pas duré, car de nouvelles réflexions l'avaient tenu en haleine toute la nuit.

Des réflexions ? Plutôt des craintes…

Le patriarche quitta une maison située au deuxième étage de la forteresse arboricole et retrouva les compagnons. À ses côtés, le commandant de la première escouade portait deux gros sacs.

— Votre repos a-t-il été agréable ? s'intéressa Felth.

— Comme des loirs, répondit Jeff. Nous sommes navrés de vous fausser si vite compagnie. Comme je vous l'ai dit hier, des affaires nous pressent. Notre détour par cette forêt vous a été bénéfique autant qu'à Lanvaril, mais ce n'est qu'un sursis. Une autre menace grandit de jour en jour.

— Pardonnez cette vieillesse qui réduit ma capacité à comprendre, car j'ai bien peur de ne pas vous suivre, dit Felth.

— Connaissez-vous l'actuel roi de Drezn ?

— Oui, un dénommé Kalar, si ma mémoire est bonne. Un humain pour le moins… dérangé.

— Au moins aussi dérangé que ses généraux, moqua Seïk.

Jeff lui adressa un regard réprobateur, le mercenaire effaça son sourire narquois.

— Vous êtes bien loin de la réalité, poursuivit Jeff à l'intention du patriarche. Nous avons de bonnes raisons de croire qu'il convoite cette pierre trouvée au lac Estamp. Il mettra tout en œuvre pour l'obtenir, c'est pourquoi nous l'emportons avec nous. À ce sujet, votre réaction de la veille nous laisse encore perplexes. Que s'est-il passé ?

Felth porta un regard hésitant sur le général. Il considéra brièvement Halfiel et lut dans ses yeux que celui-ci préférait taire la vérité.

— J'ai ressenti des choses terrifiantes, je m'en suis trouvé démuni. En touchant ce joyau, j'ai eu le sentiment que l'on mettait mon âme à nu pour lui faire subir les pires sévices. Je vous confirme ce dont nous avons été témoins d'une manière différente : il s'agit là d'un artefact d'une puissance néfaste et redoutable. Soyez prudents et tenez-le en sûreté. Je n'ose imaginer ce qu'il adviendrait si l'homme dont vous me parlez parvenait à mettre la main dessus et en perçait les secrets.

— Kalar en possède un, révéla Halfiel.

Ces mots figèrent le patriarche, la peur se lut sur son visage.

— Au moins deux, pour être exact, corrigea Seïk. Un joyau comme celui-ci et une bague ornée d'une pierre noire. J'ignore si cette bague est aussi un de ces… artefacts, mais j'en mettrais ma main à couper.

— Combien y en a-t-il en tout ? demanda la vieille fée, une question à laquelle il savait pertinemment qu'aucun n'avait la réponse.

Et les compagnons de hausser les épaules.

— Quoi qu'il en soit, fit Jeff, les actions de Kalar à l'encontre d'autres royaumes se sont multipliées, ces derniers mois. La Glynas et la Farnoll ont déjà subi ses exactions. Nous ne savons pas s'il y avait là-bas un de ces objets, mais le fait est qu'il brûle et tue sans hésiter.

— Alors il vous tuera pour prendre celui que vous possédez.

— Cela va sans dire. Par ailleurs, et pour d'autres raisons, l'Esméry est peut-être déjà sa prochaine cible. Sans compter qu'il semble également convoiter notre compagne, désigna-t-il Diana.

— Je suis navré pour vous, dit Felth à l'intention de la jeune artiste.

Il fit un signe de la main, Lilith offrit les sacs aux héros. L'un contenait provisions et cataplasmes, l'autre, leurs vêtements nettoyés et recousus au point qu'aucun accroc n'était visible ; le savoir-faire des fées tisseuses était époustouflant.

— Je comprends à présent votre hâte, parla Felth. Rentrez chez vous et prenez les mesures nécessaires pour arrêter ce Kalar. Revenez nous voir lorsque vous serez prêts, nous vous aiderons. L'idée ne m'enchante guère, mais la vie dans l'ombre des fées touche à sa fin. Nous ne pouvons rester passifs plus longtemps alors que ces instruments ne mort apparaissent au grand jour et tombent l'un après l'autre entre de mauvaises mains.

— Votre soutien sera plus que bienvenu, s'inclina Jeff.

— Le Créateur veille sur vous, amis. Je prierai pour que votre retour se fasse sans encombre. Et si ce n'est trop vous demander, ne parlez de nous à personne tant que l'heure n'est pas venue. Nous pensons qu'il est préférable de laisser les peuples de Lanvaril fantasmer notre existence aussi longtemps que possible, même si cela prendra bientôt fin.

— Nous ne l'oublierons pas.

Le patriarche remercia le général en posant une main sur son cœur.

Lilith invita les compagnons à le suivre ; il les guiderait lui-même jusqu'à la sortie est de la forêt, aux portes du royaume d'Esméry. Et tandis que le groupe se mettait en route, Felth arrêta Halfiel d'une main sur l'épaule. Il attendit que les autres s'éloignent et, volant à hauteur de son interlocuteur, parla avec discrétion :

— Le présent que je vous ai fait hier soir semble avoir invité en vous la confusion. Je le regrette, ce n'était pas mon intention.

— Vous vous trompez. Je sais maintenant qui je suis.

— Vraiment ? Alors, pourquoi paraissez-vous si troublé ?

Halfiel observa ses compagnons avec un mélange de bienveillance et d'inquiétude. Il les désigna d'un bref signe de tête.

— Ils comprennent certaines choses, dit-il, mais je crois qu'ils ignorent la vérité. Je préfère qu'ils ne la découvrent pas.

— Vous craignez qu'ils vous reprochent leurs maux, devina Felth.

— Je me sens responsable.

— Nous le sommes tous, à notre façon. Vous avez créé Lanvaril, mais ce que notre monde devient incombe à ceux qui y vivent. Au mieux, vous avez pris part au même titre que nous à son évolution. Tels sont les faits. Si je suivais votre logique, je pourrais dire que Yggdrasill est à l'origine de tous les maux. Pourtant, ni moi ni les miens ne l'accusons de quoi que ce soit.

» Croyez-moi, vous devriez accorder une plus grande confiance à vos amis. Ce sont des gens honnêtes, au cœur vaillant. Des personnes de leur calibre sont rares.

— J'espère que vous avez raison.

— Allons, ne vous tourmentez pas plus que nécessaire, il y a déjà bien assez de tristesse à combattre autour de nous. Ne perdez jamais foi en vous et en vos amis, voilà mon conseil. Et en parlant d'eux, ils vous attendent. Alors, à moins qu'autre chose vous taraude…

Halfiel se retourna et vit ses compagnons sur la berge de l'îlot, aux côtés de Lilith. Ils regardaient dans sa direction et il lui sembla qu'ils s'impatientaient. Il hésita à faire ses adieux au patriarche.

— Nous avons rencontré une fée touchée par la Corruption, à Sveldetz, parla-t-il enfin. Elle savait qui j'étais et semblait me haïr. Une femme-esprit, sur l'île de Juma, elle aussi en contact avec l'un de ces joyaux, se comportait de la même manière. Je crois que ces pierres leur ont révélé mon identité, comme à vous. Mais je ne comprends pas pourquoi mes compagnons et moi-même demeurons ignorants alors que nous avons touché le *Soleil de Mort*. Pas plus que je ne m'explique votre absence de colère ou la leur à mon égard.

— Voilà bien des questions qui resteront sans réponses, je le crains, regretta Felth. Je remarque toutefois que vous connaissez le nom de cette pierre. Vous l'a-t-elle révélé ou le saviez-vous bien avant ?

— Elle me l'a révélé.

— Hmmm... À moi aussi. Tout comme elle m'a montré toute l'étendue de sa puissance, bien que sa nature me soit restée inconnue.

Il se posa sur le sol et réfléchit. Il attrapa un de ses longs et fins sourcils blancs, le fit rouler entre ses doigts, le tortilla et le lissa. Puis il croisa les bras et regarda l'Ange Noir dans les yeux.

— La seule chose que je peux vous dire sans me tromper est que nous, les fées, sommes d'une extrême sensibilité. De fait, et puisque nous descendons indirectement de la déesse Siel, votre mère, il se peut que nous soyons plus réceptifs que d'autres au divin. Cela expliquerait que ces artefacts nous révèlent votre identité, entre autres choses. Ajouté au fait que le *Soleil de Mort* vous a appris son nom, tout laisse à croire qu'il est de nature divine.

— Alors, pourquoi n'en sais-je pas autant que vous ? objecta Halfiel. Si je suis le Créateur et si ces pierres sont de nature divine, elles devraient au moins m'apporter la certitude sur qui je suis.

— Vous soulevez un point judicieux. Tout ce que je peux dire, c'est que votre père vous a châtié pour avoir donné vie à Lanvaril. J'ignore ce qu'il vous a fait, mais cela a pu vous affecter de bien des manières. Votre sensibilité s'en est peut-être trouvée amoindrie. Malheureusement, je ne peux vous le garantir, car peut-être faisons-nous tout simplement fausse route. Et pour ce qui est de la haine que certains développent à votre encontre, le mystère reste entier.

— Je ne comprends pas. Siel... Mère vous a donné la vie et transmis son savoir. Je ne crois pas qu'elle ignorait tout cela.

— Il se peut que seule une partie de son savoir nous ait été transmis, rappela Felth. Il se peut même que la connaissance liée à ces artefacts ne nous ait pas été donnée. Ou bien n'en savait-elle rien ?

» Je vous en prie, Noble Créateur, cessez de vous supplicier outre mesure, vous avez déjà bien à faire concernant ce Kalar qui met votre création à mal. Apprenez qu'il est parfois préférable d'accepter les faits tels qu'ils sont plutôt que de chercher à les comprendre. Car la folie guette ceux qui s'évertuent à percer des arcanes qui les dépassent en tous points.

Halfiel hocha la tête. Le patriarche avait raison, Kalar importait bien plus que des réflexions existentielles. Et puis, il parlait avec tant de sagesse que ses mots parvenaient à apaiser ses angoisses.

— Puis-je vous poser une dernière question ? demanda-t-il.

— Il me serait difficile de vous le refuser, acquiesça la vieille fée.

Halfiel mit un genou à terre, se pencha, dégagea sa nuque et révéla sa marque.

— Que cela vous évoque-t-il ?

Felth l'examina, fouilla sa mémoire.

— Encore une énigme face à laquelle je suis impuissant, dit-il enfin.

Halfiel se redressa, sans déception. Il s'y attendait.

— Je vous remercie pour votre aide, s'inclina-t-il.

— Et moi, pour la vôtre. Au revoir, Noble Créateur. Veillez sur vos camarades, accordez-leur votre confiance et n'oubliez jamais de prendre soin de vous-même.

Un dernier sourire plein de compassion et le patriarche rentra dans sa modeste demeure.

Alors qu'il le regardait partir, Halfiel médita sur son conseil à propos de ses amis et de la foi qu'il devait leur porter. Pour cela aussi, il parlait avec justesse. Et bien que son instinct lui dictât toujours de taire ses origines, il l'assumerait au moins sans faillir s'ils découvraient un jour la vérité.

Il rejoignit enfin ses camarades sur la berge de l'îlot.

Plusieurs fées de la première escouade apparurent sur l'ordre silencieux de son commandant. Elles transportèrent quatre des héros de l'autre côté tandis que le dernier volait de ses propres ailes, puis elles les escortèrent au sud-est de la vallée, là où leurs chevaux les attendaient. Les compagnons voulurent se changer pour rendre les chics habits prêtés la veille, mais on leur dit qu'ils pouvaient les garder, en gage de remerciements ; de toute manière, les fées n'en avaient pas l'utilité. Puis ils partirent en direction de l'Esméry. Dès lors, Lilith fut le seul à les accompagner.

Les Drezniens revenus la queue entre les jambes de la Glynas entrèrent de force dans la salle du trône de Fladrr. Nus, mains et pieds enchaînés, liés les uns aux autres, ils étaient guidés vers le roi par leurs frères d'armes. Ils tentaient bien de leur expliquer la déraison de Kalar, mais ceux-là refusaient d'écouter : de toute évidence, eux n'avaient pas été enrôlés sous la contrainte et croyaient ardemment en leur suzerain. Un constat qui eut tôt fait de démoraliser davantage les prisonniers, et ce ne fut rien en comparaison de leur état lorsque chacun découvrit un de ses proches attaché aux murs de la salle ; un haut-le-cœur appela la panique, car parent, enfant, ami ou amant était suspendu au-dessus du gouffre luisant qui séparait le sol des parois.

L'agitation régna dans les rangs des innocents prisonniers, tandis que les soldats défaits par la Résistance d'Ajul se voyaient alignés face à l'être cher qui leur correspondait. Il y eut des cris, des pleurs.

— Pourquoi ma fille est-elle ici ? renâcla l'un d'eux à l'intention du roi. Que vous a-t-elle fait ?!

Kalar quitta son trône et vint à lui, silencieux. Il se plaça à son côté, posa son regard jaune et sournois sur l'enfant.

— Pourquoi ? gémit le soldat. Répondez !

Kalar leva la main d'un geste sec. Le prisonnier retint son souffle, comprenant que le moindre mot de trop signerait sa perte et celle de sa fille. Les autres l'imitèrent et le silence tomba.

— Je pose les questions, vous répondez, déclara Kalar. Je ne veux entendre ni plaintes ni pleurs, ou vous mourrez. Parlez sans y être autorisés, vous mourrez. Mentez, vous mourrez. Trichez, vous mourrez. Ignorez-moi, vous mourrez. Manquez-moi de respect et… vous mourrez. Est-ce bien clair ?

Le soldat hocha rapidement sa tête pleine de sueur, ses camarades aussi. Kalar l'agrippa par les cheveux et agita un doigt en direction de la jeune fille. Les liens qui la retenaient au mur furent coupés par une lame invisible, et elle plongea dans le gouffre luisant sans un cri. Sa voix d'enfant ne déchira l'air ambiant que lorsqu'elle remonta à la surface, qu'elle se débattit pour ne pas couler et que le liquide orangé dévora ses chairs.

— Jeaaaaaanne ! Nooon ! hurla son père, fou de rage.

Il serra les dents. Bien incapable de la sauver, il chercha au moins à détourner le regard, mais Kalar lui tint la tête. Même ses paupières refusèrent de se fermer, maintenues grandes ouvertes par une force imperceptible. Il ne put qu'assister au morbide spectacle de sa fille qui fondait dans l'acide. Le sang se répandit dans le liquide, ses hurlements terminèrent en gargouillis. Bientôt, il ne resta d'elle qu'une bouillie informe.

L'effroi avait envahi tous les prisonniers et malgré leurs efforts pour ne pas céder à l'émoi, une bonne partie d'entre eux sanglotait ou hurlait.

Le père de la défunte gamine s'agita de toutes ses forces pour se défaire de ses chaînes, en vain. Il sauta à la gorge du roi mais ce dernier recula d'un pas et le mit en échec.

— Détachez-les tous, ordonna Kalar à ses subordonnés.

Un peu surpris, ses fidèles obéirent. À leur grand étonnement, les soldats libérés se retournèrent à l'unisson et ne bougèrent plus. Pourtant, ils semblaient s'y échiner. C'était comme si leurs jambes étaient clouées au sol… Puis, tout à coup, le père de la fillette retrouva l'usage de son corps. On ne le pria pas pour attaquer le roi. Les gardes fidèles esquissèrent un geste, mais Kalar leur ordonna de rester à leur place.

Les coups de poing et de pied volèrent sans qu'aucun fasse mouche. Kalar dressa la dextre vers l'homme, empoigna le vide et tira d'un coup sec. Le soldat vit sa peau lui être arrachée comme un ridicule vêtement ; la douleur fut vive, l'assemblée aux abois. Il regarda ses mains et ses bras où sa chair à nu révélait muscles et tendons. Et il s'évanouit. D'ici peu vidé de son sang, il serait mort.

Équanime, Kalar fit face aux autres prisonniers.

— Je crains de ne pas vous avoir compris, messieurs. Mes conditions sont-elles claires ?! s'excita-t-il soudain.

— Oui, Mon Seigneur ! répondirent-ils en chœur.

— Bien, voilà qui est mieux. Toutefois, il me semblait avoir dit que je ne voulais entendre ni plaintes ni pleurs. Et qu'ouïs-je ?

Tous se turent. Mais il était trop tard. D'un ample mouvement du bras, il fit plonger dans l'acide tous les fautifs suspendus aux murs. Quant aux soldats coupables, ils embrassèrent un destin identique à celui de leur camarade. Leurs chants dissonants résonnèrent comme une douce mélodie aux oreilles du roi.

Dès lors, chaque survivant fit de son mieux pour ne plus céder. Et ils tinrent bon.

— Bien, commençons, dit Kalar en passant ses cheveux d'albâtre derrière ses oreilles blafardes. Je veux savoir ce qu'il s'est passé à Ajul. Où est Yul ? Où est Halfiel ? Comment la ville vous a-t-elle été reprise ?

Il donna tour à tour la parole aux soldats et ils répondirent avec autant d'exactitude que possible. Et lorsqu'ils se montrèrent trop évasifs à son goût, malgré toute leur bonne volonté…

Ainsi, Kalar apprit que les grands héros Jeff Malaski et Falène Zidgel s'en étaient mêlés. Et, par conséquent, l'Esméry. Car bien des combattants avaient reconnu Falène sur le champ de bataille, et d'autres connaissaient la description de Jeff et n'avaient eu aucun mal à deviner son identité, à cause de ses cheveux rouges comme le sang. De plus, Halfiel les avait rejoints, certains l'avaient vu quitter la cité en leur compagnie. Quant à Lana Ajul, elle avait déclaré devant tous qu'elle comptait faire appel à l'Esméry pour organiser des représailles.

En somme, tout se déroulait selon son plan. Ou presque. L'Esméry était intervenue, Yul était mort, les Drezniens ayant survécu étaient revenus comme des chiens galeux. Halfiel avait peut-être été la seule inconnue de l'équation. Aussi, de savoir qu'il accompagnait à présent Jeff Malaski et Falène Zidgel… Le pauvre, s'il restait à leurs côtés, et donc avec l'Esméry, il n'en finirait pas de souffrir.

Kalar jubila comme un hystérique. Il se réjouissait à l'idée de torturer une fois encore la descendance de ce pourri d'Odin ! Et en faisant d'une pierre deux coups, en plus ! Car il était évident que ces pétasses de Lia Esméry et de Lana Ajul réagiraient après l'attaque de la Farnoll et de la Glynas. Les représailles étaient sa spécialité, il savait donc qu'elles viendraient tôt ou tard ! Mais l'art de la vengeance lui appartenait, à lui et à lui seul. Que d'autres s'y essayent, et même que l'on se mêle de ses affaires ou qu'on lui mette des bâtons dans les roues… Cela, il ne pouvait le tolérer. Ou bien était-ce un bon prétexte pour s'en prendre à l'Esméry ? Parce qu'une excuse pour attaquer, il en voulait une !

Il en voulait toujours une.

Ah ! Vraiment, qu'est-ce qu'il s'amusait ! Comme un fou.

— Bien, bien, dit-il haut et fort lorsqu'il eut assez ri. Je crois qu'une discussion avec cette chère Lia Esméry s'impose. Mesdames et messieurs les prisonniers, votre acte s'achève. Le rideau tombe ! Votre rôle dans cette merveilleuse pièce se termine enfin, aussi vous dis-je… adieux.

D'un nouveau geste, tous les liens qui retenaient les proches aux murs furent coupés. D'un nouveau geste, tous les soldats captifs furent écorchés.

Chapitre 30

Retour en Esméry

La sortie de la forêt d'Illy visible au loin, Diana éperonna sa monture et fonça à bride abattue. Sur ordre tardif de sa cavalière, l'animal freina sec au bord d'un escarpement, se cabra de toute sa hauteur et opéra un juste demi-tour, manquant de peu de se tordre une cheville et de dévaler, sur le flanc et le dos, le bon mètre qui séparait le plateau à l'orée du bois de la route qui descendait en serpentant. Alors que le cheval souris hennissait son mécontentement et s'ébrouait, la jeune artiste laissa sa joie éclater, si heureuse qu'elle était de revoir les plaines verdoyantes clairsemées d'arbres, et plus encore au spectacle de la cordillère qui se dressait loin au sud. Toutefois, ce n'était pas tant retrouver pareil paysage qui l'émoustillait que d'être enfin débarrassée de cette maudite forêt.

— C'est ici que nos chemins se séparent, annonça Lilith. Bien que nous dérober aux yeux de Lanvaril soit un précepte de mon peuple, je ne regrette pas que nous nous soyons révélés aux vôtres. Ce fut un privilège de vous rencontrer, humains. (Il vola en un instant à quelques centimètres du visage d'Halfiel.) Vous avez tenu parole, pour cela ma confiance est vôtre. Adieux.

Et la fée disparut en un clin d'œil.

Les compagnons chevauchèrent plusieurs heures avant d'atteindre les premières traces de civilisation esmérienne, un endroit familier aux deux Chevaliers de l'Ordre qu'il leur plaisait de revoir. Autour du bourg d'Einjell, les bosquets abondaient et cernaient les fermes et leurs terres maraîchères. Les agriculteurs y travaillaient d'arrache-pied comme chaque jour de l'année, pendant que d'autres bonnes gens lavaient leur linge au bord de la rivière et que les chasseurs allaient et venaient dans les forêts avoisinantes. Les enfants et les citoyens les plus âgés s'amusaient, flânaient ou ajoutaient simplement par un éreintant labeur leur pierre à l'édifice qu'était ce lieu bien vivant.

Cet endroit évoqua à Diana son village natal. L'on y vivait de la même manière. Cela la rendit nostalgique et un brin morose, Seïk s'en aperçut. Il lui offrit une tape sur l'épaule ; pas de quoi chasser la mélancolie, bien entendu, elle se souvint néanmoins qu'à la tragédie avait succédé la rencontre des trois fidèles amis auprès desquels elle voyageait aujourd'hui. Et puis, Halfiel était entré dans sa vie… Elle le regarda, se rappela que, dès le premier jour, elle s'était entichée de lui. Elle se sentait bien à ses côtés, en sécurité. Elle répétait souvent qu'elle n'avait pas besoin d'être protégée, qu'elle savait se débrouiller seule, elle chérissait pourtant chaque moment où l'Ange Noir avait volé à son secours, chaque moment où il avait eu une attention à son égard, aussi infime fût-elle. Elle ne comptait plus non plus les croquis qu'elle avait faits de lui.

Alors qu'elle rêvassait béatement, Halfiel lui rendit son regard et se demanda pourquoi elle le dévisageait ainsi. Quand elle le remarqua, comme une gamine prise en flagrant délit, elle se raidit et se détourna. Ses joues chauffèrent. Sans bien en connaître la raison, elle n'osa plus lui faire face pendant un long moment.

Les soldats aux portes du bourg saluèrent quand le général et son second passèrent. Ce fut ensuite le maire qui les accueillit à bras ouverts, un type bourru, mais fort aimable. Les Chevaliers expliquèrent la raison de leur présence, puis il les invita à passer la nuit dans sa demeure, un manoir de belle allure. Sa femme prépara un repas particulièrement succulent au fumet délicat, tant que les papilles furent excitées une bonne heure avant le dîner. Les cinq compagnons firent ainsi la connaissance des enfants de la maison : l'aînée était une charmante demoiselle dont la beauté ne manquait pas d'attirer les propositions de mariage ; le cadet, l'âge adulte approchant, était admiratif devant les deux Chevaliers de l'Ordre et plus qu'intrigué par l'Ange Noir et le mercenaire ; les deux derniers, des jumeaux de sexe opposé et encore bien jeunes, se chamaillaient pour un rien.

Le cadet, Sullivan, ne cessa de questionner Jeff et Falène tout au long du repas. Il souhaitait s'engager dans l'armée, très bientôt, et se vantait de savoir manier l'épée mieux que personne dans ce bourg et les villages alentour. Seïk eut aussi droit à son interrogatoire et il parla de sa vie de mercenaire, toutefois avec quelques pincettes pour éviter les mauvaises influences. Diana, en revanche, fut tout bonnement ignorée, ce qui piqua sa fierté. Halfiel ne passa pas inaperçu, mais il intimidait tant le premier fils du maire que ce dernier n'osa pas lui adresser la parole.

Les discussions se poursuivirent bien après le repas, puis vint l'heure d'aller dormir. Le maire proposa au mercenaire, jeune homme au physique gracieux, à l'élégance indéniable et de surcroît intelligent, de partager la couche de sa fille aînée. Il fallait lui trouver un mari de bonne éducation et qu'il lui donne de beaux enfants, et vite ! Il ne supportait plus de voir tous ces gueux du bourg frapper à sa porte jour après jour pour réclamer les faveurs de la demoiselle ; deux ans sinon plus que cela durait, il n'en pouvait plus. Bien que flatté, Seïk déclina l'offre. Contrarié, le maire insista d'abord, puis il se ravisa tandis qu'il lisait l'exaspération dans le regard de Falène ; il en devinait la raison et ne voulait surtout pas s'attirer les foudres d'un Chevalier de l'Ordre, aussi présenta-t-il ses plus plates excuses.

L'opportuniste qu'il était ne comptait toutefois pas s'arrêter en si bon chemin, et il se tourna vers l'Ange Noir. Il l'analysa en détail, plus qu'il ne l'avait fait au cours du repas. Malgré ces ailes qui entachaient un peu son apparence, il était aussi bel homme… Et, à mieux y réfléchir, si sa descendance héritait d'une telle caractéristique, ce serait un atout non négligeable ! Cela faisait donc d'Halfiel un second choix parfait. Avec une bonne éducation, la pérennité de la famille serait assurée ! Le maire en vint même à fantasmer sur l'avantage que lui procureraient de tels petits-enfants ; une formation militaire en ferait des guerriers aussi habiles sur terre que dans les airs, ce qui lui donnerait une chance de conquérir le trône d'Esméry.

Il se frotta les mains, sa malice dissimulée derrière un air satisfait, et fit sa seconde proposition. Halfiel refusa d'un mot d'un seul et quitta le manoir pour ne pas avoir à se justifier.

Le maire mit plusieurs secondes à réaliser l'échec et afficha son dépit. Diana, au contraire, éprouva un véritable soulagement, car elle devait bien reconnaître que la fille aînée avait des charmes certains. Sa consolation se mua cependant en gêne quand elle se surprit à la jalouser, tant elle avait redouté que l'Ange Noir s'intéresse à elle. Et par la force des choses, cette histoire ajoutée à son comportement et ses réflexions survenus plus tôt dans la journée, elle prit conscience de ses propres sentiments.

Excepté Halfiel qui manquait à l'appel, les compagnons disposèrent de chambres séparées, sinon pour Seïk et Falène. Pour la première fois, l'intimité que partageaient ces deux-là à la nuit tombée fit tiquer la jeune artiste.

Dans son lit, Diana se tournait et se retournait. Impossible de trouver le sommeil malgré la fatigue. Elle ne cessait de se demander si ce qu'elle éprouvait à l'égard d'Halfiel pouvait être réciproque.

Naquit le désir de le rejoindre à l'extérieur. Elle se ravisa au souvenir de cette habitude qu'il avait de s'envoler le soir pendant près d'une heure. Elle se demanda à quoi il pensait, là-haut, au cœur de son errance solitaire. Qu'il s'isolât ainsi et n'eût jamais pris la peine d'en expliquer la raison la chagrinait ; elle l'avait interrogé à plusieurs reprises, mais il était chaque fois resté silencieux, laissant croire que cela représentait bien plus qu'une simple envie. Elle lui avait tenu rigueur de ce mutisme, et Jeff avait alors rappelé que chacun avait ses secrets et que Halfiel ne faisait pas exception ; elle devait le respecter, que cela lui plaise ou non.

À force d'y réfléchir, ce qu'il ruminait lors de ses excursions lui apparut de bien maigre importance. Seul demeura le regret qu'il ne soit pas à son côté alors qu'elle en ressentait le besoin. Elle aurait aimé se blottir contre lui…

À mesure que ce fantasme grandissait dans son esprit et qu'elle s'enfonçait dans le royaume des songes, sa pensée changea de manière subtile. Son égarement sentimental n'était peut-être qu'une nouvelle lubie liée à son tempérament impulsif ? Dans ce cas, cela passerait. Et elle l'espérait ! Car, au bout du compte, Halfiel ne semblait pas être du genre à s'amouracher.

À poursuivre dans cette voie, seule la déception l'attendait. C'était évident.

Haut dans le ciel nocturne, Halfiel s'amusait à plonger dans les bas nuages cotonneux qui paressaient non loin du bourg. Des semaines qu'il n'avait pas volé à son gré, le passage dans cette clairière de la forêt d'Illy et la Vallée des Fées pour seules exceptions. Même sur le chemin de la sortie, alors que la Corruption s'était tue et que les arbres ne le retenaient plus, il n'avait pas osé. Ou bien n'y avait-il pas pensé, conditionné qu'il avait été par la voûte végétale au-dessus de lui ?

Ah ! Comme cela lui avait manqué ! Un bonheur de courte durée.

Au sentiment de liberté retrouvée succédèrent ses inéluctables introspections. Ce soir comme tous les soirs depuis son départ d'Elelesh, malgré les recommandations de Felth, il gambergeait sur le lien entre sa véritable identité et les deux joyaux de pouvoir. Ces artefacts pouvaient bien être divins, cela ne résolvait pas leurs mystères, à commencer par cette haine envers le Créateur que certains développaient à leur contact. Il savait que s'attarder sur le sujet n'y changerait rien, qu'il manquait simplement d'informations, mais impossible. Son instinct lui soufflait que ce qu'il ignorait de ces pierres était d'une importance capitale. Peut-être même la raison pour laquelle Kalar désirait tant se les procurer.

Kalar en possession d'artefacts divins… Ambitionnait-il de devenir tout-puissant en s'appropriant la force des joyaux ? Et cette bague à la pierre noire que Seïk lui avait rapportée, était-ce aussi un de ces objets de pouvoir comme chacun le soupçonnait ? Quant à Yul, avait-il su les desseins que nourrissait son roi ?

Yul Moltanov… Se rappeler cet homme abject invita la colère. Elle se tut cependant quand il se rendit compte qu'il n'avait plus songé à lui depuis longtemps ; cela avait quelque chose de rassurant, car ce démon du passé s'effaçait, lentement et sûrement. Suivit le souvenir de Mayline et de Dex. Son chagrin et sa culpabilité ressurgirent malgré lui.

Ses pensées vagabondèrent vers des contrées plus plaisantes et ce fut au tour de Diana d'accaparer son esprit. Il se rasséréna et éprouva une détermination renouvelée. S'il ne pouvait empêcher le roi de Drezn de mettre la main sur d'autres de ces artefacts divins, il ne le laisserait pas s'approcher de la jeune artiste. Il la protégerait au péril de sa vie, tout comme il le ferait avec Jeff, Seïk et Falène. Il ne voulait pas revivre le drame de perdre des êtres chers. Cette volonté s'était d'autant plus renforcée depuis son échec dans l'arène de Sveldetz, parce qu'il n'avait pas su être pour Diana le digne rempart face au danger, tel qu'il l'avait promis.

De retour de son excursion, Halfiel décrivit un grand cercle au-dessus du bourg d'Einjell. Observé depuis le ciel, l'endroit semblait paisible. Les rues pavées étaient éclairées en des points stratégiques et il était facile de suivre à la trace les soldats en patrouille, assez nombreux pour assurer la sécurité des lieux. Mais, malgré la lune gibbeuse, aucun ne possédait une vue assez bonne pour apercevoir l'Ange Noir fondre à la manière d'un hibou sur la demeure du maire.

Il atterrit dans le jardin de la propriété, un beau jardin entouré d'une haute clôture, de fleurs et de buissons taillés au carré. Il étira ses ailes, les fit frémir et les replia. Il dégaina son épée, vida son esprit comme on le lui avait enseigné. Puis il répéta bottes, déplacements et esquives, avec et sans l'aide de ses membres dorsaux.

Il perçut un reniflement et des bruits de vêtements. Il pivota d'un geste vif mais ne vit rien. Il écouta avec attention et remarqua que cela provenait de l'abri à bois, près du manoir, sous lequel étaient empilées quantité de bûches. Elles n'étaient pas collées au fond et il y avait assez d'espace pour se cacher derrière. Quelqu'un s'y planquait…

Il s'approcha d'abord d'un pas lent puis se précipita sur celui ou celle qui l'épiait. L'intrus se débattit et fut balancé à la lumière de la lune. C'était un jeune homme aux cheveux mi-longs et bruns, aux yeux sombres.

— C'est bon, je me rends ! dit-il, mains levées en signe de reddition.

Halfiel le dévisagea et rengaina son épée ; il s'agissait du premier fils du maire. Il l'attrapa par le bras et l'obligea à se relever. Un bref regard échangé, il marcha vers le fond du jardin et s'apprêta à s'envoler.

— Ne partez pas ! supplia le jeune homme.

Halfiel s'immobilisa, replia ses ailes. Et de longues secondes s'écoulèrent dans le silence.

— Vous n'êtes pas très bavard, fit le jeune homme, un peu gêné. Je m'appelle Sullivan, ajouta-t-il avant de se souvenir qu'il l'avait révélé au cours du repas.

— Depuis quand m'espionnes-tu ?

— Un moment… Mais j'étais là avant vous !

— Pourquoi es-tu ici ? Ne devrais-tu pas dormir ?

— Et vous, alors ? se braqua-t-il. (Il se tempéra et parut hésitant.) Dormir… J'aimerais bien, mais je n'y arrive pas… J'atteindrai mon vingtième anniversaire dans trois jours. Après ça, j'irai à la capitale pour m'engager dans l'armée.

Halfiel fit face.

— Où est le problème ?

— C'est que… je suis nerveux. Impossible de me contrôler. Je sais manier l'épée mieux que personne, pourtant, j'ai peur d'être rejeté.

— Approche.

Sullivan leva les yeux, incrédule. Comme l'Ange Noir patientait, il le rejoignit. Halfiel lui lança son épée et l'invita à l'attaquer. D'abord déconcerté, Sullivan alla allumer les deux magi-lampes plantées aux coins du jardin et revint se positionner. Il assura ses appuis, se concentra, tint l'arme avec fermeté, maîtrisa sa respiration. Puis il chargea. Ses premiers assauts furent esquivés d'un seul pas sur le côté. Au quatrième, la lame fut déviée d'une main. Il était plutôt rapide, habile et précis. En revanche, ses coups manquaient cruellement de conviction.

Le jeu se poursuivit sur plusieurs essais jusqu'à ce que Halfiel passe à l'offensive. Sullivan ne parvint pas à suivre le mouvement, l'épée lui échappa des mains et il la vit s'échouer un mètre plus loin ; un coup de poing dans le ventre lui coupa la respiration, il regretta d'avoir quitté des yeux son adversaire. Il tomba sur les fesses. Lorsqu'il put de nouveau respirer, son admiration pour l'Ange Noir fut sans failles.

— Tu as peur, déclara Halfiel. Tu penses trop et tu hésites.

— Pardon ?

Pas de réponse. Alors, il se répéta le reproche, puis il baissa les yeux, honteux. Halfiel avait raison. Il savait peut-être manier l'épée, il n'en avait pas moins peur de blesser ou d'être blessé. C'était difficile à accepter, mais sa crainte de se voir refuser son admission dans l'armée prenait du sens.

— Mets tes pensées de côté, suis ton instinct, conseilla l'Ange Noir.

— Comment ?

Halfiel ramassa son arme, s'approcha de Sullivan et lui adressa un nouveau regard. Puis il se dirigea vers la maison ; la fatigue commençait à le guetter.

— Je ne comprends pas ! insista Sullivan.

Halfiel l'ignora. Il s'apprêtait à rentrer quand il l'entendit soupirer. Il s'arrêta, de crainte que sa décision de le laisser méditer sur de si brefs enseignements conduise ce garçon à la mort. Mais que pouvait-il bien ajouter ?

La cacophonie des insectes nocturnes faiblit, laissant place à des grondements continus en provenance de la forêt d'Illy.

L'Ange Noir oublia Sullivan et alla sitôt se poster sur le toit de la demeure. Il scruta l'horizon où de menaçants nuages avançaient, inexorables, vers le bourg d'Einjell. Selon toute vraisemblance, d'ici peu l'orage s'abattrait sur les environs... Pourtant, aucun éclair ne foudroyait les arbres. Pas même une lueur pour illuminer la sombre nuée. En écoutant avec attention, ce tonnerre grandissant sonnait d'ailleurs différent.

Les bruits se rapprochèrent, s'intensifièrent jusqu'à réveiller une bonne partie des habitants. Les fenêtres du premier étage du manoir s'ouvrirent successivement pour voir apparaître le maire, en robe de chambre, et Jeff, torse nu. Le maître des lieux se pencha vers son jardin et y découvrit son fils.

— Qu'est-ce que tu fiches dehors à cette heure-ci ? C'est toi qui fais ce raffut ?

Sullivan haussa les épaules et leva les mains d'un air désolé.

— Cela ressemble au son de moteurs, répondit Jeff qui regardait tant bien que mal en direction du vacarme.

À quelques kilomètres de là, le nez d'un grand aéronef perça la masse nuageuse. D'autres le suivirent, par dizaines, tandis que Falène et Seïk investissaient le jardin et que le général disparaissait dans l'obscurité de sa chambre.

— La flotte de Drezn, annonça Halfiel avec un soupçon de colère dans la voix lorsqu'il aperçut la tête de démon peinte en blanc sur le flanc des vaisseaux, mise en valeur par le clair de lune.

Il s'envola comme une furie.

— N'y va pas seul ! s'écria le mercenaire.

À moitié endormie, Diana ouvrait tout juste sa fenêtre quand elle fut interpellée par la supplique. Elle se pencha par-dessus bord et entrevit l'Ange Noir dans le ciel ; il battait des ailes avec frénésie.

— Hal ! cria-t-elle en vain.

— Jeff ! appela Falène. Ils se dirigent vers la capitale !

L'homme réapparut à la fenêtre, sa chemise tout juste passée.

— Rassemblez vos affaires, nous partons sur-le-champ. Que fait Halfiel ?

— Quelque chose de stupide, répondit Seïk. Et il n'a pas l'air décidé à revenir.

Falène s'en retourna dans la maison, Jeff et Diana l'imitèrent. Seïk mit plusieurs secondes avant de se décider à suivre la marche.

Des coups de canon retentirent. Sur le palier de la porte, Seïk recula et scruta la flotte dreznienne. Sa vue devenue aussi bonne que celle de l'Ange Noir fut une aubaine, car il le vit qui s'agitait pour esquiver les obus. Halfiel fondit sur l'aéronef de tête, celui dont la taille était plus imposante et les ornements plus riches que le reste de la flotte, puis il disparut dans l'ombre du vaisseau.

Seïk plissa les yeux et le chercha pendant d'interminables secondes. Quand il aperçut son compagnon choir comme un oiseau mort, son sang ne fit qu'un tour. Devinant l'issue tragique, il se précipita hors de la propriété du maire, courut à l'écurie et sella son alezan.

— Ouvrez les portes ! commanda-t-il aux deux gardes, criant pour surpasser les bourdonnements toujours plus présents des aéronefs.

— Hors de question ! répliqua l'un d'eux.

— Ouvrez ! C'est un ordre !

— C'est un des amis du général, affirma l'autre garde à son compère. On devrait l'écouter.

— Et si l'ennemi est à nos portes ? protesta le premier.

Le deuxième ouvrit une petite trappe et jeta un coup d'œil sur l'extérieur.

— Apparemment non.

Seïk guida sa monture hors de l'écurie et mit pied à l'étrier.

— Nom d'un chien, ouvrez ces portes ! répéta-t-il.

— Vous expliquerez au général Malaski et au maire pourquoi nous mettons nos gens en danger, dans ce cas ! répliqua l'un des gardes tandis qu'ils accédaient à la demande.

Seïk fit claquer la bride de son cheval, talonna et ordonna, l'alezan se rua hors du bourg.

Au triple galop, le cavalier et son coursier ignorèrent les aéronefs lorsqu'ils volèrent au-dessus d'eux ; Seïk se préoccupait davantage de comment retrouver son ami au cœur de toutes ces terres agricoles. La question ne se posa toutefois pas longtemps, il le découvrit titubant au beau milieu de la route. D'abord rassuré de le voir sauf, il déchanta au constat de cette large et profonde entaille qui balafrait son torse ; elle peinait à se refermer et le sang s'en déversait avec abondance.

— Tu aurais dû m'écouter ! lui reprocha Seïk alors qu'il mettait pied à terre pour venir le soutenir. Que s'est-il passé ?

— Kalar… mène l'attaque…

L'Ange Noir perdit connaissance et manqua d'entraîner le mercenaire dans sa chute. L'énorme plaie se referma finalement, après une dizaine de secondes. Non sans se questionner sur la lenteur de cette guérison, Seïk plaça son camarade sur son cheval, se remit en selle et retourna au bourg. Les autres attendaient, prêts à partir.

— Kalar est de la partie, informa-t-il.

Jeff ne fit aucun commentaire. Il pressentait que le roi de Drezn menait la flotte et, de fait, ses craintes étaient déjà profondes. Il jeta un œil à l'Ange Noir, inconscient et couvert de sang.

— Il a été salement touché, répondit Seïk à la question muette. Sa blessure a eu peine à guérir.

Cela dit, le mercenaire considéra Diana. Elle demeurait silencieuse mais ne cachait pas son angoisse face au piètre état de l'Ange Noir. Il s'y attendait, il la savait d'une grande sensibilité sous ses airs de dure à cuir. Il ignorait toutefois que les sentiments de la jeune femme à l'égard de leur ami exacerbaient ses émotions.

— En selle ! ordonna Jeff.

Comme pour répondre au souhait inavoué de Diana, Halfiel recouvra ses esprits au même moment. Il grimpa sur son cheval, que le général avait pris soin de préparer, et le groupe fut sur le départ. Ils remercièrent à la hâte leurs hôtes pour leur hospitalité et s'en allèrent au grand galop. Halfiel croisa une dernière fois le regard de Sullivan avec l'espoir que la leçon qu'il lui avait donnée, si courte fût-elle, ne serait pas vaine.

Les portes de la salle du trône s'ouvrirent sur ordre de la reine. Ainsi que l'avait annoncé le héraut, Kalar entra et marcha fièrement à son encontre, cet homme dont la chevelure d'albâtre et le teint blafard contrastaient à merveille avec son élégante armure noire comme l'ébène.

La Dame ne fut pas impressionnée par ses yeux jaunes qui terrifiaient tant de monde, car elle avait un fort caractère. Et elle se demanda si Lana Ajul s'était comportée de la même manière lorsque le roi de Drezn s'était présenté à elle…

Lia se leva de son siège et descendit les cinq marches pour venir à la rencontre de son homonyme. Elle eut un sentiment de déjà vu. Pour cause, cette scène, elle l'avait vécue en rêve, des mois plus tôt, avant que Jeff, Falène, Diana et Seïk ne partent pour secourir la Glynas. Sinon que, dans cette réalité alternative, ses deux Chevaliers et leurs camarades se tenaient à ses côtés. Elle y avait aussi aperçu un homme aux cheveux et aux ailes noirs comme les ténèbres, aux yeux rouges et brûlants comme les feux de Muspellheim. Et à la venue de Kalar avait succédé un massacre sans nom au cours duquel tous perdaient la vie. Elle comprise. Elle avait donc bien fait de refuser à son frère qu'un aéronef les rapatrie sitôt leur mission achevée, les obligeant ainsi à rentrer au pays par leurs propres moyens. Elle pouvait même en être fière, car, pour une fois, elle déjouait le destin révélé par son don de clairvoyance.

Elle chassa ses émotions et montra à son invité toute la prestance qui la caractérisait malgré ses vingt-huit ans. Elle ordonna à la garde de quitter la pièce et de refermer les portes. Il y eut des hésitations tant la réclamation semblait déraisonnable ; son ton autoritaire mit un terme aux réticences.

Alors que les vantaux claquaient, Lia et Kalar s'arrêtèrent à trois pas l'un de l'autre. Ils se dévisagèrent sans ciller, se jaugèrent.

— J'aurais dignement salué votre courtoisie si vous n'étiez pas venu avec toute une flotte d'aéronefs, dit la reine.

— Je vous en prie, Madame, vous en auriez fait autant, persifla-t-il.

— Je ne suis pas de votre acabit. Je gouverne et traite avec bienveillance, non par la terreur.

— Respect ou crainte, quelle différence ? renauda-t-il. La finalité reste la même : les misérables s'agenouillent pendant que les puissants jouissent. Mais trêve de cela, je ne suis pas venu pour échanger des banalités. Il m'est parvenu que vous avez envoyé vos Chevaliers de pacotille pour prêter main-forte à la Glynas.

— Ne soyez pas stupide, Roi de Drezn. Vous savez pertinemment que la Glynas et l'Esméry sont alliés. Pensiez-vous que nous resterions les bras croisés ?

— Non. Je savais que vous interviendriez tôt ou tard, je prévoyais même que cela serait pour la reprise d'Ajul. Et vous ne m'avez pas déçu. Je regrette seulement que vous n'ayez envoyé que deux des vôtres. Loin de moi l'idée de dénigrer ces grandes figures que sont Jeff Malaski et…

Falène Zidgel, dit-il avec un rictus démesuré. Mais rien que deux ? Vous mésestimez mes subordonnés.

— Non, je ne crois pas. J'ai l'intime conviction qu'une poignée de résistants et mes deux Chevaliers ont amplement suffi à chasser vos hommes et votre général. (Elle afficha son mépris.) Et à en juger par votre visite, je devine votre défaite.

Il entra dans une fureur noire, lui sauta à la gorge et la saisit d'une poigne vive.

— Vous ne savez pas à qui vous avez affaire, Madame, gronda-t-il.

— Je sais parfaitement qui…

Elle se tut. Kalar vit un éclair passer dans ses yeux et ils se vidèrent de leur éclat, l'espace d'une seconde. Il crut l'avoir tuée. Pour Lia, en revanche, c'était une nouvelle vision qui se jouait dans son esprit.

Un grand désert s'étend au nord. Une tour sombre et majestueuse trône en son centre ; au sommet de l'édifice, sur un piédestal, repose une bague ornée d'un rubis. Kalar s'en empare et jubile. Le vent souffle et les vagues se fendent en écume, et le roi se tient sur un îlot, devant un autel indistinct. Il y place la bague au rubis… La Bague Ardente, *ainsi se nomme-t-elle. Une lumière aveuglante jaillit. L'instant d'après, Lanvaril est à feu et à sang. Les gens paniquent sous l'assaut de créatures démoniaques. Un homme aux longs cheveux noirs, au bouc fourni et aux yeux rouges comme la braise pleure. « Pardonne-moi, Halfiel, je regrette… », ne cesse-t-il de répéter. Un autre homme entre dans la pièce. « Sire Melgan, Midgard est en danger ! ».*

La vision s'évanouit, la reine revint à elle.

Elle plongea son regard dans celui de Kalar. Pour la première fois, il l'emplit d'effroi. Elle appela à grand-peine son calme et fit de son mieux pour cacher son malaise, mais son interlocuteur le percevait. D'abord intrigué, il la lâcha, recula et la considéra. Puis il se tint la tête et tituba, comme accablé d'une migraine soudaine. Il fit volte-face, chancela encore. Enfin, la douleur l'abandonna.

— Croyez-moi, j'aurais voulu… ne pas raser la Farnoll ni occuper Ajul, dit-il d'une voix tremblante et chargée de regret. Je… Je n'ai pas eu le choix.

— Les mensonges d'un monstre n'ont aucune emprise sur moi ! répliqua-t-elle alors qu'elle reprenait le contrôle de son émoi. Vous n'avez pour ambition que de ravager ce monde. Vos actes parlent pour vous, n'espérez pas que je me laisse embobiner par vos manigances ! Croyez-vous que mon jeune âge me rende naïve ?

— Non ! s'écria-t-il en se retournant, les yeux pleins de larmes. Ne me regardez pas comme cela, je vous en prie. Je n'ai pas choisi ce que j'ai fait ! J'y étais contraint…

Lia fut déroutée. S'il mentait, il était très bon acteur. Ou était-il simplement fou à lier ? Quoi qu'il en fût, elle commençait à douter. Aussi curieux que cela puisse paraître, une part d'elle-même trouvait tout à coup cet homme sincère.

— De quoi parlez-vous ? demanda-t-elle.

— Je…

Il s'arrêta. Un sanglot le secoua… ou bien un rire. Ses lèvres s'étirèrent d'une façon immonde. Son expression se mua en colère, passa par la tristesse puis l'agacement avant de retrouver un semblant de sérénité. Il renifla et cracha la morve sur le côté.

— Voyez-vous, il y a un homme qui accompagne vos camarades tandis qu'ils font route pour vous trouver. Il les suit depuis Ajul et il s'avère qu'il s'agit d'une personne qui… m'est chère. Ou devrais-je dire que vos Chevaliers l'ont fait prisonnier après avoir assassiné mon second, Yul Moltanov ? J'abhorre le fait que l'on tue mes hommes, qui plus est un de mes généraux, lorsque la diplomatie peut éviter le bain de sang.

— Vous plaisantez ?! s'offusqua Lia. Vous avez assiégé Ajul et condamné à mort des milliers de soldats pour y asseoir votre souveraineté !

— Parce que cette garce de Lana Ajul refusait d'entendre raison ! Si elle avait accepté ma proposition de mariage plus tôt, tout cela ne serait jamais arrivé. Je n'ai fait que lui démontrer l'étendue de sa bêtise !

— Quand bien même vous pouvez être un parti convenable, cela ne vous donne pas le droit d'employer la force comme bon vous semble. Personne ne saurait vous adorer avec un tel comportement !

— Assez ! rugit Kalar. (Le sol se fendit sous lui, Lia se crispa.) Je me moque de vos sermons. Vous n'êtes pas en position de négocier quoi que ce soit ! Voici mes conditions : remettez-moi le garçon que vos Chevaliers ont capturé et j'estimerai que nous sommes quittes. Je laisserai votre royaume en paix pour peu que vous acceptiez de vous allier à moi. Si vous refusez…

Il s'approcha d'elle, le visage tordu de rage, et ferma le poing près de la tête de Lia.

— Vous me faites peur, dit-elle sans ambages. Comment pourrais-je traiter avec un homme qui ne cherche qu'à me terrifier ?

— Je ne vous demande pas de traiter, je vous donne un choix d'une simplicité enfantine : la vie ou la mort.

Elle hésita. Avec les faits récents qui incombaient à cet homme et la réputation qu'il traînait, et plus encore avec les visions qu'elle avait eues de lui, elle était certaine qu'il mettrait sa menace à exécution.

Le visage de Kalar se détendit. Les larmes s'invitèrent de nouveau aux coins de ses yeux, puis sur ses joues. La haine dans son regard laissa place à la douleur. Une fois encore, Lia en fut chamboulée. Elle avait le sentiment de se tenir face à un enfant.

— Par pitié, gémit-il en tombant à genoux et en lui saisissant la main. Faites ce qu'il vous demande ! Sinon, je vous tuerai. Je sais que je le ferai ! J'en brûle déjà et n'attends qu'un mot de vous ! Dites oui… Je ne veux pas d'autres morts…

Il lâcha la main de la reine et s'éloigna en rampant sur les fesses et les coudes, dans un bruit de ferraille alors que son armure raclait le sol. Il se recroquevilla et sanglota.

Lia se demanda comment réagir, quoi même penser de tout cela. Bon sang, que c'était étrange et surréaliste ! Son attitude autant que ses propos devenaient incohérents ! Elle posa sur lui un regard plein de craintes, mais aussi de compassion. Elle s'approcha, s'arrêta à mi-chemin. Elle tendit la main comme pour réconforter cet enfant torturé qui pleurait maintenant à chaudes larmes, la retira en se rappelant qui il était vraiment.

Elle se pinça l'arête du nez et serra les dents. Elle pressentait qu'elle regretterait ce qu'elle s'apprêtait à dire, puis elle soupira et se lança :

— Vous êtes fou et vous feriez bien de vous soigner. Mais c'est d'accord, j'accepte votre requête. Je ne veux toutefois plus jamais vous revoir au sein de mon royaume, ni vous ni vos hommes. Et ne vous avisez pas d'attaquer d'autres de nos alliés, ou je vous jure que c'est le monde entier qui s'unira contre vous.

Elle retourna s'asseoir sur son trône.

Kalar cessa de pleurer. Elle donnait l'impression de lui pardonner ses crimes avec aisance, mais il savait qu'il n'en était rien. Elle acceptait cette alliance dans l'unique but de protéger les siens, car elle reconnaissait sa puissance dévastatrice. Elle le craignait ! Et il s'en contenterait. C'était comme elle l'avait dit : parce qu'il se montrait trop souvent cruel, inspirer le respect lui était impossible. Et quelle importance ? La terreur et la domination lui allaient si bien.

— Maintenant, partez, ordonna Lia. Je ferai rédiger le traité d'alliance et j'enverrai un émissaire vous le porter.

Redevenu sévère et sans un mot, il se releva, fit volte-face et se dirigea vers la sortie. Un sourire à moitié agacé, à moitié réjoui lui déforma les traits, et il marmonna :

— Bien joué, gamin, je ne t'ai pas vu venir. Mais sois certain qu'elle non plus ne me verra pas venir, et votre pathétique accord n'y changera rien !

Chapitre 31

Disgrâce

Bien des kilomètres avant d'atteindre la capitale, une odeur de brûlé flottait dans l'air. Une large colonne de fumée noire s'élevait loin à l'est, transcendant le ciel bleu du jour. Malgré la fatigue, les cinq cavaliers pressèrent leurs coursiers.

Le premier drame fut de découvrir que la grande forêt au sud-ouest de la capitale était aux deux tiers brûlée. Arbres calcinés, couchés ou éclatés, il n'y restait plus trace de vie. La seconde calamité, la pire, fut lorsqu'ils dépassèrent la dernière basse colline et que Esméry se dessina dans l'horizon. Il y avait des cratères d'obus à l'extérieur de la ville et des aéronefs esmériens et drezniens, abattus, s'étaient échoués ici ou là. Les murs d'enceinte étaient en grande partie tombés, les tourelles de défenses pulvérisées, la porte de ville ouest écroulée comme toutes les autres. La haute saillie rocheuse qui fièrement se dressait il y a peu voyait sa pointe brisée sur plusieurs mètres. Les gravats s'en trouvaient au fond du lac, à son pied, où l'eau teintée de rouge débordait assez pour noyer une partie de l'aéroport situé à son côté ; il y avait là des vaisseaux esmériens détruits avant de pouvoir s'envoler. Presque toutes les habitations de la cité avaient subi les bombardements, il n'en subsistait que des ruines auxquelles se mêlaient de rares carcasses d'aéronefs.

Et les faubourgs, au nord et à l'est ? Dévastés.

Champs et terres maraîchères ? Ravagés.

Fermes, moulins et hameaux les plus proches ? Annihilés.

Les volutes de fumée qui s'érigeaient un peu partout grimpaient, s'élargissaient et se rejoignaient pour former l'unique colonne visible de loin. Car, bien que les grands brasiers fussent éteints grâce aux pluies tombées le soir de la tragédie, des foyers persistaient. Quant au château, demeure naguère rayonnante de la lignée des Esméry, il n'était plus que décombres.

Le cœur des compagnons se serra. L'estomac martyrisé par l'émoi et la puanteur de la chair, de la pierre et du bois brûlés, les tripes nouées à la vue du carnage, Diana vomit. Jeff et Falène forcèrent leur constance, poings et mâchoires crispés. Seïk partagea leur colère. Halfiel, s'il n'avait jamais connu ce royaume et sa capitale, ressentait et comprenait les sentiments de ses amis.

Ils se dépêchèrent à l'entrée ouest – ou ce qu'il en restait – et longèrent les murs jusqu'au sud ; un camp d'urgence y avait été établi sur un très large périmètre. Des tentes militaires, récupérées parmi les ruines des portes de ville et des garnisons, se regroupaient dans un coin pour accueillir les blessés. D'autres servaient à abriter une poignée de réfugiés. Les survivants les plus courageux et les plus téméraires avaient commencé à construire des cabanes de fortune à l'aide de débris de la ville, d'aéronefs tombés au combat ou de bois qu'ils allaient couper dans les bosquets alentour et dans le tiers encore verdoyant de la forêt calcinée.

Sur la route qui conduisait à la porte sud et qui séparait le camp des blessés de celui des réfugiés, une vingtaine de personnes écoutait les directives d'un jeune homme. Il était vêtu d'une robe de mage, un habit blanc bordé de noir, et ses longs cheveux bruns, ondulés, étaient réunis à l'aide d'un ruban.

— Zerkan ! appela Falène quand ils furent assez proches.

L'homme fit face ; il affichait une mine grave et des cernes affreusement longs. Il détourna vite le regard, refusant d'affronter celui des deux Chevaliers, et ordonna à la vingtaine de citoyens de s'en aller remplir les tâches qu'il venait de leur assigner.

Les compagnons mirent pied à terre. Il y eut un silence durable, puis Zerkan chassa de ses yeux la fatigue et les larmes naissantes.

— Jeff, Falène, commença-t-il d'une voix trouble. Pardonnez-moi, j'ai échoué… Si seulement j'étais rentré plus tôt, j'aurais pu…

Jeff posa une main sur son épaule. La gorge nouée, il prit un temps pour taire ses sentiments au profit du devoir.

— Tu n'as pas à t'en vouloir, nous savions depuis la destruction de la Farnoll que cela arriverait tôt ou tard. Tu as géré la situation dès ton retour, tu en as déjà beaucoup fait.

Zerkan recula d'un pas.

— Les morts se comptent par dizaines de milliers ! accusa-t-il avec rage. Il y a à peine trois mille survivants dans ces camps et nous manquons autant d'eau et de nourriture que de main-d'œuvre pour mener les recherches et secourir ceux qui peuvent encore l'être ! Je n'ai même plus assez de forces pour me servir de la magie… Je suis épuisé. Je…

— Ressaisis-toi, bon sang ! Tu as tenu bon jusqu'à présent. Si tu cèdes maintenant, sur qui nos citoyens vont-ils compter ? Nous sommes leur dernier espoir, nous ne pouvons pas nous permettre de faillir et de laisser nos émotions nous emporter.

Zerkan prit une profonde inspiration et se dompta. Jeff avait raison, il était plus que nécessaire de garder la tête haute.

— Où est Lia ? demanda ce dernier. Nous devons lui parler de toute urgence.

Zerkan le regarda cette fois droit dans les yeux, puis il les baissa de nouveau.

— Gervan et Matéra se sont battus jusqu'au bout…

Il fut incapable d'en dire plus, le chagrin contre lequel il luttait l'en empêcha. Les compagnons n'eurent pas besoin d'en savoir davantage pour comprendre.

Comme s'il venait d'être transpercé par une multitude de flèches, Jeff chancela. Ses sens défaillirent, et il se reprit. Il refusait de croire le mage, l'admonesta pour son sous-entendu mensonger. Il insista pour voir sa sœur, défendit quiconque de répéter pareille baliverne.

Zerkan conduisit le groupe jusqu'à une petite tente, isolée des autres dans le camp des blessés. Sur un lit de fortune reposait le corps sans vie d'une femme, couverte d'un linceul. Jeff se précipita à son chevet et ôta le voile. Il se figea en découvrant le visage blême de Lia dont la tête était maintenue au corps par un fil de suture. Alors que Falène portait la main à sa bouche et sortait de la tente pour contenir une forte nausée, lui tomba à genoux. Défiguré par le chagrin, il toucha les cheveux de sa sœur et lui saisit la dextre. Si son cœur refusait encore de l'admettre, sa raison lui martelait la cruelle vérité.

Il céda. Le silence s'emplit de hurlements pleins de rage, de frustration et de tristesse.

À l'extérieur, Diana retint ses larmes. Elle connaissait peu la reine, assez cependant pour regretter sa perte. De plus, elle compatissait à la terrible affliction des deux Chevaliers. Seïk, lui, rejoignit sa bien-aimée et la prit dans ses bras. Elle était aussi abattue que le général. Même Halfiel en fut affecté ; l'émoi de ses amis accroissait sa colère envers Drezn, plus particulièrement contre Kalar, et faisait naître la rancune.

Les lamentations cessèrent. Jeff resta auprès de la reine, seul, pendant plus d'une heure. Lorsqu'il sortit de la tente, le regard abîmé, il appela ses compagnons et le mage à se regrouper. Il lui fallut bien des secondes pour trouver la force de parler.

— Je prends la suite des opérations. Zerkan, merci d'avoir fait de ton mieux.

— De mon mieux ? répéta-t-il, désemparé. Avant de partir en mission, j'ai remarqué que le comportement de Sa Majesté avait changé. Je lui ai demandé ce qui la tracassait, elle m'a répondu que tout allait bien. Je n'ai pas insisté… Elle savait que ce désastre allait survenir, mais elle n'a rien dit !

— Si elle l'avait su, elle ne serait pas restée ici bien sagement à attendre de voir son peuple mourir. Elle était prête à sacrifier sa vie, pas celle des autres.

— Quand bien même, j'aurais dû…

— Ce qui est fait est fait ! fulmina Jeff, courroucé par ses jérémiades. Cesse de t'apitoyer, tu es un Chevalier de l'Ordre, nom des dieux ! Nos gens ont besoin de nous, maintenant plus que jamais, alors concentre-toi sur ceux qui vivent encore !

Zerkan se rigidifia et ne répondit pas.

— Je peux aider à faire avancer les recherches en guidant les volontaires depuis le ciel, proposa Halfiel.

Pendant un instant, Jeff eut l'air pensif, ou absent. Ses amis eurent du mal à déterminer de quoi il retournait, mais aucun n'osa le déranger.

— Zerkan, dit-il enfin. As-tu envoyé des émissaires demander de l'aide aux villages les plus proches et à Esméla ?

— Oui. Quelques-uns sont déjà revenus avec du matériel, de la nourriture et des paires de bras. Des volontaires sont partis chasser et cueillir ou récolter de l'eau, d'autres continuent de fabriquer des abris.

— Bien. Falène, réunis tout le personnel en activité dans l'enceinte de la ville et forme des équipes de cinq. Prends-en la moitié et dirige les fouilles. Zerkan, repose-toi le temps nécessaire puis concentre-toi sur les soins des blessés. Halfiel, effectue un repérage de la ville et guide les équipes restantes pour dégager les routes principales et éteindre les foyers ; plus vite nous éradiquerons ces colonnes de fumée, plus vite nous pourrons sauver ceux qui sont encore prisonniers des décombres. Tu iras ensuite supporter les équipes de secours en cherchant des survivants et en indiquant leur position. Seïk, Diana, parcourez le camp des réfugiés, trouvez d'autres volontaires et rassemblez-les ici, dans l'allée centrale. Lorsque vous aurez terminé, venez me voir, je serai dans le camp des blessés.

» Des questions ?

Il n'y en eut aucune. Un signe de la main du général et tous se dispersèrent.

Jeff fit le tour du camp où médecins et aides-soignants éreintés s'affairaient pour panser les plaies. Sa simple présence redonna espoir aux blessés les plus légers comme aux mourants. Les soigneurs y trouvèrent une nouvelle énergie et redoublèrent d'efforts.

Un peu moins de mille volontaires se rassemblèrent dans l'allée centrale, sur le qui-vive malgré l'épuisement et les blessures. Après un discours encourageant, Jeff constitua de nouvelles équipes de secours et les envoya soutenir les recherches et le déblayage des routes. Seïk et Diana se joignirent à elles. Il y eut même un petit groupe qui fut affecté aux ordres des médecins.

Sous les directives d'Halfiel, les foyers furent étouffés avant la fin de la journée et plusieurs des accès principaux dégagés. Le reste des routes fut nettoyé au cours de la nuit et du lendemain ; Halfiel voulait si bien agir pour soutenir ses amis qu'il ne prit pas la peine de se reposer, et la responsabilité confiée par le général était d'ailleurs si importante à ses yeux qu'il en oubliait la fatigue.

Grâce à l'acharnement de tous, il ne fallut que cinq jours et quatre nuits de travail pour couvrir l'ensemble de la capitale et sauver autant de vies que possible. Peu furent cependant les miraculés à être extirpés des ruines. Au bout du compte, le nombre de survivants ne dépassa pas les cinq mille, contre plus de cent soixante-dix mille morts estimées.

Les funérailles de Lia Esméry et des Chevaliers Gervan Landsler et Matéra Trefall furent organisées sitôt l'état d'urgence terminé. La dépouille de la reine fut enterrée au pied de la grande saillie rocheuse, sur son versant nord, au cimetière des rois et des reines d'Esméry ; par chance, ce petit bout de lieu saint avait été épargné. Ses deux Chevaliers trouvèrent le repos à ses côtés. Zerkan mena le rituel mortuaire à bien et chacun put enfin entamer son deuil, à la mémoire de ces trois grandes figures et de tous ces défunts retrouvés qui n'avaient eu pour sépulture qu'une fosse commune incandescente.

Quand Jeff se montra plus disposé à écouter le rapport de l'attaque dreznienne, Zerkan répéta ce que les rares soldats épargnés lui avaient révélé. Kalar était venu pour une entrevue avec la reine et en était ressorti fulminant. Ses aéronefs encerclaient déjà la ville et ses faubourgs et les drezniens empêchaient les habitants de quitter les lieux. Ils étaient remontés dans leurs vaisseaux, avaient fait mine de s'en aller puis étaient revenus bombarder la capitale et ses alentours. Le roi et son armée étaient ensuite descendus pour un second massacre. Tel un étau qui se resserre, ils avaient tué tous ceux qui croisaient leur route, jusqu'au château. Kalar avait anéanti les milliers d'hommes encore debout pour le protéger avant de trouver la reine et de l'assassiner. Puis les forces armées de Drezn s'étaient retirées, aussi vite qu'elles étaient venues.

Zerkan révéla par ailleurs qu'il avait envoyé un message à Chinchi Gallaluh pour l'informer de la situation. Outre la mort de Lia, celles de Gervan et Matéra plongeaient les gens dans un désarroi encore plus grand, car, en plus d'être très appréciés, ces deux-là jouaient un rôle essentiel dans les affaires du royaume. Aussi était-ce une chance, selon le mage, que Chinchi le Stratège et sa troupe de mille soldats n'eussent pas été présents lors de l'attaque. Le roi de Drezn et ses aéronefs les auraient réduits en charpie avec autant de facilité que les autres. De plus, leur retour serait désormais accueilli avec un profond soulagement.

Jeff se retira dans la tente où il avait installé ses quartiers ; il lui fallait réfléchir à la suite des évènements et prendre des décisions. Alors qu'il veillait, les survivants d'Esméry s'endormirent tant bien que mal, les compagnons avec eux. Puis vint son tour ; il s'assoupit sur la table dressée pour la gestion des opérations, plus épuisé par ces derniers jours que quiconque. Des jours plus éprouvants qu'aucun autre depuis la mort de son père, lorsqu'il était adolescent.

Au beau milieu de la nuit, des murmures s'élevèrent. Diana se réveilla en sursaut, alerte nonobstant la somnolence. Quand elle se rendit compte que ce qu'elle avait pris pour des voix n'était autre que le vent qui s'engouffrait dans la tente en sifflant, elle se détendit et maugréa, agacée. Une envie de déféquer la poussa à se lever, elle se hâta de quitter l'abri de fortune en prenant soin de ne pas réveiller ses compagnons et gagna ce qui restait d'un bosquet, à une trentaine de mètres hors du camp.

Accroupie, pantalon aux genoux et adossée à un arbre à moitié calciné, elle perdit son regard sur les vestiges d'un aéronef dreznien, échoué un peu plus loin.

Alors qu'elle bouclait sa ceinture, le vent apporta de nouveaux murmures. Elle pensa avoir encore halluciné, mais cela recommença et se précisa en une voix qui prononçait son nom. Elle se raidit et se demanda si tout n'était finalement qu'un rêve ou la simple expression de son imagination débordante. Elle sentit quelque chose frôler ses jambes, ce qui la fit bondir et pousser un cri ; elle regretta de ne pas avoir emporté son arc et ses flèches. Les murmures revinrent et une voix d'outre-tombe l'appela pour la deuxième fois, suivie d'une lointaine mélodie, douce et mélancolique. Elle prit la poudre d'escampette jusqu'à la tente où elle se jeta sur Halfiel.

— Hal, réveille-toi ! le secoua-t-elle en parlant aussi bas que possible. Hal !

Par réflexe, l'Ange Noir attrapa son épée, repoussa sa compagne et pointa son arme sur elle avant de la reconnaître. Il présenta des excuses, l'aida à se remettre sur pied et rengaina sa lame.

— Je crois qu'il y a des-des… des fantômes, dit-elle d'une voix frémissante.

Il fut intrigué. Il avait déjà entendu ses compagnons et des soldats raconter des histoires à ce sujet, selon eux des fables destinées à la distraction. Pour lui, cela allait peut-être plus loin tant il se souvenait de cette femme transparente qui protégeait l'*Œil Pourpre*, sur l'île de Juma.

Certaine qu'il ne la croyait pas à en juger par son mutisme, Diana le prit par le bras et l'entraîna dehors, à l'écart du camp. Elle tendit l'oreille, jusqu'à ce que les murmures s'élèvent une fois de plus, accompagnés de la triste mélodie ; cela venait de la grande saillie rocheuse.

— Qu'est-ce que je te disais ! lâcha-t-elle en lui lançant un regard accusateur.

Et elle se réintéressa au chant. Rassurée d'avoir l'Ange Noir à ses côtés et soudain désireuse de faire la lumière sur cette affaire, elle prit son courage à deux mains et se dirigea vers le nord-ouest en longeant les douves, à l'extérieur des murs effondrés. Halfiel la suivit de bon gré ; il refusait de la laisser seule, d'autant que le phénomène piquait aussi sa curiosité.

Plus ils s'approchèrent, plus ils eurent la certitude que la mélodie prenait source dans le cimetière des rois et des reines. Halfiel s'envola avec Diana pour franchir le gouffre et les gravats et rejoindre le lieu saint. Ils aperçurent un feu-follet au-dessus de la tombe de Lia Esméry ; la manifestation apparaissait sous la forme d'une boule de lumière verte et il semblait que cette chose fredonnait. Ses pieds de retour sur le sol, Diana avança d'un pas engagé.

La chanson se tut quand elle ne fut plus qu'à cinq mètres. La lueur se dissipa un peu et laissa voir la défunte reine ; son corps était vaporeux et entouré d'un halo vert. Diana la contempla, médusée. À la différence, Halfiel fut sur ses gardes.

— Haaaaal, c'est un fan… un fan-fan… un fantôme, gémit la jeune artiste.

— En effet, répondit l'esprit de la reine. Vos yeux ne vous trompent pas, Diana Sigurd, je suis bien Lia Esméry. Ou du moins ce qu'il en reste. N'ayez crainte, je ne viens pas vous hanter.

Mais de telles paroles ne suffirent pas à apaiser Diana qui avait toujours eu une peur bleue des fantômes. Elle était tétanisée. Si terrifiée que ses sens s'en trouvaient chamboulés.

— Vous n'êtes pas effrayé, remarqua Lia en observant l'Ange Noir.

— Que voulez-vous ?

Elle sourit, pleine d'empathie et de bienveillance.

— Vous êtes Halfiel, n'est-ce pas ? Je suis aise de vous rencontrer, bien que j'eusse souhaité que cela se fasse dans des circonstances plus… conviviales.

— Comment savez-vous qui je suis ? demanda-t-il, prêt à dégainer sa lame tant il appréhendait le fait que cette femme-esprit se comporte comme celle de l'île de Juma.

— Je l'ai deviné à la couleur de vos cheveux et de vos yeux. Ils sont les mêmes que cet homme appelé Melgan.

Ce nom le fit tiquer. Il le connaissait, il l'avait déjà entendu… mais où ? Puis il se souvint : l'histoire de la Genèse, contée par le patriarche des fées. Bien sûr ! Melgan était le père du Créateur de Lanvaril, aussi le Divin Souverain. Son père. Cependant, comment cette femme pouvait-elle faire pareil rapprochement, être au fait de tels détails ? Connaissait-elle Melgan ? L'avait-elle déjà vu ?

— Je possède un don de clairvoyance qui me révèle bien des choses, répondit Lia à la question muette. Dans l'une de mes visions, je vous ai aperçu, tandis qu'une autre me montrait votre père. Et oui, je crois comprendre ce que vous êtes.

La confusion passa. Ce fut alors la panique qui envahit Halfiel. Il jeta un regard en coin à Diana, secoué par l'idée qu'elle eut entendu et appréhendé toute l'étendue des propos de la reine. Mais la jeune artiste, à genoux et recroquevillée, était encore terrorisée par l'apparition fantomatique. Elle tremblait. Sa réaction paraissait si disproportionnée que l'Ange Noir s'en étonna ; au moins, il était peu probable qu'elle eût écouté la conversation.

— Je suis désolée, fit la reine. Je crois que c'est mon état spectral qui cause son trouble.

Halfiel s'accroupit et toucha la tête de sa compagne. Cela ne la guérit pas de sa peur viscérale des fantômes, bien entendu, mais eut pour effet de la tranquilliser un peu, assez pour qu'elle parvienne à le regarder. Ses larmes coulaient sans qu'elle puisse les empêcher.

— Ne t'inquiète pas, je suis là, dit-il. Il ne t'arrivera rien.

Il y eut un flottement, puis elle acquiesça. Dès lors, elle se laissa guider ; Halfiel lui prit la main et l'aida à se relever. Elle se blottit contre lui et s'apaisa davantage.

— Je suis heureuse de voir que vous prenez soin de cette fille et de ceux qui me sont chers, s'inclina Lia devant l'Ange Noir. Vous êtes bon. Soyez assuré du respect et de la gratitude que je vous porte.

— Madame Lia, fit Diana qui invoquait toute sa bravoure pour s'exprimer et parlait lentement afin de ne pas bégayer. On est désolés de pas être arrivés plus tôt pour vous sauver. On a eu plein d'emmerdes sur la route et… et quand on a vu les aéronefs passer au-dessus de nous, au bourg d'Einjell, on a foncé, mais…

— Vous auriez péri, comme mes sujets et moi. Je préfère que les évènements se soient ainsi déroulés, car vous êtes en vie. (Son visage se durcit.) Je suis navrée de ne pas être apparue plus tôt, prendre forme dans le monde physique lorsque l'on est un esprit réclame beaucoup d'énergie et de concentration. Et je sens qu'une grande force m'appelle depuis des jours, ce qui ne me facilite pas la tâche. J'ai longuement bataillé pour que nous ayons cet entretien, aussi est-il le seul que je peux vous accorder. Et pour combien de temps encore ? Je l'ignore.

» Dites-moi, Halfiel, êtes-vous captif de mes Chevaliers ?

— Non, avoua-t-il un peu surpris par la question.

— Et quels sont vos liens avec Kalar ?

Il tressaillit, baissa les yeux.

— J'étais avec eux, déclara-t-il. J'ai participé au massacre d'Ajul et à l'occupation dreznienne.

— C'était pas sa faute ! le défendit Diana avec une impétuosité renouvelée. Drezn le contrôlait avec la magie !

— Du calme, dit Lia que le regain de vigueur de la jeune artiste amusait. Je ne lui demande pas de répondre de ses actes. Je souhaite savoir.

— Jeff et les autres m'ont invité à les rejoindre pour corriger mes erreurs et les aider à combattre Drezn, ajouta Halfiel.

— C'est bien ce que je pensais. Je vous ai observé depuis votre arrivée et vous ne sembliez pas être là contre votre gré. Mais cela ne répond pas à ma question : quelle est votre relation avec Kalar ?

— Je n'en ai aucune. Je me suis réveillé à Fladrr sans souvenirs et j'ai œuvré sous les ordres d'un de ses généraux jusqu'à ma libération.

— Alors, ce que je vais vous révéler n'aura probablement pas de sens, grimaça Lia. Avant que Esméry ne soit rasée, Kalar s'est présenté seul devant moi. Outre son comportement des plus étranges, il réclamait, en échange de nos vies sauves, que je lui restitue un de ses hommes, capturé par mes Chevaliers à Ajul. Il prétendait tenir beaucoup à lui. Il n'a pas donné son nom, mais je crois qu'il parlait de vous, Halfiel.

— Je croyais que c'était moi qu'il voulait, fit Diana.

— Vraiment ? Il vous cherche aussi ? J'en suis navrée…

— Il ne l'aura pas, répliqua Halfiel.

— Je l'espère, dit Lia. Soyez prudents, tous les deux, d'autant plus que ce n'est pas le seul danger que vous encourez. Lorsqu'il m'a touchée, j'ai eu la vision d'une tour, située au cœur du désert d'Huma, au nord d'ici. À son sommet réside un objet appelé la *Bague Ardente*. J'ai vu Kalar s'en emparer avant de l'utiliser sur un autel pour invoquer de grandes forces. Des suites de cela, des hordes de démons ravageaient des civilisations entières. Certes, il ne s'agit là que d'une interprétation de ma part, mais mon instinct me dit que vous devez trouver la bague avant lui et contrecarrer ses desseins. S'il parvient à ses fins, Lanvaril en souffrira. Il se peut même que Midgard, le monde des dieux, subisse un sort identique.

» Pardonnez-moi, j'aimerais vous en apprendre davantage, mais mes visions ne m'ont révélé que cela.

— Nous le ferons, promit Halfiel.

— Ouais, on va pas laisser Kalar foutre encore plus la merde, enchérit timidement Diana. De toute façon, on avait prévu de lui botter l'arrière-train.

Le ton léger et la témérité dont faisait preuve la jeune artiste, malgré son état de hantise, déridèrent la reine.

— J'apprécie votre enthousiasme, mais ne le sous-estimez pas.

— On sait, répondit Diana. Il a déjà des objets comme la *Bague Machin* et on a vu ce que ça pouvait faire. On en a un avec nous… qu'on a trouvé dans la forêt d'Illy. C'était pas joli à voir…

Lia la considéra avec un ennui plus profond.

— Ce que vous m'apprenez est de mauvais augure, mais ce n'est pas là où je voulais en venir. Kalar est un puissant mage en plus d'être un guerrier redoutable. Je crains que la seule force de vos bras ne suffise pas si vous devez l'affronter en combat singulier. Demandez à Zerkan Valren de vous accompagner. Lui aussi est un mage digne de ce nom, bien qu'il soit encore jeune. Son aide vous sera précieuse.

Diana hocha la tête pour signifier son accord.

— Vous disiez que Kalar agissait de façon étrange, rappela Halfiel. Pourquoi ?

— À dire vrai, je l'ignore. Je le rencontrais pour la première fois. Peut-être était-ce son comportement habituel, mais il semblait souffrir d'un dédoublement de la personnalité. Cela ou il jouait un jeu insolite. (Elle commença à disparaître.) Le temps nous manque, mes forces s'épuisent, déplora-t-elle. Je vous fais mes adieux. Dites à Jeff, à Falène et à Zerkan que je les aime de tout mon cœur et que je veillerai sur eux. J'aurais tant voulu leur parler une dernière fois, mais il faut croire que tout n'est pas si simple.

» Oh ! Une dernière chose, Halfiel ! Melgan regrette ce…

Ses mots furent emportés par le sifflement du vent, tout comme ce qu'il restait de son image. Le propos, autant que sa brusque interruption, déconcerta Halfiel. Puis il se demanda ce que pouvait bien déplorer son père. Ou se reprocher ? Encore un semblant de révélation qu'il maudirait pendant des jours, voire des semaines, car il savait que cela lui triturerait les méninges. C'était déjà le cas.

Le spectre de Lia Esméry évanoui, Diana retrouva la pleine possession de ses moyens. Elle s'en réjouit et s'apprêtait à partager son retour à la normale avec l'Ange Noir quand elle remarqua son embarras.

— Ça va pas ? s'enquit-elle. T'as pas l'air bien.

— Je vais bien, mentit-il.

Il fit demi-tour et se dirigea vers le camp en passant par les routes dégagées de la ville. Diana lui emboîta le pas.

— En tout cas, je me demande pourquoi elle t'a parlé de ce Melgan. Qu'est-ce qu'elle voulait dire par « il regrette », d'après toi ?

— C'est sans importance. Allons prévenir les autres.

— Mouais, si tu le dis… Au moins, si c'est bien le même Melgan que celui de l'histoire qu'on a entendue chez les fées, ça veut dire que les dieux existent, ajouta-t-elle avec un plaisir non dissimulé.

Pour couper court à cette discussion qui le dérangeait, Halfiel s'envola et entraîna sa compagne avec lui. Elle fut interloquée par son comportement mais n'insista pas. Elle ne reprit la parole qu'un peu avant d'atteindre le camp :

— D'après ce qu'ont raconté la vieille fée et la reine, je commence à croire qu'il y a vraiment d'autres mondes que le nôtre. T'en dis quoi ?

— Je ne sais pas, mentit-il à nouveau.

— Moi, je crois que c'est vrai. En tout cas, si je croise un jour ce fameux Créateur, je lui mettrai mon pied là où je pense pour avoir laissé Kalar faire ce qu'il veut.

L'entendre parler ainsi le désola. Elle jugeait bien trop à la hâte, tel qu'il l'avait imaginé. Au bout du compte, en l'invitant à avoir foi en ses amis, le patriarche s'était peut-être trompé et son instinct, qui lui dictait de taire la vérité, voyait juste depuis le début. Ce constat, il n'eut pas besoin de se le répéter pour que cesse l'hésitation, et il se résolut à cacher son identité. Cela valait mieux pour tout le monde.

De retour au camp, ils se recouchèrent et attendirent le milieu de matinée que leurs camarades et le mage soient levés pour faire le récit de leur périple nocturne. Halfiel ne parla pas de cette histoire autour de Melgan et il fut reconnaissant envers la jeune artiste de ne pas non plus évoquer le sujet, bien qu'il se demandât pourquoi. Et même sans cela, les trois Chevaliers et le mercenaire eurent un peu de mal à les croire. Il y avait toutefois tant d'assurance dans l'attitude et les propos des deux orateurs qu'ils finirent par se laisser convaincre. Quant aux dernières paroles de la reine, qui leur étaient destinées, ils s'en émurent, car eux aussi auraient trouvé réconfort à lui dire adieux de vive voix.

Ainsi, les doutes devenus certitudes sur les intentions de Kalar se changèrent en une vérité sans équivoque. Mettre la main sur les artefacts avant lui était, de fait, une priorité. Zerkan, à qui l'on avait expliqué les tenants et aboutissants de la situation, la veille, en venait à la même conclusion. Mais un lourd silence tomba alors que les Chevaliers se souvenaient que les prémonitions de Lia Esméry se réalisaient presque toujours, surtout les pires. Comment pouvaient-ils prendre la bague avant l'ennemi si Lia l'avait vu s'en emparer ? Cela leur paraissait difficile, voire impossible. Et si tenter de la récupérer les conduisait justement à cette finalité ?

Il leur fallut compter sur l'ignorance et la témérité d'Halfiel, de Seïk et de Diana qui refusaient d'abandonner l'espoir et préféraient encore l'échec à l'inaction. Car, tant qu'il y avait de la vie…

Les compagnons définirent leur prochain itinéraire. Ils se rendraient à Esméla et y prendraient un navire pour Sern, ville côtière du désert d'Huma. Une fois la *Bague Ardente* mise en sécurité, ils iraient à la bibliothèque de Zadéon pour en apprendre davantage sur ces artefacts aux grands pouvoirs, comme ils l'envisageaient depuis leur passage à Elelesh. Et si cela ne suffisait pas, ils se rendraient à celle de Gomsir, la plus majestueuse et la plus complète de toutes.

— Pour être honnête, je comptais vous accompagner dans cette quête, même sans la recommandation de Sa Majesté, dit Zerkan. Vous aurez besoin de mes compétences pour atteindre la tour. La chaleur du désert d'Huma est intense et elle le sera davantage à mesure que vous vous approcherez du centre. Vous finirez brûlés vifs, sans magie pour vous protéger.

— Nous aurons également besoin d'un guide, ajouta Seïk. Sans cela, nous risquons de nous perdre et de mourir de faim ou de soif. Pire, nous pourrions tomber dans des sables mouvants.

— La Guilde des Chasseurs et l'Office du Tourisme de Sern forment des équipes constituées d'un guide, d'un mage et de quatre guerriers pour permettre aux voyageurs de visiter le désert sans encombre, indiqua Falène.

— Je suis navré de te décevoir, mon ami, mais je préfère que tu restes ici, s'excusa Jeff auprès de Zerkan. Quelqu'un doit soutenir les réfugiés, nettoyer la ville et les alentours et commencer la reconstruction.

Il faudra compter sur le concours de tout le royaume pour cela et j'espérais que tu t'en occupes.

— Chinchi est actuellement stationné à Ajul, argumenta Zerkan. Ce matin, j'ai reçu un message de sa part. Sa Majesté la reine nous transmet ses condoléances et nous apportera tout le soutien nécessaire, pour peu que nous en fassions la demande.

— Elle est bouleversée autant que nous, pressentit Falène.

— Elle l'est, mais ce n'est pas là où je veux en venir. Chinchi n'y fait qu'une halte pour se réapprovisionner et doit déjà être en route à l'heure qu'il est. Il sera là d'ici une décade. Le colonel Djebril gérera la situation, en attendant. Je lui ai donné les directives. En outre, Sa Majesté Lana Ajul nous fait savoir qu'elle peut accueillir nos réfugiés, pour ceux qui le souhaitent.

— Cette offre en ravira beaucoup, apprécia Jeff. Mais la plupart de nos gens ne quitteront pas si aisément la terre qui les a vus naître, quand bien même elle n'est plus que ruine.

— Je te le concède, dit Zerkan.

— En parlant de votre ami, il a un aéronef, non ? lança Diana. On peut pas attendre et l'utiliser pour aller au centre du désert ?

— Ils en auront besoin ici, déplora Jeff. Il est possible de stocker dans un aéronef bien plus de matériaux de construction, de médicaments et de nourriture et transporter le tout bien plus vite qu'une centaine de caravanes réunies. Des vêtements, aussi ; l'automne passe et l'hiver vient. Les villages et bourgs avoisinants ne pourront pas accueillir autant de réfugiés et Esméla doit encore se remettre de l'attaque des pirates. Quant à ceux qui désireront séjourner à Ajul, il leur faudra un moyen infaillible et rapide de s'y rendre. Les longs voyages comme nous venons d'en vivre sont exclus.

— Sauf que si on traîne, Kalar va mettre la main sur la bague avant nous !

— C'est un fait, mais nous n'avons pas vraiment le choix.

— Dans tous les cas, la question ne se pose pas, contesta Zerkan. Les mages peuvent étendre un bouclier protecteur autour d'un groupe restreint, pas d'un vaisseau entier. Le créer est une chose, le maintenir actif en est une autre. Pour se servir de la magie, l'Arcane est indispensable ; il s'agit d'une énergie présente dans l'Arcandia, une dimension parallèle à la nôtre. Afin d'accéder à cette dimension et de manipuler les flux que forme l'Arcane, il faut puiser dans ses propres forces psychiques. Par conséquent, plus la magie est puissante...

— Plus ça fatigue et plus il y a de chances de mourir, devina Diana avec déplaisir.

Zerkan acquiesça.

— Invoquer un sort sans avoir les capacités et l'expérience nécessaires est du suicide.

— Mais t'es pas censé être un grand mage ? s'enquit-elle.

— Je me débrouille, mais je n'ai pas un tel niveau. Seul un archimage de rang suprême pourrait créer un bouclier protecteur autour d'un navire ou d'un vaisseau de la taille d'un aéronef. Et même lui ne pourrait le maintenir plus de quelques heures. Or, il nous faudrait, par aéronef, un à deux jours pour atteindre la Tour d'Huma dès lors que la chaleur deviendra mortelle.

— En somme, nous voyagerons par terre et mer, conclut Seïk.

— Préparez le matériel et sellez les chevaux, nous partons dans une heure, déclara Jeff. Zerkan…

— Tout ira bien, assura le mage. Et puis, tu ne pourras pas m'empêcher de me joindre à vous.

— Tu n'en as toujours fait qu'à ta tête, dit-il avec un demi-sourire forcé. Mais je pensais à autre chose. Comment es-tu entré en contact avec Chinchi ?

— Avec un cristal de Skírnir.

— T'en reste-t-il ?

— Malheureusement non.

Jeff opina du chef et plongea dans quelque réflexion, puis il se leva et s'en alla dans les ruines de la ville, sans un mot, sans une explication. Une explication qu'aucun n'eut le cœur à demander.

Sur les restes de la maison dans laquelle il avait grandi, là où il vivait encore avant que Drezn ne le prive de son foyer, Jeff déplaça de nombreux gravats et trouva la malle fermée à double tour qu'il planquait derrière un faux mur de sa chambre. Il fit sauter les verrous à l'aide de sa hallebarde et en sortit un orbe noir, fleuron de la magi-technologie de Drezn. Il s'assura que personne ne l'espionnait et le leva devant lui. Il prononça le mot d'Arcane qu'on lui avait appris. L'objet lévita lentement jusqu'à hauteur d'yeux, puis un tourbillon apparut au centre. Le brouillard se changea en un visage d'elfe à la peau d'ivoire.

— Ne serait-ce pas le petit Malaski ? plaisanta l'individu.

— Gonzo, j'ai besoin de ton aide.

— Tu as l'air bien grave. Quel est le problème ?

— Esméry a été attaquée et détruite par la flotte de Drezn. Lia, Gervan et Matéra y ont trouvé la mort, ainsi que la presque totalité de la population. Zerkan, Falène et moi-même ne pouvons rester pour protéger nos terres, une affaire urgente nous réclame. Chinchi sera bientôt de retour avec ses hommes, mais mille soldats ne suffiront pas à garder la capitale et le royaume des opportunistes.

— Mes condoléances. Tu penses à Windel, j'imagine.

— À l'empire d'Izen également, dans une moindre mesure.

— Qu'attends-tu de moi ?

— Il existe un petit peuple qui réside au cœur de la forêt d'Illy et à qui nous avons récemment porté assistance. Ils ont une dette envers nous et se disent prêts à paraître au grand jour pour nous apporter leur aide.

— Des fées ?

— C'est exact.

— Alors, ce n'est pas un mythe…

— Je veux que tu les trouves et que tu leur demandes d'avoir un œil sur le royaume durant notre absence. Quand ce sera fait, pars pour les forêts du Nord. Nous avons entamé des négociations d'alliance avec les Elunars et les Solastiens. Je compte sur toi pour les convaincre de nous aider dans une guerre contre Drezn. Plus exactement contre son roi. Un émissaire ira les quérir dans trois mois pour les conduire à un sommet ; qu'ils soient prêts à y prendre part.

— Je me disais bien que tu ne resterais pas passif face aux actes de Kalar, bien même avant d'apprendre qu'il s'est attaqué à l'Esméry. Je te connais. Et qu'en est-il de vos alliés de Dum Haly et des séraphins de El ?

— Je m'occupe du reste.

— Soit. Parlons affaires : qu'ai-je à y gagner ?

— Gonzo, tu as toujours été un allié de valeur pour mon grand-père, pour mon père et pour moi. Je ne peux pas encore te promettre de récompense, mais tu sais qu'elle sera à la hauteur.

— Je te fais confiance.

— Je ne peux pas emporter cet orbe ni le laisser ici, au risque que quelqu'un s'en empare.

— Je comprends. Détruis-le, je t'en offrirai un autre lorsque nous nous reverrons.

Jeff hocha la tête.

— Adieux.

La communication rompue, il laissa l'orbe tomber par terre, le brisa sous sa botte et en éparpilla les morceaux. Enfin, il rejoignit ses compagnons, sur le départ.

Chapitre 32

Retrouvailles et mesures

— Esméla, nous revoilà ! s'engoua la jeune artiste à la vue de la ville côtière et de l'océan scintillant.

Il y avait dans son attitude une innocence et une gaieté telles que Falène, Seïk et Zerkan partagèrent malgré eux son enthousiasme. Halfiel le fit aussi, mais dans une autre mesure puisqu'il venait ici pour la première fois. Seul Jeff demeura de marbre. Hanté par le souvenir de sa défunte sœur, il ne prêtait plus attention à rien. Son esprit était comme une coupe pleine, remplie de souffrance, de haine et d'amertume. De lassitude. Comme souvent depuis bientôt deux semaines, il avait le regard absent. Ce que Falène remarqua. Tout comme lui, elle portait le deuil de sa reine et amie intime, et à cela s'ajoutait la peine de le voir dans un si piètre état. Mais elle tenait bon, il le fallait, surtout pour lui. Elle voulait être à ses yeux le pilier qu'il fut jadis pour elle. Elle était la seule à pouvoir endosser ce rôle, car elle le connaissait par cœur et comprenait sa douleur mieux que quiconque. Toutefois, comme à chaque fois, elle n'osa pas lui parler, de crainte de rendre la situation plus insupportable. Alors, elle demeura silencieuse. Comme à chaque fois.

La joie communicative de Diana passée, Seïk angoissa un peu plus. À mesure qu'il approchait de la porte ouest d'Esméla, la pensée du médaillon aux corbeaux l'obséda davantage. Depuis qu'il avait quitté Ajul, il planifiait de le reprendre des mains de cet escroc de bijoutier lorsqu'il repasserait par la ville côtière, pour peu que ce dernier fût toujours en vie et que l'objet demeurât sur sa table. Mais, maintenant que ce désir s'apprêtait à se concrétiser, ses tripes se nouaient à l'idée qu'ils eussent à tout jamais disparu.

Son regard se posa sur la jeune artiste qui chevauchait devant lui, puis sur l'île montagneuse au large d'Esméla. Il se remémora l'attaque des pirates et ce galion sur lequel il était monté de justesse pour secourir sa compagne. Son infiltration, puis son combat contre le mage en cape rouge et sa guérison miraculeuse ; il revoyait clairement sa chair se ressouder. Et juste avant cela, il y avait eu… il y avait eu… Mince ! C'était comme ce soir-là, sur la route entre Sveldetz et Potern, lorsqu'il avait discuté avec Halfiel des mystères qui les rassemblaient tous les deux. Il avait souhaité parler d'une chose importante en lien avec son expérience mortelle sur le galion, mais le propos lui avait échappé…

Il réfléchit. Encore. Plus fort. Il avait l'intime conviction d'y avoir repensé plus récemment, mais de quoi donc ? C'était… pas plus tard que dans la forêt d'Illy, avant d'atteindre Elelesh. Ça oui, il l'aurait parié. Il avait eu un désir bien précis puis cédé à l'émoi à cause de la Corruption. Quel désir ? Il se creusa davantage les méninges et… Se confier à Falène ! C'était cela ! Et avant ? Que s'était-il dit ? Avant, il se disait que, Halfiel excepté, il n'avait jamais parlé à ses compagnons des étonnants phénomènes qu'il avait vécus sur le galion pirate. Ni du rêve qui avait précédé.

Du rêve qui avait précédé… Du… Mais bien sûr ! Voilà ce qu'il avait tenté de révéler à l'Ange Noir, avant de se souhaiter bonne nuit ! Un rêve étrange auquel il n'avait plus vraiment songé depuis son départ d'Esméla, pour des raisons qui lui échappaient. Mais, à présent, il s'en souvenait, et en détail ! Il se rappelait cette voix qui l'avait incité à s'éveiller, lui martelant l'idée qu'il n'était pas mort. Elle avait aussi parlé d'un individu auquel il était lié et que, grâce à ce lien, il ne pouvait pas succomber si facilement. Elle avait ajouté que son fils et lui partageaient la même marque, que ce « fils » avait besoin de lui et qu'il devait le trouver à tout prix.

Fils, lien, marque… ?

Il frappa du poing le plat de sa main et considéra Halfiel. Bon sang, quelle évidence ! Il s'agissait de lui ! Voilà pourquoi il avait eu le sentiment que ce propos qui lui échappait, ce fameux soir, était si important. Car ce rêve certifiait que leur marque commune les liait plus qu'ils ne pouvaient l'imaginer. Il ne s'était donc pas trompé, ni sur cette connexion ni sur le fait qu'il développait peu à peu les mêmes capacités que son compagnon. Et la certitude apportée relança l'intrigue quant à ses blessures reçues à Ajul et dans la forêt d'Illy. Sa guérison miraculeuse sur le galion pirate démontrait bien que ce don se manifestait, alors, pourquoi n'était-il jamais reparu depuis ?

Il fit une moue agacée. C'était à n'y rien comprendre. Des réponses se trouvaient à portée de main, mais certains faits venaient les contredire… Par tous les dieux, pourquoi ?!

— Qu'y a-t-il ? demanda Falène qui le voyait gesticuler depuis deux bonnes minutes. Tu sembles perplexe.

Tiré de ses réflexions, il la dévisagea d'un air ahuri.

— Je pensais à mon médaillon, dit-il. J'aurais dû le voler plutôt que de m'efforcer à le racheter.

Elle attendit, il n'ajouta rien. Elle était certaine qu'il ne lui disait pas tout. Elle n'insista pas, car il ne voulait probablement pas en parler. Et, si tel était le cas, peut-être était-ce la présence des autres qui le gênait. Alors, elle patienterait jusqu'à leur prochain moment d'intimité pour l'inviter à se confier.

Seïk jeta un dernier et bref regard à l'Ange Noir. Il devait lui raconter ce dont il venait de se souvenir. D'autant plus que ce rêve ne pouvait signifier qu'une chose : c'était la mère d'Halfiel en personne qui s'était adressée à lui. Comment, il l'ignorait, mais son compagnon serait sûrement heureux de l'apprendre. Toutefois, quand trouverait-il le temps d'en parler ? Il leur fallait être seuls, mais… Et s'il oubliait à nouveau, d'ici là ?

Il chassa cette mauvaise pensée ; il n'oublierait pas, il se le jurait. En attendant, il espérait revoir le médaillon aux corbeaux, pressé d'arpenter la place du marché pour retrouver cet escroc de bijoutier.

Les compagnons arrivèrent à la porte ouest d'Esméla où ils furent accueillis par le major général qui officiait au sein de la ville. L'homme haut gradé d'une cinquantaine d'années et à la forte carrure était essoufflé ; il avait parcouru au pas de course la distance qui séparait le quartier général de la porte ouest pour y être présent avant ses supérieurs. Il attendait leur venue depuis qu'un messager l'avait informé de la situation à la capitale, des jours auparavant. En apprenant la nouvelle, il avait acquis l'assurance que l'on passerait bientôt le voir pour parler réorganisation et stratégie. Car, après tout, il était l'un des plus gradés de l'armée d'Esméry et, à présent, l'un des rares encore en vie.

— Mon Général, Dame Zidgel, Monsieur Valren, salua-t-il avec respect.

Zerkan descendit de selle et alla donner l'accolade à l'homme.

— Toujours aussi strict sur la hiérarchie, Berel.

— C'est la moindre des choses. Laissez vos chevaux ici et accompagnez-moi au quartier général, nous y serons plus à l'aise pour discuter.

Il fit un signe de la main, des soldats vinrent s'occuper des bêtes.

Il emmena les compagnons jusqu'à son office, s'assura qu'aucune oreille indiscrète ne les épiait et alla s'asseoir dans son fauteuil. Il invita ses supérieurs et leurs amis à prendre place sur les sièges ou dans le canapé disposés devant son bureau ; Jeff se contenta de se planter devant l'une des fenêtres qui donnaient vues sur l'océan et l'île lointaine.

Il y eut un silence long et pesant, puis Berel présenta ses condoléances pour la perte de Lia Esméry. Il savait que Jeff, Falène et Zerkan étaient tous trois proches d'elle, et si la mort de sa souveraine lui était pénible, il n'osait imaginer combien eux souffraient.

Il posa ses coudes sur son bureau et joignit les mains.

— Comme vous avez pu le constater, la reconstruction d'Esméla progresse bien, changea-t-il de sujet. Nous aurons terminé d'ici un mois, tout au plus. Après entretien avec le maire, nous avons convenu de quelques modifications concernant le port. Nous l'avons agrandi et construit des tourelles de défense. Nous en érigerons d'autres autour de la ville, dès que la dernière maison sera rebâtie. Cette attaque de pirates et le raid dreznien sur Esméry nous ont poussés à reconsidérer nos faiblesses face aux offensives navales et aériennes.

— Esméla est entre de bonnes mains, reconnut Jeff. Mais pareille défense ne suffira pas à arrêter un envahisseur tel que Drezn.

— Pourquoi cela ?

— Général Caron, vous n'êtes pas revenu à la capitale ces deux dernières années, n'est-ce pas ?

— En effet, Mon Général. Les affaires d'Esméla m'occupent à plein temps. Ma présence à Esméry est d'ailleurs de peu d'utilité, nos troupes et les Chevaliers de l'Ordre la prot…

Emporté par la fierté que lui procuraient depuis toujours la loyauté et l'efficacité de l'armée du royaume, les Chevaliers de l'Ordre et la bienveillance de la reine, il en oublia presque l'horreur survenue. Comme il se détesta…

— Votre ignorance est ma faute, confessa Jeff. Je n'ai pas jugé utile de vous transmettre cette information. J'ai eu tort. Des canons comme ceux que vous avez fait construire au port agrémentaient nos remparts. Lorsque mon équipe et moi-même sommes rentrés à la capitale, peu après sa destruction, nous avons fait état de la perte d'une vingtaine de vaisseaux drezniens. À en juger par la disposition des nôtres, les aéronefs ennemis abattus sont pour moitié du fait de notre flotte.

Berel se cala au fond de son siège.

— Donc, ces canons sont inutiles, soupira-t-il.

— Ils ne le sont pas, mais il faut reconnaître que leur efficacité est limitée ; il serait bon que des ingénieurs se penchent dessus pour les améliorer. Mais le fait est que nous ne pouvions pas rivaliser avec la flotte de Drezn. Leurs aéronefs sont passés au-dessus de nous alors que nous faisions route vers la capitale. Il devait y en avoir une cinquantaine, peut-être plus. Notre royaume ne possédait pas autant de vaisseaux et tout juste une quarantaine de tourelles défensives. Même si Kalar n'avait pas joui de l'effet de surprise et que la bataille s'était déroulée en terrain neutre, quand bien même l'aélithe rendait nos aéronefs plus rapides et plus puissants, nous aurions croulé sous le nombre. Nous avons choisi de ne pas fabriquer des armes à outrance, contrairement à Drezn, car nous préférions la voie de la diplomatie. Nous avons manqué d'anticipation et, aujourd'hui, nous en payons le prix.

Il marqua une pause, chassa le semblant de frustration qui l'envahissait et reprit :

— Nous sommes actuellement investis d'une mission qui ne nous permettra pas d'organiser une contre-offensive avant un bon moment. Je n'ai pas l'intention de laisser ce temps passer à seulement panser les plaies du royaume. Nous devons frapper au plus vite et empêcher Kalar de faire plus de mal qu'il n'en a déjà fait.

— Vu le peu de soldats qu'il nous reste, nous n'avons aucune chance de nous dresser face à Drezn dans une bataille rangée, le contredit Falène. Même en admettant que les nains de Dum Haly et les séraphins de El nous rejoignent, nos effectifs seront encore insuffisants. Et de loin.

— Malgré le respect que je vous dois, Mon Général, je suis de son avis. Je nous vois mal conduire tout au plus cinquante mille guerriers contre deux cent mille et une quantité mirobolante d'aéronefs cuirassés armés de canons lourds. C'est du suicide. Et je ne parle pas de tous ces mages à la solde de Kalar ; il nous faudrait l'appui de la Caste des Mages de Lonide pour envisager la victoire.

— Ceux qui travaillent avec Drezn sont des autodidactes et des chercheurs, fit remarquer Zerkan. La Caste les surveille de près étant donné qu'elle n'a certifié aucun d'entre eux. Ils ne sont pas à sous-estimer, mais ils sont moins à craindre que tu le penses, Berel.

— Tu oublies cependant que Drezn possède une magi-technologie militaire avancée et diversifiée, opposa la demi-elfe. Notre plus grand avantage dans ce domaine réside en l'aélithe, mais tout ce pour quoi nous l'employions a été réduit en cendres.

— Là ne sont pas nos seules forces et faiblesses, déclara Jeff. Nous possédons des alliés que Kalar aurait tort de sous-estimer. Et je ne doute pas qu'il les méprise.

Leur curiosité piquée au vif, le major général et les compagnons suivirent Jeff du regard jusqu'à la grande carte placardée sur le mur de droite. Il indiqua les forêts du Nord sur le continent de Dinseliun.

— Solast et Eluna, comprit Falène. Nous avons à peine abordé avec eux le sujet d'une alliance, il serait présomptueux de les croire de notre côté.

— Aie confiance, ils le seront le moment venu. Général Caron, vous partirez demain pour la capitale. Vous trouverez Chinchi Gallaluh et travaillerez avec lui pour l'organisation de la contre-offensive et la reconstruction d'Esméry. Envoyez des émissaires à Luma, Olar, El et Dum Haly pour demander audience. Que chacun y soit dans trois mois, ils seront reçus et entendus. Vous organiserez une réunion avec les chefs de ces nations et Chinchi pour établir une stratégie d'attaque. Si, avec leur soutien, nos effectifs restent insuffisants, débrouillez-vous pour contacter l'Izen et Windel et leur faire comprendre la menace que représente Kalar pour eux autant que pour le reste de Lanvaril. Lorsque vous serez prêts, lancez l'offensive, n'attendez pas notre retour.

— Windel ? répéta Falène. Jeff…

— Cela ne me plaît pas plus qu'à toi, mais les rancunes du passé doivent être oubliées pour vaincre un ennemi tel que Drezn.

Le major général, la demi-elfe et le mage restèrent sans voix. Ils connaissaient parfaitement la rancœur que nourrissait Jeff envers Windel, ce pays responsable de la mort de son père et de celle des parents de Lia. Qu'il fût prêt à traiter avec eux signifiait toute sa détermination.

— Même si ton plan tient la route, Berel va mettre des mois avant de réunir tout ce beau monde, souleva Zerkan. Pour rappel, tu as décidé que le seul aéronef dont nous disposons encore servirait au transport de matériaux et de marchandises.

— As-tu vu le *Shanza* parmi les ruines de l'aéroport et d'Esméry ou dans les plaines alentour ?

— Je ne crois pas, non.

— Qu'en déduis-tu ?

Zerkan réfléchit un instant, puis répondit :

— En mission lors de l'attaque ?

— C'est ce que je pense, acquiesça Jeff.

— Tu aurais pu nous en parler plus tôt !

— Je viens seulement de m'en souvenir. Cela aurait-il changé quelque chose ?

— Un peu moins de pression sur nos épaules, je présume.

— Rappelle-toi que, moi non plus, je ne suis pas infaillible. Il peut m'arriver d'omettre certains détails. Et ce détail, tu aurais dû le relever sans mon aide. Par ailleurs, le *Shanza* participera à la reconstruction et conduira les émissaires vers nos alliés. Dum Haly excepté. (Il défia ses camarades du regard.) Des objections ?

Personne ne trouva à redire, personne n'en eut la volonté ; Jeff semblait prêt à occire quiconque le contrarierait. En outre, Zerkan culpabilisait. C'était comme son compagnon l'avait dit, il aurait dû remarquer l'absence du *Shanza*. Ainsi, peut-être aurait-il employé ses efforts à dénicher des cristaux de Skírnir parmi les décombres du château afin de contacter le capitaine Sten.

— Général Caron, nous avons besoin de votre navire le plus rapide, réclama Jeff.

— Il sera fait selon vos ordres, Mon Général. J'enverrai un de mes hommes vous chercher lorsque ce sera fait.

— C'était de la rhétorique. J'irai moi-même au port en trouver un. Profitez-en pour déléguer vos affaires avant votre départ. J'imagine que vous avez beaucoup à faire.

— Bien, Mon Général.

Jeff quitta le bureau, les autres lui emboîtèrent le pas.

À l'extérieur du bâtiment, Zerkan se rappela une chose importante et réclama qu'on l'attende. Il retourna voir Berel, sortit d'une sacoche à sa ceinture un petit paquet et le lui offrit.

— Pour ta petite-fille.

— Merci à vous, Monsieur Valren. Elle en sera très heureuse.

— Pardonne-moi de ne pas pouvoir rester pour son anniversaire, le temps nous presse.

Berel s'inclina, puis le mage rejoignit ses compagnons.

Jeff donna quartier libre au groupe et ordonna la réunion deux heures plus tard, à l'auberge *L'Espadon Pourpre*. Zerkan décida de l'accompagner au port, tandis que Diana saisissait le bras d'Halfiel pour l'emmener visiter Esméla. Falène et Seïk partirent ensemble de leur côté.

Sur la grand-place, le mercenaire arpentait les allées auprès de sa bien-aimée. Il cherchait ardemment ce maudit bijoutier, telle fut la certitude de Falène alors qu'elle le regardait. S'il apparaissait anxieux et si bien des tourments les accablaient aujourd'hui, elle ne put s'empêcher de sourire en repensant à la haine factice qu'ils avaient éprouvée l'un pour l'autre, dans la forêt d'Illy. Elle était heureuse et soulagée que cette histoire fût terminée, que le mal ne les eût pas corrompus au point de leur faire commettre l'irréparable. Même si cela avait failli. D'autant plus que, à la suite de la mort du serpent géant au lac Estamp, lorsque l'insoutenable émoi s'était tu, elle avait craint que leur relation s'en trouve à jamais meurtrie.

Falène vit les mâchoires de Seïk se contracter, ses yeux s'étrécir : il venait de retrouver cet escroc qui avait voulu lui vendre son propre médaillon à un prix exorbitant. Il désigna l'homme à la demi-elfe et l'entraîna par le bras dans une attitude faussement sereine. Ils passèrent devant l'étalage sans faire d'histoires. Le coin droit des lèvres du mercenaire se leva quand il aperçut l'objet tant convoité, puis il emmena sa compagne hors de la foule oppressante du marché d'Esméla ; son espoir renouvelé était plus que perceptible.

— Je t'avais bien dit que personne ne l'achèterait pour huit mille séreins, fit remarquer Falène en réponse à son entrain.

— Encore faut-il trouver le moyen de le récupérer, car il n'est pas question que je paye ce gredin.

— Si tu y tiens tant, je peux invoquer mon rang de vice-générale pour réquisitionner ce médaillon ou demander à Jeff ou au général Caron de le faire. Zerkan pourrait même employer sa magie pour le subtiliser.

— Ne disais-tu pas, des mois plus tôt, qu'agir de la sorte était contraire à l'éthique ?

— Les temps ont changé…

— Non. Je ne peux pas vous demander de voler ou de risquer un quelconque incident diplomatique pour moi.

— N'exagère rien, ce n'est qu'un marchand. Je vois mal auprès de qui il pourrait aller se plaindre, sinon la garde. En quel cas, l'affaire serait vite classée sans suite.

Seïk la considéra, surpris.

— Tu ignores qui est cet homme ? demanda-t-il.

— Devrais-je le connaître ?

— Peut-être. J'ai entendu dire qu'il s'agit d'un marchand mandaté par Sveldetz pour faire affaire dans cette ville. S'en prendre à lui risque de causer du tort à l'Esméry. Le genre de préjudices dont nous n'avons vraiment pas besoin en ce moment.

Il y eut un silence.

— Dans ce cas, fais-moi une démonstration de tes talents, proposa Falène.

— Es-tu sérieuse ? s'étonna-t-il encore.

— Puisque tu refuses toute autre solution, je ne vois que cela. Ne disais-tu pas que tu aurais dû agir ainsi, la dernière fois, plutôt que d'emprunter la voie des honnêtes gens ?

— C'est vrai, mais…

— Tu te prétends habile voleur, je ne t'ai pourtant jamais vu à l'œuvre.

— Je t'ai volé un baiser.

— Je te l'ai donné volontiers.

— J'ai volé ton cœur ?

— Seïk, ne joue pas l'idiot.

— Si je me fais prendre, cela vous retombera dessus.

— Il n'y a aucun risque, puisque tu es un voleur compétent.

La complicité dans les yeux de Falène le ravit et le galvanisa ; il ne l'aurait jamais crue capable d'une telle incitation. Pourtant, cela n'avait rien d'étonnant venant d'elle.

— Décidément, tu sais ce que veulent les hommes.

Elle s'approcha doucement et l'embrassa.

— Tu n'as encore rien vu.

— Je ne vais pas agir en plein jour, revint-il au sujet alors qu'il chassait un frisson d'excitation. Ce marchand est vigilant.

— Avec tout ce monde, tu peux fuir et te dissimuler sans mal.

— Mon allure n'est pas banale, je serais vite appréhendé.

— Coupe-toi les cheveux lorsque tu en auras terminé.

— Hors de question.

— Alors, prenons-le en filature dès qu'il quittera la place et voyons où il entrepose son matériel.

Seïk considéra la question. Vu sous cet angle, c'était envisageable.

— Fais-moi confiance, insista Falène. Un médaillon de moins sur son étalage, sa bourse n'en verra pas la différence.

— Ce n'est pas ce qui m'inquiète. Nous ne pouvons pas nous permettre de prendre du retard sur Kalar. Il nous faudra déjà longtemps pour atteindre la Tour d'Huma, perdre ne serait-ce qu'un jour supplémentaire pourrait nous être fatal.

— Parlons-en aux autres et voyons ce qu'ils en pensent.

— Ils refuseront.

— Est-ce toute l'estime que tu as de tes compagnons ? Garde à l'esprit qu'avec les récents évènements, il est possible que ton médaillon soit un des artefacts que Kalar convoite. Ta mère ne t'a-t-elle pas fait promettre de le tenir en sûreté, quoi qu'il t'en coûte ?

— Si…

— Donc, agissons comme si tel était le cas. Il n'est pas anodin de faire une requête de ce genre sur son lit de mort sans donner plus d'explications.

— S'il avait été question d'artefact, Kalar me l'aurait pris à notre dernière entrevue.

— Il devait ignorer que tu le possédais. Ou méconnaissait-il sa véritable valeur ?

Sceptique, Seïk fut songeur.

— Il y a beaucoup d'informations qui nous échappent, enchérit Falène. Peu importe ce qu'est ce médaillon, il est préférable d'envisager cette hypothèse plutôt que de voir Kalar s'en emparer parce que nous aurions ignoré cette éventualité ; nous n'avons plus le droit à l'erreur. D'autant plus qu'il compte beaucoup pour toi.

— Cela ne te ressemble pas de croire pareilles histoires.

— Je ne sais que croire, ces derniers temps. Je ne peux cependant nier l'existence et le danger que représentent ces objets.

Seïk prit un instant de plus pour délibérer, puis il accepta la proposition. Satisfaite, Falène l'embrassa de nouveau, d'un baiser langoureux comme ils n'en avaient plus partagé depuis longtemps.

Ils poursuivirent encore un peu leur balade avant de se rendre à *L'Espadon Pourpre*. Premiers sur les lieux, ils attendirent près d'un quart d'heure la venue de Jeff et de Zerkan. Halfiel et Diana furent les derniers, avec du retard ; elle avait eu du mal à se rappeler le chemin de l'auberge.

Alors que les retardataires s'installaient autour de la table, Seïk se prépara à parler du médaillon aux corbeaux. Il pensa éviter de dévoiler leur projet de voler le marchand, de crainte que le général ne comprenne pas ce point de vue. Même si Falène le soutenait, il pressentait qu'ils n'auraient pas le dernier mot.

— Nous embarquons demain, annonça Jeff.

— Parfait ! s'écria Seïk en frappant dans ses mains.

Il prit conscience de sa réaction démesurée et eut tôt fait de la regretter, du fait qu'elle lui valait des airs étonnés. Il se racla la gorge.

— Je pensais à voix haute, se justifia-t-il.

Personne n'insista. Néanmoins, Jeff remarqua la complicité que le mercenaire et la demi-elfe échangèrent. Il soupçonna une manigance, sans toutefois s'étaler sur le sujet.

— Le navire accostera demain matin à neuf heures précises et restera à quai pendant trente minutes, dit-il. Vous avez quartier libre jusque-là. Et évitez de vous attirer des ennuis, ajouta-t-il avec un regard accusateur aussi bien adressé aux deux amants qu'à l'Ange Noir et à la jeune artiste.

— Ouaip, patron ! répondit Diana avec désinvolture.

L'attention de Jeff traîna sur Seïk et Falène, puis il attrapa Diana par l'épaule, la serra vigoureusement et lui frotta la tête de son poing. Un geste amical qui ne manqua pas de la faire enrager, provoquant ainsi la gaieté du groupe. Pourtant habituée aux plaisanteries parfois déplacées du général, elle croisa les bras, mécontente ; les rires s'invitèrent. Et sa stupeur fut grande quand elle aperçut les lèvres d'Halfiel qui s'étiraient. Elle ne l'avait jamais vu sourire avec tant de franchise, si bien qu'elle fut conquise.

Si la bonne humeur revint au beau fixe, si Jeff démontra un regain de fortitude, Falène ne fut pas dupe. Elle lisait toujours la tristesse dans ses yeux et l'enjouement qu'il affichait n'y changeait rien. Puis, l'espace d'une seconde, il lui sembla que le chagrin ne quitterait plus jamais le regard de cet homme.

Quand le crépuscule commença à envahir le ciel, Seïk et Falène retournèrent sur la grand-place et s'installèrent au bord de la fontaine d'Odin, tous deux vêtus d'habits banals en prévision de leur méfait.

Dès que le dernier rayon de soleil eut disparu, le bijoutier, réglé comme une horloge, empaqueta ses marchandises et disposa le tout dans une charrette. Il la tracta à la force de ses seuls bras jusque dans les hauteurs ouest-nord de la ville, où se situait un grand carrefour et de l'autre côté duquel était bâti un beau et grand manoir. Les rues cernaient la somptueuse demeure. Un grand mur de briques coiffé de piques ceignait la propriété et n'avait pour seule entrée qu'un large portail cadenassé.

Le bijoutier gagna le portail, l'ouvrit, s'engagea dans l'allée et prit soin de reverrouiller derrière lui. Il conduisit sa charrette dans un abri et transporta ses deux gros sacs de marchandises au sein de son palace. La porte du manoir claqua, le cliquetis de la serrure retentit deux fois.

Chapitre 33

Tel prix à qui croyait prendre

— Bouge pas ! râla Diana.

Halfiel s'efforça de rester immobile ; il devait bien reconnaître que jouer le modèle était plus difficile qu'il y paraissait. Sa compagne avait insisté pour dessiner un portrait de lui en train de scruter les étoiles depuis la fenêtre de la chambre. À présent, il commençait à regretter d'avoir accepté. Surtout qu'il repensait à ce qu'elle avait dit à propos du Créateur et de ce qu'elle lui ferait si elle le rencontrait. Cela le mettait mal à l'aise et il s'agitait sur sa chaise.

— Hal, grinça-t-elle, tu bouges trop !

— Peut-être es-tu simplement trop exigeante, rétorqua-t-il avec un ton plus acerbe que voulu.

— Je suis une artiste, c'est normal d'être exigeante.

Le silence revint, tout juste perturbé par les sons des vagues lointaines et de la ville. Puis Diana éclata de rire. Halfiel la dévisagea, et il n'eut droit qu'à une nouvelle réprimande pour s'être retourné.

Les minutes passèrent.

L'on entendit des clients, au rez-de-chaussée de *L'Espadon Pourpre*, chanter à tue-tête des airs de marins. L'ivresse les entraînait et leur gaieté semblait indifférente aux malheurs du royaume. Les mouettes qui bientôt piaillèrent donnèrent l'impression de vouloir se joindre à la chorale improvisée.

Les minutes passèrent, encore.

Une étoile filante attira l'œil du sombre guerrier. Il imagina ce qu'il pouvait y avoir au-delà de Lanvaril, plus loin que les frontières du monde. Qu'étaient ces étoiles majestueuses et qu'y avait-il dans l'espace si vaste du ciel au-dessus du ciel ?

Les minutes passèrent, pour toujours.

Halfiel se demanda ce que Seïk pouvait bien faire en cet instant. Il se souvint de leur discussion nocturne, survenue des semaines plus tôt. De ce qui les liait. Avait-il lui aussi repensé à tout cela depuis ?

— Fini ! lâcha Diana en bondissant de sa chaise.

Elle lui tendit la feuille, il se leva et la saisit.

Elle n'avait pas menti, son œuvre était parfaite. Les traits s'élançaient sur le papier avec une précision infaillible, les ombrages donnaient un réalisme époustouflant. Grâce à ce portrait, Halfiel pouvait appréhender la manière dont Diana le percevait. Une belle manière, pleine d'admiration et de plaisir.

— Tu es douée, dit-il.

— C'est vrai ? demanda-t-elle avec une fausse timidité, enchantée par ce compliment qu'elle aurait d'ordinaire accepté comme une simple vérité.

Il hocha la tête, elle explosa de joie et lui sauta au cou. Déséquilibrés par l'élan, ils tombèrent sur le lit et elle se retrouva à quatre pattes au-dessus de lui.

Il lâcha le dessin. Peu habitué à ce genre de situations, bien qu'il fût d'ordinaire stoïque lorsqu'elle se comportait ainsi, il frémit. Les jolis yeux verts de la jeune femme l'envoûtaient au point de lui faire oublier tout le reste. S'il ne pouvait nier qu'il lui avait toujours reconnu des charmes indéniables, il développa la certitude de ne l'avoir encore jamais appréciée à ce point. Pour elle, en revanche, cette situation ne faisait qu'amplifier ses sentiments admis lors de la halte au bourg d'Einjell. Elle se montrait fort incapable de se détourner de son regard flamboyant et, enhardie par le désir de l'embrasser, même sa gêne ne parvenait pas à la déloger.

Leurs cœurs battirent plus fort, plus vite.

Halfiel se rappela que, par le passé, il avait éprouvé un sentiment similaire. Mais pas pour la jeune artiste. Ainsi blessé par le souvenir de Mayline, il baissa les yeux. C'est alors qu'il vit ce qu'il n'aurait peut-être pas dû voir : la chemise de Diana était trop ouverte et lui apparaissaient ses seins nus. Il n'y fut pas insensible. Envoûtée par ses propres fantasmes que la situation faisait naître, Diana mit un certain temps à réaliser qu'il lorgnait sa poitrine ; elle baissa la tête, découvrit son large décolleté puis regarda de nouveau son compagnon. Et la honte fit son office. Elle le gifla, sauta du lit, reboutonna sa chemise et saisit son matériel de dessin pour replonger dans son art, le visage rubicond.

Allongé et immobile, Halfiel observait le plafond. Cette plaisante vision qu'il devait au hasard resterait à jamais gravée dans sa mémoire.

Les deux amants de sombres habits vêtus patientèrent une heure de plus après que les dernières lumières du manoir se furent éteintes. Telles des ombres, ils traversèrent le carrefour et escaladèrent le haut mur d'enceinte ; ces piques destinées à prévenir de toute intrusion n'étaient pour eux rien de plus que des fioritures. Dans le grand jardin, Seïk remarqua comme l'herbe était bien coupée, douce et fraîche malgré la chaleur, un gazon entretenu qui révélait la méticulosité de son propriétaire. Pendant ce temps, Falène courut à la porte du manoir et y colla l'oreille. Elle ne perçut aucun son. Elle fit signe à son complice, il la rejoignit et crocheta la serrure.

Les charnières pivotèrent sans un bruit. Ils entrèrent et refermèrent avec délicatesse, avancèrent jusqu'au centre du hall avec une démarche féline et firent halte afin d'examiner le lieu.

De chaque côté du vestibule, il y avait un couloir et une porte close ; les couloirs, éclairés par la demi-lune et les lueurs de la ville qui parvenaient jusqu'aux fenêtres, débouchaient sur une aile du bâtiment. À la différence, le mur nord comportait trois corridors ; celui du milieu était plongé dans le noir tandis que ses voisins permettaient d'accéder à l'étage supérieur.

L'investigation débuta par la zone est. Près d'une dizaine de minutes s'écoula pendant que les voleurs écoutaient aux portes pour repérer et éviter la chambre du marchand et investissaient les pièces à la recherche de son matériel. Sans succès. Ils répétèrent les opérations dans l'aile ouest et fouillèrent encore quelques minutes avant que leur persévérance soit récompensée. Au bout d'une coursive se trouvait une porte fermée à double tour, la seule à être verrouillée jusqu'à présent. Elle ne résista qu'une seconde aux mains expertes du mercenaire.

De l'autre côté, il y avait une salle joliment décorée, sans fenêtres, éclairée de quatre petites magi-lampes et remplie d'objets de grande valeur. Tout était rangé avec soin, chaque marchandise y trouvait sa place. De fait, il ne fallut pas longtemps au mercenaire pour repérer le médaillon aux corbeaux, enfermé dans une vitrine au milieu d'autres bijoux à l'apparence atypique.

— Comme on se retrouve, murmura-t-il avec un air malicieux.

Il s'empara de l'objet, le passa à son cou et le cacha sous sa chemise ; ce fut un soulagement de le sentir de nouveau contre lui.

Le lointain son d'une porte que l'on ouvre de manière pataude sonna l'alerte. Les deux amants quittèrent la pièce et revinrent au couloir adjacent. Ils y jetèrent un rapide coup d'œil, continuèrent sur leur droite et recommencèrent à l'angle suivant. Ils traversèrent le petit vestibule de l'aile ouest et s'arrêtèrent devant le corridor qui les séparait du hall d'entrée lorsqu'ils entendirent des bruits de pas ; cela provenait d'en face. Ils firent demi-tour, entrèrent dans la première pièce qu'ils croisèrent, fermèrent doucement. Ils se collèrent dos à la porte et retinrent leur souffle.

Un coup d'œil sur les fenêtres, en face, qui donnaient sur le jardin de la propriété. Un autre sur l'imposant bureau, à droite, et sur la large bibliothèque encastrée dans le mur, derrière. Un dernier sur les armes décoratives suspendues aux cloisons et les voleurs soupirèrent en silence.

Seïk se dépêcha d'aller ouvrir une des fenêtres.

— Après vous, s'inclina-t-il vers sa compagne.

— Courtois en toutes circonstances, répondit-elle, amusée.

Elle sortit la première.

La porte s'ouvrit brusquement. Seïk eut tout juste le temps de voir le marchand débouler qu'il fut saisi par le bras et projeté contre le bureau. Le meuble massif, pourtant en chêne, se fendit sous la violence de l'impact. Interpellée par le vacarme, Falène revint à la fenêtre et aperçut le bijoutier qui s'approchait de son compagnon mal en point. Elle entreprit de l'arrêter, mais l'homme l'avait repérée. Alors qu'elle repassait par l'issue, elle reçut un coup de pied et retomba sur le dos ; elle en eut la respiration coupée.

— Petits vauriens, vous ne perdez rien pour attendre, fulmina le marchand.

Il saisit un fleuret accroché au mur et se rua sur Seïk. Ce dernier se jeta sur le côté et heurta le sol ; une vive douleur lui mordit le dos et le paralysa un court instant. Il parvint de justesse à rouler pour éviter le second coup et tira un couteau de son baudrier, le lança aussitôt. La lame se planta dans l'épaule de l'homme d'affaires. Seïk profita de la distraction pour se relever et sauta par la fenêtre. Il tenta une réception par roulade avant, s'échoua lamentablement dans l'herbe à cause d'un second pic de douleur. Falène se remettait de sa chute quand elle vit l'acrobatie malhabile, et elle se précipita pour l'aider à se relever. Il grimaça et chut sur le flanc ; ses jambes ne le supportaient plus, il en avait même perdu l'usage.

— Pars ! la supplia-t-il.

— N'y compte pas.

— Je ne passerai pas le mur !

De forts et affreux bruits organiques attirèrent leur attention vers le cabinet de travail.

— Je crois que c'est le dernier de nos soucis, déglutit Falène.

Malgré la pénombre, ils virent la peau du marchand s'assombrir. Ses muscles se développèrent au point de déchirer ses vêtements. Ses lèvres disparurent, ses dents s'allongèrent pour former des crocs. Sa tête s'élargit, des cornes percèrent son crâne et s'étirèrent vers l'arrière, ses oreilles s'affinèrent en pointes. Il se voûta légèrement, une queue lui poussa et chaque vertèbre se prolongea en une épine osseuse. Ses jambes devinrent des pattes monstrueuses, ses bras gonflèrent encore, des griffes remplacèrent ses ongles. Alors que sa métamorphose se finalisait, il arracha les restes de sa tenue.

Cette apparence… Un souvenir vague et lointain, suffisant pour horrifier le mercenaire. D'un mot d'une secousse, Falène le rappela à l'urgence et l'aida à se traîner vers le portail. Ils n'avaient fait que trois mètres lorsque le monstre détruisit d'un coup un pan du mur, s'élança dehors et gronda à la lune.

Seïk se débattit.

— Laisse-moi ! implora-t-il la demi-elfe. Cours !

— Pour le regarder te tuer ? répliqua-t-elle avant de s'écarter et de tirer son épée face au monstre. Amène-toi, tas de pus !

— Je vais te faire payer ton insolence, femelle, promit ce dernier d'une voix démoniaque. Tu me supplieras de t'achever.

Il chargea à une vitesse surprenante et manqua de peu de la percuter, Falène lui infligea deux profondes estafilades. La douleur le fit s'arrêter net et tituber un bref instant, puis ses blessures se refermèrent sous les regards stupéfaits. Il pivota, bondit et abattit sa main griffue, Falène recula et l'estoqua en plein cœur. Il mima une grimace alors que la lame transperçait puis quittait sa chair en laissant échapper un petit jet de sang, et la plaie guérit de nouveau.

Falène évita l'attaque suivante et riposta d'une série de bottes habiles que le monstre esquiva à son tour ou qu'il endura. Elle bondit en arrière, il chargea, elle sauta, il fit volte-face, et la danse se poursuivit. À chaque coup, la demi-elfe se montra plus rapide, tant qu'elle parut dominer le duel. L'apparente invincibilité de son adversaire n'entama pas une seconde son moral, si résolue à vaincre qu'elle fût. Pour cause, sa vie et celle de son bien-aimé en dépendaient.

Seïk chercha un endroit où se réfugier, conscient qu'il était un poids mort. Rien cependant ne lui permit d'espérer se mettre hors d'atteinte. Les rares arbres étaient, comme le mur d'enceinte, trop hauts pour être escaladés à la seule force des bras. Frustré par son incapacité à fuir, il regarda le combat se dérouler et réfléchit à une solution. C'était la seule chose qu'il pouvait faire, mais il lui fallait se rendre à l'évidence : il n'y avait aucune échappatoire.

Falène heurta le monstre d'un coup d'épaule et le fit tomber à la renverse, puis elle courut jusqu'au grand portail. Elle le provoqua, dans l'idée qu'il effectue une charge pour enfoncer la barrière, mais il se releva, la pointa du doigt et lâcha un rire gras.

— Me prends-tu pour un imbécile ?

Il marcha vers le mercenaire. Seïk lança ses deux couteaux restants puis se traîna durement ; l'un se ficha dans la jambe, l'autre dans la tête, mais aucun ne ralentit le monstre. Falène se jeta alors dans la mêlée. C'était précisément ce que l'ennemi attendait, et elle fut frappée au thorax d'un revers de poing, d'une attaque qu'elle ne sut anticiper à cause de la peur de voir son amant mourir. Elle entendit les vives protestations du mercenaire avant de rebondir à deux reprises sur le sol. Elle se releva avec difficulté, sa poitrine lui faisait un mal de chien. Elle chancela, dressa malgré tout sa garde.

Le monstre vint à elle sans se presser, puis ils combattirent encore.

Au cours des deux minutes qui suivirent, Falène fut harcelée de coups. Seïk vit la fatigue avoir raison d'elle, elle dont les esquives devenaient plus lentes et les ripostes moins franches. Jusqu'à ce qu'elle soit touchée. Elle tomba, le côté gauche du visage en sang. Seïk la crut morte et sentit son cœur s'arrêter. Il fut à peine soulagé de la voir remuer et ce ne fut que partie remise : le monstre agrippa la bretteuse par les cheveux, la souleva sans qu'elle se débatte et plaqua une griffe contre sa gorge. Il la colla contre lui, la tête défigurée de la belle à même hauteur que la sienne, alors qu'il se tournait vers le mercenaire.

— Tu la rejoindras bien assez tôt, promit-il avant de lâcher un ricanement à glacer le sang.

Les deux amants se regardèrent, impuissants. Seïk était plein d'effroi, Falène n'avait plus la moindre étincelle d'espoir dans les yeux.

Ils savaient qu'ils n'en réchapperaient pas. Et la griffe bougea.

Le temps sembla ralentir. Les sens en ébullition, Seïk pria les dieux pour que cela ne soit qu'un mauvais rêve. Il se demandait comment un simple cambriolage avait pu dégénérer à ce point. Pourquoi n'était-il pas capable de guérir comme le jour où ce mage arrasien l'avait poignardé ? Pourquoi son lien avec Halfiel ne le rendait-il pas définitivement plus fort ?!

Son dos l'élança, il serra les dents.

Une lueur orangée traversa brièvement l'espace. Frappé de plein fouet entre les omoplates, le monstre lâcha Falène et avança de trois pas. Alors qu'il faisait volte-face, enragé, des murmures s'élevèrent. Un nuage tumultueux apparut à un mètre au-dessus de lui et le foudroya pendant plusieurs secondes. Quand les éclairs cessèrent et que l'entité s'évapora, il ne resta du marchand qu'un corps difforme, fumant et calciné jusqu'aux os.

Seïk se figea au point de ne plus respirer. Il ne comprit la situation qu'au moment où la grille s'ouvrit et que Jeff et Zerkan entrèrent. Alors, il souffla et remercia le ciel d'avoir écouté ses prières.

— Vous avez pris votre temps, reprocha-t-il avant de grimacer de douleur.

— Tu es blessé ? s'enquit Zerkan qui venait à lui.

— Je survivrai, occupe-toi de Falène.

Le mage le considéra, sceptique, jurant que son compagnon avait besoin de soins. Seïk insista, aussi alla-t-il auprès de la demi-elfe.

Elle était épuisée, hagarde. Trois grosses griffures entaillaient le côté gauche de son visage. Une plus petite de deux centimètres, plus profonde, ornait son cou.

— Ce n'est pas joli à voir, dit Zerkan. Un peu plus et tu y passais.

— J'ai bien cru qu'il m'avait brisé la nuque, se moqua-t-elle en essayant de sourire.

Ses plaies s'étirèrent, elle se raidit et lâcha un son rauque.

— Ne parle pas, je vais arranger ça.

Il plaça ses mains près des blessures et se concentra. Sans même réciter de quelconques formules en langue Arcane, n'en manipulant les flux que par la pensée, une douce et chaude lumière se manifesta. La chair se referma peu à peu et le mal disparut tout entier. Falène retrouva même un semblant de vigueur.

— Seïk a besoin de toi, dit-elle. Il ne peut plus marcher.

Zerkan fusilla le mercenaire du regard.

— Je ne vais pas en mourir, se défendit le blessé. Je dois quand même admettre que les bureaux d'ici sont particulièrement solides.

— Cette plaisanterie est de mauvais goût. Tu risques de finir tes jours assis dans un fauteuil, en es-tu conscient ? J'ignore si je vais réussir à te guérir.

L'expression de Seïk changea, il n'avait pas vraiment réalisé tout ce qu'impliquait son état. Fort heureusement, un rapide examen permit de constater que la blessure était moins grave qu'il y paraissait, quelques vertèbres à replacer. Zerkan n'eut pas besoin d'employer la magie pour faire son office, de simples pressions aux bons endroits suffirent à remettre d'aplomb son camarade. Ce ne fut pas sans douleur, mais Seïk retrouva avec joie l'usage de ses jambes.

Les quatre compagnons se réunirent, et les deux amants se tinrent face à Jeff dont la fureur était grande.

Il les gifla. Ni Seïk ni Falène ne protestèrent.

— Je sentais que vous prépariez quelque chose, mais j'étais loin d'imaginer que vous agiriez avec autant de bêtise !

— Je suis la seule fautive, déclara Falène.

— Vous l'êtes tous les deux ! Pourquoi êtes-vous venus ici ?

— Pour récupérer ceci, se justifia Seïk.

Il sortit le médaillon de sous sa chemise.

— Vous mettez vos vies en danger dans l'unique but de voler un bijou ?! Mais qu'est-ce qui vous prend ?

— Pas n'importe lequel, se défendit-il. Je regrette que les choses aient ainsi tourné, mais je devais le récupérer à tout prix. Il appartenait à ma mère, à sa mère avant elle et à la mère de sa mère. Il s'agit d'un trésor familial.

— Elle lui a fait promettre de le protéger au péril de sa vie, ajouta Falène.

— Pour quelle raison ? demanda Jeff qui commençait à leur accorder le bénéfice du doute.

Seïk haussa les épaules.

— Nous ne savons pas, répondit la demi-elfe. Il est probable qu'il s'agisse d'un des artefacts que Kalar recherche. Jeff, tu sais que nous ne pouvons pas nous permettre d'ignorer de telles éventualités, aussi fabuleuses soient-elles.

— Te lancer dans de pareilles mésaventures pour des histoires incertaines ne te ressemble pas, gronda-t-il.

— C'est ce que je lui ai dit, appuya Seïk.

D'un regard noir, Jeff lui intima de se taire.

— Je crois que, dans l'immédiat, nous avons plus urgent, coupa court Zerkan qui examinait le cadavre calciné du monstre. C'est un gunrock. Oui, aucun doute là-dessus.

— Un démon…, marmonna Seïk qui comprenait enfin ce vague souvenir et la terreur plus tôt éprouvés, rappel des récits lus et entendus à leur sujet au cours de sa jeunesse.

— Vous avez de la chance d'être encore en vie, les gunrocks sont des prédateurs terrifiants. Ils ne craignent pas les coups physiques, seule la magie peut en venir à bout. Si nous n'étions pas intervenus… (Il lança un regard complice à Jeff.) Je ne pensais pas trouver mon utilité au sein de ce groupe si rapidement.

— Les démons ne sont-ils pas censés avoir été éradiqués après la Tragédie de Sholan ? interrogea le mercenaire.

— Ce gunrock n'est pas une preuve suffisante à tes yeux ?

— Vu sous cet angle…

— Qu'un démon ait vécu aussi longtemps, qui plus est à Esméla, me préoccupe, dit Jeff. Si un a réchappé à la purge, il peut y en avoir d'autres.

— Je le crains aussi, soutint Zerkan. Nous ferions bien de nous intéresser à ce problème et de prendre les mesures adéquates au plus vite. Et d'éviter d'ébruiter l'affaire, par la même occasion. Qu'il subsiste des démons parmi nous, de surcroît des démons capables de prendre forme humaine… Je n'imagine pas la panique que causerait une telle révélation.

— Retournez à l'auberge, enjoignit le général aux deux amants. Zerkan et moi nous chargeons du reste.

Seïk et Falène le dévisagèrent, curieux de connaître ses intentions, mais l'attitude sévère et autoritaire qu'il adoptait les incita à partir sans rechigner. En vérité, il n'était plus tant furieux à cause du fait qu'ils avaient mis leurs vies en danger, mais parce que l'apparition du gunrock impliquait de nouvelles responsabilités. Il allait à présent devoir effacer les preuves de l'existence de ce démon et organiser une chasse pour dénicher ceux qui auraient survécu à la précédente traque, environ six mille cinq cents ans auparavant. Un énorme point noir sur le tableau alors que les effectifs manquaient cruellement pour engager une contre-offensive contre Drezn et protéger l'Esméry.

Chapitre 34

Soleil de plomb

La fraîcheur de l'aube faisait frissonner les lève-tôt affairés à leur labeur en plein air. Cela ne dura guère et ils le regrettèrent au moment où le soleil mordit les chairs, d'autant plus qu'un après-midi torride s'annonçait. Fait plus agaçant selon eux : nombreux seraient les touristes à envahir les plages aux abords de la ville. Ainsi, les étendues sableuses seraient noires de monde à la fin de leur journée de travail et en profiter leur serait difficile. Car telles étaient les joies et les peines de l'été et de ses cagnards, même lorsque, son heure de gloire pourtant révolue, il s'échinait à contester la légitimité de l'automne.

Premier sorti, Jeff patientait devant *L'Espadon Pourpre* et écoutait la jeune artiste se plaindre de la chaleur.

— Elle sera bien pire lorsque nous atteindrons Sern, lança-t-il.

— Mais pourquoi on a dit qu'on allait récupérer cette bague ? se maudit-elle tandis qu'elle passait le palier de la porte. Je savais bien que j'aurais dû retourner me coucher après avoir été faire caca.

— Si empêcher Kalar de s'emparer de la *Bague Ardente* est aussi primordial que l'annonçait Sa Majesté, elle nous serait apparue d'une manière ou d'une autre pour nous avertir, cela quoi qu'il en coûte, souligna Falène. Que tu répondes à son appel lui aura simplement facilité la tâche.

Huit soldats passèrent au pas de course à proximité de l'auberge, sans s'arrêter pour saluer le général.

— Halte-là, soldats ! ordonna Jeff.

La troupe ralentit le pas. Un des deux hommes en tête du peloton vint à sa rencontre.

— Bons dieux de bons dieux ! C'est pas le moment de nous chercher des noises ! Qu'est-ce qui vous prend de…

Il se tut alors qu'il reconnaissait son supérieur. Il lui fallut deux petites secondes pour cela, moins d'une pour se mettre au garde-à-vous, sitôt imité par le reste de l'escouade.

— Je vous prie de bien vouloir pardonner mon insolence, Mon Général.

— Repos, soldats, fit Jeff. Je ne vous ai pas interpellés pour vous réprimander. Dites-moi plutôt ce qui nous vaut cette agitation ?

— Rien de grave, Mon Général, soyez rassuré. Enfin… Il y a eu un incendie dans les hauteurs de la ville, mais la situation est sous contrôle.

— Quelle est l'ampleur des dégâts ?

— Un bâtiment réduit en cendres. Il s'agit du manoir de monsieur Durieux.

— Ce nom ne me dit rien.

— Monsieur Durieux est un riche marchand izenois qui s'est installé ici il y a trois ans. Il travaille tous les jours au marché de la grand-place, il a obtenu l'autorisation de faire affaire de feu Sa Majesté en personne. Ou, devrais-je dire, travaillait. Nous avons trouvé le corps d'un homme parmi les décombres. Malheureusement, il est à ce point calciné que nous sommes incapables de l'identifier. Pour l'heure, du moins. Et nous revenons justement de la grand-place, de laquelle monsieur Durieux est absent. Aucun des commerçants que nous avons interrogés ne l'a vu aujourd'hui, ce qui laisse présumer de son décès, je le crains.

— Voilà qui est ennuyeux, fit Jeff qui portait une main à son menton pour faire mine de réfléchir. Rien d'autre ?

— Non, Mon Général. Le feu n'a pas réussi à se propager. Par chance.

— Des témoins ?

— Peut-être. Nous ne connaissons pas encore le rapport, raison pour laquelle nous nous empressons de retourner sur les lieux du crime. Une autre équipe mène en ce moment l'enquête auprès du voisinage.

— Bien. Dans ce cas, continuez et faites de votre mieux.

Le soldat le remercia pour sa bienveillance et salua, comme le reste de l'escouade, avant de repartir au trot.

— Alors, le manoir de cet escroc a pris feu, souligna Seïk après s'être assuré que personne n'épiait la conversation.

— Il semblerait, répondit Jeff d'un air peu soucieux.

— Ne joue pas à cela avec nous, lança Falène d'une voix sèche.

Jeff lui retourna un regard glacial.

— Tu n'es pas en position de revendiquer quoi que ce soit. Des affaires autrement plus importantes nous réclament et nous ferions bien de nous concentrer dessus.

— Ce marchand n'était pas mandaté par Sveldetz pour commercer dans cette ville ? questionna Seïk tandis qu'il repensait aux paroles de Gonzo, cet elfe comédien qui l'avait empêché de commettre son larcin lors de son précédent séjour à Esméla.

— Pas que je sache. Qu'est-ce qui te fait dire cela ?

— Pas grand-chose, mentit-il. Je me dis seulement que si ce marchand appartient à la haute société de Sveldetz, il doit être affilié au Centre de Gestion Commerciale de Sveldetz. Si c'est le cas, je mettrai ma main à couper qu'ils demanderont des comptes quand ils auront vent des faits.

— Nous verrons bien, conclut Jeff. Dépêchons-nous, nous risquons de manquer notre transport.

Il se mit en marche vers le port, Zerkan lui emboîta le pas.

Dubitatifs face à la discussion et aux réactions de leurs compagnons, Halfiel et Diana portèrent leur attention sur les deux hommes qui s'éloignaient, puis sur le mercenaire et la demi-elfe.

— J'ai l'impression d'avoir raté un épisode, déclara la jeune artiste.

— Allons, tu te fais des idées, répliqua Seïk avec frivolité.

— Jeff a raison, insista Falène, nous devons nous dépêcher si nous ne voulons pas que le navire quitte le port sans nous.

— Mouais, souffla Diana.

Elle leur lança un dernier regard suspicieux et descendit à son tour les marches qui bordaient le bâtiment. Halfiel ne s'obstina pas lui non plus. Falène ferma la marche, puis elle s'immobilisa après quelques pas pour s'intéresser à son bien-aimé resté planté devant l'auberge, tourné vers l'amont de la rue où les huit soldats s'en étaient allés. Après plusieurs secondes, il la rejoignit. Côte à côte et à l'écart du groupe, ils n'eurent nul besoin d'échanger pour partager la même pensée : le général et le mage étaient à l'origine de l'incendie. Et qu'avaient-ils fait des restes du démon ? Avaient-ils remplacé ce dernier par un corps humain pour maquiller la vérité ?

L'immense navire tant attendu perça la brume matinale avec près d'une vingtaine de minutes de retard. Ce géant de fer, baptisé *Le Mékiu*, était si long et large que les marins pêcheurs avaient été contraints d'éloigner leurs bateaux pour faire place nette au colosse.

Sans surprise, Diana s'émerveilla d'une manière expressive qui attira l'attention sur elle. Entre autres celle d'Halfiel qui ne cessait de l'observer depuis la veille au soir. Il se dit qu'il l'avait toujours connue avec cette attitude excentrique, mais c'était bien la première fois que cela éveillait en lui un sentiment de réconfort. Cette force de vivre qu'elle dégageait le rassérénait, lui faisait oublier ses tourments. C'était si agréable… Et il repensa à la vue de ses seins nus. Il sentit son nez lui piquer et ses joues devenir chaudes. Fort heureusement, personne ne le vit ; cela lui épargnerait les sarcasmes.

— Un bijou de l'ingénierie de Cartemancia, parla un homme à la voix grave.

Diana se retourna dans un sursaut. Son moment de tranquillité lui aussi chahuté par cette intrusion, Halfiel empoigna son épée d'un simple réflexe ; la main du général jaillit et bloqua la sienne.

— Calme-toi, lui enjoignit Jeff avant d'examiner le fauteur de trouble.

C'était un homme grand et large d'épaules, la peau noire, des lèvres épaisses et le nez épaté ; la physionomie typique des gens de Gomsir. Ses cheveux, rassemblés en de nombreuses tresses, tombaient sur ses épaules. Il avait un bouc fourni et une fine barbe ornait sa mâchoire inférieure. Des lunettes teintées protégeaient ses yeux aussi bien de la vive lumière du soleil que des regards intrusifs. Le grand manteau qu'il portait servait davantage son allure qu'à cacher son épaisse ceinture agrémentée de sacoches et son baudrier plein de poches, ainsi que la lame pendue à sa hanche droite. La fine cotte de mailles qu'il revêtait était d'ailleurs discernable sous sa chemise de lin.

— Cela fait des années que leurs ingénieurs travaillent dessus, poursuivit l'inconnu qui demeurait face à l'océan. Son moteur est un modèle à vapeur de nouvelle génération qui recycle l'eau de mer plutôt que de brûler du charbon. Ce système présente toutefois un inconvénient majeur : le sel ; cela a un effet corrosif sur les alliages métalliques. Un problème qui pousse néanmoins les ingénieurs à plancher sur un nouveau prototype issu de la magi-technologie. Pollution zéro, entretien zéro, durée de vie illimitée, prétendent-ils. Et le premier verra le jour dans moins d'un an. Impressionnant, n'est-ce pas ? De quoi attiser la jalousie de l'Izen et de ses bateaux équipés de moteurs électriques tout en égalant l'Esméry et son aélithe si précieusement gardée.

Il tourna la tête vers les compagnons, puis son corps tout entier. Il tendit la main.

— Si mes informations sont exactes, vous êtes le général Jeff Malaski.

— Elles le sont, répondit Jeff en lui serrant la main.

— Je m'appelle Thomas Ferlance. J'enquête pour le gouvernement de Gomsir sur les affaires que menait monsieur Durieux, le propriétaire du manoir qui a brûlé cette nuit. Comme vous devez le savoir, cet homme travaillait pour Sveldetz. Mes employeurs le soupçonnent d'être… comment dire… plus que ce qu'il paraissait. Malheureusement, avec sa mort et la destruction de ses biens, mon enquête risque très vite de trouver son terme.

— En quoi cela me concerne-t-il ?

— Vous êtes l'homme le plus haut gradé de ce royaume, rien ici ne doit vous échapper. J'espérais donc que vous m'aideriez à obtenir des réponses.

— Je regrette, je ne vous suis d'aucune utilité. Ma position au sein de la hiérarchie esmérienne ne fait pas de moi quelqu'un d'omniscient. D'autant plus que mes compagnons et moi-même partons pour une mission qui ne me laisse guère le loisir de gérer ce genre de problèmes. Si vous avez des questions, posez-les à l'officier qui dirige la sécurité de cette ville et aux équipes chargées d'enquêter sur l'incident. Ou bien au maire. Sinon, vous pouvez toujours interroger le voisinage.

— De cela, je me suis déjà chargé. Selon les témoignages, il y a eu du grabuge au sein de la propriété de monsieur Durieux, hier, tard dans la soirée. Plusieurs affirment avoir aperçu deux individus combattre une bête sauvage dans le jardin. Au cours de la bataille, deux autres seraient intervenus pour éliminer la créature en employant des armes qui, je cite : « faisaient beaucoup de lumière ». Les quatre suspects se seraient séparés peu après, à la suite d'une dispute. Les deux restants auraient utilisé leurs armes lumineuses pour mettre le feu à la propriété avant de fuir avec le cadavre de la bête.

— Les suspects ont-ils pu être identifiés ? s'enquit Jeff que les révélations laissaient de marbre.

— Malheureusement non. Le jeu serait toutefois moins passionnant si toute la vérité était faite sans avoir à creuser un peu, n'êtes-vous pas d'accord ?

— Comment saviez-vous que vous trouveriez le général Malaski ici ? demanda Zerkan sur un ton méfiant.

— Des soldats présents sur les lieux du crime m'ont informé qu'ils ont rencontré monsieur Malaski devant l'auberge *L'Espadon Pourpre*. La tenancière m'a à son tour appris que je le trouverais ici même.

Zerkan échangea un long regard avec lui. Si la réponse de cet homme était tout ce qu'il y avait de plus crédible, s'il parlait avec une grande transparence, il donnait l'impression de cacher un lourd secret. Il y avait une fausse note dans la mélodie qu'il jouait, mais le mage ne savait dire laquelle. Un sentiment qui fut renforcé lorsque Thomas Ferlance esquissa un sourire. Ce geste n'était toutefois pas destiné au mage, pas plus qu'il n'était la preuve d'un double jeu. Thomas réagissait au comportement du mercenaire, car Seïk se tenait d'une manière qui laissait croire que l'évocation de cette affaire le dérangeait. Un changement d'attitude à peine perceptible que Thomas décelait ; après tout, remarquer ce genre de détails, aussi infimes fussent-ils, était bien ce qui faisait de lui un détective hors pair.

— Si vous me permettez d'insister, Monsieur Malaski, mes employeurs souhaitent vivement que cette enquête soit menée à bien. C'est d'ailleurs la raison qui les pousse à faire appel à mes compétences, voyez-vous. Et si les éléments glanés au cours de mon enquête sont confidentiels, je peux au moins vous affirmer qu'il en va de la sécurité mondiale. Comprenez-vous ?

— Rien que ça, se moqua Zerkan.

— Je comprends, fit Jeff, mais, comme je vous l'ai dit, je ne sais rien. Nous devons embarquer sur *Le Mékiu*, aussi m'en voyez-vous navré de devoir écourter notre discussion. Sachez que j'aurais aimé vous être d'une plus grande aide. Cela dit, j'espère que votre enquête aboutira. N'hésitez pas à travailler de concert avec mes hommes. S'ils refusent de coopérer, dites-leur que c'est un ordre de ma part.

— J'apprécie grandement votre contribution à cette affaire, s'inclina Thomas. Hélas, si les mots suffisaient…

En réponse, Zerkan agita les mains en une danse harmonieuse. Dans sa paume droite apparut un insigne sur lequel étaient gravés son prénom et son nom. Il le tendit à l'enquêteur.

— Prenez ceci et montrez-le-leur, dit-il. Il s'agit de l'insigne des Chevaliers de l'Ordre d'Esméry. Le mien. Il vous servira de passe-droit. Je vous conseille d'aller jeter un œil aux archives du quartier général d'Esméla autant qu'à celles de la mairie. Vous y trouverez peut-être des informations utiles sur ce marchand.

L'enquêteur s'inclina plus bas encore.

— Merci mille fois de m'accorder ce privilège, Monsieur… (Il lut la petite plaque.) Valren. Je prierai pour que votre entreprise soit menée à bien. Lorsque vous en aurez terminé avec votre mission, venez à Gomsir et faites-moi mander que je vous restitue votre bien. Je le garderai en sûreté d'ici là.

Il y eut de nouvelles poignées de mains, un bref moment de suspens et l'enquêteur partit. Les compagnons l'observèrent quitter le port.

— Tu joues avec le feu, reprocha Falène au mage. Abuser cet homme comme tu viens de le faire risque de nous attirer des ennuis.

— Tu t'inquiètes de trop, nous serons loin lorsqu'il se rendra compte de la supercherie, relativisa Zerkan.

— Nous, peut-être, mais le royaume ne va pas s'envoler. Cela pourrait bien créer des dissensions entre Gomsir et l'Esméry.

— Je doute qu'il soit dupe à ce point, fit remarquer Jeff. S'il est aussi compétent qu'il le prétend, il nous a déjà démasqués. Mais inutile de paniquer, il semble que ses intérêts – par conséquent ceux de ses employeurs – et les nôtres concordent.

— J'ai pas tout compris, lâcha Diana. Si on a les mêmes intérêts, pourquoi lui avoir donné un faux passe-droit ?

— Parce que c'est amusant ? répondit Zerkan d'un air innocent.

— Ton peu de sérieux nous coûtera cher, gronda Falène.

— Ne t'en fais pas, nous les contacterons, lui et le gouvernement de Gomsir, dès que nous en aurons l'occasion afin de nous entretenir au sujet de ce Durieux. Il y a en effet des détails dont nous devrons débattre sitôt notre présente affaire terminée.

Pour Diana et Halfiel, cette conversation ajoutait à l'intrigue que menaient leurs compagnons. Ces quatre-là complotaient quelque chose, la jeune artiste en avait maintenant la certitude. Elle n'insista pas pour autant, elle préférait recueillir des preuves avant de faire éclater le scandale ; l'intervention de cet enquêteur lui donnait de nouvelles motivations pour le moins euphorisantes, quoique éphémères. Pour Jeff et Zerkan, en revanche, aussi pour Seïk et Falène dans une moindre mesure, cette rencontre était une aubaine. Thomas Ferlance avait laissé entendre que le gouvernement de Gomsir savait pour la survie d'un ou plusieurs démons. Cela faciliterait le dialogue à venir en plus de certifier que l'Esméry ne serait pas seule pour affronter ce fléau.

Mais, plus urgent, il fallait s'occuper de Kalar.

Ce fut avec cette détermination que les compagnons embarquèrent sur *Le Mékiu* où nombre de passagers, non originaires d'Esméry, les dévisageaient depuis un bon moment. Les cheveux rouge sang du général et la noirceur des ailes d'Halfiel en étaient la cause. Des attentions remplies de préjugés, des méfiances injustifiées que Diana ne manqua pas de remarquer ; cela l'échauffa très vite. Elle se rappelait cependant la réprimande que Jeff lui avait adressée dans la planque de la Résistance d'Ajul, aussi passa-t-elle près de ces voyageurs avec l'envie folle de leur coller une baffe, retenant sa fougue pour ne pas risquer de se faire débarquer du navire pour agression.

Leurs cabines attribuées par les hôtesses et l'interdiction donnée de circuler avec des armes à bord du *Mékiu*, ils allèrent y déposer leurs affaires. Petites, bien équipées et agencées de façon très ingénieuse, Diana fut la première – et la seule – à les explorer de fond en comble. Ce fut ainsi qu'elle découvrit, dans un placard, des vêtements à l'apparence inhabituelle. Elle se demanda d'abord si un précédent usager n'avait pas juste oublié sa garde-robe, puis elle en saisit un qui était d'une finesse et d'une élasticité jamais vues et s'interrogea sur sa fonction. Son imagination fit plus d'un tour, en vain.

Elle quitta sa cabine et entra dans celle d'en face.

— Falène ! C'est quoi ce machin ? demanda-t-elle en tendant l'objet.

— Un baudrier, peut-être ? suggéra la demi-elfe après un bref examen.

Peu convaincue par cette explication, la jeune artiste le passa autour de son buste. Malgré son étonnante souplesse, l'habit émit des craquements inquiétants. Et puis, en y regardant mieux, que pouvait-on accrocher à un baudrier aussi mince ?

Non, de toute évidence, ce n'en était pas un. Ni une coiffe. Et après tout, quelle importance ? Elle retourna dans sa cabine, le balança sur sa couche et ferma la porte à double tour, fin prête à partir en exploration.

Les six compagnons se rendirent en premier lieu à la taverne ; ils comptaient bien profiter des jours de répit qui s'annonçaient, quitte à se forcer, et quoi de mieux pour cela que de commencer les villégiatures par une chope de bière ou d'hydromel ? Sinon d'un alcool plus fort. Les tensions accumulées depuis la destruction d'Esméry et les nouvelles survenues ce matin se devaient d'être apaisées, ils en avaient tous grand besoin. Même si Diana craignit au débotté que ce silence pesant, surgi au départ des cabines, dure encore et encore…

Aux portes de la taverne, Zerkan et Seïk exprimèrent de concert leur ravissement. Cette grande salle où la boisson coulait à flots était à leurs yeux un incontestable témoignage de la qualité de ce navire : le luxe moderne s'y mêlait avec subtilité à l'esthétique des vieux établissements du genre, ceux qui pratiquaient le « tout en bois » et avaient le secret des ambiances chaleureuses. Quant au service apporté par l'équipage ?

Irréprochable.

Quoique chacun trouvât à sa boisson une saveur âcre à cause des récents évènements, le moral du groupe fut bien vite ragaillardi et les langues se délièrent, à la consolation de la jeune artiste. Elle fut dès lors convaincue que le temps et les merveilles du *Mékiu* feraient leur office ; bientôt, chacun retrouverait sa jovialité.

Le soleil atteignit son zénith, les températures devinrent torrides.

Diana entraîna Halfiel à ce fameux bassin de baignade dont elle avait entendu parler par des soiffards de la taverne. Seïk et Falène, tout aussi peu coutumiers des lieux de plaisance, se joignirent volontiers à l'expédition.

Alors qu'ils approchaient du bassin, ils croisèrent des individus finement vêtus, accoutrés de ces curieux habits que la jeune artiste avait trouvés dans le placard de sa cabine. Jusqu'à découvrir, à destination, que tous les baigneurs étaient ainsi habillés. Ces maillots de bain, comme les nomma l'hôte chargé d'y accueillir les clients, étaient la tenue de rigueur pour accéder à ce lieu d'activités. Bien entendu, tout usager en possédait une gamme à sa disposition, dans sa chambre.

— Je savais bien que c'était pas un baudrier ! se récria Diana.

Le souvenir de sa compagne qui passait la ficelle extensible en bandoulière avant de la nouer autour de sa tête égaya Falène.

— Un baudrier ? s'étonna l'hôte d'accueil. Mademoiselle, j'espère que vous n'avez pas essayé de…

— Essayé de quoi ? De l'enfiler comme si c'en était un ? (Elle croisa les bras et le défia du regard.) Vous me prenez pour qui ?

L'orgueil ne cacha pas pour autant son érubescence.

— Eh bien, nous reviendrons vêtus comme il se doit, consentit Seïk, le visage rieur, éloignant sa jeune compagne avant que leur interlocuteur n'en déduise la frasque.

Des culottes serrées et ouvertes au-dessus des genoux pour les hommes, un maillot en une pièce taillée aux épaules et aux cuisses ou en deux parties comparables à des sous-vêtements pour les femmes, voilà bien ce qui était exigé !

La vue des corps de Falène et Diana et de leurs charmes mis en valeur par ces accoutrements légers et moulants avait de quoi enchanter leurs camarades. Eux non plus n'étaient pas en reste, offrant aux dames la vision de leurs musculatures forgées par les voyages et les combats. La félicité se révéla néanmoins de courte durée pour le mercenaire qui, tout au long du trajet retour, fut exaspéré de voir tant de regards lubriques se poser sur la demi-elfe. En particulier ceux dont la concupiscence saillait de leur être comme un furoncle au beau milieu du nez. Fort heureusement, si Falène ne montra comme à son habitude que l'indifférence face à tous ces ribauds, chaque convoiteur se garda bien de la tenter, sans nul doute écarté par le pressentiment que le moindre geste ou mot déplacé lui coûterait cher. Trop cher.

Malgré ce marasme inébranlable qui cantonnait les plus libidineux au simple désir, Seïk appréhenda soudain tout l'intérêt de cette restriction sur le port des armes…

Quand les quatre compagnons s'engagèrent dans le corridor en amont du bassin de baignade, ils entendirent beugler :

— Par les couilles de Thor, vous vous moquez d'qui ? Y a pas un maillot d'bain à ma taille ! Z'avez pensé qu'y avait aussi des nains qui pouvaient embarquer dans vot' fichu rafiot ?

— Ne t'énerve pas, mon chéri, le monsieur n'y est pour rien si tu as pris du poids, insista sa compagne.

— Ah non ! T'y mets pas toi aussi ! rétorqua le nain chauve à l'épaisse barbe. Tout le monde sait qu'on est bien plus larges que les humains ou qu'ces stupides elfes !

— Veuillez accepter nos plus sincères excuses, Monsieur Spoutlanov, s'inclina l'hôte d'accueil. Votre réclamation sera transmise au commandant dans les plus brefs délais. Il sera fait le nécessaire pour que votre voyage soit des plus agréables.

— Bah j'espère bien ! J'ai payé comme tout l'monde ici, sacrebleu. J'vous préviens, si j'ai pas mon maillot d'ici la fin d'la journée, j'viens m'baigner les miches à l'air, j'vous l'garantis !

— Mais, Monsieur…

— Y a pas d'mais !

Furibond, le nain passa à côté des compagnons et bouscula Diana sans se retourner. Elle voulut l'apostropher, la naine la pria de ne pas lui en tenir rigueur et présenta des excuses à la place de son conjoint. Si la jeune artiste en resta courroucée et l'Ange Noir de marbre, le mercenaire et la demi-elfe surent en rire.

Enfin ! À quoi bon perdre son temps à se regimber pour si peu ? L'eau du bassin était d'un bleu azuré, d'une température maîtrisée et fort agréable. Comble du bonheur, Diana avait pied ; apprendre à nager ne lui serait pas nécessaire pour profiter de la baignade. Et ses compagnons la virent patauger comme une enfant pleine de gaieté.

Lorsqu'il estima que ce répit bienvenu avait assez duré, Seïk insista pour lui enseigner les rudiments de la natation, arguant que cela un jour lui sauverait la vie. Bien entendu, elle refusa, trop fière et honteuse, préférant en outre se prélasser. L'idée que *Le Mékiu* coulât en pleine mer et la contraignît à nager pour survivre, argument ultime d'une brève négociation, eut cependant raison de ses réticences. Mais sitôt eurent-ils débuté la leçon que sonnèrent les prémices d'un divertissement, ce que la clientèle salua par une salve d'applaudissements. Même Diana y alla de son cri victorieux, bien que ce fût pour une autre raison.

Ainsi donc allait se dérouler le tournoi quotidien d'un sport de balle où des équipes de quatre joueurs allaient s'affronter. Et tandis que les organisateurs déployaient en conséquence un grand filet vertical au-dessus du bassin, Diana s'entêta auprès de ses compères pour y concourir. Un caprice duquel naquit cette surprenante équipe qui, au regard de ce sport très prisé dans certaines contrées, aurait de quoi faire parler d'elle.

Le sifflet retentit, le public s'exalta et les encouragements s'élevèrent.

Le ballon vola d'un côté puis de l'autre du bassin, appelant la satisfaction d'une équipe chaque fois qu'il touchait l'eau par-delà le filet.

S'ils ignoraient jusqu'à ce jour tout de la discipline, les compagnons ne vainquirent pas moins sans mal et se hissèrent en finale, soutenus par leurs impressionnantes aptitudes physiques et la cohésion qu'ils avaient développée ces derniers mois ; un véritable jeu d'enfant, selon Seïk. Leurs performances et la franche camaraderie dont ils jouissaient séduisirent tant les spectateurs qu'un agent recruteur, venu ici en quête de nouveaux talents, pensa les aborder à la fin de la compétition et que plusieurs amoureux du sport s'attendirent à les revoir en piste dans les prochains jours, et plus encore. Pourtant, cette finale qui les séparait de la victoire totale et de l'apothéose, ils la perdirent, battus par des professionnels pour qui le jeu ne recelait aucun secret.

Ainsi s'acheva la légende de cette équipe hétéroclite, à son image aussi brillante que fugace. Et si le voyage du recruteur alors présent devait se conclure sans une embauche, il en rapporterait au moins ce récit extraordinaire et inopiné qui, pour les siècles des siècles il le jurait, ferait naître rêves de gloire et vocations dans le cœur des plus jeunes.

Au soir venu, les six compagnons se retrouvèrent dans un autre lieu tout aussi prisé du *Mékiu*, une salle de loisirs où l'on battait les cartes, entre autres agréments. Et il y avait ce jeu que le capitaine Ash Sten affectionnait tout particulièrement, celui auquel Diana l'avait surclassé à maintes reprises lorsqu'ils se dirigeaient vers la Glynas, à bord du *Shanza*. De fait, ils s'y adonnèrent et enchaînèrent partie après partie. Si Halfiel apprit rapidement les règles, il ne montra pas autant de talent ni de chance que la jeune artiste à ses premiers essais ; même Zerkan, lui aussi fervent joueur, fut abusé par la maîtrise dont elle faisait preuve.

Puis les jours passèrent avec leur lot de distractions. Cinq jours de navigation comparables à un rêve éveillé, tant qu'il était aisé de négliger la réalité. Il fallait bien l'avouer, la compagnie de transports maritimes qui détenait *Le Mékiu* avait tout mis en œuvre pour satisfaire sa clientèle.

Pourtant, parmi les passagers du mastodonte, il y en avait un qui n'oubliait pas…

Le Mékiu accosta dans le port de Sern en début d'après-midi, sous un soleil de plomb bien que l'automne lanvarilien n'en fût plus à ses débuts. Pour cause, l'été, ici, était presque permanent.

Les passagers du *Mékiu* venus s'offrir des vacances inoubliables dans le désert d'Huma furent accueillis par un vaste comité. Tandis que des femmes et des hommes peu vêtus et à la peau basanée donnaient aux arrivants des colliers de fleurs, les troubadours locaux, associés à des saltimbanques de divers horizons, jouaient de leur art ; une pièce ou deux pour ces artistes volontaires était toujours apprécié. Quant aux gardiens stationnés dans ce secteur de la ville ou en patrouille, ils laissaient les étrangers aller à leur guise.

Pas de barrage douanier ? Pas de contrôle d'identité ? C'était ce qu'il semblait. Au-delà de cette apparente négligence, ces gens d'armes examinaient en vérité tout individu d'un regard affûté et réprimaient la moindre infraction.

Accoudé à la rambarde du navire pendant que ses amis attendaient de débarquer, Halfiel contemplait Sern et les hautes falaises de roche rouge qui l'entouraient, véritables remparts contre les tempêtes de sable et les monstruosités de la région. Seul un long canyon de près de trois mètres de large permettait de quitter la sécurité de la ville indépendante au profit des dangers du désert. Ce goulet, l'on disait que les Chasseurs de la Guilde le défendaient avec ferveur de toute intrusion.

Il délaissa les hauts murs, observa oasis et fontaines artificielles. Il en apercevait un bon nombre et il ne doutait pas que les bâtiments et les saillies naturelles dressées ici ou là en masquaient davantage. Puis il considéra les habitations, bâties de pierres orangées qui reflétaient avec douceur la lumière du soleil. Serrées les unes aux autres dans une configuration désordonnée, elles devaient, comme à Sveldetz, abriter des dédales de ruelles où se perdre était coutume d'étranger. Quelques monuments transcendaient la masse par leur envergure et grâce à l'or et aux gemmes de belle taille qu'ils arboraient ; sans doute des lieux de haute fonction, mais aussi des repères salutaires.

Enfin, il s'intéressa aux quatre statues délimitant l'unique chemin d'accès entre le port et la ville, géants de granit sombre aux allures de…

— Monsieur !

Il se retourna. La matelote qui le hélait pour la troisième fois et son équipier, tous deux responsables du débarquement, s'impatientaient ; ne restait plus que lui sur *Le Mékiu*.

Il abandonna prestement le navire.

Alors qu'il avançait en direction de ses compagnons et des quatre colosses érigés derrière eux, une Sernoise aux longs et noirs cheveux bouclés l'approcha. Elle lui passa un collier de fleurs, ainsi qu'elle avait accueilli bien des passagers, à la différence qu'elle joignit à son geste un clin d'œil enjôleur. Halfiel ne lui accorda aucune attention, l'esprit accaparé par les incontournables statues de granit. Ce fut à peine s'il ralentit pour recevoir son présent, et il ne la remercia que d'un signe de tête plus machinal que sincère. Il ignora même ses camarades et les dépassa d'un pas engagé.

Si petit au pied des idoles, il fut saisi. Chacune était façonnée à l'image d'un animal mythique : cheval à huit pattes, serpent ailé, loup, scorpion à deux queues… Celui ou celle qui les avait sculptées avait mis un tel point d'honneur aux finitions qu'elles semblaient être des entités vivantes changées en pierre. Ce n'était pourtant pas tant leur dimension prodigieuse et leur perfection qui subjuguaient l'Ange Noir que le sentiment de familiarité qui s'en dégageait, d'une en particulier.

— Navré, Halfiel, mais tu profiteras des richesses de Sern une autre fois, le rappela Jeff à l'urgence.

Arraché à sa courte admiration, il acquiesça sans broncher.

Dans une ruelle proche et peu fréquentée, à l'abri des regards pour ne pas offenser leurs hôtes, les six compagnons se débarrassèrent de leurs ornements, les accrochèrent autour d'un bras de lumière. Ils revinrent sur l'axe principal, demandèrent leur chemin et se rendirent sans tarder à l'Office du Tourisme.

Derrière un bureau en acajou se tenait une femme au teint hâlé et aux cheveux décolorés, maniérée et à l'air peu dégourdi. Elle leur signala que toutes les équipes d'exploration étaient parties et que la prochaine ne reviendrait pas avant deux jours. Par ailleurs, contrairement à leurs attentes, il était impossible de dissocier ces escouades pour ne bénéficier que d'un guide. De surcroît, le coût des prestations était exorbitant.

— Nous n'avons pas le loisir d'attendre aussi longtemps, déplora la demi-elfe.

— Nous aventurer dans le désert sans guide est trop risqué, rétorqua le général.

— Je suis d'accord avec Jeff, dit Zerkan. C'est peine perdue, le désert est un vrai labyrinthe. Nous tomberions à court de vivres bien avant d'apercevoir la tour.

— Ton dôme culmine à quelle altitude ? demanda Halfiel au mage.

— Pas assez pour que tu puisses nous diriger depuis le ciel, si c'est ce que tu penses. Quand bien même, les sables mouvants et les mirages ne sont pas si faciles à discerner. Et il y a bien d'autres dangers à craindre pour qui ne connaît pas ce désert sur le bout des doigts.

— L'affaire est réglée, conclut Jeff. Je refuse de mettre inutilement nos vies en danger.

Falène afficha une certaine déception, bien qu'elle comprît les raisons de cette décision ; Jeff n'était pas le genre à foncer tête baissée, même si l'urgence l'exigeait.

— Euh, excusez-moi ! les interpella d'une voix niaise la femme au teint hâlé. Vous êtes pas juste des touristes, pas vrai ? Ça se voit à vos armes. Je vous le conseille pas trop, hein, mais y a des gens pas nets qui proposent leurs services pour explorer le désert, dans le coin. Bon, d'accord, on sait jamais sur qui on tombe et y en a plein qui ne reviennent jamais, hein, faut pas se leurrer. Mais bon, y en a quand même qui rentrent. Si vous êtes pressés, vous pouvez toujours essayer. Paraît qu'il y en a un bon à la taverne du *Crabe Boiteux*.

Les compagnons la considérèrent et réfléchirent. Ils se décidèrent bien vite à tenter leur chance. Ils jugeraient par eux-mêmes si l'individu rencontré était ou non digne de confiance. De toute manière, au vu de la situation, ils n'avaient pas d'autre option.

— Où se trouve cette taverne ? demanda Jeff.

— Ah bah, en ville, hein. Vous voulez pas non plus que je vous fasse un dessin, quand même ?

Tout sourire, Seïk et Zerkan se tournèrent pour ne pas froisser la jeune femme. Diana bloqua sa respiration et se frotta le visage pour réprimer son envie de rire. Falène masqua sa bouche d'une main.

— Merci, mais nous trouverons, refusa poliment le général, lui aussi déridé.

Et les cinq s'ensauvèrent. À l'inverse, impassible et nonchalant, Halfiel n'atteignit la porte qu'après sa fermeture.

Dehors, il découvrit ses compagnons hilares ; les gens les dévisageaient et l'on devait les prendre pour des fous. Il ne comprit pas vraiment ce qui suscitait un tel engouement et ce n'était pas bien grave, car il y avait plus important. Comme pour rappeler l'urgence, il proposa de se séparer en trois groupes afin de gagner du temps. Cela eut tôt fait de sécher les larmes.

Une vingtaine de secondes plus tard, les équipes furent décidées. L'Ange Noir et le mercenaire se frayèrent un chemin dans la longue rue bondée qui allait vers l'ouest pendant que le général et le mage faisaient route vers le nord. La demi-elfe et la jeune artiste, elles, partirent au sud.

Au bout de la voie, Halfiel et Seïk esquivèrent de peu une prostituée affairée à appâter les clients potentiels dans le bordel du coin. Leur salut, ils le durent à l'homme qui les précédait de peu et dont le costume, typique des nobles d'autres contrées, révélait la taille de ses bourses. La proie idéale ! À la fois amusés et désolés pour lui, certains qu'il n'échapperait pas à un délestage en bonne et due forme, ils s'élancèrent sur la vaste place qui s'ouvrait devant eux.

Sur leur gauche, il y avait un haut et long mur couleur sable, creusé de deux grandes arches qui permettaient d'accéder à un souk. Une fontaine, constituée de plusieurs bassins et de statues cracheuses d'eau, saillait l'entre-deux ; les gens y jetaient des pièces de monnaie par-dessus leur épaule avant de joindre les mains et de prier. En face, de nombreux commerces délimitaient la place en arc de cercle. Les rues qui séparaient les groupes de bâtiments abritaient d'autres filles de joie où toutes jouaient le même jeu que leur consœur.

— Nous avons du pain sur la planche, convint Seïk à la vue de tous ces lieux susceptibles de receler des guides non officiels.

— *Le Crabe Boiteux* est ici, dit Halfiel qui en désignait l'enseigne à peine visible.

— Fantastique... Espérons que l'information soit bonne.

Seïk s'y dirigea le premier, sitôt imité par l'Ange Noir.

Dans l'établissement, ils observèrent la salle.

L'endroit battait son plein. Sur la scène du fond dansait, au rythme d'une cithare et de percussions, une femme métisse dont la chevelure cascadait sur les épaules. Elle ne portait rien, sinon un voile transparent sur le visage et un ample pantalon qui ne cachait pas sa nudité. Elle était accompagnée par des jumelles mélédelles, des femmes aux oreilles et à la queue de félin, aux yeux en amande. Celles-ci étaient aussi belles et peu vêtues que l'humaine, bien que leurs cheveux et leur peau fussent clairs, et suivaient ses mouvements avec un synchronisme stupéfiant.

— Je comprends pourquoi l'endroit est populaire, se réjouit Seïk.

Mais Halfiel ignorait déjà les danseuses pour s'intéresser à la clientèle. Rien cependant ne lui permit de distinguer les fameux guides du reste de l'assemblée. Seïk, lui, alla se renseigner auprès du tavernier.

Les sourcils de l'homme affairé à essuyer ses bocks tout juste lavés se soulevèrent un bref instant. Il jeta des coups d'œil à gauche et à droite, puis il se pencha au-dessus du comptoir, posa un coude et, d'une main et d'une voix cachottières, répondit :

— Faites bien attention à qui vous parlez de ça, l'ami. Les indépendants qui proposent leurs services pour l'exploration du désert sont des hors-la-loi activement recherchés. C'est qu'ils nuisent à la sécurité des touristes et à l'économie de la ville, que disent les huiles. Vous avez beau pas être du coin, croyez bien qu'on vous tombera dessus rien que si vous questionnez les mauvaises gens, au mauvais endroit, au mauvais moment. Un bon conseil : tenez-vous-en aux taverniers comme moi ; nous, on saura vous écouter. Mais, par Odin, soyez discret !

— Voilà qui est rassurant...

— Comme vous dites. Ceci dit, pour l'heure, j'ai personne qui peut vous aider.

— Je comprends. Merci pour l'information.

Un signe de tête et le mercenaire s'écarta du comptoir, examina la foule. Et il se demanda à quoi avait bien pu penser la guichetière de l'Office du Tourisme en révélant l'existence de tels individus. Était-elle stupide ou était-ce un piège destiné à remplir les geôles de Sern ?

Tandis qu'il se perdait en réflexions, une des jumelles mélédelles aborda Halfiel. Elle l'avait repéré dès son arrivée et avait fini par quitter la scène pour venir le rencontrer, et le simple fait de le considérer de si près faisait naître une myriade d'étoiles dans ses yeux. Halfiel l'observa avec incrédulité, aussi un peu troublé par l'intérêt qu'elle lui accordait et par son alléchante nudité. Sous de faux airs de timidité, elle enserra ses seins de ses bras, cachant à moitié ses mamelons.

— Ça te dirait qu'on aille boire un verre ensemble, toi et moi ? proposa-t-elle.

Elle abandonna ses manières, l'enlaça, colla sa généreuse poitrine contre lui et la tête contre son épaule. Halfiel en fut tout émoustillé. Les poils du bout de l'une des oreilles félines lui chatouillèrent le nez et accentuèrent le frisson d'excitation qui le parcourait.

— Ah… Je crois que je suis amoureuse… Emmène-moi loin d'ici, tu veux ? J'ai… envie de toi.

— Mauvaise idée, répondit-il avec cette impression qu'une épée le pourfendait de l'entrejambe au nombril.

Elle releva la tête, sembla sur le point de fondre en larmes.

— Je ne te plais pas ?

Elle le colla un peu plus, se mit sur la pointe des pieds, lui saisit le visage et l'embrassa avec passion, d'un baiser qu'il se sentit bien incapable de refuser. L'espace d'un instant, il eut même le désir de s'envoler avec elle, tant et si bien que les plumes de ses ailes frémirent…

Il pensa à Diana. Son cœur s'emballa et vint la confusion.

En découvrant la scène, Seïk grimaça ; il pressentait le pire. Et pour cause, nombre de clients fusillaient son compagnon du regard. Qu'une créature si parfaite se jette dans les bras d'un étranger tout juste débarqué ? C'était tout bonnement intolérable !

Un homme frappa sur sa table si fort que le silence suivit.

— Ôte tes sales pattes de là, mon gars ! Je l'ai vue le premier !

— Comment ça, le premier ? gueula un autre. J'étais là avant toi, j'te signale !

— Et puis quoi encore ? renchérit un troisième. Vous êtes mariés, vous deux, alors laissez cette donzelle à ceux qui n'ont personne à trousser !

— Avec ton faciès de porc, n'espère pas qu'elle s'intéresse à toi, se moqua le premier d'un rire gras.

Des répliques toujours plus cinglantes fusèrent, d'autres clients se joignirent au débat. Déclencheurs de toute cette agitation, Halfiel et la mélédelle ne furent bientôt plus le centre de l'attention. Les mots laissèrent place aux poings ; ce fut la bagarre.

— Si vous voulez vous battre, c'est dehors ! s'époumona en vain le tavernier quand les chaises commencèrent à voler.

— Un vrai bourreau des cœurs, soupira Seïk.

Il plut des coups. Halfiel fit rempart de son corps pour protéger la jeune femme à plusieurs reprises et maîtrisa ses rares assaillants, d'un bourre-pif ou d'un pas de côté qui laissait l'adversaire trébucher en avant.

— Tirons-nous ! lança Seïk quand il eut réussi à les rejoindre.

Alors que le tavernier se cachait sous son comptoir, le trio déguerpit à toute vitesse. Quelques bagarreurs les suivirent sur la place sans pour autant les poursuivre, trop occupés à pérenniser la rixe sous les regards désespérés, agités ou effrayés des passants.

Halfiel et ses compères parvinrent à s'éclipser dans la rue la plus proche, sans que quiconque d'extérieur au *Crabe Boiteux* soupçonne leur implication dans l'algarade. Ce fut sans compter sur l'anticipation de la danseuse métisse qui, sortie par l'arrière de l'établissement, vint leur barrer la route. Les gens s'écartèrent à la vue de la dague qu'elle brandissait. Dans l'autre main, elle tenait une chaîne associée à un collier de fer.

— Shaya, reviens immédiatement, gronda-t-elle. Ton petit manège va déjà nous coûter des clients, ce n'est pas la peine d'aggraver la situation.

— J'en ai marre de t'obéir, sorcière ! rétorqua la mélédelle. Si Shani veut continuer comme ça, c'est son problème. Ne compte plus sur moi.

— Petite peste ! Encore un mot et je t'écorche vive.

— Essaye un peu pour voir !

La mélédelle rebelle frappa le sol du pied, se pencha en avant et tira la langue dans une grimace grossière. Ce geste agaça la danseuse métisse au point qu'elle marcha vers elle avec une intention meurtrière. Halfiel avança d'un pas et dégaina son épée, sa rivale s'immobilisa pour le jauger.

— La prochaine fois qu'une femme te fait du charme, tu seras avisé de ne pas y succomber, reprocha Seïk à son compagnon.

— Que fait-on ?

— Pour ma part, me battre contre une si jolie femme me dérange. Alors… courons ?

Halfiel lui lança un bref regard. La danseuse métisse attaqua, il recula. Elle bondit en avant et estoqua Shaya, il entraîna la mélédelle sur le côté, de justesse ; trop occupée à parfaire sa moquerie, celle-ci tomba surprise dans les bras de son protecteur.

— Accroche-toi, recommanda-t-il alors qu'il s'envolait et évitait un nouvel assaut.

Seïk ne se fit pas prier pour passer son chemin. Furieuse de voir sa proie lui échapper, la danseuse métisse prit le mercenaire pour cible, mais il avait une telle capacité à se mouvoir dans les foules abondantes qu'il la distança et la sema.

Certain de ne plus être à portée de l'ennemie, Halfiel atterrit sur le toit-terrasse d'une habitation. Shaya le remercia de son aide d'un autre baiser, mais il la repoussa. Elle le supplia du regard, il ne céda pas ; le souvenir persistant de Diana le lui interdisait. Et puis, il y avait cette quête que lui et ses compagnons menaient et qui ne laissait nulle place à pareilles frivolités. La survie de Lanvaril et de Midgard en dépendait ! Telle était la certitude léguée par le fantôme de Lia Esméry.

Silencieux, il fit volte-face et s'enfuit par les airs, non sans un pincement au cœur. Il aurait aimé qu'elle les accompagne. Il aurait appris à la connaître. Peut-être même auraient-ils poursuivi cet agréable moment d'intimité ? Cette mélédelle était plaisante et de surcroît attachante…

À nouveau, la confusion le gagna. Il secoua la tête pour s'en défaire.

Après une rapide excursion aérienne, l'Ange Noir retrouva Seïk devant un magasin de poteries, puis ils reprirent les recherches.

Au cours des deux heures suivantes, ils n'eurent pas davantage de succès. Bien au contraire, les incartades se multiplièrent. L'une d'elles eut lieu parce que Seïk appliqua son propre conseil et refusa les charmes d'une femme. Il fut gentilhomme, mais la séductrice interpréta mal ses propos et crut qu'il la traitait de gorgone ; elle n'avait de la gorgone que sa capacité à captiver un homme par le regard. Elle mit sa lame au clair et tenta de l'occire en réclamant que réparation du préjudice soit faite. De toute sa vie, Seïk n'avait que rarement eu le besoin de courir à si vive allure.

Une autre querelle compta pour Halfiel qui attira l'œil d'une demoiselle à la chevelure de feu. Il passait à côté d'elle, sans lui prêter attention. Attablée, elle le retint par le bras et se leva. Elle se mordit la lèvre, lui caressa le torse de l'index. Une approche peu subtile par laquelle Halfiel ne se laissa pas piéger ; il éconduisit gentiment sa main. Elle le gifla. Le fiancé de la jeune femme, un sylv très jaloux, sortit de ses gonds quand il vit le geste de sa compagne alors qu'il revenait avec des rafraîchissements. L'elfe à la peau brune jeta le contenu des chopines au visage de l'Ange Noir et les lui brisa sur le crâne. Pris de court, Halfiel tomba au sol, hébété, mais il ne lui fallut pas longtemps pour s'en remettre. Le sylv eut la délicatesse d'attendre qu'il se relève pour lui asséner un coup de poing, ce qui fut son erreur : l'assaut fut dévié, l'elfe déséquilibré et poussé. Les deux compères profitèrent de cette chute pour prendre la poudre d'escampette, une fois encore.

L'escarmouche qui vint conclure la série fut une agression menée par un groupuscule d'humains xénophobes qui attaquèrent l'Ange Noir, à cause de ses ailes. Au beau milieu d'une rue commerçante, l'inévitable bataille se fit à coups de poing et de pied. Seïk s'en tira avec une pommette bleue ; leurs adversaires, en revanche, eurent bien du mal à se relever.

Au bout du compte, ils abandonnèrent les recherches. À croire que les gens de Sern, citoyens comme voyageurs, s'étaient ligués pour entraver leur mission. Et pas le moindre guide à l'horizon, qu'il fût escroc ou professionnel… Épuisés par les cavalcades et les bagarres à répétition, ils échouèrent aux abords d'une oasis agrémentée de bancs et de fioritures florales, un lieu que les couples semblaient affectionner à en croire tous ceux qui se bécotaient ici et là.

Les deux compagnons se dévisagèrent un instant, et ils éclatèrent de rire.

L'effervescence retombée, Seïk aborda le sujet de la mélédelle et analysa la manière dont la situation avait dérapé. Ils procédèrent de même avec les malentendus suivants, en vinrent à la conclusion qu'ils étaient tous deux de véritables aimants à ennuis. Surtout Halfiel ; ils l'avaient par le passé expérimenté à plusieurs reprises. Alors que la discrétion aurait été préférable au vu de leur objectif et du contexte, ils s'interrogèrent sur la capacité de jugement de Jeff. Il était celui qui avait constitué les équipes de recherche et, si personne n'avait pu certifier que leur binôme se confronterait à une si fâcheuse suite d'évènements, chacun aurait dû s'y attendre et lui le premier.

Un tel manque de discernement ne fut pas sans rappeler les tourments de l'homme. La mort de Lia l'avait à ce point bouleversé qu'il avait changé ; il se montrait distant, silencieux, parfois cinglant. D'ailleurs, depuis le départ d'Esméry, personne ne l'avait vu ni entendu s'esclaffer. Il souriait à peine et ce qui s'était produit devant l'Office du Tourisme de Sern était l'exception, d'autant plus que son rire avait paru forcé.

Le silence se fit.

Revint à la mémoire de Seïk l'étonnant rêve dont il s'était souvenu en retournant à Esméla, des jours plus tôt. Il avait désiré en parler avec Halfiel et pour cela attendu le bon moment, mais toute cette histoire de médaillon et de démon et le voyage si agréable à bord du *Mékiu* l'avaient conduit à oublier. Comme il l'avait redouté.

Enfin, il se le rappelait maintenant, c'était l'essentiel ! Il exposa ses réflexions et ses déductions quant aux certitudes acquises sur leur lien et leur marque. Il développait bel et bien des aptitudes extraordinaires, même si ni lui ni l'Ange Noir n'expliquaient que sa guérison instantanée ne se fût manifestée qu'une fois. Ou que des ailes ne lui eussent pas encore poussé.

Ainsi donc, Siel, la déesse de la vie, avait transcendé les frontières du réel pour contacter le mercenaire ? Halfiel s'en trouva perplexe. Pourquoi cet homme plutôt que lui, sinon parce qu'ils étaient liés d'une étrange façon ? Elle était sa mère ! Et il aurait aimé parler avec elle, d'une manière ou d'une autre… Au moins, cela signifiait qu'elle vivait. Peut-être aurait-il un jour la chance de la rencontrer, si l'avenir le lui permettait ? Il l'espérait. Il avait tant de questions à lui poser…

Le regard rivé au ciel, ce fut au tour de l'Ange Noir de se rappeler des choses importantes ; les derniers mots du patriarche des fées, sur le fait qu'il devait avoir foi en ses amis, résonnèrent dans son esprit. Il repensa au secret que lui imposait son instinct, puis à la réaction de Diana lorsqu'elle avait promis de botter les fesses du Créateur si elle venait à le rencontrer. Il avait pourtant ce désir de révéler sa vraie nature à Seïk, à lui plus qu'à quiconque…

Il fut tiraillé. Il s'était juré de la taire. Mais le mercenaire ne venait-il pas, une fois encore, de lui accorder sa confiance en se dévoilant pleinement ? La moindre des politesses était de tout divulguer en retour ! Et puis, lui cacher plus longtemps ce qu'il avait appris à Elelesh, n'était-ce pas trahison ?

Jamais la trahison ne ferait partie de son essence. Et il commença à parler sans barguigner, constatant avec joie que son blocage ne l'entravait plus, du moins, face au mercenaire.

Halfiel était un dieu. Qui plus est le Créateur de Lanvaril. S'il ne pipa mot, Seïk en fut aussi troublé qu'excité, plus encore parce qu'une part de lui-même en était venue à ces conclusions après avoir entendu l'histoire de la Genèse, dans la Vallée des Fées. Et tandis qu'il songeait aux vastes implications, il ne se rendit pas compte de la détresse grandissante de l'Ange Noir. Ce dernier prenait son mutisme pour du scepticisme. De la colère ?

Halfiel redouta le pire, regretta de s'être montré si loquace.

— Sois en paix, je ne te reproche rien, fit le mercenaire dès qu'il perçut son angoisse. Felth Elelesh a raison, tu dois nous accorder ta confiance. Je ne crois pas que les autres le prendront plus mal que moi.

— Je crains Diana. Elle semble en vouloir au Créateur.

— Souviens-toi qu'elle t'a défendu devant le jury, à Ajul. Pourtant, lorsqu'elle a appris la nouvelle, elle donnait l'impression de te reprocher l'attaque des barbares sur son village. Son impulsivité la pousse à parler et à réagir sans réfléchir, mais elle finit toujours par réfléchir. Si elle commet une erreur, elle l'admet. Sous ses airs de jeune femme tout droit sortie de sa campagne, Diana est une fille intelligente et bien éduquée.

— Je sais, mais je ne peux m'empêcher d'avoir peur.

— Et sans peur, pas de courage, lâcha Seïk en lui donnant une tape sur l'épaule.

— Jeff pourrait m'accuser de ses tourments. Il souffre de la mort de Lia Esméry. Beaucoup. Quant à Zerkan, je ne le connais pas…

— Pour notre mage attitré, je ne saurais dire, mais pour Jeff, ce n'est pas son genre. Lui aussi t'a tendu la main à Ajul.

— Mais il a changé, regretta Halfiel que l'état du général accablait plus que ne l'imaginait Seïk.

— Certes, il n'est plus tout à fait le même. Pourtant…

Halfiel leva les yeux sur ce qui l'entourait. Tous ces couples d'amoureux qui se bécotaient… Ici, la vie apparaissait paisible. Il se demanda : lui et ses compagnons étaient-ils les seuls à devoir endurer tant d'épreuves ?

Non, il savait bien que non. Chaque jour, chaque individu portait son fardeau de bien des façons.

— Ce dont nous venons de parler… Ne dis rien aux autres, réclama-t-il.

— Aucun risque, répondit Seïk. Je t'avoue que je me sens moi-même dépassé par ces étrangetés qui nous concernent. Je préfère n'en discuter avec personne, sinon toi, tant que je ne comprends pas de quoi il en retourne. (Il se gratta la tête et soupira.) En bref, les réponses viendront en temps et en heure. C'est ce que Diana nous dirait si elle nous entendait. Et elle a raison ; à force de nous tourmenter avec ces questions, nous risquons d'oublier que l'essentiel est de vivre.

» Quoi qu'il en soit, qui que nous soyons, cela ne change pas le fait que nous devons arrêter Kalar.

Ils se regardèrent en coin, l'Ange Noir opina de la tête.

Ils restèrent un peu plus longtemps à profiter des bonnes ondes du parc et la décision fut prise d'aller vider quelques chopes en attendant le soir. Après quoi ils rejoindraient les autres devant l'Office du Tourisme, espérant qu'eux aussi ne reviendraient pas bredouilles.

À proximité du lieu de rendez-vous, dans une taverne portant le doux nom de *Pierre-qui-Mousse*, la première pinte fut vidée d'une traite ; elle était bien méritée. La seconde prit son temps, un temps pendant lequel un homme sous cape, au dos voûté et appuyé sur une canne vint s'asseoir à leur table. Les rides creusaient son visage hâlé et son crâne lisse et moucheté de taches brunes était couronné de cheveux grisonnants.

— Bonjour, messieurs, les salua-t-il en ôtant sa capuche. Permettez-moi de me présenter, je suis Kelin Ur. Le tenancier du *Crabe Boiteux* m'a parlé de vous. Vous retrouver après la pagaille que vous y avez mise n'a pas été de tout repos, permettez-moi de vous le dire.

— Que voulez-vous ? interrogea Seïk, sur la défensive au souvenir de la mise en garde que le patron lui avait adressée.

— Laissez-moi finir, je vous prie. L'on m'a informé que vous cherchiez un guide. Il s'avère que ma connaissance de ce désert pourrait me permettre d'alléger votre bourse sans que vous vous sentiez lésés, si vous voyez ce que je veux dire.

Les deux amis échangèrent un regard intéressé, la méfiance du mercenaire continua de grandir.

— N'êtes-vous pas un peu trop âgé pour ce travail ?

— Pauvre bougre ! rouspéta le vieil homme. Il n'y a pas d'âge pour gagner sa croûte.

— Si vous êtes ici pour mendier, faites-le savoir, répliqua Halfiel. Nous pouvons vous offrir le repas.

— Quel jeune homme aimable, se moqua-t-il. Si tous les mendiants étaient comme moi, il y aurait moins de disparitions de touristes dans le désert, et peut-être moins de sans-abris.

Halfiel interrogea son compagnon d'un œil en coin et perçut son hésitation. Le mercenaire se frotta la joue, s'étira, examina les alentours pour s'assurer qu'aucune oreille indésirable ne traînait et parla avec plus de discrétion :

— Le désert comporte de nombreux dangers, votre protection n'est pas assurée.

— Écoutez-moi bien, mes petits gars, je parcourais ces terres alors que vos mères pissaient encore dans un pot. S'il me fallait compter sur des épées malhabiles pour survivre, il y a bien longtemps que je ne serais plus de ce monde.

— Soit. Et pour ce qui est des mages itinérants qui proposent leurs services comme vous le faites, sont-ils sans failles ?

— Pas que je sache. Néanmoins, ils restent plus fiables que la majorité des prétendus guerriers avec lesquels il m'a été donné de travailler. Inquiétez-vous de vos vies plutôt que de la mienne. Moi, je me soucie seulement de trouver un repas dans mon assiette le soir venu.

Malgré la pertinence des arguments du vieil homme, Halfiel et Seïk demeurèrent peu convaincus. Un charlatan était prêt à tout pour un peu d'argent, c'était évident. Le mercenaire fit donc signe à son compère d'aller en discuter dehors.

Après dix bonnes secondes, Kelin les rejoignit.

— Si mes services ne vous intéressent pas, n'y allez pas par quatre chemins. J'aimerais trouver mes clients avant la tombée du jour.

Alors que Seïk s'apprêtait à lui répondre, la voix de Diana retentit. Derrière eux, à une centaine de mètres, elle, Jeff, Falène et Zerkan cheminaient dans leur direction.

Dès qu'ils furent tous réunis, Kelin se présenta aux nouveaux venus.

— Comme je m'efforce de le faire entendre à vos amis, je peux vous guider dans ce désert. Ayez au moins l'obligeance de me croire, tant de suspicion me fatigue. Dites-moi simplement où vous souhaitez aller et je vous y emmène. Et j'insiste en affirmant que je connais chaque recoin de cette région, chaque grain de sable qui la compose.

— Si vous vous jouez de nous, vous y laisserez la vie, lança la demi-elfe, aussi défiante que ses camarades.

— Je suis vieux, non pas stupide.

— J'admets qu'il semble connaître son affaire, concéda Seïk.

— Hah ! Enfin du bon sens ! applaudit Kelin. Bien, nous allons peut-être pouvoir faire… (Il s'arrêta et considéra Zerkan.) Quelle bonne surprise ! Je pensais qu'il faudrait encore trouver un mage. Non, tout compte fait.

— Vous avez l'œil, souligna le concerné.

— Les robes et les toges que portent les mages consacrés par la Caste des Mages de Lonide sont si ridicules que je ne connais personne d'autre qui accepterait de les enfiler. (Zerkan prit le sarcasme avec humour.) Donc, sept cents séreins par tête. C'est mon offre.

— Autant ?! s'offusqua Diana. Essaye pas de nous arnaquer, vieux croûton !

— Vieux c… !

Il donna un rapide coup de canne sur la tête de la jeune artiste. Le choc fut maîtrisé et elle n'eut pas vraiment mal, mais cela la rendit folle. Jeff la retint pour que la situation ne dégénère pas.

— Ce désert est dangereux, j'y risque ma vie au moins autant que vous, se défendit Kelin. Je crois d'ailleurs savoir que vous n'avez personne d'autre sous la main et, quand bien même, aucun n'est aussi compétent que moi. Cela dit, vous pouvez toujours attendre le retour d'une équipe d'exploration et payer le prix fort.

— Pouvez-vous nous conduire à la Tour d'Huma ? s'enquit Jeff.

— Un jeu d'enfant.

— Alors, nous acceptons. Des objections ?

Il considéra ses compagnons, aucun ne s'y opposa. Le vieil homme en fut satisfait.

— Je vous attendrai demain matin à neuf heures, ici même, dit Kelin. Ne soyez pas en retard. Je déteste les gens en retard.

— Vous non plus, répliqua Jeff.

— Cela va sans dire.

Il salua d'un signe de tête et tourna les talons. Les compagnons partirent en quête d'une auberge pour la nuit, une qui n'affichait pas déjà complet.

Chapitre 35

Un dessert hostile

Kelin patientait assis au sol, adossé au mur de l'établissement où il avait rencontré les compagnons, la veille, lorsque ces derniers, en avance de peu sur l'heure, se présentèrent devant lui.

— Vous êtes plus que ponctuel, souligna Seïk.

— À défaut de la jeunesse d'aujourd'hui. Cela dit, je vous retourne le compliment.

Jeff lui lança une bourse bien ronde.

— Si vous êtes prêt, partons.

Le vieillard l'ouvrit et en inspecta le contenu. Il opina de la tête, satisfait.

Le groupe chemina jusqu'au canyon qui reliait la ville au désert. Les guerriers de la Guilde des Chasseurs de Sern y montaient la garde aussi bien à l'intérieur que sur les extérieurs. Immobiles, disciplinés, ils étaient prompts à réagir et en firent la démonstration sitôt qu'une altercation entre deux groupes d'aventuriers éclata près de l'embouchure ; en moins de dix secondes, quatre Chasseurs escortèrent les coupables ailleurs, probablement vers la garnison la plus proche. De quoi dissiper les doutes sur les rumeurs entendues à leur sujet.

Au cœur de la faille, près d'une large cavité creusée dans la paroi, une soixantaine de personnes agglutinées s'impatientaient.

— Ils se sont donné le mot, ma parole, ronchonna Kelin.

— Un problème ? demanda Jeff.

— Nous devons emprunter des montures si nous voulons atteindre la Tour d'Huma.

— Ces gens vont tous dans le désert ? fit Diana que ces histoires de charlatans tracassaient.

— Et peu en reviendront, répondit Zerkan.

— La plupart des voyageurs se moquent des avertissements et prennent des risques inconsidérés, informa le vieil homme. Les tarifs que les officieux proposent pour leurs services sont de loin plus alléchants que ceux de l'Office du Tourisme. On peut dire que les naïfs en payent le prix.

Il gloussa, fier de son jeu de mots ridicule.

— J'espère que c'est pas notre cas, moufta Diana.

— Tout dépendra de votre capacité à nous défendre, répliqua-t-il.

— Les Chasseurs de la Guilde n'ont pas l'air de contrôler les identités ni de mettre aux fers ceux qui ne sont pas engagés par les hautes instances, releva Seïk. Pas plus qu'ils ne s'efforcent de vous arrêter, d'ailleurs. N'êtes-vous pas censés être des hors-la-loi activement recherchés ?

— Recherchés par l'Office du Tourisme, pas par la Guilde des Chasseurs. Le seul lien qui existe entre ces deux-là est que l'un fourni à l'autre, moyennant finances, des individus formés au combat pour les expéditions. L'accès au désert est libre et ce n'est certainement pas la Guilde qui vous dira le contraire.

— Et l'Office du Tourisme ne fait rien pour empêcher cela ?

— Il n'a aucune autorité militaire sur cette ville, gouailla Kelin. Il y a bien une prime par tête de pipe, mais elle est à ce point pitoyable que personne ne souhaite prendre de risques pour si peu. Après tout, que pourrait bien faire un voyageur face à un mercenaire sans foi ni loi ?

— Ne rien tenter contre les escrocs et préférer périr dans le désert, voilà bien une curieuse conception du risque.

— Vous êtes bien heureux d'avoir trouvé le hors-la-loi que je suis, si je ne m'abuse.

— En effet.

— Je comprends pas qu'on laisse faire, gronda Diana. Faudrait peut-être qu'ils se réveillent, par ici. On peut pas jouer avec la vie des gens comme ça !

— Nous sommes d'accord, reconnut le vieillard. Là est bien le problème de Sern et de son système actuel. Il n'y a qu'un moyen de lutter contre les officieux : constituer plus d'équipes d'exploration pour en réduire les coûts et éviter l'attente.

— La situation présente vous arrange bien, fit remarquer Jeff. N'allez pas nous faire croire que vous voudriez que cela change, vous y perdriez votre gagne-pain.

— Je ne le nie pas, jeune homme. Je dis juste que votre amie a raison.

— Cela ne les empêchera pas de baisser leurs prix pour maintenir l'écart, nota Falène.

— Quand ils seront las de mettre leur vie en péril pour une poignée de sable, ils changeront de métier. Le plus ironique étant qu'ils seraient probablement mieux payés à servir la Guilde des Chasseurs ou l'Office du Tourisme. Et inversement, ces hautes instances feraient d'une pierre deux coups en les employant, pour ceux qui ont déjà eu une expérience du terrain et qui sont encore en vie. Mais que voulez-vous, la fierté conduit souvent au non-sens et à la déraison…

— Et vous ? s'enquit Seïk. Que feriez-vous si la situation venait à changer ? Vous feriez-vous engager ? Vous en parlez comme d'un remède à tous les maux, vous persistez pourtant à rouler en solitaire.

— Je suis vieux. Il faut être fou pour croire un vieillard comme moi, c'est ce que pensent tous ces gens bourrés de préjugés. Et, quoi qu'il arrive, je prendrai bientôt ma retraite. Je dois bien reconnaître que si mon expérience n'a plus de failles, mon grand âge devient un fardeau ; mes clients se font de plus en plus rares. Allez savoir, notre expédition sera peut-être bien ma dernière, en fin de compte.

— Vous qui ne vous souciiez que de remplir votre assiette le soir venu, vous envisagez la chose avec une certaine quiétude.

— Ne vous en faites pas pour moi, il y a bien des façons de gagner sa croûte. Je ne m'embarrasse pas de la manière dont je trouverai mon occupation et ma pitance quand l'heure viendra.

— Alors, pourquoi ne pas avoir raccroché et changé de métier plus tôt ?

— Le goût de l'aventure, j'imagine, ou la fierté. L'ego est une sale engeance. Et, quoi que l'on en dise, être guide paye bien.

— C'est débile, commenta Diana.

— C'est vous qui le dites, répliqua Kelin. Nous sommes tous différents.

Elle le regarda, sourcils levés.

— Pas vous ! dit-elle enfin. Les dangers. Ils sont censés être connus de tout le monde, alors pourquoi ces gens foncent tête baissée ?

— Ces gens ne sont-ils pas justement la réponse à votre question ? Ou ils sont ignorants, ou ils sont débiles, comme vous le dites si bien. Peut-être les deux. Cela dit, ils ont fait leur choix, laissons-les en paix.

Le service de location de montures ouvrit enfin ses portes, cela fut accueilli avec allégresse. Dès lors, l'attente ne fut pas longue. Les employés étaient assez compétents et nombreux pour préparer les bêtes et les confier aux clients sans ralentir la cadence.

Diana sentit son estomac et ses tripes remuer, son petit-déjeuner remonter d'un cran à la vue de ces étranges animaux qu'ils allaient chevaucher. Une tête montée sur un long cou et dotée de trois petits yeux noirs, au-dessus d'une paire de naseaux et d'un museau rond muni de fins tentacules. Dressées sur leurs robustes pattes postérieures, ces étranges créatures ne se servaient de leurs fébriles membres antérieurs que pour se nourrir.

— Et je parie que ces choses vont crever avec leurs cavaliers, se plaignit la jeune artiste.

— Le service de location s'en moque, dit Kelin, tant que le commerce tourne…

— C'est dégueulasse.

— Les dylens se reproduisent très vite, révéla Zerkan. C'est un avantage, d'autant plus qu'ils sont dociles, faciles à dresser. Les tentacules de leur museau leur permettent de sentir l'humidité de l'air et de trouver les points d'eau. Des montures parfaites pour voyager en milieu aride.

— Parce qu'il y a des points d'eau, là-bas ? T'as pas dit qu'il faisait trop chaud pour qu'il y ait de la vie ?

— J'ai seulement dit que la chaleur ne nous permettrait pas d'approcher la tour sans l'aide de la magie. Je suis bien incapable de t'expliquer pourquoi les oasis et les créatures qui vivent dans ce désert ne sont pas affectées par la température, à la différence de ceux qui n'en sont pas originaires. Un mystère qui a jusque-là mis les scientifiques, les mages et les érudits en échec. Toutefois, j'y réfléchis depuis notre départ d'Esméry et je me dis que ce que nous cherchons est peut-être lié au phénomène.

— Mouais. Et sinon, c'est quoi ces créatures qui vivent dans le désert ?

— Vers et abeilles des sables, scorpions à tête plate, araignées étoilées… J'en passe.

— Rien que des bestioles, quoi.

— Géantes, compléta le mage avec malice.

Diana déglutit. Elle jeta un œil à son carquois plein, comme pour se rassurer. Elle se demanda une seconde si son compagnon ne se moquait pas d'elle ; mais non. Elle se mit à prier pour qu'ils ne rencontrent pas de tels monstres, car, dans le cas contraire, elle redoutait de manquer de flèches, d'autant plus qu'elle avait oublié ses deux autres carquois à Esméla, restés accrochés à la selle de son cheval.

La réaction craintive de la jeune artiste amusa Zerkan.

— Quoi qu'il en soit, mon palmarès de montures chevauchées atteint sa trentième, avoua-t-il fièrement.

— Trente ? C'est tout ?

— Trente espèces différentes.

— Dont un dragon, vanta Falène.

— T'as chevauché un dragon ?! s'engoua Diana, aussi impressionnée que Halfiel, Seïk et Kelin.

Le mage baissa les yeux, l'expression de son visage devint sinistre.

— Les dragons ne sont-ils pas censés être une espèce éteinte ? interrogea le mercenaire.

— C'est une longue histoire, avoua-t-il. Pardonnez-moi, mais je n'ai pas le cœur à vous la conter. Une autre fois, peut-être…

Il y eut un malaise ; chacun ressentait le chagrin dans ses mots.

— Une histoire qui a bien failli te coûter la vie, sermonna Jeff.

La curiosité éveillée, les intéressés attendirent une réponse. Elle ne vint pas. Plongé dans le passé, Zerkan repensait aux conséquences de ses choix. Il les endurait encore. Pourtant, il ne regrettait rien.

Ce fut dans le silence que les compagnons et le guide montèrent les dylens et partirent dans le désert. En moins de dix minutes, Sern et ses falaises rouges ne furent plus visibles, masquées par les hautes dunes.

Il faisait chaud. Bien trop chaud. Comme tout arrasien digne de ce nom, il détestait les fortes chaleurs, autant que les grands froids. Un fait ironique puisque dans ses veines coulait le sang du dragon Fáfnir, terreur de jadis dont la majestueuse race ne souffrait nullement des températures extrêmes. Mais lui, il était en partie humain, raison de ses faiblesses, et ce vilain gène dominait en bien des points son ascendance draconique.

Bigre ! Qu'il haïssait son métissage… Sans cela, toutefois, il n'existerait pas. Il lui fallait donc l'accepter. Et puis, que les premiers arrasiens fussent des sang-mêlé ? Ils étaient reconnus comme une race à part entière et leurs véritables origines demeuraient un secret bien gardé. De plus, ils étaient les êtres les plus parfaits après les dragons ! Une espèce de loin supérieure à toutes ces misérables races de souche pure.

Ishal esquissa un sourire qu'il effaça aussitôt. Peste ! À se laisser distraire de la sorte, il ne fallait pas s'étonner s'il peinait tant à retrouver la fille, celle qu'il devait capturer pour le compte de Kalar. Il y avait aussi son protecteur, cet homme aux longs cheveux à qui il devait la vilaine balafre qui le défigurait… Maudit soit-il, lui et ses étranges pouvoirs ! Quelle magie avait bien pu enchanter ce bâtard pour le sauver ainsi d'une mort certaine ? Et ces flammes noires nimbées de lumière qui avaient occupé ses orbites ?

Des mois, maintenant, qu'il traquait ces deux-là. Chaque fois qu'il les avait trouvés et qu'il s'était téléporté à proximité, le temps de leur mettre la main dessus, ils avaient disparu. Car, s'il maîtrisait l'art de la téléportation sur courte et longue distance, l'employer l'épuisait toujours beaucoup. Et le temps qu'il récupère…

Il avait arpenté les rues d'Esméry, puis celles de Sveldetz et enfin Potern. Ah ! Cette ville frontalière située à l'orée de la forêt d'Illy, qu'il s'en souviendrait ! Pour les suivre là-bas, il avait dû se téléporter dans les marais d'Oléo, car c'était l'endroit le plus proche où trouver un de ces flux d'Arcane majeurs indispensables à l'ouverture de portails magiques. À son arrivée, un cri tonitruant avait précédé un groupe de shumlacks qui fuyait un immense troll aquatique. Le troll avait eu tôt fait de les rattraper et de les dévorer vivants. Lui-même n'en avait réchappé que de justesse ; s'il ne s'était pas sitôt téléporté sur la branche d'un grand arbre en voyant ces hommes-poulpes débouler, il aurait connu le même destin funeste qu'eux.

Rien que d'y repenser, il frissonna. Et ce n'était pas le pire ! Après cela, il avait pisté la fille et son protecteur dans l'Arcandia pour découvrir qu'ils s'enfonçaient dans la forêt d'Illy, par la seule route commerciale à la traverser. Certain qu'il les rattraperait, il s'y était engagé avec trois jours de retard. Et quoi ? La forêt l'avait attaqué et forcé à rebrousser chemin ! À l'abri des murs de la ville frontalière, il avait de nouveau traqué ses proies sur le plan astral, cette fois dans l'intention de les devancer et de leur couper la route. Tous les Échos de la forêt s'étaient cependant mis à rayonner comme jamais. Sa sensibilité à l'Arcandia s'en était retrouvée durablement perturbée, l'empêchant ainsi de les pister pendant des semaines.

Il les avait perdus. Encore. Et ce ne fut qu'au prix de longs efforts qu'il les retrouva à Sern. Son âme y avait vagabondé par hasard, ou par instinct. Et la chance lui avait enfin souri.

Il se remettait à présent de sa précédente téléportation ; le flux d'Arcane majeur des environs se situait à deux kilomètres au large des côtes et, de là, il avait dû rejoindre la ville à la nage pour finalement s'évanouir. Cela ne faisait qu'une heure qu'il s'était réveillé, dans la maison d'une vieille dame qui l'avait trouvé et recueilli ; les gens d'ici avaient bon cœur, il pouvait en témoigner… même s'il s'en moquait. Et seul dans la maison après avoir ôté la vie à cette vieille bique qui ne cessait de le questionner sur son apparence, il se gifla à plusieurs reprises afin de forcer sa concentration.

Son âme se détacha de son corps, il plongea dans l'Arcandia.

La fille et son protecteur ne devaient pas être loin. Un espoir qu'il confirma bientôt, lorsqu'il les sentit à des dizaines de kilomètres à l'ouest. Toutefois, deux faits le dérangèrent. En premier lieu, un mage à l'Écho puissant les accompagnait. Et, en second, pourquoi s'enfonçaient-ils dans le désert ?! Jamais il ne pourrait les rattraper s'il devait à la fois se téléporter et invoquer un dôme magique pour se protéger du soleil meurtrier !

Il grimaça puis ravala sa colère. Il lui fallait être patient. Il l'avait été de longs mois durant, alors, il ne flancherait pas. La fille et ses amis quitteraient tôt ou tard le désert et n'auraient d'autre choix que de repasser par Sern. Car, à en juger par leurs déplacements, ce n'était pas pour se rendre à Windel, dont l'accès se situait au nord-ouest d'ici à proximité des côtes, qu'ils s'aventuraient dans cette fournaise. Non, ils allaient… vers la Tour d'Huma ?

Sa sacoche s'agita, des murmures effleurèrent sa conscience.

Il en sortit l'orbe noir qu'il utilisait pour communiquer avec Kalar. Un mot d'Arcane autorisa la connexion qui tentait de s'établir. Il leva l'orbe devant lui ; sans surprise, le roi de Drezn le dévisageait. Et la voix du souverain de retentir :

— Ishal ! Rapplique immédiatement, j'ai besoin de toi.

Diana se jeta en avant et l'énorme dard frappa le sable d'un coup sec, soulevant un petit nuage de poussière. Alerte, Halfiel abandonna son adversaire du moment, vola en rase-mottes au secours de sa compagne et trancha net trois des pattes du scorpion géant ; la bête fit entendre un cri strident et désarçonna son défunt cavalier. Un projectile lui transperça le poumon droit par le dos et le contraignit à atterrir. Grimaçant, la respiration hachée, il se retourna à temps pour dévier la piqûre empoisonnée du monstre qu'il avait délaissé. Il ignora la douleur et s'envola encore, afin de le prendre à revers. Le scorpion se montra trop vif et l'humanoïde chétif à peau blanche qui le montait décocha une autre flèche. De sa lame, Halfiel para le trait et attaqua à deux reprises avant d'être repoussé d'un coup de queue cuirassée.

Le scorpion aux trois pattes coupées effectua une frappe en traître. Halfiel l'entraperçut et vrilla, le dard alla éperonner l'autre arachnide entre les yeux et l'écrasa au sol, si violemment qu'il en éjecta le cavalier. D'un battement d'ailes, Halfiel reprit l'humanoïde à la volée et lui enfonça sa lame juste sous l'aisselle, là où sa solide cuirasse osseuse ne le protégeait pas. Le scorpion aux trois pattes coupées, bien incapable d'extirper son aiguillon de la carapace de son congénère, fut alors tué d'une épée plantée dans la gueule.

La poitrine en feu et l'impression de se noyer, Halfiel revint au sol et mit un genou à terre, hoqueta, toussa, hoqueta et cracha du sang, toussa davantage. Il lutta pour retrouver son souffle, émit des sons rauques et sifflants, mais il ne se souciait guère de sa propre santé, plus préoccupé par la situation de ses camarades. Il vit ainsi que Diana courait vers lui. Zerkan maintenait le dôme magique qui les protégeait de la chaleur et en avait dressé un autre qui les mettait lui, Kelin et les dylens à l'abri du danger. Jeff, Falène et Seïk se faisaient grièvement repousser aux limites du dôme par les quatre scorpions restants et leurs cavaliers.

Aux côtés de son ami meurtri, Diana eut un haut-le-cœur ; elle avait décidément du mal à se faire à l'idée qu'une telle blessure ne le tuerait pas.

— Bouge pas, recommanda-t-elle.

Elle brisa la flèche et tira fort pour extraire l'autre partie. Ce fut douloureux, mais la plaie se referma aussitôt.

Ses pleines capacités retrouvées, Halfiel considéra sa compagne, la remercia d'un bref hochement de tête et repartit au combat.

D'un vol silencieux, il approcha suffisamment un autre scorpion pour lui loger son épée à la base de la queue. En réponse, la créature se dressa sur ses pattes arrière et se tortilla dans tous les sens. Ballotté, celui qui la chevauchait finit écrasé sous son immense carcasse lorsqu'elle s'affala sur le dos. Et l'Ange Noir revint achever le monstre.

L'un des trois duos restants fit volte-face et affronta Halfiel pendant que Falène faisait une roulade sur le côté pour échapper au dard de son adversaire. Elle bondit à l'opposé pour l'esquiver encore, évita la flèche du cavalier et s'élança dans l'ouverture que le scorpion laissait. Elle se jeta pieds en avant pour se glisser dessous, brisa une de ses chélicères au passage et l'embrocha juste sous le sternum. Elle se dégagea tandis que la bête s'agitait pour enfin mourir. Le cavalier ne vit pas la demi-elfe se relever ; sa tête s'envola et il rejoignit sa monture dans la mort. Le duo qui se confrontait à Halfiel succomba dans la foulée ; le cavalier humanoïde avait reçu une flèche près du nombril, juste sous la cuirasse, puis le scorpion avait pris un trait dans l'œil avant d'être abattu d'un coup d'épée bien placé.

Sentant sa fin approcher, le dernier scorpion attaqua le général avec trop de hâte. Son dard toucha le sol et Jeff frappa de sa hallebarde avec tant de force qu'il lui trancha le telson, au niveau de l'articulation. Une giclée de sang monta haut dans le ciel, deux autres colorèrent le sable quand Seïk le priva de deux de ses pattes. Déstabilisé, le scorpion chahuta son cavalier et l'empêcha d'atteindre sa cible. Seïk grimpa sur son dos et s'assit juste derrière l'humanoïde, lui trancha la gorge d'un geste prompt et se débarrassa du cadavre. Puis il gagna le céphalothorax de l'animal et mit fin à ses jours.

Le dernier assaillant vaincu, les compagnons reprirent enfin leur souffle. Il s'en était fallu de peu, l'embuscade ennemie aurait réussi si la vue perçante d'Halfiel n'avait pas anticipé le danger.

Halfiel s'approcha de l'humanoïde qui avait le ventre transpercé, près du nombril, et demeurait assis sur sa selle. Contre toute attente, celui-ci respirait toujours. Son visage était mince, ses yeux d'un blanc laiteux. Il dévisagea le sombre guerrier et leva une main ; il n'avait que quatre doigts. Trois se replièrent, celui du milieu resta dressé.

La vie le quitta.

— Et ça aussi, ça survit à la chaleur, grogna Diana qui repassait son arc en bandoulière. Zerkan, t'es sûr qu'on risque de brûler, sans magie ?

— Veux-tu servir de cobaye ?

Elle hésita.

— Si eux y arrivent, pourquoi pas nous ?

— Nous ne sommes pas eux.

Elle fit la lippe et posa le regard sur Kelin qui allait asticoter du bout de sa canne un des cavaliers des scorpions.

— Foutus narras, grommela-t-il. Ce sont des éclaireurs. Il doit y avoir un camp tout près d'ici. Avançons avec prudence si nous ne voulons pas finir dans un autre de leurs pièges.

— Je préfère encore ça aux vers géants, frissonna Diana.

— En selle ! Ne perdons pas plus de temps à bavasser, rappela à l'ordre le général, déjà sur sa monture.

Les compagnons se remirent en route.

À chaque nouveau sommet de dune, il leur fallut vérifier qu'aucune tribu narra n'était établie en contrebas. Ils continuèrent d'agir ainsi le reste de la journée.

Le lendemain, à l'approche du crépuscule, il y eut un tremblement de terre. Plus au nord, une colline s'affaissa. Kelin expliqua qu'il s'agissait d'un ver des sables et qu'il n'y avait pas grand-chose à craindre. Ces créatures étaient peu agressives et chassaient en général en milieu de journée, d'autant plus qu'elles préféraient les proies de bonne taille au menu fretin. Il suffisait de pousser la marche pendant une heure de plus et cela les mettrait hors de danger. Un second tremblement de terre, plus conséquent, fit toutefois remonter la bête à la surface. Diana eut peur que le vieil homme se trompe et que le ver vienne les attaquer, mais il replongea dans le sable, dans la direction opposée. Il semblait fuir.

Un autre de ces titans apparut à une cinquantaine de mètres du premier, il s'éloignait aussi en toute hâte. Un comportement qui intrigua Kelin, jusqu'à ce qu'il comprenne le mal que lui et ses clients encouraient.

— Fuyez ! Yah !

Il talonna sa monture et fit claquer la bride, les compagnons l'imitèrent. Les dylens galopèrent à grandes enjambées ; c'était incroyable de voir comme ces créatures bravaient l'instabilité du terrain. Quelques secondes plus tard, non loin de là où ils s'étaient tenus, surgit un ver quatre à cinq fois plus imposant que les autres. Il culminait à près d'une soixantaine de mètres de hauteur quand il s'arrêta brusquement et fit machine arrière, avec un hurlement terrifiant. Alors que le sol s'effondrait sous lui et formait une cuvette, ses cris devinrent aigus et étranglés. Une gerbe de sang jaillit de sa gueule béante garnie de dents, puis il disparut. Il fallut une poignée de secondes supplémentaires pour que se dévoile un monstre semblable à une plante, dont la bouche dirigée vers le ciel arborait cent fois plus de crocs que la proie qu'il venait d'avaler.

La chose éructa.

De nombreux tentacules épineux s'élevèrent, deux enserraient chacun un ver géant. Les pauvres bêtes furent très vite déchiquetées. Un simple regard en arrière depuis le haut d'une dune à deux cents mètres de là fit comprendre aux compagnons qu'ils l'avaient échappé belle. Et le voyage se poursuivit.

Le camp fut monté plus de deux heures plus tard. Comme chaque nuit, Zerkan rompit son sort de protection ; une fois le soleil couché, la chaleur n'était plus mortelle.

Chapitre 36

Adieux

Encore une colline de roche et de sable, haute, à pente abrupte ; rien de plus que la routine pour les dylens. Depuis plus de deux semaines qu'ils en gravissaient, les compagnons, eux, ne les comptaient plus. Pourtant, celle-ci était différente, fut-ce la promesse du vieux guide. Des mots qui éveillèrent la suspicion, puis l'engouement de tous et la précipitation de Diana. Il fallut à Zerkan employer sa magie pour immobiliser sa jeune amie, si fougueuse qu'elle n'écoutait rien, sans quoi elle aurait quitté le champ de protection pour finir réduite en cendres. Elle maugréa malgré le sermon qu'elle comprenait très bien, jusqu'à ce qu'elle et le reste du groupe atteignent le sommet et que la stupeur et le soulagement la fassent taire.

Une plaine aride, au sol dur et craquelé, s'étendait à la base de la colline, cent cinquante mètres plus bas. Loin au sud-ouest, une tour grise façonnée en spirale se dressait. Banale pour les autres, elle dégageait aux yeux du mage et des deux sang-mêlé quelque chose de sinistre, si bien que le fait de la regarder les mettait mal à l'aise. Il y avait aussi une oasis au nord de l'édifice ; en comparaison, elle leur apparaissait comme un havre de paix, comme un dernier repas avant l'ultime bataille. S'y reposer avant l'assaut final était une étape que les compagnons et leur guide estimèrent essentielle, et peu importèrent les raisons qui les poussèrent à le croire, car les montures y furent menées au galop.

Quand vint le moment de se tenir au pied de la Tour d'Huma, tous, excepté Kelin, levèrent la tête pour en apercevoir la pointe. Cela donnait le vertige. Puis la pierre qui la constituait, intacte, attira l'attention. Elle semblait à l'abri du temps et des intempéries, d'autant plus que ce temple perdu au milieu du désert était dépeint, dans les contes et les livres d'histoire, comme étant aussi vieux que Lanvaril. Enfin, ce fut aux corbeaux jumeaux qui enjolivaient les portes d'éveiller la curiosité. Les volatiles mis en relief se faisaient face et tenaient chacun une dague entre leurs serres. Au second plan, du lierre était gravé dans les moindres détails.

La similitude entre l'ornement de ces portes et celui de son médaillon frappa Seïk. Les questions affluèrent, il les garda pour lui. Et les autres qui avaient déjà vu le bijou en firent autant, de toute évidence.

— Comment entrons-nous ? demanda Falène au vieillard.

— Suffit de frapper, lâcha-t-il en haussant les épaules.

— Vos plaisanteries ne nous amusent guère.

Il la défia du regard et descendit de son dylen. D'un pas lent et confiant, il alla donner trois coups de canne sur la porte de droite.

Un instant de silence, et les battants s'ouvrirent en grondant. Kelin se tourna vers la demi-elfe.

— J'ai dit : « Suffit de frapper ». J'ignore la raison de votre présence ici, mais sachez que vous n'y trouverez rien. Mis à part une statue à mi-chemin et des portes closes au sommet, cette tour est vide.

— Vous radotez, vieil homme, dit Seïk.

Kelin n'insista pas. Après tout, leurs intentions ne le regardaient pas. Il réclamait un salaire pour guider et il avait été payé, alors il guidait. Ni plus ni moins.

Dès qu'ils franchirent le seuil, le malaise qu'imposait la tour fut ressenti plus fortement par Jeff et Falène. Plus encore, c'était une atmosphère malsaine qui régnait en ce lieu, semblable à celle de la forêt d'Illy lorsque la Corruption sévissait. Les autres y furent insensibles, à l'exception de Zerkan dont l'affinité avec l'Arcandia lui permit de déceler diverses forces magiques à l'œuvre. Il fut cependant incapable de les discerner, de dire laquelle causait l'oppression. Il y en avait aussi une qui contrecarrait l'effet mortel du soleil dans l'enceinte de l'édifice ; peut-être la même, il l'ignorait. Il se demanda si la *Bague Ardente* était à l'origine de ce retour à la normale du climat comme elle pouvait l'être pour l'insupportable chaleur, à l'image d'une épée à double tranchant ou d'un cyclone dont le cœur est aussi calme qu'un océan sans vagues. Au moins certain que toutes ces forces prenaient leur source loin au-dessus, également assuré que lui et ses compagnons ne risquaient plus une combustion spontanée, il mit un terme à son sort de protection.

Les dylens furent attachés les uns aux autres, celui de tête à un des froids braseros de la salle.

— Vous venez avec nous, commanda Jeff au guide.

— Est-ce là toute la pitié que vous avez pour un vieillard ? gémit Kelin. Si vous redoutez que je vous abandonne à votre sort, rappelez-vous que, sans vous, les narras et leurs maudits scorpions n'auraient fait qu'une bouchée de moi. Je tiens à vivre autant que vous.

Jeff insista d'un regard autoritaire. Kelin céda et se dirigea vers l'escalier central qui, au bout, bifurquait à droite et disparaissait derrière un mur. Et on l'entendit rouspéter :

— La jeunesse n'est plus ce qu'elle était.

Les compagnons abandonnèrent leurs affaires aux dylens, n'emportant avec eux que le strict nécessaire, et entamèrent leur ascension dans un couloir large de deux mètres. Le mur de gauche s'ouvrait régulièrement sur l'extérieur par l'intermédiaire d'archères, cela donnait l'impression que le désert tourbillonnait autour de la tour. Le divertissement aida à trouver le temps de la montée moins long, l'espace d'une heure.

Peu à peu, le silence devint pesant. Soudain, Diana poussa un râle.

— J'en ai marre !

Elle porta une main à son derrière et gesticula d'une manière curieuse.

— Une écharde dans le pied ? s'étonna Zerkan.

— Non, j'ai la culotte qui me colle entre les fesses à cause de la sueur. En plus, c'est trop calme et j'aime pas ça.

Le mage éclata de rire, d'autres furent au contraire navrés.

Lorsque Diana eut retrouvé un semblant de confort dans ses vêtements, elle lorgna Seïk et Falène et afficha un sourire espiègle. Elle se pencha vers eux.

— Dites, c'est pour quand ?

— De quoi parles-tu ? répondit la demi-elfe.

— Le mariage, pardi !

— Bientôt, peut-être. Un jour, qui sait ? fit le mercenaire d'une attitude décontractée.

Falène lui donna un coup de coude et le traita d'idiot. Si elle n'avait jamais envisagé cette éventualité, la réponse évasive et peu concernée de son amant la contrariait ; après tout, l'idée ne lui déplaisait pas. Et ce fut au tour de Seïk de glousser.

— Mesdames, messieurs, je crois que nous abordons un sujet particulièrement sensible, commenta Diana sur un ton peu sérieux, ce qui amusa cette fois l'ensemble du groupe et fit un peu oublier le malaise que provoquait la tour.

D'un œil discret, elle observa Halfiel. Une bouffée de chaleur lui monta au visage ; à parler mariage, elle s'imagina partager pareille intimité avec lui. Elle détourna les yeux, plongea dans ses rêveries.

Dès lors et pour un bon moment, l'on n'entendit plus que les respirations tantôt mesurées, tantôt exaltées, et le martèlement des bottes sur la pierre.

Le groupe finit par atteindre une vaste salle circulaire, sans fenêtres et éclairée par des torches suspendues aux murs. Le feu des flambeaux intrigua autant qu'il inquiéta les compagnons, car cela indiquait que quelqu'un était récemment passé par là. Et ils appréhendaient le fait que le roi de Drezn les eût devancés. D'après Kelin, cependant, nombreux étaient les touristes et les aventuriers en quête de trésors ancestraux à explorer la tour.

Au centre de la salle se dressait une effrayante sculpture aussi réaliste que les quatre idoles du port de Sern. Elle représentait une grande créature à cornes empoignant une hache imposante. De longs crocs saillaient de sa mâchoire inférieure et son épaisse musculature témoignait d'une force considérable. Alors que sa queue était fourchue comme une langue de serpent, ses jambes ressemblaient trait pour trait à celles d'un cheval. Outre les dents disproportionnées, le faciès du monstre était proche de celui d'un orc.

— Nous voilà à mi-chemin, informa Kelin. C'est la statue dont je vous ai parlé.

Si l'artiste qu'était Diana reconnut la qualité du travail apportée à l'œuvre, Zerkan fut plus dubitatif. La sculpture était enveloppée d'un flux d'Arcane, un dont il ne comprenait pas l'exacte nature, en partie à cause des autres forces magiques qui provenaient d'encore au-dessus et qui troublaient ses facultés de perception. Il pouvait néanmoins sentir qu'il s'en dégageait une aura maléfique. Quant à Halfiel, plus il la contemplait, plus il était envoûté.

— Un gunslash ? s'étonna Seïk alors qu'émergeaient de nouveaux souvenirs de lecture. Une telle sculpture dans un endroit comme celui-ci, voilà qui est atypique. Il aurait même été moins surprenant de découvrir une représentation d'un démon de plus haut rang.

— Tu es mieux renseigné que je l'imaginais, en fin de compte, admit Zerkan.

— Conséquence de parents qui incitent leurs enfants à dévorer les livres, entre autres choses.

— Littéralement, renchérit le mage en riant tant il comprenait.

— Hal a l'air fasciné, railla Diana.

Tiré de sa torpeur, Halfiel la considéra puis se réintéressa à l'idole.

— Qu'est-ce ? demanda-t-il.

— Un démon de l'Ère de la Création, répondit le mage. Quatrième échelon de leur hiérarchie. Mis à part sa redoutable force brute, il était relativement bête et considéré comme moins dangereux que le gunrock, un démon de rang inférieur.

— Tout dans les bras, rien dans la tête, commenta Diana.

— J'espère qu'il ne s'agit là que d'une statue, fit remarquer Jeff.

Kelin ne comprit pas la raison d'une telle méfiance, pas plus que Halfiel et Diana. Les autres, en revanche, savaient.

— En tout cas, je suis bien heureuse de pas être née pendant l'Ère de la Création, soupira la jeune artiste.

— Comparés à d'autres, les gunrocks et les gunslashs étaient de véritables enfants de chœur, compléta le mage. Les deux premiers échelons de la hiérarchie possédaient une puissance telle qu'ils pouvaient raser des villes à eux seuls. Une chance qu'ils préféraient paresser dans leur royaume et laisser leurs sbires rapporter la chair fraîche.

— Ben voyons.

— Il y avait aussi le pire de tous, se rappela Seïk en examinant la statue.

L'attention se porta sur lui. Il mit un temps avant de le remarquer.

— Mélios Longfaust, le Démon Blanc, précisa-t-il. Des livres parlent de lui comme du père de tous les démons.

— Son existence n'a jamais été prouvée, infirma Zerkan. Le gungan que Sunhal En'dil Dinseliun a réussi à capturer a beaucoup parlé sous la torture. Pourtant, pas une seule fois il n'a mentionné ce nom. Malgré l'incertitude, à ta place, je n'attacherais pas trop d'importance à ce mythe.

— J'ai beau aimer les fables, je ne souhaite pas qu'elles soient toutes vraies.

— Le Royaume Démoniaque est de l'histoire ancienne, trancha Falène. Votre débat stérile nous fait prendre du retard.

— Il est toujours vital de connaître son ennemi, soutint le mage. Le fait est que ce royaume et ces engeances continuent d'exister, dans une autre dimension. Le portail qui lie nos deux mondes est clos depuis des milliers d'années, il n'a pas disparu pour autant. Au risque de paraître pessimiste, nous ne savons pas de quoi demain sera fait.

— La donzelle a raison, dit Kelin. Finissez vos bavardages et continuons. Le soir approche, mon dos commence à me lancer et j'aimerais avoir regagné le rez-de-chaussée avant la fin de la nuit.

Il fut le premier à se diriger vers l'escalier suivant, à l'autre bout de la salle. Les compagnons lui emboîtèrent le pas.

Un bruit léger, trop léger pour être perçu par une oreille humaine, asticota l'Ange Noir et la demi-elfe. D'un coup d'œil par-dessus l'épaule, ils virent la statue se craqueler et se briser en une seconde, l'immense créature sitôt s'élancer dans une charge impitoyable. Ils donnèrent l'alerte et s'écartèrent, Halfiel entraîna Jeff avec lui ; la hache pourfendit l'air et la pierre. Les autres, plus en avant, se retournèrent alors que le sol, derrière eux, éclatait dans un terrible fracas. De l'autre côté de l'arme se dressait le gunslash dont la peau grise du roc était devenue une chair fumante et rouge comme le sang.

— Dispersez-vous ! ordonna Jeff alors qu'il se relevait et ramassait sa hallebarde.

Zerkan entraîna Kelin jusque dans l'escalier suivant et dressa un bouclier magique.

La lenteur avec laquelle le gunslash releva sa hache permit à Halfiel et Falène de lui lacérer les épaules ; sa peau était résistante, ses blessures par conséquent peu profondes. Dos au mur, Diana lui décocha une flèche en plein poitrail, mais la pointe ne s'enfonça qu'à moitié dans la chair et sans que cela dérange le démon. Quant au mercenaire, il se déplaçait en cercle autour de lui et guettait l'instant propice pour passer à l'attaque ou faire diversion.

Du fait que la salle fut haute de plafond, Halfiel put se mouvoir avec aisance dans les airs et rouer de coups la tête de l'ennemi, jusqu'à être pris en chasse. Jeff en profita pour estoquer plusieurs fois le dos et les jambes du démon. Seïk préféra continuer d'observer sa manière de combattre et se contenta de lancer deux couteaux qui le piquèrent à peine et retombèrent. Diana tira une autre flèche, sans plus ni moins de succès qu'à la précédente.

— T'avais pas dit qu'il avait la peau dure ! se plaignit Diana au mage.

Le gunslash repoussa l'Ange Noir d'une main puissante, fit volte-face et s'attaqua au général.

Falène traça de son épée une croix dans le dos du démon. Dans la foulée, elle sauta pour lui grimper sur les épaules et entreprit de lui enfoncer sa lame dans la tête, mais il avait le crâne si solide que la pointe dérapa et ne fit que lui égratigner le cuir. Il se secoua avec férocité et rossa d'une de ses cornes sa cavalière importune. Falène tomba et heurta la pierre, le coude gauche en premier ; le choc paralysa son bras assez longtemps pour la mettre à la merci du gunslash. Alors, Halfiel harcela l'ennemi. L'imposante hache, maniée d'une seule main, monta vers lui. Il reprit de la hauteur d'un fort battement d'ailes, plia les jambes de justesse pour éviter d'être amputé et entailla le nez du démon. Entraîné par l'élan de son arme, le gunslash fit un tour complet sur lui-même et tendit sa main libre pour frapper d'un revers ; il fut évité. Halfiel l'estoqua en plein visage, lui creva l'œil droit au premier coup, fit un petit trou dans sa gorge au second. Mais le gunslash méprisait ces blessures infimes et il le prouva en poursuivant sa furie sur un autre adversaire.

L'Ange Noir, le mercenaire, le général, la demi-elfe et la jeune artiste s'acharnèrent tour à tour. Quatre minutes durant, l'ennemi ne montra aucun signe de faiblesse. Bien au contraire, plus il endurait, plus il semblait gagner en vigueur. Puis il s'arrêta et hurla, non pour exprimer sa souffrance, mais pour attiser sa fureur. Ses muscles déjà imposants gagnèrent en volume et du sang coula de ses innombrables et minuscules plaies. Dès lors, il se révéla plus rapide et insaisissable. Plus agile, aussi.

Par manque d'attention, Halfiel eut l'aile déchirée d'un coup de griffes. Jeff reçut des éclats de pierre après que la hache eut brisé le sol à côté de lui et fut cogné d'un revers du poing qui l'envoya à terre. Falène prit un coup de sabot dans le ventre et vola sur plusieurs mètres ; contracter ses muscles abdominaux juste avant l'impact fut un réflexe qui lui sauva la vie.

Seïk perdit son sang-froid à la vue de sa bien-aimée blessée, se lança en avant avec un cri de rage. Il évita le premier passage de la hache par une souple courbette arrière ; le temps qu'il se redresse et reprenne ses appuis, la grande arme continua sa course, s'éleva bien haut et fendit l'air. Il se jeta sur le côté avec maladresse et manqua d'être coupé en deux, tomba lourdement à terre et roula deux fois, se releva et chargea pendant que la hache remontait, sauta face au démon et enfonça ses dagues au-dessus des clavicules. Le gunslash se montra toujours aussi imperméable à la douleur et répliqua d'un ample coup de tête. Les courtes lames auxquelles Seïk se cramponnait quittèrent la chair, et le mercenaire valsa.

Le gunslash se tourna vers Diana qui continuait de tirer flèche après flèche et dont le carquois se vidait dangereusement. Et alors que l'Ange Noir s'envolait de nouveau et que la demi-elfe et le général se remettaient sur pied, non sans mal, l'ennemi entama une rotation en se servant de son arme comme d'un contrepoids. La tornade meurtrière se déplaça, toutefois avec trop peu de rapidité pour être efficace. Jeff enjoignit à ses camarades de s'éloigner et de maintenir une formation en cercle.

La manœuvre du démon achevée, il s'en trouva étourdi.

— Nous acharner de la sorte… ne fait qu'entamer nos forces, déclara Falène qui se tenait le ventre et éprouvait encore des difficultés à respirer.

— Me reste que deux flèches ! signala Diana en encochant l'avant-dernière.

Elle banda son arc, hésita entre viser son dernier œil valide ou la gorge.

— Laissons Kelin prendre de l'avance, je pourrai vous aider, proposa Zerkan.

— Non ! refusa Jeff. Si le démon le pourchasse, nous ne pourrons pas l'arrêter. Reste ici et maintiens ton sort.

Un bref râle et la flèche quitta l'arc pour ricocher sur la corne gauche de la bête. Les regards se dirigèrent sur Diana ; elle s'essuyait les yeux, irrités par la sueur qui dégoulinait de son front. Le démon retrouvait ses esprits quand le projectile le heurta et, furieux, il plia les genoux, se pencha en avant et chargea à une vitesse folle. Diana releva la tête dans un sursaut lorsqu'il s'écrasa contre le mur à côté d'elle. Elle vit Halfiel au-dessus de lui, dos à la paroi et à l'envers, les cornes du gunslash fermement empoignées.

— Hal…, gémit-elle alors qu'elle réalisait sa dette.

— Ne reste pas plantée là ! beugla Jeff.

Elle se tourna vers le général, mit un instant à comprendre qu'il s'adressait à elle et alla se cacher dans l'escalier le plus proche, celui qui menait au rez-de-chaussée.

Le démon recula et se secoua pour recouvrer sa lucidité. Halfiel retomba, inerte. Ses ailes et sa colonne vertébrale, brisées en de nombreux endroits, guériraient au prix de longues secondes ; fissurée sur toute la hauteur de son étage intermédiaire, la tour, elle, n'aurait pas cette chance.

— Éloignez-vous ! somma Falène en se plaçant à l'opposé.

Elle provoqua le gunslash. Il la considéra, attrapa l'Ange Noir par la cheville et l'envoya comme un vulgaire objet. Falène fit un écart, non sans compassion pour son ami déjà meurtri qui vint percuter le mur avec force ; tant pis, au moins, lui n'en mourrait pas. Elle réitéra la provocation dans l'espoir que le gunslash se révélerait effectivement plus idiot que le gunrock. Et elle ne put contenir un sourire narquois quand il prit position et chargea une deuxième fois.

Elle fit deux pas de côté, il heurta la solide pierre. Il y eut une nouvelle brèche, plus importante que la première.

— Bien vu, dit Jeff. Diana, viens avec moi !

Le temps que le démon se reprenne, il se dépêcha à l'endroit du premier impact. Diana le rejoignit et encocha son ultime flèche.

— Je tire et je me pousse au dernier moment ? devina-t-elle.

— Tire à mon signal.

Le général fit de grands gestes et proféra des insultes, mais le démon était davantage hébété que la fois précédente et ne fut plus très réceptif. À l'image d'un homme ivre, il chancela et s'attaqua sans précision à Seïk puis à Falène, jusqu'à ce que Halfiel revienne en lice. Jeff se joignit à la bataille et coordonna ses équipiers pendant près d'une minute, le temps que l'ennemi retrouve ses facultés.

Les compagnons s'éloignèrent et reformèrent le cercle, le démon ne sut plus qui affronter. Le signal fut donné, la flèche quitta l'arc et se planta dans la joue du monstre. Il se retourna, fou de rage, et vit la jeune artiste lui adresser gestes et mimiques vulgaires. Et la troisième charge eut lieu. Diana se jeta sur le côté au dernier instant ; le gunslash pulvérisa le mur et termina sa course hors de la tour.

Les combattants se hâtèrent devant l'ouverture, virent le démon s'enflammer pendant sa chute et s'écraser dans le sable, bien loin de l'édifice. En une poignée de secondes, il ne resta de lui qu'un maigre cadavre noirci, peu à peu changé en cendres que le vent dispersa lentement.

La hampe de la hallebarde du général frappa le sol, comme pour annoncer la victoire. Épuisés, ils s'affaissèrent.

— Personne n'est blessé ? se soucia Jeff.

— Tu veux dire, pas plus que d'habitude ? ironisa Seïk alors qu'il venait d'essuyer, d'un revers de manche, le sang qui coulait d'une vilaine écorchure à son front.

Il alla ramasser ses couteaux de lancer.

— On est toujours en vie, c'est ce qui compte, non ? fit remarquer Diana.

Zerkan vint à son tour jeter un œil en contrebas.

— Penses-tu encore que nous pourrions survivre dehors sans magie ? dit-il à l'intention de la jeune artiste.

Elle répondit d'une grimace moqueuse.

— À part ça, je suis à sec, ajouta-t-elle. Comptez plus sur moi jusqu'à ce qu'on rentre à Sern.

— Voilà qui ne devrait pas trop nous poser de problèmes, la charria Seïk. Cela dit, tu pourrais aussi récupérer toutes ces flèches sur le sol, pour celles qui demeurent en bon état. Il faut dire que cette salle est devenue une véritable armurerie depuis ton passage.

Interloquée, Diana constata que plusieurs projectiles – ceux qui n'avaient pas su se nicher dans la peau du gunslash ou l'avaient manqué – jonchaient l'étage. Vexée par ce sous-entendu qu'elle n'était pas de grande utilité, aussi parce que la bataille l'avait accaparée au point de lui faire oublier ses flèches tombées à terre, elle se leva pour donner un coup de poing dans le bras du mercenaire. Il l'esquiva. Prise dans son élan, elle s'emmêla les pieds, trébucha et chuta hors de la tour. Elle jeta un regard ahuri à ses camarades, les vit s'éloigner d'elle.

Le soleil illumina et chauffa son visage. Halfiel fut preste à sauter dans le vide et à la rattraper.

La sécurité de la salle regagnée, Diana tomba à genoux, choquée. Puis elle fusilla Seïk du regard et se jeta sur lui. Falène la retint, alors elle incendia le mercenaire d'une flopée de jurons. Si le mercenaire présenta ses excuses, la demi-elfe réprimanda plutôt la jeune artiste qui ne devait sa frayeur qu'à son impulsivité et sa susceptibilité. Force fut à Diana de reconnaître son tort, bien qu'elle n'en dît rien. Elle se contenta d'aller ramasser ses flèches pendant que le mage s'employait à soigner les blessures de chacun, et il fallut encore quelque temps pour que tous récupèrent leur vitalité.

Alors que les compagnons reprenaient l'ascension, Zerkan alla une dernière fois observer les restes du démon, ou plutôt la trace noire laissée dans le sable par ses cendres. Les puissances magiques qu'il ressentait semblaient plus grandes encore maintenant que le gunslash avait disparu, tout comme cette force malsaine qui, finalement, n'imputait pas à ce monstre. Cela le contrariait. Autre fait curieux, ni Diana ni Halfiel n'avaient brûlé vif lors de leur chute. Pourtant, hors de la tour, ils auraient dû…

Lorsque le ciel ne fut plus qu'un dégradé de noir vers l'orangé, Zerkan invoqua entre ses mains une étincelle de lumière. Celle-ci virevolta telle une luciole et se plaça au gré de sa volonté pour éclairer le chemin.

À la promesse du vieux guide que le sommet était tout proche, Seïk étouffa un rire amer. Qu'un si grand édifice ne contienne que deux ou trois étages, et si peu à voir ? Tout cela apparaissait comme une vaste blague, selon lui, épuisé et agacé qu'il était d'avoir tant parcouru, d'avoir maintes fois risqué sa vie et gravi tant de marches pour le seul compte d'une maudite bague. Avec le recul, il commençait à regretter son passé de mercenaire qui lui semblait soudain plus enviable. Il se demanda par ailleurs si la Tour d'Huma avait été bâtie par ce fameux clan Hugin et Munin, celui dont Lia Esméry avait parlé à leur rencontre. Ce clan auquel il appartenait soi-disant. Après tout, la similitude des motifs qui ornaient les portes de l'entrée et son médaillon ne pouvait pas être une simple coïncidence. Ou plutôt ne croyait-il pas au hasard, plus maintenant.

Quelle que fût la vérité, à en juger par l'austérité du monument, il devait bien reconnaître que ses bâtisseurs étaient sacrément tordus.

Ou ennuyeux. À moins qu'ils ne l'eussent érigé dans l'unique dessein d'enfermer la *Bague Ardente* ? Mettre sous clef un « artefact divin », comme les avait nommés Halfiel, ne lui parut pas si idiot, en fin de compte. Ces choses détenaient un tel pouvoir qu'elles méritaient bien une prison perdue au milieu de nulle part et tenue sous bonne garde pour éviter que le premier venu s'en empare.

Mais… un démon pétrifié pour gardien ? Plus il y réfléchissait, plus la logique derrière ce choix lui échappait.

Dans le court couloir que formait l'avant-dernier étage, l'issue était bloquée, comme l'avait indiqué Kelin. Cette nouvelle porte double arborait elle aussi le motif des deux corbeaux ; ils se faisaient face et enserraient chacun une dague. À la différence de celle du rez-de-chaussée, une rune marquait le centre comme une serrure et il ne suffisait pas de toquer pour ouvrir. Il n'y avait pas non plus de poignées.

— Nous y voilà, dit le vieil homme. Ne traînez pas trop, nous en avons pour un moment à tout redescendre.

— Comment allons-nous entrer, cette fois ? s'enquit le mage.

— Entrer ? Je vous ai dit que les portes étaient closes, et elles le sont depuis toujours. Vous perdez votre temps.

— Et c'est maintenant que vous en parlez ? s'emporta Diana.

— De qui vous moquez-vous ? Je vous l'ai plusieurs fois répété !

— Calmez-vous, recommanda Zerkan en examinant les motifs. Il doit y avoir un mécanisme. Il y en a forcément un.

— Ouais, bah le temps que tu trouves, je vais piquer un somme, fit la jeune artiste.

Elle se délesta de son arc et de son carquois, s'allongea sur le sol chaud, mains derrière la tête, et ferma les yeux. Le reste du groupe en profita aussi pour se reposer, mis à part le mage qui se creusa les méninges.

L'abandon vint près d'une demi-heure plus tard, quand Zerkan fut persuadé que rien ne pourrait ouvrir le passage. Du moins, rien à leur portée. Seïk, que l'origine de la Tour d'Huma et ses mystères continuaient d'intriguer, le rejoignit.

— Du nouveau ?

— Malheureusement non, soupira le mage en se laissant glisser contre le mur. Pas la moindre pierre truquée, pas de mécanisme magique et, pour couronner le tout, je ne reconnais pas cette rune. J'ai beau fouiller ma mémoire… Je savais que ce qu'il y a derrière serait bien protégé, de là à imaginer une telle prise de tête… J'aurais peut-être préféré des pièges mortels.

— Cela t'embête si j'essaye ?

— Non, fais. Je serais même heureux si tu parvenais à résoudre cette énigme.

De sous sa chemise, Seïk sortit le médaillon aux corbeaux. Zerkan le regarda avec incrédulité avant de se frapper le front ; pourquoi n'y avait-il pas pensé plus tôt ? Et ce fut avec une grande excitation qu'il vit le mercenaire plaquer le bijou contre la rune.

Rien ne se produisit.

Zerkan avait senti son cœur s'arrêter, l'espace d'une seconde, et c'était maintenant la déception qui l'empoignait. Il eut envie d'exprimer sa rage lorsque son compagnon effleura la rune de ses doigts. Celle-ci émit une lueur bleutée avant de s'éteindre.

— Qu'as-tu fait ? demanda-t-il, stupéfait.

— J'ai touché la rune. N'as-tu pas regardé ?

— Et ? C'est tout ? Recommence !

Seïk s'exécuta. La rune réagit de nouveau à son contact, sans que cela apporte une réelle solution.

— J'en reste coi, dit le mage. Je ne ressens aucun flux d'Arcane dans cette porte et, pourtant, tout semble indiquer qu'un sortilège régit le mécanisme. Et pourquoi ne réagit-elle qu'avec toi ?

Alors que lui venait l'idée d'inviter leurs compagnons à imiter le mercenaire, Seïk le devança en appelant Halfiel à le faire. Ce dernier alla toucher la rune. Elle brilla plus fort que les premières fois, s'ensuivit un déclic. Et les battants tremblèrent pour enfin s'ouvrir.

— Je le savais ! fit Seïk.

Zerkan reconsidéra la double porte et son dispositif invisible.

— Voilà qui va me donner matière à réflexion pendant longtemps, grimaça-t-il. Comment savais-tu que ça fonctionnerait avec lui ?

— L'intuition, mentit Seïk. (Il s'approcha du mage et lui murmura à l'oreille.) Souviens-toi, lui et moi partageons la même marque sur notre nuque.

Zerkan afficha une expression entendue, comme s'il comprenait. En vérité, il ne comprenait rien, mais le point de vue de son camarade lui apparaissait somme toute logique.

— Si l'on m'avait dit qu'en vous accompagnant je verrais ce qui se cache derrière ces portes, j'aurais accepté de vous guider jusqu'ici sans la moindre pièce, souffla Kelin. Enfin, c'est un peu tard, vous avez payé, ajouta-t-il avec un regard malin à la jeune artiste, certain que la réclamation ferait suite.

Et il ne se trompait pas, Diana afficha un air renfrogné, certifiant qu'il l'avait prise de court. Il s'en réjouit.

Jeff vint donner une tape amicale sur l'épaule de l'Ange Noir.

— Peu bavard, mais efficace. Beau travail.

Halfiel le considéra, enchanté par le compliment. Bien que tout le mérite en revînt au mercenaire.

Les compagnons se regroupèrent et attendirent que les portes terminent de s'ouvrir, si lentes qu'elles fussent. De l'autre côté, une quinzaine de marches menaient au sommet de la tour. Seïk fut le premier à les monter, deux par deux, et à passer l'ouverture qui débouchait du sol. À la vue de la *Bague Ardente* et de son rubis brillant aux lueurs de la lune et des braseros enflammés, il se détendit.

Le bijou reposait sur un piédestal, devant de larges et hautes embrasures par lesquelles s'engouffraient des siroccos. Si le désert et le ciel étoilé étaient magnifiques, vus d'ici, ils n'étaient rien en comparaison de la bague. Elle envoûtait le mercenaire, éveillait sa convoitise au point de l'obliger à s'admonester pour se départir de son influence.

Alors que Diana dépassait le mercenaire et se réjouissait d'avoir mis la main sur l'artefact avant Kalar, le malaise qu'éprouvaient les deux sang-mêlé depuis leur entrée dans la tour se fit soudain plus grand. Halfiel et Seïk, qui n'avaient encore jamais montré une telle sensibilité, ressentirent eux aussi cette aura néfaste. Quant à Zerkan, enfin capable de séparer le bon grain de l'ivraie, il s'en étouffa presque. La bague possédait bel et bien un pouvoir phénoménal, mais il n'était en rien mauvais. La source de cette force malsaine était ailleurs, toute proche, et il remarquait à présent qu'elle surclassait la *Bague Ardente* en termes de puissance.

— Et maintenant ? On fait quoi ? s'enquit Diana.

— Et maintenant, vous me donnez la bague, siffla une voix. Quant à toi, tu viens avec moi.

Falène eut un désagréable frisson, ses sens s'agitèrent ; elle connaissait cette voix, tant et si bien que la colère l'envahit. Seïk aussi l'avait déjà entendue et tous deux furent les premiers à se retourner et à dégainer les armes. Les autres les imitèrent et gagnèrent en fureur, à l'exception de la jeune artiste qui fut d'abord hypnotisée par les yeux jaunes de l'inconnu. Puis ses muscles se tétanisèrent. Sans en connaître la raison, en elle s'éveilla une peur sans nom ; son esprit le lui criait : c'était un monstre, une engeance pire que le pire des démons !

À l'autre bout de la salle, derrière l'escalier qui plongeait dans le sol, le roi de Drezn se tenait adossé au mur. Il le quitta pour venir bloquer toute retraite aux compagnons. Son armure noir ébène, comme la topaze incrustée dans la garde de l'épée qui dépassait de son épaule gauche, reflétait les flammes des braseros.

— Qu'avez-vous fait du vieil homme ? somma Jeff quand il remarqua son absence.

— Je crains que ce rat ne vous soit plus d'une grande aide, ricana Kalar.

— Ordure, gronda Falène.

— Ma chère amie, cela fait si longtemps.

— Pas assez à mon goût.

Il considéra l'Ange Noir et lui tira une révérence.

— C'est un plaisir de te revoir, Halfiel. Permets-moi de te remercier comme il se doit pour le spectacle que tu m'as offert dans l'arène de Fladrr. Un vrai régal. Je ne m'étais pas autant amusé depuis des années. J'espère en outre que tu ne me tiens pas rigueur du dernier cadeau que je t'ai fait. Ou, devrais-je dire, des derniers cadeaux ?

Halfiel ne répondit pas et se contenta de porter la main à son épée. Il se souvenait d'avoir aperçu cet homme siéger au côté de Yul, dans les gradins de l'arène. Il se rappelait aussi l'avoir brièvement combattu, peu après être sorti de la forêt d'Illy, lorsque la flotte de Drezn avait survolé le bourg d'Einjell et qu'il s'était rué sur l'aéronef de tête. Il n'avait pas oublié cette riposte qui lui avait causé une blessure douloureuse, une dont la guérison avait mis du temps à s'effectuer.

Par-dessus tout, il pouvait à présent associer un visage à ce nom qu'il avait appris à détester.

— Tes paroles sont du poison ! cracha Falène en adoptant une posture de combat. N'espère pas nous amadouer !

Le visage de Kalar passa de la joie cynique à la froideur.

— Toujours aussi perspicace. J'aurais peut-être dû te tuer à l'époque au lieu de te laisser fuir. Enfin, pour ce que cela change…

Une sueur froide fit tressaillir le mercenaire. Les sens en ébullition, il se jeta sur le roi malgré les protestations de ses amis. D'un rapide geste de la main, il fut repoussé par une force invisible et envoyé heurter un des piliers qui soutenaient le toit de la tour et délimitaient les vastes embrasures. Falène accourut, fut rassurée de voir qu'il n'était pas blessé, juste un peu étourdi.

— Si téméraire et pourtant si médiocre, se désola Kalar. J'attendais mieux de votre part, mon cher Lenohan.

Il gloussa. Ce fut la goutte de trop, Falène perdit patience et commit l'erreur de tenter une estocade frontale. D'une rapidité surhumaine, Kalar attrapa d'une main le fort de la lame et de l'autre la gorge de la belle. Il la désarma, la souleva et l'étrangla d'une poigne puissante. Elle se débattit, en vain. Les autres tentèrent d'intervenir, ils furent cependant repoussés comme le mercenaire.

D'un geste, Kalar dressa autour de lui un solide dôme magique pour empêcher quiconque d'approcher, un qui stoppa la boule de feu que Zerkan invoquait tout juste. Il se désintéressa sitôt de ses adversaires au profit de la demi-elfe. Un mauvais rictus étira ses lèvres.

— Ma pauvre, tu as l'air de beaucoup souffrir. Je le vois dans tes yeux. Tu voudrais pleurer la mort de Lendal juste une fois pour pouvoir achever ton deuil, mais… tu en es incapable, n'est-ce pas ? Tu es bien trop froide, tu as le cœur vide. En somme, tu es bien différente de lui. Je me suis toujours demandé ce que tu trouvais d'intéressant chez cet idiot pleurnichard.

Elle remua les lèvres sans qu'aucun son sorte de sa bouche. Elle peinait à respirer.

— Tu aurais dû voir comme il m'a supplié de l'épargner… Oh ! Mais je me souviens, tu étais là lorsque je lui ai arraché la tête ? Non ? Bien sûr que tu étais là. (Il rit.) Tu as préféré fuir plutôt que d'affronter l'assassin de ton fiancé. Plus qu'une traîtresse qui complote contre son roi, tu es une lâche. Tu as peut-être gagné en beauté, tu restes faible, stupide et indigne de confiance. Est-ce ainsi que tu espères protéger tes amis ? Ceux-là mêmes qui ne peuvent te porter secours alors que je te tiens à ma merci ? (Il porta les lèvres à son oreille.) Je les torturerai jusqu'à ce que tu m'implores de les achever.

Elle écuma de rage, gesticula de toutes ses forces. Kalar évita de peu un coup de poing. Des larmes naquirent aux coins des yeux devenus rouges de la demi-elfe.

— Tu pleures ?! s'égaya-t-il. Allons, ma chérie, cet acte ne fait que commencer !

— Lâche-la et affronte-moi ! rugit Halfiel dont le visage était peint de fureur, plus expressif que jamais.

Kalar s'intéressa à lui. L'idée d'un tel duel l'amusa au plus haut point, puis l'humeur s'estompa. Il laissa Falène choir à ses pieds. Mains sur la gorge, elle tenta de retrouver son souffle. Chaque bouffée d'air fut une libération, chaque quinte de toux un supplice.

Le bouclier magique se dissipa. Zerkan, Jeff et Seïk s'apprêtaient à attaquer quand Halfiel leur réclama vivement de ne pas intervenir. Il voulait s'en charger lui-même, plus par crainte de voir ses amis blessés ou tués que par prétention. Il marcha vers l'ennemi, Kalar agrippa la demi-elfe par les cheveux et la jeta en arrière ; elle roula sur le sol, le mur arrêta sa course. Puis le solide dôme magique réapparut, redressé d'un simple mouvement de la main.

— Tu n'as pas changé, déclara Kalar à l'intention de son nouvel adversaire. Toujours aussi sûr de toi. Tout comme ton père et son père avant lui, tu te mêles de tout. Comme eux, tu te crois supérieur. C'est ce que je hais le plus chez vous ! explosa-t-il.

Déstabilisé, Halfiel marqua un temps d'arrêt et s'efforça de garder son calme.

— Que sais-tu de moi ?

— Ne l'écoute pas ! tonna Jeff. Il essaye de t'embrouiller l'esprit !

Kalar éclata d'un rire fou. Il tira *Ragnarök* du grand fourreau accroché dans son dos et donna l'assaut. Les épées se croisèrent, la lame d'Halfiel se brisa sous la puissance du premier coup. Cela ne le freina pas, les passes d'armes s'enchaînèrent. Kalar faisait preuve d'une réelle férocité, pourtant Halfiel sentait bien que ce dernier ne combattait pas avec tout son sérieux, et loin de là. C'était frustrant.

Fers croisés, Kalar repoussa son adversaire qui bondit en arrière et s'envola. Halfiel fondit sur le roi, son estocade fut déviée et son abdomen légèrement entaillé. Il atterrit et posa un genou à terre, se tint le ventre. La plaie mit plusieurs secondes à se refermer et elle le brûla, même, comme celle reçue naguère dans le ciel du bourg d'Einjell, bien qu'elle fût moins sévère. S'il avait ainsi amplement le temps de l'abattre, Kalar préféra attendre à bonne distance.

Halfiel recula, chargea et attaqua par le haut, le roi se baissa et riposta d'une frappe de taille verticale qui ne rencontra rien de solide. La botte suivante de l'Ange Noir fut déjouée et la contre-offensive du roi parée.

Les deux combattants s'éloignèrent et se dévisagèrent.

— Tu es devenu faible, déclara Kalar avec dégoût. Ton maniement de l'épée n'est plus ce qu'il était. Ce n'est guère étonnant si l'on tient compte de ce que tu as subi.

Malgré l'ardent désir d'apprendre ce que l'ennemi savait à son sujet, Halfiel commença à voir clair dans son jeu. Il ne se laissa pas distraire et attendit qu'il fasse le premier pas, ce qui ne tarda pas. Tenue des deux mains, *Ragnarök* fendit l'air et termina sa course contre la pierre, dans une gerbe d'étincelles. Halfiel attaqua de front mais se montra bien incapable de rivaliser avec la rapidité du roi qui le saisit par la gorge et le plaqua au sol ; le choc l'assomma un peu, lui fit lâcher son arme. Kalar le souleva et lui écrasa la tête face contre terre. Il afficha sa suprématie et la fin du duel en le bloquant d'un pied sur le dos, entre les omoplates, et en plantant sa lame dans le sol.

Il y eut des plaintes par-delà le dôme, mais le roi les ignora.

— Je ne comprends vraiment pas pourquoi toi et tes ancêtres êtes les seuls à posséder des ailes, s'indigna-t-il. Il est temps de corriger cette injustice.

Zerkan invoqua une boule de feu, elle fut absorbée par la barrière magique. Sous les regards impuissants, Kalar empoigna l'aile droite d'Halfiel. D'un geste sec, il la lui arracha et se délecta de son râle d'agonie ; l'on entendit brièvement les os craquer, la chair se déchirer. À genoux près du piédestal, Diana hurla, le supplia d'arrêter. Et les rires du roi redoublèrent.

Jeff frappa le dôme du poing, donna un coup d'épaule et vociféra. Un autre coup de poing, un du pied et un de hallebarde. Seïk l'imita. Falène, qui avait assez récupéré, s'y confronta également. Zerkan invoqua des éclairs qui ne provoquèrent que de légères fluctuations à la surface du dôme. D'autres boules de feu suivies de pics de glace volèrent, sans plus de succès.

Jeff passa finalement au travers lors de sa seconde charge d'épaule. Il ne remarqua pas qu'il fut le seul à entrer. Aveuglé par son désir de vengeance et de justice, le cœur épris de souffrances au souvenir de Lia et à la vue de la torture infligée à son ami, il poussa un autre cri, abattit sa hallebarde de toutes ses forces. Avec une facilité aberrante, Kalar arrêta l'arme.

Il y eut un geste vif comme l'éclair.

Jeff serra les dents. Le mal l'étreignit. Pour cause, de son dos saillait plus de la moitié de *Ragnarök*. La frustration l'envahit à mesure qu'il constatait son impuissance ; ses larmes coulèrent. Un sanglot saccadé se fit entendre, un instant, et puis…

Le silence.

Lorsque le roi extirpa son épée et laissa le général s'écrouler, la colère des compagnons explosa pour de bon. Hébété par la douleur qui persistait malgré la cicatrisation, Halfiel n'appréhendait pas toute la situation, assez cependant pour voir le visage de Jeff tomber devant le sien et rebondir sur le sol. Assez pour apercevoir l'étincelle de vie quitter ses yeux alors qu'ils échangeaient un dernier regard. Assez pour que son expression figée dans l'horreur et le chagrin reste à jamais gravée dans sa mémoire.

Sans tenir compte des cris et des insultes, Kalar s'accroupit près de l'Ange Noir.

— À moi aussi, il m'a tout pris, murmura-t-il. Rejoins-moi, deviens mon bras droit et, ensemble, nous nous vengerons de ceux qui nous ont traités comme des moins que rien. Ensemble, nous investirons le royaume des dieux et nous leur ferons regretter de nous avoir sous-estimés ! Ils se prosterneront devant nous, je le jure !

S'il entendit ses propos, Halfiel se montra bien incapable d'en saisir le sens, trop étourdi.

— J'ai de grands projets pour toi, tu sais ? insista le roi.

Avec du retard, les mots s'assemblèrent dans l'esprit du sombre guerrier. Quand il releva l'invitation, il articula son refus. Cela déplut tant à Kalar qu'il le frappa au visage à de multiples reprises.

— Rejoins-moi ! s'égosilla-t-il, hystérique. Sers-moi !

Cela n'eut pour effet que d'assommer Halfiel davantage.

Las de cette comédie, Kalar se releva et attrapa la deuxième aile. Diana protesta de toutes ses forces, les autres firent écho ; la volonté de nuire de l'ennemi s'en trouva amplifiée. Le sang gicla, le membre vola, buta contre la paroi intérieure du dôme et retomba tel un vulgaire déchet, tout près de la jeune artiste.

Kalar prit une rapide et profonde inspiration. Il expira lentement et recouvra un semblant de sang-froid.

— Je regrette ta décision. Nous aurions pu former une grande équipe… Non, s'emporta-t-il soudain. Non ! Jamais nous ne formerons une équipe avec toi ! Tout est arrivé par ta faute ! Sa mort… Elle est morte à cause de toi !

Il le frappa du pied à plusieurs reprises, mais Halfiel s'était déjà évanoui. Puis il s'effondra et éclata en sanglots. Cela ne dura que trois secondes et il se releva, naturellement.

Il délaissa l'Ange Noir pour observer le reste du groupe. Et il rompit le dôme magique. Malgré le piège évident, inconsolable d'avoir vu mourir son plus fidèle ami, la bretteuse attaqua à revers. Elle fut chassée du plat de *Ragnarök* et envoyée heurter le plafond avant de retomber lourdement et de perdre connaissance. Seïk attaqua de face et fut de nouveau repoussé à l'aide de la magie. Outre l'humiliation de n'avoir pu lui porter aucun coup, il vit l'une des larges et hautes embrasures s'approcher à toute vitesse. Ce fut de peu et grâce à l'intervention du mage qu'il échappa à une chute mortelle ; à la place, il se cogna au même pilier qu'un peu plus tôt.

Cette chance était cependant fortuite. Si Zerkan n'avait plus attaqué le roi et avait ainsi pu porter assistance au mercenaire, ce n'était pas par anticipation d'une telle éventualité ou parce qu'il redoutait que sa magie touche ses alliés. Non. Son cœur battait à tout rompre. Tout comme Diana, son ventre lui faisait mal, sa gorge était nouée. Son corps refusait d'obéir, d'aller à l'encontre de cet ennemi imperméable à la défaite. Ses membres tremblaient.

Débarrassé des gêneurs, le roi de Drezn se tourna vers le mage et la jeune artiste. Il marcha vers eux. Le mage recula et buta contre sa compagne tétanisée. Ce fut en la voyant qu'il réalisa que rester inactif les conduirait tous au même sort que Jeff. Il se ressaisit et invoqua une boule de feu. Kalar n'eut aucun mal à la dévier, mais, trop présomptueux, il ne prit pas garde à la vague d'énergie qui suivit. Il en perdit son épée, vola d'un bout à l'autre de la salle et échoua près de la demi-elfe. Zerkan l'enferma dans une petite réplique de ces dômes magiques infranchissables. Il savait qu'il ne le retiendrait pas bien longtemps, que son sort ne tarderait pas à être brisé, ce qui aurait par la même occasion raison de lui. Il devait à tout prix trouver une échappatoire.

Alors qu'il y réfléchissait, une sensation familière accapara son attention. Il y avait une chose, tout près de lui, qui lui avait jusqu'à présent échappé et dont il connaissait l'exacte nature… Un flux d'Arcane majeur ! Par tous les dieux, pourquoi ne le ressentait-il que maintenant ?! S'il l'avait remarqué plus tôt, il y aurait puisé l'énergie nécessaire pour décupler la puissance de ses sorts au lieu d'employer les petits flux qui cheminaient ici et là…

Kalar gronda, cogna. Rappelé à l'ordre, Zerkan chassa la surprise et abandonna ses réflexions pour réciter à toute vitesse une formule complexe. L'important flux d'Arcane se soumit aussitôt à sa volonté, l'espace se fissura sur deux mètres et une lumière bleu et blanc jaillit de la brèche. La faille grandit jusqu'à former un vortex.

Un portail magique.

— Fuyez ! enjoignit-il l'ordre à ses compagnons.

Mais Diana avait les oreilles qui bourdonnaient de trop pour le comprendre. À moitié sonné, Seïk se relevait en serrant son bras gauche. L'Ange Noir et la demi-elfe étaient tous deux inconscients.

Zerkan rejoignit Halfiel et lui donna des claques pour l'obliger à se réveiller. En vain. Il le traîna de force dans le vortex. Il assista ensuite le mercenaire qui, près du passage, réclama de porter secours à Falène.

— Je me charge d'elle, promit le mage. Pars !

Seïk ne l'écouta pas ; comment aurait-il pu ? Il se débattit avec tant d'ardeur qu'il le bouscula et se rua sur ses dagues. Zerkan employa sa magie à subtiliser les lames jumelles et à les jeter dans le tourbillon. Il essuya un regard plein de rage et d'incompréhension, et ce fut au tour de Seïk d'y plonger après un vol plané.

— Non ! protesta Kalar depuis l'autre bout de la salle, prenant conscience que sa propre négligence lui faisait perdre une fois encore le médaillon aux corbeaux du mercenaire.

Le mage se retourna. Le roi affichait sa frustration et portait toute son attention sur le vortex ; il n'employait plus sa concentration à démanteler sa prison. Un sursis que Zerkan mit à profit pour pousser Diana à la suite de leurs deux compagnons. Puis il s'arrêta et examina ce tourbillon bleu et blanc qu'il avait façonné. Et il s'interrogea : depuis quand savait-il manipuler les flux d'Arcane majeurs pour invoquer des portails de téléportation ?

Kalar s'appliqua de nouveau à briser sa geôle, Zerkan le ressentit à tel point qu'il dut faire face. Mais, alors qu'il pivotait, son regard passa sur la *Bague Ardente* et il se rappela toute l'importance de l'objet. Il se pressa de l'arracher du piédestal. Le roi refusait cependant de voir trois de ses quatre convoitises lui échapper de la sorte. Fini de jouer ! La barrière magique vola en éclats et le vortex se volatilisa. Quant à leur invocateur, il lâcha la bague et s'affala de tout son long.

La tranquillité revint au sommet de la Tour d'Huma.

Kalar s'empressa de ramasser l'artefact et jeta un regard haineux au mage. Il souffla sur la bague, comme pour la nettoyer de ses impuretés, ôta un de ses gantelets et la passa à son doigt. Il lui ordonna mentalement de cesser de meurtrir la région de ses flammes invisibles ; elle obéit. Enfin, il put dissiper son propre sort de protection à la chaleur qui emplissait toute la tour. Il récupéra *Ragnarök* et la remit au fourreau, puis, Falène et Zerkan sous les bras, il se dirigea vers une des larges embrasures. Un dernier regard sur le corps sanguinolent et sans vie du général Jeff Malaski et il sauta à l'extérieur.

La chute fut longue, vertigineuse. Kalar tomba à une vitesse folle. Lorsqu'il fut sur le point de s'écraser au sol, sa magie se déploya et le retint. Le sable sous ses pieds fut soufflé sur des dizaines de mètres, puis il atterrit. Il passa les portes restées ouvertes de la tour ; à son entrée, les dylens s'agitèrent.

Avec une auguste sérénité, il lâcha les corps du mage et de la demi-elfe. Il tendit le poing et pointa la *Bague Ardente* en direction des dylens. Un nouvel ordre mental, l'artefact brilla et les créatures s'enflammèrent. Cela le fit beaucoup rire, plus encore lorsqu'il les vit se consumer en un rien de temps. Quelques secondes plus tard, ce fut le rebond d'un joyau jaune finement ciselé tintant sur la pierre qui attira son attention. Le *Soleil de Mort*.

— Ce jour fut une belle récolte, déclara-t-il pour lui-même. Moins bonne qu'escomptée, cependant.

Il grimaça puis l'accepta. De toute manière, Diana Sigurd et le médaillon aux corbeaux seraient siens, tôt ou tard.

Il s'assit en tailleur, près de ses victimes évanouies. Il attendit. D'ici quelques heures, le vieil homme qui accompagnait Halfiel et les autres atteindrait le rez-de-chaussée. Et alors…

Diana jaillit du vortex, tomba sur le sable et roula ; Seïk l'attendait, il arrêta sa course. Le portail se referma et tout redevint calme. Seules les vagues qui s'échouaient sur la plage et les lointains bruits d'animaux continuèrent de perturber la quiétude des lieux.

Alors que la jeune artiste reprenait son souffle et ses esprits, alors que Halfiel gisait tout près, Seïk se figea. Il réalisait que la seule femme qu'il avait jamais aimée et le mage ne suivraient pas, qu'ils étaient perdus, abandonnés aux mains du roi de Drezn. Désemparé, refusant d'admettre ce fait, il se tint la tête, s'éloigna, se secoua de manière hystérique. La rage et la tristesse l'empoisonnèrent, et il hurla.

Lorsque, à son tour, Diana s'avisa de la peine de son ami et de l'ampleur du désastre, son visage se tordit. Elle pleura, elle aussi. Pendant longtemps. Au bout du compte, elle se laissa choir sur le dos, sur une traînée de sang qu'elle ne remarqua pas et qui rejoignait le mercenaire. Le cœur vide, elle se perdit dans la contemplation du voile nocturne peint de constellations.

C'était magnifique.

Chapitre 37

De mal en pis

— Va falloir trouver de quoi manger, fit Diana.

Briser le silence qui durait depuis la veille ne stimula pas le mercenaire. Il fixait d'un regard absent le tranchant d'une de ses dagues et repensait au fait que Zerkan les avait jetées dans le portail, afin de l'empêcher de retourner se battre. Et cela lui avait très certainement sauvé la vie. Dire que, pour cela, il avait éprouvé de la haine à l'égard de son camarade… Il se sentait honteux. D'autant plus que le mage s'était sacrifié pour les mettre hors de danger, Diana, Halfiel et lui. Toutefois, à quoi bon vivre s'il se montrait incapable de protéger quiconque face à Kalar ?

Un sourire âcre étira ses lèvres. Reconnaître sa faiblesse lui fit ressentir la perte de sa bien-aimée, du mage et du général avec plus de peine qu'il n'en avait déjà. Et d'un regard en coin vers l'Ange Noir qui demeurait léthargique, il fut certain que ce dernier traverserait bientôt les mêmes tourments. Pour peu qu'il se réveille un jour, car, de cela aussi, il commençait à douter.

— Seïk ! insista Diana. Écoute quand je te parle !

Il posa sur elle des yeux ternes, auréolés de cernes et d'un teint livide qui le rendaient méconnaissable, puis il reprit la contemplation de sa dague. Diana eut un pincement au cœur. Elle se leva et s'approcha.

— Regarde-moi, dit-elle.

Il ne le fit pas.

— Regarde-moi !

Il obéit, elle le gifla. Il secoua la tête, confondu comme s'il venait de se réveiller d'un mauvais rêve.

— Arrête d'y penser, gronda-t-elle d'une voix tremblante qui trahissait ses efforts pour se maîtriser. Ils sont morts, on y peut rien.

Une fois de plus, Seïk revint à sa dague. Il en fit rouler le manche entre ses doigts, examina sans grand intérêt les deux faces de la lame, tint l'arme par le bout de la poignée, la laissa basculer, balancer, s'immobiliser, pendre. Enfin, il la lâcha. De quelques centimètres, la pointe s'enfonça dans le sol sableux avant de buter contre la roche. Elle pencha d'abord lentement, puis rapidement et se coucha.

Seïk poussa un long soupir. Il enviait la force de caractère de sa jeune amie. Elle avait beau souffrir autant que lui, elle savait juguler ses sentiments par nécessité. Une attitude qui certifiait que sa petite dépression, survenue juste après la fuite de Sveldetz, n'avait été qu'un simple moment de faiblesse. Il avait de la chance de l'avoir à ses côtés, car lui ne pouvait pas enfouir ses émotions ; au contraire, elles le rongeaient un peu plus chaque heure, ce qui l'incitait davantage à effacer le monde autour de lui pour ne penser à rien d'autre qu'à son chagrin. Un cercle sans fin dont il avait conscience, un dont il ne parvenait pas à s'extirper.

— Kalar payera pour ses crimes, marmonna-t-il.

— Foncer tête baissée va pas nous aider. C'est ce qu'aurait dit Jeff.

— Je sais…

— Alors, arrête de te laisser aller et reprends-toi !

Il la considéra, puis replongea.

— Laisse-moi un peu de temps. S'il te plaît…

Diana exhala son exaspération, puis elle retourna s'asseoir auprès d'Halfiel. Elle regarda le dos de son ami, y passa la main ; ses tripes se soulevèrent. Il avait fait peau neuve et son ossature semblait s'être reformée comme s'il n'avait jamais eu d'ailes, elle était pourtant certaine que d'en être privé le traumatiserait. Et si tel n'était pas le cas, au moins elle en porterait le deuil.

Elle jeta un coup d'œil sur l'extérieur de la grotte. Cela faisait maintenant des heures qu'une pluie diluvienne s'abattait sur la région. Elle prenait son mal en patience sans rien pour l'y aider, car sa giberne et toutes ses affaires étaient restées avec les dylens. D'ailleurs, en y pensant, elle eut de la compassion pour ces pauvres créatures qui, sans personne pour les détacher, allaient connaître un bien triste sort. Pire, ce fut le frisson quand elle se dit que Kalar risquait de leur mettre la main dessus et sur la pierre jaune du lac Estamp.

Risquait ? Non. En vérité, il s'en emparerait et il ne pouvait en être autrement. Pourquoi avait-elle commis l'imprudence de laisser son sac accroché à la selle de sa monture ? Cet artefact ne devait en aucun cas rester sans surveillance ! Elle le savait, pourtant ! Quelle bêtise… D'autant plus que quiconque arrivé à la tour pendant qu'ils la gravissaient aurait pu voler leurs affaires. Elle se maudit, autant qu'elle en voulut à ses camarades de ne pas y avoir davantage réfléchi.

Seïk gémit et grimaça en même temps qu'il attrapa son bras gauche.

— Ça va pas ? demanda Diana.

Il ne dit rien. Elle vint à son côté et l'obligea à lâcher prise. La manche de sa chemise était entaillée et tachée de sang ; elle ne l'avait pas encore vu du fait que le vêtement était bordeaux et assez ample pour cacher la coupure. Son bras arborait une plaie qui commençait à s'infecter, pas très longue mais profonde. À l'instar de son écorchure au front, elle avait été nettoyée à l'eau de mer et à la va-vite, à en juger par le sable mêlé au sang coagulé. Le fait d'avoir serré la blessure sans précaution l'avait même rouverte.

Diana sentit son cœur houler.

— Tu comptais me montrer ça quand ? reprocha-t-elle. Faut vite qu'on te soigne !

— Ce n'est qu'une égratignure, inutile de t'alarmer.

Elle eut envie de le gifler à nouveau tant il l'exaspérait. Elle s'en dispensa et se présenta à l'entrée de la grotte, face au rideau de gouttes.

— Que fais-tu ? s'enquit le mercenaire.

— Je vais chercher de quoi te soigner, tu crois quoi ?

— Sous cette pluie ? Tu risques de finir avec une pneumonie.

— Je m'en bats les reins. J'ai pas l'intention de te laisser crever à cause d'une infection. Je t'entends déjà assez te plaindre comme ça.

Il eut un petit rire qui relança la douleur et termina sur une autre grimace.

— Reste, réclama-t-il. Nous partirons dès que la pluie aura cessé. Il doit bien y avoir un village dans les environs.

— T'es trop optimiste. On sait même pas où on est et la pluie peut durer des jours. Tu vas pas tenir aussi longtemps dans cet état.

Il protesta encore, elle l'ignora et quitta la grotte. Sitôt qu'elle eut quitté son champ de vision, il expira de chagrin, colla sa tête contre la paroi, leva des yeux humides au plafond et parla pour lui-même :

— Pourquoi suis-je incapable de guérir comme ce jour-là ?

Diana revint plus d'une heure plus tard, peu après la fin du déluge. Elle découvrit Seïk inerte. Elle se précipita pour le secouer et fut rassurée quand il se réveilla ; il s'était juste assoupi, seulement épuisé parce que sa blessure l'avait tenu en haleine toute la nuit.

— On dirait que ta bonne étoile veille encore sur toi. Y a un village, pas très loin d'ici. Le seul problème va être d'emmener Halfiel…

— Je peux encore le porter. Si tu m'aides, bien entendu.

Elle le regarda avec une certaine pitié, malgré elle.

— Je ne suis pas mourant, juste blessé, se braqua-t-il.

— C'est toi qui le dis.

Il l'ignora et alla saisir Halfiel par le poignet. Diana se contenta de l'observer. Il se tourna vers elle, attendit qu'elle l'imite.

— Vas-tu rester plantée là ? s'impatienta-t-il.

Elle vint attraper l'autre poignet de l'Ange Noir.

— Y a une différence entre porter et traîner, maugréa-t-elle.

— Je fais mon possible. Navré de ne pas être aussi solide que lui.

Elle le regarda en coin, désespérée.

Ils transportèrent leur compagnon sur le sentier que Diana avait arpenté plus tôt et s'engouffrèrent dans une forêt semi-tropicale. La terre fraîchement gorgée d'eau n'aida pas à se mouvoir, pas plus que les moustiques en quête d'un bon repas. De plus, la chaleur y fut étouffante en comparaison avec celle de la grotte, et l'air trop humide empêcha de transpirer à convenance, ce qui causa des démangeaisons. Seïk eut du mal à croire qu'une région aussi inhospitalière puisse abriter une quelconque civilisation. Il lui fallut toutefois reconnaître son erreur quand apparut, au bout du chemin, un village de huttes bâti au pied d'une montagne rouge en forme de croissant. À la surprise de Diana, il n'y avait pas là une seule âme qui vive. Pourtant, lorsqu'elle l'avait observé de loin, l'endroit grouillait d'humains. Certes des indigènes au mode de vie rudimentaire, à en juger par leur style vestimentaire, mais une civilisation malgré tout.

Ils posèrent Halfiel près d'une hutte pour reprendre leur souffle et explorer le village. Peu importait que les résidents eussent déserté les lieux, il leur fallait en urgence de la nourriture et des onguents. Ce fut à cet instant que Diana remarqua l'îlot suspendu dans les airs, non loin du col de la montagne, relié à celle-ci par un simple escalier taillé dans la pierre. Époustouflée, elle signala cette vision insolite à son compagnon. Seïk ne fut pas aussi enjoué et entama les recherches.

Ils fouillèrent l'habitation contre laquelle reposait Halfiel, puis la suivante. À leur sortie, ils se retrouvèrent nez à nez avec des hommes et des femmes à la peau brune, vêtus d'un simple pagne de cuir. Les flèches et les lances pointaient sur les trois intrus, les encerclaient lentement et sûrement.

— Pris au piège, grinça Seïk.

Une ravissante femme métisse traversa le groupe d'indigènes et se présenta devant les étrangers. Elle était svelte, soutenue par de longues jambes et dotée d'une belle poitrine. Habillée d'une trop courte culotte de cuir, d'un pan qui couvrait ses arrières du bassin aux genoux et d'un haut de corps qui maintenait ses seins avec fermeté sans trop les cacher, elle savait visiblement comment éveiller les fantasmes. Outre son teint bien plus clair que celui de ses pairs, elle se différenciait par ses yeux violets et ses longs et lisses cheveux d'argent ; des caractéristiques qui trahissaient ses origines de peau blanche.

— Que faites-vous ici ? exigea-t-elle de savoir avec une parfaite maîtrise de la langue commune.

— Pardonnez notre intrusion, s'excusa Seïk. Des mésaventures nous ont conduits ici contre notre gré. Nous cherchons de la nourriture et de quoi panser nos plaies. Nous souhaitons également bénéficier d'un endroit où nous reposer, le temps que notre compagnon revienne à lui.

Elle le jaugea, fit de même avec la jeune artiste puis avec l'Ange Noir.

— Partez.

Seïk et Diana furent abasourdis par ce refus si prompt. Leur interlocutrice poursuivit sa route, les dépassa sans leur prêter plus d'attention et se dirigea vers une cavité creusée au pied de la montagne ; au-dessus de l'entrée trônait le crâne d'un animal gigantesque.

— Vous pouvez pas nous laisser comme ça ! protesta Diana.

Alors qu'elle quittait le cercle formé par les autochtones, la femme métisse se retourna d'un geste vif, s'empara de la lance d'un des guerriers du village et la lança sur la jeune artiste. L'arme se planta à ses pieds.

— Je n'aime pas me répéter, gronda la femme.

Seïk se mit à genoux et courba l'échine.

— Je vous en prie, Madame, nous avons…

— Madame ? s'offusqua-t-elle.

Elle vint à lui et le frappa d'un coup de pied au visage, si fort qu'il décolla du sol et retomba sur le dos.

— Quel âge crois-tu que j'ai ? Imbécile !

Diana craignit qu'elle eût brisé la nuque ou démantelé la mâchoire de son ami, mais Seïk se releva avec seulement une contusion sur le nez et une forte douleur supplémentaire. Plus stupéfait qu'en colère, lui-même ne sut quoi dire.

— À vingt-huit ans, une dame… (Elle contint sa fureur et fit volte-face.) Allez-vous-en. Je me moque que vous soyez mourants.

Elle rebroussa chemin. Les indigènes commencèrent à s'agiter et à brandir les armes pour faire fuir les étrangers.

— On sait même pas où on est ! supplia Diana.

— Ce n'est pas mon problème.

— Pitié, aidez-nous…

— Pitié ? répéta la femme métisse en se retournant. Mais en quelle langue faut-il vous le dire ?

Au bord des larmes, la jeune artiste tomba à genoux.

— Kalar a tué trois de nos amis ! s'égosilla-t-elle. On est perdus, Hal est dans les vapes depuis hier soir et Seïk va mourir si personne soigne sa blessure ! Qu'est-ce qu'on doit faire pour avoir de l'aide ? Dites-le !

Il y eut un silence, et la femme métisse la considéra avec un intérêt soudain. Puis elle partit sans un mot et se contenta de faire un geste de la main. Les guerriers baissèrent les armes et retournèrent à leurs occupations d'avant-intrusion. Deux hommes portèrent Halfiel jusqu'à la cavité creusée dans la montagne, à la suite de leur cheffe.

Seïk et Diana échangèrent un regard étonné. Ils leur emboîtèrent le pas sans demander leur reste.

La femme métisse s'affairait déjà dans sa demeure et préparait tout un nécessaire de soins quand Halfiel fut posé sur une couche de paille. Les deux hommes à la peau brune s'en allèrent, sans manquer de dévisager la jeune artiste et le mercenaire. Diana les regarda partir, sur la défensive malgré le brusque revirement de leur hôtesse.

— Asseyez-vous, les invita la femme.

— Je m'appelle Seïk Lenohan et voici Diana Sigurd, dit-il.

— Je vous ai dit de vous asseoir, pas de vous présenter. Je me moque de qui vous êtes.

Diana serra le poing et fit un pas en avant, Seïk la retint par l'épaule.

— Puisque vous semblez accéder à notre requête, vous révéler notre identité est le moins que nous pouvons faire, parla-t-il. Quand bien même cela ne vous sied pas, notre éducation est ce qu'elle est.

— Si vous le dites.

— Vous pourriez au moins en faire autant, la sermonna Diana.

— Il me semble vous avoir dit que je n'aime pas me répéter, répliqua-t-elle avec un air assassin. Que suis-je en train de faire, selon vous ?

Les deux compagnons soutinrent son regard. Bien qu'agacés, ils sentirent que la contrarier risquait de leur faire perdre leur chance. Alors, ils tirèrent chacun une des chaises sculptées en une unique pièce de bois et s'assirent.

La femme métisse prit un autre siège, se plaça près du mercenaire et examina son nez.

— Je m'appelle Héléna Jewell, révéla-t-elle. Je dirige ce village.

— Le contraire aurait été curieux, admit Seïk avant de grimacer de douleur.

— Reste tranquille.

Elle prit une serviette, la trempa dans le bol d'eau claire posé sur la table et lui nettoya le visage, rouvrant au passage sa blessure reçue du gunslash. Elle ouvrit le pot à côté du récipient, dans lequel il y avait du baume, et appliqua la mixture sur l'appendice du mercenaire.

— Il n'est pas cassé, expliqua-t-elle. Ce remède te soulagera et t'aidera à guérir.

— Il faut reconnaître que vous n'y allez pas de main morte avec vos invités.

— Je suis méfiante.

— Dans ce cas, pourquoi avoir changé d'avis ? interrogea Diana.

Elle resta muette, finit d'appliquer le baume, répéta l'opération sur la vilaine écorchure du front après avoir endigué le saignement puis ordonna à Seïk d'ôter sa chemise. Il s'exécuta, non sans une grimace plus démesurée que la précédente. Héléna s'intéressa à la plaie quelque peu infectée du bras. Elle la pressa pour faire couler du sang ; Seïk se contracta. Elle alla chercher une bouteille d'alcool.

— Ce que tu as dit m'a interpellée, répondit-elle à la jeune artiste en revenant s'asseoir.

— Ah bon ? Quoi ?

— À propos de Kalar. (Elle retira le bouchon de la bouteille avec ses dents.) Tiens-toi bien, ça va faire un mal de chien. Je dois retirer la croûte qui s'est formée pour nettoyer et recoudre.

— S'il le faut…, maronna Seïk.

Il grimaça une fois de plus quand elle versa l'alcool. Il jeta un œil à Halfiel et grognonna :

— Tu parles d'un lien…

— Pardon ? fit Héléna.

— Rien, je pensais à voix haute.

— Bois, recommanda-t-elle en lui offrant la bouteille. Beaucoup.

Il huma le liquide ; cela ressemblait à du rhum brun, quoique plus fort. Héléna lui reprit l'alcool, en versa sur une autre serviette et le lui rendit. Elle saisit le couteau posé sur la table, nettoya la lame avec le linge imbibé et s'apprêta à retirer la couche de sang coagulé. Elle s'arrêta quand le tranchant colla l'extrémité de la blessure. Elle quitta son siège et revint avec un mors en cuir. Seïk en profita pour vider d'une traite un bon tiers du récipient. Il se retint de vomir, endura le feu qui lui brûlait l'œsophage et attaquerait bientôt ses entrailles, car il n'était rien en comparaison de sa souffrance physique actuelle et de celle qui, sous peu, allait lui donner envie de s'arracher le bras. Et tout cela restait bien moins douloureux que la blessure qui lui déchirait l'âme.

Il mordit le mors.

Héléna entama l'opération, Seïk fit tout son possible pour rester immobile. Ce fut si pénible qu'il faillit virer de l'œil par deux fois. La croûte extraite, Héléna nettoya la plaie avec l'alcool et un troisième linge, sans prendre de pincettes. Une aiguille, un fil, et elle recousit. Déjà ivre, Seïk ne sentait plus vraiment son bras, ni même le reste de son corps. Il délirait et toutes ses pensées se tournaient vers Falène. Ses larmes coulaient sans qu'il puisse les retenir ; Héléna devina qu'elles n'étaient pas dues à l'opération. Quant à Diana, elle faisait tout pour ignorer les gémissements de son ami et ne pas céder elle aussi.

Le travail terminé, le bras fut bandé et gratifié d'une écharpe de fortune pour le maintenir.

— Moins tu le bougeras, plus vite tu te rétabliras, précisa Héléna en rangeant son matériel. En attendant, repose-toi, nous parlerons lorsque tu seras de nouveau toi-même.

Seïk se réveilla en fin d'après-midi. Les cauchemars s'étaient rapidement succédé et il en était presque soulagé de revenir à la réalité. L'ivresse ne s'était pas tout à fait estompée et il s'en trouvait de surcroît déshydraté. Diana lui apporta une carafe d'eau qu'il vida cul sec ; debout depuis plus d'une heure, elle en avait aussi profité pour dormir un peu avant de veiller sur les deux hommes.

Quand Héléna entra dans la grotte, elle trouva le mercenaire et la jeune artiste attablés. Elle s'absenta dans le garde-manger et revint avec une coupe à fruits. Ses invités ne se firent pas prier.

— Tu as eu de la chance, dit Héléna au mercenaire. Encore deux ou trois jours sans soins et tu étais bon pour l'amputation. Davantage, la gangrène t'aurait emporté.

— Vous n'êtes pas originaire d'ici, changea-t-il de sujet.

— C'est vrai, mais parlez-moi plutôt de vous. Quels sont vos rapports avec Kalar ?

— Voilà que vous tenez à en savoir plus sur nous ?

— Contente-toi de me répondre si tu ne veux pas que je soigne ton autre bras.

Seïk et Diana s'interrogèrent du regard, se demandèrent s'il était bon de lui dévoiler leurs secrets. Ils devaient cependant admettre que cette femme savait rallier les volontés à la sienne, d'une manière ou d'une autre, et qu'elle mettrait sa menace à exécution si nécessaire. Et puis, elle les accueillait au sein de sa demeure, avait prodigué des soins au mercenaire et leur offrait eau et nourriture ; lui accorder ce peu de confiance était le moindre des remerciements.

— Nous avons eu affaire à lui, hier, parla Seïk d'une voix chargée de regret. Nous étions en mission dans le désert d'Huma avec trois autres compagnons. Kalar nous a pris en traître. L'un d'eux a été tué, les deux autres…

Un nœud dans la gorge l'empêcha d'achever sa phrase. Il passa une main sur son visage.

— Ils ont été capturés, déduisit Héléna.

— Ils sont… morts.

— Tu n'en as pas l'air si sûr.

Il ne répondit pas, repensa à leur fuite. C'était un fait, il n'en savait rien…

— Comme je le dis, ils ont été capturés, poursuivit-elle. Ou du moins est-ce une forte probabilité. Avec Kalar, il faut s'attendre à tout. Être défaitiste ne vous avancera pas plus que d'être optimiste.

— Vous le connaissez, se méfia le mercenaire.

— Peut-être bien. Comment êtes-vous parvenus à lui échapper ?

Il y eut une autre œillade entre les deux compagnons.

— Un de nos amis disparus est mage, fit la jeune artiste. Il a utilisé ses pouvoirs pour nous aider à fuir. Je crois…

— Une sorte de tourbillon bleu et blanc ? interrogea Héléna. (Étonnés, ils acquiescèrent.) Ça va de soi, en fait. Ce sont des portails de téléportation, répondit-elle à la question muette. Dans les faits, le mage connecte deux flux d'Arcane majeurs pour créer un tunnel qui permet de se rendre d'un point A à un point B en quelques secondes, quelle que soit la distance. Néanmoins, cette science réclame une grande maîtrise et un savoir-faire particulier, en plus de nécessiter une extrême sensibilité à l'Arcandia. L'Arcane et l'Arcandia sont…

— Une énergie indispensable à la magie et une dimension machin-chose dans laquelle les magiciens pompent cette énergie, on sait, dit Diana. Il nous en a parlé.

— Exact, mais ne m'interromps plus, la réprimanda-t-elle. Quoi qu'il en soit, votre ami doit être un puissant mage pour être capable d'une telle prouesse.

— Pas encore assez, j'en ai peur, déplora Seïk.

— Rassurez-vous, il y a de bonnes chances pour qu'il soit en vie. Je connais Kalar, il préférera se servir de lui plutôt que de se priver d'un tel potentiel. Les mages qui maîtrisent l'art de la téléportation sont rares.

— Sauf que Kalar sait lui aussi se servir de la magie. Et visiblement bien mieux que notre ami.

— Mais il n'en saisit pas toutes les subtilités. S'il maîtrisait l'art de la téléportation, vous imaginez bien qu'il aurait mis ce talent à profit depuis des lustres. Toutefois, ce n'est peut-être plus qu'une question de temps, maintenant qu'il détient votre compagnon.

— Ouais, bah, en parlant de ça, si Zerkan peut sentir les flux d'Arcane et faire joujou avec des portails de téléportation, pourquoi il en a pas ouvert un pour nous envoyer directement au sommet de la tour ? questionna Diana. Ça nous aurait évité des emmerdes. Et pourquoi est-ce qu'il nous a envoyés sur cette île et pas ailleurs ?

Il y eut un silence pendant lequel elle considéra tour à tour le mercenaire et la métisse aux cheveux d'argent. Elle s'arrêta tout naturellement sur cette dernière, certaine qu'elle détenait la réponse.

— Peut-être n'en a-t-il jamais eu la possibilité ? supputa Héléna en haussant les épaules. Ou peut-être ce flux a-t-il toujours échappé à sa vigilance jusqu'au dernier instant ? Je ne sais pas. Je peux seulement te dire que chercher quelque chose dans l'Arcandia équivaut à chercher une aiguille dans une meule de foin. Même pour un mage émérite.

— Ben voyons, soupira la jeune artiste.

— Qui êtes-vous ? demanda à nouveau Seïk.

— Une scientifique et une ingénieure spécialisée dans le développement des technologies et des magi-technologies de Drezn. Ou du moins, je l'étais. Je travaillais à Fladrr jusqu'à il y a quatre ans. Je suis partie en mission à bord d'un aéronef et l'appareil s'est écrasé dans une crique, près d'ici. Bien que l'île sur laquelle nous nous trouvons se situe au large des côtes de Serfall, les secours ne sont jamais venus, ce qui me fait croire à une tentative d'assassinat maquillée en accident. Et ça n'aurait rien d'étonnant. Je suis une femme aux atouts indéniables, dotée d'un génie hors du commun. Je fais de l'ombre à beaucoup de monde ; que l'on veuille se débarrasser de moi va de pair.

Elle s'esclaffa d'un rire étrange et glaçant, un rire que l'on aurait attribué aux sorcières tout droit sorties des contes de fées. Seïk et Diana n'en furent pas rassurés, d'autant qu'elle passait trop soudainement à leur goût d'un comportement froid et autoritaire à une attitude ouverte, conciliante et excentrique.

— La modestie ne vous étouffe pas, dit le mercenaire sans révéler sa défiance.

— À quoi bon ? Il faut dire ce qui est. Mes premières inventions étaient déjà plus performantes et plus innovantes que celles des savants de Drezn de tout temps. Pour exemple, l'ancien roi m'a remarquée et engagée quand j'avais douze ans, lors d'un concours de sciences pour lequel j'avais dessiné les plans et fabriqué la maquette du premier aéronef dreznien. Et de ses moteurs à vapeur, ça va sans dire.

— Et vous avez aussi inventé l'électricité, peut-être ? se moqua Diana.

— Non, répondit Héléna en toute naïveté, mais j'en aurais été la précurseure si j'étais née il y a deux cents ans. Par contre, mes travaux ont grandement contribué à sa production de masse sur les territoires dreznien et izenois, tout au moins.

— Rien que ça…

— Personne d'autre que moi ne peut se vanter d'avoir autant servi l'évolution et la prospérité de Lanvaril !

Elle gloussa. C'était un rire moins hystérique que le premier, mais tout aussi inquiétant.

— Hal ! s'exclama Diana.

Elle quitta sa chaise avec précipitation et se jeta dans ses bras tandis qu'il approchait. L'esprit encore embrumé par son long sommeil, le corps engourdi, l'Ange Noir fut déstabilisé et se rattrapa de justesse.

— Hal, j'ai eu peur… Tes ailes, il…

Elle s'efforça de retenir ses larmes, le trouble dans sa voix plus perceptible que jamais. Halfiel posa sur sa tête une main chaleureuse et rassurante.

— Ce ne sont que des ailes, dit-il.

— Heureux de te revoir parmi nous, lança Seïk.

Halfiel le considéra et vit son bras bandé, en écharpe. Honteux, il baissa les yeux.

— Pardonnez-moi. J'ai échoué.

Cet aveu fut un coup dur pour le mercenaire qui porta la main à sa blessure ; Halfiel partageait bel et bien les mêmes sentiments que lui.

— Ne te sens pas coupable, dit-il pour garder la tête haute. Contrairement à toi, j'ai été incapable de le combattre à la loyale.

— Jeff…

— Oui…

Dans le bref instant qui avait suivi son réveil, Halfiel espérait avoir rêvé la mort de leur ami. Le retour à la réalité fut brutal et pénible. La colère et le chagrin l'envahirent. Il baissa la tête, porta une main à son visage pour cacher ses sentiments, serra les dents…

Il se maîtrisa, tant bien que mal.

— Ce n'est peut-être pas le cas de Falène et de Zerkan, révéla Seïk pour redonner espoir autant à son compagnon qu'à lui-même. Il est possible que Kalar les garde en vie. Nous devrions prendre Fladrr d'assaut.

— Comment ? demanda Diana en lâchant l'Ange Noir. C'est pas à trois qu'on va y arriver.

— Souviens-toi, lorsque nous étions à Esméla, dans le bureau du major général Caron. Jeff lui a dit d'envoyer un émissaire dans les forêts du Nord pour établir une alliance avec les Elunars et les Solastiens, ainsi qu'à El et Dum Haly. Il a assuré que leurs réponses seraient favorables. Dum Haly excepté, nous ferions bien de prendre les devants et de tenter notre chance. Nous n'aurons pas de mal à les convaincre, nous l'avons déjà fait avec un peuple bien plus réticent.

Halfiel et Diana comprirent l'allusion faite aux fées de la forêt d'Illy.

— C'est probablement votre seule chance, rebondit Héléna. Kalar emploie de nombreux espions, vous seriez vite découverts si vous tentiez d'infiltrer Fladrr. Quoi qu'on en dise sur sa force et sa cruauté, son armée et ses équipements militaires restent limités. Une bataille rangée est peut-être la meilleure option, quand bien même ses talents de mage sont une épine dans le pied qui nécessitera de nombreuses pertes pour en venir à bout. Il y a toutefois un léger problème…

Elle garda le suspense.

— Lequel ? s'impatienta Seïk.

— Cette île est cernée par les typhons. Il est impossible de la quitter par voie maritime.

— C'est pas vrai ! pesta Diana.

— Mais ! Que votre ami mage vous ait envoyés sur cette île est pour vous une chance inestimable ! Il s'avère qu'après mon arrivée ici, j'ai travaillé sur un projet inédit pour tenter de la quitter : un générateur de portail de téléportation. Fabriqué maison à partir de matériaux récupérés, je vous l'accorde, mais il fonctionne.

— Et vous l'avez fini ? s'engoua la jeune artiste.

— Puisque je vous dis qu'il marche ! Le portail de téléportation s'ouvre.

— Cela ne me dit rien qui vaille, redouta le mercenaire. Si vous l'avez achevé, pourquoi ne pas l'avoir employé pour vous en aller ?

— Là était mon intention, mais… (Elle parut un peu gênée.) Ça faisait bien trois ans que je vivais ici, en compagnie des gens de ce village. Je m'attache vite, que voulez-vous. Ils avaient besoin de moi et je n'ai pas eu le courage de les abandonner. C'est… aussi simple…

Il y eut un flottement, et beaucoup de suspicion.

— Pas plus que vous n'avez eu le courage de vous servir d'eux comme cobayes pour vérifier le bon fonctionnement de votre machine, accusa-t-il.

— Vous êtes perspicace ! répondit Héléna avec un entrain et une fierté renouvelés. C'est pourquoi votre présence est une chance inestimable de révéler mon génie au monde entier !

— Échapper à la mort pour finir en rats de laboratoire… Que rêver de mieux ?

— À vous de voir, c'est actuellement l'unique porte de sortie. Vous pouvez toujours vivre sur cette île, il y a assez de place pour que nous cohabitions. Mais je ne vous cache pas que de me servir de vous comme sujets d'expérimentation m'enchanterait.

— Nous devons partir, déclara Halfiel.

— Réfléchissez-y donc. Je vais aller effectuer quelques réglages et vérifications pour m'assurer que tout fonctionne et préparer votre transfert. Si tout se passe bien, le générateur sera prêt demain. En attendant, reposez-vous. (Elle prit un air charmeur devant Seïk.) Surtout toi, beau brun.

— Y réfléchir, souligna le mercenaire sans relever la tentative de séduction. Comme l'a signifié Halfiel, nous n'avons pas le choix.

— Soit. En y repensant, pouvez-vous m'en dire plus sur cette mission qui vous a amenés à rencontrer Kalar ? demanda Héléna.

— C'est une longue histoire…

— Nous étions dans la Tour d'Huma pour récupérer une bague, raconta Halfiel. Nous devions l'empêcher de s'en emparer.

— Une bague ? répéta-t-elle.

— Un artefact d'une puissance désastreuse, poursuivit Seïk. Il en existe un nombre incertain et il en possède déjà quelques-uns. Il met tout en œuvre pour les acquérir ; Diana est elle-même une de ses cibles. Je crois que la chance est à prendre en compte dans le fait qu'elle n'est pas encore sa prisonnière.

— On doit l'arrêter au plus vite, enchérit Diana. Sinon, Lanvaril… Il brûle déjà des royaumes entiers pour cette raison ou pour une autre, et c'est rien comparé à ce qui arrivera s'il réunit tous les artefacts.

— Je comprends mieux votre empressement, compatit Héléna.

— Je crois savoir ce qu'il veut, parla Halfiel.

L'attention se porta sur lui. Il hésita. Lorsque Kalar l'avait plaqué au sol avant de lui arracher la deuxième aile, il avait dit des choses que seul lui pouvait entendre. Des propos qui paraissaient confus sur le moment, à cause de l'hébétement. Maintenant que cela lui revenait, il en comprenait le sens et en prenait la mesure. Des paroles qui semblaient admettre des vérités pour le moins… dérangeantes.

— Explique-toi, insista Héléna.

Il la considéra, puis détourna les yeux.

— Il veut investir le royaume des dieux pour se venger de ce qu'ils lui ont fait.

La révélation tomba comme un couperet. Il fallut à chacun de longues secondes pour l'assimiler.

— Comment tu sais ça ? s'enquit Diana.

— Il m'a parlé, lorsque j'étais à sa merci…

Halfiel sentit des regards lourds de sens le juger, il n'osa pas les affronter.

Si la jeune artiste et la scientifique ne comprirent pas toute l'étendue de ses mots, il en fut autrement pour Seïk. Il avait à merveille entendu comment Kalar s'était adressé à son camarade ; de toute évidence, ces deux-là se connaissaient de longue date. Et pour qu'il en vienne à lui raconter quelque secret en catimini au point de lui apprendre ses ambitions… Était-il au fait de sa véritable identité ? Ou bien son comportement si familier envers l'Ange Noir n'était-il que le fruit de l'imagination d'un homme aliéné ? Un homme que la vie aurait martyrisé, peut-être, au point qu'il en serait venu à accuser les dieux de son malheur ? De quoi justifier tous les actes de barbarie dont il était responsable, car la vie avait tôt fait de rendre fou qui n'avait pas la force de l'assumer.

— De quoi intriguer pour longtemps, conclut Héléna après une brève réflexion. Je savais Kalar fou, mais je ne l'imaginais pas à ce point capable de poursuivre des chimères. Enfin, des chimères… Avec tout ce que vous venez de me raconter, je veux bien admettre que ma vision rationnelle de ces choses est biaisée par mon ignorance. Quand bien même j'accepte l'existence de ce Royaume Divin et le désir de vengeance de Kalar, je m'interroge sur ses motivations. « Ce qu'ils lui ont fait » m'interpelle.

— J'ignore ce qu'il en est, se défendit l'Ange Noir.

— Peut-être. Peut-être pas. Je n'exclus pas le fait que tu gardes tes secrets ; nous en avons tous.

Ils se défièrent. Elle devinait sa retenue, il en fut certain. Pour autant, il n'ajouta rien.

— Dans tous les cas, poursuivit Héléna, cette histoire peut expliquer qu'il réunisse des artefacts dotés de grands pouvoirs. Il faudrait bien ça pour s'opposer à des êtres prétendument divins.

— Êtes-vous Héléna Jewell ? demanda Halfiel qui se rappelait tout à coup ses conversations avec Mayline à son propos.

— Ma réputation me précède, rit-elle.

Il n'eut pas le cœur à partager son humeur, se souvenir de la belle Mayline l'attristait toujours. Si seulement elle était là, avec lui ! Elle se réjouirait d'avoir retrouvé l'une de ses idoles. Mais… jamais plus elle n'aurait cette chance.

La colère reflua, plus forte que jamais. Ce fumier de Yul étant mort, il la dirigea toute entière sur Kalar.

— Écoutez, mes connaissances sur les mythes et les légendes sont limitées, déclara Héléna. En revanche, il y a bien quelqu'un qui pourrait vous éclairer. Il trouvera peut-être des informations dans ses bouquins. C'est un vieillard à la peau brune appelé Edward. S'il n'a pas bougé, ce qui est fort probable, vous le trouverez à El ; le téléporteur que j'ai conçu devrait justement pouvoir vous transporter là-bas ou dans les environs. Ça vous donnera, par ailleurs, l'occasion de convaincre les séraphins de rallier votre cause avant de vous rendre dans les forêts du Nord ; ces deux régions sont assez proches. Vous feriez donc d'une pierre trois coups.

— En savoir plus au sujet de Kalar et de ses intentions nous serait utile, accorda Seïk. Nous prévoyions de nous rendre à la bibliothèque de Zadéon pour entamer des recherches, après l'acquisition de la *Bague Ardente*. Même si je ne crois pas que ses faiblesses nous apparaîtront dans un livre.

— Pourquoi pas ? Ce qui importe n'est pas tant de connaître ses faiblesses que d'en apprendre davantage sur les artefacts. Si ça vous permet de localiser ceux qu'il n'a pas encore trouvés et de les récupérer pour l'en priver… Ça le ralentira, au moins le temps que vous leviez une armée. Vous pourriez même trouver le moyen d'employer ces artefacts contre lui.

— À cela près qu'il semble savoir comment les dénicher. Nous nous ferions vite prendre en chasse et je pense que c'est en partie la raison pour laquelle il nous attendait dans la Tour d'Huma.

— Essayons, proposa Halfiel.

Malgré les risques, ses compagnons furent du même avis. Aller à El ou ailleurs ? Il leur fallait, dans tous les cas, emprunter ce téléporteur.

Diana esquissa un semblant de sourire à la vue de la détermination ranimée de Seïk, aussi parce que l'Ange Noir ne se laissait pas abattre comme elle l'avait craint. Pour cause, la seule idée que leurs camarades puissent être encore en vie leur redonnait foi. Et si, selon Héléna, il fallait éviter l'optimisme autant que le défaitisme, de l'espoir, en cet instant, ils en avaient grand besoin.

Sur la plage où avaient atterri les trois compagnons la nuit précédente, un nouveau tourbillon de bleu et de blanc prit forme. Un individu en cape rouge sombre en sortit. D'un mot, il referma le portail. Il observa les alentours puis alla se réfugier dans une grotte située au bout de la plage, où il se reposa jusqu'au matin.

Ses forces retrouvées, il entra en méditation.

Dans l'Arcandia, Ishal n'avait aucun mal à percevoir les Échos de Seïk et de Diana, tout proches. Après s'être servi de lui pour se téléporter au sommet de la Tour d'Huma, Kalar lui avait ordonné d'en surveiller le flux d'Arcane majeur avant de le congédier. Ishal l'avait donc observé des jours durant, depuis Fladrr. Et voir le roi perdre son temps là-bas alors qu'il avait obtenu ce qu'il était venu chercher… Il ne lui avait même pas donné les raisons de tout ce manège. Que cela l'agaçait ! Toutefois, Ishal s'était réjoui en se rappelant que la fille et le mercenaire faisaient route vers l'ouest du désert. Ainsi, en parallèle, il avait épié leurs Échos et plus ils s'étaient approchés de la tour, plus sa joie avait grandi.

Durant leur affrontement contre Kalar, le mage qui les accompagnait avait ouvert ce portail magique. Ishal avait alors compris pourquoi il avait reçu l'ordre de guetter le flux d'Arcane majeur. Et il n'avait plus eu qu'à suivre la connexion pour voir où cela conduisait.

Il se serait téléporté plus tôt sur cette île s'il n'avait pas redouté que son épuisement qui en découlerait le mette en danger face aux compagnons en fuite. De plus, Kalar l'avait recontacté pour lui ordonner d'attendre la nuit suivante, avant de s'y rendre. Une autre lubie, un autre jeu débile de sa part, avait pensé Ishal. Mais il avait obéi, car il n'oubliait pas ce qu'il en coûtait de trahir la volonté du roi de Drezn. Faire preuve d'un peu plus de patience ne l'avait pas dérangé, l'heure des représailles était à présent fixée et inévitable.

D'ici peu, il emporterait la fille. Et le mercenaire ? Il le tuerait.

Chapitre 38

Le chasseur chassé

Le lendemain matin, Héléna guida les compagnons au travers d'un couloir creusé dans la roche et dont l'entrée était camouflée par une grande peau de bête, dans ses appartements de fortune. Elle avait plus tôt achevé les vérifications et son invention fonctionnait toujours à merveille. Elle les mit toutefois en garde sur le fait qu'elle l'avait fabriquée sans l'aide d'un mage passé maître dans l'art de la téléportation. C'était donc un miracle – ce dont elle n'avait jamais douté – que la machine parvienne à ouvrir un vortex, surtout si l'on tenait compte de la complexité du procédé pour les premiers concernés. Aussi ne pouvait-elle garantir que le portail aboutisse quelque part, bien qu'elle n'en doutât pas non plus puisque cela incluait une connexion établie entre deux flux d'Arcane majeurs. Seule réelle inconnue : rien ne permettait encore de savoir si la destination serait celle déterminée, malgré les appareils de mesure et de contrôle.

Quoiqu'il y eût bien un dernier détail qui l'interpellait et qu'elle taisait : si les compagnons étaient arrivés sur la plage depuis un portail magique, il était improbable qu'un deuxième flux d'Arcane majeur se situe exactement là où elle avait installé son téléporteur ; ces choses étaient somme toute rares. À moins que, selon une théorie qu'elle défendait, les flux majeurs ne fussent rien d'autre qu'une concentration de flux mineurs et qu'il fût possible de les combiner volontairement. Ce qu'aucun mage, scientifique ou ingénieur n'était, à ce jour, parvenu à faire.

Alors, puisque son générateur avait su ouvrir un vortex, de quoi retournait-il ? Elle comptait bien le découvrir grâce à ses cobayes volontaires.

Le couloir conduisit à un escalier, l'escalier à ce pont suspendu qui permettait d'atteindre l'îlot flottant. Éblouis par la lumière du soleil, les compagnons, autant que leur hôtesse, durent se protéger les yeux un moment. Puis ils se ravirent de la vue, car l'île et son océan ressemblaient à un havre de paix. Pourtant, à mieux y regarder, cela s'apparentait à un champ de bataille cerné de gigantesques typhons et sur lequel la montagne rouge solitaire et son village luttaient contre la domination de la flore.

L'îlot volant atteint, les trois compagnons découvrirent une caverne de bonne taille dans laquelle était aménagé un atelier. De nombreuses pièces détachées étaient entreposées dans des caisses ou en tas à même le sol. Au fond se dressait une imposante machine pleine de boutons, de câbles et de lumières, à cinq mètres de son panneau de commandes.

— Vous êtes sûrs de vouloir prendre ce risque ? demanda Héléna qui commençait à avoir de la sympathie pour eux. Vous voir jouer les sujets d'expérimentation me ravit toujours, ne vous y trompez pas, et je sais que le faire est aussi dans votre intérêt, mais il faut dire ce qui est, c'est peut-être du suicide.

— Nous vous le répétons, nous n'avons pas le choix, répondit Seïk.

— J'irai le premier, décida Halfiel en se tournant vers elle.

— Un si bel homme, quel gâchis..., se désola la scientifique.

— Est-il possible de revenir, une fois de l'autre côté ?

— Oui, en principe. En admettant que le générateur supporte la charge énergétique. Il ne faudrait pas que le signal s'interrompe pendant votre transfert, ajouta-t-elle avant de rire. (Elle se racla la gorge.) Si ton idée est de nous avertir que la voie est libre, envoie un objet de petite taille, ça fera l'affaire.

Il acquiesça.

— Es-tu sûr de vouloir y aller sans arme ? dit Seïk pour lui rappeler qu'il avait perdu son épée au cours de l'affrontement contre Kalar.

— Hal... Et si ça foire ? s'inquiéta Diana.

Il posa une main sur l'épaule de la jeune femme et regarda ses compagnons droit dans les yeux. Il manifestait une telle assurance qu'ils se rasséréněrent.

Halfiel alla se placer près de la machine. Seïk et Diana prirent position derrière le tableau de commande où Héléna s'affairait déjà à appuyer sur divers boutons. Elle abaissa des leviers, en monta d'autres, releva les mesures qu'affichaient les cadrans à aiguille.

— J'aurais aimé pouvoir vous remercier comme il se doit pour l'aide que vous nous avez apportée, dit Seïk. Sans vous, nous n'aurions pas même acquis l'espoir de secourir nos compagnons.

— Ne t'emballe pas, beau brun. Comme je l'ai dit, ils sont peut-être encore en vie, mais rien ne l'affirme. Et, dans l'immédiat, c'est le dernier de vos soucis.

Elle appuya sur un énième bouton et la machine se mit en branle. Des éclairs jaillirent dans l'habitacle du téléporteur et convergèrent. En quelques secondes, une bille bleue s'y forma. Elle devint une boule, puis un énorme tourbillon de bleu et de blanc à l'image d'un typhon.

— J'ai pris plaisir à vous rencontrer, avoua Héléna. Je prierai pour votre réussite et pour que Kalar perde la tête. Littéralement.

— Venez avec nous, proposa Seïk. Vos compétences et vos connaissances nous seraient d'un grand secours.

— Quelqu'un doit rester pour gérer la machine durant le transfert.

— Dans ce cas, pourquoi ne pas demander à l'un des villageois de le faire ?

Elle éclata de rire, aussi le mercenaire réalisa-t-il que cette idée était tout à fait saugrenue et inenvisageable. Il se souvint alors de ce qu'elle avait dit à ce sujet, qu'elle ne pouvait pas abandonner ses gens.

— Vous voilà enfin, la merdeuse et le bâtard, grogna une voix à l'entrée de l'atelier.

Les compagnons et la scientifique se retournèrent. Se tenait, agacé et épuisé, un individu vêtu d'une grande cape rouge. Des écailles couvraient la moitié de son visage gratifié d'une belle cicatrice, son crâne lisse et transpirant reflétait la lumière entrante du soleil.

Difficile de ne pas le reconnaître. Seïk ôta son bras blessé de l'écharpe, dégaina une dague de l'autre et fit rempart entre l'arrasien et ses amis.

— Téméraire, hein ? J'ai l'impression que la dernière fois ne t'a pas suffi, se moqua-t-il tandis que Halfiel venait sur son flanc gauche.

— La ferme ! beugla Ishal.

Un son de corde relâchée, une flèche siffla. Ishal la prit dans l'épaule droite, poussa un cri de rage et la brisa. Il fusilla la jeune artiste du regard. À un mètre de la console de commandes, alignée derrière le mercenaire pour se dérober à la vue de l'arrasien, Diana affichait une expression assassine et sortait déjà de son carquois une nouvelle flèche. Ishal allait l'injurier quand il remarqua les bandages de Seïk. Il jubila.

— On dirait que ton tour de passe-passe ne marche pas à tous les coups. Cette fois, je ne vais pas me contenter de te suriner. Je vais te broyer, te brûler, te réduire en poussière !

— Essaye donc, mais ne viens pas te plaindre parce qu'un infirme t'aura encore ridiculisé.

Sensible à la provocation, avec une rapidité surprenante, Ishal lui lança une petite boule de feu. Seïk s'écarta de peu. Derrière lui, Diana fut prise de court alors qu'elle s'apprêtait à décocher sa deuxième flèche.

Elle pivota d'un quart de tour afin de l'éviter, lâcha par mégarde la corde de son arc. Le projectile transperça la cuisse d'Halfiel, juste après que la flamme eut explosé sur le flanc du panneau de commandes du téléporteur. Puis, d'un balayage franc de la main, Ishal enchaîna par une onde de choc. Halfiel retomba face contre terre. Seïk chut sur le bras gauche ; des points de suture se rompirent et le bandage commença à rougir. Diana alla percuter la paroi contre laquelle s'appuyait le panneau de commandes tandis que Héléna heurtait ce même mur, de dos.

Sitôt relevé, Halfiel chargea sans tenir compte de sa jambe blessée, et non sans boiter. À la fois impressionné et exaspéré par cette démonstration de volonté, Ishal allait répondre par une nouvelle onde de choc quand l'Ange Noir ralentit brusquement sa course, chancela, tomba et roula par terre avant de se remettre debout et de camper sa position, l'air étourdi.

— Ma machine ! protesta Héléna.

Ishal lui prêta attention, vit qu'elle manipulait sa console et que le vortex, en face, fluctuait dangereusement.

Un portail de téléportation, ici ?!

Il revint à l'Ange Noir, craignant de recevoir un coup à cause de la distraction, et fut satisfait de voir qu'il demeurait dans le même état. Un nouveau regard sur la métisse aux cheveux d'argent pour s'assurer qu'elle ne viendrait pas le déranger, un sur le mercenaire qui restait à terre à se tortiller, un dernier sur la jeune artiste qui ne bougeait plus et il rapprocha ses mains l'une de l'autre. Son épaule blessée le fit grincer des dents, il passa outre et invoqua une boule de feu qu'il alimenta jusqu'à lui donner la taille d'un ballon. La sphère de flamme partit à vive allure, percuta la poitrine d'Halfiel et le propulsa en arrière.

Seïk luttait pour ne pas virer de l'œil à cause de la douleur quand il aperçut son compagnon être mis à terre, avec une profonde blessure en forme de cratère au buste. Les secondes passèrent, il redouta le pire ; le trou ne diminuait pas et la chair calcinée se contentait de fumer.

Après s'être gratifié de sa victoire, Ishal marcha vers Diana. Il prononça un mot dans une langue qu'elle ne comprit pas, un mot qu'elle avait déjà entendu. Elle fut ainsi paralysée.

— N'espère pas t'en tirer à si bon compte, gronda Seïk.

Ishal le vit tenter de se relever, il le paralysa à son tour.

— Vous êtes de vrais cafards, maugréa-t-il. Vous ne savez pas quand lâcher l'affaire.

Il fit naître une troisième boule de feu, elle aussi de belle taille. Comme sortie de nulle part, Héléna lui bondit dessus et le plaqua au sol ; le sort fut dévié et explosa à deux mètres du mercenaire. Elle allait lui asséner un coup de poing au visage mais fut éjectée contre le plafond de la caverne. Ishal roula sur le côté, Héléna retomba lourdement.

— Vous ne pouvez rien contre moi ! cracha-t-il, agacé d'être sans cesse interrompu et ridiculisé de la sorte.

Héléna fut la troisième à être immobilisée. Ainsi l'arrasien put-il prendre le temps de nourrir sa quatrième flamme et de savourer l'accomplissement de sa vengeance contre le mercenaire.

— Je t'avais bien dit que je ne me contenterais pas de te suriner !

Contraint de regarder la Mort prendre forme sans pouvoir l'éviter, Seïk ne parvint même pas à parler. Pourtant, il aurait bien souhaité railler le mage pour au moins blesser son ego une dernière fois.

De près d'un mètre de diamètre, la sphère enflammée démesurée, mais méritée, fila droit sur lui. La chaleur ajoutée à l'incapacité de remuer les paupières lui sécha les yeux bien avant que le brasier l'emporte, et sa vue devint floue. Il y eut une ombre au cœur de cet embrasement éblouissant, puis il fut repoussé avec force et vitesse, s'éleva et retomba. Le choc avec le sol lui coupa la respiration. Le bruit sourd d'une explosion, celui de gravats qui tombent, une lumière blanche dans son champ de vision…

Il respira de nouveau, inspira un air vicié par une odeur de poulet grillé. Il cligna des yeux, un réflexe auquel son corps n'opposa plus de résistance. Il se les frotta et se redressa. Enfin libre de bouger et de voir, il découvrit Halfiel qui se tenait devant lui, de dos. La flèche fichée dans sa jambe n'y était plus et il empoignait Ishal par la gorge, le soulevait d'une main.

D'un rapide pivot, Halfiel projeta le mage contre le mur de la caverne, près du téléporteur. Ishal se remit debout non sans mal, à moitié sonné, le visage en sang et défiguré. Comme Halfiel ne l'achevait pas, Seïk interrogea son compagnon du regard. Le cratère béant de sa poitrine avait disparu et ses yeux étaient remplacés par des flammes blanches consumées par les ténèbres.

— Vous faites la paire, renauda Ishal.

Trop téméraire pour accepter la défaite, toutefois trop affaibli pour continuer d'user de la magie, il sortit son coutelas. Ses membres tremblaient, la sueur coulait de son front. Était-ce la peur ou la douleur ? La peur ou l'intense chaleur ? Fi de cela, il se rua sur l'Ange Noir. À l'instant de l'embrocher en plein cœur, Halfiel disparut et réapparut dans son dos pour lui serrer l'épaule droite avec force. Ishal poussa un cri plus intense que le premier, lorsqu'il y avait reçu la flèche.

Halfiel s'écroula sans sommation. Il ne se releva pas.

Alors qu'il croyait sa dernière heure arrivée, l'arrasien s'étonna de voir son bourreau tomber. Conscient d'avoir déjà trop sollicité sa chance, il s'enfuit vers le vortex instable.

— Non ! s'écria Seïk.

Il tira un couteau de jet de son baudrier et le lança. Ishal passa le portail avant d'être atteint, la lame s'y engouffra à sa suite. Seïk écuma de colère, ramassa à la hâte la dague qu'il avait lâchée lors de sa première chute et le poursuivit. À peine fut-il entré dans le tourbillon bleu et blanc que des éclairs parcoururent la carcasse de la machine. Il y eut un bruit sec, une petite explosion, et c'en fut terminé du téléporteur.

Toujours incapable de bouger à la différence du mercenaire, néanmoins consciente de tout, Diana eut la sensation qu'on lui arrachait le cœur. Elle eut envie de vomir, et ce ne fut pas seulement dû au fait qu'elle s'était cogné la tête. Elle venait d'assister, impuissante, à la déchéance d'Halfiel et à la disparition de Seïk. Elle avait l'impression que le destin s'acharnait ! Comme si la mort de Jeff et l'incertitude quant à Falène et Zerkan ne suffisaient pas…

C'en fut trop pour elle. Elle voulut pleurer, la paralysie l'en empêcha. Elle lutta pour y parvenir. À bout de forces, elle s'évanouit.

Seïk eut la sensation d'être aspiré, que ses forces le quittaient. Cela dura de longues secondes, puis il échoua sur des planches ; sa dague quitta sa main et glissa sur le bois humide.

Le portail se referma.

Élancé par la douleur de son bras gauche, il le serra et grimaça. Il inspira, expira, inspira et expira encore afin de reprendre le contrôle et d'ignorer le mal, conscient que l'ennemi n'était pas loin. Il repéra son couteau de lancer à deux pas de là et se précipita dessus ; le filet de sang sur la lame laissait entendre qu'il avait fait mouche. Il remarqua alors des taches sombres et régulières sur le sol, les suivit du regard. À tour de rôle, ses yeux se posèrent sur les trous qui clairsemaient le plancher, les nombreux squelettes éparpillés, les rambardes détruites, les mâts aux voiles déchirées et, au-delà, sur l'épais brouillard qui flottait au-dessus d'une eau calme. Ce navire, d'une taille si considérable qu'il rappelait les gigantesques galions pirates d'Esméla, avait dû être le théâtre d'une bataille dont l'acte final s'était joué longtemps auparavant ; qu'il voguât encore était stupéfiant.

Seïk chassa l'étonnement, essuya son couteau, le rangea, ramassa sa dague tombée et pista le mage. Par l'escalier bâbord, il gravit le château arrière jusqu'au plus haut pont, s'adossa à la cabine qui culminait au centre et jeta un coup d'œil vers la poupe. Personne. Il continua de suivre les gouttes de sang, fit le tour de la structure avec prudence et revint devant la cabine où la trace s'arrêtait sur un tas de vêtements et une cape rouge. Intrigué, il scruta l'ensemble du navire et…

Quelle imprudence !

Il y eut un grognement, derrière, en hauteur. Seïk se retourna, entraperçut une masse noire qui lui bondissait dessus. Le choc lui fit à nouveau perdre sa dague et les deux corps chutèrent, roulèrent, se séparèrent. Profondément mordu à l'épaule droite, Seïk se releva avec une autre grimace et serra les dents alors qu'il dégainait sa deuxième arme. L'assaillant, un imposant lynx au poil sombre et au dos couvert d'une crinière de flammes mauves, affichait une mine lasse. Il saignait et apparaissait acculé, désespéré, prêt à se battre jusqu'à la mort. La tige de bois brisée et plantée dans son épaule témoignait de son identité.

Le lynx rugit.

— Tu es aussi du genre tenace, répondit le mercenaire.

Ishal s'élança, Seïk l'imita. Quand le premier sauta à la manière du fauve qu'il était devenu, le deuxième fit une glissade. Les deux se croisèrent, la dague piqua et s'enfonça dans la poitrine de la bête. Seïk l'entendit d'abord s'écraser, puis il le regarda suffoquer, reprendre sa forme originelle, cracher du sang, extirper la lame nichée dans son flanc et la planter avec rage dans le plancher. Il récupéra sa première dague lâchée sous le joug de l'attaque-surprise et s'approcha du mage, s'arrêta près de lui. De toute sa hauteur, il le domina en silence.

— Épargne-moi ton mépris et tue-moi, réclama Ishal d'une voix rauque. Toi et tes compagnons m'avez bien assez humilié.

— Tu es seul responsable de ton humiliation, répliqua Seïk. C'est toi qui nous as attaqués, à deux reprises.

— Tue-moi ! Si les rôles avaient été inversés, je n'aurais eu aucune pitié !

— Je sais, et je n'ai nulle pitié à ton égard. Je me demande seulement s'il est ou non judicieux de te faire souffrir avant de t'achever.

— Chien ! hurla le mage. Tas de merde !

Il toussa, vomit du sang.

Seïk considéra le corps nu de l'arrasien, un corps à moitié couvert d'écailles. Il se dit alors qu'une telle apparence avait dû lui porter plus d'une fois préjudice… Naquit la compassion. En y pensant, l'agressivité de cet homme et son obéissance envers Kalar étaient peut-être la conséquence d'une enfance martyre ? À moins que le roi ne fît pression sur lui pour s'accorder ses faveurs ?

Le temps de ces réflexions, l'attention du mercenaire fut détournée par la soudaine absence de brouillard autour du navire.

Haut dans le ciel bleu azur, une étoile très brillante filait et abandonnait dans son sillage une blanche traînée de poussière. Elle vint embrasser l'horizon où s'étendaient des terres. En résulta une explosion grandiose, une déflagration salvatrice, une lumière aveuglante, puis…

Plus rien.

Épilogue

Mort et désolation

Allongé dans le sable humide au milieu des débris, Seïk ouvrit les yeux. Il s'assit non sans peine ; son corps lui faisait un mal de chien. L'écharpe de fortune qui servait à son bras gauche avait disparu et son bandage n'était plus seulement rouge, il ruisselait de sang. Et il y avait maintenant son épaule trouée par les crocs de la bête... Manier les armes allait être difficile, voire impossible, et ce serait le dernier de ses soucis s'il ne se soignait pas au plus vite. Sans oublier les maux de tête qui le harcelaient et le soleil rasant du crépuscule, si éblouissant, qui le torturait davantage... Un calvaire. Il avait l'impression d'être au lendemain d'une cuite monumentale.

Il considéra la falaise d'un côté, l'océan de l'autre, et la plage qui s'étendait à perte de vue. Rappelé à l'ordre par la menace que représentait le mage à la peau d'écailles, quand bien même ce dernier fut mortellement blessé, il se leva à la hâte et le chercha du regard, mais il ne vit que les innombrables débris du navire. Cela lui fit repenser à cette étoile tombée du ciel et les ravages causés par son impact. Au vu de son état, le mage ne pouvait pas avoir survécu à cela ; il s'étonnait déjà d'être lui-même encore en vie.

Les yeux au ciel, rivés sur les astres naissants, il chercha cette constellation du lion qu'il affectionnait et eut un bref sourire quand il l'aperçut.

Sa main droite rencontra par inadvertance son fourreau vide. Il nota l'absence de sa fidèle compagne puis se rendit compte que l'autre manquait aussi. Son cœur houla à l'idée qu'il les eût perdues pour toujours. Il rejeta sitôt cette possibilité, fouilla les ruines du bateau et retrouva la première plantée dans une longue planche nichée à la perpendiculaire dans le sable. Il en fut presque soulagé. Presque, car la position de l'arme était trop élevée pour l'atteindre sans escalader l'obstacle et rien ne lui permettrait de le faire sans utiliser ses bras.

Dans un brusque excès de rage, il frappa du pied le bout de bois. L'espoir que cela permette de déloger la dague de son perchoir l'anima un instant, aussi donna-t-il de nouveaux coups de pied. Mais rien n'y fit, elle ne bougea pas d'un pouce.

L'effort raviva les douleurs ; il hurla entre ses dents.

Le temps de réfléchir à une solution, il partit en quête de sa seconde lame. Celle-ci se révéla bien plus accessible, à moitié enfouie dans le sable, quoiqu'il ne l'aurait pas vue s'il n'avait pas trébuché dessus. Et malgré la chute, sa détermination fut regonflée au point qu'il revint auprès de cette maudite planche qui retenait sa dague en otage et creusa tout autour pour la déterrer. Il dut pour cela lutter contre le feu mordant de ses blessures, et sa persévérance paya bientôt, lorsque la longue et lourde pièce de bois tomba en embarquant le peu de sable qui la maintenait encore dans le sol. Dès qu'il eut remis sa deuxième arme au fourreau, il s'écroula face au ciel.

Un rire nerveux le secoua, puis il se détendit.

Son calme recouvré, il ôta sa chemise trempée et son gilet de cuir, défit le bandage de son bras gauche, en nettoya la plaie couverte de sable et de poussière à l'eau de mer et répéta l'opération avec son épaule droite. Il déchira en larges bandes son vêtement troué et entaillé, les rinça. Ses pansements de fortune en place, il renfila son gilet et voyagea en direction du nord-est.

Guidé par le clair de lune, il longea la falaise jusqu'à l'aube lorsqu'il découvrit un sentier escarpé capable de le conduire dans les terres. Son cœur battit plus fort, sa gorge se noua, son ventre cria famine. Il s'arracha les cheveux et eut envie de pleurer ; gravir ce chemin abrupt semblait dangereux, d'ordinaire, mais là… Six mètres de roche et de terre à forte inclinaison dont un mètre en escalade ?

— Je vais crever, gémit-il.

Sa respiration devint saccadée. Il se tourna, se retourna et se tourna encore. Il s'immobilisa, passa une main sur son visage, se pinça l'arête du nez, prit une profonde inspiration, contracta ses muscles abdominaux puis se lança à l'assaut du sentier. Il glissa par deux fois, la première sans gravité, la seconde en s'esquintant le genou droit sur un gros caillou aux angles saillants ; un cri et des jurons s'élevèrent, l'ascension se poursuivit. Les deux derniers mètres furent si terribles qu'ils lui tirèrent moult râles, larmes et grimaces. Et quand il parvint enfin au sommet, gratifié de nombreuses écorchures et contusions, il s'affala de tout son long sur un tapis d'herbe naissante.

Il souffla, apprécia ce court instant de répit autant que sa piètre victoire.

Sa tête bascula vers la plaine et il tomba nez à nez avec un pissenlit. Ce petit être n'était pas seul, beaucoup de ses semblables s'épanouissaient plus loin, accompagnés de pâquerettes. Poussé par le vent, le pissenlit lui chatouilla les narines. Il sentait bon… Cela lui redonna un semblant d'énergie, assez pour lui accorder le loisir de s'interroger sur cette terre, berceau d'une vie nouvelle. Pourtant, l'étoile tombée du ciel aurait dû tout emporter… Ou alors, ce lieu était-il tout autre ? Avait-il encore voyagé par un portail, sans le savoir ?

Le souvenir de Falène, Zerkan, Halfiel et Diana fit surface. Et celui de Jeff. Seïk sentit le poids de l'échec l'accabler, une fois encore. Il chassa ce néfaste sentiment, se rappelant que sa bien-aimée était peut-être retenue captive par le roi de Drezn. Peut-être ? Non, elle l'était, il en avait la certitude ! Il refusait de croire que Kalar l'eût délaissée dans la tour ou tuée d'une autre manière. En outre, sa fierté lui interdisait d'abandonner, de mourir sur ces terres désolées ! Mais la faim…

Il cueillit les fleurs, en avala plusieurs dizaines. Le goût fut meilleur qu'il ne l'aurait cru. Puis il se remit en marche.

Pendant près de deux jours, sa seule nourriture fut d'autres fleurs ; toujours mieux que rien, mais bien insuffisant pour le rassasier. De plus, l'eau manquait, son gosier était sec et il n'y avait pas âme qui vive dans les environs. Un peu plus apathique à chaque heure, seul le visage de Falène persistait dans son esprit et l'aidait à avancer.

Le soir du troisième jour, ses jambes finirent par se dérober.

Étalé sur une terre semi-aride, il contempla l'absence de civilisation et ces bosquets calcinés au sein desquels la flore reprenait ses droits. Il y eut une brise qui agita les lointaines pousses, mais il ne la sentit pas. Même la douleur de ses blessures s'estompait ; pourtant, son bras et son épaule s'étaient infectés. Ses paupières devinrent lourdes, se fermèrent lentement. L'obscurité effaça de sa vue l'herbe, les fleurs et la lointaine chaîne de montagnes. Il poussa un dernier soupir.

La chaleur du soleil sur la peau réveilla le mercenaire. Il avait la bouche sèche, pleine de poussière. Il toussa et se releva. Ses sensations lui étaient revenues, mais pas la force pour s'en plaindre. Il leva des yeux ternes et aperçut une silhouette, au loin, en haut d'une colline. Son cœur s'excita à lui en déchirer la poitrine, alors, un pied devant l'autre, il marcha vers son salut. L'ombre disparut et il pressa le pas.

Depuis le coteau, il vit une cité protégée par d'épais remparts, bâtie en bord de mer. La ville fortifiée était grandiose bien qu'en ruines. Un immense cratère bordait son versant nord-ouest. Devant le gouffre se tenait la silhouette, dans lequel elle descendit. Seïk la rejoignit, tantôt dans un simulacre de trot et tantôt à quatre pattes.

Au fond du trou béant, il n'y avait rien ni personne. Seïk chercha autour de lui et vit la silhouette pénétrer dans la cité, par la porte ouest dont les battants étaient arrachés de leurs gonds. Il la poursuivit et ce petit jeu se répéta à sept reprises parmi les ruines de la ville, jusqu'à un fort. Il entra.

Au bout d'une longue allée se situait une grande salle, munie d'un trône. Au sommet du siège qui par le passé accueillait le postérieur d'un souverain brillait une étoile blanche. Lorsqu'il posa les yeux dessus, Seïk sentit une curieuse chaleur poindre dans ses entrailles. Bientôt, elle déferla dans ses veines, dans sa poitrine, et l'apaisa. Il marcha alors vers la chose, courut puis ralentit le pas quand il découvrit qu'il s'agissait d'une pierre dont l'apparence rappelait fortement celle du lac Estamp. Sa lumière n'était pas aveuglante, elle luisait plutôt avec douceur.

Comme hypnotisé par ce joyau blanc d'une pureté incontestable, Seïk s'en approcha jusqu'à le toucher du bout des doigts. Et la lueur s'estompa. Soudain revigoré et soulagé de ses maux, il délogea l'artefact de son socle grossier, le leva à hauteur de visage, l'examina sous divers angles puis s'intéressa à ses blessures. Elles demeuraient présentes, à son regret.

De nombreux bruits de pas et de cliquetis d'armure résonnèrent dans son dos. Il lâcha la pierre, dégaina ses dagues et fit volte-face, sa brusquerie appela cependant une souffrance telle qu'il en perdit ses lames et tomba à genoux. Il eut envie de serrer ses blessures, mais le moindre mouvement rendait la douleur pire encore.

— Les vivants, quels qu'ils soient, ne sont plus les bienvenus en Farnoll, fit écho une voix râpeuse à la tonalité particulièrement agressive.

Dès lors que la douleur eut assez diminué pour lui permettre de lever la tête, Seïk porta le regard sur ceux qui l'avaient pris en traître. Il en fut médusé, car, autour de lui, tous avaient cette même apparence : la chair nécrosée, les os et les organes à vif, voire manquants. Des créatures d'outre-tombe, à l'image de cadavres et de squelettes humains, se tenaient là, bien vivantes.

Celui qui avait parlé se planta devant le mercenaire. Il affichait un sourire forcé par l'absence de joues qui dévoilait une rangée de dents pourrissantes. Il dégaina une épée ébréchée d'une main à moitié squelettique, jaugea l'intrus et coupa d'un geste habile le garrot de son bras gauche. Il en fit autant pour celui de l'épaule droite. À la vue des plaies grièvement infectées, il lâcha un rire rauque, rangea sa lame et déclara :

— Tu seras bientôt des nôtres.

Remerciements

Dans le désordre, s'il vous plaît !

... et révisés pour cette nouvelle édition.

Cette seconde édition de *Le Déchu – Livre I : Renaissance*, saga pionnière de mon univers littéraire *La Colère des Dieux*, marque un nouveau départ très attendu et un réel soulagement. Des suites de ma rupture avec mon premier éditeur, il m'aura fallu rencontrer nombre de déboires, batailler contre les doutes et me remettre plus d'une fois en question avant de prendre la décision qui allait changer la vision de l'édition que je nourrissais alors et déterminer mon avenir littéraire.

Peu avant de créer Osméosis, je me disais comme toujours que, quitte à galérer, il était préférable d'être maître de son projet plutôt que de le mettre entre « de mauvaises mains ». Cela signifie que je me refusais à retenter ma chance auprès de moyens et grands éditeurs, valeurs sûres s'il en est mais où le risque de voir son manuscrit être mis à la poubelle sans être lu est grand (ils en reçoivent tant, c'en est indécent), sans parler de l'éventualité d'une fin de contrat au bout de quelques années parce que l'on ne vend pas assez et devoir ainsi repartir de zéro, ou presque. Et puis, reprendre une série dont le premier tome a déjà été publié ? C'est un pari extrêmement risqué, il ne faut pas se leurrer.

En outre, je ne me sentais pas de partir en quête d'un troisième éditeur de modeste envergure, plus susceptible de me prendre sous son aile mais dont les problématiques inhérentes à sa condition ne sont pas des moindres. Les deux premiers avec qui j'avais signé et dont je tairai les noms m'auront au moins appris une chose : ce que je ne veux pas. Et au risque d'en trouver un qui est adepte de ces méthodes de travail qui ne me conviennent pas s'ajoutait celui, malheureusement trop probable, de voir la modeste maison d'édition péricliter après tout au plus quelques années. Si le secteur du livre était déjà, il y a dix ou vingt ans, un véritable champ de bataille, c'est bien pire aujourd'hui !

Et comme le disait un ami : « les maisons d'édition, aujourd'hui, c'est comme les champignons : ça pousse et ça meurt au gré des saisons ».

C'est ainsi que j'ai pris la décision de devenir indépendant. Demeurait alors la question de l'auto-édition ou de la création d'une structure dédiée, et c'est sur les sages conseils de Marine Gutknecht Petit que j'ai choisi de donner vie à Osméosis. D'ailleurs, en y réfléchissant bien, ce choix était en vérité évident tant il me permettrait d'avoir carte blanche pour réaliser tous les projets envisagés autour de mon univers littéraire.

De fait, me voici à nouveau devant vous au travers de cette prise de parole pour remercier celles et ceux qui, à mon sens, doivent l'être. Parce que de près comme de loin, iels ont apporté leur grain de sel d'une réflexion, d'une remise en question, d'un encouragement ou de bien d'autres manières ; sans tout cela, ce livre aurait pu ne jamais voir le jour. Une liste de personnes qui cumule toutefois de longues années de rencontres et d'échanges, aussi ne saurait-elle être exhaustive. J'espère que les oublié.e.s sauront me le pardonner et qu'iels garderont à l'esprit que ma gratitude à leur égard n'en est pas moindre.

Pour commencer, je remercie ma mère. Si elle n'a pas forcément cru en mon projet au début, elle m'aura au moins laissé mener mes rêves. Cette liberté qu'elle m'a donnée m'a permis de m'envoler, cela ne fait pour moi aucun doute.

Manon, la femme qui partage ma vie et sans qui je suis bien peu de choses. Elle m'aide et m'incite à réfléchir, et si nos discussions sur mes écrits sont souvent mouvementées (je suis une vraie tête de mule), ses remarques et ses encouragements me sont toujours d'un grand soutien.

Erwan, mon frère. Exigeant quant à ses lectures et d'ordinaire critique, plus encore lorsqu'il s'agit de travaux réalisés par ses proches, il me dit un jour : « Quand j'ai lu ton récit, j'ai eu l'impression d'être plus qu'un spectateur ; je vivais l'aventure aux côtés d'Halfiel et ses compagnons ». Il me fit ce jour-là un merveilleux compliment.

Mon père, pour son aide sur les corrections d'un jet de manuscrit passé et ses encouragements. Mes grands-parents, dont les nombreux voyages en leur compagnie ont nourri mon imaginaire. Mes cousins et cousines autant que la famille de ma compagne, pour qui aura eu ne serait-ce qu'un mot gentil, m'invitant à poursuivre mes ambitions.

Diana Da Costa, illustratrice de la saga *Le Déchu* et première fan. Elle me lisait chapitre après chapitre lorsque j'écrivais le premier jet et me réclamait la suite. Cela m'enthousiasmait et me confortait dans mon désir de raconter cette épopée.

Geoffrey Dumoutier, pour ses critiques judicieuses et avec qui nous avons établi la Loi des 3C, trois points indispensables à une bonne histoire : « Crédibilité, Cohérence, C… ». Mais le dernier m'échappe toujours. À moins que je ne confonde avec le traditionnel « Café-Clope-Caca » ? Allez savoir…

Catherine Dumoutier, autant pour ses conseils sur l'écriture que sur l'édition et la distribution, ainsi que pour son aide inestimable qui a accompagné les premiers pas d'Osméosis, maison d'édition née pour donner pleinement vie à mes projets littéraires.

Marine Gutknecht Petit, pour les raisons citées plus haut et pour son enthousiasme.

Amélie Tsaag Valren, pour m'avoir permis d'employer le nom « Valren » sans me taper sur les doigts (dire que je croyais l'avoir inventé… Méchant, le subconscient. Méchant !).

Christophe Denoeux, qui a jadis transmis mon manuscrit à une de ses collègues de la Mission Locale d'Évreux et dont les retours furent encourageants. Encore une fois un baume au cœur qui aide à avancer contre vents et marées, véritable lanterne pendant les périodes de doute.

Lydie Wallon et Jean-Baptiste Messier pour leurs remarques pertinentes afin que je puisse au mieux retravailler mes écrits.

A.J. Crime, Aquilegia Nox, Delman, Emy Lie, Erika Fioravanti, Guillaume Lenoir, Aude Alexandre, Nicolas Kempf, Sylvain Desvaux et Yves Charrazac, autrices et auteurs eux-mêmes et compagnons d'infortune, pour leur aide sur l'écriture du résumé en 4e de couverture (sale bête que cet ersatz de texte racoleur !) et/ou leurs relectures.

Et, pour bien d'autres raisons, mes ami.e.s ou connaissances Ludovic et Cécile Caillavet, Gil Mulet, Vincent Touret, Estelle David, Camille Deveaud, Marie-Johanna Lebeuf, Amandine Parmentier, Jonathan et Nathalie Cornu, Mélissa Viallard, Vincent Estor, David Vandepontseel, Maximilien Peron, David Mouquet, Mellie Claude, Erwan Le Corre, Jonathan Banzet, Carole Chénais, Adrian Tombu, Adrien Joubeaux-Miller, Antoine Penel, Maela de Lespinay, Pierrick Noël, Thomas Couron, Thibaud Poignant et Vanessa Posluszny.

Pour finir, merci à toi qui viens d'achever le premier roman de cette série. J'espère sincèrement qu'il t'a plu. S'il est parvenu à te transporter dans le monde de Lanvaril, à te permettre de vivre cette aventure comme je l'ai vécue, je suis comblé, car tel est mon souhait. Je n'ai donc qu'une chose à ajouter : rendez-vous au *Livre II : Dévotion* pour la suite du périple !

IMPRIM'VERT®

Imprimé en France par CPI
en décembre 2021
N° d'impression : 167357